संकल्प-शक्ति

जुनून और ज़िद की ताकत

एंजेला डकवर्थ

अनुवाद : किरण मोघे

मंजुल पब्लिशिंग हाउस

मंजुल पब्लिशिंग हाउस

कॉरपोरेट एवं संपादकीय कार्यालय

• द्वितीय तल, उषा प्रीत कॉम्प्लेक्स, 42 मालवीय नगर, भोपाल-462 003

विक्रय एवं विपणन कार्यालय

• सी-16, सेक्टर 3, नोएडा, उत्तर प्रदेश - 201301, इंडिया

वेबसाइट : www.manjulindia.com

वितरण केन्द्र

अहमदाबाद, बेंगलुरू, कोच्चि, कोलकाता, चेन्नई,
हैदराबाद, मुम्बई, नई दिल्ली, पुणे

एंजेला डकवर्थ द्वारा लिखित मूल अंग्रेजी पुस्तक
ग्रिट: द पॉवर ऑफ पैशन एंड पर्सेवरेंस का हिन्दी अनुवाद

Grit: The power of passion and perseverance
by Angela Duckworth– Hindi Edition

यह हिन्दी संस्करण 2023 में पहली बार प्रकाशित
द्वितीय आवृत्ति 2025

ISBN 978-93-5543-279-7

अनुवाद : किरण मोघे

मुद्रण व जिल्दसाज़ी : रेप्रो इंडिया लिमिटेड

उपलब्धि पर लिखी गई सबसे उल्लेखनीय किताबों में से एक

''उजाले की ओर ले जाने वाली... ग़ैर-प्रतिभावानों के लिए हर तरह से प्रेरणास्पद।''

— *पीपल*

''प्रेरक और मोहक हमें याद दिलाती है कि शख़्सियत और ज़िद ही सफल लोगों को दूसरों से अलग करते हैं।''

— **मैल्कम ग्लैडवेल,** लेखक, द *टिपिंग पॉइंट* और *आउटलायर्स*

''आपके साथ रह जाते हैं बस विल स्मिथ, विलियम जेम्स और जेफ़ बेज़ोस की मां जैसी मुख़्तलिफ़ हस्तियों से हासिल प्रशस्ति-पत्र, जो कुदरती प्रतिभा होने के मिथक को अनवरत तौर पर ध्वस्त कर देते हैं।''

— *द अटलांटिक*

''एक समकालीन महान कृति... हर उस व्यक्ति के लिए जो कामकाज को बेहतर तरीक़े से करना चाहता हो या बेहतर तरीक़े से जीना चाहता हो, दृढ़ संकल्प एक अनिवार्य किताब है-शायद ज़िंदगी को बदल डालने वाली-पढ़िए।''

— **डेनियल एच. पिंक,** लेखक, *ड्राइव ऐंड व्हेन*

''सफलता पर मनोवैज्ञानिक रिसर्च का एक मनमोहक सिंहावलोकन।''

— *द वॉल स्ट्रीट जर्नल*

''मेरे भीतर इस किताब को ज़ोर-ज़ोर से पढ़कर सुनाने की ख़्वाहिश बरक़रार रही-मेरे बच्चे को, मेरे पति को, हर उस व्यक्ति को जो मेरे लिए मायने रखता था। महानता के लिए कोई छोटा रास्ता नहीं है, यह सच है। लेकिन उस रास्ते का एक नक़्शा है, जो आपके हाथों में है।''

— **अमांडा रिप्ले,** लेखिका, द *स्मार्टेस्ट किड्स इन द वर्ल्ड*

''सफल धमाकेदार मनोवैज्ञानिक सलाह।''

— ***द न्यू यॉर्कर***

''बेहद दिलकश, प्रेरक और निराली एक बार आप *दृढ़ संकल्प* को हाथों में उठा लें तो आप ख़ुद को इससे दूर नहीं कर पाएंगे।''

— **एमी कडी,** प्रोफ़ेसर हार्वर्ड बिज़नेस स्कूल और लेखिका *प्रेज़ेंन्स*

''अभिभावकों या शिक्षकों के लिए एक उपयोगी गाइड, जो इस बात की पुष्टि चाहते हैं कि जुनून और ज़िद मायने रखते हैं और इन गुणों को कैसे विकसित किया जाए इसके लिए एक प्रारूपों के लिए प्रेरक।''

— ***द वॉशिंगटन पोस्ट***

''यह किताब आपकी ज़िंदगी बदल डालेगी। दिलचस्प, सख़्त और व्यावहारिक, दृढ़ संकल्प का सफलता के साहित्य में कालजयी कृति बनना तय है।''

— **डेन हीथ,** सह-लेखक *मेड टु स्टिक,*
स्विच और *डिसिज़िव*

''मुझे विश्वास हो चुका है कि सफलता के लिए प्रयासों में कोई भी गुण उन गुणों से बेहतर नहीं है, जो सच्चे दृढ़ संकल्प को जन्म देते हैं, मुझे उम्मीद है कि आपको इसे पढ़ने में मेरी तरह ही मज़ा आएगा।''

— **ब्रेड स्टीवन्स,** प्रशिक्षक बोस्टन सेल्टिक्स

''एक पुख़्ता और बांध देने वाली... किताब में एक हिस्सा दृढ़ संकल्प वाले बच्चों के विकास को समर्पित है।''

— ***टोरंटो स्टार***

''ज्ञानवर्धक... सिखाती है कि ज़िंदगी में ऊंचाइयां अनिवार्य तौर पर केवल कुदरती प्रतिभाओं द्वारा ही हासिल नहीं की जातीं, बल्कि इसके उलट उन लोगों द्वारा हासिल की जाती है जो दृढ़ता के साथ डटे रहना जानते हैं। तूफ़ान के गुज़र जाने का इंतज़ार करते हैं और दोबारा कोशिश करते हैं।''

— **एड विस्चर्स,** सात बार माउंट एवरेस्ट पर
जीत हासिल करने वाले

''शानदार... *दृढ़ संकल्प* आपको वास्तविकता में एक समझदारी भरा दृष्टिकोण देती है : वह यह कि वास्तविक सफलता उसी वक़्त आती है जब हम ख़ुद को उन प्रयासों के प्रति समर्पित कर देते हैं, जो हमें ख़ुशी और मायने देते हैं।''

— **अरियाना हफ़िंगटन,** संस्थापक *द हफ़िंगटन पोस्ट* और मुख्य कार्यकारी अधिकारी थ्राइव ग्लोबल

''अनमोल... एक ऐसी दुनिया में जहां ज्ञान तक पहुंच अभूतपूर्व है, यह किताब उन लोगों की प्रमुख ख़ासियतों को बताती है जो इसका अधिकतम फ़ायदा उठाते हैं।''

— **सल ख़ान,** संस्थापक ख़ान अकादमी

''दिलचस्प... आपको और आपके बच्चों को काम पर और स्कूल में और अधिक उत्साहित, जोशीला और दृढ़ बनाने की व्यावहारिक रणनीतियों का एक पुलिंदा।''

— **पॉल टफ़,** लेखक *हाउ चिल्ड्रन सक्सीड*

''सफलता के पूर्वानुमान की मंत्रमुग्ध कर देने वाली एक विचारपूर्ण खोज पूरे रिसर्च के दौरान गुंथी हुई डकवर्थ की अपनी कहानी, जो अंतत: उनके सिद्धांत को सबसे अच्छी तरह से प्रस्तुत करती है। जुनून और ज़िद मिलकर ही दृढ़ संकल्प को जन्म देते हैं।''

— **टोरी बर्क,** टोरी बर्क के अध्यक्ष, मुख्य कार्यकारी अध्यक्ष और डिज़ाइनर

''(मुझे) कोई संदेह नहीं है कि दृढ़ *संकल्प* महान है। बहुत कम लोग ही होंगे जो इस किताब से कुछ सीख नहीं पाएंगे।''

— ***साइंटिफ़िक अमेरिकन***

जेसन के लिए

अनुक्रम

प्रस्तावना

जब मैं बड़ी हो रही थी, तो *प्रतिभावान* शब्द बहुत बार सुनती थी।

हमेशा मेरे पिताजी ही इस शब्द का ज़िक्र किया करते थे। उन्हें बिना किसी मक़सद के यह कहना बहुत पसंद आता था, ''तुम जानते हो, तुम प्रतिभावान नहीं हो।'' यह ऐलान रात्रिभोज के दौरान, द *लव बोट* के कमर्शियल ब्रेक के दौरान या *वॉल स्ट्रीट जर्नल* के साथ सोफ़े पर लेटने के दौरान कभी भी हो सकता था।

मुझे याद नहीं कि मैं कैसे प्रतिक्रिया दिया करती थी। शायद मैं नहीं सुनने का अभिनय करती थी।

मेरे पिताजी के विचार नियमित तौर पर प्रतिभावान, प्रतिभा और इस बात की ओर मुड़ जाया करते थे कि किसके पास यह किससे ज़्यादा है। वह इस बात को लेकर हमेशा सजग रहा करते थे कि वह कितने चतुर हैं। उन्हें इस बात की भी चिंता रहा करती थी कि उनका परिवार कितना चतुर है।

मैं उनकी इकलौती समस्या नहीं थी। मेरे पिताजी की राय में मेरे भाई और बहन भी प्रतिभावान नहीं थे। उनके मापदंडों के मुताबिक़ हममें से कोई भी इस लिहाज़ से आइंस्टीन की बराबरी का नहीं था। ज़ाहिर तौर पर यह बहुत निराशाजनक था। पिताजी की चिंता यह थी कि बौद्धिक स्तर की यह कमी ज़िंदगी में हमारी उपलब्धियों को सीमित कर देगी।

दो साल पहले, मैं काफ़ी भाग्यशाली रही कि मुझे मैकआर्थर फ़ेलोशिप मिली, जिसे ''प्रतिभावानों का अनुदान'' भी कहा जाता था। आप मैकआर्थर के लिए आवेदन नहीं करते। आप अपने मित्रों या साथियों से आपको मनोनीत करने के लिए नहीं कहते। आपके कार्यक्षेत्र के शीर्ष लोगों की एक गुप्त समिति यह निष्कर्ष निकालती है कि आप बेहद महत्त्वपूर्ण और रचनात्मक काम कर रहे हैं।

जब मुझे यह ख़बर बताने वाला अप्रत्याशित फ़ोन आया, तो मेरी पहली प्रतिक्रिया कृतज्ञता और हैरानी की थी। उसके बाद मेरे विचारों ने पिताजी का रुख़ किया और उनके द्वारा मेरी बुद्धिमत्ता को लेकर किए गए आकलन की ओर। वैसे वह ग़लत नहीं थे, मैंने मैकआर्थर इसलिए नहीं जीता था कि मैं अपने साथी

मनोवैज्ञानिकों से ज़्यादा तेज़ या चतुर थी। बल्कि उनके पास ग़लत सवाल (''क्या वह प्रतिभावान है?'') का सही जवाब (''नहीं, वह नहीं है'') था।

मैकआर्थर की ओर से फ़ोन आने और इसकी आधिकारिक घोषणा के बीच लगभग एक माह का अंतर था। मुझे अपने पति के अलावा यह बात किसी और को बताने की इज़ाज़त नहीं थी। इसने मुझे हालात की विडंबना पर सोचने के लिए वक़्त दे दिया। एक लड़की, जिसे निरंतर यह कहा जाता है कि वह प्रतिभावान नहीं है, अंततः प्रतिभावान होने के कारण ही एक पुरस्कृत की जाती है। उसे यह पुरस्कार मिलता है क्योंकि उसने पता लगाया है कि हम अंततः जो हासिल करेंगे, वह हमारी जन्मजात प्रतिभा की बजाय हमारे जुनून और ज़िद पर ज़्यादा निर्भर हो सकता है। उस वक़्त तक उसने बहुत मुश्किल शैक्षणिक संस्थानों से डिग्रियों का अंबार लगा लिया है, हालांकि जब वह तीसरी कक्षा में थी तो नैसर्गिक प्रतिभावान लोगों के कार्यक्रम के लिए तो उसका चयन नहीं हो सका था। दकियानूसी लोगों की तरह, वह पियानो या वायलिन की एक धुन नहीं बजा सकती।

जिस सुबह मैकआर्थर की घोषणा हुई, मैं अपने अभिभावकों के घर पर पहुंची। मेरी मां और पिताजी ने यह ख़बर पहले ही सुन ली थी और कुछ ''आंटियों'' ने भी, जो लगातार बधाई देने के लिए कॉल पर कॉल किए जा रही थीं। अंत में जब फ़ोन की घंटियां बजना बंद हुई तो मेरे पिताजी ने मेरी ओर देखकर कहा, ''मुझे तुम पर गर्व है।''

मैं जवाब में कितना कुछ कहना चाहती थी, लेकिन मैंने बस इतना कहा, ''धन्यवाद, पिताजी।''

गड़े मुर्दे उखाड़ने का कोई भी मतलब नहीं था, मैं जानती थी कि वास्तविकता में उन्हें मुझ पर गर्व था।

फिर भी, मेरा एक हिस्सा भूतकाल में जाना चाहता था, जब मैं एक छोटी-सी बच्ची थी। मैं उन्हें बताऊंगी कि अब मैं क्या जानती हूं।

मैं कहूंगी, ''पिताजी आप कहते हैं कि मैं प्रतिभावान नहीं हूं। मैं उस पर बहस नहीं करूंगी। आप ऐसे कई लोगों को जानते हैं जो मुझसे ज़्यादा चतुर हैं।'' मुझे कल्पना में वह सहमति में सिर हिलाते दिखते हैं।

''लेकिन मैं आपको एक बात बता देना चाहती हूं। मैं बड़ी बनूंगी और अपने काम से उतना ही प्यार करूंगी, जितना आप अपने काम से करते हैं। मेरे पास महज़ एक नौकरी नहीं होगी बल्कि मेरे पास एक पेशा होगा। मैं ख़ुद को हर दिन चुनौती दूंगी। जब मैं धराशायी हो जाऊंगी तो मैं दोबारा उठकर खड़ी हो जाऊंगी। हो सकता है कि मैं कमरे में मौज़ूद सबसे चतुर व्यक्ति नहीं बन सकूं, लेकिन मैं सबसे दिलेर बनने की कोशिश ज़रूर करूंगी।''

और अगर वह तब भी सुन रहे होंगे तो, ''और पिताजी, लंबे अरसे में दृढ़ संकल्प के मायने प्रतिभा से ज़्यादा हो सकते हैं।''

इतने बरस बाद मेरे पास अपनी बात को साबित करने के लिए वैज्ञानिक प्रमाण मौज़ूद हैं। मैं जानती हूं कि दृढ़ संकल्प परिवर्तनशील है, स्थिर नहीं और मेरे पास रिसर्च से यह जानकारी भी उपलब्ध है कि इसे कैसे विकसित किया जा सकता है।

दृढ़ संकल्प के बारे में मैंने जो कुछ भी सीखा है, वह इस किताब में शामिल है।

जब मैंने यह किताब पूरी लिख ली तो मैं अपने पिताजी के पास गई। कुछ दिन की अवधि में मैंने उनके सामने पंक्ति-दर-पंक्ति अध्याय-दर-अध्याय पढ़कर सुनाया। वह लगभग एक दशक से पार्किन्सन्स की बीमारी से जूझ रहे हैं और मुझे नहीं पता कि उन्हें मेरी बात कितनी समझ आई। फिर भी वह काफ़ी ध्यानपूर्वक सुनते हुए लग रहे थे और जब मैंने काम ख़त्म किया तो उन्होंने मेरी तरफ़ देखा। अनंतकाल की तरह लंबी चुप्पी के बाद उन्होंने एक बार सिर हिलाया। और उसके बाद वह मुस्करा दिए।

भाग-1

दृढ़ संकल्प क्या है और यह क्यों मायने रखता है

→ 1

दिखावा करना

वेस्ट पॉइंट स्थित अमेरिकी सेना अकादमी के परिसर में क़दम रखते ही आपने बहुत कुछ हासिल कर लिया होता है।

वेस्ट पॉइंट में प्रवेश की प्रक्रिया कम से कम कुछ चुनिंदा विश्वविद्यालयों जितनी ही मुश्किल है। सेट (SAT) या एक्ट (ACT) के शीर्ष स्कोर और हाईस्कूल में उत्कृष्ट श्रेणी अनिवार्य हैं। लेकिन जब आप हार्वर्ड के लिए आवेदन करते हैं तो आपको आवेदन प्रक्रिया ग्यारहवीं कक्षा में शुरू नहीं करनी पड़ती और ना ही आपको अमेरिकी कांग्रेस के किसी सदस्य, सीनेटर या अमेरिका के उपराष्ट्रपति का मनोनयन ही हासिल करना पड़ता है। उस लिहाज़ से तो आपको फ़िटनेस के आकलन में भी बहुत अच्छे अंकों की दरकार नहीं होती, जिसमें दौड़ना, पुश-अप्स, उठक-बैठक और पुल-अप्स शामिल होते हैं।

हर वर्ष, हाईस्कूल के अपने जूनियर वर्ष में, 14,000 से ज़्यादा आवेदनों के साथ प्रवेश प्रक्रिया की शुरुआत होती है। यह संख्या अनिवार्य मनोनयन हासिल करने के बाद छंटकर 4,000 हो जाती है। इनमें से आधे से ज़्यादा आवेदक-लगभग 2500-वेस्ट पॉइंट के मुश्किल शैक्षणिक और शारीरिक मापदंड पर खरे उतर पाते हैं। और फिर इस चुनिंदा समूह में से 1200 विद्यार्थियों को प्रवेश दिया जाता है। वेस्ट पॉइंट में आने वाले लगभग सभी पुरुष और महिलाएं, विश्वविद्यालय स्तर के एथलीट और अधिकांश टीमों के कप्तान होते हैं।

और फिर भी, पांच में से एक कैडेट स्नातक उपाधि हासिल करने से पहले ही विदाई ले लेता है। और भी ज़्यादा उल्लेखनीय बात यह है कि, ऐतिहासिक तौर पर, वेस्ट पॉइंट छोड़ने वाले लोगों का एक बड़ा हिस्सा पहली ही गर्मियों में विदाई ले लेता है, सात सप्ताह के सघन प्रशिक्षण कार्यक्रम के दौरान, जिसका आधिकारिक साहित्य में भी उल्लेख है, बीस्ट बैरक्स। या फिर छोटा नाम बीस्ट।

कौन ऐसा करता है कि पहले प्रवेश के लिए दो साल का वक़्त देकर फिर पहले दो महीनों में ही भाग जाता है?

फिर से एक बात, ये महीने साधारण नहीं होते। वेस्ट पॉइंट की हैंडबुक में बीस्ट का वर्णन नए कैडेट्स के लिए कुछ ऐसा किया गया है, ''वेस्ट पॉइंट में चार वर्ष के दौरान शारीरिक और भावनात्मक तौर पर सबसे चुनौतीपूर्ण काल जिसे नए कैडेट्स से सैनिक में रूपांतरण के लिहाज़ से तैयार किया गया है।''

बीस्ट बैरक्स का एक आदर्श दिन

सुबह 5.00	जागना
5.30	बिगुल बजने पर एकत्रित होना
5.30 से 6.55	शारीरिक प्रशिक्षण
6.55 से 7.25	व्यक्तिगत रखरखाव
7.30 से 8.15	नाश्ता
8.30 से दोपहर 12.45	प्रशिक्षण/कक्षाएं
दोपहर 1.00 से 1.45	भोजन
2.00 से 3.45	प्रशिक्षण/कक्षाएं
4.00 से 5.30	संगठित एथलेटिक्स
शाम 5.30 से 5.55	व्यक्तिगत रखरखाव
6.00 से 6.45	रात का भोजन
7.00 से 9.00	प्रशिक्षण/कक्षाएं
9.00 से 10.00	कमांडर का वक़्त
10.00	टैप्स

दिन की शुरुआत सुबह 5.00 बजे होती है और साढ़े पांच बजे तक कैडेट्स अमेरिकी ध्वज के फहराने के दौरान सम्मान में सावधान की मुद्रा में पंक्तिबद्ध हो चुके होते हैं। उसके बाद शुरुआत होता है कठिन परिश्रम-दौड़ना या व्यायाम-उसके बाद किसी संरचना में मार्चपास्ट, कक्षा में दिशानिर्देश, हथियारों के प्रशिक्षण और एथलेटिक्स का अनवरत सिलसिला शुरू होता है। बत्तियां बुझाने से लेकर बिगुल पर एक उदास धुन बजाने तक, जिसे ''टैप्स'' कहा जाता है। रात 10.00 बजे होती है। और अगले दिन फिर यही सब कुछ दोहराया जाता है। उफ़, कोई सप्ताहांत

अवकाश नहीं, भोजन के अलावा कोई ब्रेक नहीं और परिवार या दोस्तों से वेस्ट पॉइंट के बाहर कोई भी संपर्क नहीं।

एक कैडेट ने बीस्ट का वर्णन कुछ इस प्रकार किया : ''आपको विकसित करने के लिहाज़ से हर क्षेत्र में विविधता भरी चुनौतियों का सामना करना पड़ता है-मानसिक, शारीरिक, सैन्य और सामाजिक। यह प्रणाली आपकी ख़ामियों को तलाश लेगी, लेकिन यही तो मुद्दा है-वेस्ट पॉइंट आपको मज़बूत बनाता है।''

तो कौन है जो बीस्ट से भी पार पा लेता है?

बात वर्ष 2004 की है जब मैं मनोवैज्ञानिक की स्नातक स्कूल के दूसरे वर्ष में इस सवाल का जवाब तलाशने निकली, लेकिन कई दशकों तक, अमेरिकी सेना ठीक यही सवाल पूछती रही है। वास्तविकता में तो मेरी इस पहेली पर काम शुरू करने से लगभग 50 वर्ष पहले 1955 में युवा मनोवैज्ञानिक जैरी केगन को सेना में भर्ती करके वेस्ट पॉइंट पहुंचकर नए कैडेट्स के परीक्षण का काम सौंपा। उन्हें यह पता करना था कि कौन-सा कैडेट डटा रहेगा और कौन-सा विदा ले लेगा। संयोग ही कहिए जैरी ना केवल वेस्ट पॉइंट में पढ़ाई छोड़ने वालों का अध्ययन करने वाले पहले मनोवैज्ञानिक थे, बल्कि वह मुझे कॉलेज में मिले पहले मनोवैज्ञानिक थे। मैंने दो वर्ष तक उनकी प्रयोगशाला में अंशकालिक तौर पर काम किया।

वेस्ट पॉइंट में गेहूं से भूसा अलग करने जैसे शुरुआती प्रयासों को जैरी ने नाटकीय तौर पर असफल करार दिया। उन्होंने ख़ासतौर पर कैडेट्स को चित्रों से सजे कार्ड्स बताने में सैकड़ों घंटे बिता दिए। उन्हें याद है कि वह कैडेट्स से इन चित्रों के साथ उनकी ज़िंदगी की समानता तलाशने को कहते थे। इस परीक्षण का उद्देश्य उनके भीतर गहरे में समाहित अचेतन इरादों को जानना था। आम सोच यह थी कि जिनके मन में चित्रों को देखकर भलाई के काम और बहादुरी भरी उपलब्धियां आई होंगी वह पलायन करने की बज़ाय वहां से स्नातक होकर निकलेंगे। सैद्धांतिक तौर पर बेहतरीन लगने वाले कई विचारों की ही तरह यह विचार भी व्यावहारिक तौर पर असफल साबित हुआ। कैडेट्स ने जो कहानियां बताईं वह रोचक थीं और सुनने में भी मज़ेदार थीं, लेकिन उनका कैडेट्स द्वारा वास्तविक जीवन में लिए गए फ़ैसलों से रत्तीभर का भी वास्ता नहीं था।

उसके बाद से मनोवैज्ञानिकों की कुछ और पीढ़ियों ने इस मसले को हल करने के लिए वक़्त दिया। दुर्भाग्य से एक भी रिसर्चर यह कहने की स्थिति में नहीं था कि क्यों कुछ बेहद प्रतिभावान कैडेट्स नियमित तौर पर पलायन कर जाते हैं, जबकि उनका प्रशिक्षण बस शुरू ही हुआ हो।

बीस्ट के बारे में जानने के बाद, मैंने एक सैन्य मनोवैज्ञानिक माइक मैथ्यूज़ के कार्यालय का रुख़ किया। माइक कई बरसों तक वेस्ट पॉइंट में फ़ैकल्टी सदस्य रहे थे। माइक ने बताया कि वेस्ट पॉइंट की प्रवेश प्रक्रिया वहां अच्छी तरह से विकसित होने की संभावनाओं से परिपूर्ण पुरुषों और महिलाओं की सफलतापूर्वक पहचान करती है। ख़ासतौर पर प्रवेश के लिए नियुक्त स्टाफ़ हर उम्मीदवार के लिए संपूर्ण उम्मीदवार प्राप्तांक की गणना करता है। सेट या एक्ट परीक्षा के अंकों के भारित औसत, उम्मीदवार की स्नातक कक्षा में विद्यार्थियों की संख्या के मुताबिक़ हाई स्कूल रैंक का समायोजन करना, नेतृत्व की संभावना पर विशेषज्ञों का आकलन और शारीरिक फ़िटनेस पर वस्तुनिष्ठ आकलन के आधार पर यह गणना की जाती है।

आप संपूर्ण उम्मीदवार प्राप्तांक को एक मापदंड के तौर पर देख सकते हैं कि वेस्ट पॉइंट में चार वर्ष के विविधताओं से भरपूर कार्यक्रम को पूरा करने के लिए आवेदक में कितनी प्रतिभा होनी चाहिए। दूसरे शब्दों में कहें तो, सैन्य अधिकारी बनने के लिए ज़रूरी तमाम कौशलों को कैडेट कितनी आसानी से हासिल कर लेगा।

वेस्ट पॉइंट में प्रवेश के लिए संपूर्ण उम्मीदवार प्राप्तांक सबसे महत्त्वपूर्ण कारक है और फिर भी यह भरोसेमंद तरीक़े से यह *नहीं* बता पाया कि कौन-सा कैडेट बीस्ट को पूरा कर लेगा। वास्तविकता में तो सबसे ज़्यादा संपूर्ण उम्मीदवार प्राप्तांक हासिल करने वाले कैडेट्स की बीच में पलायन की आशंका उतनी ही थी, जितनी कि सबसे कम अंक हासिल करने वाले कैडेट्स की। और यही वजह थी कि माइक का दरवाज़ा मेरे लिए खुला था।

एक युवा के तौर पर वायुसेना से जुड़ने के अपने निजी अनुभव के कारण माइक के पास इस पहेली को लेकर एक संभावित सुराग़ था। हालांकि उनके मेल बैठाने के शुरुआती दिन वेस्ट पॉइंट जितने ख़ौफ़नाक नहीं थे, लेकिन दोनों के बीच उल्लेखनीय समानताएं थीं। सबसे महत्त्वपूर्ण थी वह चुनौतियां जो वर्तमान कौशल से ऊपर की थीं। ज़िंदगी में पहली बार माइक और अन्य रंगरूटों को हर घंटे कुछ ऐसा काम करने को कहा जा रहा था, जो वह फ़िलहाल नहीं कर सकते थे। माइक गुज़रे दिनों की बातों को याद करते हुए कहते हैं, ''दो सप्ताह के भीतर, मैं थक चुका था और एकाकी, हताश महसूस कर रहा था। मैं पलायन के लिए तैयार था, मेरी कक्षा के अन्य साथियों की ही तरह।''

कुछ ने पलायन कर भी दिया, लेकिन माइक डटे रहे।

वह क्या बात थी जिसने माइक को ऐसे अवसर पर डटे रहने का दृढ़ संकल्प दिया, जिसका प्रतिभा से कोई लेना-देना नहीं था। प्रशिक्षण से पलायन करने वालों में से बमुश्किल किसी ने योग्यता की कमी के कारण ऐसा किया था। इसकी बज़ाय

जो बात मायने रखती थी, वह माइक के शब्दों में ''कभी हार नहीं मानने का'' जुनून।

इस वक़्त तक अकेला माइक मैथ्यूज़ ही मेरे साथ चुनौतियों के सामने डटे रहने जैसी मुद्रा पर बात नहीं कर रहा था। सफलता के मनोविज्ञान की पड़ताल करने वाले एक स्नातक विद्यार्थी के तौर पर मैं भी कारोबार, कला, खेल, पत्रकारिता, शिक्षा, चिकित्सा और क़ानून के क्षेत्रों के अग्रणी लोगों के साक्षात्कार ले रही थी। *आपके क्षेत्र में कौन लोग शीर्ष पर मौज़ूद हैं? वे किस तरह के हैं? आपको क्या लगता है कि वे किस वज़ह से ख़ास हैं?*

इन साक्षात्कारों के दौरान सामने आईं कुछ विशिष्टताएं क्षेत्र विशेष तक बहुत ही ज़्यादा सीमित थीं। उदाहरण के लिए एक से ज़्यादा कारोबारियों ने वित्तीय जोख़िम मोल लेने की तैयारी का ज़िक्र किया। ''आपको लाखों डॉलर्स के बारे में सधे हुए फ़ैसले लेना है और उसके बाद रात को सोने चले जाना है।'' लेकिन, यह कलाकारों के मुद्दे के क़रीब जैसा ही लगा, जिन्होंने कुछ रचने की कुलबुलाहट का ज़िक्र किया, ''मुझे वस्तुएं बनाना पसंद है। मैं नहीं जानता क्यों, लेकिन मुझे पसंद हैं।'' इसके विपरीत खिलाड़ियों ने एक अलग ही तरह की प्रेरणा, जीत के रोमांच का ज़िक्र किया : ''विजेताओं को दूसरों के साथ मुक़ाबले में मज़ा आता है। विजेताओं को हारने से नफ़रत होती है।''

इन विशिष्ट बातों के अलावा, कुछ समानताएं भी उभरकर सामने आईं। और यही वह बात थी जिसने मुझमें सर्वाधिक दिलचस्पी जगाई। क्षेत्र कोई भी हो, सबसे सफल लोग भाग्यशाली और प्रतिभावान थे। मैंने यह पहले भी सुना है और मैंने इस पर संदेह भी नहीं जताया।

लेकिन सफलता की कहानी यहां ख़त्म नहीं होती। मैंने जिन लोगों से बात की, उनमें से कई उभरते हुए सितारों की कहानियां भी सुना सकते हैं, जिन्होंने अपनी क्षमता का अहसास होने से पहले ही छोड़ दिया या रुचि खो दी।

ज़ाहिर तौर पर, यह बेहद महत्त्वपूर्ण था–और बिलकुल आसान नहीं–असफलता के बाद भी संघर्ष जारी रखना : ''कुछ लोग महान होते हैं, जब सबकुछ अच्छा चल रहा होता है, लेकिन जब सबकुछ अच्छा नहीं हो तो वे बिखर जाते हैं।'' बड़ी उपलब्धि हासिल करने वालों ने इन साक्षात्कारों में जो बयां किया, उसने ख़ुलासा कर दिया : ''यह एक व्यक्ति जो वास्तविकता में शुरुआत में एक अच्छा लेखक नहीं था। मेरे कहने का मतलब था कि हम उसकी कहानियों को पढ़कर ख़ूब ठहाके लगाया करते थे, क्योंकि उसका लेखन बहुत ही बेढब और अति नाटकीय

हुआ करता था। लेकिन वह बेहतर और बेहतर होता चला गया और पिछले वर्ष तो उसने गुगेनहेम जीता।'' और वे सुधार के लिए लगातार प्रेरित होते रहे : ''वह कभी संतुष्ट नहीं होती थी। आप शायद सोचेंगे कि अब वह संतुष्ट हो चुकी होगी, लेकिन वह अपनी सबसे तीखी आलोचक है।''

बेहद पारंगत व्यक्ति ज़िद के उदाहरण थे। आख़िरकार बेहद पारंगत लोग अपने काम में ज़िद के इतने पक्के क्यों थे? अधिकांश के लिए, कभी भी अपनी आकांक्षाओं को हासिल करने की वास्तविक उम्मीद नहीं थी। उनकी अपनी नज़र में वे इतने क़ाबिल नहीं थे। वे आत्म–संतुष्ट के ठीक उल्टे थे। और फिर भी, वास्तविकता में, वे असंतुष्ट होने में ही संतुष्ट थे। हर कोई अद्वितीय दिलचस्पी और महत्त्व की बात का पीछा कर रहा था, और दरअसल यह पीछा–उसे हासिल करने जितना ही–बेहद संतुष्टि देने वाला था। अगर उन्हें कुछ बोरियत भरी या हताश कर देने वाली बातें भी करना पड़ रही थीं, तो वह इसे छोड़ने की बात सपने में तक नहीं सोचेंगे। उनका जुनून टिकाऊ है।

कुल मिलाकर, क्षेत्र कोई भी हो, बेहद सफल लोगों में एक मज़बूत इरादा था, जिसने दो तरह से काम किया। पहला, यह उदाहरण योग्य व्यक्ति बेहद हर परिस्थिति से मेल बिठा लेने वाले और परिश्रमी थे। दूसरा, वह बहुत गहराई के साथ जानते थे कि आख़िर वह चाहते क्या हैं। उनके पास ना केवल इच्छाशक्ति थी बल्कि *दिशा* भी थी।

जुनून और ज़िद के इसी मेल ने ही बेहद सफल लोगों को ख़ास बनाया था। एक शब्द में कहें तो उनके पास दृढ़ संकल्प था।

मेरे लिए सवाल यह उठ खड़ा हुआ : किसी अमूर्त वस्तु को कैसे मापेंगे? वह वस्तु जिसे सैन्य मनोवैज्ञानिक दशकों बाद भी परिमाणित नहीं कर सके? एक ऐसी बात जिसके बारे में उन सफल लोगों, जिनका मैंने साक्षात्कार लिया था, ने कहा था कि वह उसे देखकर पहचान सकते हैं, लेकिन इसके सीधे परीक्षण के बारे में सोच तक नहीं सकते?

मैंने बैठकर अपने द्वारा लिए साक्षात्कारों के नोट्स पर नज़र दौड़ाई। और जो सवाल उठ रहे थे, मैंने उन्हें लिखना शुरू कर दिया, कुछ मर्तबा जस का तस, इस बात का वर्णन कि दृढ़ संकल्प होने का मतलब क्या होता है।

आधे सवाल ज़िद के बारे में थे। उन्होंने पूछा कि इस तरह के बयानों से आप किस हद तक सहमत हैं, ''मैंने बाधाओं को पार करते हुए एक महत्त्वपूर्ण चुनौती पर जीत हासिल की'' और ''मैं जो काम शुरू करता हूं उसे पूरा करता हूं।''

शेष सवाल थे जुनून के बारे में। ये कुछ इस तरह के थे कि क्या आपकी ''दिलचस्पियां वर्ष दर वर्ष बदलती रहती हैं'' और किस हद तक आप, ''किसी एक विचार या परियोजना को लेकर थोड़ी अवधि के लिए आसक्त हुए हैं और फिर आपकी दिलचस्पी ख़त्म हो गई हो।''

जो बात सामने आई वह थी दृढ़ संकल्प का पैमाना-एक परीक्षण, जो ईमानदारी के साथ लेने पर ज़ाहिर कर देता है कि आप अपनी ज़िंदगी का कितने दृढ़ संकल्प के साथ सामना करते हैं।

जुलाई 2004 में, बीस्ट के दूसरे ही दिन, वेस्ट पॉइंट के 1218 विद्यार्थी दृढ़ संकल्प के पैमाने का सामना करने बैठे।

एक दिन पहले, कैडेट्स ने अपने माता-पिता को अलविदा (विदाई का वह पल जिसके लिए वेस्ट पॉइंट में केवल 90 सेकेंड का वक़्त दिया जाता है) कहा था, अपने सिर मुंडवाए थे (केवल पुरुष), सामान्य पहनावे को विदा करके वेस्ट पॉइंट का सलेटी-सफ़ेद रंग का सुप्रसिद्ध यूनिफ़ॉर्म पहना था और अपने फुटलॉकर्स, हेलमेट्स और अन्य साजोसामान हासिल किया था। शायद उन्होंने ग़लती से यह सोच लिया होगा कि उन्हें पता है कि कैसे कतारबद्ध होना है, लेकिन चौथे वर्ष के एक विद्यार्थी ने उन्हें सही तरीक़े से खड़े होने का निर्देश दिया। (''मेरी रेखा तक पहुंचो! ना मेरी रेखा से आगे, ना मेरी रेखा पर, ना मेरी रेखा से पीछे। मेरी रेखा तक पहुंचो!'')

शुरुआत में मैंने देखा कि दृढ़ संकल्प और कौशल का मेल कैसा रहा। अंदाज़ लगाइए? दृढ़ संकल्प के पैमाने का उन संपूर्ण उम्मीदवार प्राप्तांकों से क़तई कोई नाता नहीं था, जिनकी प्रवेश प्रक्रिया के दौरान बहुत मेहनत के साथ गणना की गई थी। दूसरे शब्दों में, कैडेट कितना प्रतिभावान था, इसका उसके दृढ़ संकल्प से कोई संबंध नहीं था और दृढ़ संकल्प का प्रतिभा से।

माइक द्वारा वायुसेना प्रशिक्षण के दौरान किए गए निरीक्षण से दृढ़ संकल्प और प्रतिभा का यह अलगाव मेल खाता था, लेकिन जब मुझे यह पहली बार पता लगा तो मेरे लिए सचमुच चौंकाने वाला था। आख़िरकार, प्रतिभावान क्यों टिकाऊ नहीं *होने चाहिए?* तार्किक रूप से, प्रतिभावानों को डटे रहना चाहिए और अधिक कड़ी कोशिश करना चाहिए, क्योंकि जब वह ऐसा करते हैं तो वह असाधारण भी होता है। वेस्ट पॉइंट पर, उदाहरण के लिए, अंतत: बीट्स की बाधा को पार कर लेने वाले कैडेट्स में संपूर्ण उम्मीदवार प्राप्तांक, वेस्ट पॉइंट की हर कसौटी का सही पूर्वानुमान लगाता है। यह ना केवल शैक्षणिक अंकों बल्कि सैन्य और शारीरिक फ़िटनेस के अंकों का भी पूर्वानुमान लगाता है।

इसलिए यह वाक़ई चौंकाने वाला ही है कि प्रतिभा होना दृढ़ संकल्प की गारंटी नहीं है। इस किताब में हम वज़ह तलाशेंगे कि ऐसा क्यों है।

बीस्ट के अंतिम दिन तक 71 कैडेट्स पलायन कर चुके थे।

दृढ़ संकल्प, वाक़ई इस बात का बेहद भरोसेमंद भविष्यवक्ता साबित हुआ कि कौन इससे गुज़रने में सफल होगा और कौन नहीं।

अगले वर्ष यही अध्ययन करने के लिए मैं फिर वेस्ट पॉइंट लौट आई। इस वक़्त बीस्ट छोड़ने वाले कैडेट्स की संख्या 62 रही और दोबारा दृढ़ संकल्प के पैमाने ने सही भविष्यवाणी की कि कौन टिकेगा।

इसके ठीक विपरीत, टिके रहने वाले और पलायन करने वालों के संपूर्ण उम्मीदवार प्राप्तांकों में भेद कर पाना मुश्किल था। मैंने अंकों को तय करने में इस्तेमाल निजी घटकों पर नज़दीकी नज़र डाली। दोबारा। कोई अंतर नहीं था।

तो बीस्ट में सफल होने के लिए किस बात की ज़रूरत है?

ना तो आपके सेट अंक, ना आपकी हाईस्कूल रैंक, ना आपका नेतृत्व का अनुभव, ना ही आपकी बतौर खिलाड़ी क्षमता।

ना आपके संपूर्ण उम्मीदवार प्राप्तांक।

केवल दृढ़ संकल्प मायने रखता है।

क्या दृढ़ संकल्प का वेस्ट पॉइंट से परे भी मायने है? यह पता करने के लिए, मैंने उन चुनौतीपूर्ण परिस्थितियों की तलाश की जिनमें कई व्यक्ति हिम्मत हारकर पलायन कर जाते हैं। मैं जानना चाहती थी कि केवल बीस्ट के कठोर परिश्रम के लिए ही दृढ़ संकल्प की दरकार है या फिर आम तौर पर दृढ़ संकल्प लोगों को उनकी प्रतिबद्धताओं से चिपके रहने के लिए मदद करता है।

अगला क्षेत्र जिसमें मैंने दृढ़ संकल्प की शक्ति का परीक्षण किया, सेल्स था। एक ऐसा पेशा जिसमें प्रतिदिन, प्रति घंटे ना सही, असफलता से सामना आम बात है। मैंने अवकाश के दौरान अंशकालिक काम देने वाली एक ही कंपनी के सैकड़ों पुरुषों और महिलाओं को व्यक्तित्व से जुड़े सवालों, जिसमें दृढ़ संकल्प का पैमाना भी शामिल था, पर जवाब मांगे। छह माह बाद, मैं दोबारा कंपनी में गई, उस वक़्त तक बिक्री विभाग के 55% लोग नौकरी छोड़कर जा चुके थे। दृढ़ संकल्प ने सही आकलन किया कौन टिकेगा, कौन जाएगा। इसके अलावा बहिर्मुखता, भावनात्मक स्थिरता और कर्तव्यनिष्ठा जैसा व्यक्तित्व का कोई भी ऐसा समान रुझान नहीं था,

जो नौकरी में बने रहने की दृढ़ संकल्प जितने प्रभावशाली तरीक़े से भविष्यवाणी कर सके।

इसी दौरान, मुझे शिकागो पब्लिक स्कूल्स से फ़ोन आया। वेस्ट पॉइंट के मनोवैज्ञानिकों की ही तरह वहां भी रिसर्चर्स उन विद्यार्थियों के बारे में जानने के लिए ज़्यादा उत्सुक थे, जो हाई स्कूल डिप्लोमा कर लेंगे। उस वर्ष वसंत ऋतु में हाईस्कूल के हज़ारों जूनियर विद्यार्थियों ने संक्षिप्त दृढ़ संकल्प पैमाने को अन्य सवालों के साथ पूरा किया था। एक साल से भी कुछ ज़्यादा अरसे बाद, उनमें से 12 प्रतिशत विद्यार्थी स्नातक बनने से रह गए। जिन विद्यार्थियों ने वक़्त पर स्नातकीय शिक्षा पूरी कर ली, वह ज़्यादा दृढ़ संकल्प वाले थे और दृढ़ संकल्प निश्चित तौर पर स्नातक बनने को लेकर ज़्यादा बेहतर भविष्यवक्ता था, इन बातों की बनिस्बत कि विद्यार्थी स्कूल की कितनी परवाह करते हैं, अपनी पढ़ाई के प्रति वह कितने कर्तव्यनिष्ठ हैं और वह स्कूल में कितना सुरक्षित महसूस करते हैं।

इसी तरह से दो बड़ी संख्या वाले अमेरिकी नमूनों में, मैंने पाया कि बुलंद हौसलों वाले वयस्कों की औपचारिक शिक्षा में और आगे जाने की संभावना भी ज़्यादा होती है। एमबीए, पीएचडी, ज़ेडी या अन्य स्नातक उपाधि हासिल करने वाले वयस्क, चार वर्ष वाले कॉलेज से केवल स्नातक उपाधि हासिल करने वाले वयस्कों से ज़्यादा कृतसंकल्प होते हैं और ये वयस्क फिर उन वयस्कों से ज़्यादा कृतसंकल्प होते हैं जिन्होंने कॉलेज में कुछ अंक तो हासिल किए लेकिन स्नातक उपाधि हासिल नहीं कर सके। दिलचस्प बात यह है कि दो वर्ष वाले कॉलेज से स्नातक उपाधि हासिल करने वाले वयस्कों के प्राप्तांक चार वर्ष वाले कॉलेज से डिग्री हासिल करने वालों से ज़्यादा रहे। शुरुआत में इस बात ने मुझे दुविधा में डाल दिया, लेकिन मैंने जल्द ही जान लिया कि सामुदायिक कॉलेजों में पलायन का प्रतिशत 80 प्रतिशत तक होता है। जो विषम परिस्थितियों पर मात दे देते हैं वे ज़्यादा दृढ़ संकल्प होते हैं।

समानांतर तौर पर मैंने ग्रीन बेरेट्स के नाम से लोकप्रिय, सेना के स्पेशल ऑपरेशन फ़ोर्स के साथ साझेदारी शुरू कर दी थी। ये सेना के सबसे बेहतरीन प्रशिक्षित सैनिक होते हैं, जिन्हें सबसे मुश्किल और सबसे ख़तरनाक अभियानों का ज़िम्मा सौंपा जाता है। ग्रीन बेरेट्स के लिए प्रशिक्षण बेहद कठिन और कई चरणों वाला होता है। मैंने जिस चरण का अध्ययन किया, वह बूट कैम्प के नौ सप्ताह बाद आता है। चार माह का पैदल सेना का प्रशिक्षण, तीन सप्ताह एयरबोर्न स्कूल, चार सप्ताह का तैयारी पाठ्यक्रम, जिसका पूरा ध्यान ज़मीन पर दिशा प्रदर्शन पर केंद्रित होता है। यह सभी प्राथमिक प्रशिक्षण अनुभव बहुत, बहुत कठिन होते हैं और हर चरण पर कुछ ऐसे लोग होते हैं जो उसे पार नहीं कर पाते। लेकिन स्पेशल फ़ोर्स का चयन पाठ्यक्रम तो और भी कठिन है। कमांडिंग जनरल जेम्स पार्कर के शब्दों में

यहीं पर हम तय करते हैं कि कौन ग्रीन बेरेट प्रशिक्षण के अंतिम चरण तक पहुंचेगा और कौन नहीं पहुंच सकेगा।

इसकी चयन प्रक्रिया के आगे बीस्ट बैरक्स तो गर्मियों की छुट्टियों की तरह लगता है। अलसुबह शुरुआत करके प्रशिक्षु सुबह नौ बजे से लेकर शाम तक पूरी गति से ही विभिन्न गतिविधियों में जुटे रहते हैं। दिन के वक़्त की और रात्रिकालीन दिशा प्रदर्शन क़वायद के अलावा चार और छह मील की दौड़, कई मार्च और कुछ मर्तबा 65 पौंड वज़न उठाने की क़वायद भी होती है। ''नेस्टी निक'' के नाम से पहचाने जाने वाले एक बाधाओं भरे रास्ते को पार करने की कोशिश की जाती है, जिसमें पानी के नीचे से, कांटों वाले तारों से गुज़रना होता है। ऊपर लगे लकड़ी के लट्ठों को पार करना पड़ता है। कार्गो नेट्स से पार पाना पड़ता है और आड़ी सीढ़ियों पर झूलना पड़ता है।

चयन पाठ्यक्रम तक पहुंचना ही एक उपलब्धि है, लेकिन फिर भी मेरे द्वारा अध्ययन किए गए उम्मीदवारों में से 42 प्रतिशत ने यह पूरा होने से पहले ही स्वैच्छिक तौर पर हट जाने का फ़ैसला किया। तो इसे पूरा करने वाले लोगों में क्या अलग बात थी? दृढ़ संकल्प।

सेना, शिक्षा और कारोबार में दृढ़ संकल्प के अलावा और कौन-सी बात है जो सफलता की भविष्यवाणी करती है? सेल्स में, मैंने पाया कि पूर्व अनुभव मददग़ार साबित होता है-नौसिखियों की नौकरियां क़ायम रखने की संभावना अनुभवियों की तुलना में कम होती है। शिकागो पब्लिक स्कूल की प्रणाली में एक मददग़ार शिक्षक की मौज़ूदगी ने विद्यार्थियों के स्नातक होने की संभावना को बढ़ा दिया था। ग्रीन बेरेट्स के अभिलाषियों में प्रशिक्षण की शुरुआत से पहले आधारभूत शारीरिक तंदुरुस्ती अनिवार्य है।

लेकिन इनमें से हर क्षेत्र में, जब आप लोगों की इन गुणों के आधार पर तुलना करते हैं तो दृढ़ संकल्प फिर भी सफलता की भविष्यवाणी कर देता है। विविधता से परिपूर्ण इन क्षेत्रों में किसी को सफल होने में मदद करने वाले विशेष गुणों और अनुकूल हालात के बावजूद, सभी में दृढ़ संकल्प मायने रखता है।

जिस वर्ष मैंने स्नातक स्कूल में शिक्षा आरंभ की, वृत्तचित्र *स्पेलबाउंड* प्रदर्शित हुआ था। फ़िल्म तीन लड़कों और पांच लड़कियों पर आधारित है जो स्क्रिप्स नैशनल स्पेलिंग बी के अंतिम मुक़ाबले की तैयारियां कर रहे हैं। अंतिम मुक़ाबले तक पहुंचने के लिए- रोमांच से भरपूर तीन दिन का वॉशिंगटन डीसी में होने वाला एक सालाना आयोजन, जिसे उस ईएसपीएन चैनल पर प्रसारित किया जाता है और जो आमतौर

पर बड़े खेल मुक़ाबलों पर ही केंद्रित रहता है–ये बच्चे पूरे देश की पहले सैकड़ों स्कूलों से आए हज़ारों बच्चों को ''स्पेलिंग'' में मात देते हैं। इसका मतलब यह है कि वे बेहद कठिन शब्दों की स्पेलिंग बिना ग़लती के, चरण दर चरण सही बताते जाते हैं। सबसे पहले अपनी कक्षा के सभी प्रतिस्पर्धियों को मात देते हैं, फिर अपने ग्रेड के, फिर स्कूल, जिला और फिर क्षेत्र के।

स्पेलबाउंड ने मुझे हैरत में डाल दिया : schottische और cymotrichous जैसे शब्दों की स्पेलिंग बिना ग़लती किए बताना किस हद तक बचपन में ही शाब्दिक प्रतिभा का मामला है और दृढ़ संकल्प की इसमें किस हद तक भूमिका है?

मैंने बी की कार्यकारी निर्देशक से संपर्क साधा, जो पेज किम्बल नाम की एक तेज़तर्रार महिला (और ख़ुद स्पेलिंग की पूर्व चैंपियन) थीं। विजेताओं की मानसिक संरचना को जानने के लिए किम्बल मेरी जितनी ही उत्सुक थीं। उन्होंने कुछ माह बाद होने वाले फ़ाइनल के लिए पात्रता हासिल करते ही सभी 273 प्रतिस्पर्धियों को मेरी सवालों की सूची भेजने पर सहमति जता दी। 25 डॉलर के गिफ़्ट कार्ड के चलते तक़रीबन दो तिहाई प्रतिस्पर्धियों ने मेरी लैब को अपने जवाब भेजे। उनमें सबसे अधिक उम्र वाला प्रतिस्पर्धी 15 वर्ष का था, जो इस प्रतियोगिता के नियमों के मुताबिक़ भाग लेने क़ी उम्र सीमा है। सबसे छोटा प्रतिस्पर्धी केवल सात वर्ष का था।

दृढ़ संकल्प के पैमाने को पूरा करने के अलावा प्रतिस्पर्धियों ने यह भी बताया कि वे स्पेलिंग के अभ्यास के लिए कितना वक़्त देते हैं। औसतन, उन्होंने सप्ताह के दौरान प्रतिदिन एक घंटे और सप्ताहांतों पर दो घंटे अभ्यास किया। लेकिन इस औसत में भी बहुत ज़्यादा विविधता थी : कुछ प्रतिस्पर्धी बमुश्किल पढ़ाई कर रहे थे और कुछ तो शनिवार को नौ घंटे तक पढ़ाई कर रहे थे।

मैंने प्रतिस्पर्धियों के एक छोटे-से समूह से अलग से संपर्क साधकर, उनकी शाब्दिक समझ का इम्तिहान लिया। एक समूह के तौर पर प्रतिस्पर्धियों ने असाधारण शाब्दिक क्षमता दिखाई। लेकिन प्राप्तांकों में पर्याप्त अंतर देखने को मिला। कुछ बच्चों ने बाल प्रतिभा के बौद्धिक स्तर का प्रदर्शन किया तो कुछ उनकी उम्र के लिहाज़ से ''औसत'' साबित हुए।

जब ईएसपीएन ने प्रतियोगिता का अंतिम मुक़ाबला टेलीकास्ट किया तो मैंने उसे अंतिम रहस्यमयी लम्हों तक पूरा देखा, जब 13 वर्ष के बच्चे अनुराग कश्यप ने A-P-P-O-G-G-I-A-T-U-R-A (किसी संगीत प्रस्तुति में अतिरिक्त स्वर का प्रयोग) की स्पेलिंग का सही उच्चारण कर प्रतियोगिता जीती।

उसके बाद अंतिम रैंकिंग हाथ में आने के बाद मैंने उपलब्ध आंकड़ों और जानकारी का विश्लेषण किया।

मैंने यह पाया : अंतिम प्रतियोगिता से महीनों पहले लिए गए दृढ़ संकल्प के पैमाने ने सही आकलन कर दिया था कि प्रतिस्पर्धी अंततः किस तरह का प्रदर्शन करेंगे। आसान शब्दों में कहा जाए तो ज़्यादा दृढ़ संकल्प वाले बच्चों ने प्रतियोगिता में लंबा सफ़र तय किया। उन्होंने यह कैसे किया? कई और घंटे के अध्ययन करने के अलावा और अधिक स्पेलिंग बी प्रतियोगिताओं में भाग लेकर।

और प्रतिभा की क्या भूमिका? शाब्दिक बुद्धिमत्ता ने भी प्रतियोगिता में और आगे जाने का सही आकलन किया। लेकिन शाब्दिक क्षमता और दृढ़ संकल्प के बीच कोई संबंध नहीं था। ख़ास बात यह कि शाब्दिक तौर पर प्रतिभावान प्रतिस्पर्धियों ने कम क्षमता वाले प्रतिस्पर्धियों से बहुत ज़्यादा अध्ययन नहीं किया और ना ही उनका प्रतियोगिता का लंबा इतिहास ही था।

एक अन्य अलहदा अध्ययन में भी दृढ़ संकल्प और प्रतिभा का अलगाव उभरकर सामने आया। यह अध्ययन मैंने आईवी लीग के पूर्व स्नातकों पर किया था। यहां पर सेट के प्राप्तांक और दृढ़ संकल्प का विलोम जुड़ाव था। उस चुनिंदा नमूने में मौजूद जिन विद्यार्थियों के सेट के प्राप्तांक अधिक थे, वह औसतन अपने साथियों से थोड़ा कम दृढ़ संकल्प वाले थे। अपने पास मौज़ूद अन्य आंकड़ों और जानकारियों के साथ इस खोज को मिलाने से मुझे एक मौलिक अंतर्दृष्टि मिली जो मुझे अपने भविष्य के काम में भी मदद करेगी : *हमारी क्षमता एक अलग बात है। हम उसके साथ क्या करते हैं यह अलग बात है।*

2

प्रतिभा से विचलित होना

मनोवैज्ञानिक बनने से पहले मैं एक शिक्षक थी। यह एक कक्षा की बात है-बीस्ट का नाम तक सुनने से बहुत पहले की बात-जब मुझे यह समझ में आने लगा था कि उपलब्धि के लिहाज़ से प्रतिभा ही सबकुछ नहीं है।

जब मैंने पूर्णकालिक शिक्षक का काम शुरू किया तो उस वक़्त मेरी उम्र 27 वर्ष थी। एक माह पहले ही मैंने न्यू यॉर्क के मध्य में नीले कांचों से सजी एक गगनचुंबी इमारत में कई मंज़िलों तक फैली वैश्विक प्रबंधन सलाहकार कंपनी मक्किंज़ी की नौकरी छोड़ दी थी। मेरे फ़ैसले से मेरे साथीगण हैरत में थे। उस कंपनी को क्यों छोड़ना जिससे जुड़ने के लिए साथीगण जान कुर्बान करने को तैयार थे-ऐसी कंपनी जिसे दुनिया की सबसे तेज़तर्रार और सबसे प्रभावी कंपनी माना जाता था?

परिचितों ने मान लिया कि मैं सप्ताह के 84 घंटे के काम की बज़ाय कुछ ज़्यादा सुकून भरी जीवनशैली की तलाश में थी। हर वह व्यक्ति जो शिक्षक रह चुका है, यह जानता है कि दुनिया में इससे मुश्किल काम कुछ भी नहीं है। तो फिर नौकरी क्यों छोड़ना? कुछ मायनों में इसकी वजह पढ़ाना नहीं बल्कि सलाह देने की मंशा थी। कॉलेज के पूरे समय के दौरान मैंने स्थानीय पब्लिक स्कूलों में बच्चों को पढ़ाया था, उनका मार्गदर्शन किया था। स्नातक होने के बाद मैंने ट्यूशन-मुक्त शैक्षणिक समृद्धि कार्यक्रम चलाया था, जो दो वर्ष तक चला। उसके बाद मैं ऑक्सफ़ोर्ड चली गई और तंत्रिका विज्ञान (न्यूरोसाइंस) में स्नातक उपाधि हासिल की। इस दौरान मैंने पढ़ने-लिखने में कठिनाई वाली बीमारी डिसलेक्सिया के तंत्रिका तंत्र (न्यूरल साइंस) का अध्ययन किया। इसलिए जब मैंने शिक्षक के तौर पर काम शुरू किया, तो मुझे लगा मानो मेरी ज़िंदगी दोबारा पटरी पर लौट आई है।

इसके बावज़ूद यह परिवर्तन आकस्मिक था। एक सप्ताह के भीतर मेरा वेतन *वाक़ई? क्या मुझे इतना वेतन मिलता है?* से *वाह! भई इस शहर में शिक्षक जीवन*

यापन कैसे करते हैं? रात्रि का भोजन अब कॉपियां जांचने के दौरान जल्दबाज़ी में खाया गया सैंडविच था, ना कि ग्राहक के ख़र्च पर मंगाई गई सुशी। मैं अब भी सबवे के उसी रास्ते पर यात्रा करती थी, लेकिन अब मध्य न्यू यॉर्क गुज़र जाने के बाद भी ट्रेन में ही रहती थी। दक्षिण की ओर छह स्टॉप बाद उतरने लगी थी : लोअर ईस्ट साइड में। पम्प शूज़, मोतियों और सलीके से सिले हुए सूट की बज़ाय अब मैं ज़्यादा व्यावहारिक जूते पहनती थी, जिन्हें पहनकर दिनभर खड़ा रहा जा सके और परिधान ऐसे जो चॉक के निशानों से सन भी जाएं तो चिंता की कोई बात नहीं थी।

मेरे विद्यार्थी 12 और 13 वर्ष के बच्चे थे। अधिकांश एवेन्यू ए और डी के बीच के सघन आवासीय संकुल में रहते थे। यह हर कोने पर हिप कैफ़े के कुकुरमुत्तों की तरह उग आने से पहले की बात है। मैंने वहां पर शरद ऋतु में पढ़ाने की शुरुआत की थी। एक गुस्सैल शहरी इलाक़े में स्थित एक शोरशराबे और धमाचौकड़ी वाले हमारे स्कूल का एक फ़िल्म में सेट के तौर पर इस्तेमाल हुआ था। मेरा काम विद्यार्थियों को कक्षा सातवीं का गणित सिखाना था : भिन्न और दशमलव और बीजगणित और ज्यामिति की आधारभूत जानकारी।

पहले ही सप्ताह में साफ़ हो गया था कि मेरे कुछ विद्यार्थी अन्य की तुलना में गणितीय धारणाओं को ज़्यादा तेज़ी से सीख रहे थे। कक्षा के सबसे ज़्यादा प्रतिभावान विद्यार्थियों को पढ़ाना बेहद आनंददायक था। वह वास्तविकता में ''बहुत तेज़ अध्ययन'' करते थे। गणित के सवालों की श्रंखला में वह अंतर्निहित रुझान को पहचान लेते थे, जिसे समझने में कम क्षमता वाले विद्यार्थियों को परेशानी होती थी। वह मुझे बोर्ड पर एक सवाल को हल करते हुए देखते ही बोल उठते थे, ''हमें समझ आ गया'' और फिर अगले सवाल को अपने ही बूते हल कर दिया करते थे।

इसके बावज़ूद, परीक्षा के पहले दौर में मुझे यह देखकर हैरानी हुई कि बहुत क्षमतावान विद्यार्थियों में से कुछ मेरी उम्मीद के मुताबिक़ प्रदर्शन नहीं कर रहे थे। कुछ ने निश्चित तौर पर बहुत अच्छा प्रदर्शन किया था। लेकिन मेरे इन चुनिंदा सबसे प्रतिभावान विद्यार्थियों के अलावा बाक़ी सभी के प्राप्तांक कमज़ोर या बहुत बुरे थे।

इसके विपरीत शुरुआती दौर में जूझने वाले विद्यार्थियों में से कुछ का प्रदर्शन मेरी उम्मीद से भी बेहतर रहा था। यह ''क्षमता से ज़्यादा हासिल करने वाली'' तैयारी के साथ नियमित तौर पर कक्षा में आते थे। खेलने या खिड़की से बाहर देखने की बज़ाय वह नोट्स तैयार करते थे और सवाल भी पूछते थे। जब उन्हें कोई बात पहली बार में समझ नहीं आती थी तो वह फिर और फिर प्रयास करते थे। कई मर्तबा तो भोजन अवकाश या दोपहर के वैकल्पिक वक़्त में भी अतिरिक्त मदद के लिए आ जाया करते थे। उनके प्राप्तांक उनकी मेहनत को बता रहे थे।

ज़ाहिर तौर पर योग्यता सफलता की गारंटी *नहीं* थी। गणित के लिए प्रतिभा और गणित की कक्षा में बेहतरीन प्रदर्शन में अंतर था।

यह मेरे लिए चौंकाने वाला था। आख़िरकार परंपरागत ज्ञान तो यही कहता है कि गणित एक ऐसा विषय है जिसमें विद्यार्थी जितने ज़्यादा प्रतिभावान होंगे, उनके सफल होने की संभावना भी उतनी ही अधिक होगी। कक्षा के उन साथियों को पीछे छोड़ देंगे, जो वास्तविकता में ''गणित के लायक़ लोग'' नहीं हैं। ईमानदारी की बात यही है कि मैंने भी स्कूल के साल की शुरुआत इसी मान्यता के साथ की थी। यह ज़ाहिर तौर पर मान लिया गया था कि जो विद्यार्थी आसानी से बातों को समझ पा रहे थे, वह अपने साथियों से आगे बने रहेंगे। सच तो यही है कि मुझे उम्मीद थी कि क़ुदरती तौर पर प्रतिभावान विद्यार्थियों और कक्षा के अन्य विद्यार्थियों के बीच अंतर वक़्त गुज़रने के साथ बढ़ता ही चला जाएगा।

दरअसल प्रतिभा ने मेरा ध्यान विचलित कर दिया था।

धीरे-धीरे मैंने ख़ुद से कठिन सवाल पूछने कर दिए। जब मैंने कोई पाठ पढ़ाया और अवधारणा दिमाग़ में घर कर पाने में असफल रही तो क्या संभव है कि समझने में जूझने वाले विद्यार्थियों को कुछ और ज़्यादा वक़्त तक जूझना पड़ेगा? क्या मुझे उन्हें अपनी बात समझाने के लिए दूसरा तरीक़ा अपनाने की ज़रूरत है? प्रतिभा के ही तक़दीर होने के नतीज़े पर पहुंच जाने की बज़ाय क्या मुझे प्रयासों के महत्त्व पर भी विचार करना चाहिए? और एक शिक्षक होने के नाते, क्या यह मेरी ज़िम्मेदारी नहीं है कि कैसे प्रयासों को क़ायम रखा जाए-विद्यार्थियों और ख़ुद अपने लिए-कुछ और वक़्त तक के लिए?

साथ ही मैंने देखा कि मेरे सबसे कमज़ोर विद्यार्थियों की आवाज़, अपनी पसंदीदा बातों के बारे में बात करते हुए कैसे खुल जाती थी। यह ऐसी चर्चाएं थीं, जिन्हें समझ पाना मैंने असंभव पाया : बास्केटबॉल के आंकड़ों पर संवाद, उनके पसंदीदा गानों के बोल, इन बातों को लेकर तरह-तरह की चर्चाएं कि कौन किससे बात नहीं कर रहा था और क्यों? जब मैं अपने विद्यार्थियों को ज़्यादा बेहतर तरीक़े से समझने लगा तो मैंने पाया कि उन सभी ने अपनी जटिल रोज़मर्रा की ज़िंदगी में ढेर सारे जटिल विचारों पर महारत हासिल कर रखी है। क्या सचमुच, बीजगणित के एक समीकरण का आ जाना इतना मुश्किल है?

मेरे विद्यार्थियों में एक समान प्रतिभा नहीं थी। फिर भी जब बात सातवीं कक्षा के गणित को सीखने की आई तो क्या संभव है कि उन्होंने और मैंने वक़्त गुज़रने के साथ पर्याप्त प्रयास किए होते, तो वे वहां पहुंच जाते, जहां उन्हें पहुंचना था? मैंने सोचा, निश्चित तौर पर, वे सभी *पर्याप्त* तौर पर प्रतिभावान थे।

स्कूल के वर्ष की समाप्ति से पहले मेरा मंगेतर मेरा पति बन गया। उसके मक्किंज़ी के बाद के करियर की ख़ातिर हम न्यू यॉर्क से सामान बटोरकर सेन फ्रांसिस्को पहुंच गए। मैंने लॉवेल हाईस्कूल में गणित पढ़ाने की नई नौकरी खोज ली।

मेरी लोअर ईस्ट साइड की कक्षा की तुलना में लॉवेल एक अलग ही दुनिया थी।

प्रशांत महासागर की कोहरे से ढंकी घाटी में लॉवेल, सेन फ्रांसिस्को का इकलौता ऐसा पब्लिक स्कूल था, जिसमें विद्यार्थियों को शैक्षणिक गुणवत्ता के आधार पर ही प्रवेश दिया जाता था। वह यूनिवर्सिटी ऑफ़ कैलिफ़ोर्निया की प्रणाली को विद्यार्थी मुहैया कराने वाला सबसे बड़ा स्कूल था। लॉवेल, देश की सबसे चुनिंदा यूनिवर्सिटीज़ को अधिकांश स्नातक देता है।

अगर मेरी तरह आप भी देश के पूर्वी तट पर बड़े हुए हैं तो आप लॉवेल को सेन फ्रांसिस्को की स्टूयवेसेंट (न्यू यॉर्क का प्रतिष्ठित हाईस्कूल) मान सकते हैं। यह विचार ही आपकी आंखों के सामने ऐसे तेज़तर्रार बच्चे ला देगा, जो प्रवेश के लिए ज़रूरी शीर्ष टेस्ट प्राप्तांक और ग्रेड हासिल नहीं कर पाने वाले विद्यार्थियों से बहुत-बहुत ज़्यादा चतुर हैं।

मैंने पाया कि लॉवेल के विद्यार्थी अपनी प्रतिभा की बनिस्बत अपने काम के प्रति निष्ठा के कारण विख्यात हैं। एक बार मैंने अपने कमरे में विद्यार्थियों से पूछा था कि वे कितना पढ़ते हैं। तय-सा जवाब? कई-कई घंटे। सप्ताह में नहीं बल्कि एक दिन में।

फिर भी किसी भी अन्य स्कूल की तरह, बच्चे कितनी कड़ी मेहनत करते हैं और उनका प्रदर्शन कैसा होता है, इसके बीच बहुत ज़्यादा विविधता थी।

जैसा कि मैंने न्यू यॉर्क में भी पाया था, गणित में अच्छे होने की वजह से मैंने कुछ बच्चों से बेहतर प्रदर्शन की उम्मीदें लगाई थीं, लेकिन उनका प्रदर्शन कक्षा के साथियों से ख़राब रहा। दूसरी ओर मेरे सबसे ज़्यादा मेहनत करने वाले विद्यार्थी, टेस्ट और पहेलियों-प्रश्नोत्तरियों में स्थायी तौर पर मेरे सबसे अच्छे प्रदर्शन करने वाले विद्यार्थी साबित हो रहे थे।

इन कड़ी मेहनत करने वालों में से एक था डेविड लुओंग।

डेविड मेरी बीजगणित की कक्षा में नया विद्यार्थी था। लॉवेल में बीजगणित की दो तरह की कक्षाएं होती थीं : तेज़ रास्ता जो अंतिम वर्ष तक आपको एडवांस्ड प्लेसमेंट कैलकुलस (महाविद्यालय जैसा स्तर) तक पहुंचाता था, जबकि नियमित रास्ता, जो मैं पढ़ाती थी, ऐसा नहीं करता था। मेरी कक्षा के विद्यार्थियों ने लॉवेल की मैथ प्लेसमेंट परीक्षा में उतने पर्याप्त अंक हासिल नहीं किए थे कि वे तेज़ रास्ते पर जा सकें।

डेविड शुरुआत में अलग नहीं था। वह शांत था और कमरे में पीछे की ओर बैठता था। वह बहुत ज़्यादा हाथ नहीं उठाता था, वह ब्लैकबोर्ड पर सवाल हल करने के लिए स्वेच्छा से बमुश्किल आगे आता था।

लेकिन मैंने एक बात देखी कि जब कभी भी मैंने असाइनमेंट में अंक दिए तो डेविड का काम सबसे बेहतरीन रहा। वह मेरी पहेलियों और टेस्ट में प्रवीण हो चुका था। जब कभी मैं उसके जवाब को ग़लत करार देती थी, तो अक्सर ग़लती उसकी नहीं मेरी हुआ करती थी। और हां, उसके अंदर सीखने की बहुत ज़्यादा ललक थी। कक्षा में उसकी एकाग्रता गज़ब की थी। कक्षा के बाद रुककर वह बड़ी ही विनम्रता के साथ और अधिक कड़े सवाल देने के लिए कहा करता था।

मैं हैरान होकर सोचा करती थी कि यह बच्चा *मेरी* कक्षा में क्या कर रहा है।

एक बार मुझे यह समझ में आने के बाद कि परिस्थिति कितनी बेतुकी है, मैं डेविड को विभाग प्रमुख के कार्यालय में ले गई। क्या चल रहा है यह बताने में ज़्यादा वक़्त नहीं लगा। सौभाग्यवश विभाग प्रमुख एक समझदार और बेहतरीन शिक्षिका थीं, जो नौकरशाही द्वारा तय नियमों की तुलना में बच्चों को ज़्यादा मूल्यवान समझती थी। उन्होंने तत्काल डेविड को मेरी कक्षा से निकालकर तेज़ रास्ते वाली कक्षा में पहुंचाने की प्रक्रिया के लिए काग़ज़ी कार्रवाई शुरू कर दी।

मेरा नुक़सान अगले शिक्षक का लाभ था। निश्चित तौर पर उतार-चढ़ाव भी था, डेविड के गणित के सभी ग्रेड ''ए'' नहीं थे। डेविड ने मुझे बाद में बताया, ''आपकी कक्षा छोड़कर ज़्यादा एडवांस्ड कक्षा में पहुंचने के बाद मैं कुछ पीछे था। और अगले साल गणित-ज्यामिति मुश्किल बनी रही। मुझे ए नहीं बी मिला। उसकी अगली कक्षा में गणित के पहले टेस्ट में उसे डी मिला।''

मैंने पूछा, ''तुमने इस परिस्थिति का सामना कैसे किया?''

उसने बताया, ''मुझे बुरा तो लगा-वाक़ई लगा-लेकिन मैं बस यही रोना नहीं रोता रहा। मैं जानता था कि यह हो चुका है। मैं जानता था कि मुझे अब इस बात पर ध्यान केंद्रित करना है कि मुझे अब आगे क्या करना है। इसलिए मैं शिक्षक के पास गया और मदद मांगी। मैं मूलत: यह जानने की कोशिश कर रहा था कि मैंने क्या ग़लत किया। मुझे अब और अलग क्या करना होगा।''

अंतिम वर्ष तक डेविड, लॉवेल के ज़्यादा मुश्किल दो ऑनर्स कैलकुलस पाठ्यक्रम ले रहा था। उस साल की वसंत ऋतु में उसे एडवांस्ड प्लेसमेंट परीक्षा में 5 में से 5 मिले।

लॉवेल के बाद डेविड ने स्वार्थ मोर कॉलेज से इंजीनियरिंग और अर्थशास्त्र में दोहरी स्नातक उपाधि हासिल की। उनके स्नातक उपाधि समारोह में मैं उसके अभिभावकों के साथ बैठकर, कक्षा में पीछे की ओर बैठने वाले उस शांत विद्यार्थी

को याद कर रही थी, जिसने अंततः यह साबित कर दिया कि कौशल और योग्यता के लिए ली जाने वाली परीक्षाओं के परिणामों में भी कई बातें ग़लत हो सकती हैं।

दो वर्ष पहले डेविड ने यूसीएलए से मैकेनिकल इंजीनियरिंग में पीएचडी हासिल की। उसका शोध-निबंध का विषय था, ट्रक के इंजिनों में थर्मोडायनेमिक्स प्रक्रिया के लिए सर्वश्रेष्ठ प्रदर्शन एल्गोरिद्म। अंग्रेज़ी में कहें तो डेविड ने गणित का इस्तेमाल इंजिनों को ज़्यादा सक्षम बनाने के लिए किया। आज वह एयरोस्पेस कार्पोरेशन में इंजीनियर है। अक्षरशः वह बालक जिसे कठिन और तेज़ गणित की कक्षा के लिए ''तैयार'' नहीं माना गया था, अब ''रॉकेट साइंटिस्ट'' है।

अगले कुछ साल के अध्यापन के दौरान, प्रतिभा के ही नियति होने पर से मेरा विश्वास उठता चला गया और प्रयासों से मिलने वाले लाभों के प्रति मेरा कौतूहल बढ़ता ही चला गया। इस रहस्य की गहराइयों की पड़ताल के लिए मैं अध्यापन छोड़कर अंततः मनोवैज्ञानिक बन गई।

जब मैं ग्रैजुएट स्कूल में पहुंची, मुझे पता लगा कि मनोवैज्ञानिकों को यह बात लंबे अरसे से हैरान किए हुए थी कि क्या वजह है कि कुछ लोग सफल होते हैं और अन्य असफल। इस विषय पर सबसे पहले अपने दूर के भाई चार्ल्स डार्विन के साथ बहस करने वालों में से एक थे फ्रांसिस गेल्टन।

हर लिहाज़ से गेल्टन एक बाल प्रतिभा थे। चार वर्ष की उम्र तक वह पढ़ना और लिखना सीख चुके थे। छह वर्ष की उम्र तक वह लातिनी भाषा और गणित में लंबा विभाजन सीख चुके थे। शेक्सपियर की कृतियों के अंश उन्हें कंठस्थ थे। सीखना उनके लिए बहुत आसान था।

1869 में, गेल्टन ने भारी सफलता के मूल पर पहला वैज्ञानिक अध्ययन प्रकाशित किया था। अन्य क्षेत्रों सहित विज्ञान, खेल, संगीत, कविता और क़ानून सुविख्यात लोगों की सूची बनाने के बाद उन्होंने उनके जीवन से संबंधित हरसंभव जानकारी एकत्रित की। गेल्टन ने निष्कर्ष निकाला कि लीक से अलग निराले लोग तीन तरह से उल्लेखनीय हैं : साथ मिलकर ''ज़िद'' और ''कड़ी मेहनत की क्षमता'' के साथ वे असामान्य ''क़ाबिलियत'' का प्रदर्शन करते हैं।

गेल्टन की किताब के पहले 50 पन्ने पढ़ने के बाद, डार्विन ने अपने भाई को एक पत्र लिखकर इस बात पर हैरानी जताई कि अनिवार्य गुणों की सूची में प्रतिभा का भी समावेश था। डार्विन ने लिखा, ''तुमने एक तरह से प्रतिद्वंद्वी का रूपांतरण कर दिया है। क्योंकि मेरा हमेशा से यह मानना रहा है कि केवल बेवक़ूफ़ों को छोड़कर बुद्धिमत्ता के लिहाज़ से लोगों के बीच ज़्यादा अंतर नहीं होता। अंतर होता

है तो केवल ज़िद और कड़ी मेहनत में और मेरा अब भी यह मानना है कि यह *उत्कृष्ट तौर* पर एक महत्त्वपूर्ण अंतर है।''

निश्चित तौर पर, डार्विन ख़ुद उस तरह के बड़ी उपलब्धि हासिल करने वाले थे, जिन्हें गेल्टन समझने की कोशिश कर रहे थे। इतिहास में सबसे ज़्यादा प्रभाव डालने वाले वैज्ञानिकों में से एक के तौर पर पहचान रखने वाले डार्विन ने सबसे पहले प्राकृतिक चयन के परिणामस्वरूप पेड़-पौधों और जीवों की प्रजातियों में विविधता का ख़ुलासा किया था। तुलनात्मक तौर पर, डार्विन ना केवल वनस्पति और जीवों के दक्ष निरीक्षक थे, बल्कि इंसानों के भी। एक अर्थ में, उनका काम ही उन हल्के अंतरों का निरीक्षण करना था, जो अंततः अस्तित्व क़ायम रहने की वज़ह बने।

इसलिए उपलब्धियों के निर्धारकों पर डार्विन के विचार रुककर सोचने लायक़ हैं-मतलब, यह धारणा कि अंततः ज़िद और कड़ी मेहनत ही बौद्धिक क्षमता से ज़्यादा महत्त्वपूर्ण हैं।

कुल मिलाकर डार्विन के जीवनीकार इस बात का दावा नहीं करते कि वह अलौकिक बुद्धि के धनी थे। वह निश्चित तौर पर बुद्धिमान थे, लेकिन उनके विचार उनके दिमाग़ में बस बिजली की चमक की तरह अचानक नहीं आ गए। वह एक लिहाज़ से मेहनती इंसान थे। डार्विन की अपनी आत्मकथा इस विचार का समर्थन करती है, वह स्वीकारते हैं, ''मुझमें कुछ चतुर लोगों में उल्लेखनीय तौर पर मौज़ूद तेज़ समझ नहीं है। विचारों की लंबी और पूरी तरह से अमूर्त श्रंखला का पीछा करने की मेरी ताक़त बेहद सीमित है।'' उनका मानना है कि वह अच्छे गणितज्ञ नहीं बन पाते, ना ही दार्शनिक और उनकी याददाश्त भी औसत से कम थी : ''मेरी याददाश्त एक लिहाज़ से इतनी कम है कि एक अकेली तारीख़ या कविता की पंक्ति को कुछ दिन से ज़्यादा याद नहीं रख पाता था।''

शायद डार्विन बहुत ज़्यादा विनम्र थे। लेकिन अपनी निरीक्षण क्षमता और ज़िद की तारीफ़ करने में उन्हें कोई परेशानी नहीं थी, जिन्हें उन्होंने प्रकृति के नियम समझने के लिए इस्तेमाल किया : ''मैं सोचता हूं कि मैं आम आदमी की तुलना में उन बातों को देख लेने और अच्छी तरह से निरीक्षण करने में बेहतर हूँ, जो आसानी से नज़रअंदाज़ कर दी जाती हैं। जहां तक निरीक्षण और तथ्यों को एकत्रित करने की बात है तो मेरा काम संभाव्य सीमा तक महान है। जो बात ज़्यादा महत्त्वपूर्ण है, वह यह कि प्रकृति विज्ञान के प्रति मेरा प्यार स्थायी और उत्कट है।''

एक जीवनीकार ने डार्विन को एक ऐसा व्यक्ति करार दिया जो उन्हीं सवालों पर लंबे अरसे तक सोचना जारी रखे रहते थे, जबकि अन्य लोग दूसरे और निश्चित तौर पर ज़्यादा आसान सवालों का रुख़ कर चुके होते थे :

> किसी बात को लेकर उलझ जाने के बाद पहली प्रतिक्रिया यही होती है, ''मैं इसके बारे में बाद में सोचूंगा,'' और फिर वास्तविकता में होता यह है कि उसे भुला दिया जाता है। डार्विन के मामले में लगता है कि वह जानबूझकर इस तरह की आधी-अधूरी विस्मृति में नहीं उलझते थे। वह अपने दिमाग़ में हर एक सवाल को ज़िंदा रखते थे, उस वक़्त दोबारा सामने ले आने के लिए जब उससे संबंधित कोई जानकारी उनके सामने आ जाए।

---

40 वर्ष बाद अटलांटिक के दूसरे सिरे पर हार्वर्ड के मनोवैज्ञानिक विलियम जेम्स ने इस सवाल का जवाब तलाशने की शुरुआत की कि लोग अपने लक्ष्यों का पीछा कैसे करते हैं। अपने लंबे और उल्लेखनीय करियर के अंत में जेम्स ने *साइंस* (तब से लेकर अब तक एक शीर्ष शैक्षणिक पत्रिका, ना केवल मनोविज्ञान के लिए बल्कि तमाम प्रकृति और सामाजिक विज्ञान के लिए) में इस विषय पर एक निबंध लिखा। इसका शीर्षक था, ''इंसान की ऊर्जाएं।''

अपने नज़दीकी मित्रों और साथियों की उपलब्धियों और असफलताओं पर प्रकाश डालते हुए और इस बात पर भी कि किस तरह से उनके अपने प्रयासों की गुणवत्ता अच्छे और बुरे दिनों में बदलती रही, जेम्स ने लिखा :

> हमें जितना होना चाहिए उसके लिहाज़ से हम अर्धजाग्रत ही होते हैं। हमारे भीतर की आग बुझ चुकी है और हमारी सोच अवरुद्ध हो चुकी है। हम अपने संभावित मानसिक और शारीरिक संसाधनों के केवल कुछ हिस्से का ही इस्तेमाल कर रहे हैं।

जेम्स ने घोषणा की कि क्षमता और उसे साकार करने के बीच एक अंतर है। इस बात से इनकार नहीं करते हुए कि हमारी प्रतिभा अलग-अलग है-कोई खिलाड़ी होने की बजाय संगीत का ज़्यादा जानकार हो सकता है, किसी में कलाकार की बजाय उद्यमिता के गुण ज़्यादा हो सकते हैं-जेम्स ने दावा किया, ''हर इंसान आमतौर पर अपनी हदों के बहुत भीतर रहता है; उसके पास विविध शक्तियां होती हैं, जिनका वह आदतन इस्तेमाल करने में नाकाम होता है। वह अपनी अधिकतम की तुलना में कम ऊर्जा का इस्तेमाल करता है और वह अपने सर्वोत्कृष्ट से कम व्यवहार करता है।''

जेम्स स्वीकारते हैं, ''निश्चित तौर पर सीमाएं होती हैं। पेड़ कोई आसमान तक नहीं पहुंच जाते।'' लेकिन इन बाहरी सीमाओं का विस्तार अंततः थम जाना हममें

से अधिकांश के लिए अप्रासंगिक होता है : ''यह सामान्य तथ्य बरकरार है कि पूरी दुनिया में इंसानों के पास बहुत सारे संसाधन होते हैं, जिन्हें केवल कुछ बेहद विशिष्ट लोग ही उनकी हदों तक इस्तेमाल करते हैं।''

1907 में लिखे गए यह शब्द आज भी उतने ही खरे हैं। तो फिर आख़िर क्यों हम प्रतिभा पर इतना ज़ोर देते हैं? और क्यों अपने काम की सीमाओं को तय कर देते हैं, जबकि वास्तविकता में हममें से अधिकांश तो अपनी यात्रा के शुरुआती चरण में हैं, बाहरी सीमाओं से बहुत-बहुत दूर? और हम यह क्यों मान लेते हैं कि हमारे प्रयासों की बजाय हमारी प्रतिभा ही यह तय करेगी कि लंबी अवधि में हम कहां तक पहुंचेंगे?

कई वर्षों तक कुछ राष्ट्रीय सर्वेक्षणों में पूछा जाता था : सफलता के लिए क्या ज़्यादा महत्त्वपूर्ण है-प्रतिभा या प्रयास? दोगुने अमेरिकियों के प्रयासों पर मुहर लगाने की दोगुनी संभावना है। यही बात सच हो जाती है जब आप अमेरिकियों से खेल क्षमता के बारे में सवाल पूछते हैं। और जब यह पूछा जाता है कि, ''अगर आप एक नए कर्मचारी को नौकरी दे रहे हैं तो आप इनमें से किन गुणों को सबसे ज़्यादा महत्त्वपूर्ण मानते हैं?'' अमेरिकी मुहर लगाते हैं, ''कड़ी मेहनत करने वाला हो,'' इस गुण को वह ''बुद्धिमत्ता की तुलना में अक्सर पांच गुना अधिक अहमियत देते हैं।

इन सर्वेक्षणों के परिणाम मनोवैज्ञानिक चिया-जंग द्वारा संगीत के जानकारों को दी गई सवालों की सूची के परिणामों से भी मेल खाते हैं। संगीत के जानकारों से पूछे जाने पर उन्होंने भी जन्मजात प्रतिभा की तुलना में दृढ़तापूर्वक प्रयासपूर्ण प्रशिक्षण को ज़्यादा महत्त्वपूर्ण बताया था। लेकिन चिया जब गुणों को कुछ छिपाकर सवाल करती हैं तो वह इसके ठीक विपरीत गुण को लेकर पूर्वाग्रह को दर्शाती हैं-हम जन्मजात प्रतिभाओं को ज़्यादा पसंद करते हैं।

चिया के प्रयोग में, पेशेवर संगीतकारों ने दो पियानोवादकों के बारे में जाना जिनकी जीवनी, पूर्व उपलब्धियों के लिहाज़ से बिलकुल एक समान थी। संगीतकारों ने इन पियानोवादकों की एक छोटी-सी क्लिप सुनी। इससे अनजान एक अकेला पियानोवादक, इसी धुन के अलग टुकड़े बजा रहा था। दोनों में फ़र्क़ यह था कि एक पियानोवादक को जन्मजात प्रतिभा के गुण होने के कारण कुदरत की देन बताया जाता है। दूसरे को ''जुझारू बताया जाता है जिसमें शुरुआत से ही बहुत ज़्यादा प्रेरणा और ज़िद देखने को मिलती थी। प्रयास बनाम प्रतिभा के महत्त्व को लेकर अपनी रूढ़ धारणाओं के विपरीत संगीतकारों की जन्मजात प्रतिभा के धनी की सफलता और काम दिए जाने की संभावना ज़्यादा है।''

इसी अध्ययन की अगली कड़ी में चिया ने यह परख़ा कि क्या उद्यमिता के एक बेहद अलग क्षेत्र में भी यह विसंगति देखने को मिलेगी, जिसमें कड़े परिश्रम और जुझारूपन को महत्त्व दिया जाता है। उन्होंने कारोबार में अनुभव के विभिन्न स्तरों वाले सैकड़ों वयस्कों को काम पर रखा और बिना किसी क्रम के उन्हें दो समूहों में विभाजित कर दिया। उनके रिसर्च से जुड़े आधे लोगों ने ''जुझारू'' उद्यमी के बारे में पढ़ा, जिसके बारे में यह कहा गया था कि उसने कड़ी मेहनत, प्रयास और अनुभव के आधार पर सफलता हासिल की है। शेष लोगों ने एक ''कुदरती'' प्रतिभा के धनी उद्यमी के बारे में पढ़ा, जिसके बारे में बताया गया था कि उसने सफलता, जन्मजात प्रतिभा के आधार पर हासिल की है। सभी प्रतिभागियों को एक ही कारोबारी प्रस्ताव की ऑडियो रिकॉर्डिंग सुनाई गई और यह बताया गया कि यह रिकॉर्डिंग उन्हीं विशेष उद्यमियों की है, जिनके बारे में उन्होंने पढ़ा था।

संगीतकारों पर किए गए अध्ययन की ही तरह चिया ने पाया कि सफलता और कामकाज मिलने के लिहाज़ से कुदरती प्रतिभा के धनी उद्यमियों को ज़्यादा ऊंची रेटिंग मिली थी। और यह भी कि उनके कारोबारी प्रस्तावों को भी ज़्यादा बेहतर बताया गया। एक संबंधित अध्ययन में चिया ने पाया कि जब लोगों पर दोनों उद्यमियों में से केवल एक को-एक की पहचान और दूसरे की कुदरती प्रतिभा के तौर पर-चुनने के लिए दबाव डाला गया तो उन्होंने कुदरती प्रतिभा वाले उद्यमी का ही साथ दिया। वास्तविकता में जुझारू और कुदरती प्रतिभा के धनी उद्यमियों के बीच अंतर तभी पाटा जा सका जब जुझारू उद्यमी के पास नेतृत्व का चार और साल का अनुभव आया और उसकी स्टार्ट-अप पूंजी में 40,000 डॉलर का और इज़ाफ़ा हुआ।

चिया का रिसर्च फिर एक बार प्रतिभा और प्रयासों को लेकर हमारी दुविधा पर पर्दा डाल देता है। हम जिस बात की परवाह करने की बात करते हैं, वह-बहुत भीतर-उस बात से मेल नहीं खाती जिसमें हमारा वास्तविकता में यक़ीन होता है। यह ठीक वैसा ही है कि हम कहते तो हैं कि हमारे रूमानी मित्र के शारीरिक आकर्षण के प्रति हमारी कोई दिलचस्पी नहीं है, लेकिन जब बात वास्तविकता में किसी के साथ डेटिंग करने की आती है तो हम एक शालीन व्यक्ति पर एक आकर्षक व्यक्ति को ही प्राथमिकता देते हैं।

''कुदरती प्रतिभा के प्रति झुकाव'' एक छिपा हुआ पूर्वाग्रह है, उन लोगों के ख़िलाफ़ जिन्होंने वह उपलब्धि हासिल की है जिसके लिए उन्होंने प्रयास किए हैं और छिपी हुई प्राथमिकता भी होती है, उन लोगों के लिए जिनके बारे में हम सोचते हैं कि आज वह जिस जगह पर हैं उसकी वज़ह उनकी जन्मजात प्रतिभा ही है। हम दूसरों के सामने जन्मजात प्रतिभाओं को लेकर अपने पूर्वाग्रह को शायद स्वीकार

नहीं करें, लेकिन यहां तक कि हम ख़ुद भी ख़ुद से यह स्वीकार नहीं करें, लेकिन हमारी चयन प्रक्रिया में झुकाव और पक्षपात साफ़ दिख जाता है।

चिया का ख़ुद का जीवन कुदरती प्रतिभा बनाम जुझारूपन का दिलचस्प उदाहरण है। फ़िलहाल यूनिवर्सिटी कॉलेज ऑफ़ लंदन में प्रोफ़ेसर के पद पर आसीन चिया अपने विद्वतापूर्ण कार्य को सबसे प्रतिष्ठित शैक्षणिक पत्रिकाओं में प्रकाशित कराती हैं। जब वह छोटी थीं तो जुईलियार्ड में पढ़ती थीं, जिसका कॉलेज से पूर्व का कार्यक्रम उन विद्यार्थियों को न्यौता देता है, ''जो संगीत में करियर बनाने के लिहाज़ से प्रतिभा, संभावना और दक्षता का प्रदर्शन करते हैं ताकि वह अनुभव हासिल कर सकें, एक ऐसे परिवेश का जहां पर उनकी कला की देन और तकनीकी कौशल निखर-संवर सके।''

चिया के पास हार्वर्ड की कुछ डिग्रियां हैं। उनकी पहली स्नातक उपाधि मनोविज्ञान में थी, उन्होंने मैग्ना कु लॉडे में सर्वाधिक अंक हासिल किए। उनके पास दो मास्टर्स डिग्रियां भी हैं : एक विज्ञान के इतिहास में और दूसरी सामाजिक मनोविज्ञान में। और अंत में हार्वर्ड में संगठनात्मक व्यवहार और मनोविज्ञान में पीएचडी करने के दौरान उन्होंने संगीत में भी पीएचडी हासिल कर ली।

प्रभावित हुए ना? अगर नहीं तो मैं बता दूं कि चिया के पास पियानो प्रदर्शन और अध्यापन कला में भी पीबॉडी कंज़र्वेटरी से डिग्रियां हैं और हां वह कार्नेगी हॉल में प्रस्तुति दे चुकी हैं। लिंकन सेंटर, केनेडी सेंटर में प्रस्तुति के अलावा यूरोपियन यूनियन की अध्यक्षता के सम्मान में पैलेस रिसाइटल में भी प्रस्तुति दे चुकी हैं।

अगर आप केवल उनकी उपलब्धियों को ही देखेंगे तो संभव है कि आप सीधे इस निष्कर्ष पर पहुंच जाएंगे कि वह आपकी जानकारी वाले तमाम लोगों से ज़्यादा प्रतिभावान हैं : ''हे भगवान! यह युवा महिला कितनी असाधारण प्रतिभा की धनी है।'' और, अगर चिया का रिसर्च सही है तो यह ख़ुलासा, उनकी उपलब्धियों को, इस विकल्प की तुलना में और अधिक चमक, रहस्य और हैरानी का अमली जामा पहना देगा- ''हे भगवान! कितनी असाधारण समर्पित और मेहनती युवा महिला है!''

और उसके बाद क्या होगा? जब हम मान लेते हैं कि कोई विद्यार्थी विशेष प्रतिभा का धनी है तो क्या होता है, इसे लेकर ढेर सारा रिसर्च उपलब्ध है। हम उस पर अतिरिक्त ध्यान देने लगते हैं और उससे ज़्यादा उम्मीदें लगाने लगते हैं। हम उसके बेहतर होते जाने की उम्मीद करते हैं और उसके बाद ये उम्मीदें इतनी परवान चढ़ती हैं कि वह विद्यार्थी भी उन्हें सही साबित करने का भरसक प्रयास करता है।

मैंने चिया से पूछा था कि संगीत के क्षेत्र की अपनी उपलब्धियों के बारे में वह क्या सोचती हैं। चिया ने कहा, ''मेरा अनुमान है कि मुझमें कुछ प्रतिभा है। लेकिन मैं सोचती हूं कि उससे भी ज़्यादा मुझे संगीत से इतना ज़्यादा लगाव है कि पूरे बचपन के दौरान मैं प्रतिदिन चार से छह घंटे तक रियाज़ करती थी।'' और कॉलेज में भी, कक्षाओं व गतिविधियों के थका देने वाले कार्यक्रम के बावज़ूद वह लगभग इतने ही रियाज़ के लिए वक़्त निकाल लिया करती थीं। तो हां, उनके पास कुछ प्रतिभा है, लेकिन वह जुझारू और मेहनती भी हैं।

चिया इतना रियाज़ क्यों करती थीं? मुझे हैरानी हो रही थी। क्या यह उन पर लादा गया था? क्या उन्हें इस मामले में कोई विकल्प उपलब्ध था?

''अरे यह *मैं* ही थी। मैं यही चाहती थी। मैं बेहतर, बेहतर और बेहतर होना चाहती थी। जब मैं पियानो का अभ्यास करती थी तो कल्पना करती थी कि मैं स्टेज पर भारी भीड़ के सामने प्रस्तुति दे रही हूं। मैं उनके तालियां बजाने तक की कल्पना कर लिया करती थी।''

जिस वर्ष मैंने अध्यापन के लिए मक्किंज़ी छोड़ा, फ़र्म के तीन भागीदारों ने एक रिपोर्ट ''द वॉर फ़ॉर टेलेंट'' प्रकाशित की। रिपोर्ट बहुत ज़्यादा पढ़ी गई और अंततः सबसे ज़्यादा बिकने वाली किताब बनी। इस किताब का मूल तर्क यह था कि आधुनिक अर्थव्यवस्था में कंपनियों की प्रगति या पतन उनकी ''ए'' श्रेणी के लोगों को आकर्षित करने और फिर बनाए रखने की क्षमता पर निर्भर करता है।

किताब के पहले ही पन्ने पर मक्किंज़ी के लेखक पूछते हैं, ''*प्रतिभा* से हमारा क्या मतलब होता है?'' अपने ही सवाल का जवाब देते हुए वह कहते हैं, ''सामान्य अर्थ की बात की जाए तो इसका मतलब होता है, प्रतिभा किसी व्यक्ति की क्षमताओं –स्वाभाविक मूलभूत गुण, कौशल, ज्ञान, अनुभव, बुद्धिमानी, परख़, प्रवृत्ति, व्यक्तित्व और प्रबल प्रेरणा –का जोड़ होता है। इसमें उसकी सीखने और विकसित होने की क्षमता का भी समावेश होता है। यह एक लंबी सूची है और यह इस बात का भी ख़ुलासा करती है कि प्रतिभा का सटीक वर्णन करने में हमें कितनी परेशानी का सामना करना पड़ता है। लेकिन इसने मुझे नहीं चौंकाया, मूलभूत गुण का ही सबसे पहले ज़िक्र किया गया है।''

जब *फ़ॉर्च्यून* पत्रिका ने मक्किंज़ी को अपने कवर पर प्रकाशित किया था तो मुख्य लेख की शुरुआत कुछ ऐसे थी : ''जब किसी युवा मक्किंज़ी भागीदार के साथ हों तो यह बात शिद्दत से महसूस होती है कि अगर उन्हें एक या दो कॉकटेल दी गई तो शायद वह टेबल पर कुछ झुककर बैठते हुए कुछ बेहद बेढंगी बात करेंगे,

जैसे कि सेट प्राप्तांकों की तुलना।'' पत्रकार के मुताबिक़ ''विश्लेषण की क्षमता पर मक्किंज़ी की संस्कृति में दिया जाने वाला ज़ोर या इसके कर्मचारियों द्वारा किसी के 'तेज़तर्रार' होने पर टिप्पणी, का अतिरेक भरा मूल्यांकन लगभग नामुमकिन है।''

मक्किंज़ी को चतुर पुरुषों और महिलाओं को सेवा में लेने और फिर पुरस्कृत करने के लिए जाना जाता है। इनमें से कुछ ने तो हार्वर्ड और स्टेनफ़ोर्ड जैसी जगहों से एमबीए किया हुआ होता है और बाक़ी के, मेरी तरह होते हैं, जिनकी अन्य उपलब्धियां बताती हैं कि हमारे पास निश्चित तौर पर ज़्यादा दिमाग़ होगा।

मक्किंज़ी के साथ मेरे साक्षात्कार ठीक उसी लीक पर चले जैसे कि अधिकांश चलते हैं, मेरी विश्लेषण शक्ति को परखने के लिए दिमाग़ को सक्रिय करने वाले सवालों की झड़ी। एक साक्षात्कारकर्ता ने मुझे बैठने को कहा फिर अपना परिचय दिया और बोले : ''अमेरिका में हर साल टेनिस की कितनी गेंदों का उत्पादन किया जाता है?''

मैंने जवाब दिया, ''मुझे लगता है कि इस सवाल का जवाब दो तरीक़े से दिया जा सकता है। पहला तरीक़ा है आपको जवाब देने के लिए सही व्यक्ति या फिर कारोबारी संस्थान को खोजा जाए।'' मेरे साक्षात्कारकर्ता ने सिर हिलाया, लेकिन मेरी तरफ़ ऐसे देखा मानो कहना चाह रहे हों कि मुझे किसी और तरह के जवाब की अपेक्षा थी।

''या फिर कुछ बुनियादी पूर्वानुमानों को लेकर इसे पता करने के लिए कुछ गुणन कार्य कर लें।''

मेरा साक्षात्कार लेने वाला मुस्कराने लगा। तो मैंने उसे जो जवाब चाहिए था दे दिया था।

''चलिए, मान लेते हैं कि अमेरिका में 25 करोड़ लोग हैं। मान लेते हैं कि सबसे सक्रिय टेनिस खिलाड़ियों की उम्र 10 से 30 वर्ष के दरमियान है। एक मोटे अनुमान के मुताबिक़ वे आबादी का एक चौथाई होंगे। मेरे हिसाब से इससे संभावित टेनिस खिलाड़ियों की संख्या 6 करोड़ हो जाती है।''

अब मेरा साक्षात्कार वाक़ई उत्साहपूर्ण हो चुका था। मैंने तर्क का खेल जारी रखा। वास्तविकता में कितने खिलाड़ी टेनिस खेलते हैं, औसतन वह कितनी बार खेलते हैं और एक मुक़ाबले में वह कितनी गेंदें इस्तेमाल करेंगे; इसे लेकर मेरे पूरी तरह से अनभिज्ञता भरे अनुमान से हासिल आंकड़ों का गुणा-भाग जारी रखते हुए। इस बात की भी कोई जानकारी नहीं थी कि कितनी मर्तबा हमें मृत या गुम खिलाड़ियों की जगह दूसरे को लेना होगा।

मैं अंततः एक संख्या तक पहुंची, जो वास्तविकता से बहुत परे थी, क्योंकि गणना के हर चरण पर मैं केवल अनभिज्ञता आधारित अनुमान का ही सहारा लेकर

आगे बढ़ती चली जा रही थी। जो कुछ हद तक सही या कुछ हद तक ग़लत था। अंततः मैंने कहा, ''यहां गणित मेरे लिए उतना मुश्किल नहीं है। मैं एक छोटी बच्ची को पढ़ा रही हूं जो भिन्न का अभ्यास कर रही है और हम दोनों मिलकर बहुत ज़्यादा मानसिक गणित करते हैं। लेकिन अगर आप जानना चाहते हैं कि उस सवाल का सही उत्तर जानने के लिए मैं *वास्तविकता* में क्या करती तो मैं आपको बताती हूं। मैं बस उस व्यक्ति को कॉल करती जो वास्तविकता में इसका उत्तर जानता है।''

एक और मुस्कान और एक स्वीकारोक्ति कि उन्होंने वह सबकुछ सीख लिया जो वह मुझसे चर्चा में जानना चाहते थे। और साथ ही में मेरे आवेदन से-मेरे सेट स्कोर सहित, जिस पर शुरुआती छंटनी के लिए मक्किंज़ी बहुत ज़्यादा भरोसा करती है। दूसरे शब्दों में, अगर कार्पोरेट अमेरिका को ऐसी संस्कृति विकसित करने की सलाह दी जाती है, जिसमें हर बात से ज़्यादा वज़न प्रतिभा को दिया जाता है, तो मक्किंज़ी जो कहती है, वही करती है।

एक बार मेरे न्यू यॉर्क के कार्यालय से जुड़ने के न्यौते को स्वीकार लेने के बाद मुझे बताया गया कि मुझे अपना पहला महीना क्लियर वॉटर, फ़्लोरिडा के एक आकर्षक होटल में बिताना होगा। वहां मेरे साथ मेरी तरह से भर्ती किए गए तीन दर्जन से अधिक नए लोग मुझसे जुड़ गए, जिन्हें मेरी ही तरह कारोबार का कोई प्रशिक्षण हासिल नहीं था। इसकी बजाय हममें से हर एक ने कोई और ही शैक्षणिक सम्मान हासिल किया था। उदाहरण के लिए, मैं एक ऐसे व्यक्ति के बग़ल में बैठी थी, जिसने भौतिकशास्त्र में पीएचडी की थी। मेरी दूसरी ओर एक सर्जन बैठा था और मेरे पीछे दो वकील।

हममें से अधिकांश को आमतौर पर प्रबंधन के बारे में जानकारी नहीं थी और ना ही इस उद्योग के ही बारे में। लेकिन अब यह सब बदलने वाला था : एक माह में हम सब एक पाठ्यक्रम पूरा करने वाले थे, जिसे ''मिनी-एमबीए'' के नाम से जाना जाता है। चूंकि हम सभी तेज़ी से सीखने वाले लोग थे, इस बात को लेकर कोई शक-शुबहा ही नहीं था कि हम सब इतने कम समय में ही ढेर सारी जानकारी हासिल कर उसमें महारत हासिल कर लेंगे।

नग़दी प्रवाह, कमाई और लाभ के बीच अंतर और उस क्षेत्र के बारे में कुछ अन्य आधारभूत जानकारी, जिसे अब मैं जानती थी कि ''निजी क्षेत्र'' पुकारना है, से लैस होकर हम पूरी दुनिया में अपने तय कार्यालयों की ओर रवाना कर दिए गए। वहां हमें अन्य सलाहकारों के दलों के साथ जुड़कर कार्पोरेट ग्राहकों द्वारा बताई जाने वाली हर समस्या का हल खोजने में हाथ बंटाना था।

मैं जल्द ही जान गई कि मक्किंज़ी का मूल कारोबारी प्रस्ताव बहुत ही स्पष्ट था। हर माह बहुत ज़्यादा धन देकर, कंपनियां उन समस्याओं को हल करने के लिए मक्किंज़ी की सेवाएं ले सकती थीं, जो उन पर काम कर रहे कंपनी के लोगों के लिए बहुत ज़्यादा मुश्किल साबित हो रही हों। इस ''अनुबंध'' की समाप्ति पर, जैसा कि कंपनी द्वारा इसे नाम दिया गया था, हमसे एक रिपोर्ट देने की अपेक्षा की जाती है, जिसमें ऐसी चौंकाने वाली जानकारियां होती हैं, जो उस कंपनी के लिए अंदरूनी तौर पर पता लगा पाना मुश्किल थीं।

स्लाइड्स के ज़रिए, चिकित्सा उत्पादों की एक अरबों डॉलर वाले समूह के लिए दिलेरी भरी व्यापक सिफ़ारिशें करते हुए मुझे ऐसा लग रहा था कि वास्तविकता में मुझे पता नहीं कि मैं किस बारे में बात कर रही थी। मेरी टीम में मौज़ूद वरिष्ठ सलाहकारों को शायद इसके बारे में पता होगा। लेकिन वहां कुछ कनिष्ठ सलाहकार भी थे, जो बस कॉलेज से स्नातक होकर निकले ही थे, उन्हें शायद मुझसे भी कम पता होगा।

इतनी भारी-भरकम रक़म पर हमारी सेवाएं क्यों ली जा रही हैं? सच तो यह है कि एक बात के लिए, हमारे पास एक बाहरी व्यक्ति का नज़रिया था जिसे भीतरी लोगों ने दाग़दार नहीं किया था। हमारे पास एक विधि भी थी, जो परिकल्पना और आंकड़ों-जानकारी पर आधारित थी। मुख्य कार्यकारी अधिकारियों द्वारा मक्किंज़ी की सेवाएं लेने के कई अच्छे कारण रहे होंगे। लेकिन उनमें से, मेरी राय में एक था कि हमें कंपनी में पहले से मौज़ूद लोगों से ज़्यादा तेज़ समझा जाता था। मक्किंज़ी की सेवाएं लेने का मतलब था, ''सर्वश्रेष्ठ और सबसे तेज़ बुद्धि वालों'' की सेवाएं लेना, जैसे कि सबसे प्रतिभावान होना हमें सर्वश्रेष्ठ भी बनाता था।

द वॉर फ़ॉर टेलेंट के मुताबिक़ सफल होने वाली कंपनियां वे होती हैं जो आक्रामक तरीक़े से सबसे प्रतिभावान कर्मचारियों को नौकरी पर रखती हैं और सबसे कम प्रतिभा वाले लोगों की उसी आक्रामकता के साथ छंटनी करती है। ऐसी कंपनियों में वेतनों के बीच का भारी अंतर ना केवल तर्कसंगत बल्कि वांछनीय होता है। क्यों? क्योंकि एक प्रतिस्पर्धात्मक और विजेता को ही सबकुछ देने वाला माहौल, *सर्वाधिक* प्रतिभावान को कंपनी में बने रहने के लिए प्रोत्साहित करता है और *न्यूनतम* प्रतिभावान को वैकल्पिक रोज़गार तलाशने में लगा देता है।

मक्किंज़ी पर आज तक सबसे गहराई से रिसर्च करने वाले पत्रकार डफ़ मैकडोनाल्ड के मुताबिक़ इस विशिष्ट कारोबारी फ़लसफ़े को द *वॉर ऑन कॉमन सेंस (सामान्य बोध के ख़िलाफ़ जंग)* करार देना ज़्यादा मुनासिब होगा। मैकडोनाल्ड इस बात की ओर ध्यान दिलाते हैं कि मक्किंज़ी की मूल रिपोर्ट में जिन कंपनियों

की रणनीतियों को आदर्श के तौर पर पेश किया गया था, रिपोर्ट प्रकाशित होने के बाद के वर्षों में उनका प्रदर्शन उतना बेहतर नहीं रहा।

पत्रकार मैल्कम ग्लैडवेल ने *द वॉर फ़ॉर टेलेंट* की आलोचना की है। वह बताते हैं कि मक्किंज़ी की प्रबंधन के लिए ''प्रतिभा की मानसिकता'' की एनरॉन भी समर्थक रही है। जैसा कि हम सभी जानते हैं एनरॉन की कहानी का अंत सुखद नहीं रहा था। एक वक़्त दुनिया की सबसे बड़ी ऊर्जा कंपनी एनरॉन को, पत्रिका *फ़ॉर्च्यून* ने लगातार छह वर्ष तक अमेरिका की सबसे अभिनव कंपनी करार दिया था। फिर भी वर्ष 2001 की समाप्ति तक कंपनी ने दीवालियापन के लिए आवेदन दे दिया था। यह साफ़ हो चुका था कि कंपनी के असाधारण लाभ के आंकड़े बड़े पैमाने पर अकाउंट्स में की गई व्यवस्थित धोखाधड़ी का परिणाम थे। जब एनरॉन धराशायी हुई तो इसके ऐसे हज़ारों कर्मचारियों को नौकरी से हाथ धोना पड़ा, जिनका इस धोखाधड़ी से कुछ भी लेना-देना नहीं था। उन्हें स्वास्थ्य बीमा और सेवानिवृत्ति की बचत से भी वंचित होना पड़ा। उस वक़्त तक यह अमेरिकी इतिहास का सबसे बड़ा कार्पोरेट दीवालियापन था।

आप एनरॉन की भीषण पराजय का ठीकरा बौद्धिक स्तर (आईक्यू) की अधिकता के सिर नहीं फोड़ सकते। ना ही आप इसके लिए दृढ़ संकल्प की कमी को ही दोषी करार दे सकते हैं। लेकिन ग्लैडवेल दृढ़तापूर्वक दलील देते हैं कि एनरॉन के कर्मचारी इस बात को साबित करते हैं कि उनका अन्य सभी से चतुर होना, अंततः असावधानीवश उनके आत्ममुग्ध हो जाने की वजह बना। इसमें ऐसे कर्मचारियों का वर्चस्व भी जवाबदेह रहा, जो बहुत ज़्यादा आत्मसंतुष्ट थे और जिनमें असुरक्षा की आंतरिक भावना को छिपाने के लिए दिखावा करने की तैयारी थी। यह एक ऐसी संस्कृति थी जिसमें अल्पावधि के प्रदर्शन को प्रोत्साहित किया जाता था, लेकिन दीर्घावधि के अभ्यास और विकास को हतोत्साहित किया जाता था।

एनरॉन की असफलता का पोस्टमार्टम करने वाले वृत्तचित्र *द स्मार्टेस्ट गायज़ इन द रूम* में भी यही मुद्दा उचित तौर पर पर्याप्त रूप से निकलकर सामने आता है। कंपनी की प्रगति के दौरान मक्किंज़ी के भड़कीले और तेज़तर्रार पूर्व सलाहकार जेफ़ स्किलिंग एनरॉन के मुख्य कार्यकारी अधिकारी थे। स्किलिंग ने प्रदर्शन समीक्षा को लेकर एक ऐसी प्रणाली विकसित की जिसमें कर्मचारियों को सालाना प्रदर्शन के आधार पर श्रेणियां दी जाती थीं। उसके बाद बिना देरी किए सबसे नीचे मौजूद 15 प्रतिशत कर्मचारियों की छंटनी कर दी जाती थी। दूसरे शब्दों में, आपके प्रदर्शन का पूरा स्तर चाहे जो हो, अगर आप अन्य की तुलना में कमज़ोर हैं तो आपकी छुट्टी कर दी जाएगी। एनरॉन के भीतर इस परिपाटी को 'रैंक-ऐंड-येंक'' (सम्मान या छुट्टी) कहा जाता था। स्किलिंग इसे अपनी कंपनी की सबसे महत्त्वपूर्ण रणनीति

मानते थे। लेकिन, अंतत: यह कामकाज के एक ऐसे माहौल की वजह बना होगा, जिसमें ढकोसले को पुरस्कृत किया जाता था और सत्यनिष्ठा को हतोत्साहित।

क्या प्रतिभा बुरी बात है? क्या हम सब एक समान प्रतिभावान हैं? नहीं और नहीं। किसी भी कौशल को तेज़ी से सीखने की क्षमता निश्चित तौर पर बहुत अच्छी बात है और आपको यह बात पसंद आए या नहीं आए, हममें से कुछ दूसरों की तुलना में इस मामले में बेहतर हैं।

तो फिर क्यों ''कुदरती'' प्रतिभा के धनियों को ''जुझारुओं'' पर प्राथमिकता देना इतनी बुरी बात है? *अमेरिका हेज़ गॉट टेलेंट, द एक्स फ़ैक्टर* और *चाइल्ड जीनियस* जैसे अमेरिकी टीवी शोज़ का बुरा पहलू क्या है? हमें क्योंकर 7 से 8 वर्ष के बच्चों को दो अलग-अलग समूहों में नहीं बांटना चाहिए : एक समूह में वे चंद बच्चे जो ''गुणवान और प्रतिभावान'' हैं और दूसरे समूह में वे ढेर सारे जो नहीं हैं? अगर प्रतिभावानों के शो का नाम ''टेलेंट शो'' रखा जाता है तो इसमें वास्तविकता में क्या बुराई है?

मेरी राय में प्रतिभा के साथ पहले से ही संपर्क नुक़सानदेह होने की सबसे बड़ी वजह बेहद साधारण है : प्रतिभाओं पर रोशनी डालकर हम बाक़ी सभी को अंधकार में डाल दे रहे हैं। हम अनजाने में भूलवश यह संदेश दे रहे हैं कि अन्य कारक-दृढ़ संकल्प सहित-उतना मायने नहीं रखते जितना कि वाक़ई रखते हैं।

उदाहरण के लिए स्कॉट बैरी कॉफ़मैन की कहानी पर नज़र डालिए। स्कॉट का घर मेरे घर से बस दो क़दम की दूरी पर है और वह काफ़ी हद तक मेरी पहचान के अन्य कई अकादमिक मनोवैज्ञानिकों की तरह हैं : वह अपना अधिकांश वक़्त पढ़ने, सोचने, जानकारी-सूचना एकत्रित करने, आंकड़ों से माथापच्ची और लेखन को देते हैं। वह अपने रिसर्च को वैज्ञानिक पत्रिकाओं में प्रकाशित कराते हैं। वह अनेक शब्दों वाले अक्षरों के बारे में बहुत कुछ जानते हैं। उनके पास कार्नेगी मेलन, कैम्ब्रिज यूनिवर्सिटी और येल की डिग्रियां हैं। वह *मनोरंजन के लिए* सेलो बजाते हैं।

लेकिन बचपन में स्कॉट को धीमी गति से सीखने वाले के तौर पर जाना जाता था-जो कि सच है। स्कॉट ख़ुलासा करते हुए बताते हैं, ''बचपन में मैं कान के संक्रमणों से परेशान रहा करता था। और वह किसी जानकारी को सुनने और समझने के बीच के अंतर की समस्या की वजह बना। मैं अपनी कक्षा के बच्चों से हमेशा एक या दो स्थान पीछे ही रहा करता था।'' उनकी शैक्षणिक प्रगति इस क़दर थम-सी गई थी कि उन्हें विशेष शैक्षणिक कक्षा में रखने की नौबत आ गई। उन्हें तीसरी कक्षा में दोबारा बैठना पड़ा। इसी दौरान वह आईक्यू टेस्ट के लिए एक स्कूली मनोवैज्ञानिक से मिले। बैचेनी से भरे टेस्ट सत्र में, जिसे वह ''ख़ौफ़नाक'' करार देते हैं, स्कॉट

का प्रदर्शन इतना अधिक कमज़ोर रहा कि उन्हें सीखने के लिहाज़ से बेहद कमज़ोर बच्चों की विशेष स्कूल में भेज दिया गया।

14 वर्ष की उम्र तक यही सिलसिला चलता रहा। तब कहीं जाकर उन्हें एक चौकस विशेष शिक्षा अध्यापक ने अलग ले जाकर पूछा कि वह और अधिक चुनौतीपूर्ण कक्षाओं में क्यों नहीं हैं। तब तक स्कॉट ने कभी भी ख़ुद की बौद्धिकता पर सवाल नहीं उठाया था, इसकी बजाय उन्होंने यह मान-सा लिया था कि कम प्रतिभा के कारण वह ज़िंदगी में क्या हासिल करेंगे, इसे लेकर बहुत कम अपेक्षाएं रखी जाएंगी।

एक ऐसे शिक्षक से मुलाक़ात जिन्हें उनकी संभावनाओं पर विश्वास था, ज़िंदगी बदल डालने वाला साबित हुआ : सबकुछ बदल गया *तुम बस यही कर सकते हो से कौन जानता है कि तुम क्या कर सकते हो तक?* स्कॉट ने पहली बार सोचना शुरू कर दिया : *मैं कौन हूं? क्या मैं सीखने के लिहाज़ से बेहद कमज़ोर भविष्यहीन विद्यार्थी हूँ? या शायद कुछ और?*

और फिर जवाब तलाशने के लिए, स्कॉट ने स्कूल द्वारा दी जाने वाली हर चुनौती को स्वीकारना शुरू कर दिया : लातिनी भाषा की कक्षा। स्कूल का संगीत वृंद। वह अनिवार्य तौर पर हर बात में उत्कृष्ट नहीं थे, लेकिन उन्होंने सबको *सीख* लिया था। स्कॉट ने जो सबसे बड़ी बात सीखी वह यह थी कि वह निकम्मे नहीं हैं।

स्कॉट को यह भी पता चला कि जो बात उन्होंने सबसे आसानी से सीखी वह थी सेलो। उनके दादाजी लगभग 50 वर्ष पहले फ़िलाडेल्फ़िया ऑर्केस्ट्रा में सेलो बजाते थे और स्कॉट को पता था कि उनके दादाजी उन्हें सिखा सकते हैं। उन्होंने ऐसा किया और स्कॉट ने जब पहली बार सेलो थामा था, उन गर्मियों में वह प्रतिदिन 8 से 9 घंटे तक रियाज़ करने लगे। वह सुधार को लेकर बेहद प्रतिबद्ध थे और ना केवल इसलिए कि उन्हें सेलो बजाने में मज़ा आता था, बल्कि उनके ही शब्दों में किसी को, "किसी को भी यह बताने की धुन-सी मेरे सिर पर सवार हो चुकी थी कि मुझमें बौद्धिक रूप से कुछ भी करने की क्षमता है। उस वक़्त तो मुझे इस बात की भी कोई चिंता नहीं थी कि यह क्या है।"

निश्चित तौर पर उन्होंने सुधार किया और शरद ऋतु आने तक वह अपने हाईस्कूल के ऑर्केस्ट्रा में जगह बना चुके थे। अगर बात वहीं और उसी वक़्त ख़त्म हो जाती तो बात दृढ़ संकल्प की नहीं थी, लेकिन इसके बाद यह हुआ। स्कॉट डटे रहे और उन्होंने रियाज़ और अधिक बढ़ा दिया। रियाज़ के लिए उन्होंने दिन का खाना तक छोड़ दिया। कुछ मर्तबा रियाज़ के लिए वह कक्षा से भी अनुपस्थित हो जाते थे। अंतिम वर्ष आने तक तो वह दूसरे स्थान पर आ चुके थे-ऑर्केस्ट्रा के दूसरे सबसे बेहतरीन सेलो वादक-और वह संगीत वृंद में भी शामिल थे और संगीत विभाग से सभी तरह के पुरस्कार जीत रहे थे।

उनकी कक्षा में प्रदर्शन में भी सुधार देखने को मिलने लगा, जिनमें से अनेक तो ऑनर्स कक्षाएं थीं। उनके तमाम दोस्त क़ाबिल और प्रतिभावान कार्यक्रम का हिस्सा थे और स्कॉट भी उसमें शामिल होना चाहते थे। वह प्लेटो के बारे में बातें करना चाहते थे और साथ ही मानसिक पहेलियां सुलझाना चाहते थे, फ़िलहाल जो सीख रहे थे उससे भी कहीं ज़्यादा सीखना चाहते थे। निश्चित तौर पर, उनके बचपन के आईक्यू को देखते हुए ऐसी कोई संभावना नहीं थी। उन्हें याद है कि स्कूल के मनोवैज्ञानिक ने एक नैपकिन के पीछे घंटी के आकार का वक्र तैयार किया था और उसके शिखर की ओर इशारा करते हुए कहा था, ''यह औसत है'' – उसके बाद कुछ दाहिनी ओर मुड़ते हुए कहा था– ''गुणवान और प्रतिभावान कक्षाओं में पहुंचने के लिए तुम्हें यहां होना होगा''–और फिर बाईं ओर मुड़ते हुए कहा था– ''और यहां तुम हो।''

स्कॉट ने पूछा, ''कहां जाकर उपलब्धियां, संभावना को मात दे देती हैं?''

स्कूल के मनोवैज्ञानिक ने सिर हिलाते हुए स्कॉट को बाहर का रास्ता दिखा दिया था।

उस वर्ष शरद ऋतु में स्कॉट ने फ़ैसला किया कि वह बात सीखना चाहते हैं, जिसे ''समझ'' कहा जाता है, ताकि अपने निष्कर्ष वह ख़ुद निकाल सकें। उन्होंने कार्नेगी मेलन यूनिवर्सिटी में संज्ञानात्मक विज्ञान कार्यक्रम के लिए आवेदन किया। उन्हें नकार दिया गया। प्रवेश से इनकार करने वाले पत्र में वजह स्पष्ट नहीं थी, लेकिन अच्छे ग्रेड्स और पाठ्यक्रम के अलावा इतर गतिविधियों को देखते हुए, स्कॉट केवल यह निष्कर्ष निकाल सके कि उन्हें कम सेट प्राप्तांकों के कारण नकार दिया गया था।

स्कॉट उन दिनों को याद करते हुए कहते हैं, ''मुझमें यह दृढ़ संकल्प था, कि मैं यह करके रहूँगा। मुझे किसी भी बात की परवाह नहीं है। मैं जो पढ़ना चाहता हूं उसे पढ़ने का कोई न कोई रास्ता खोज ही निकालूंगा।'' और उसके बाद स्कॉट ने कार्नेगी मेलन के ऑपेरा कार्यक्रम के परीक्षण में भाग लिया। क्यों? क्योंकि ऑपेरा कार्यक्रम में प्रवेश के लिए सेट के प्राप्तांकों पर ज़्यादा ध्यान नहीं दिया जाता था, यह केवल संगीत की योग्यता और अभिव्यक्ति पर ही केंद्रित था। पहले ही वर्ष में स्कॉट ने वैकल्पिक विषय के तौर पर मनोविज्ञान को चुना। तत्काल बाद उन्होंने मनोविज्ञान को दूसरे विषय के तौर पर चुन लिया। उसके बाद उन्होंने प्रमुख विषय को ऑपेरा से बदलकर मनोविज्ञान कर लिया। और उसके बाद उन्होंने फ़ी बीटा कप्पा में स्नातक उपाधि हासिल कर ली।

———

स्कॉट की ही तरह मैंने भी स्कूल के दिनों में आईक्यू टेस्ट लिया था और मुझे गुणवान और प्रतिभावान कक्षाओं के लिए पर्याप्त रूप से तेज़तर्रार नहीं माना गया था। कारण चाहे जो हो-शायद एक शिक्षक द्वारा मेरी दोबारा परीक्षा लेने का आग्रह-अगले साल मेरा दोबारा आकलन किया गया और मुझे चुन लिया गया। मेरी राय में आप कह सकते हैं कि मैं कुदरती प्रतिभा होने की क़गार पर खड़ी थी।

इन कहानियों का अर्थ निकालने का एक तरीक़ा यह है कि प्रतिभा महान होती है, लेकिन प्रतिभा को आंकने के लिए आयोजित टेस्ट गड़बड़झाला होते हैं। निश्चित तौर पर यह तर्क दिया जा सकता है कि प्रतिभा को परख़ने वाले टेस्ट- और कुछ अन्य बातों के लिए मनोवैज्ञानिक परीक्षण, दृढ़ संकल्प सहित-बेहद दोषयुक्त हैं।

लेकिन एक अन्य निष्कर्ष है, वो यह कि केवल प्रतिभा पर ही पूरा ध्यान देना हमें उतनी ही महत्त्वपूर्ण एक अन्य बात से हमारा ध्यान बंटा देता है और वह है प्रयास। अगले अध्याय में मैं यह तर्क साबित करने का प्रयास करूंगी कि प्रतिभा का जितना महत्त्व है, प्रयासों का उससे दोगुना महत्त्व है।

3

प्रयासों का दोगुना महत्त्व

एक भी दिन ऐसा नहीं जाता जब शब्द *प्रतिभा* मेरे पढ़ने या सुनने में नहीं आता हो। अख़बार के हर हिस्से में–खेल पेज से लेकर कारोबार के हिस्से तक–साप्ताहिक परिशिष्टों में अभिनेताओं और संगीतकारों के वर्णन से लेकर, राजनीति में तेज़ी से उभरते सितारों की पहले पन्ने की ख़बरों तक–प्रतिभा का हवाला बहुतायत में मिल ही जाता है। ऐसा लगता है कि जब कोई भी लिखने लायक़ उपलब्धि हासिल करता है तो हम उस व्यक्ति को ''प्रतिभावान'' का तमग़ा देने के लिए दौड़ से पड़ते हैं।

अगर हम प्रतिभा का बहुत ज़्यादा बखान करने लगते हैं तो हम बाक़ी सभी बातों को कम आंकने लगते हैं। अतिरेक की स्थिति में तो लगता है मानो भीतर कहीं, इस बात को *सच* मानते हैं :

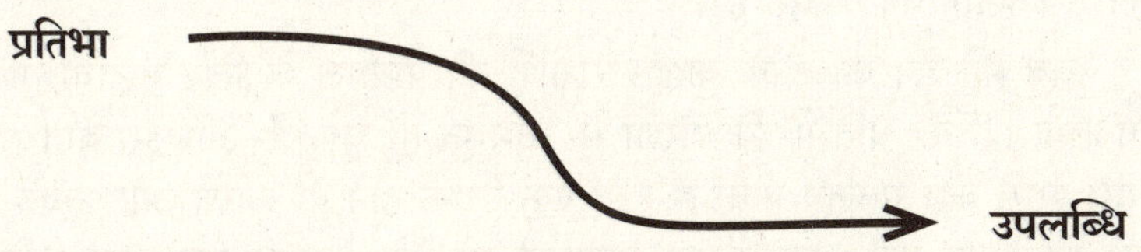

उदाहरण के लिए, मैंने हाल ही में रेडियो पर एक उद्घोषक को हिलेरी और बिल क्लिंटन के बीच तुलना करते हुए सुना था। उसका मानना था कि दोनों ही संवाद साधने में असाधारण हैं। लेकिन उनके पति बिल जहां एक जन्मजात राजनीतिज्ञ हैं, हिलेरी को ख़ुद को उस भूमिका के लिए तैयार करना है। बिल जहां कुदरती प्रतिभा के धनी हैं, वहीं हिलेरी केवल जुझारू व्यक्ति हैं। अनकहे का स्पष्ट मतलब है कि वह कभी भी अपने पति की बराबरी नहीं कर पाएंगी।

मैंने ख़ुद को भी यह करते हुए देखा है। जब कोई मुझे वाक़ई प्रभावित करता है तो संभव है कि मैं अचानक ख़ुद से कह बैठूं : *क्या गज़ब की प्रतिभा है!* मुझे बेहतर तरीक़े से पता होना चाहिए। मुझे पता है। तो चल क्या रहा है? क्योंकर प्रतिभा को लेकर एक अचेतन पूर्वाग्रह भरा झुकाव क़ायम है?

कुछ वर्ष पहले मैंने प्रतिस्पर्धाओं में भाग लेने वाले तैराकों पर किया गया एक अध्ययन ''द मंडेनिटी ऑफ़ एक्सीलेंस'' पढ़ा था। लेख का शीर्षक ही इसके मुख्य निष्कर्ष का ख़ुलासा कर देता है : सबसे चमकदार इंसानी उपलब्धियां दरअसल अनगिनत व्यक्तिगत तत्वों का औसत होती हैं, जिनमें से हर एक, एक अर्थ में साधारण हैं।

यह अध्ययन पूरा करने वाले समाजशास्त्री डेन चेम्बलिस के मुताबिक़, ''उत्कृष्ट प्रदर्शन दरअसल दर्जनों छोटे-मोटे कौशलों या गतिविधियों का संगम होता है। इनमें से हर बात सीखी या अचानक मिली हुई होती है और जिन्हें बहुत ही सावधानी के साथ आदत में तब्दील किया गया होता है और फिर उन्हें एक संश्लेषित सकल प्रणाली में सफ़ाई के साथ शामिल कर दिया जाता है। इन कार्यों में से कोई भी असाधारण या दैविक नहीं है, केवल एक तथ्य के कि यह लगातार और सही तरीक़े से किया जाता है। और कुल मिलाकर एक उत्कृष्ट परिणाम देता है।''

लेकिन साधारणता की बात मनवाना टेढ़ी खीर है। जब विश्लेषण समाप्ति के दौरान डेन ने अपने साथी के साथ कुछ अध्याय साझा किए, तो उनके दोस्त ने कहा, ''तुम्हें इसे और रोचक बनाना होगा। तुम्हें इन लोगों को और अधिक दिलचस्प बनाने की ज़रूरत है।''

जब मैंने डेन को उनके कुछ निरीक्षणों की पड़ताल के लिए बुलाया तो मुझे पता लगा कि वह प्रतिभा की धारणा से अभिभूत हो चुके हैं-और इस बात से कि हमारा इससे क्या मतलब होता है-ख़ुद एक तैराक होने के कारण और उसके कुछ साल बाद तक एक अंशकालिक प्रशिक्षक होने के कारण। एक युवा असिस्टेंट प्रोफ़ेसर के तौर पर डेन ने तैराकों पर एक गहरा गुणात्मक अध्ययन करने का संकल्प किया। डेन ने छह वर्ष का वक़्त सभी स्तर के तैराकों और प्रशिक्षकों के साक्षात्कार, उन्हें देखने और कुछ मर्तबा उनके साथ रहने, यात्रा करने में बिताया। स्थानीय तैराकी क्लब से लेकर भविष्य के ओलिंपियन तैराकों से सजी विशेष टीम के साथ।

''प्रतिभा,'' वह कहते हैं, ''शायद खिलाड़ियों की सफलता के लिए हमारे पास उपलब्ध सबसे व्यापक ख़ुलासा है।'' मानो प्रतिभा एक अदृश्य, ''वस्तु है

जो प्रदर्शन की बाहरी वास्तविकता के पीछे छिपी हो, जो अंततः हमारे एथलीटों में से सर्वश्रेष्ठ की पहचान करती है।'' और ये महान खिलाड़ी, ''पैदाइशी प्रतिभा के तोहफ़े से लैस होते हैं, उनके भीतर कोई ऐसी 'बात' होती है, जो हम शेष सामान्य लोगों को नहीं दी गई-शायद शारीरिक, आनुवांशिक, मनोवैज्ञानिक या क्रियात्मक, और कुछ में नहीं होती। कुछ 'नैसर्गिक तौर पर खिलाड़ी' होते हैं और कुछ नहीं।''

मेरी राय में डेन बिलकुल सही हैं। अगर हम किसी खिलाड़ी, संगीतकार या किसी अन्य द्वारा किए गए किसी चौंकाने वाले शानदार कार्य का ख़ुलासा नहीं कर सकते तो हमारा हाथ ऊपर करके यह कहना लाज़मी है, ''यह तो तोहफ़ा है! कोई आपको यह नहीं सिखा सकता।'' दूसरे शब्दों में, जब हम आसानी से यह नहीं बता सकते कि सामान्य से बड़ी उपलब्धि हासिल करने वाले व्यक्ति ने यह अनुभव और प्रशिक्षण के आधार पर कैसे हासिल किया, तो हम स्वाभाविक तौर पर उस व्यक्ति पर ''कुदरती प्रतिभा'' का ठप्पा चस्पां कर देते हैं।

डेन बताते हैं कि महान तैराकों की जीवनियां उनकी ज़बर्दस्त सफलता के कई-कई कारकों का ख़ुलासा करती हैं। उदाहरण के लिए, सबसे ज़्यादा स्थापित तैराकों के अभिभावकों में निरपवाद रूप से खेल के प्रति दिलचस्पी देखी गई और निरपवाद तौर पर वह इतना कमाते थे कि प्रशिक्षण और तैराकी स्पर्धाओं के लिए यात्रा का ख़र्च उठा सकते थे और यह बात भी सबसे कम महत्त्वपूर्ण नहीं कि : उन्हें एक स्वीमिंग पूल उपलब्ध था। और सबसे अहम साल-दर-साल स्वीमिंग पूल में हज़ारों घंटे का अभ्यास-पूरा वक़्त उन तमाम व्यक्तिगत गुणों को निखारने का प्रयास जो अंततः एक अकेले बेदाग़ प्रदर्शन की वजह बनेगा।

यह मान लेना हालांकि ग़लत लगता है कि किसी शानदार प्रदर्शन के लिए प्रतिभा ही मुख्य वजह है, यह समझा भी जा सकता है। डेन कहते हैं, ''यह करना आसान है। ख़ासतौर पर तब जब आपका शीर्ष खिलाड़ियों से संपर्क केवल चार साल में एक मर्तबा ओलिंपिक के दौरान ही आता हो या फिर आप उनके दैनंदिन अभ्यास की जगह केवल उनके प्रदर्शन ही देखते हों।''

वह एक और महत्त्वपूर्ण मुद्दा उठाते हैं कि तैराकी में सफल होने के लिए ज़रूरी न्यूनतम प्रतिभा हमारी सोच से भी बहुत कम है।

मैंने कहा, ''मुझे नहीं लगता कि तुम यह कहना चाह रहे हो कि हममें से हर कोई माइकल फ़ेल्प्स बन सकता है? क्या तुम ऐसा कहना चाहते हो?''

डेन ने जवाब दिया, ''निश्चित तौर पर, बिलकुल नहीं। शुरुआती तौर पर शारीरिक संरचना के भी कुछ विशेष लाभ होते हैं, जिनके लिए प्रशिक्षण नहीं दिया जा सकता।''

''और,'' मैंने बोलना जारी रखा, ''क्या तुम नहीं कहोगे कि कुछ तैराक होते हैं जो दूसरों की तुलना में ज़्यादा सुधार करते हैं, भले ही वे सभी समान रूप से कड़ी मेहनत कर रहे हों और उन्हें एक समान प्रशिक्षण मिल रहा हो।''

''हां, लेकिन मुख्य बात यह है कि महानता हासिल की जा सकती है। महानता दरअसल बहुत, बहुत सारी व्यक्तिगत उपलब्धियां हैं जो मुमकिन हैं।''

डेन का मुद्दा यह है कि अगर उत्कृष्टता की वजह बने घंटों, दिनों, सप्ताहों, वर्षों की पल-पल की फ़िल्म तैयार की जाए तो आप साफ़ तौर पर वह देख सकेंगे जो उन्होंने देखा : प्रदर्शन का ऊंचा स्तर, दरअसल साधारण क्रियाओं का संचयन होता है। लेकिन क्या केवल साधारण व्यक्तिगत कारकों पर बढ़ते क्रम में महारत ही हर बात का ख़ुलासा कर देता है? मैं हैरान थी। क्या बात केवल इतनी-सी है?

उन्होंने कहा, ''ख़ैर, हम सभी को रहस्य और जादू पसंद है। मुझे भी।''

फिर डेन ने मुझे उस दिन की बात बताई जब उन्हें राउडी गेन्स और मार्क स्पिट्ज़ को एक साथ तैरते हुए देखने का सौभाग्य मिला। उन्होंने बताया, ''स्पिट्ज़ ने 1972 के ओलिंपिक्स में सात स्वर्ण पदक जीते थे और माइकल फ़ेल्प्स के उदय से पहले वही सबसे सफल तैराक थे। सेवानिवृत्ति के 12 साल बाद 1984 में स्पिट्ज़ फिर सार्वजनिक तौर पर दिखाई दिए। वह उम्र के तीसरे दशक में थे। और वह राउडी गेन्स के साथ स्वीमिंग पूल में उतरे, जो उस वक़्त 100 मी. फ्रीस्टाइल में विश्व रिकॉर्ड अपने नाम रखते थे। उन्होंने कुछ 50 मीटर के फेरे लगाए यानी एक स्वीमिंग पूल के दो चक्कर, बस तेज़ गति से तैराकी, मानो छोटी-मोटी रेस। गेन्स ने अधिकांश में जीत हासिल की, लेकिन जब वह आधा रास्ता तय कर चुके थे, पूरी टीम केवल मार्क स्पिट्ज़ को देखने के लिए स्वीमिंग पूल की क़गार पर आकर खड़ी हो गई थी।''

टीम का हर एक सदस्य गेन्स के साथ ही प्रशिक्षण ले रहा था और सभी जानते थे कि वह कितने अच्छे तैराक थे। उन्हें पता था कि उनके ओलिंपिक स्वर्ण पदक जीतने की पूरी उम्मीद है। लेकिन उम्र के अंतराल के कारण उनमें से किसी को भी स्पिट्ज़ के साथ तैरने का मौक़ा नहीं मिला था।

एक तैराक ने डेन का रुख़ करके स्पिट्ज़ की ओर इशारा करते हुए कहा, ''हे भगवान, यह तो एक मछली है।''

मैं डेन की आवाज़ में हैरानी को सुन सकता था। एक साधारण से विद्यार्थी को भी प्रतिभा का ख़ुलासा करने के लिए बहकाया जा सकता है। मैंने उन्हें कुछ और कुरेदा। क्या उस तरह का शानदार प्रदर्शन दिव्य था?

डेन ने मुझे नीत्शे को पढ़ने की सलाह दी।

नीत्शे? वह *मनोवैज्ञानिक?* 19वीं सदी के मनोवैज्ञानिक को भला ऐसा क्या कहना था जो मार्क स्पिट्ज़ के बारे में कुछ ख़ुलासा कर सके। जैसा कि पता लगा, नीत्शे ने भी इसी सवाल के बारे में काफ़ी लंबे अरसे तक बहुत ज़्यादा गहराई से सोचा था।

नीत्शे ने लिखा था, ''सबकुछ बिलकुल सही हो तो हम नहीं पूछते कि यह कैसे हुआ। हम तो इस वर्तमान वास्तविकता का ही ऐसे आनंद लेते हैं मानो इसका किसी जादू के कारण उदय हुआ हो।''

जब मैंने यह वाक्य पढ़ा, तो मैंने उन युवा तैराकों के बारे में सोचा जो कि महान तैराक स्पिट्ज़ को ऐसा प्रदर्शन करते हुए देख रहे थे जो इंसानी नहीं लग रहा था।

नीत्शे लिखते हैं, ''कलाकार की रचना में कोई यह नहीं देख सकता कि यह कैसे *साकार* हुई। यही उसकी लाभदायक स्थिति है, क्योंकि जब कभी भी कोई किसी बात को साकार होते देखता है तो उसके मन में इस बात को लेकर कुछ ख़ास उत्साह नहीं बचता।'' दूसरे शब्दों में, हम इस धारणा में विश्वास करना चाहते हैं कि मार्क स्पिट्ज़ का जन्म इस तरह से तैराकी करने के लिए हुआ था, जैसा कि हममें से कोई नहीं कर सकता था और ना ही हममें से कोई कर सकेगा। ग़ैर-पेशेवर से विशेषज्ञ बनने तक की उनकी प्रगति को हम स्वीमिंग पूल के किनारे बैठकर नहीं देखना चाहते। हम तो अपनी श्रेष्ठता को पूरी तरह से तैयार होने को ही प्राथमिकता देते हैं। हम साधारणता की तुलना में रहस्य को प्राथमिकता देते हैं।

लेकिन क्यों? ख़ुद को बेवक़ूफ़ बनाकर यह सोचने की क्या ज़रूरत है कि मार्क स्पिट्ज़ ने उपलब्धियां मेहनत और ज़िद से *हासिल* नहीं की है?

नीत्शे कहते हैं, ''हमारा दंभ, हमारा आत्म-मोह ही प्रतिभा के पंथ को प्रोत्साहित करता है। क्योंकि अगर हम प्रतिभा को जादुई करार दे देते हैं तो हम उसके साथ तुलना और ख़ुद के कमज़ोर होने की बात सोचने के लिए मज़बूर नहीं हैं किसी को 'दैविक' कहने का मतलब होता है 'यहां प्रतिस्पर्धा करने की कोई ज़रूरत नहीं है।'''

दूसरे शब्दों में क़ुदरती प्रतिभा को मिथक का चोला पहना देने से हमें समूची क़वायद से निज़ात मिल जाती है। यह हमें यथास्थिति में सुस्ताते रहने का मौक़ा दे देती है। निस्संदेह यही मेरे अध्यापन के शुरुआती दिनों में भी हुआ, जब मैंने ग़लती से प्रतिभा और उपलब्धि को समान मान लिया था। और ऐसा करके मैंने प्रतिभा को - मेरी और अपने विद्यार्थियों की-अपने विचारों से ही हटा दिया था।

तो महानता की वास्तविकता क्या है? नीत्शे भी उसी निष्कर्ष पर पहुंचे थे जो डेन चेम्बलिस का था। महान उपलब्धियां उन्हीं लोगों द्वारा हासिल की जाती है, ''जिनकी सोच एक दिशा में सक्रिय हो, जो हर वस्तु का इस्तेमाल करते हैं, जो बेहद जोश के साथ अपनी अंदरूनी ज़िंदगी में झांककर देखते हैं और दूसरों की भी। जो हर कहीं आदर्शों और फ़ायदों को जान लेते हैं, जो उपलब्ध संसाधनों के एकत्रित इस्तेमाल को लेकर कभी भी थकान महसूस नहीं करते।''

और प्रतिभा का क्या? नीत्शे हमसे संभावित उदाहरणों पर ग़ौर करने को कहते हैं, कारीगर : ''मेधावी, पैदाइशी प्रतिभा की बात नहीं करें! आप हर तरह के ऐसे महान लोगों के नाम ले सकते हैं, जो मेधावी नहीं थे। उन्होंने महानता हासिल की, वह 'प्रतिभावान' (जैसा कि हम कहते हैं) बने उन सभी में एक क्षमतावान मज़दूर जैसी गंभीरता थी, जो पहले पुर्ज़ों को सही तरीक़े से बनाना सीखता है और फिर कहीं जाकर उन्हें एक संपूर्ण रचना में तब्दील करता है। उन्होंने ख़ुद को इस काम के लिए वक़्त दिया, क्योंकि उन्हें छोटी, कम महत्त्व की बातें साकार करने में पूरी रचना से ज़्यादा आनंद आता था।''

ग्रेजुएट स्कूल के मेरे दूसरे वर्ष में, मैं साप्ताहिक बैठक के लिए अपने परामर्शदाता मार्टी सेलिगमैन के साथ बैठी थी। मैं कुछ ज़्यादा घबराई हुई थी। मार्टी का लोगों पर असर पड़ता था, ख़ासतौर पर उनके विद्यार्थियों पर।

उस वक्त उम्र के लगभग 60वें पड़ाव में चल रहे मार्टी ने मनोविज्ञान में हर उपलब्ध पुरस्कार हासिल कर लिया था। उनके पहले के रिसर्च ने नैदानिक अवसाद को समझने में अभूतपूर्व मदद की थी। हाल के दिनों में, अमेरिकी मनोवैज्ञानिक संगठन के अध्यक्ष के तौर पर उन्होंने सकारात्मक मनोविज्ञान के क्षेत्र का नामकरण किया था, जो कि मानवीय उत्कर्ष पर सवालों के जवाब जानने के लिए वैज्ञानिक तरीक़ा अपनाने की विधा है।

मार्टी का सीना फूला हुआ था और आवाज़ मध्यम थी। वह भले ही ख़ुशी और सुख का अध्ययन करते हों, लेकिन उनके वर्णन के लिए मैं *उत्साहपूर्ण* शब्द का इस्तेमाल नहीं करना चाहूंगी।

हमारे बीच चल रही बातचीत के दौरान मैं -पिछले सप्ताह मैंने जो किया उसकी रिपोर्ट के बारे में, शायद या फिर हमारे रिसर्च में से एक के अगले चरण के बारे में बता रही थी-कि मार्टी ने मुझे टोकते हुए कहा, ''दो वर्ष गुज़र जाने के बाद भी तुम्हारे पास कोई अच्छा विचार नहीं है।''

उनकी बात का अर्थ समझने की कोशिश में मैं अवाक मुद्रा में उन्हें ताकती रही। फिर मैंने पलकें झपकाईं। दो वर्ष? मुझे तो ग्रैजुएट स्कूल में भी दो वर्ष नहीं हुए थे!

सन्नाटा।

उसके बाद बांहों को भींचते हुए त्यौरियां चढ़ाकर उन्होंने कहा, ''तुम हर तरह के आकर्षक आंकड़ों से खेल सकती हो। तुम किसी स्कूल में सभी अभिभावकों को जमा करके उनसे सहमति पत्र हासिल कर सकती हो। तुमने कुछ पैनी दृष्टि वाले अवलोकन किए हैं। लेकिन तुम्हारे पास कोई सिद्धांत नहीं है। तुम्हारे पास सफलता की मानसिकता को लेकर कोई सिद्धांत नहीं है।''

सन्नाटा।

मैंने अंततः पूछ ही लिया, ''सिद्धांत क्या है?'' दरअसल मैं अनुमान ही नहीं लगा पा रही थी कि वह किस बारे में बात कर रहे हैं।

सन्नाटा।

''इतना अधिक पढ़ना छोड़ो और जाकर सोचो।''

मैं उनके कार्यालय से निकली और अपने ठिकाने पर पहुंचकर ख़ूब रोई। घर पहुंचकर अपने पति के सामने मैं और अधिक रोई। मैंने मन ही मन मार्टी को बद्दुआएं दीं–और ज़ोर-ज़ोर से भी–इस क़दर मूर्ख होने के कारण। वह मुझे क्यों बता रहे थे कि मैं क्या ग़लत कर रही हूँ? जो मैं सही कर रही थी, उसके लिए वह मेरी तारीफ़ क्यों नहीं कर रहे?

तुम्हारे पास कोई सिद्धांत नहीं है।

यह शब्द कई दिनों तक मेरे दिलोदिमाग़ को झकझोरते रहे। अंततः मैंने आंसू पोंछ लिए और बद्दुआएं देना बंद कर दिया और अपने कम्प्यूटर के सामने बैठ गई। मैंने वर्ड प्रोसेसर खोला और दमकते हुए कर्सर को देखते हुए मुझे यह अहसास हुआ कि मैं इस मूलभूत अवलोकन से आगे ही नहीं बढ़ सकी थी कि ज़िंदगी में सफलता के लिए केवल प्रतिभा ही पर्याप्त नहीं होती। मैंने इस बात पर कोई काम ही नहीं किया था कि आख़िर प्रतिभा और प्रयास और कौशल और उपलब्धि एक-दूसरे के कैसे पूरक हैं।

एक सिद्धांत एक तरह की व्याख्या है। एक सिद्धांत ढेर सारे तथ्यों और अवलोकनों के आधार पर आधारभूत शब्दों के साथ समझाता है कि चल क्या रहा है। आवश्यकता के लिहाज़ से एक सिद्धांत अपूर्ण है। यह बातों को बहुत ज़्यादा आसान कर देता है। लेकिन ऐसा करके यह हमें समझने में मदद करता है।

अगर अकेली प्रतिभा ही उपलब्धि हासिल करने के लिए पर्याप्त नहीं है तो किस बात की अनदेखी हो रही है?

मार्टी ने जब से मुझे उपलब्धि की मानसिकता पर कोई सिद्धांत नहीं होने के कारण लताड़ लगाई है, मैं उसी पर काम कर रही हूं। मेरे पास आरेखों से तक़रीबन एक दर्जन से भी ज़्यादा लैब नोटबुक्स के ढेर सारे पन्ने भर चुके हैं। लगभग एक दशक तक सोचने के बाद, कभी अकेले और कभी नज़दीकी साथियों के साथ, मैंने अंतत: एक लेख प्रकाशित किया जिसमें मैंने दो बहुत ही साधारण समीकरणों के ज़रिए यह समझाया है कि आप प्रतिभा से उपलब्धि तक कैसे पहुंचते हैं।

यहां वे प्रस्तुत हैं :

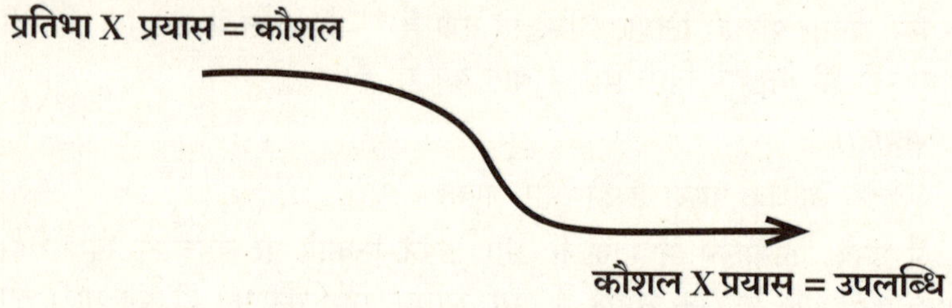

प्रतिभा का मतलब होता है कि जब आप प्रयास करते हैं तो आप कितनी तेज़ी से किसी कौशल को आत्मसात कर लेते हैं। उपलब्धि तब मिलती है जब आप अपने द्वारा हासिल कौशल को लेकर प्रयास करते हैं। निश्चित तौर पर, आपके अवसरों-उदाहरण के लिए, आपके पास एक महान प्रशिक्षक या शिक्षक होना-का भी बहुत महत्त्व होता है और उस व्यक्ति के बारे में बात से ज़्यादा। मेरा सिद्धांत इन बाहरी ताक़तों के बारे में बात नहीं करता और ना ही इसमें क़िस्मत के लिए कोई जगह है। यह उपलब्धि के मनोविज्ञान के बारे में है। लेकिन चूंकि बात केवल मनोविज्ञान की नहीं है, इसलिए यह अधूरी है।

फिर भी मेरा मानना है कि यह उपयोगी है। यह सिद्धांत बताता है कि जब आप समान परिस्थितियों वाले व्यक्तियों के बारे में सोचते हैं, तो उनके द्वारा हासिल की जाने वाली उपलब्धियां दो बातों पर निर्भर हैं-प्रतिभा और प्रयास। प्रतिभा-कितनी तेज़ी से हम अपने कौशल को निखारते हैं-बिलकुल मायने रखता है। लेकिन प्रयास इस समीकरण में दो बार आता है, केवल एक बार नहीं। प्रयास ही कौशल दिलाता है। इसी दौरान प्रयास ही कौशल को फ़ायदेमंद बनाता है। मुझे आपको कुछ उदाहरण बताने का मौक़ा दीजिए।

वॉरेन मैक्केंज़ी एक मशहूर कुम्हार (पॉटर) हैं जो मिनेसोटा में रहते हैं। अब 92 वर्ष के हो चुके, वॉरेन इस कला से बिना किसी रुकावट के वयस्क होने की उम्र से ही जुड़े हुए हैं। पहले उन्होंने अपनी पत्नी, जो ख़ुद भी एक कलाकार हैं, के साथ मिलकर कई अलग-अलग बातें आजमाईं : ''देखिए, जब आप जवान होते हैं तो आपको लगता है कि आप कुछ भी कर सकते हैं और हमने सोचा, ओह, हम पॉटर बनेंगे, हम पेंटर बनेंगे, हम टेक्सटाइल डिज़ाइनर्स बनेंगे, हम ज्वैलर बनेंगे, हम थोड़ा यह थोड़ा वह बनेंगे। हम नवयुग के इंसान बनेंगे।''

यह जल्द ही स्पष्ट हो गया कि किसी एक क्षेत्र में बेहतर और बेहतर होते जाना शायद कई ढेर सारे क्षेत्रों में शौकिया कलाकार बनने से ज़्यादा सुकून देने वाला है : ''अंततः हम दोनों ने ही ड्राइंग और पेंटिंग छोड़ दी, सिल्क-स्क्रीनिंग छोड़ दी, टेक्सटाइल्स डिज़ाइन छोड़ दिया और सिरेमिक कला पर ध्यान केंद्रित करने का फ़ैसला किया। क्योंकि हमें लगा कि हमारी वास्तविक दिलचस्पी इसी में है।''

मैक्केंज़ी ने मुझे बताया कि एक अच्छा पॉटर ''एक दिन में 40 से 50 बर्तन बना सकता है।'' इनमें से कुछ ''अच्छे हैं, कुछ कामचलाऊ हैं और कुछ बहुत बुरे।'' केवल कुछ ही बिकने लायक़ होंगे और उनमें से भी चंद ''दैनिक इस्तेमाल के बाद भी ध्यान आकर्षित करते रहेंगे।''

निश्चित तौर पर, पूरे कला जगत की मैक्केंज़ी के दर पर आने की वज़ह केवल अच्छे बर्तन बनाना ही नहीं है। जो बात उन्हें आकर्षित करती है वह है बर्तनों की ख़ूबसूरती और आकार : ''मैं ऐसी बातें बनाने का प्रयास कर रहा हूं जो ज़्यादा उत्साह जगाएं, मैं ऐसा कुछ बनाना चाहता हूं जो लोगों के घरों के लिहाज़ से अनुकूल हो।'' फिर भी आसान शब्दों में आप कह सकते हैं कि मैक्केंज़ी द्वारा बनाए जाने वाले टिकाऊ, सुंदर और बेहद उपयोगी बर्तन, कुल मिलाकर, एक कलाकार के तौर पर उनकी उपलब्धि हैं। महान पॉटर्स की श्रेणी में खड़ा होकर पूरी ज़िंदगी में केवल एक या दो बर्तन बनाना उन्हें संतुष्ट नहीं कर सकेगा।

मैक्केंज़ी आज भी प्रतिदिन अपने चक्के पर मिट्टी फेंकते हैं और प्रयासों के साथ उनके कौशल में सुधार हुआ है : ''मैं अब जब हमारे द्वारा बनाए गए कुछ शुरुआती बर्तनों के बारे में सोचता हूं तो लगता है कि वह कितने ख़राब थे। उस वक़्त हम सोचते थे कि वह अच्छे हैं, उस वक़्त हम उतने ही अच्छे बर्तन बना पाते थे, लेकिन हमारी सोच इतनी प्राथमिक स्तर की थी कि बर्तन भी उसी गुणवत्ता के थे और उनमें वह समृद्ध छाप नहीं थी, जिसे मैं आज अपने काम में चाहता हूं।''

वह बताते हैं, ''पहले 10,000 बर्तन बनाना मुश्किल होता है और उसके बाद यह आसान होता जाता है।''

जैसे-जैसे बातें आसान होती गईं और मैक्केंज़ी सुधार करते चले गए, वह एक दिन में और अधिक अच्छे बर्तन बनाने लगे :

प्रतिभा X प्रयास = कौशल

इसी दौरान उनके द्वारा बनाए जाने वाले अच्छे बर्तनों की संख्या में भी इज़ाफ़ा हुआ :

कौशल X प्रयास = उपलब्धि

प्रयासों के साथ मैक्केंज़ी का बर्तन बनाने का कौशल निखरता चला गया, ''सबसे रोमांचक वस्तुएं जो मैं बना सकता था, जो लोगों के घरों के अनुकूल होती थीं।''

''गार्प में कहानी कहने की एक नैसर्गिक प्रतिभा थी।''

यह जॉन इरविंग के चौथे उपन्यास, *द वर्ल्ड अकॉर्डिंग टु गार्प*, की एक पंक्ति है। उस उपन्यास के काल्पनिक मुख्य किरदार की तरह इरविंग एक शानदार कहानी रचते हैं। उन्हें ''वर्तमान अमेरिकी साहित्य का सर्वश्रेष्ठ कहानीकार'' करार दिया जाता है। आज तक वह एक दर्जन से ज़्यादा उपन्यास लिख चुके हैं, जिनमें से अधिकांश सबसे ज़्यादा बिकने वाले उपन्यासों में रहे हैं और आधे उपन्यासों पर फ़िल्में बन चुकी हैं। द *वर्ल्ड अकॉर्डिंग टू गार्प* को नैशनल बुक अवार्ड और इरविंग के द *साइडर हाउस रूल्स* की पटकथा को अकादमी अवार्ड मिल चुका है।

लेकिन गार्प की तरह इरविंग में यह प्रतिभा जन्मजात नहीं थी। एक ओर जबकि गार्प, ''एक के बाद ऐसी बातें बनाते थे, जो एक-दूसरे से मेल बैठा लेती थी,'' इरविंग अपने उपन्यासों की कथावस्तु एक के बाद एक कई बार बनाते हैं। अपने लेखन के शुरुआती प्रयासों के बारे में इरविंग बताते हैं, ''अधिकांशतया, मैंने हर बात दोबारा लिखी। मैंने ख़ुद में प्रतिभा की कमी को काफ़ी गंभीरता से लेना शुरू कर दिया था।''

इरविंग पुरानी बातों को याद करते हुए कहते हैं कि उन्हें हाईस्कूल अंग्रेज़ी में सी-ग्रेड मिला था। सेट के उनके मौखिक प्राप्तांक 800 में से 475 थे, यानी सेट परीक्षा देने वाले दो-तिहाई विद्यार्थियों का प्रदर्शन उनसे अच्छा रहा था। ग्रैजुएट होने के लिए ज़रूरी पर्याप्त अंक हासिल करने के लिए उन्हें स्कूल में एक अतिरिक्त वर्ष बिताना पड़ा। इरविंग बताते हैं कि उनके शिक्षकों की राय में वह ''काहिल'' और ''बेवकूफ़'' दोनों ही थे।

इरविंग ना तो काहिल थे ना बेवकूफ़। लेकिन वह शब्दों से मेल नहीं बिठा पाने की गंभीर बीमारी डिसलेक्सिया के शिकार थे : ''मैं बेहद उपेक्षित था। अगर मेरे सहपाठी इतिहास का पाठ एक घंटे में पढ़ लिया करते थे, तो मैं इसके लिए ख़ुद

को दो से तीन घंटे दिया करता था। अगर मैं स्पेलिंग नहीं सीख पाता था, तो मैं उन शब्दों की सूची रखा करता था जिनकी स्पेलिंग मैं अधिकांशतया ग़लत लिखा करता था।'' जब उनके अपने बेटे को भी डिसलेक्सिया का शिकार पाया गया तो इरविंग को अंततः यह बात समझ आई कि वह ख़ुद क्यों इतने कमज़ोर विद्यार्थी थे। इरविंग का बेटा अपने सहपाठियों की तुलना में स्पष्ट तौर पर काफ़ी धीमा पढ़ा करता था। ''मेरे पढ़ने के दौरान वह वाक्य के एक-एक शब्द पर अंगुली रखता जाता था, जैसा कि मैं *आज भी* पढ़ता हूं। अगर कोई बात मेरे द्वारा नहीं लिखी गई हो तो मैं 'उसे बहुत धीरे-धीरे पढ़ता हूं-और मेरी अंगुली उस पर रखते हुए।'''

पढ़ना और लिखना आसानी के साथ नहीं आने के कारण इरविंग ने सीखा कि, ''किसी भी बात को अच्छी तरह से करने के लिए, आपको अतिरिक्त प्रयास करने पड़ते हैं मेरे मामले में, मैंने जान लिया कि मुझे दोगुना ध्यान देने की ज़रूरत है। मैं इस बात को महसूस करने लगा कि किसी बात को बार-बार करने से, जो वस्तु कुदरती देन नहीं हो, वह भी आपके स्वभाव का हिस्सा बन जाती है। आप जान जाते हैं कि आपमें इसके लिए क्षमता है और यह भी कि यह रातोंरात हासिल नहीं की जा सकती।''

क्या उम्र से पहले परिपक्व हो जाने वाली प्रतिभाएं यह पाठ सीखती हैं? क्या उन्हें यह समझ जाता है कि बार-बार करने से, जूझने से, धैर्य रखने से किसी बात में महारत हासिल की जा सकती है-लेकिन रातोंरात नहीं?

कुछ शायद कर सकते हैं। लेकिन जो शुरुआती दिनों में ही संघर्ष करते हैं, उन्हें यह बात जल्द समझ आ जाती है। इरविंग कहते हैं, ''जिस तरह के उपन्यास मैं लिखता हूं उन्हें लिखने के आत्मविश्वास की एक वज़ह है मेरा इस बात पर विश्वास की मेरे पास किसी काम को बार-बार करने की क्षमता है, फिर वह काम चाहे जितना भी मुश्किल क्यों नहीं हो।'' अपने दसवें उपन्यास के बाद इरविंग कहते हैं, ''एक लेखक के तौर पर मैं पुनर्लेखन सबसे अच्छी तरह से करता हूं। मैं किसी उपन्यास या पटकथा को पहली बार लिखने से ज़्यादा वक़्त उसे सुधारने में बिताता हूं।''

दूसरों की तरह धाराप्रवाह तरीक़े से पढ़ या स्पेलिंग नहीं बता पाना इरविंग की राय में, ''यह एक लाभदायक बात बन गया है। एक उपन्यास को लिखने में धीमी गति से किसी को भी नुक़सान नहीं होता। साथ ही एक लेखक के तौर पर अपनी लिखी बात को बार-बार जांचने से भी किसी का नुक़सान नहीं होता।''

प्रतिदिन के प्रयासों से इरविंग इतिहास के सबसे कुशल और सफल लेखकों में से एक बन गए। प्रयासों ने उन्हें महारत दिला दी और प्रयासों के ही चलते उनकी इस महारत के बूते कई कहानियों ने जन्म लिया, जिन्होंने लाखों लोगों की ज़िंदगियों को छुआ, मेरी सहित।

ग्रैमी पुरस्कार विजेता संगीतकार और ऑस्कर के लिए मनोनीत अभिनेता विल स्मिथ ने प्रतिभा, प्रयास, कौशल और उपलब्धि के बारे में बहुत वैचारिक मंथन किया है। एक बार उन्होंने कहा था, ''मैंने कभी भी ख़ुद को विशेष तौर पर प्रतिभावान के तौर पर नहीं देखा। जिस बात में मैं बेहतर हूं वह है काम के प्रति हास्यास्पद स्तर का बीमार तक कर देने वाला समर्पण।''

विल की नज़र में, उपलब्धि, बहुत कुछ एक सफ़र की तरह है। मनोरंजन उद्योग के शीर्ष तक पहुंचने के अपने सफ़र के बारे में बताने को कहने पर विल ने क़हा :

> जो एक बात मुझे स्पष्ट रूप से अलग दिखती है कि मैं ट्रेडमिल पर मरने से नहीं डरता। काम कभी भी मुझे थका नहीं सकता। आपके पास मुझसे ज़्यादा प्रतिभा हो सकती है, आप मुझसे ज़्यादा चतुर हो सकते हैं, आप मुझसे ज़्यादा सेक्सी हो सकते हैं। आपमें यह तमाम गुण एकसाथ हो सकते हैं। आप मुझ पर नौ श्रेणियों में बेहतर हैं, लेकिन अगर हम साथ-साथ ट्रेडमिल पर आ जाएं तो दो ही बातें होंगी : आप पहले ट्रेडमिल से उतर जाएंगे या मेरी मौत हो जाएगी। यह इतना आसान है।

1940 में हार्वर्ड यूनिवर्सिटी के रिसर्चर्स का भी यही सोचना था। ''लोगों को ज़्यादा खुश, ज़्यादा सफल ज़िंदगी में मदद'' करने के लिए एक अध्ययन ''स्वस्थ युवा व्यक्ति की विशेषताएं'' किया गया। इसके तहत कॉलेज के दूसरे वर्ष के 130 विद्यार्थियों को एक ट्रेडमिल पर पांच मिनट तक दौड़ने के लिए कहा गया। ट्रेडमिल को ऐसे खड़े कोण और तेज़ गति पर सेट किया गया था कि एक औसत व्यक्ति चार मिनट तक ही उस पर बना रह सकता था। कुछ तो डेढ़ मिनट तक ही टिक सके।

ट्रेडमिल टेस्ट को कुछ इस तरह से तैयार किया गया था कि यह ना केवल शारीरिक बल्कि मानसिक रूप से भी थका देने वाला था। मापने और फिर आधारभूत शारीरिक फ़िटनेस में कुछ फेरबदल के बाद रिसर्चर्स ने ''दमखम और संकल्प की मज़बूती'' को मापने के लिहाज़ से ट्रेडमिल टेस्ट तैयार किया। विशेष तौर पर, हार्वर्ड के रिसर्चर्स को यह पता था कि तेज़ी से दौड़ना केवल एरोबिक क्षमता और मांसपेशियों की मज़बूती तक ही सीमित नहीं था, बल्कि इसमें उस हद का भी समावेश था, ''जिस तक प्रतिस्पर्धी ख़ुद को खींचने का इच्छुक हो या फिर सज़ा बहुत गंभीर होने से पहले छोड़ देने की प्रवृत्ति रखता हो।''

दशकों बाद, जॉर्ज वेलेंट नाम के एक मनोवैज्ञानिक ने मूल ट्रेडमिल टेस्ट में भाग लेने वाले युवक को खोज निकाला। अब वह 60 बरस की उम्र पार कर चुका था। रिसर्चरों ने इन लोगों से कॉलेज से स्नातक होने के बाद भी हर दो साल में

एक बार संपर्क बनाए रखा था। इनमें से प्रत्येक की एक संबंधित फ़ाइल का फ़ोल्डर हार्वर्ड में रखा था, जो प्रश्नावलियों, पत्राचार और गहराई से लिए गए साक्षात्कारों के नोट्स से लगभग भर चुका था। उदाहरण के लिए रिसर्चर्स ने हर व्यक्ति की आय, करियर में बढ़त, बीमारी के दिन, सामाजिक गतिविधियों, काम और शादी से आत्मसंतोष की ख़ुद के द्वारा दी गई जानकारी, मनोवैज्ञानिक से मुलाक़ात और ट्रेंक्विलाइजर्स जैसी मिज़ाज बदलने वाली दवाओं का भी रिकॉर्ड रखा था। यह सारी जानकारी पुरुषों के वयस्कता में समग्र मनोवैज्ञानिक अनुकूलन के संपूर्ण आकलन में इस्तेमाल की गई।

यह बात देखने में आई कि 20 वर्ष की उम्र में दिया गया ट्रेडमिल टेस्ट, आश्चर्यजनक रूप से वयस्कता के दौरान मनोवैज्ञानिक अनुकूलन का भरोसेमंद भविष्यवक्ता साबित हुआ। जॉर्ज और उनकी टीम ने इस बात पर भी विचार किया कि ट्रेडमिल पर टिके रहना भी इस बात का प्रमाण था कि ये लोग ना केवल शारीरिक बल्कि मानसिक तौर पर कितने मज़बूत थे। और इस खोज ने शारीरिक स्वास्थ्य के बाद की मनोवैज्ञानिक सेहत के भी संकेत दे दिए। हालांकि उन्होंने पाया कि आधारभूत शारीरिक फ़िटनेस के लिए अनुकूलन का, ''दौड़ने के समय और मानसिक स्वास्थ्य के बीच बहुत कम नाता था।''

दूसरे शब्दों में, विल स्मिथ के पास कुछ जानकारी है। जब बात ज़िंदगी की मैराथन में प्रदर्शन की आती है तो प्रयास की बहुत बड़ी भूमिका होती है।

मैंने जॉर्ज से हाल ही में पूछा, ''*आप* कितनी देर तक ट्रेडमिल पर टिक पाते?'' मैं जानना चाहती थी क्योंकि मेरी नज़र में जॉर्ज ख़ुद दृढ़ संकल्प के प्रतिमान थे। करियर के शुरुआती दिनों में मनोरोग चिकित्सा में इंटर्नशिप पूरी करने के बाद बतौर रेज़िडेंट काम करने बाद जॉर्ज को ट्रेडमिल से हासिल आंकड़ों और जानकारी के साथ-साथ भाग लेने वाले लोगों के बारे में उस वक़्त तक हासिल अन्य जानकारी का पता चला। रिले रेस के बेटन की तरह यह अध्ययन एक के बाद दूसरी रिसर्च टीम को थमाया जा रहा था, जो उसे अगली टीम को थमा देती थी। इस दौरान इसे लेकर दिलचस्पी और ऊर्जा घटती जा रही थी। उनके पास पहुंचने तक।

जॉर्ज ने अध्ययन हाथ लगते ही मेल और फ़ोन के ज़रिए उसमें भाग लेने वाले लोगों से संपर्क साधा। दुनिया के हर कोने में जाकर उन्होंने इन लोगों का साक्षात्कार भी लिया। अब 80 बरस पार कर चुके जॉर्ज इस अध्ययन में शामिल सभी लोगों में सबसे अधिक उम्र के व्यक्ति हैं। मानवीय विकास के सबसे लंबे निरंतर अध्ययन पर फ़िलहाल वह अपनी चौथी किताब लिखने में व्यस्त हैं।

ख़ुद की ट्रेडमिल पर टिके रहने की ज़िद के सवाल का जवाब देते हुए जॉर्ज ने कहा, ''ओह, नहीं मैं उतना ज़िद्दी नहीं हूं। जब मैं विमान में क्रॉसवर्ड हल करता रहता हूं तो थोड़ा-सा भी हताश होने पर मैं जवाब देख लेता हूं।''

तो बात जब क्रॉसवर्ड पहेलियों की हो तो बहुत ज़्यादा दृढ़ संकल्प नहीं।

''और जब घर में कोई वस्तु टूट जाती है तो मैं उसे अपनी पत्नी को थमा देता हूं और वह उसे ठीक कर देती है।''

मैंने पूछा, ''तो आप नहीं सोचते कि आप दृढ़ संकल्प हैं?''

''हार्वर्ड के अध्ययन के काम कर जाने की वज़ह यह थी कि मैं इसे लगातार और पूरी ज़िद के साथ कर रहा था। यह इकलौती ऐसी बात थी जिस पर मैंने अपनी निगाहें गड़ा रखी थीं। क्योंकि मैं इससे पूरी तरह से मंत्रमुग्ध था। लोगों को विकसित होता हुआ देखने से ज़्यादा दिलचस्प कुछ भी नहीं है।''

और फिर कुछ पल के लिए चुप रहने के बाद जॉर्ज ने अपने प्रेप स्कूल के दिनों को याद करते हुए बताया कि वहां एक यूनिवर्सिटी का ट्रेक एथलीट था, जो पोल वॉल्ट में भाग लिया करता था। अपना प्रदर्शन सुधारने के लिए वह और उसके साथी पुल-अप्स किया करते थे, जिसे जॉर्ज ''चिन्स'' कहते हैं। इसमें आप एक बार पर लटककर हाथों के सहारे शरीर को उठाकर ठोड़ी को बार पर लगाते हैं और नीचे आ जाते हैं। फिर इसे दोहराते हैं।

''मैं किसी भी व्यक्ति से ज़्यादा चिन्स कर लिया करता था। और ऐसा इसलिए नहीं था कि मैं शारीरिक रूप से बहुत मज़बूत था बल्कि इस वजह थी कि मैं बहुत ज़्यादा *चिन अप्स किया करता था।* मैंने बहुत अभ्यास किया था।''

सफल लेखक और निदेशक वूडी एलन्स से जब युवा कलाकारों के बारे में सलाह मांगी गई तो एक मर्तबा उन्होंने कहा था :

> मेरा अवलोकन यह है कि एक बार जब कोई व्यक्ति वास्तविकता में कोई नाटक या उपन्यास पूरा कर लेता है तो वह उसे प्रदर्शित या प्रकाशित करने की राह पर होता है। उन बहुसंख्यक लोगों की तुलना में, जो मुझे लेखन की अपनी महत्त्वाकांक्षा के बारे में बताते रहते हैं, लेकिन पहले ही स्तर पर बाहर हो जाते हैं और वास्तविकता में कभी भी खेल या किताब नहीं लिख पाते हैं।

या एलन के तेज़तर्रार शब्दों में, ''ज़िंदगी में 80 प्रतिशत सफलता दिखावे में है।''

1980 के दशक की बात है, जॉर्ज एच.डब्ल्यू. बुश और मारियो कुमो, समझदारी की इस बात को भाषण-दर-भाषण इस्तेमाल किया करते थे। उन्होंने इस कथन को एक तरह से मानो मीम में तब्दील कर दिया था। तो जबकि रिपब्लिकन

और डेमोक्रेटिक पार्टियों के यह नेता अनेक बातों पर असहमत रहे होंगे, उन दोनों के बीच शुरू किए गए काम को आगे बढ़ाने के महत्त्व को लेकर पूर्ण सहमति दिखाई दे रही थी।

मैंने जॉर्ज वेलेंट को बताया कि अगर मैं 1940 की हार्वर्ड की रिसर्च टीम का हिस्सा होती तो मैंने एक सुझाव दिया होता। मैंने उन युवकों को अगले दिन वापस बुलाकर, अगर वह चाहते तो, दोबारा ट्रेडमिल टेस्ट लेने का मौक़ा दिया होता। मुझे संदेह है कि कुछ लोग यह देखने के लिए लौटकर आते कि क्या वह ज़्यादा वक़्त तक टिक सकते हैं, जबकि अन्य अपने पहले ही प्रयास से संतुष्ट हो जाते। संभव है कि उनमें से कुछ लोगों ने रिसर्चर्स से पूछा होता कि क्या उन्हें ज़्यादा टिके रहने को लेकर कोई रणनीति, शारीरिक या मानसिक, पता है। और संभव है कि ये लोग तीसरी और चौथी बार भी टेस्ट देने के लिए तैयार होते उसके बाद मैं इस आधार पर दृढ़ संकल्प के प्राप्तांक तैयार करती कि कितने लोगों ने प्रदर्शन को सुधारने की ललक से स्वैच्छिक वापसी की।

ट्रेडमिल पर टिके रहना एक बात है और मेरा सोचना है कि इसका संबंध असहज परिस्थितियों में भी अपनी वचनबद्धता पर डटे रहने से है। लेकिन दोबारा प्रयास करने के लिए उत्सुकता के साथ अगले दिन ट्रेडमिल पर वापसी, मेरी राय में दृढ़ संकल्प का और अधिक प्रतिबिंब है। क्योंकि जब आप अगले दिन वापस नहीं लौटते–जब आप किसी प्रतिबद्धता के प्रति से हमेशा के लिए मुंह मोड़ लेते हैं–आपके प्रयास सिफ़र हो जाते हैं। परिणामस्वरूप आपके कौशल में सुधार थम जाता है और इसी दौरान आप अपने कौशल का कारगर इस्तेमाल बंद कर देते हैं।

ट्रेडमिल, वास्तविकता में एक सही उपमा है। एक मोटे अनुमान के मुताबिक़, घरेलू एक्सरसाइज़ के उपकरण ख़रीदने वाले 40 प्रतिशत लोग बाद में कहते हैं कि वह उसका उम्मीद से कम इस्तेमाल करते हैं। हम किसी वर्कआउट में ख़ुद को कितना आगे ले जाते हैं, यह मायने रखता है, लेकिन मेरी राय में तरक्की की राह में सबसे बड़ी बाधा तब आती है जब आप पूरी तरह से थम जाते हैं। जैसा कि कोई भी प्रशिक्षक या खिलाड़ी आपको बताएगा, लंबी अवधि में प्रयासों की निरंतरता ही सबकुछ है।

कितनी मर्तबा लोग किसी रास्ते पर चलते हैं और फिर उसे पूरी तरह से छोड़ देते हैं? इस वक़्त पूरे देश के तहख़ानों में कितने ट्रेडमिल, एक्सरसाइज़ बाइक्स और वेट सेट्स धूल खा रहे हैं? कितने बच्चे खेलने के लिए बाहर जाते हैं और सीज़न ख़त्म होने से पहले ही उसे छोड़ देते हैं? हममें से कितने अपने सभी दोस्तों के लिए स्वेटर बनाने का संकल्प लेते हैं, लेकिन आधी बांह बनाकर ही अपनी सुइयां रख

देते हैं? बिलकुल यही बात सब्ज़ी के घरेलू बगीचे, कम्पोस्ट के डिब्बों और आहार पर भी लागू होती है। हममें से कितने नई बात की शुरुआत पूरे उत्साह और अच्छे इरादे से करते हैं, लेकिन फिर उसे छोड़ देते हैं-हमेशा के लिए-उसी वक़्त जब हम पहली बाधा का सामना करते हैं, हमारी प्रगति की राह का पहला लंबा पठार?

ऐसा लगता है कि हममें से अधिकांश पीछे हट जाते हैं, जब हम बहुत जल्दी और अमूमन बहुत ज़्यादा बार करते हैं। एक दृढ़ संकल्प वाले व्यक्ति द्वारा एक दिन में किए जाने वाले प्रयासों से भी ज़्यादा महत्त्व यह बात रखती है कि वह अगले दिन भी वक़्त पर उठते हैं और उसके अगले दिन भी उठकर ट्रेडमिल पर जाने के लिए तैयार रहते हैं और यह सिलसिला जारी रखते हैं।

अगर मेरा गणित लगभग सही है तो कोई दोगुनी प्रतिभा वाला व्यक्ति जो मेहनत के मामले में दूसरे व्यक्ति से तुलनात्मक तौर पर आधा हो, उसके ही स्तर का कौशल हासिल कर सकेगा, लेकिन वक़्त गुज़रने के साथ उसकी रचना या उत्पादन मात्रा में कम होगी। इसकी वजह है कि जुझारू व्यक्ति ना केवल कौशल में सुधार करते हैं, वह अपने कौशल का इस्तेमाल भी कर रहे होते हैं-बर्तन बनाने के लिए, किताब लिखने के लिए, फ़िल्मों के निर्देशन के लिए, कंसर्ट देने के लिए। अगर उन बर्तनों, किताबों, फ़िल्मों और कंसर्ट्स की संख्या और गुणवत्ता मायने रखती है, तो वह जुझारू व्यक्ति जो कड़ी मेहनत के ज़रिए कुदरती प्रतिभा के धनी व्यक्ति की बराबरी साध लेता है, लंबी अवधि में ज़्यादा मुकम्मल व्यक्ति होगा।

विल स्मिथ स्पष्ट करते हैं, ''प्रतिभा और कौशल का अलगाव, उन लोगों के लिए सबसे बड़ी ग़लत धारणा है, जो बेहतरी के प्रयास कर रहे हैं, जिनके सपने हैं, जो कुछ कर गुज़रना चाहते हैं। प्रतिभा आपमें कुदरती तौर पर होती है। कौशल केवल अपनी कला को कई, कई ढेर सारे घंटे देने से ही विकसित होता है।''

मैं यहां जोड़ना चाहूंगी कि कौशल का मतलब उपलब्धि क़तई नहीं होता। बिना प्रयासों के आपकी प्रतिभा और कुछ नहीं महज आधी-अधूरी संभावनाएं मात्र हैं। बिना प्रयास, आपका कौशल और कुछ नहीं बल्कि वे बातें हैं जो आप कर सकते थे, लेकिन जो आपने नहीं की। प्रयासों के साथ प्रतिभा कौशल में तब्दील हो जाती है और उसी दौरान प्रयास आपके कौशल को *उत्पादक* बना देता है।

4

आप कितने दृढ़ संकल्प हैं?

मैंने हाल ही में वार्टन स्कूल ऑफ़ बिज़नेस में स्नातक पूर्व विद्यार्थियों को दृढ़ संकल्प पर लेक्चर दिया। मेरे मंच पर से नोट्स उठाने से पहले एक उत्साही उद्यमी अपना परिचय देने के लिए दौड़ता हुआ आया।

वह बेहद आकर्षक था–ऊर्जा और उत्साह से भरपूर, जो कि युवा विद्यार्थियों को पढ़ाने के काम को दिलकश बनाते हैं। फूली हुई सांस के साथ उसने मुझे अपनी कहानी बताई, जिसका उद्देश्य था उसकी विलक्षण प्रतिभा का परिचय देना था। इसी साल उसने अपने स्टार्ट अप से हज़ारों डॉलर की कमाई की थी और यह करने के लिए उसने कई कारनामों को अंज़ाम दिया और इस प्रक्रिया के दौरान देर रात तक काम करने वाले कुछ लोगों को अपने साथ जोड़ लिया था।

मैं उससे प्रभावित हुई और मैंने उसे यह बात बताई भी। लेकिन मैंने उसे बताया कि दृढ़ संकल्प का संबंध सक्रियता की बनिस्बत आंतरिक बल और सहनशक्ति से ज़्यादा है। ''तो, अगर तुम उस परियोजना पर इसी ऊर्जा के साथ अगले एक–दो साल तक काम करते रहे तो, फिर मुझे ईमेल करना। तब मैं तुम्हारे दृढ़ संकल्प के बारे में कुछ ज़्यादा कहने की स्थिति में रहूंगी।''

वह कुछ हैरान–सा लगा, ''देखिए, शायद मैं कुछ वर्षों में इसी बात पर काम करता हुआ नहीं मिलूंगा।''

अच्छी बात है। अनेक उद्यम जिनका भविष्य शुरुआत में उज्ज्वल दिखाई देता है, बुरे साबित होते हैं। उम्मीद जगाने वाली कई कारोबारी योजनाएं अंततः कूड़ेदान में फेंक दी जाती हैं।

''ठीक है, तो शायद इस *विशेष* स्टार्टअप वह काम नहीं होगा जिस पर तुम बने रहोगे। लेकिन अगर तुम उसी उद्योग में काम नहीं कर रहे हो, अगर तुम उसी

असंबद्ध तलाश में जुटे हुए हो, तो मैं निश्चित तौर पर नहीं कह सकती कि तुम्हारी कहानी दृढ़ संकल्प को प्रदर्शित करती है।''

उसने कहा, ''आपका मतलब है कि एक ही कंपनी में बना रहूँ?''

''ज़रूरी नहीं। लेकिन एक बात से दूसरी बात का पीछा करते रहना-एक कौशल से दूसरे बिलकुल ही भिन्न कौशल की ओर-दृढ़ संकल्प लोग ऐसा नहीं करते।''

''लेकिन, क्या हुआ अगर मैंने कई क्षेत्रों में काम किया और ऐसा करने के दौरान मैं बहुत ज़्यादा परिश्रम कर रहा हूं?''

''दृढ़ संकल्प का मतलब केवल कड़ी मेहनत नहीं होता, वह तो उसका केवल एक हिस्सा है।''

चुप्पी।

''क्यों?''

''एक बात की वज़ह से, श्रेष्ठता हासिल करने का कोई छोटा रास्ता नहीं है। वास्तविक विशेषज्ञता विकसित करो। वाक़ई मुश्किल सवालों को हल करो, इस सबमें वक़्त लगता है-लोगों की सोच से कहीं ज़्यादा। और फिर, तुम जानते हो, तुम्हें अपने उन कौशलों को अमल में लाकर ऐसी वस्तुएं या सेवाएं तैयार करना हैं, जो लोगों के लिए मूल्यवान हों। रोम एक दिन में नहीं बना था।''

वह मेरी बातों को सुन रहा था, इसलिए मैंने अपनी बात जारी रखी।

''और यह है सबसे महत्त्वपूर्ण बात। दृढ़ संकल्प का मतलब किसी ऐसी बात पर काम करना जिसकी तुम इतनी क़द्र करते हो कि उसके प्रति वफ़ादार बने रहने के लिए तैयार हो।''

''मतलब वह काम करना जो आपको पसंद हो। मुझे बात समझ में आ गई।''

''सही, वह काम करना जो पसंद हो, लेकिन केवल उस काम के प्यार में पड़ना ही नहीं-प्यार पर *क़ायम रहना।*''

आप कितने दृढ़ संकल्प हैं? आगे दृढ़ संकल्प का एक पैमाना दिया गया है जो मैंने वेस्ट पॉइंट में अध्ययन के दौरान तैयार किया था। मैं इस किताब में वर्णित अन्य अध्ययनों में इसका इस्तेमाल कर चुकी हूं। दाईं ओर दिए गए हर वाक्य को पढ़िए और फिर उस बक्से में निशान लगाइए जो सबसे ज़्यादा अर्थपूर्ण हो। सवाल पर बहुत ज़्यादा देर तक मंथन मत कीजिए। बस ख़ुद से पूछिए कि आप कैसे तुलना करते हैं-ना केवल अपने सहकर्मियों, दोस्तों या परिवार के साथ-बल्कि ''अधिकांश लोगों'' के साथ।

	बिलकुल मेरी तरह नहीं	मेरी तरह बहुत ज़्यादा नहीं	कुछ-कुछ मेरी ही तरह	बहुत कुछ मेरी तरह	बिलकुल मेरी तरह
1. नए विचार और नई परियोजनाएं कुछ मर्तबा मुझे पिछले विचारों और परियोजनाओं से विचलित करते हैं।	5	4	3	2	1
2. असफलता मुझे हताश नहीं करती। मैं आसानी से हार नहीं मानता।	1	2	3	4	5
3. मैं अक्सर लक्ष्य तय करता हूं लेकिन बाद में किसी अलग लक्ष्य का पीछा करने लगता हूं।	5	4	3	2	1
4. मैं एक मेहनती व्यक्ति हूं।	1	2	3	4	5
5. मुझे ऐसी परियोजनाओं पर ध्यान एकाग्र करने में परेशानी होती है, जो पूरा होने में कुछ माह का वक़्त लेती हैं।	5	4	3	2	1
6. मैं जो भी काम शुरू करता हूं उसे ख़त्म करके रहता हूं।	1	2	3	4	5
7. मेरी दिलचस्पियां साल-दर-साल बदलती रहती हैं।	5	4	3	2	1
8. मैं अनवरत काम करता हूं और कभी हार नहीं मानता।	1	2	3	4	5
9. मैं किसी विचार या परियोजना के प्रति कुछ वक़्त तक के लिए आसक्त रहा, लेकिन फिर उसमें मेरी दिलचस्पी ख़त्म हो गई।	5	4	3	2	1

10. मैंने असफलताओं पर मात देते हुए एक महत्त्वपूर्ण चुनौती पर जीत हासिल की है।	1	2	3	4	5

अपने दृढ़ संकल्प के कुल प्राप्तांक जानने के लिए बॉक्स में आपके द्वारा भरे गए सभी अंकों के जोड़ को 10 से भाग दे दें। इस पैमाने पर सबसे ज़्यादा अंक 5 (हद दर्ज़े का दृढ़ संकल्प) और सबसे कम 1 (क़तई दृढ़ संकल्प नहीं) है।

आप नीचे दिए गए चार्ट का इस्तेमाल आपके अंकों की अमेरिकी वयस्कों के बड़े नमूने से तुलना के लिए कर सकते हैं :*

प्रतिशतक (पर्सेंटाइल)	दृढ़ संकल्प के प्राप्तांक
10%	2.5
20%	3.0
30%	3.3
40%	3.5
50%	3.8
60%	3.9
70%	4.1
80%	4.3
90%	4.5
95%	4.7
99%	4.9

यह बात ध्यान में रखिए कि आपके प्राप्तांक इस बात के प्रतिबिंब हैं कि आप ख़ुद को कैसे देखते हैं। आप ज़िंदगी के इस मोड़ पर कितने दृढ़ संकल्प हैं, यह शायद आपके कम उम्र के दृढ़ संकल्प से कम हो सकता है। और अगर आप कुछ और बरसों बाद दोबारा दृढ़ संकल्प के पैमाने को आजमाते हैं तो स्कोर और अलग

* अगर, उदाहरण के लिए, आपका स्कोर 4.1 है तो आप इसी नमूने के 70 प्रतिशत वयस्कों से ज़्यादा दृढ़ संकल्प वाले हैं।

आ सकता है। जैसा कि यह किताब आपको बताते रहेगी, इस बात की पर्याप्त संभावना है कि दृढ़ संकल्प में बदलाव आता रहता है।

दृढ़ संकल्प के दो घटक हैं–जुनून और ज़िद। अगर आप और अधिक गहराई में जाना चाहते हों तो आप हर घटक के अंकों की अलग से गणना कर सकते हैं : आपके जुनून के प्राप्तांकों के लिए, विषम क्रमांक वाले सवालों के अंकों को जोड़कर 5 से भाग दे दें। अपने ज़िद के प्राप्तांक को जानने के लिए सम क्रमांक वाले सवालों के अंकों को जोड़कर 5 से भाग दे दें।

अगर आपके अंक जुनून में ज़्यादा हैं तो आपके ज़िद के प्राप्तांक भी ज़्यादा ही होंगे, और इसका उल्टा भी सही होगा। फिर भी मैं अनुमान लगाना चाहूँगी कि आपके ज़िद के प्राप्तांक, जुनून के प्राप्तांक से कुछ ज़्यादा होंगे। यह हर व्यक्ति के लिए सही नहीं होता, लेकिन मेरे द्वारा अध्ययन किए गए अधिकांश लोगों के लिए सही होता है। उदाहरण के लिए मैंने इस अध्याय के लिखने के दौरान पैमाने के परीक्षण में भाग लिया और मैंने कुल मिलाकर 4.6 प्राप्तांक हासिल किए। मेरे ज़िद के प्राप्तांक 5.0 थे, जबकि जुनून के केवल 4.2 ही थे। यह कुछ अज़ीब-सा लगता है ना, काफ़ी अरसे तक स्थायी लक्ष्यों पर एकाग्रचित्त रहना मेरे लिए कड़ी मेहनत और असफलता से ज़ोरदार वापसी के लिहाज़ से ज़्यादा मुश्किल काम है।

यह सुसंगत ख़ासियत–ज़िद के प्राप्तांक अक्सर जुनून से ज़्यादा होना–इस बात का सुराग़ है कि जुनून और ज़िद दोनों एक ही बात नहीं है। इस अध्याय के शेष हिस्से में मैं ख़ुलासा करूंगी कि वह कैसे अलग हैं और यह भी बताऊंगी कि उन्हें एक समग्र बात के दो हिस्से कैसे समझा जाए।

दृढ़ संकल्प के पैमाने से गुज़रने के दौरान आपने देखा होगा कि जुनून के किसी भी सवाल में यह नहीं पूछा गया कि आप अपने लक्ष्यों के प्रति कितनी *तीव्रता* के साथ प्रतिबद्ध हैं। यह कुछ अज़ीब-सा लग सकता है, क्योंकि जुनून का तीव्र भावनाओं के तौर पर ही वर्णन किया जाता है। कई लोगों के लिए *जुनून* का मतलब होता है आसक्ति या धुन। लेकिन बेहद सफल लोगों ने साक्षात्कार में सफलता की वजहों के लिए एक अलग ही क़िस्म की प्रतिबद्धता का ज़िक्र किया। तीव्रता की बज़ाय बार-बार उनके दिमाग़ में जो बात आती है, वह है *समय के साथ सुसंगतता।*

उदाहरण के लिए, मैंने कुछ ऐसे शेफ़्स के बारे में सुन रखा है जो टेलीविज़न पर जूलिया चाइल्ड को देखते हुए ही बड़े हुए हैं और वयस्क उम्र तक भी कुकिंग की ओर आकर्षित रहे। मैंने ऐसे निवेशकों के बारे में भी सुन रखा है जिनकी वित्तीय बाज़ारों के लिए उत्सुकता चौथे और पांचवें दशक में भी उतनी ही रहती है, जितनी कि कारोबार के उनके पहले ही दिन पर थी। मैंने गणितज्ञों के बारे में सुना है जो

एक समस्या-*उसी* समस्या-पर दिन-रात वर्षों तक लगे रहते हैं, बिना कभी भी यह फ़ैसला किए कि, ''ओह! भाड़ में जाए यह प्रमेय या सूत्र। मैं कुछ और करने जा रहा हूं।'' और यही वजह है कि जुनून के प्राप्तांकों का फ़ैसला करने वाले सवालों में आपसे पूछा जाता है कि वक़्त गुज़रने के साथ अपने लक्ष्यों पर लगातार कितनी पकड़ बनाए रखते हैं। क्या टिकाऊ और स्थायी समर्पण के लिए जुनून सही शब्द है? कुछ लोग मुझे बेहतर शब्द तलाशने के लिए कह सकते हैं। संभव है। लेकिन यह सोच अपने-आप में एक महत्त्वपूर्ण बात है : उत्साह आम है। दृढ़ता के साथ डटे रहना दुर्लभ है।

उदाहरण के लिए जेफ्री जेटलमैन पर विचार कीजिए। लगभग एक दशक तक जेफ़ *न्यू यॉर्क टाइम्स* के पूर्वी अफ्रीका के ब्यूरो प्रमुख थे। 2012 में उन्हें पूर्वी अफ्रीका में युद्ध की अंतर्राष्ट्रीय स्तर पर रिपोर्टिंग के लिए पुलिट्ज़र पुरस्कार मिला था। अंतर्राष्ट्रीय पत्रकारिता की दुनिया में वह एक तरह से प्रतिष्ठित व्यक्ति हैं, उन्हें किसी ख़बर की तलाश के लिए जान दांव पर लगाने की तैयारी के हौसले के लिए पहचाना जाता है। साथ ही उन्हें बिना किसी हिचकिचाहट के ऐसी घटनाओं की रिपोर्टिंग के लिए भी जाना जाता है जो बेहद डरावनी हों।

मैं जब जेफ़ से मिली तो हम दोनों ही 20 वर्ष के पड़ाव को पार कर चुके थे। उस वक़्त हम दोनों ही ऑक्सफ़ोर्ड यूनिवर्सिटी से मास्टर्स डिग्री हासिल करने के लिए प्रयासरत थे। मेरे लिए, यह मक्किंज़ी में पढ़ाने से पहले और मनोवैज्ञानिक बनने से पहले की बात थी। जेफ़ के लिए ख़ुद की पहली ख़बर लिखने से पहले की बात थी। मेरी राय में यह कहना सही होगा कि उस वक़्त हम दोनों में से किसी को भी इस बात का अंदाज़ तक नहीं था कि हम बड़े होकर क्या बनना चाहते हैं-और हम दोनों इसी बात को जानने के लिए प्रयास कर रहे थे।

हाल ही में मेरी जेफ़ से फ़ोन पर बात हुई। वह नैरोबी में थे, जहां रहकर वह अफ्रीका के अन्य हिस्सों के दौरे किया करते थे। हर मर्तबा थोड़ी देर के बाद हमें एक-दूसरे से पूछना पड़ रहा था कि क्या आवाज़ सुनाई दे रही है। अपने सहपाठियों की यादों को ताज़ा करने और बच्चों के बारे में जानकारी के आदान-प्रदान के बाद, मैंने जेफ़ से जुनून की धारणा पर विचार बताने को कहा और यह भी कि उसकी ज़िंदगी में इसकी क्या भूमिका रही।

जेफ़ ने मुझे बताया, ''काफ़ी लंबे अरसे तक मुझे स्पष्ट तौर पर पता था कि मैं कहां पहुंचना चाहता था। और यह भी कि मेरा जुनून पूर्वी अफ्रीका में ही रहने और काम करने का था।''

''ओह, मुझे नहीं पता था-मैंने मान लिया था कि पत्रकारिता तुम्हारा जुनून है, ना कि दुनिया का कोई एक हिस्सा। अगर तुम्हें केवल पत्रकार या केवल पूर्वी अफ्रीका में रहने में से एक को चुनना हो तो तुम क्या करोगे?''

मुझे उम्मीद थी कि जेफ़ पत्रकारिता को चुनेगा, उसने ऐसा नहीं किया।

''देखो, पत्रकारिता मेरे लिए बेहद सही है। मेरा हमेशा से लेखन की ओर झुकाव रहा है। मैं हमेशा नई परिस्थितियों में ठीक महसूस करता था। यहां तक कि पत्रकारिता का टकराव वाला पक्ष–यह मेरे व्यक्तित्व को बताता है। मुझे सत्ता को चुनौती देना अच्छा लगता है। लेकिन मैं सोचता हूं कि पत्रकारिता, एक अर्थ से, कुछ हासिल करने का एक साधन मात्र है।''

जेफ़ के जुनून को सिर चढ़कर बोलने में कुछ वर्ष का वक़्त लगा। और यह निष्क्रिय खोज की महज़ एक प्रक्रिया नहीं थी–उनके जेहन में छिपे एक छोटे–से हीरे की तलाश–बल्कि एक सक्रिय रचना थी। जेफ़ अपने जुनून को तलाशने के लिए नहीं गए, उन्होंने उसे साकार करने में मदद की।

इवांस्टन, इलिनॉय से इथाका, न्यू यॉर्क पहुंचने के बाद 18 वर्षीय जेफ़ शायद अपने भविष्य के करियर के बारे में भविष्यवाणी नहीं कर सकते थे। कॉर्नेल में उन्होंने मनोविज्ञान में विशेष शिक्षा हासिल की, कुछ हद तक इसलिए ''यह आवश्यकताओं की पूर्ति के लिहाज़ से यह सबसे आसान था।'' फिर कॉलेज में पहले वर्ष की गर्मियों के बाद वह पूर्वी अफ़्रीका गए। और यही एक प्रारंभ की शुरुआत थी : ''मैं नहीं जानता कि इसे कैसे बताऊं। इस जगह ने मेरे होश फ़ाख़्ता कर दिए। यहां कुछ ऐसी बात थी कि मैं उससे जुड़ना चाहता था। मैं इसे अपनी ज़िंदगी का हिस्सा बनाना चाहता था।''

फिर भी, यह स्पष्ट नहीं था कि वह वहां पर ज़िंदगी कैसे गुजारेंगे। करियर के दौरान वह पत्रकारिता से कैसे जुड़ गए? जेफ़ के लेखन से प्रभावित एक प्रोफ़ेसर ने यह सुझाव दिया था और जेफ़ बताते हैं कि उन्होंने सोचा भी था, ''मेरे द्वारा सुना गया यह सबसे बेवकूफ़ी भरा ख़याल था... एक ऊबाऊ अख़बार के साथ कौन काम करना चाहता है?'' (मुझे याद है कि प्रोफ़ेसर बनने के बारे में एक बार मैं भी यही सोच रहा था : *ऊबाऊ प्रोफ़ेसर बनना कौन चाहेगा?*) अंततः जेफ़ ने विद्यार्थियों के अख़बार के लिए काम किया–*कॉर्नेल डेली सन*–लेकिन बतौर फ़ोटोग्राफर ना कि लेखक।

''जब मैं ऑक्सफ़ोर्ड पहुंचा था तो शैक्षणिक तौर पर बेहद असमंजस में था। ऑक्सफ़ोर्ड के प्रोफ़ेसरों के लिए यह बात बेहद धक्का देने वाली थी कि मैं वाक़ई नहीं जानता था कि मैं क्या बनना चाहता हूं। उनकी प्रतिक्रिया कुछ इस तरह की थी, 'तुम यहां क्यों आए हो? यह एक गंभीर जगह है। अगर तुम्हारे पास इस बात को लेकर कोई ठोस समझ नहीं है कि तुम क्या पढ़ना चाहते हो तो तुम्हें यहां नहीं आना चाहिए था।'''

उस वक़्त मेरा अनुमान था कि जेफ़ फ़ोटो पत्रकारिता से जुड़ेगा।

वह मुझे रॉबर्ट किनकेड की याद दिलाता था, दुनियादारी जानने वाला समझदार फ़ोटोग्राफर, जिसे द *ब्रिज ऑफ़ मेडिसन कंट्री* में क्लिंट ईस्टवुड ने साकार किया था। यह फ़िल्म उन्हीं दिनों प्रदर्शित हुई थी जब हम दोनों दोस्त बने थे। वास्तविकता में तो मुझे वह फ़ोटोग्राफ़्स आज भी याद है जो जेफ़ ने 20 बरस पहले मुझे दिखाए थे। मैं सोचती थी कि वह *नैशनल जियोग्राफ़िक* के हैं, लेकिन वास्तविकता में यह उन्होंने ही लिए हुए थे।

ऑक्सफ़ोर्ड में दूसरे वर्ष तक उन्होंने यह जान लिया था कि उसके लिए पत्रकारिता और अधिक उचित होगी। ''एक बार जब मुझे इस बात की और अधिक जानकारी मिल गई कि पत्रकार होना क्या होता है और इसके ज़रिए मैं कैसे अफ़्रीका लौट सकता हूं और यह वास्तविकता में कितना आनंददायी होगा और मैं पत्रकारिता के बारे में पहली कल्पना की तुलना में ज़्यादा रचनात्मक लेखन कर सकता था, तो मेरी प्रतिक्रिया कुछ ऐसी थी, 'बस, मैं बस अब यही करूंगा।' मैंने एक संभव सोचा-समझा रास्ता चुना, क्योंकि पत्रकारिता उद्योग स्पष्ट तौर पर वर्गीकृत था और यह स्पष्ट था कि कैसे ए से बी, बी से सी और सी से डी और आगे तक पहुंचा जा सकता है।''

चरण ए था, ऑक्सफ़ोर्ड के विद्यार्थियों के अख़बार *चरवेल* के लिए लिखना। चरण बी था, विस्कोन्सिन के एक छोटे अख़बार में गर्मियों की छुट्टियों में प्रशिक्षण। चरण सी था, फ़्लोरिडा के *सेंट पीटर्सबर्ग टाइम्स* में मेट्रो की बीट पर काम करना। स्टेप डी था *लॉस एंजिल्स टाइम्स।* चरण ई, अटलांटा में *न्यू यॉर्क टाइम्स* का राष्ट्रीय संवाददाता। चरण एफ़ युद्ध के कवरेज के लिए अन्य देशों में भेजा जाना और वर्ष 2006 में-लक्ष्य तय करने के एक दशक के बाद-वह अंततः चरण जी तक पहुंच गए : *न्यू यॉर्क टाइम्स* के पूर्वी अफ़्रीका के ब्यूरो प्रमुख।

''यह वाक़ई एक घुमावदार रास्ता था जो मुझे हर तरह की जगहों पर ले गया। और यह मुश्किल, निरुत्साहित करने वाला, हतोत्साहित करने वाला, डरावना और बाक़ी सब कुछ था। लेकिन अंततः मैं यहां पहुंच गया। मैं ठीक वहीं पहुंचा जहां कि मैं पहुंचना चाहता था।''

दृढ़ संकल्प के कई अन्य प्रतिमानों की तरह, जुनून के लिए आतिशबाज़ी के किसी रूपक का इस्तेमाल अर्थहीन लगता है, ख़ासतौर पर तब जब आप यह सोचते हैं कि जेफ़ जेटलमैन की नज़रों में जुनून क्या है। सफलता का दौर आतिशबाज़ी का होता है जो बहुत जल्द ही शांत हो जाता है, ढेर सारा धुएं और गुज़रे जमाने की चमकदार सफलता की यादों के साथ। जेफ़ की यात्रा के मुताबिक़ तो जुनून एक *कम्पास* की तरह है-वह वस्तु जिसे बनाने, निखारने और अंततः सही करने में कुछ

वक़्त लगता है और फिर वह आपका उस लंबे और घुमावदार रास्ते पर मार्गदर्शन करता है, जो आपको आपके द्वारा चाही गई मंज़िल तक पहुंचाता है।

सिएटल सीहॉक्स के प्रशिक्षक पीट केरोल इसे इन शब्दों में बयां करते हैं, ''क्या आपका ज़िंदगी का कोई फ़लसफ़ा है?''

हममें से कुछ लोगों के लिए यह सवाल बेमानी होता है। हम कह सकते हैं : *देखिए, मैं कई बातों का अनुकरण कर रहा हूं। ढेर सारे लक्ष्य। ढेर सारी परियोजनाएं। आपका मतलब किससे है?*

लेकिन अन्य लोगों को दृढ़ विश्वास के साथ यह कहने में ज़रा भी दिक्कत नहीं होती : *मैं यह चाहता हूं।*

हर बात उस वक़्त बिलकुल स्पष्ट हो जाती है, जब आप पीट द्वारा तय लक्ष्य के स्तर को समझ जाते हैं। वह यह नहीं पूछ रहे हैं कि आप विशेष तौर पर आज क्या करना चाहते हैं या यहां तक कि इस साल भी। वह पूछना चाहते हैं कि आप ज़िंदगी से क्या चाहते हैं। दृढ़ संकल्प की शब्दावली में वह आपके जुनून के बारे में जानना चाहते हैं।

पीट की ज़िंदगी का फ़लसफ़ा है : *बातों को इतनी अच्छी तरह से करो, जैसे कि पहले कभी नहीं की गई हों।* जेफ़ की तरह ही यह पता करने में कुछ वक़्त लगा, व्यापक अर्थ में, कि उनका लक्ष्य क्या था। निर्णायक क्षण आया जब उनका प्रशिक्षक का करियर के एक बेहद कमज़ोर दौर में था : उनकी न्यू इंग्लैंड पेट्रियॉट्स के मुख्य प्रशिक्षक के पद से छुट्टी कर दी गई थी। यह उनकी ज़िंदगी का इकलौता ऐसा वर्ष था जब वह फुटबॉल से ना तो खिलाड़ी और ना ही प्रशिक्षक के तौर पर जुड़े थे। ज़िंदगी के इस मोड़ पर, उनके अच्छे दोस्तों में से एक ने उनसे आग्रह किया कि अगली नौकरी क्या करना है यह सोचने की बजाय वह किसी अमूर्त बात के बारे में सोचें : ''तुम्हारा एक फ़लसफ़ा होना चाहिए।''

पीट को यह अहसास हुआ कि उनके पास ज़िंदगी का कोई फ़लसफ़ा नहीं था और उन्हें इसकी ज़रूरत थी, ''अगर मुझे दोबारा किसी संस्थान से जुड़ने का मौक़ा मिलता है तो मुझे एक फ़लसफ़े के साथ तैयार रहना होगा, जो कि मेरे हर क़दम का निर्धारण करेगा।'' पीट ने काफ़ी वैचारिक मंथन किया और बताते हैं, ''मेरी ज़िंदगी के अगले कुछ सप्ताह और महीने बस नोट्स लिखने और उन्हें संकलित करने में ही गुज़र गए।'' इसी दौरान वह यूसीएलए बास्केटबॉल के महान प्रशिक्षक जॉन वूडन की किताबों का आनंद ले रहे थे, जिन्होंने रिकॉर्ड 10 राष्ट्रीय प्रतियोगिताएं जीती थीं।

कई अन्य प्रशिक्षकों की ही तरह पीट पहले ही वूडन को पढ़ चुके थे, लेकिन इस मर्तबा वह वूडन को ज़्यादा गहराई से पढ़कर यह समझने की कोशिश कर रहे थे कि प्रशिक्षण का यह आदर्श व्यक्ति क्या कहना चाहता है। और वूडन द्वारा कही गई सबसे महत्त्वपूर्ण बात यह थी कि भले ही एक टीम को लाखों बातें अच्छी तरह से करना होती हैं, लेकिन एक व्यापक नज़रिया सबसे ज़्यादा महत्त्वपूर्ण होता है।

पीट को उस वक़्त अहसास हुआ कि विशेष लक्ष्य-एक मैच विशेष जीतना या एक सीज़नल चैंपियनशिप जीतना हो या आक्रामक टीम के मूल को जानना या खिलाड़ियों से बात करने का तरीक़ा हो-इनके बीच समन्वयन की ज़रूरत थी, लक्ष्य की ज़रूरत थी- ''एक स्पष्ट, अच्छी तरह से परिभाषित फ़लसफ़ा आपको वह मार्गदर्शन और सीमाएं देता है जो आपको लक्ष्य की राह पर बनाए रखता है।''

पीट की बातों को समझने का एक तरीक़ा लक्ष्यों को एक पदक्रम की तरह देखना है।

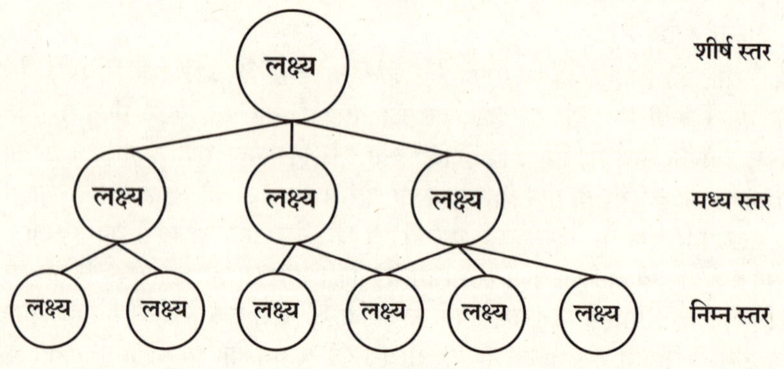

इस पदक्रम में सबसे नीचे हमारे सबसे ठोस और विशेष लक्ष्य होते हैं-वे काम जो हमारे कम अवधि में किए जाने वाले कामों की सूची में होते हैं : मैं आज घर से सुबह 8 बजे बाहर निकल जाना चाहता हूं। मैं अपने कारोबारी साथी को फ़ोन करना चाहता हूं। मैं कल शुरू की गई ईमेल को आज पूरा करना चाहता हूं। यह निम्न स्तर के लक्ष्य का अस्तित्व केवल कुछ लक्ष्यों को पूरा करने के लिए होता है। हम इन कामों को पूरा करना चाहते हैं, क्योंकि यह हमें कुछ और हासिल करने में मदद करते हैं। इसके विपरीत इस पदक्रम में हमारा लक्ष्य जितना ऊपर होगा वह उतना ही अमूर्त, सामान्य और महत्त्वपूर्ण होता है। लक्ष्य जितना बड़ा होगा, वह

अपने–आप में उतना ही पूर्ण होगा, जबकि छोटा होने पर यह लक्ष्य को पूरा करने का महज एक साधन होगा।

यहां मेरे द्वारा दिए गए रेखाचित्र में, केवल तीन स्तर मौज़ूद हैं। यह बात का अत्यधिक सरलीकरण है। सबसे नीचे और सबसे ऊंचे स्तर के बीच में भी मध्यम स्तर के लक्ष्यों की कुछ परतें हो सकती हैं। उदाहरण के लिए, सुबह 8 बजे घर से बाहर निकल जाना, एक निचले स्तर का लक्ष्य है। यह केवल मध्यम स्तर के लक्ष्य, काम पर वक़्त पर पहुंचने, के कारण ही मायने रखता है। आपको इस बात की चिंता क्यों है? क्योंकि आप समय के पाबंद होना चाहते हैं। आपको इस बात की चिंता क्यों है? क्योंकि समय की पाबंदी बताती है कि आप जिन लोगों के साथ काम कर रहे हैं, उनके प्रति आपके मन में कितना सम्मान है। यह इतना महत्त्वपूर्ण क्यों है? क्योंकि आप एक अच्छे नेतृत्वकर्ता बनना चाहते हैं।

ख़ुद से ''क्यों?'' को लेकर सवालों के सिलसिले में अगर आपका जवाब आसानी से ''क्योंकि'' पर आधारित हो तो इसका मतलब है कि आप जानते हैं कि आप लक्ष्यों के पदक्रम में शीर्ष पर पहुंच गए हैं। शीर्ष स्तर का लक्ष्य किसी अन्य ऊंचाई पर ले जाने वाला नहीं होता है। यह इसकी बजाय ख़ुद में ही लक्ष्य की पूर्ति होती है। कुछ मनोवैज्ञानिक इसे ''परम चिंता'' करार देते हैं। मैं ख़ुद इन विचारों वाली हूं कि शीर्ष स्तर के लक्ष्य नीचे मौज़ूद तमाम लक्ष्यों के लिए दिशादर्शक कम्पास की तरह होते हैं।

हॉल ऑफ़ फ़ेम में जगह बनाने वाले बेसबॉल पिचर टॉम सीवर के बारे में सोचिए। जब वह 1987 में 42 वर्ष की उम्र में सेवानिवृत्त हुए तो उनके ख़ाते में 311 जीत, 3640 स्ट्राइकआउट्स, 61 शूटआउट्स थे और उनका रन औसत 2.86 था। 1992 में जब सीवर का हॉल ऑफ़ फ़ेम में चयन हुआ था, उन्हें सबसे ज़्यादा 98.8 प्रतिशत मत मिले। अपने 20 वर्ष के पेशेवर बेसबॉल करियर के दौरान सीवर ''हर दिन, साल-दर-साल संभवतया सर्वश्रेष्ठ पिचिंग'' करना चाहते थे। उनके इस इरादे ने इस तरह से उनके निम्न स्तर के लक्ष्यों को एक अर्थ और आकार दिया :

> पिचिंग तय करती है मैं क्या खाऊंगा, मैं कब सोने के लिए बिस्तर में जाऊंगा, जब मैं जागा हुआ होता हूं तो क्या करूंगा। यही तय करती है कि जब मैं पिचिंग नहीं कर रहा होता हूं तो मैं ज़िंदगी को कैसे जिऊंगा। अगर इसका मतलब यह है कि मुझे फ़्लोरिडा आना है और धूप नहीं सेंक सकता, क्योंकि मेरी त्वचा जल सकती है जो मुझे थ्रोइंग से बहुत दिन दूर रखेगी, तो मैं कभी भी बिना शर्ट के धूप में नहीं जाऊंगा। अगर इसका मतलब यह है कि मुझे ख़ुद को याद दिलाते रहना होगा कि कुत्ते को बाएं हाथ से सहलाना है या आग में बाएं हाथ से लकड़ियां फेंकना

है, तो मैं यह भी करूंगा। अगर इसका मतलब यह है कि सर्दी के दिनों में मैं चॉकलेट चिप कुकीज़ की बज़ाय कॉटेज चीज़ खाऊं, ताकि मेरा वज़न क़ाबू में रहे तो मैं कॉटेज चीज़ ही खाऊंगा।

सीवर ने जिस ज़िंदगी का वर्णन किया है, वह बहुत ही निष्ठुर दिखाई देती है। लेकिन सीवर का इसकी ओर देखने का नज़रिया ऐसा नहीं है : ''पिचिंग ही वह बात है जो मुझे ख़ुश करती है। मैंने अपनी ज़िंदगी इसी को समर्पित कर दी है। मैंने अपना मन बना लिया है कि मुझे क्या करना है। मैं उस वक़्त ख़ुश होता हूं जब मेरी पिच सटीक होती है, इसलिए मैं वही बातें करता हूं जो मुझे ख़ुश रहने में मदद करती हैं।''

मेरा जुनून से केवल इतना तात्पर्य नहीं है कि एक ऐसी बात जो आपको ख़ुश रखती है, मेरा मतलब यह है कि आप भी *इसी* अंतिम लक्ष्य का प्रति स्थायी, वफ़ादार, स्थिर तरीक़े से ख़याल रखें। आप मनमौजी और चंचल नहीं हैं। हर दिन आप उन्हीं सवालों पर मनन करते हुए उठते हैं जिन्हें सोचते हुए आप सोए थे। आप एक तरह से एक ही दिशा में सफ़र कर रहे हैं, हमेशा आगे की ओर छोटा से छोटा क़दम लेने को तैयार, फिर एक तरफ़, किसी और मंज़िल की तरफ़। चरम स्थिति में आप अपनी एकाग्रता को जुनूनी कह सकते हैं। आपके अधिकांश क़दमों का महत्त्व आपकी चरम चिंता, आपके ज़िंदगी के फ़लसफ़े को लेकर निष्ठा से जुड़ा होता है।

आपकी प्राथमिकताएं क्रमबद्ध हैं।

दृढ़ संकल्प का मतलब होता है, समान शीर्ष स्तर के लक्ष्य को बहुत लंबे अरसे तक थामे रहना। इसके अलावा, यह ''ज़िंदगी का फ़लसफ़ा,'' जैसा पीट केरोल शायद कहना चाहेंगे, इतना दिलचस्प और महत्त्वपूर्ण है कि यह आपके जागते रहने के दौरान की गतिविधियों का बड़े पैमाने पर संयोजन करता है। बहुत ज़्यादा दृढ़ संकल्प लोगों में अधिकांश मध्यम दर्जे के और निचले दर्जे के लक्ष्य, दरअसल किसी न किसी तरह से उनके अंतिम लक्ष्य से ही संबंधित होते हैं। इसके विपरीत दृढ़ संकल्प का अभाव, कम सुसंगत लक्ष्य संरचना की वजह से आ सकता है।

यहां कुछ तरीक़े बताए जा रहे हैं, जिनसे दृढ़ संकल्प का अभाव स्वयं दिख जाएगा। मैं ऐसे अनेक युवाओं से मिला हूं जो सपने को स्पष्ट कर सकते हैं-उदाहरण के लिए, डॉक्टर बनना चाहते हैं या एनबीए में बास्केटबॉल खेलना चाहते हैं-और सजीव ढंग से कल्पना भी कर सकते हैं कि वह कितना शानदार होगा, लेकिन वह उन मध्यम दर्जे और निचले दर्जे के लक्ष्यों को नहीं बता पाते जो उन्हें वहां ले जाएंगे। उनके लक्ष्यों के पदक्रम में एक शीर्ष स्तर का लक्ष्य तो है, लेकिन उसे समर्थन देने वाले मध्य या निम्न स्तर के लक्ष्य नहीं :

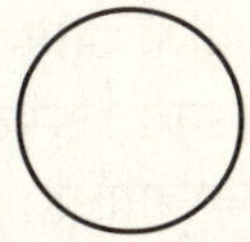

मेरे अच्छे मित्र और साथी मनोवैज्ञानिक गैब्रियल ओटिंजेन इसे ''सकारात्मक सपने देखना'' कहते हैं। गैब्रियल का रिसर्च बताता है कि एक सकारात्मक भविष्य के सपने बुनना, बिना यह पता किए कि वहां कैसे पहुंचा जाए, ख़ासतौर पर रास्ते की बाधाओं के बारे में, अल्पावधि में लाभ देता है, लेकिन लंबी अवधि में महंगा साबित होता है। अल्पावधि में आप अपनी डॉक्टर बनने की चाहत के कारण अच्छा महसूस कर सकते हैं। लंबी अवधि में आप अपने लक्ष्य को हासिल नहीं कर पाने की निराशा में जीते हैं।

मेरी राय में इससे भी ज़्यादा आम है, मध्यम स्तर के लक्ष्यों का एक समूह होना, जो मिलकर शीर्ष स्तर के किसी भी एकीकृत लक्ष्य से मेल नहीं खाते :

या लक्ष्य को लेकर कुछ प्रतिस्पर्धी पदक्रम जो किसी भी तरह से एक-दूसरे से जुड़े हुए नहीं हैं :

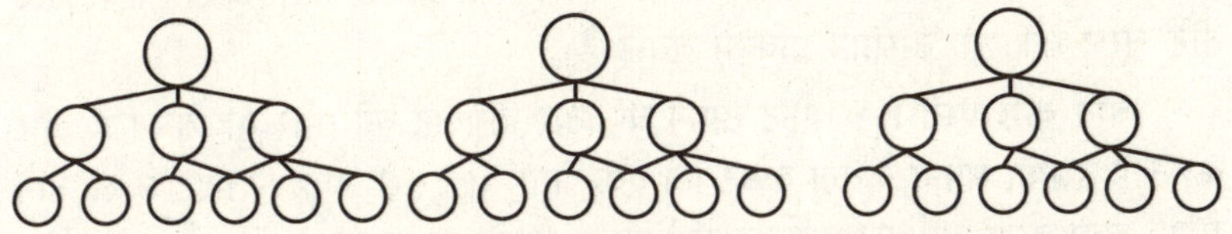

कुछ हद तक, लक्ष्यों में टकराव, मानवीय अस्तित्व का एक अनिवार्य हिस्सा है। एक पेशेवर के तौर पर मेरे लक्ष्यों का पदक्रम अलग है और एक मां के तौर पर अलग। टॉम सीवर भी मानते हैं कि एक पेशेवर बेसबॉल खिलाड़ी होने के कारण उन्हें इतनी ज़्यादा यात्रा और अभ्यास करना पड़ता था कि पत्नी और बच्चों के लिए उनके पास उतना समय नहीं होता था, जितना वह चाहते थे। इसलिए पिचिंग भले ही उनका पेशेवर जुनून था, उनके जीवन में लक्ष्यों के कुछ और पदक्रम थे, जो साफ़ तौर पर उनके लिए मायने रखते थे।

सीवर की तरह, मेरा काम के लिए एक लक्ष्य पदक्रम है : *मनोवैज्ञानिक विज्ञान का इस्तेमाल बच्चों की प्रगति में मदद देने के लिए करो।* लेकिन अपनी दोनों बेटियों के लिए सर्वश्रेष्ठ मां बनने की प्रक्रिया के लिए मेरा लक्ष्यों का पदक्रम

कुछ और ही है। जैसा कि हर कामकाजी अभिभावक को पता होता है, दो ''चरम चिंताएं'' होना आसान बात नहीं है। सारी ज़िम्मेदारियां निभाने के लिए वक़्त, ऊर्जा या ध्यान की कमी हमेशा महसूस की जाती है। एक युवा महिला होने के नाते मैंने विकल्पों पर विचार किया-मेरे करियर से दूरी या मेरे परिवार के लालन-पालन से-और तय किया कि नैतिक आधार पर कोई ''सही फ़ैसला'' नहीं होगा, होगा तो केवल वह फ़ैसला जो मेरे लिए सही होगा।

इसलिए यह विचार कि जाग्रत अवस्था के हमारे हर एक लमहे का निर्धारण एक शीर्ष स्तर के लक्ष्य द्वारा किया जाना चाहिए, दरअसल एक चरम आदर्शवादी स्थिति है, जो शायद सबसे दृढ़ संकल्प व्यक्ति के लिए भी वांछनीय नहीं होगी। फिर भी मैं यह तर्क देना चाहूंगी कि मध्यम स्तर और निचले स्तर के कामकाजी लक्ष्यों की लंबी सूची को शीर्ष लक्ष्य में सहायक होने के लिहाज़ से काटा-छांटा जा सकता है। और मैं सोचती हूं कि एक शीर्ष स्तरीय *पेशेवर लक्ष्य* किसी अन्य आंकड़े की बजाय आदर्श है।

कुल मिलाकर हमारे लक्ष्यों का पदक्रम जितना अधिक एकीकृत, एक रेखा में और समन्वित होगा, उतना ही बेहतर होगा।

अपने बूते अरबपति बनने वाले वॉरेन बफ़ेट द्वारा समूची निजी संपत्ति अपने ही जीवनकाल में हासिल की गई है, जो कि हार्वर्ड यूनिवर्सिटी की पूंजी से दोगुनी है। प्राप्त जानकारी के मुताबिक़ उन्होंने अपने पायलट को प्राथमिकता तय करने के लिए तीन चरण की एक आसान प्रक्रिया बताई है।

बात कुछ ऐसी है : बफ़ेट अपने वफ़ादार पायलट की ओर मुंह करते हैं और कहते हैं उसका सपना केवल बफ़ेट को एक जगह से दूसरी जगह फ़्लाइट से ले जाने से भी बड़ा होना चाहिए। पायलट स्वीकारता है कि हां उसका सपना है। और फिर बफ़ेट उसे तीन चरणों की जानकारी देते हैं।

पहला, करियर को लेकर अपने कम से कम 25 लक्ष्यों को काग़ज़ पर दर्ज़ करो।

दूसरा, अपने भीतर झांककर देखो और पांच सर्वोच्च प्राथमिकता वाले लक्ष्यों पर गोला लगाओ, केवल पांच।

तीसरा, उन 20 लक्ष्यों की ओर देखो जिन पर आपने गोला नहीं लगाया है। इनको आपको हर क़ीमत पर टालना है। यही आपका ध्यान भंग करते हैं; वह आपका समय और ऊर्जा हड़प जाते हैं, आपकी नज़र को उन लक्ष्यों से हटा देते हैं जो ज़्यादा महत्त्वपूर्ण हैं।

जब मैंने यह कहानी पहली बार सुनी, तो मैंने सोचा, *किसी करियर* के 25 *से ज़्यादा भिन्न लक्ष्य होंगे? यह एक तरह से बेहूदा है, है ना?* फिर मैंने रेखाओं वाले एक काग़ज़ के टुकड़े पर अपनी उन तमाम परियोजनाओं के नाम लिखना शुरू किया, जिन पर मैं काम कर रही थी। जब आंकड़ा 32 तक पहुंच गया तो मुझे इस बात का अहसास हुआ कि इस क़वायद का मुझे भी लाभ हो सकता है।

दिलचस्प तथ्य यह है कि जिन लक्ष्यों के बारे में मैंने सहजता के साथ सोचा था, वह मध्यम दर्जे के लक्ष्य थे। लोगों को जब उस स्तर के लक्ष्य लिखने के लिए कहा जाता है तो वह एक नहीं ढेर सारे होते हैं।

अपने काम की प्राथमिकता तय करने के लिए, मैंने कुछ कॉलम जोड़ दिए जिन्होंने मुझे यह बताने में मदद की कि यह परियोजनाएं कितनी दिलचस्प और महत्त्वपूर्ण थीं। मैंने हर लक्ष्य को 1 से 10 के पैमाने पर रेटिंग दी। सबसे कम से सबसे ज़्यादा दिलचस्प तक और फिर कम महत्त्वपूर्ण से सर्वाधिक महत्त्वपूर्ण तक। मैंने इन अंकों का आपस में गुणा करके 1 से 100 के बीच का एक अंक हासिल किया। मेरा कोई भी लक्ष्य ''रुचि महत्त्व'' रेटिंग में 100 तक की रेटिंग वाला नहीं था, लेकिन कोई 1 की न्यूनतम रेटिंग वाला भी नहीं था।

उसके बाद मैंने बफ़ेट की सलाह पर काम करने की ठानी और कुछ दिलचस्प और महत्त्वपूर्ण लक्ष्यों पर गोला लगाया और बाक़ी को हर क़ीमत पर टालने वाली श्रेणी में डाल दिया। मैंने कोशिश की, लेकिन मैं ऐसा कर ही नहीं सकी।

एक-दो दिन तक इस बात पर ग़ौर करने के बाद कि कौन सही है-मैं या वॉरेन बफ़ेट-मैंने महसूस किया कि मेरे लक्ष्यों में अधिकांश एक-दूसरे से संबंधित हैं। वास्तविकता में तो उनमें से अधिकांश अंतिम लक्ष्य तक पहुंचने के साधन मात्र थे, मुझे अपने अंतिम लक्ष्य तक पहुंचने के लिए तैयार करने वाले। कुछ चंद ऐसे पेशेवर लक्ष्य भी थे जिनके लिए यह बात सही नहीं थी। हिचकिचाहट के साथ मैंने उन्हें हर क़ीमत में टालने वाली श्रेणी में डाल दिया।

अब अगर मैं कभी बफ़ेट के साथ बैठकर अपनी सूची की उनके साथ पड़ताल करूं (जो कि नामुमकिन है, क्योंकि मुझे संदेह है कि मेरी ज़रूरतें उनके लक्ष्यों के पदक्रम में जगह बना पाएंगी), वह निश्चित तौर पर मुझे बताएंगे कि इस क़वायद का मुद्दा इस हक़ीक़त का सामना करना है कि वक़्त और ऊर्जा सीमित हैं। किसी भी सफल व्यक्ति को क्या करना है, इसका फ़ैसला करते वक़्त कुछ हद तक यह फ़ैसला भी करना है कि उसे क्या नहीं करना है। मुझे यह बात समझ में आ गई। मैं अब भी ऐसा करने के तरीक़े जानती हूं।

लेकिन मैं साथ ही में यह भी कहना चाहूंगी कि परंपरागत तरीक़े से प्राथमिकताएं तय करना पर्याप्त नहीं है। जब आपको कई बिलकुल अलग ऊंचे

स्तर के करियर लक्ष्यों को लेकर अपनी गतिविधियों को विभाजित करना होता है, आप बहुत ज़्यादा असमंजस में होते हैं। आपके भीतर बस केवल एक आंतरिक दिशादर्शक होना चाहिए-दो, तीन, चार या पांच नहीं।

फ्रैंक मॉडल, द न्यू *यॉर्कर*, 7 जुलाई 1962, द न्यू यॉर्कर कलेक्शन/द कार्टून बैंक।

तो बफ़ेट की प्राथमिकताएं तय करने के लिए बताई गई तीन चरणों की प्रक्रिया में मैं एक अतिरिक्त चरण जोड़ना चाहूँगी : ख़ुद से यह सवाल पूछो, *ये लक्ष्य किस हद तक एक समान लक्ष्य के लिए उपयोगी हैं?* वे एक ही लक्ष्य के पदक्रम का जितना हिस्सा होंगे-महत्त्वपूर्ण होंगे क्योंकि फिर वह समान चरम चिंता के काम आते हैं-आपका जुनून उतना ही अधिक एकाग्रता भरा होगा।

अगर आप प्राथमिकता तय करने की इस पद्धति को अपनाते हैं तो क्या आप हॉल ऑफ़ फ़ेम पिचर या इतिहास में अन्य लोगों से ज़्यादा धन कमाएंगे? संभवतया नहीं। लेकिन आपकी ऐसी जगह पर पहुंचने की संभावनाएं प्रबल होंगी, जो आपके लिए मायने रखती है-आप जिस जगह पहुंचना चाहते हैं, उसके नज़दीक पहुंचने की बेहतर संभावनाएं।

जब आप अपने लक्ष्यों को एक पदक्रम में व्यवस्थित तरीक़े से देखते हैं तो आपको यह अहसास होता है कि दृढ़ संकल्प का मतलब केवल दृढ़ता के साथ -हर क़ीमत

पर और अनंत काल तक–आपकी सूची में मौज़ूद हर एक निम्न स्तर के लक्ष्य का पीछा करना नहीं है। सच तो यह है कि आप ऐसी कुछ बातों को त्याग सकते हैं, जिन पर इस वक़्त आप बेहद कड़ी मेहनत कर रहे हैं। उनमें से हर एक कारगर नहीं होगी। निश्चित तौर पर आपको और अधिक कड़ी मेहनत करना चाहिए–आपके द्वारा अनिवार्य माने गए वक़्त से कुछ ज़्यादा वक़्त तक। लेकिन अपनी तमाम ऊर्जा उस बात पर बिलकुल भी नहीं गंवाएं जो कि एक महत्त्वपूर्ण लक्ष्य का बमुश्किल एक साधन हो।

जब मैंने द *न्यू यॉर्कर* की मशहूर कार्टूनिस्ट रोज़ चेस्ट को स्थानीय पुस्तकालय में व्याख्यान देते हुए सुना तो मुझे पता चला कि किसी व्यक्ति के लक्ष्यों के पूरे पदक्रम में निम्न–स्तर के लक्ष्य समाहित होने की बात को जानना कितना महत्त्वपूर्ण है। उन्होंने बताया कि करियर के इस दौर में उनकी अस्वीकृति की दर लगभग 90 प्रतिशत है। उन्होंने दावा किया कि यह पहले और अधिक हुआ करती थी।

मैंने *न्यू यॉर्कर* के कार्टून एडिटर बॉब मेंकॉफ़ से यह जानने के लिए संपर्क किया कि यह अंक कितना विशिष्ट है। मुझे तो यह धक्कादायक तरीक़े से बहुत ज़्यादा लगा। बॉब ने मुझे बताया कि रोज़ वास्तविकता में अलग थीं। मेरी प्रतिक्रिया थी, उफ़्फ़! मैं इस बारे में कतई नहीं सोचना चाहता था कि दुनियाभर के कार्टूनिस्टों को 10 में से 9 बार अस्वीकृति का सामना करना पड़े। लेकिन फिर बॉब ने बताया कि कुछ कार्टूनिस्टों को *और अधिक अस्वीकृति* का सामना करना पड़ता है। इस पत्रिका में ''अनुबंधित कार्टूनिस्ट'' होते हैं जिनके कार्टूनों के प्रकाशित होने की संभावना अन्य की तुलना में नाटकीय तौर पर बेहतर होती है। वह सारे मिलकर सप्ताह में लगभग 500 कार्टून तैयार करते हैं। एक पत्रिका में इनमें से औसतन केवल 17 कार्टून्स के लिए जगह होती है। मैंने कुछ गणित लगाया : यह अस्वीकृति दर तो 96 प्रतिशत तक की है।

''हे भगवान! कौन काम करना जारी रख सकता है, जब संभावनाएं इतनी ख़राब हों।''

ख़ैर एक तो हैं : ख़ुद बॉब।

बॉब की कहानी इस बात का पर्याप्त तौर पर ख़ुलासा करती है कि कैसे एक शीर्ष स्तर के लक्ष्य के प्रति मौज़ूद ज़िद के लिए, शायद विरोधाभासी तौर पर, लक्ष्यों के पदक्रम में निचले स्तर पर कुछ लचीलेपन की ज़रूरत पड़ती है। यह कुछ ऐसा है मानो सर्वोच्च स्तर का लक्ष्य कालजयी दस्तावेज़ की तरह स्याही से लिखा गया हो और निचले स्तर के लक्ष्य पेंसिल से, ताकि उन पर पुनर्विचार करके, उन्हें कई मर्तबा मिटा तक सकें और फिर उस बारे में सोचें जो उनकी जगह लिखा जा सके।

मेरा द *न्यू यॉर्कर* के स्तर से क़तई मेल नहीं खाने वाला रेखाचित्र पेश है, जो बताता है कि मैं कहना क्या चाहती हूं :

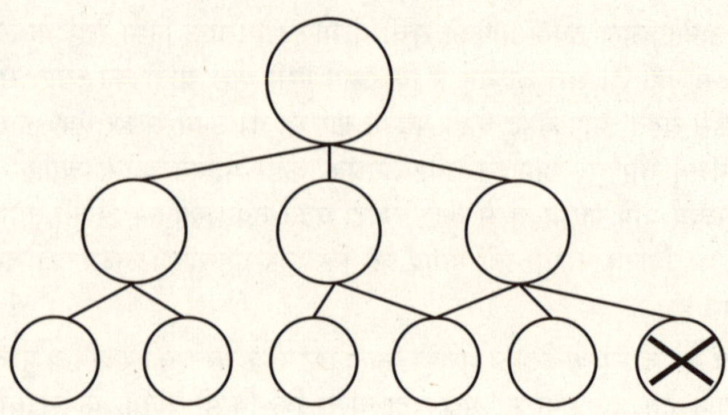

क्रोधित दिखने वाले X के निशान वाले निचले स्तर के लक्ष्य को अवरुद्ध कर दिया गया है। यह अस्वीकृति की पर्ची है, एक झटका, एक बंद गली, एक असफलता। दृढ़ संकल्प व्यक्ति निराश होगा या उसका दिल भी टूट सकता है, लेकिन ज़्यादा लंबे अरसे तक नहीं।

जल्द ही वह दृढ़ संकल्प व्यक्ति निचले स्तर का एक नया लक्ष्य खोज निकालता है-उदाहरण के लिए, एक और कार्टून बनाता है-जो उद्देश्य की पूर्ति करता है।

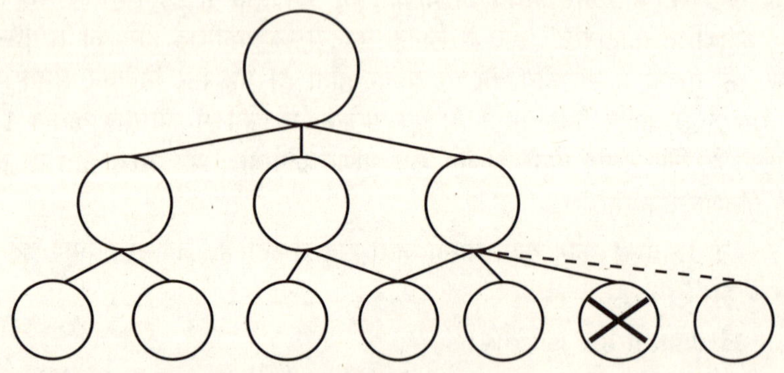

ग्रीन बैरेट्स के आदर्श वाक्यों में से एक है, ''सुधारो, अपनाओ, क़ाबू पा लो।'' हममें में से अधिकांश को बचपन में बताया गया था, ''अगर पहले प्रयास में तुम सफल नहीं होते हो तो प्रयास करो, फिर प्रयास करो।'' बहुत ही अच्छी सलाह, लेकिन जैसा कि वह कहते हैं, ''प्रयास करो, फिर प्रयास करो और फिर कुछ अलग करने का प्रयास करो।'' लक्ष्यों के पदक्रम में निचले स्तर पर इसी की ज़रूरत होती है।

पेश है बॉब मेंकॉफ़ की कहानी :

न्यू यॉर्क टाइम्स के पूर्वी अफ़्रीका के ब्यूरो प्रमुख जेफ़ जेटलमैन की तरह बॉब का कभी कोई स्पष्ट जुनून नहीं था। बचपन में बॉब को ड्राइंग अच्छी लगती थी और ब्रॉन्क्स की स्थानीय हाईस्कूल की बजाय उन्होंने लागॉर्डिया हाईस्कूल ऑफ़ म्यूज़िक ऐंड आर्ट में प्रवेश लिया, जिसे बाद में *फ़ेम* फ़िल्म में दर्शाया गया। एक बार वहां पहुंचने के बाद उन्होंने जब प्रतिस्पर्धा देखी तो वह डर गए।

बॉब बताते हैं, ''वास्तविक ड्राइंग प्रतिभाओं से सामना होने के कारण मेरी प्रतिभा कुम्हला गई। स्नातक होने के बाद मैंने तीन वर्ष तक पेन, पेंसिल या पेंटब्रश को हाथ तक नहीं लगाया।'' इसकी बजाय उन्होंने सायरस यूनिवर्सिटी में प्रवेश लिया, जहां पर उन्होंने दर्शनशास्त्र और मनोविज्ञान का अध्ययन किया।

अपने अंतिम वर्ष में उन्होंने महान कार्टूनिस्ट सिड हॉफ़ की एक किताब *लर्निंग टु कार्टून ख़रीदी,* जो कि इस बात का प्रत्यक्ष उदाहरण था, ''प्रयासों का दोगुना महत्त्व'' होता है। अपनी ज़िंदगी में हॉफ़ ने *न्यू यॉर्क* टाइम्स के लिए 571 कार्टून तैयार किए, बच्चों की 60 से ज़्यादा किताबें चित्रण सहित लिखीं, दो सिंडिकेटेड कॉमिक स्ट्रिप्स बनाई और अन्य प्रकाशनों के लिए हज़ारों कार्टून्स और ड्राइंग्स का योगदान दिया। हॉफ़ की किताब की उत्साहजनक शुरुआत कुछ ऐसी है, ''क्या कार्टूनिस्ट बनना मुश्किल है? नहीं ऐसा नहीं है। और इस बात को साबित करने के लिए मैंने यह किताब लिखी है।'' किताब एक अध्याय, ''अस्वीकृति की पर्चियों से कैसे बचें,'' के साथ समाप्त होती है। बीच के पाठों में संयोजन, नज़रिया, इंसान के शरीर की बनावट, चेहरे के हाव-भाव और इसी तरह की अन्य जानकारी है।

बॉब ने हॉफ़ की सलाह पर काम करते हुए 27 कार्टून्स तैयार किए। वह उन्हें बेचने के लिए एक पत्रिका से दूसरी पत्रिका के कार्यालयों के चक्कर लगाते रहे- लेकिन *न्यू यॉर्कर* के नहीं, जो कार्टूनिस्टों से मुलाक़ात नहीं करता था। और वह निश्चित तौर पर हर उस संपादक द्वारा अस्वीकृत कर दिए गए, जिनसे वह मिले। अधिकांश ने उन्हें अगले सप्ताह, कुछ और कार्टून्स के साथ दोबारा प्रयास करने के लिए कहा। ''और?'' बॉब सोच में पड़ गए, ''कोई कैसे 27 से ज़्यादा कार्टून बना सकता है?''

हॉफ़ की किताब का अस्वीकृति पर आधारित अंतिम अध्याय पढ़ने से पहले बॉब को सूचना मिली कि वह वियतनाम युद्ध में शामिल होने के लिहाज़ से पात्र हैं। उनकी वहां जाने की कुछ ख़ास इच्छा नहीं थी, सच तो यह था कि उनकी वहां नहीं जाने की इच्छा ज़्यादा प्रबल थी। इस वज़ह से वह ख़ुद को दोबारा नया उद्देश्य देते हुए प्रायोगिक मनोविज्ञान में स्नातक छात्र बन गए। अगले कुछ वर्षों में चूहों को भुलभुलैयाओं में दौड़ाने के बीच उन्हें रेखांकन का वक़्त मिल गया। उसके बाद

डॉक्टरेट पाने से ठीक पहले, उन्हें अहसास हुआ कि प्रायोगिक मनोविज्ञान उनके लिए नहीं था : ''मुझे याद है कि मैं सोच रहा था कि मुझे परिभाषित करने वाले व्यक्तित्व के गुण कुछ और ही थे। आप शायद ही कभी मुझसे ज़्यादा मज़ाक़िया व्यक्ति से मिले होंगे-मैं अपने बारे में इसी तरह से सोचता था-मैं *मज़ाक़िया* हूं।''

कुछ वक़्त तक तो बॉब ने हास्य को ही करियर बनाने के दो विकल्पों पर विचार किया। ''मैंने तय किया कि ठीक है मैं स्टैंडअप कॉमेडी करूंगा या मैं एक कार्टूनिस्ट बनूंगा।'' उन्होंने दोनों ही क्षेत्रों में ख़ुद को उत्साह के साथ झोंक दिया : ''पूरे दिन मैं नियमित लेखन करता था और रात को कार्टून बनाता था।'' लेकिन वक़्त गुज़रने के बाद इन दो मध्यम स्तर के लक्ष्यों में से एक दूसरे की तुलना में ज़्यादा आकर्षक बन गया। ''स्टैंडअप उन दिनों में अलग क़िस्म का था। उन दिनों वास्तविकता में कोई कॉमेडी क्लब्स नहीं हुआ करते थे। मुझे बॉर्श बेल्ट जाना पड़ता था जो मुझे क़तई पसंद नहीं था... मैं जानता था कि मेरा हास्य इन लोगों के लिहाज़ से उतना प्रभावी नहीं होगा, जितना कि मैं चाहता था।''

इसलिए बॉब ने स्टैंडअप कॉमेडी का इरादा छोड़ दिया और अपनी पूरी ऊर्जा कार्टून्स के प्रति समर्पित कर दी। ''दो साल तक कार्टून बनाकर देने के बाद भी मेरे पास द *न्यू यॉर्कर* की अस्वीकृति की इतनी पर्चियां जमा हो गई थीं कि मेरे बाथरूम की पूरी दीवार को मैं उससे सजा सकता था।'' बीच में जीत के छोटे-मोटे अवसर भी आते थे-जैसे किसी अन्य पत्रिका को कार्टून की बिक्री-लेकिन तब तक बॉब का शीर्षस्थ लक्ष्य क़ाफी हद तक स्पष्ट और महत्त्वाकांक्षी बन चुका था। वह केवल जीने के लिए ही मज़ाक़िया नहीं होना चाहते थे उनकी ख़्वाहिश थी कि उनका शुमार दुनिया के सर्वश्रेष्ठ कार्टूनिस्टों में हो। ''द *न्यू यॉर्कर* कार्टूनिस्टों के लिए ठीक वैसा ही था जैसा कि बेसबॉल के लिए न्यू यॉर्क यांकीज़-सर्वश्रेष्ठ टीम,'' बॉब आगे कहते हैं कि, ''अगर आप उस टीम में जगह बना लेते हैं तो आप श्रेष्ठतम खिलाड़ियों में से एक हैं।''

अस्वीकृति की पर्चियों का बढ़ता ढेर बॉब को बता रहा था, ''प्रयास करो, फिर से प्रयास करो'' काम नहीं कर रहा है। उन्होंने कुछ अलग ही करने का फ़ैसला किया। वह कहते हैं, ''मैं न्यू यॉर्क पब्लिक लाइब्रेरी गया और मैंने द *न्यू यॉर्कर* में 1925 से लेकर तब तक प्रकाशित कार्टून्स को देखा।'' पहले उन्हें लगा कि शायद उनकी ड्रॉइंग अच्छी नहीं है, लेकिन द *न्यू यॉर्कर* के कुछ सफल कार्टूनिस्टों को देखने से यह बात साफ़ हो जाती थी कि वह बेहद निचले दर्जे के चित्र बनाने वाले थे। फिर बॉब को लगा कि उनके कार्टून्स के साथ दिए जाने वाले कैप्शन की लंबाई एक समस्या है-बहुत छोटे या बहुत बड़े-लेकिन उस संभावना का समर्थन करने वाले कोई प्रमाण भी नहीं मिले। कैप्शन्स आमतौर पर छोटे थे, लेकिन हमेशा नहीं, वैसे भी उस लिहाज़ से बॉब असामान्य नहीं लगते थे। फिर बॉब को लगा

शायद वह हास्य के तय दर्ज़े को हासिल नहीं कर पा रहे हैं। यह भी नहीं : कुछ सफल कार्टून सनकी क़िस्म के थे, कुछ व्यंग्यपूर्ण, कुछ दार्शनिक क़िस्म के और कुछ केवल दिलचस्प।

इन सभी कार्टून्स में जो एक बात समान थी वह यह कि सभी पाठक को *सोचने* पर मज़बूर कर देते थे। और यहां एक और समानता थी : हर कार्टूनिस्ट की एक निजी शैली थी, जो स्पष्ट तौर पर उनकी थी। उनमें से कोई भी एक शैली ''सर्वश्रेष्ठ'' नहीं थी। इसके विपरीत, जो बात मायने रखती थी, वो यह थी कि शैली ही, बेहद गहरे और विशेष तरीक़े से, हर एक कार्टूनिस्ट की अभिव्यक्ति थी।

न्यू यॉर्कर द्वारा प्रकाशित लगभग हर एक कार्टून के पन्ने पलटाते वक़्त बॉब जानते थे कि वह भी ऐसा कर सकते हैं। या बेहतर भी, ''मैंने सोचा, 'मैं यह कर सकता हूँ, मैं यह कर सकता हूं।' मुझमें इस बात को लेकर पूरा विश्वास था।'' उन्हें पता था कि वह ऐसे कार्टून बना सकते हैं, जो लोगों को सोचने पर मज़बूर कर दे और यह भी कि वह अपनी शैली विकसित कर सकते हैं, ''मैंने विभिन्न शैलियों में काम करके देखा और अंत में मैंने अपनी डॉट शैली को अपनाया।'' बॉब के कार्टून्स की अब प्रसिद्ध हो चुकी डॉट शैली को स्टिपलिंग कहा जाता है। बॉब ने हाईस्कूल के दिनों में इस पर पहली बार हाथ आजमाया था, जब उन्होंने फ्रांसीसी प्रभाववादी जॉर्जेस स्यूरात के बारे में जाना था।

1974 से 1977 के दौरान *न्यू यॉर्कर* से लगभग दो हज़ार बार अस्वीकृति पाने के बाद बॉब ने नीचे दिया गया कार्टून भेजा और वह प्रकाशित हो गया था।

रॉबर्ट मेंकॉफ़, द न्यू *यॉर्कर*, 20 जून 1977, द न्यू *यॉर्कर* कलेक्शन/द कार्टून बैंक

अगले साल उन्होंने द *न्यू यॉर्कर* को 13 कार्टून्स बेचे, उसके अगले वर्ष 25 और फिर 27 कार्टून्स। 1981 में बॉब को इस पत्रिका से एक पत्र आया, जिसमें उनसे जानना चाहा गया था कि क्या वह अनुबंधित कार्टूनिस्ट बनना पसंद करेंगे। उन्होंने जवाब दिया, हां।

संपादक और परामर्शदाता की अपनी भूमिका में बॉब कार्टूनिस्ट बनने के अभिलाषियों को अपनी ड्राइंग्स 10-10 करके देने को कहते थे, ''क्योंकि कार्टूनिंग में, ज़िंदगी की ही तरह, 10 में से 9 बातें कभी काम नहीं करतीं।''

वाक़ई, निम्न स्तर के लक्ष्यों को त्याग देना ना केवल क्षमा करने योग्य है, बल्कि यह कई मर्तबा स्पष्ट तौर पर अनिवार्य हो जाता है। आपको उस वक़्त इन्हें त्याग देना चाहिए, जब निम्न स्तर का एक अन्य लक्ष्य उससे ज़्यादा व्यवहार्य हो। रास्ता बदलना भी उस वक़्त समझदारी होती है, जब एक अन्य निम्न स्तर का लक्ष्य-अंत तक पहुंचने का एक अलग साधन-कुछ और ज़्यादा कुशल हो या ज़्यादा आनंददायी हो या फिर किसी भी अन्य कारण से आपकी मूल योजना से ज़्यादा अर्थपूर्ण हो।

किसी भी लंबी यात्रा पर घुमावदार रास्तों की उम्मीद तो की ही जाती है।

हालांकि लक्ष्य जितना ऊंचा हो, उतना ही ज़्यादा ज़िद्दी होना समझ में आता है। निजी तौर पर मैं, अनुदान के किसी आवेदन, अकादमिक शोधपत्र या असफल प्रयोग के बारे में सोचने में ज़्यादा देर तक नहीं उलझती। इन असफलताओं का दर्द वास्तविक होता है, लेकिन मैं उन पर ज़्यादा देर तक नहीं सोचते हुए, आगे बढ़ जाती हूं। इसके विपरीत, मध्यम स्तर के लक्ष्यों को मैं आसानी से नहीं छोड़ती और सच कहूं तो मैं ऐसी कोई बात सोच ही नहीं सकती जो मेरे अंतिम लक्ष्य, ज़िंदगी के मेरे दर्शन को बदल दे, जैसा कि पिट कहते हैं। मेरा कम्पास, एक बार मैंने इसके सारे कलपुर्ज़े हासिल कर उसे फ़िट कर दिया, मुझे उसी दिशा को दिखाता रहता है, सप्ताहों के बाद महीनों, उसके बाद वर्षों तक।

दृढ़ संकल्प की राह पर चलने से बहुत पहले मेरे द्वारा लिए गए शुरुआती साक्षात्कारों से पहले, स्टेनफ़ोर्ड की एक मनोवैज्ञानिक कैथरिन कॉक्स, ख़ुद भरपूर उपलब्धि हासिल करने वालों के गुणों की सूची तैयार कर रही थीं।

1926 में, कॉक्स ने अपनी खोज को प्रकाशित किया, जो कि 301 बेहद सफल ऐतिहासिक हस्तियों के जीवन की जानकारियों पर आधारित थी। इन मशहूर

व्यक्तियों में कवि, राजनीतिक व धार्मिक नेता, वैज्ञानिक, सैनिक, दार्शनिक, कलाकार और संगीतकार शामिल थे। यह सभी कॉक्स की पड़ताल से चार सदी पहले अपनी ज़िंदगी जीकर काल के गाल में समा चुके थे। वह अपने पीछे उपलब्धियों का इतना बड़ा भंडार छोड़ गए थे, जो छह लोकप्रिय विश्वकोषों में समाहित किए जाने के योग्य थे।

कॉक्स का शुरुआती लक्ष्य यह जानना था कि इनमें से प्रत्येक कितना चतुर था, एक-दूसरे की तुलना में और शेष इंसानों के साथ तुलना के लिहाज़ से। यह आकलन हासिल करने के प्रयास में, उन्होंने उपलब्ध प्रमाणों को छान डाला, वक़्त से पहले बौद्धिक प्रतिभा के विकास को जानने के लिए-और उम्र और इन उपलब्धियों की श्रेष्ठता के आधार पर उन्होंने इनमें से हर व्यक्ति के बचपन के बौद्धिक स्तर (आईक्यू) का हिसाब लगाया। इस अध्ययन का प्रकाशित सारांश-अगर आप 800 से अधिक पेज़ वाली किताब को सारांश कह सकते हैं तो-मैं कॉक्स द्वारा अध्ययन किए गए सभी 301 व्यक्तियों के व्यक्ति वृत्त इसमें सबसे कम से सबसे अधिक बुद्धिमान के क्रम में शामिल किए गए हैं।

कॉक्स के मुताबिक़ समूह में सबसे चतुर निकले दार्शनिक जॉन स्टुअर्ट मिल, जिन्होंने तीन वर्ष की उम्र में ग्रीक भाषा सीखकर, छह वर्ष की उम्र में रोम का इतिहास लिखकर और अपने पिता द्वारा भारत के इतिहास पर लिखी गई किताब में 12 वर्ष की उम्र में सुधार करके बचपन में 190 का अनुमानित आईक्यू स्कोर हासिल किया। कॉक्स की रैंकिंग में सबसे कम बुद्धिमान के तौर पर -जिनका बचपन का आईक्यू 100 से 110 के बीच था, आम व्यक्ति से बस कुछ ही ऊपर थे-आधुनिक खगोलविद्या के संस्थापक निकोलस कोपरनिकस, रसायनज्ञ और भौतिक विज्ञानी माइकल फ़ेराडे और स्पेनी कवि व उपन्यासकार, मिगुएल डी सर्वेंतेस शामिल थे। आइज़क न्यूटन, बचपन के 130 के आईक्यू के साथ बीच के हिस्से में थे। आज के मेधावी और प्रतिभावान कार्यक्रमों के लिए आज एक बच्चे को इतने ही न्यूनतम आईक्यू की ज़रूरत होती है।

आईक्यू के इन आकलनों से, कॉक्स इस निष्कर्ष पर पहुंचीं कि एक समूह के तौर पर स्थापित ऐतिहासिक हस्तियां हममें से अधिकांश से होशियार और चतुर हैं। इसमें हैरत की कोई बात नहीं।

एक बेहद अनपेक्षित निरीक्षण इस बात को लेकर था कि सबसे ज़्यादा उपलब्धि वाले लोगों से सबसे कम उपलब्धि वाले लोगों के अंतर में आईक्यू की कितनी कम भूमिका थी। कॉक्स के टॉप 10 में जगह बनाने वाले सबसे प्रतिष्ठित प्रतिभाओं का बचपन का औसत आईक्यू 146 था। अंतिम 10 में समाहित सबसे कम प्रतिष्ठित प्रतिभाओं का बचपन का औसत आईक्यू 143 था। अंतर बहुत

मामूली–सा था। दूसरे शब्दों में, कॉक्स के नमूने में बुद्धिमानी और प्रतिष्ठा का अंतर निहायत मामूली था :

कॉक्स के शीर्ष 10 (सबसे प्रतिष्ठित प्रतिभावान)

सर फ़्रांसिस बैकन
नेपोलियन बोनापार्ट
एडमंड बर्क़
जोहान वोल्फ़गैंग वोन गोथे
मार्टिन लूथर
जॉन मिल्टन
आइजक़ न्यूटन
विलियम पिट
वोल्तेयर
जॉर्ज वॉशिंगटन

कॉक्स के निम्न 10 (सबसे कम प्रतिष्ठित प्रतिभावान)

क्रिश्चियन के.जे. वोन बुनसेन
थॉमस चामर्स
थॉमस चैटरटन
रिचर्ड कोबडेन
सैम्युअल टेलर कोलरिज़
जॉर्जेस जे. डांटन
जोसेफ़ हेडन
ह्युगुएस–फ़ेलिसिते–रॉबर्ट डी लेमेनेस
जिसप मेज़्जिनी
जोकिम मूरात

अगर बौद्धिक प्रतिभा किसी व्यक्ति के शीर्ष 10 या सबसे निचले 10 में रहने का निर्धारण नहीं करती, तो क्या बात करती है? जीवनी के हज़ारों पन्नों में मौज़ूद जानकारी की पड़ताल के दौरान, कॉक्स और उनकी सहायक ने 100 प्रतिभाओं के

एक उपसमूह में व्यक्तित्व की 67 अलग ख़ासियतों का भी आकलन किया। कॉक्स ने जानबूझकर इन ख़ासियतों में विविधता का समावेश किया–वास्तविकता में तो उन्होंने उन सभी को शामिल किया जिन्हें आधुनिक मनोविज्ञान महत्त्वपूर्ण मानता है–ताकि उस अंतर का पूर्णतया संभव कारण पता लगाया जा सके, जो प्रतिष्ठितों को शेष इंसानों से अलग करता है और इसके साथ ही शीर्ष 10 को सबसे नीचे के 10 से अलग करता है।

67 में से अधिकांश संकेतकों में कॉक्स ने प्रतिष्ठितों और आम आबादी के बीच बेहद मामूली अंतर पाया। उदाहरण के लिए, प्रतिष्ठितों का बहिर्मुखता, उत्साह या हास्यवृत्ति से कोई लेना-देना नहीं था। और बहुत ज़्यादा उपलब्धियां हासिल करने वालों में से सभी के हाईस्कूल के प्राप्तांक बहुत ज़्यादा नहीं थे। इसकी बजाय, जिस बात ने प्रतिष्ठितों को शेष लोगों से अलग किया था, वह चार संकेतकों का एक समूह था। उल्लेखनीय तौर पर इसी ने शीर्ष 10 को सबसे नीचे के 10 लोगों से भी अलग साबित किया–बेहद प्रतिष्ठित को बमुश्किल प्रतिष्ठित से। कॉक्स ने इन्हें एक समूह में रखकर नाम दिया, ''मक़सद की दृढ़ता।''

दो संकेतकों को तो बड़ी ही आसानी के साथ दृढ़ संकल्प के पैमाने के आधार पर जुनून के तौर पर दोबारा परिभाषित किया जा सकता है :

> *वह दूर दिखाई दे रही एक वस्तु (केवल निर्वाह मात्र की बजाय) के लिए किस हद तक काम करता है। बाद की ज़िंदगी के लिए सक्रिय तैयारी। एक निश्चित लक्ष्य की ओर प्रगति।*
>
> *केवल परिवर्तनशीलता या चंचलता के कारण कामों को बंद नहीं करने की प्रवृत्ति। केवल नवीनता के कारण ही किसी वस्तु को पाने की कोशिश नहीं करना। ''परिवर्तन'' की तलाश में नहीं।*

और दो अन्य को बेहद आसानी के साथ दृढ़ संकल्प के पैमाने पर ज़िद के तौर पर दोबारा लिखा जा सकता है।

> *संकल्प या ज़िद की मज़बूती की सीमा। एक बार रास्ता तय हो जाने के बाद उस पर डटने रहे का दृढ़ संकल्प।*
>
> *बाधाओं के आ जाने पर भी काम को नहीं छोड़ने की प्रवृत्ति। ज़िद, हठ, दृढ़ता।*

सारांश टिप्पणियों में कॉक्स लिखती हैं, ''अधिकतम दृढ़ता का ज़्यादा, लेकिन सर्वोच्च बुद्धिमानी नहीं, के साथ का मेल तो सबसे ज़्यादा दर्जे की बुद्धिमानी और कम दर्ज़े की दृढ़ता से ज़्यादा प्रतिष्ठा हासिल करेगा।''

आपके दृढ़ संकल्प के पैमाने पर प्राप्तांक चाहें जो हों, मुझे उम्मीद है कि इसने आत्म-निरीक्षण को प्रोत्साहित किया होगा। आपके लक्ष्यों को स्पष्ट करना भी एक प्रगति है और यह भी कि सर्वाधिक महत्त्व के इकलौते जुनून की ओर यात्रा में यह किस हद तक पंक्तिबद्ध हैं-या नहीं हैं। ज़िंदगी में मिलने वाली अस्वीकृति की पर्चियों के बीच आप किस हद तक ज़िद के साथ मैदान में डटे हैं, यह जानना भी प्रगति है।

यह एक शुरुआत है। चलिए इसे अगले अध्याय में भी जारी रखते हैं, यह देखने के लिए दृढ़ संकल्प किस तरह परिवर्तन कर सकती है या करती है। और फिर बाक़ी किताब में, आइए सीखें कि उस प्रगति को कैसे गति दें।

➞ 5

दृढ़ संकल्प बढ़ता जाता है

''हमारे दृढ़ संकल्प का कितना अंश हमारे जीन्स में है?''

जब कभी भी मैं दृढ़ संकल्प पर व्याख्यान देती हूं तो यह सवाल हर बार अलग-अलग तरीक़े से पूछा जाता है। प्रकृति-परवरिश से जुड़ा सवाल बेहद आधारभूत है। हमारे भीतर यह सहज समझ होती है कि हमारे बारे में कुछ बातों-जैसे हमारा क़द-का फ़ैसला बहुत कुछ आनुवांशिक लॉटरी के ज़रिए तय होता है, जबकि अन्य बातें-जैसे कि हम अंग्रेज़ी बोलते हैं या फ्रेंच-हमारी परवरिश और अनुभव पर निर्भर होती है। बास्केटबॉल प्रशिक्षण में एक लोकप्रिय वाक्य है, ''आप क़द का प्रशिक्षण नहीं दे सकते,'' और कई लोग जो दृढ़ संकल्प के बारे में सीखना चाहते हैं, यह जानना चाहते हैं कि यह क़द की तरह है या भाषा की तरह की।

क्या दृढ़ संकल्प हमें डीएनए से मिलता है, इस सवाल के दो जवाब हैं-एक छोटा और एक लंबा। छोटा जवाब है, ''कुछ हद तक।'' और लंबा जवाब कुछ बहुत ही ज़्यादा जटिल है। मेरे विचार से लंबा उत्तर ज़्यादा ध्यान देने लायक़ है। विज्ञान ने यह पता लगाने के क्षेत्र में बहुत ज़्यादा प्रगति कर ली है कि जीन्स, अनुभव और उनका आपसी मेल कैसे तय करता है कि हम कौन हैं। जहां तक मैं बता सकती हूं, इन वैज्ञानिक तथ्यों की अंतर्निहित जटिलताओं की वज़ह से ही, दुर्भाग्यवश, उन्हें लगातार ग़लत समझा जाता रहा है।

शुरुआत करने के लिए, मैं पूरे विश्वास के साथ बता सकती हूं कि हर मानवीय ख़ासियत पर जीन्स और अनुभव दोनों का असर होता है।

क़द की ही बात ले लीजिए। क़द वाक़ई आनुवांशिक है : आनुवांशिक अंतर वह बड़ी वजह है जिसके कारण कुछ लोग बहुत लंबे होते हैं और कुछ बेहद ठिगने। और लोगों का एक समूह इनके दरमियानी क़द का होता है।

लेकिन यह भी सच है कि कुछ ही पीढ़ियों में पुरुषों और महिलाओं के औसत क़द में बढ़ोत्तरी हुई है। उदाहरण के लिए सैन्य रिकॉर्ड बताते हैं कि लगभग 150 वर्ष पहले औसत ब्रिटिश पुरुष का क़द 5 फ़ीट 5 इंच हुआ करता था, लेकिन आज यह औसत क़द 5 फ़ीट 10 इंच हो चुका है। अन्य देशों में क़द में बढ़ोत्तरी तो और अधिक चौंकाने वाली है। नीदरलैंड्स में अब औसत व्यक्ति का क़द छह फ़ीट एक इंच है-जो कि पिछले 150 वर्ष में 6 इंच से भी ज़्यादा बढ़ा है। मैं जब भी अपने डच साथियों के साथ भागीदारी करती हूं तो मुझे क़द में इस नाटकीय पीढ़ीगत बढ़ोत्तरी का अहसास हो जाता है। वह विनम्रता के साथ झुककर बात करते हैं, लेकिन फिर भी मुझे ऐसा लगता है मानो मैं लंबे सदाबहार पेड़ों के जंगल में खड़ी हूं।

यह नामुमकिन है कि जीन समूह में इतना नाटकीय परिवर्तन चंद पीढ़ियों में ही हुआ हो। इसकी बज़ाय क़द बढ़ाने वाले सबसे प्रमुख कारक हैं-आहार, शुद्ध हवा, पानी और आधुनिक दवाइयां। (संयोगवश, वज़न में पीढ़ीगत बढ़ोत्तरी तो और अधिक नाटकीय है, जिसकी वजह हमारे डीएनए में बदलाव की बजाय बहुत ज़्यादा खाना और आरामदेह ज़िंदगी दिखती है।) यहां तक कि एक ही पीढ़ी में आप क़द पर पर्यावरण का असर देख सकते हैं। जिन बच्चों को भरपूर मात्रा में पोषक आहार मिलता है, उनका क़द बढ़ेगा, जबकि कुपोषण शारीरिक विकास को रोक देता है।

इसी तरह से ईमानदारी, उदारता और हां दृढ़ संकल्प जैसी ख़ासियतें आमतौर पर आनुवांशिकता से प्रभावित होती हैं और साथ ही अनुभव से भी प्रभावित होती हैं। बिलकुल यही बात आईक्यू, बहिर्मुखता, बाहर की सैर में आनंद लेने पर, मीठा खाने की ललक, आपके चेनस्मोकर बनने की आशंका, त्वचा का कैन्सर होने की आशंका और अन्य किसी भी ख़ासियत, जिसके बारे में आप सोच सकते हैं, लागू होगी। प्रकृति मायने रखती है और परवरिश भी।

तमाम क़िस्म की विविधताओं से परिपूर्ण प्रतिभा भी आनुवांशिकता से प्रभावित होती है। हममें से कुछ ऐसे जीन्स के साथ जन्म लेते हैं, जिनके कारण हमारे लिए किसी धुन को सीखना, बास्केटबॉल को बास्केट में सफ़ाई से डालना या किसी द्विघात समीकरण को हल करना ज़्यादा आसान हो जाता है। लेकिन जहां तक सहज ज्ञान की बात है तो यह पूरी तरह से आनुवांशिक नहीं होता : हम जिस दर से किसी कौशल को विकसित करते हैं, विशेष तौर पर अनुभव का काम है।

उदाहरण के लिए, समाजशास्त्री डेन चेम्बलिस हाईस्कूल तक स्पर्धात्मक स्तर की तैराकी किया करते थे, लेकिन जब स्पष्ट दिखने लगा कि वह तैराकों की राष्ट्रीय रैंकिंग में स्थान हासिल नहीं कर पाएंगे, उन्होंने तैराकी छोड़ दी।

वह बताते हैं, ''मैं छोटा हूं और मेरे टखने अच्छी तरह से मुड़ते नहीं थे। मैं अपनी पैर की अंगुलियों को बिलकुल सीधा नहीं कर सकता था। मैं उन्हें केवल मोड़ सकता था। यह एक शारीरिक अड़चन है। जिसका मतलब था कि शीर्ष स्तर पर मैं केवल ब्रेस्ट स्ट्रोक तैराकी में ही भाग ले सकता था।'' हमारी बातचीत के बाद, मैंने टखनों के मुड़ने की क्षमता पर थोड़ा रिसर्च किया। खिंचाव वाले व्यायाम आपके शरीर के कई अंगों को ज़्यादा लचीला और सक्रिय बना सकते हैं, लेकिन पैर या टखने कितने लचीले होंगे, कुछ हड्डियों की लंबाई से तय होता है।

लेकिन फिर भी सुधार की रास्ते की सबसे बड़ी बाधा शारीरिक गठन नहीं थी; यह थी उन्हें कैसा प्रशिक्षण मिल रहा था। ''पिछली बातों के दोबारा अवलोकन के दौरान जब मैं पीछे मुड़कर देखता हूं कि मुझे महत्त्वपूर्ण जगहों पर बेहद घटिया प्रशिक्षक मिले। मेरे हाईस्कूल के प्रशिक्षकों में से एक-जो मेरे साथ चार वर्ष रहे-ने मुझे एक अदद बात तक नहीं सिखाई। उन्होंने मुझे ब्रेस्ट स्ट्रोक तैराकी में मुड़ना सिखाया और वह भी ग़लत सिखाया।''

तब क्या हुआ जब अंततः डेन को अच्छे प्रशिक्षण का अनुभव लेने का अवसर मिला, राष्ट्रीय और ओलिंपिक प्रशिक्षकों के इर्द-गिर्द रहकर उनके अध्ययन करने के दौरान?

''कई साल बाद, मैं स्वीमिंग पूल में लौटा, फिर से ख़ुद को फ़िट किया और 200 यार्ड की व्यक्तिगत मेडले उतनी ही गति से पूरी की, जितनी हाईस्कूल में करता था।''

फिर वही कहानी। केवल प्रकृति नहीं और केवल परवरिश नहीं। दोनों।

आख़िर वैज्ञानिक अडिग विश्वास के साथ कैसे कह सकते हैं कि प्रतिभा और दृढ़ संकल्प जैसी बातों के निर्धारण में प्रकृति और परवरिश दोनों की भूमिका होती है? पिछले कुछ दशकों में, रिसर्चर्स एक ही परिवार और अलग-अलग परिवारों में पले-बढ़े समान और भ्रातृ जुड़वां लोगों पर अध्ययन करते रहे हैं। समान जुड़वां लोगों के डीएनए पूरी तरह से एक समान होते हैं, जबकि भ्रातृ जुड़वां, औसतन, केवल आधा डीएनए साझा करते हैं। यह हक़ीक़त और ढेर सारे आंकड़े (बहुत ज़्यादा आकर्षक नहीं-ज़्यादा नीरस हैं, वास्तविकता में तब, जब एक अच्छा शिक्षक वह आपको समझाता है) रिसर्चर्स को यह निष्कर्ष निकालने में मदद करते हैं कि यह जुड़वां कैसे एक ख़ासियत की आनुवांशिकता के आधार पर विकसित होते हैं।

कुछ अरसा पहले, लंदन में रिसर्चर्स ने मुझे बताया कि उन्होंने दृढ़ संकल्प के पैमाने को यूनाइटेड किंगडम में रहने वाले दो हज़ार से ज़्यादा जुड़वां बच्चों की किशोर जोड़ियों पर इस्तेमाल किया है। इस अध्ययन से पता चला है कि ज़िद की आनुवंशिकता की संभावना 37 प्रतिशत और जुनून की आनुवांशिकता की संभावना 20 प्रतिशत रही। यह आकलन व्यक्तित्व की अन्य ख़ासियतों के आकलन से मेल खाता है और आसान शब्दों में कहा जा सकता है कि आबादी के बीच दृढ़ संकल्प के अंतर का कुछ श्रेय आनुवांशिक कारकों को दिया जा सकता है और शेष श्रेय अनुभव को।

मैं साथ ही यह भी जोड़ना चाहूंगी कि दृढ़ संकल्प की आनुवांशिकता ऐसा केवल एक जीन नहीं है जो दृढ़ संकल्प की आनुवांशिकता का ख़ुलासा करता है। इसके विपरित, दर्जनों रिसर्च अध्ययन से पता चलता है कि लगभग सभी मानवीय ख़ासियतें कई वंशाणुओं (जीन्स) की देन होती हैं। मतलब यह कि ख़ासियतों पर एक से अधिक जीन का असर होता है। वास्तविकता में कई और। उदाहरण के लिए क़द पर असर डालने वाले जीन्स की संख्या, अंतिम गणना तक, अलग-अलग 697 जीन्स थीं। और क़द को प्रभावित करने वाले जीन्स अन्य ख़ासियतों को भी प्रभावित करने वाले होते हैं। कुल मिलाकर इंसान के जीन्स के समूह (जीनोम) में लगभग 25,000 विभिन्न जीन्स होती हैं। यह एक-दूसरे के साथ और पर्यावरण के असर के बीच जटिल, जिसे अभी तक समझा नहीं जा सका है, तरीक़े से पारस्परिक संवाद साधते हैं।

कुल मिलाकर, हमने क्या सीखा? पहली बात : दृढ़ संकल्प, प्रतिभा और ज़िंदगी में सफलता के लिए ज़रूरी अन्य मनोवैज्ञानिक ख़ासियतें, जीन्स के साथ-साथ अनुभव से भी प्रभावित होती हैं। दूसरी बात : दृढ़ संकल्प या वास्तविकता में किसी भी मनोवैज्ञानिक ख़ासियत के लिए कोई एक जीन ज़िम्मेदार नहीं होता।

मैं एक तीसरा और महत्त्वपूर्ण बिंदु बताना चाहूंगी : आनुवांशिकता के आकलन बताते हैं कि लोग क्यों औसत से अलग होते हैं, लेकिन वह औसत के बारे में कुछ भी नहीं बताते।

जहां क़द की आनुवांशिकता परिवर्तनशीलता के बारे में बताती है-क्योंकि आबादी के एक समूह विशेष में कुछ लोग लंबे और कुछ ठिगने होते हैं-यह इस बारे में कुछ भी नहीं बताती कि औसत क़द में बदलाव कैसे आया। यह महत्त्वपूर्ण है,

क्योंकि यह इस बात का प्रमाण उपलब्ध कराता है कि जिस पर्यावरण में हम बड़े होते हैं, वह भी मायने रखता है और बहुत मायने रखता है।

एक और उल्लेखनीय उदाहरण पेश है, जो सफलता के विज्ञान के लिहाज़ से ज़्यादा प्रासंगिक है : फ़्लिन का प्रभाव। इसका नाम न्यूज़ीलैंड के समाज विज्ञानी जिम फ़्लिन के नाम पर रखा गया है, जिन्होंने इसकी खोज की थी। फ़्लिन प्रभाव पिछली एक सदी में आईक्यू स्कोर में चौंकाने वाली बढ़ोत्तरी के बारे में बताता है। यह बढ़ोत्तरी कितनी बड़ी है? आज सबसे ज़्यादा इस्तेमाल किए जाने वाले आईक्यू टेस्ट के मुताबिक़-बच्चों के लिए वेशलर इंटेलिजेंस स्केल और वयस्कों के लिए वेशलर एडल्ट इंटेलिजेंस स्केल-अध्ययन किए गए 30 से ज़्यादा देशों में पिछले 50 वर्ष में बढ़त औसतन 15 प्रतिशत रही है। दूसरे शब्दों में कहा जाए तो अगर आपने एक सदी पहले के लोगों का आधुनिक कसौटी पर आईक्यू टेस्ट लिया होता तो उनका औसत आईक्यू स्कोर 70 होता-बौद्धिक क्षमता होने के लिए सीमा। अगर आप आज के लोगों का एक सदी पहले की कसौटी के आधार पर आईक्यू टेस्ट लें तो औसत आईक्यू स्कोर रहेगा 130-जो कि बौद्धिक तौर पर मानसिक तौर पर प्रतिभावान लोगों के कार्यक्रम का आदर्श पात्रता स्कोर है।

जब मुझे पहली बार फ़्लिन प्रभाव के बारे में पता चला तो मैंने इस पर यक़ीन ही नहीं किया। कैसे संभव है कि हम सब लोग इतनी कम अवधि में इतनी गति से होशियार होते जा रहे हैं?

मैंने जिम को फ़ोन लगाकर अपना अविश्वास-और साथ ही और अधिक सीखने की ललक- को साझा किया और जिस तरह से वह दुनिया की सैर करते रहते हैं, वह मुझसे मिलने और अपने काम के बारे में बात करने के लिए सीधे उड़कर फ़िलाडेल्फ़िया आ पहुंचे। पहली मुलाक़ात में मुझे याद है कि मैंने जिम के व्यक्तित्व को एक अकादमिक व्यक्ति जैसा पाया : लंबा क़द, कुछ मरियल से, वायर की रिम वाला चश्मा और बिखरे हुए धूसर से बाल।

फ़्लिन ने अपनी बात का आगाज़ आईक्यू परिवर्तन की मूलभूत बातों के साथ किया। कई सालों में लिए गए आईक्यू टेस्ट्स के अपरिपक्व आंकड़ों की पड़ताल से उन्होंने पाया कि कुछ टेस्ट्स में सुधार अन्य टेस्ट्स की तुलना में कुछ ज़्यादा था। वह दोबारा शुरुआती स्थिति में लौट आए और पाया कि आईक्यू टेस्ट में सबसे ऊंची प्रगति रेखा अमूर्त तर्कशक्ति (एबस्ट्रेक्ट रीज़निंग) के आकलन में देखने को मिली। उदाहरण के लिए, आज के कई छोटे बच्चे इस सवाल का जवाब दे सकते हैं, ''कुत्ते और खरगोश : ये किस तरह से समान हैं?'' वह आपको बता सकते हैं कि कुत्ते और खरगोश दोनों ही ज़िंदा हैं या यह कि दोनों ही पशु हैं। स्कोरिंग मैनुअल में इन जवाबों के लिए केवल आधा अंक मिलता है। कुछ बच्चे कुछ और

आगे बढ़कर यहां तक बता सकते हैं कि यह दोनों ही स्तनपायी जीव हैं और उसके लिए उन्हें पूरे अंक मिलेंगे। इसके विपरीत एक सदी पहले के बच्चे चेहरे पर हैरानी के भाव लिए आपकी ओर देखते हुए शायद यह कहते, ''कुत्ते खरगोशों का पीछा करते हैं।'' शून्य अंक।

अमूर्त बातों को लेकर तर्कशक्ति में एक प्रजाति के तौर पर हम निरंतर बेहतर होते जा रहे हैं।

कुछ आईक्यू उपपरीक्षणों में भारी बढ़ोत्तरी और कुछ अन्य में ऐसा नहीं होने का ख़ुलासा करते हुए फ़्लिन ने बास्केटबॉल और टेलीविज़न के बारे में एक कहानी बताई। पिछली एक सदी में बास्केटबॉल स्पर्धा के हर स्तर पर और अधिक प्रतिस्पर्धात्मक हो चुका है। फ़्लिन को याद है कि एक छात्र के तौर पर वह भी इसे खेला करते थे और खेल कुछ ही सालों में बदल चुका था। हुआ क्या था?

फ़्लिन के मुताबिक़, इसकी वजह थी टेलीविज़न। छोटी स्क्रीन पर देखने के लिहाज़ से बास्केटबॉल एक बेहतरीन खेल था और इसकी पहुंच बढ़ने के साथ इसकी लोकप्रियता में भी बढ़ोत्तरी होती चली गई। एक बार टीवी ने जब घरों में आम सामान की तरह जगह बना ली तो बच्चों ने बास्केटबॉल खेलना शुरू कर दिया और बाएं हाथ से लेअप्स, क्रॉसओवर ड्रिबल्स, आकर्षक हुक शॉट्स और बास्केटबॉल के उन तमाम कौशलों पर हाथ आजमाना शुरू कर दिया, जो स्टार खिलाड़ियों के लिए सामान्य लगती थी। और खेल में सुधार के साथ ही हर बच्चे ने उन सभी बच्चों के लिए मौज़ूद माहौल को और बेहतर बना दिया, जिनके ख़िलाफ़ वह खेल रहा था। क्योंकि बास्केटबॉल में एक बात आपको और बेहतर बनाती है और वह है अपने से ज़्यादा कुशल बच्चे के ख़िलाफ़ खेलना।

फ़्लिन ने कौशल में सुधार के इस अच्छे चक्र को सामाजिक गुणक प्रभाव का नाम दे डाला। उन्होंने अमूर्त तर्कशक्ति में पीढ़ीगत सुधार के लिए भी इसी तर्क का इस्तेमाल किया। पिछली सदी के दौरान हमारी नौकरियां और हमारी दैनंदिन ज़िंदगी, हमसे अधिक विश्लेषणात्मक और तार्किक तरीक़े से सोचने के लिए कहती हैं। हम ज़्यादा वक़्त के लिए स्कूल जाते हैं और स्कूल में, हमसे केवल रट्टा लगाने की बजाय ज़्यादा से ज़्यादा तार्किकता के इस्तेमाल के लिए कहा जाता है।

बात छोटे-से माहौल परिवर्तन की हो या आनुवांशिक परिवर्तन की, एक अच्छे चक्र की शुरुआत कर सकती है। दोनों ही मामलों में सामाजिक तौर पर असर में संस्कृति के ज़रिए, भारी बढ़ोत्तरी देखने को मिलती है, क्योंकि हममें से हर एक हम सभी के लिए माहौल को और अधिक समृद्ध करता है।

पेश है एक ग्राफ़ जो बताता है कि दृढ़ संकल्प का पैमाना उम्र के साथ कैसे बदलता है। यह आंकड़े अमेरिकी वयस्कों के एक बड़े नमूने के हैं और जैसा कि आप क्षितिज के समानांतर रेखा से देख सकते हैं कि मेरे नमूने में सबसे दृढ़ संकल्प वयस्क, 60 के उत्तरार्द्ध या उससे ज़्यादा उम्र वाले थे, जबकि सबसे कम दृढ़ संकल्प ज़िंदगी के 20वें दशक में थे।

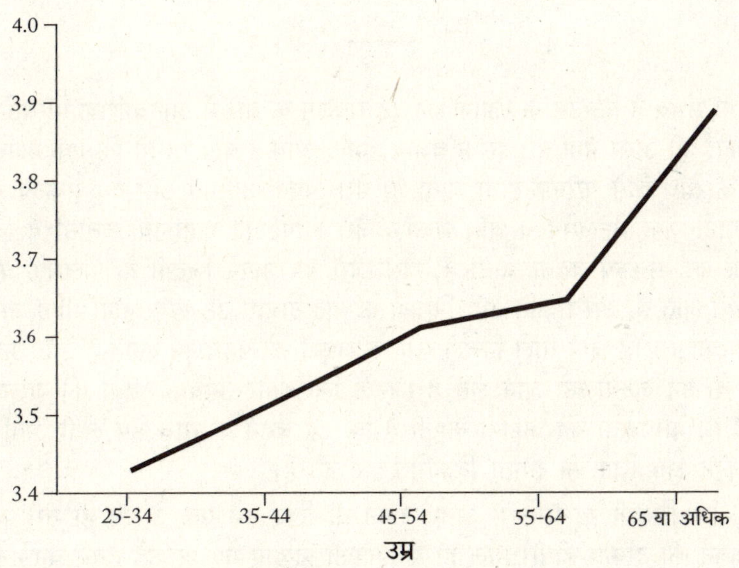

इन आंकड़ों की एक व्याख्या तो एक तरह से दृढ़ संकल्प के लिए ''विलोम फ़्लिन प्रभाव'' की तरह है। उदाहरण के लिए, यह संभव है कि उम्र के सातवें दशक में पहुंच चुके वयोवृद्ध व्यक्ति इसलिए ज़्यादा दृढ़ संकल्प हैं, क्योंकि उनकी परवरिश एक बेहद अलग सांस्कृतिक परिवेश में हुई थी। शायद एक ऐसा परिवेश जिसमें वर्तमान मामलों के संदर्भ के लिहाज़ से जुनून और ज़िद को मज़बूत करने वाले मूल्य और कसौटियों पर ज़्यादा ज़ोर रहा हो। दूसरे शब्दों में महानतम पीढ़ी तुलनात्मक तौर पर 21वीं सदी में वयस्क हुई पीढ़ी से ज़्यादा दृढ़ संकल्प है, क्योंकि कल की तुलना में आज सांस्कृतिक शक्तियां भिन्न हैं।

दृढ़ संकल्प और उम्र के बीच का यह गहरा रिश्ता मुझे एक वरिष्ठ साथी ने सुझाया था, जो पीछे खड़े होकर ग्राफ़ को देख रहे थे। उन्होंने सिर हिलाते हुए कहा, ''मैं जानता था! मैं दशकों से उसी तरह से स्नातक पूर्व विद्यार्थियों को

उसी विश्वविद्यालय में उसी तरह का पाठ्यक्रम पढ़ा रहा हूं। और मैं तुमको बताना चाहूँगा कि वह आजकल उतनी कड़ी मेहनत नहीं करते, जितनी पहले के विद्यार्थी किया करते थे।'' मेरे पिता, जिन्होंने पूरी पेशेवर ज़िंदगी ड्यूपोंट में बतौर केमिकल इंजीनियर गुज़ार दी, बिलकुल उतनी ही दौलत के साथ सेवानिवृत्त हुए, जितनी कि कहा जा सकता है मेरे लेक्चर के बाद मुझसे मिलने वाले वार्टन के उद्यमी की थी। अपनी ताज़ा इकाई के लिए रात-रात भर काम करने वाले तमाम लोगों को जुटा लेने के बावज़ूद इस युवक के कुछ वर्षों में किसी बिलकुल नई चीज़ को आजमाने की आधी उम्मीद है।

यह भी संभव है कि उम्र के रुझानों का दृढ़ संकल्प के बारे में आनुवांशिक परिवर्तनों पर कोई भी असर नहीं हो। इसके बजाय शायद आंकड़े बता रहे हों कि एक व्यक्ति उम्र के साथ कैसे *परिपक्व* होता जाता है। मेरा अपना अनुभव और दृढ़ संकल्प के प्रतिमानों जेफ़ जेटलमेन व बॉब मेंकॉफ़ जैसे लोगों की कहानियां बताती हैं कि वाक़ई दृढ़ संकल्प बढ़ता जाता है, जैसे-जैसे हम अपने ज़िंदगी के फ़लसफ़े को समझते जाते हैं, अस्वीकृति और निराशा के बाद दोबारा उठ खड़ा होना सीख जाते हैं। तत्काल छोड़े जाने वाले निचले स्तर के लक्ष्यों को पहचानने लगते हैं और ऊंचे स्तर के उन लक्ष्यों को जान लेते हैं जिनके लिए और अधिक दृढ़ता की ज़रूरत होती है। परिपक्वता की कहानी कहती है कि उम्र बढ़ने के साथ हम लंबी अवधि के जुनून और ज़िद की क्षमता *विकसित* कर लेते हैं।

इन विरोधी ख़ुलासों में अंतर जानने के लिए हमें एक अलग ही तरह के अध्ययन की दरकार होगी। हाल ही में आपको दिखाए गए आंकड़े तैयार करने के लिए मैंने विभिन्न उम्रवर्ग के लोगों से उनके दृढ़ संकल्प के स्तर के बारे में पूछा था। मुझे जो मिला वह युवाओं और बुज़ुर्ग वयस्कों में दृढ़ संकल्प की एक झलक मात्र थी। आदर्श बात तो यही होती कि मैं इन लोगों पर ताउम्र नज़र रखती, जैसा कि जॉर्ज वेलिएंट ने हार्वर्ड के लोगों के साथ किया था। चूंकि दृढ़ संकल्प का पैमाना अस्तित्व में आकर ज़्यादा वक़्त नहीं गुज़रा है, इसलिए मैं आपके सामने किसी की ज़िंदगी में दृढ़ संकल्प की चलचित्रनुमा प्रस्तुति नहीं दे सकती। मैं चाहती हूं वह पूरी फ़िल्म, मेरे पास क्या है एक अदद झलकी।

सौभाग्यवश व्यक्तित्व के कई अन्य पहलुओं का लंबे समय तक अध्ययन किया जा चुका है। बरसों से लेकर दशकों तक लोगों की निगरानी करने वाले दर्जनों अध्ययनों में रुझान बिलकुल स्पष्ट हैं। ज़िंदगी के अनुभव हासिल करने के बाद हममें से अधिकांश कर्तव्यनिष्ठ, आत्मविश्वास से भरपूर, परवाह करने वाले और शांत बन जाते हैं। इनमें से अधिकांश परिवर्तन उम्र के 20वें से 40वें पड़ाव के बीच होते हैं।

लेकिन वास्तविकता में इंसान की ज़िंदगी में ऐसा कोई भी कालखंड नहीं होता, जब उसका व्यक्तित्व विकसित होना रोक देता हो। सामूहिक तौर पर ये आंकड़े उसी बात का ख़ुलासा करते हैं, जिसे आजकल व्यक्तित्व मनोवैज्ञानिकों द्वारा ''परिपक्वता का सिद्धांत'' कहा जाता है।

हम विकसित होते हैं। या कम से कम हममें से अधिकांश।

कुछ हद तक, ये परिवर्तन पूर्वनिर्धारित होते हैं और उदाहरण के लिए, जैविक, यौवन और रजोनिवृत्ति ऐसे परिवर्तन हैं जो हमारे व्यक्तित्व को बदल डालते हैं। लेकिन कुल मिलाकर व्यक्तित्व परिवर्तन ज़्यादा स्तर पर ज़िंदगी के अनुभव का काम है।

ज़िंदगी के अनुभव वास्तविकता में किस हद तक हमारे व्यक्तित्व को बदल डालते हैं?

एक कारण तो यही है कि हम ऐसी बातों को जान जाते हैं जो हमें पहले पता ही नहीं थीं। उदाहरण के लिए, शायद हम सीख सकते हैं कि करियर की महत्त्वाकांक्षा की पूर्ति के लिए एक के बाद एक परीक्षण और ग़लती की प्रक्रिया का प्रयोग असंतोषजनक है। मेरे साथ 20 वर्ष की उम्र में यही कुछ हुआ। पहले एक ग़ैरलाभदायक संस्थान चलाना, फिर न्यूरोसाइंस रिसर्च करना, फिर प्रबंधन सलाहकार, फिर अध्यापन। मैंने सीखा कि एक ''संभावनाओं से भरपूर नौसिखिया'' होना आनंददायी है, लेकिन वास्तविकता में एक विशेषज्ञ बनना बहुत ज़्यादा संतुष्टि देने वाला है। मैंने यह भी सीखा कि बरसों की कड़ी मेहनत को कई बार पैदाइशी प्रतिभा मान लिया जाता है और विश्वस्तरीय उत्कृष्टता हासिल करने के लिए जुनून उतना ही ज़रूरी है जितना कि ज़िद।

इसी तरह से, हम सीखते हैं, जैसा कि उपन्यासकार जॉन इरविंग ने सीखा कि, ''किसी भी काम को बहुत अच्छी तरह से करने के लिए आपको अतिरिक्त प्रयास करने पड़ते हैं'' और लाभ यह मिलता है कि, ''किसी काम को बार-बार करने से, जो कभी पैदाइशी नहीं था वह आपके स्वभाव का हिस्सा बन जाता है,'' और अंत में काम को करने की ऐसी कर्मठता, ''रातोंरात नहीं आती।''

मानवीय परिस्थितियों की अंतर्दृष्टि के अलावा, क्या कुछ और उम्र के साथ बदलता है?

मेरे विचार में जो बदलते हैं वो हैं हालात। जैसे-जैसे हमारी उम्र बढ़ने लगती है, हम नई परिस्थितियों में धकेल दिए जाते हैं। हमें पहली नौकरी मिलती है। हमारी शादी हो सकती है। हमारे अभिभावक बूढ़े होने लगते हैं और हम ख़ुद को उनकी देखभाल करने वालों की भूमिका में पाते हैं। अक्सर ये नए हालात हमसे पहले की तुलना में अलग क़िस्म के व्यवहार की अपेक्षा करते हैं। क्योंकि किसी भी हालात

में हमसे ज़्यादा अनुकूलन की क्षमता वाली कोई प्रजाति इस धरती पर नहीं है, हम परिवर्तित होते हैं। हम इस अवसर की कसौटी पर खरे उतरते हैं।

दूसरे शब्दों में हम बदलते हैं, जब हमें इसकी ज़रूरत हो। आवश्यकता अनुकूलन की जननी है।

एक छोटा-सा उदाहरण पेश है। मेरी छोटी बेटी लूसी तीन वर्ष की उम्र तक भी पॉटी (मलमूत्र का पात्र) का इस्तेमाल नहीं सीख सकी थी। मेरे पति और मैंने उसे डायपर छोड़ने के लिए हर तरह की रिश्वत देकर, मान-मनुहार कर और चालाकी का इस्तेमाल कर मनाने का प्रयास किया। हमने इस बारे में सही तरीक़े से काम करने को लेकर तमाम क़िस्म की किताबें छान मारीं और हमने उसमें दी गई तमाम बातें करने का भी प्रयास किया-या फिर अन्य कामों में भी उलझे अभिभावकों की तरह अच्छी तरह से करने का प्रयास किया। कोई फ़ायदा नहीं हुआ। लूसी हमसे ज़्यादा मज़बूत साबित हुई।

उसके तीसरे जन्मदिन के तत्काल बाद, लूसी ने शिशुओं की कक्षा से, जहां लगभग सभी बच्चे डायपर्स इस्तेमाल करते थे, अचानक ''बड़े बच्चों'' की कक्षा में प्रवेश किया, जहां डायपर्स बदलने के लिए एक अदद टेबल तक की व्यवस्था नहीं थी। जब मैंने पहले दिन उसे कक्षा में छोड़ा तो उसकी आंखें वहां के माहौल का निरीक्षण करते हुए खुली की खुली रह गईं-कुछ सहमी हुई सी। मैंने सोचा और काफ़ी हद तक यह उम्मीद जताई कि वह अपनी कक्षा के पुराने कक्ष में ही रहे, जहां वह ज़्यादा सहज महसूस करती थी।

उस दिन लूसी के लेने के लिए स्कूल जाने के दिन को मैं कभी भी नहीं भूलूंगी। उसने मेरी तरफ़ देखकर मुस्कराते हुए कहा कि उसने पॉटी का इस्तेमाल किया। और फिर बिना कुछ कहे ही उसने यह कह-सा दिया कि अब वह डायपर्स का इस्तेमाल नहीं करेगी। और उसने ऐसा ही किया। पॉटी का प्रशिक्षण ज़िंदगी के एक लमहे में मिल चुका था। कैसे? क्योंकि जब एक बच्चा पॉटी के लिए कतार में लगता है तो वह देखता है कि उसकी बारी आने पर उससे पॉटी के इस्तेमाल की अपेक्षा की जाती है, और उसने ऐसा ही किया। वह उस बात को सीख लेता है, जो उसे करने की ज़रूरत है।

सिएटल की लेकसाइड स्कूल के हैडमास्टर बर्नी नो ने हाल ही में अपनी बेटी की कहानी साझा की। यह परिपक्वता के सिद्धांत को बेहद सटीक तरीक़े से बताती है। नो का परिवार स्कूल के परिसर में ही रहता था और एक किशोर होने के नाते, उनकी बेटी हर रोज़ स्कूल में देरी से ही पहुंचती थी। एक बार गर्मियों की छुट्टियों में उनकी बेटी को अमेरिकी ईगल की स्थानीय शाखा में कपड़ों को तह करने का काम मिला। उनके काम के पहले ही दिन मैनेजर ने कहा, ''और हां, आपको

बताना चाहूँगा कि जिस दिन आप पहली बार देरी से आएंगी, आपकी छुट्टी कर दी जाएगी।'' वह चौंक गई। कोई दूसरा मौक़ा ही नहीं? उनकी पूरी ज़िंदगी में धैर्य, समझ और दूसरे मौक़े रहे थे।

तो फिर उसके बाद क्या हुआ?

नो याद करते हुए कहते हैं, ''यह अद्भुत था। मेरे द्वारा देखे गए तमाम परिर्तनों में व्यवहार में यह अक्षरश: सबसे तेज़ परिवर्तन था।'' अचानक उनकी बेटी दो-दो अलार्म लगाने लगी ताकि एक ऐसी नौकरी पर वह वक़्त पर या वक़्त से पहले पहुंच जाए, जहां देरी किसी भी हालत में बर्दाश्त नहीं की जाती थी। एक हैडमास्टर के तौर पर युवाओं को परिपक्वता की राह दिखाने की ज़िम्मेदारी पाने वाले नो की राय में उनकी कुछ करने की ताक़त सीमित है। ''अगर आप एक कारोबारी हैं तो आप क़तई नहीं सोचते कि क्या कोई बच्चा ख़ुद को ख़ास समझता है। आपको एक ही बात की चिंता होती है, 'क्या तुम कर सकोगे? अगर तुम नहीं कर सकोगे, तो हमारे पास तुम्हारे लिए कोई काम नहीं है।'''

लेक्चर्स का परिणामों से आधा प्रभाव भी नहीं होता।

परिपक्वता का सिद्धांत मेरी राय में यहीं पर आकर ठहर जाता है। वक़्त गुज़रने के बाद हम ऐसे सबक़ सीखते हैं जो भुलाए नहीं जा सकते और हम ख़ुद को हालातों की बढ़ती मांगों के लिहाज़ से अनुकूल बनाते चले जाते हैं। अंतत: सोच और काम करने का नया तरीक़ा हमारी आदत का हिस्सा बन जाता है। एक दिन ऐसा भी आता है जब हम ख़ुद के बेहद अपरिपक्व रूप को बमुश्किल याद रख पाते हैं। हमने ख़ुद को परिस्थितियों के अनुकूल बना लिया है, यह अनुकूलन टिकाऊ हो चुका है और अंत में हमारी पहचान-हम ख़ुद को जिस तरह का व्यक्ति बनाना चाहते हैं-विकसित हो चुकी है। हम परिपक्व हो चुके हैं।

दृढ़ संकल्प और उम्र पर मेरे द्वारा संग्रहीत आंकड़ों और जानकारी को एकसाथ ले लिए जाने पर वह दो अलहदा बातों से मेल खाते हैं। एक के मुताबिक़, हमारे दृढ़ संकल्प में परिवर्तन, उस सांस्कृतिक युग पर निर्भर है जिसमें हम बड़े होते हैं। दूसरी के मुताबिक़, उम्र बढ़ने के साथ हमारा दृढ़ संकल्प भी बढ़ता जाता है। दोनों बातें सही हो सकती हैं और मुझे तो शक भी होता है कि *दोनों ही* हैं भी, कम से कम कुछ हद तक तो। किसी भी तरह से देखें, यह झलक बताती है कि दृढ़ संकल्प पूरी तरह से अचल नहीं होता। हमारे मनोवैज्ञानिक गुणों के हर पहलू की तरह दृढ़ संकल्प आपकी सोच से भी ज़्यादा अप्राकृतिक है।

अगर दृढ़ संकल्प बढ़ सकता है तो यह कैसे होता है?

लगभग हर रोज़ मुझे ऐसे लोगों के ढेर सारे ईमेल्स और पत्र आते हैं, जो चाहते हैं कि उनके दृढ़ संकल्प में बढ़ोत्तरी हो। वे इस बात पर अफ़सोस ज़ाहिर करते हैं कि वह किसी भी बात में बेहतर होने के लिए उससे चिपके नहीं रहे। वे एक दीर्घकालिक लक्ष्य के लिए बेकरार हैं और वे उस लक्ष्य का पीछा जुनून और ज़िद के साथ करना चाहते हैं।

लेकिन वे नहीं जानते कि शुरुआत कहां से करें।

शुरुआत के लिए यह बात समझना सबसे बेहतर होगा कि आज आप कहां खड़े हैं। अगर आप उतने दृढ़ संकल्प नहीं हैं, जितना कि आप चाहते हैं तो ख़ुद से सवाल पूछें *क्यों।*

सबसे स्वाभाविक जवाब जिस तक लोग पहुंचते हैं, वह है, ''मुझे लगता है कि मैं बहुत आलसी हूं।''

एक और जवाब, ''मैं एक ग़ैर-ज़िम्मेदार व्यक्ति हूं।''

या ''मैं पैदाइशी तौर पर बातों से जुड़ने रहने में अक्षम हूं।''

ये सभी जवाब मेरी राय में ग़लत हैं।

वास्तविकता में लोग किसी बात को क्यों छोड़ देते हैं, ऐसा करने की कुछ वज़ह होती है। वास्तविकता में वह ऐसा अलग कारणों से करते हैं। किसी भी काम को छोड़ने से ठीक पहले इन चार विचारों में से एक आपके दिमाग़ में आ सकता है :

''मैं ऊब चुका हूं।''

''यह प्रयास इसके लायक़ नहीं है।''

''यह मेरे लिए महत्त्वपूर्ण नहीं है।''

''मैं यह नहीं कर सकता तो बेहतर होगा कि मैं इसे छोड़ ही दूं।''

नैतिक या अन्य लिहाज़ से ऐसे विचार दिमाग़ में आने में कुछ भी ग़लत नहीं है। जैसा कि मैंने इस अध्याय में बताने का प्रयास किया है दृढ़ संकल्प के प्रतिमान लोग भी लक्ष्यों को त्याग देते हैं। लेकिन अगर सवाल ऊंचे स्तर के लक्ष्य का हो तो वह उस तक पहुंचने के लिहाज़ से पर्याप्त दृढ़ होते हैं। सबसे अहम् बात दृढ़ संकल्प के प्रतिमान व्यक्ति अपने दिशादर्शक को नहीं बदलता : जब बात एक अकेले, बेहद महत्त्वपूर्ण लक्ष्य की आती है, जो लगभग हर बात में उनका मार्गदर्शन करता है तो बेहद दृढ़ संकल्प लोग ऊपर दिए गए वक्तव्य *नहीं* देने की प्रवृत्ति रखते हैं।

अब तक हमने दृढ़ संकल्प में बढ़ोत्तरी के बारे में जो कुछ भी जाना है, वह ऐसे लोगों के साक्षात्कारों के ज़रिए जाना है जो जुनून और ज़िद के गुणों के प्रतिमान हैं। मैंने इस पूरी किताब में उन बातचीतों की झलकियां शामिल की हैं ताकि आप भी, दृढ़ संकल्प के प्रतिमान व्यक्तियों के दिलोदिमाग़ के भीतर झांककर देख सकें कि उनमें क्या कोई एक ऐसी धारणा, प्रवृत्ति या आदत है, जिसे अपनाया जा सके।

दृढ़ संकल्प की ये कहानियां एक तरह की जानकारी है और वह ज़्यादा व्यवस्थित, मात्रात्मक अध्ययनों की पूरक है, जो मैंने वेस्ट पॉइंट और द नैशनल स्पेलिंग बी जैसी जगहों पर किए हैं। साथ मिलकर रिसर्च उस मनोवैज्ञानिक ख़ज़ाने का ख़ुलासा करता है, जो दृढ़ संकल्प के परिपक्व प्रतिमान लोगों में समान है। ये चार होते हैं। वह पीछे दी गई सूची में मौज़ूद हतोत्साहित करने वाली बातों का सामना करते हैं और वक़्त गुज़रने के साथ कुछ वर्षों में एक विशेष क्रम में विकसित होने की प्रवृत्ति रखते हैं।

सबसे पहला है *दिलचस्पी।* जुनून की शुरुआत उस बात से होती है जिसे करने में आपको आनंद मिलता हो। मेरे द्वारा अध्ययन किया गया हर दृढ़ संकल्प व्यक्ति अपने काम के उन पहलुओं की ओर इशारा कर सकता है, जिनमें उन्हें अन्य की तुलना में कम आनंद मिलता है। उनमें से अधिकांश को ऐसे एक-दो पहलुओं को स्वीकारना ही पड़ता है जिन्हें वे बिलकुल भी पसंद नहीं करते। हालांकि वे एक प्रयास की संपूर्णता से मंत्रमुग्ध हैं। दृढ़ आकर्षण और बालसुलभ उत्सुकता के साथ वह वास्तव में चिल्ला उठते हैं, ''मैं अपने काम से प्यार करता हूं!''

अगला है *अभ्यास* की क्षमता। यह ज़िद का एक प्रकार है, हर दिन पिछले दिन की तुलना में काम को बेहतर तरीक़े से करना। तो जब एक बार आपको किसी क्षेत्र के बारे में पता चलता है और आपकी उसमें दिलचस्पी जाग्रत हो जाती है तो आपको पूरे दिल से, एकाग्रता के साथ, हर चुनौती से भी अधिक कौशल के अभ्यास में ख़ुद को झोंक देना चाहिए ताकि आप उसमें महारत हासिल कर सकें। आपको अपनी ग़लतियों का पता लगाना चाहिए और बार-बार अभ्यास करना चाहिए। एक दिन में कई घंटे, कई सप्ताह, फिर कई महीने और कई वर्ष। दृढ़ संकल्प होने के लिए आपको आत्मसंतुष्टता का प्रतिरोध करना होगा। ''इसके लिए चाहे जो करना पड़े, मैं सुधार करना चाहता हूं,'' यह दृढ़ संकल्प के प्रतिमान हर व्यक्ति का मूलमंत्र है। फिर उनकी विशेष दिलचस्पी चाहे जो हो और चाहे वे पहले से कितने ही उत्कृष्ट क्यों नहीं हों।

तीसरा है *उद्देश्य।* जुनून को यह दृढ़ मत ही परिपक्व करता है कि आपका काम मायने रखता है। अधिकांश लोगों के लिए, बिना किसी उद्देश्य के दिलचस्पी ताउम्र बनाए रखना लगभग नामुमकिन होता है। इसलिए यह बात अनिवार्य हो जाती है कि आप अपने काम को ख़ुद की दिलचस्पी का मानें और इसी के साथ दूसरों

के भले के साथ जुड़ा हुआ भी मानें। कुछ चंद लोगों में उद्देश्य की समझ जल्दी आ जाती है, लेकिन कई के लिए, दूसरों की सेवा की प्रेरणा दिलचस्पी बढ़ने और कई वर्षों के अनुशासित अभ्यास के बाद बढ़ती है। इसके बावज़ूद, दृढ़ संकल्प के प्रतिमान व्यक्ति मुझे बताते हैं, ''मेरा काम महत्त्वपूर्ण है–मेरे लिए भी और दूसरों के लिए भी।''

और अंत में *उम्मीद।* उम्मीद तो ज़रूरत के वक़्त उठ खड़ी होने वाली ज़िद की तरह है। इस किताब में मैं इसका ज़िक्र दिलचस्पी, अभ्यास और उद्देश्य के बाद कर रही हूँ–लेकिन उम्मीद, दृढ़ संकल्प के अंतिम चरण को परिभाषित नहीं करती। यह तो हर चरण को परिभाषित करती है, बिलकुल शुरुआत से लेकर अंत तक। यह विषम परिस्थितियों में भी काम करते रहने के लिए अनमोल महत्त्व रखती है, जब हम शंकाओं में घिरें हों। विभिन्न मोड़ पर, बड़े स्तर पर या छोटे, हम चारों खाने चित हो जाते हैं। अगर हम गिरे ही रहते हैं तो दृढ़ संकल्प हार जाता है। अगर हम उठ खड़े होते हैं, तो दृढ़ संकल्प जीत जाता है।

मेरे जैसे मनोवैज्ञानिक के हस्तक्षेप के बग़ैर, आप लोगों ने दृढ़ संकल्प को अपने ही बूते समझ लिया होगा। संभव है कि आपके भीतर एक गहरी और टिकाऊ दिलचस्पी, निरंतर चुनौतियों का सामना करने की ललक, उद्देश्य का एक नया अहसास और क्षमताओं पर विषम परिस्थितियों में नहीं डिगाया जा सकने वाला विश्वास पहले से ही मौज़ूद हो। अगर ऐसा है तो संभवतया आप दृढ़ संकल्प के पैमाने पर 5 में से 5 अंक हासिल करने के निकट हैं। मैं आपके लिए तालियां बजाना चाहूंगी!

इसकी बजाय आप उतने दृढ़ संकल्प नहीं हैं, जितना कि आप होना चाहते हैं, तो अगले अध्याय में आपके लिए कुछ है। कैलकुलस और पियानो की ही तरह आप अपने बूते दृढ़ संकल्प के मनोविज्ञान को समझ सकते हैं, लेकिन थोड़ा मार्गदर्शन बहुत ज़्यादा मददगार हो सकता है।

चार मनोवैज्ञानिक संपत्तियां दिलचस्पी, अभ्यास, उद्देश्य और उम्मीद, ऐसी वस्तुएं नहीं हैं जो *आपके पास हैं या आपके पास नहीं हैं।* आप अपनी दिलचस्पियों को जानना, विकसित करना और उनसे जुड़ाव बढ़ाना सीख सकते हैं। आप उद्देश्य और अर्थ का एक अहसास तैयार कर सकते हैं। आप ख़ुद को उम्मीद करना सिखा सकते हैं।

आप अपने दृढ़ संकल्प को अंतरंग की गहराइयों से अच्छी तरह से विकसित कर सकते हैं। अगर आप जानना चाहते हैं कैसे, पढ़ना जारी रखिए।

भाग-2

अंतरंग की गहराइयों से दृढ़ संकल्प को बढ़ाना

→ 6

रुचि

अपने जुनून का पीछा करो उद्‌घाटन भाषणों की पसंदीदा विषयवस्तु है। मैंने बतौर विद्यार्थी और बतौर प्रोफ़ेसर इसका काफ़ी सामना किया है। मैं इस बात को लेकर दांव लगाने को तैयार हूं कि आधे वक्ता, शायद उससे भी ज़्यादा, उस काम के महत्त्व को रेखांकित करते हैं जो आपको पसंद हो।

उदाहरण के लिए, लंबे अरसे तक *न्यू यॉर्क टाइम्स* की शब्द पहेली के संपादक रहे विल शॉट्र्ज ने इंडियाना यूनिवर्सिटी के विद्यार्थियों को बताया, ''मेरी आपको सलाह है कि ज़िंदगी की वह बात पता कीजिए, जिसमें आपको सबसे ज़्यादा मज़ा आता है और फिर यही काम पूर्णकालिक तौर पर करने का प्रयास कीजिए। अपने जुनून का पीछा करें।''

जेफ़ बेजोस ने प्रिंसटन यूनिवर्सिटी के विद्यार्थियों को एक बहुत ज़्यादा वेतन, बहुत ज़्यादा रुतबे वाली मैनहटन की वित्तीय मामलों से जुड़ी एक नौकरी छोड़कर एमेज़ॉन शुरू करने की कहानी बताई : ''काफ़ी सोच-विचार करने के बाद, मैंने अपने जुनून का पीछा करने का कम सुरक्षित रास्ता अपनाया।'' वह यह भी कह चुके हैं, ''आप चाहे जो काम करने की ख़्वाहिश रखते हों, आप ज़िंदगी में पाएंगे कि अगर आपमें आपके वर्तमान काम के लिए जुनून नहीं है तो आप उससे चिपके नहीं रह सकेंगे।''

और ऐसा नहीं है कि जून के महीने में जब हम टोपी पहने और गाउन में होते हैं, हमें यह सलाह दी जाती है। मैं तो यही बात-बार-बार, कई बार लगभग शब्दशः- साक्षात्कारों के दौरान दृढ़ संकल्प के प्रतिमान लोगों से सुनता रहता हूं।

यही हाल हेस्टर लेसी का है।

हेस्टर एक ब्रिटिश पत्रकार हैं जो वर्ष 2011 से हर सप्ताह शॉट्र्ज़ और बेज़ोस की क्षमता के लोगों के साक्षात्कार ले रही हैं। उनका स्तंभ सप्ताह में एक बार द

फ़ाइनेंशियल टाइम्स में प्रकाशित होता है। वह चाहें फ़ैशन डिज़ाइनर्स (निकोल फ़ारी) हों, लेखक हों (सलमान रश्दी), संगीतकार हों (लेंग लेंग), कॉमेडियन (माइकल पेलिन), चॉकलेट निर्माता (चेंटल कोडी) या फिर बारटेंडर्स (कॉलिन फ़ील्ड), हेस्टर वही सवाल पूछती हैं, जिनमें शामिल हैं, ''क्या बात है जो आपको आगे बढ़ते रहने की प्रेरणा देती है?'' और ''अगर आप कल सबकुछ गंवा देते हैं तो आप क्या करेंगे?''

मैंने हेस्टर से पूछा कि जैसा कि उन्होंने मुझसे बातचीत में उल्लेख किया, 200 से ज़्यादा ''ज़बर्दस्त सफल'' लोगों के साक्षात्कार लेकर उन्होंने क्या सीखा।

''एक बात जो बार-बार सुनने को मिलती है : 'जो मैं करता हूं वह मुझे अच्छा लगता है।' लोग इसे अलग-अलग तरीक़े से बताते हैं। अधिकांशतया वह बस इतना कहते हैं, 'जो मैं करता हूं वह मुझे अच्छा लगता है।' लेकिन वह ऐसी बातें भी करते हैं, 'मैं बेहद ख़ुशक़िस्मत हूं। मैं हर सुबह उठकर दिन के काम के बारे में सोचता हूँ, मैं स्टूडियो तक पहुंचने का इंतज़ार नहीं कर सकता, मैं अगली परियोजना शुरू करने का इंतज़ार नहीं कर सकता।' ये लोग काम इसलिए नहीं कर रहे हैं कि उन्हें करना पड़ रहा है या यह आर्थिक रूप से लाभदायक है।''

अपने जुनून का पीछा करो, वह संदेश नहीं था जो बड़े होने के दौरान मैंने सुना।

इसकी बजाय मुझसे कहा जाता था कि ''सुरक्षित जीवन'' जीने की मुझ जैसी एक युवा व्यक्ति की सोच की बनिस्बत ''वास्तविक दुनिया'' में ज़िंदा रहने की व्यावहारिक वास्तविकताएं बहुत ज़्यादा महत्त्वपूर्ण हैं। मुझे चेतावनी दी गई थी कि ''अपनी पसंद का काम तलाशने'' का अति आदर्शवादी सपना मुझे ग़रीबी और निराशा की ओर ले जाने वाला साबित हो सकता है। मुझे बार-बार याद दिलाया जाता था कि कुछ नौकरियां, जैसे डॉक्टर की, ज़्यादा आय देने वाली और ज़्यादा रुतबा दोनों ही देने वाली हैं। जहां तक दीर्घावधि की बात है तो ये बातें उन बातों से ज़्यादा फ़ायदेमंद साबित होंगी, जो इस वक़्त मेरे दिमाग़ में चल रही हैं।

जैसा कि आपने अनुमान लगा ही लिया ही होगा, यह व्यक्तिगत सुझावों की झड़ी लगाने वाले व्यक्ति मेरे पिताजी ही थे।

मैंने एक बार पूछ ही लिया, ''तो आप रसायन शास्त्री क्यों बने?''

उन्होंने अफ़सोस की एक अदद झलक भी नहीं देते हुए कहा, ''क्योंकि मेरे पिताजी ने मुझसे ऐसा करने को कहा। जब मैं बच्चा था तो इतिहास मेरा पसंदीदा विषय था।'' फिर उन्होंने ख़ुलासा किया कि उन्हें गणित और विज्ञान में भी मज़ा आता था, लेकिन जब बात कॉलेज में पढ़ाई की आई तो उनके पास कोई विकल्प

नहीं था। परिवार का टेक्सटाइल्स का कारोबार था और मेरे दादाजी ने हर एक बच्चे को टेक्सटाइल उत्पादन के विभिन्न पहलुओं से संबंधित विविध विषयों की पढ़ाई करने के लिए भेज दिया। ''हमारे कारोबार को एक रसायन शास्त्री की ज़रूरत थी, इतिहासकार की नहीं।''

हुआ कुछ यूं कि चीन में साम्यवादी क्रांति ने हमारे पारिवारिक टेक्सटाइल्स कारोबार को वक़्त से पहले ही बंद करवा दिया। यहां अमेरिका में स्थायी हो जाने के कई वर्ष बाद मेरे पिताजी ने ड्यूपोंट कंपनी में काम करना शुरू कर दिया। 35 वर्ष बाद वह कंपनी के एक ऊंची रैंकिंग वाले वैज्ञानिक के तौर पर सेवानिवृत्त हो गए।

यह देखते हुए कि मेरे पिताजी काम में कितने डूबे रहते थे–कई बार तो वह किसी वैज्ञानिक या प्रबंधन संबंधी समस्या की दुनिया में खो से जाते थे–और अपने करियर के दौरान वह कितने सफल रहे, इस संभावना पर भी विचार किए जाने की ज़रूरत है कि जुनून की बनिस्बत व्यावहारिकता को चुनना सर्वश्रेष्ठ है।

युवाओं को बस अपनी पसंद का काम करने के लिए कहना कितना बेहूदा है? पिछले लगभग एक दशक में, दिलचस्पियों का अध्ययन करने वाले वैज्ञानिकों ने इसका निश्चित उत्तर खोज निकाला है।

पहली बात, रिसर्च बताता है कि लोग उस वक़्त अपने कामकाज से बहुत ज़्यादा संतुष्ट होते हैं, जब वे कुछ ऐसा काम कर रहे होते हैं जो उनकी निजी दिलचस्पी वाला हो। यह हरसंभव पेशे से जुड़े कामकाजी वयस्कों पर किए गए सैकड़ों विभिन्न अध्ययनों के आधार पर तैयार विस्तृत विश्लेषण के निचोड़ का निष्कर्ष है। उदाहरण के लिए जिन लोगों को अमूर्त विचारों में मज़ा आता है, वे तर्क के लिहाज़ से सुव्यवस्थित जटिल परियोजनाओं की बारीकियों में उलझना पसंद *नहीं* करते। वे उसकी बज़ाय गणित के सवालों को हल करने में बेहतर महसूस करेंगे। वे लोग जिन्हें वाक़ई दूसरे लोगों के साथ संवाद साधने में मज़ा आता है, उस वक़्त ख़ुश नहीं रह सकेंगे,जब उन्हें पूरा दिन एक कम्प्यूटर के सामने अकेले बैठकर काम करना हो, वे सेल्स और अध्यापन के काम में ज़्यादा बेहतर महसूस करेंगे। साथ ही जो लोग ऐसी नौकरियां या कामकाज कर रहे हैं जो उनकी निजी दिलचस्पियों से मेल खाता हो तो वे कुल मिलाकर अपनी पूरी ज़िंदगी से ही ख़ुश और संतुष्ट देखे जाते हैं।

दूसरी बात, लोग अपने काम या नौकरी पर बेहतर *प्रदर्शन* करते हैं। जब उनके द्वारा किया जा रहा काम या नौकरी उन्हें रास आने लगती है। यह पिछले 60 साल में किए गए 60 अध्ययनों का निचोड़ है। वह कर्मचारी जिनकी आंतरिक निजी दिलचस्पियां उनके कामकाज से मेल खाती हैं, अपना काम बेहतर तरीक़े से करते हैं। वह सहयोगियों की भी काफ़ी मदद करते हैं और अपने काम या नौकरी

पर लंबे अरसे तक टिकते हैं। कॉलेज के वह छात्र जिनकी प्रमुख विषय में निजी दिलचस्पी हो, बेहतर ग्रेड तो हासिल करते ही हैं, उनके बीच में ही कॉलेज छोड़ देने की संभावना भी बहुत कम होती है।

यह निश्चित ही सच है कि आप केवल अपनी पसंद का *कोई भी* काम करते हुए नौकरी हासिल नहीं कर सकते। माइनक्राफ़्ट खेलकर जीविकोपार्जन दुष्कर है, फिर भले ही आप इसमें कितने भी अच्छे क्यों नहीं हों। और दुनिया में ऐसे भी बहुतेरे लोग हैं जिनकी परिस्थितियां कुछ ऐसी होती हैं कि उनके पास नौकरियों के ढेर सारे विकल्पों में से पसंद का काम चुनने का विकल्प नहीं होता। पसंद आए या नहीं, जीविकोपार्जन को लेकर हमारे विकल्पों की राह में वास्तविक बाधाएं हैं।

फिर भी, जैसा कि विलियम जेम्स ने एक सदी पहले ही बता दिया था, यह नई वैज्ञानिक खोज उद्घाटन भाषण में दिए जाने वाले ज्ञान की पुष्टि करती हैं : किसी भी काम में हम कितना बेहतर प्रदर्शन करेंगे इसके लिए ''निर्णायक मत'' तो ''ख़्वाहिश, जुनून और दिलचस्पी (हमारी) की मज़बूती'' का ही होता है।

2014 के गैलप मतदान में दो तिहाई से ज़्यादा वयस्कों ने कहा था कि वह काम से लगाव नहीं रखते, उनमें से कई तो ''सक्रिय तौर पर विरक्त'' थे।

अन्य देशों में तो मामला और भी चिंताजनक है। 141 देशों में किए गए सर्वेक्षण में गैलप ने पाया कि कैनेडा को छोड़कर अधिकांश देशों में ''लगाव नहीं'' और ''सक्रिय तौर पर विरक्त'' लोगों की संख्या अमेरिका से अधिक थी। दुनियाभर में केवल 13 प्रतिशत वयस्क ही ऐसे पाए गए जिन्हें काम के प्रति ''लगाव'' था।

तो ऐसा लगता है कि बहुत ही कम ऐसे लोग हैं जिन्हें अपने जीवनयापन के साधन से लगाव हो जाता है।

काम के प्रति महामारी के स्तर की उदासीनता के बीच प्रेरक भाषणों में दिए जाने वाले सीधे निर्देशों से सामंजस्य बैठा पाना बहुत मुश्किल है। जब बात पसंद के काम के साथ मेल की आती है तो कैसे क्या इतने लोग निशाना साधने से चूक जाते हैं? और क्या मेरे पिताजी का उदाहरण जुनून के तर्क का विरोधी उदाहरण साबित हो सकता है? इस सच्चाई का हम क्या अर्थ निकालें कि मेरे जन्म से पहले मेरे पिताजी का काम वाक़ई उनका जुनून था? तो क्या हमें लोगों को *जुनून का पीछा छोड़कर हमारे आदेशों का पालन* करने के लिए कहना चाहिए?

मुझे ऐसा नहीं लगता।

सच्चाई में तो मेरी राय में काम कैसा होना चाहिए इसकी ज़बर्दस्त प्रेरणा हमें विल शॉट्र्ज़ और जेफ़ बेज़ोस से लेनी चाहिए। हालांकि यह सोचना नासमझी ही

होगी कि हम जो कुछ भी करेंगे उसका हर एक पल हमें रास आएगा, लेकिन मेरा मानना है कि उस विस्तृत विश्लेषण के हजारों आंकड़े सहज ज्ञान से हासिल अंतर्ज्ञान की पुष्टि कर रहे हैं कि दिलचस्पी का महत्त्व है। कोई भी हर बात में दिलचस्पी नहीं रखता और हर कोई किसी न किसी बात में दिलचस्पी रखता है। इसलिए अपने काम का उस बात से तालमेल अच्छी बात है, जो आपका ध्यान और कल्पना दोनों आकर्षित करती हो। संभव है कि यह आपको ख़ुशी और सफलता नहीं दे, लेकिन यह निश्चित ही उम्मीद जगाने वाली होती है।

यह कहने के बाद, मुझे नहीं लगता कि अधिकांश युवाओं को उनके जुनून का पीछा करने के लिए प्रोत्साहन की ज़रूरत है। अधिकांश ठीक वैसा ही करेंगे-एक पल में-अगर मूलत: उनका कोई जुनून हो तो। अगर मुझे कभी भी उद्घाटन भाषण देने का मौक़ा मिला तो मैं शुरुआत *जुनून को बढ़ावा देने की* सलाह से करूंगी। और उसके बाद शेष वक़्त में मैं युवा दिमाग़ों को इसका वास्तविक तरीक़ा बताकर बदलने का प्रयास करूंगी।

जब मैंने दृढ़ संकल्प के प्रतिमान लोगों के साक्षात्कार लेने शुरू किए थे तो मैंने मान लिया था कि उन सभी के पास उस एक पल की कहानियां होंगी, जिसमें एक पल में, उन्हें अपने देवप्रदत्त जुनून का दिव्यज्ञान प्राप्त हुआ होगा। मेरे दिमाग़ की आंख में यह फ़िल्मांकन के लायक़ घटना थी, जिसमें रोशनी का नाटकीय खेल होगा और ऑर्केस्ट्रा की तेज़ी से बढ़ती हुई रोमांचक धुन होगी। इस दौरान ज़िंदगी को बदल देने वाले पल का अवतरण होगा।

जूली और जूलिया के शुरुआती दृश्य में हममें से अधिकांश द्वारा टीवी पर देखी गई कम उम्र की जूलिया चाइल्ड, अपने पति के साथ एक शानदार फ़्रेंच रेस्तरां में भोजन कर रही होती हैं। जूलिया अपने *सोल म्यूनियर* का एक कौर लेती हैं-बहुत अच्छी तरह से तैयार और वेटर द्वारा चंद पलों पहले टेबल पर रखा गया, जो अब नॉर्मंडी मक्खन, नींबू और पर्सली के सॉस में लिपट चुका है। वह होश गंवा बैठती हैं। उन्होंने ज़िंदगी में ऐसा कभी देखा ही नहीं था। उन्हें खाना हमेशा से ही अच्छा लगता था, लेकिन उन्हें कभी पता ही नहीं था कि खाना इतना अच्छा भी हो सकता है।

जूलिया ने कई वर्षों के बाद कहा, ''उस समूचे अनुभव ने मानो मेरे दिलोदिमाग़ और रूह के सारे दरवाज़े से खोल दिए। और हुआ कुछ यूं कि मैं पूरी ज़िंदगी के लिए उसकी दीवानी होकर रह गई।''

मुझे अपने दृढ़ संकल्प के प्रतिमानों से भी कुछ ऐसे ही फ़िल्मी पलों की उम्मीद थी। और मैं सोचती हूं कि युवा ग्रैजुएट-अपनी टोपियों और गाउन में पसीने

से तरबतर होने के दौरान-कुर्सी के सख़्त कोनों के चुभने के दौरान- मान लेते होंगे कि ज़िंदगी के जुनून की खोज भी कुछ ऐसी ही रूमानी होगी। एक पल, आपको पता ही नहीं होता कि इस धरती पर अपना वक़्त कैसे गुज़ारा जाए और अगले ही पल में, सबकुछ साफ़ है-आप अच्छी तरीक़े से जान जाते हैं कि आपकी ज़िंदगी का मक़सद क्या है।

लेकिन असलियत में तो जिन दृढ़ संकल्प के आदर्शों का मैंने साक्षात्कार लिया, उन्होंने मुझे बताया कि उन्होंने कई वर्ष कुछ भिन्न-भिन्न क़िस्म की दिलचस्पियों को समझने में गुज़ारे। अंततः उनकी जाग्रत अवस्था (और कुछ नींद के) के सारे विचारों पर पूरे वक़्त क़ब्ज़ा किए रहने वाली दिलचस्पी, पहली मुलाक़ात में तो उनकी ज़िंदगी के भाग्य निर्धारक के तौर पर पहचानी तक नहीं जाती।

उदाहरण के लिए ओलिंपिक स्वर्णपदक विजेता तैराक राउडी गेन्स ने मुझे बताया, ''जब मैं बच्चा था तो मुझे खेल पसंद आते थे। जब मैं हाईस्कूल पहुंचा तो मैंने तैराकी से जुड़ने से पहले क्रमशः फुटबॉल, बेसबॉल, बास्केटबॉल, गोल्फ़ और टेनिस को आजमाया। मैं खेल बदलता रहा। मैंने सोचा कि मैं एक से दूसरे खेल तक जाता रहूँगा, जब तक कि मुझे अपना पसंदीदा खेल नहीं मिल जाता।'' तैराकी क़ायम रही, लेकिन वह भी पहली नज़र के प्यार की तरह नहीं थी। ''जिस दिन मैंने तैराकी टीम में प्रवेश का प्रयास किया, मैंने स्कूल की लाइब्रेरी में जाकर ट्रेक ऐंड फ़ील्ड की जानकारी ली, क्योंकि मुझे लग रहा था कि मेरा तैराकी टीम में चयन नहीं होगा। ऐसे में मैंने उसके बाद ट्रेक ऐंड फ़ील्ड को आजमाने का फ़ैसला कर लिया था।''

जेम्स बियर्ज अवार्ड विजेता शेफ़ मार्क वेत्री को किशोरावस्था में कुकिंग से ज़्यादा संगीत का शौक था। कॉलेज के बाद वह लॉस एंजिलिस पहुंचे, ''मैं वहां एक साल तक एक संगीत विद्यालय में गया और रात को पैसे की ख़ातिर रेस्तरां में काम करता था। बाद में मैं जब एक बैंड से जुड़ा तो फिर दिन में रेस्तरां में काम करने लगा, ताकि रात का वक़्त संगीत को दे सकूं। और उसके बाद मुझे इटली जाने का मौक़ा मिला और बस सबकुछ बदल गया।'' मेरे लिए अपने पसंदीदा शेफ़ को पास्ता बनाने की बज़ाय गिटार बजाते हुए देखने की कल्पना करना तक मुश्किल था। लेकिन जब मैंने उनसे पूछा कि उनको एक अनजान रास्ते को अपनाते वक़्त कैसा लगा। उन्होंने कहा, ''देखिए, संगीत हो या कुकिंग दोनों ही रचनात्मक उद्योग हैं। मुझे ख़ुशी है कि मैंने यह रास्ता चुना, लेकिन मुझे लगता है कि इसकी बजाय मुझे संगीतकार बनना चाहिए था।''

जहां तक जूलिया चाइल्ड्स की बात है तो उनके लिए *सोल म्यूनियर* का वह छोटा-सा स्वादिष्ट कौर किसी खोज की तरह था। लेकिन एक दिव्यज्ञान की तरह

था कि फ्रेंच पाक शैली दैवीय है, ऐसा *नहीं* था कि वह शेफ़ या पाक कला की किताब की लेखिका बनेंगी और अंत में एक ऐसी महिला जो अमेरिका को अपने ही रसोईघर में कॉक ऑ विन बनाना सिखाएगी। जूलिया की जीवनी बताती है कि इस यादगार भोजन के बाद दिलचस्पी जगाने वाले अनुभव *लगातार* मिलते चले गए। एक अधूरी सूची में शामिल होंगे, पेरिस के बिस्त्रोस में अनगिनत स्वादिष्ट भोजन, शहर के खुले बाज़ारों में दोस्ताना मछली पालकों, कसाइयों और अन्य सामग्री उत्पादन करने वाले लोगों के साथ बातचीत और दोस्ती, फ्रांसीसी शिल्प कला की दो सामग्री से भरपूर किताबें-पहली उन्हें उनके एक फ्रेंच ट्यूटर ने उधार दी थी और दूसरी उन्हें हमेशा समर्थन देने वाले उनके पति पॉल द्वारा : ले कॉर्डन ब्ल्यू में शानदार और बहुत मेहनत करा लेने वाले शेफ़ बूनया के मार्गदर्शन में कुकिंग क्लासेस में कई घंटे बिताने के बाद, पेरिस की दो महिलाओं का साथ, जिन्होंने उन्हें अमेरिकियों के लिए पाक कला पर किताब लिखने का सुझाव दिया।

क्या होता अगर जूलिया-जो किसी वक़्त उपन्यासकार बनने के सपने संजोया करती थीं और बहुत जुनूनी थीं, उन्हीं के शब्दों में, ''स्टोव में सिफ़र दिलचस्पी थी''- अच्छी तरह से तैयार मछली खाकर कैलिफ़ोर्निया अपने घर लौट आतीं? हम निश्चित तौर पर कुछ भी नहीं कह सकते, लेकिन जूलिया के फ्रेंच आहार के प्रति प्रेम को देखते हुए, वह पहला कौर बस पहला चुंबन था। बाद में उन्होंने अपनी सिस्टर-इन-लॉ को बताया कि ''मैं जितना ज़्यादा कुकिंग करती हूँ, मेरी पसंदगी बढ़ती ही जाती है। यह देखते हुए कि मुझे अपना जुनून (बिल्ली और पति के अलावा) खोजने में 40 वर्ष लग गए।''

तो हम जबकि उन लोगों के प्रति दिलोदिमाग़ में ईर्ष्या रख सकते हैं जो जीवनयापन के लिए भी वही काम करते हैं जिसे वह पसंद करते हैं, हमें यह नहीं मानना चाहिए कि उनकी शुरुआत हम शेष लोगों की तुलना में किसी अलग जगह से हुई होगी। पूरी संभावना है कि उन्होंने इस बात का पता लगाने को कुछ वक़्त दिया होगा कि वह आख़िर अपनी ज़िंदगी के साथ क्या चाहते हैं। उद्घाटन भाषण देने वाले शायद उनके काम के बारे में कह सकते हैं, ''मैं कुछ और करने की बात सोच ही नहीं सकता।'' लेकिन हक़ीक़त में, ज़िंदगी में पहले एक वक़्त ऐसा था जब वह कर सकते थे।

कुछ महीने पहले, मैंने रेडिट पर एक पोस्ट पढ़ी जिसका शीर्षक था, ''फ़्लीटिंग इंटरेस्ट इन एवरीथिंग। नो करियर डायरेक्शन।'' (हर बात में चंद पलों की दिलचस्पी। दिशाहीन करियर)।

> मैंने उम्र का 30 वर्ष का पड़ाव पार कर लिया है और मुझे अभी भी कोई कल्पना नहीं है कि करियर के लिहाज़ से ख़ुद के साथ क्या करना चाहिए। पूरी ज़िंदगी मैं उन लोगों में ही शामिल रहा, जिन्हें यह बताया जाता रहता है कि आप कितने होशियार हैं/कितनी संभावनाओं से परिपूर्ण हैं। मेरी दिलचस्पी इतनी ज़्यादा बातों में है कि मुझे कुछ भी आजमाने के लिहाज़ से लक़वा-सा मार जाता है। ऐसा लगता है कि जैसे हर नौकरी के लिए एक विशेषज्ञता वाले प्रमाणपत्र या पद की ज़रूरत होती है जो लंबी अवधि का निवेश और वित्तीय निवेश दोनों ही चाहता है-इससे पहले कि आप उस नौकरी के लिए प्रयास करें, जो कि बहुत बड़ा अवरोध है।

30 बरस की उम्र का पड़ाव पार कर चुके यह पोस्ट लिखने वाले व्यक्ति के लिए मेरे दिल में सहानुभूति है। एक कॉलेज प्रोफ़ेसर के तौर पर मेरी 20 वर्ष की उम्र का पड़ाव कर चुके विद्यार्थियों के लिए भी बहुत सारी सहानुभूति है, जो मेरे पास करियर को लेकर सलाह मांगने आते हैं।

मेरे साथी बैरी श्वाट्र्ज़ को बैचेन युवा किशोरों को सलाह देने का मुझसे ज़्यादा अनुभव है। वह पिछले 45 वर्ष से स्वार्थ मोर कॉलेज में मनोविज्ञान पढ़ा रहे हैं।

बैरी की राय में ढेर सारे युवकों द्वारा करियर के प्रति गहन दिलचस्पी विकसित नहीं कर पाने की एक वजह उनकी अवास्तविक उम्मीदें हैं। वह कहते हैं, ''यह ठीक उसी तरह की समस्या है जिसका सामना युवा वयस्कों को एक प्रेमिका तलाशने में करना पड़ता है। वह ऐसी व्यक्ति चाहते हैं जो आकर्षक हो और होशियार हो और दयालु हो और दृढ़ विचारों वाला हो और सोच-समझकर चलने वाला हो और मज़ाक़िया हो। किसी 20 वर्षीय युवक या युवती को यह बताने की कोशिश कीजिए कि वे ऐसा व्यक्ति नहीं खोज सकते जो हर लिहाज़ से पूरी तरह से श्रेष्ठ हो। वे आपकी बात नहीं सुनेंगे। वे तो सर्वोत्कृष्टता ही चाहते हैं।''

मैंने पूछा, ''आपकी उम्दा पत्नी, मायरना के बारे में क्या विचार हैं?''

''ओह वह बहुत अच्छी है। निश्चित तौर पर मुझसे ज़्यादा अच्छी। लेकिन क्या वह पूरी तरह से उत्कृष्ट है? क्या वह *इकलौती* ऐसी व्यक्ति हैं जिनके साथ मेरी ज़िंदगी हँसी-ख़ुशी गुज़रती? क्या मैं वह *इकलौता* पुरुष हूँ, जिसके साथ उन्होंने एक बेहतरीन शादी रचाई होती? मुझे ऐसा नहीं लगता।''

बैरी के शब्दों में एक संबंधित समस्या यह मिथक है कि प्यार और करियर बस एक पल में तत्काल होने वाली बातें हैं, ''ऐसी अनेक बातें हैं जहां बारीकियां और उल्लास कुछ वक़्त उनसे जुड़े रहने से ही हासिल होते हैं, किसी बात में गहराई से डूब जाना। कई बातें उन्हें करना शुरू करने तक नीरस और सतही लगती हैं और कुछ वक़्त बाद आपको अहसास होता है कि कई ऐसे पहलू हैं जो आपको शुरुआत

के वक़्त पता ही नहीं थे, और आप कभी भी पूरी समस्या को हल नहीं कर सकते या ना ही उसे पूरी तरह से समझ सकते हैं या आपके पास क्या है। देखिए, इसके लिए ज़रूरी है कि आप कुछ वक़्त तक उस बात से जुड़े रहें।''

कुछ पल की चुप्पी के बाद, बैरी ने कहा, ''वास्तविकता में तो एक साथी पाना एक आदर्श तुलना प्रक्रिया है। एक संभावित जोड़ीदार से मिलना-पूरी तरह से आदर्श इकलौता जोड़ीदार नहीं बल्कि संभावनाओं से परिपूर्ण-शुरुआत करने का इकलौता तरीक़ा है।''

दिलचस्पी के मनोविज्ञान की अनेकानेक ऐसी बातें हैं, जिनके बारे में हम नहीं जानते। मैं चाहती थी कि हमें पता हो, उदाहरण के लिए, क्यों हममें से कुछ (मुझे मिलाकर) कुकिंग को एक आकर्षक विषय पाते हैं, जबकि कई अन्य को इसकी कोई फ़िक्र नहीं होती। क्यों मार्क वेत्री रचनात्मक काम की ओर आकर्षित हुए और क्यों राउडी गेन्स को खेल पसंद हैं? दिलचस्पियों को लेकर अस्पष्ट ख़ुलासों को परे रख दिया जाए तो यह, हमारे बारे में अन्य बातों की तरह, आंशिक तौर पर आनुवांशिक और कुछ हद तक जीवन के अनुभव आधारित होती हैं, मैं आपको नहीं बता सकती। लेकिन दिलचस्पियों के विकसित होने पर वैज्ञानिक शोध ने कुछ महत्त्वपूर्ण अंतर्निहित खुलासे किए हैं। मेरा मानना है कि दुर्भाग्यवश, ये आधारभूत बातें आमतौर पर समझी नहीं जातीं।

हममें से अधिकांश जब जुनून के बारे में सोचते हैं तो इसे अचानक हुई खोज की तरह मानते हैं - *सोल म्यूनियर* का एक कौर अपने साथ आपके कई बरस किचन में ही बिताने की निश्चितता साथ लेकर आता है... तैराकी की अपनी पहली ही स्पर्धा में पानी में उतरना और इस अहसास के साथ बाहर निकलना कि एक दिन ओलिंपियन बनेंगे... *केचर इन द राई* के अंत तक पहुंचना और यह अहसास होना कि एक दिन आपका लेखक बनना तय है। लेकिन आपके ताउम्र के जुनून का पहला अनुभव अंततः वही है- एक लंबी और कम नाटकीय यात्रा का पहला दृश्य।

रेडिट के ''हर बात में चंद पलों की दिलचस्पी'' और ''करियर की कोई दिशा नहीं,'' वाले 30 वर्ष का पड़ाव कर चुके लोगों के लिए विज्ञान का यह कहना है : आपके काम के प्रति जुनून कुछ हद तक खोज है, फिर उसका विकास होता है और फिर ताउम्र यह *प्रगाढ़* होता जाता है।

मुझे समझाने दीजिए।

पहली बात तो बचपन आमतौर पर इस बात को जानने के लिहाज़ से बहुत पहले की अवस्था होती है कि आपको ज़िंदगी में क्या करना है। लंबी अवधि तक

हज़ारों लोगों पर किया गया दीर्घावधि का अध्ययन बताता है कि अधिकांश लोग मिडिल स्कूल के दौरान किसी विशेष कामकाजी दिलचस्पी की ओर आकर्षित होने की केवल *शुरुआत* करते हैं, दूसरों से दूर होते हुए। निश्चित तौर पर मैंने अपने साक्षात्कारों पर आधारित रिसर्च में यह रुझान देखा है और पत्रकार हेस्टर लेसी द्वारा ''बेहद सफल'' लोगों के साक्षात्कार से भी यही बात उभरकर सामने आई थी। हालांकि याद रखिए कि सातवीं कक्षा का एक विद्यार्थी -भले ही वह भविष्य का दृढ़ संकल्प की मिसाल हो-के उस उम्र में पूरी तरह से विकसित जुनून होने की संभावना कम ही है। सातवीं कक्षा की छात्रा तो बस अपनी साधारण पसंद-नापसंद को जानने के दौर से गुज़र रही होती है।

दूसरी बात, दिलचस्पियों की खोज आत्मनिरीक्षण से नहीं होती। बल्कि दिलचस्पियां तो बाहरी दुनिया से संवाद साधने या उसके संपर्क में आने से गति पाती हैं। दिलचस्पी को जानने की प्रक्रिया अस्तव्यस्त, आकस्मिक और अक्षम हो सकती है। ऐसा इसलिए क्योंकि आप यह निश्चित तौर पर भविष्यवाणी नहीं कर सकते कि कौन-सी बात आपका ध्यान खींचेगी और कौन-सी नहीं। आप ख़ुद पर किसी बात की पसंदगी लाद भी नहीं सकते। जैसा कि जेफ़ बेजोस ने जाना है, ''लोगों द्वारा की जाने वाली सबसे बड़ी ग़लतियों में से एक ख़ुद पर किसी रुचि को थोपना है।'' बिना प्रयोग किए आजमाए आप यह जान ही नहीं सकते कि कौन-सी दिलचस्पियां आपके साथ चिपकी रहेंगी और कौन-सी नहीं।

विरोधाभासी ढंग से, किसी दिलचस्पी की शुरुआती खोज अक्सर खोज करने वाले का ध्यान आकर्षित नहीं कर पाती। दूसरे शब्दों में, जब आपकी किसी बात में दिलचस्पी जागना शुरू होती है, आपको इस बात का अहसास तक नहीं होगा कि हो क्या रहा है। बोरियत की भावना हमेशा ही आत्मजाग्रत होती है-जब आप इसे महसूस करते हैं तो आप जान जाते हैं-लेकिन जब आपका ध्यान किसी नई गतिविधि या अनुभव की ओर आकर्षित होता है तो आपके साथ जो हो रहा है, उसका चिंतनशील मूल्यांकन करने का वक़्त भी आपके पास नहीं होता। इसका मतलब यह है कि नए प्रयास की शुरुआत में, ख़ुद से घबराई हुई अवस्था में हर कुछ दिन के बाद, ख़ुद से यह सवाल पूछा जाए कि क्या आपने जो जुनून हासिल किया है वह अपरिपक्व है।

तीसरी बात, दिलचस्पी की शुरुआती पहचान के बाद जो होता है वह बहुत लंबा होता है और दिलचस्पी के विकसित होने का यह बेहद सक्रिय काल होता है। सबसे अहम बात यह है कि किसी नई दिलचस्पी के जागने के बाद कुछ ऐसी बातें होना चाहिए जो आपका ध्यान दोबारा आकर्षित करती रहें-फिर से, फिर से और फिर एक बार।

उदाहरण के लिए, नासा के अंतरिक्ष यात्री माइक हॉपकिंस ने मुझे बताया कि हाईस्कूल के दिनों में स्पेस शटल की लांचिंग देखने के कारण उनके भीतर अंतरिक्ष यात्रा की ताउम्र की दिलचस्पी जाग्रत हुई। लेकिन केवल वह एक लांचिंग ही उनके इससे जुड़ाव की वजह नहीं थी। ऐसा कई वर्षों तक सिलसिलेवार तरीक़े से लांचिंग दिखाने के कारण हुआ। जल्द ही वह नासा के बारे में ज़्यादा से ज़्यादा जानकारी खोजने लगे और, ''एक जानकारी ने दूसरी जानकारी का रास्ता साफ़ किया और उसने एक और जानकारी का।''

कुशल पॉटर वॉरेन मैक्केंज़ी के लिए, कॉलेज में ली गई सिरेमिक्स की क्लास-जो उन्होंने शुरुआत में महज इसलिए ली थी कि पेंटिंग की तमाम कक्षाएं भर चुकी थीं-के बाद उन्हें मिली महान बरनार्ड लीच की किताब *ए पॉटर्स बुक* और फिर उसके बाद ख़ुद लीच के मार्गदर्शन में एक वर्ष प्रशिक्षण का मौक़ा।

और अंत में, दिलचस्पियां फलती-फूलती हैं, जब उन्हें प्रोत्साहित करने के लिए लोगों का एक जत्था-सा आपके साथ होता है, जिसमें अभिभावक, शिक्षक, प्रशिक्षक और साथी शामिल होते हैं। दूसरे लोग इतने महत्त्वपूर्ण क्यों होते हैं? इसलिए कि वे किसी बात को आपके लिए अधिक और अधिक दिलचस्प बनाने के लिए अनिवार्य निरंतर प्रोत्साहन और जानकारी मुहैया कराते हैं। साथ ही-स्वाभाविक रूप से-हमें जब लोगों की प्रतिक्रिया मिलती है तो वह हमें ख़ुश, प्रतिस्पर्धी और सुरक्षित बनाती है।

मार्क वेत्री का ही उदाहरण ले लीजिए। उनकी कुक बुक्स और व्यंजनों को लेकर उनके निबंध पढ़ने से बेहतर मज़ा मुझे बहुत ही कम बातों में आता है, लेकिन स्कूल की पूरी शिक्षा के दौरान वह सी ग्रेड के विद्यार्थी थे। वह मुझे बताते हैं, ''मैंने पढ़ाई को लेकर कभी भी कड़ी मेहनत नहीं की। मैं हर वक़्त इसी तरह की सोच में रहता था, 'यह बोरियत भरा है।''' इसके विपरीत मार्क रविवार की आनंददायी दोपहरें अपनी सिसिलियन दादी के दक्षिण फ़िलेडेल्फ़िया में स्थित मकान में बिताते थे। ''वह मेरे लिए मीटबॉल्स और लसाना और ढेर सारे लज़ीज व्यंजन बनाती थीं और मैं हमेशा उनकी मदद करने के लिए उनके घर जल्दी पहुंच जाता था। लगभग 11 वर्ष का होने तक वही व्यंजन घर पर भी बनाने के विचार मेरे मन में आने लगे।''

एक किशोर के तौर पर, मार्क को एक स्थानीय रेस्तरां में बर्तन धोने का काम मिला हुआ था। ''मुझे वह काम पसंद था और मैं कड़ी मेहनत करता था।'' क्यों? पैसे कमाना एक प्रोत्साहन था, लेकिन दूसरा था किचन का भाईचारे भरा माहौल। ''उस वक़्त तक मैं एक तरह से सामाजिक बहिष्कृत जैसा हो चुका था। मैं एक तरह से बेढंगा था। मैं बोलते वक़्त हकलाता था। स्कूल में हर कोई मुझे अजीब समझता था। और मेरा सोचना था, 'ओह! यहां मैं बर्तन मांज सकता हूं और यह काम करते

हुए मैं लोगों को कुकिंग करते देख सकता हूं और मैं खा सकता हूं। हर कोई शिष्ट है और वे मुझे पसंद करते हैं।'''

अगर आप मार्क की कुक बुक्स पढ़ेंगे तो आप खान-पान की दुनिया में उसके ढेर सारे दोस्त और मार्गदर्शक देखकर चौंक जाएंगे। पन्ने पलटाकर मार्क का अकेले का फ़ोटो खोजने की कोशिश कीजिए और बहुत सारे खोजने में आपको काफ़ी मुश्किलों का सामना करना पड़ेगा। और इल *वियागियो दी वित्री* का आभार प्रदर्शन ही पढ़ लीजिए। यह दो पन्नों में ऐसे लोगों से पटा पड़ा है जिन्होंने उनकी यात्रा को संभव बनाया है, इसमें उनके विचार भी शामिल हैं : ''मां और पिताजी, आपने हमेशा मुझे अपना रास्ता खोजने की आज़ादी दी और इस रास्ते पर मार्गदर्शन करके मेरी मदद भी की। आप कल्पना भी नहीं सकते कि मैं इसके लिए आपका कितना आभारी हूं। मुझे हमेशा आपकी ज़रूरत पड़ेगी।''

क्या यह एक ''अफ़सोसनाक'' बात है कि जुनून हमें अचानक नहीं मिलता, किसी दैवीय चमत्कार की तरह, सक्रियता से उन्हें विकसित करने की ज़रूरत के बग़ैर? शायद। लेकिन हक़ीक़त यही है कि शुरुआती दिलचस्पियां क्षणभंगुर, अस्पष्ट तौर पर परिभाषित होती हैं, जिन्हें ऊर्जापूर्ण, कई वर्ष सहेजने-निखारने और पुनर्भाषित करने की ज़रूरत होती है।

कई मर्तबा जब मैं बैचेन अभिभावकों से बात करती हूं तो मुझे ऐसा लगने लगता है कि उन्होंने मेरे द्वारा लगाए गए दृढ़ संकल्प के अर्थ को ग़लत समझ लिया है। मैं उन्हें बताती हूं कि दृढ़ संकल्प का आधा तो ज़िद होती है-जवाब में मेरे सामने सहमति में उनके सिर हिलने लगते हैं-लेकिन मैं उन्हें यह भी बताती हूं कि कोई भी उस काम में दृढ़ संकल्प के साथ जुटा नहीं रहता, जिसे वह आंतरिक तौर पर दिलचस्प नहीं पाते। यहां उनके सिर सहमति में हिलने थम जाते हैं और आजू-बाजू होने लगते हैं।

स्वघोषित शेरनी जैसी मां एमी चिआ कहती हैं, ''केवल आपको कोई बात पसंद होने का यह मतलब क़तई नहीं है कि आप महान बनेंगे। नहीं बनेंगे, अगर आप काम नहीं करेंगे। अधिकांश लोग अपनी पसंदीदा काम में भी बुरा प्रदर्शन करते हैं।'' मैं पूरी तरह से सहमत हूं। यहां तक कि आपकी दिलचस्पी के विकसित होने में भी, एक काम -अभ्यास,अध्ययन और सीखना-किया जाना है। ख़ैर, मेरा कहना यह है कि अधिकांश लोग उन बातों में और बुरी तरह से प्रदर्शन करते हैं, जिन्हें वे पसंद *नहीं* करते।

तो सभी उम्र के अभिभावकों, होने जा रहे अभिभावकों और ग़ैर-अभिभावकों, मेरा आपके लिए एक संदेश है : *कड़े काम से पहले एक अंतराल आता है।* अभी किसी जुनून को लेकर सुनिश्चित नहीं हो सके लोगों को कौशल को निखारने के

लिए घंटों देने की तैयारी से पहले, दिलचस्पी को सक्रिय और दोबारा सक्रिय करते हुए इधर-उधर भटकना चाहिए। और हां यह काम कुछ अनुशासन और त्याग के साथ किया जाना चाहिए। लेकिन इस शुरुआती चरण में नौसिखियों में बेहतर होने की ललक नहीं होती। वे कई बरस बाद के भविष्य के बारे में नहीं सोच रहे हैं। वे नहीं जानते की उनका शीर्षस्थ, ज़िंदगी को दिशा देने वाला लक्ष्य क्या होगा। कुछ और करने की बनिस्बत वे बस मौज़ कर रहे हैं।

दूसरे शब्दों में, सबसे स्थापित विशेषज्ञ भी शुरुआत एक प्रफुल्लित नौसिखिए की ही तरह करता है।

खेल, कला या विज्ञान में विश्व स्तर के कौशल हासिल करने वाले 120 लोगों के साथ उनके अभिभावकों, प्रशिक्षकों और शिक्षकों के साक्षात्कार लेने वाले मनोवैज्ञानिक बेंजामिन ब्लूम का भी यही निष्कर्ष है। ब्लूम की महत्त्वपूर्ण खोजों में से एक है कि कौशल विकास तीन चरणों से गुज़रता है, जिसमें से हर एक चरण कुछ वर्षों का होता है। ब्लूम के मुताबिक़ दिलचस्पियां ''शुरुआती वर्षों'' में पहचानी और विकसित की जाती हैं।

शुरुआती वर्षों में प्रोत्साहन महत्त्वपूर्ण है, क्योंकि नौसिखिए अभी भी इस बात का आकलन कर रहे होते हैं कि वह इस दिलचस्पी के प्रति समर्पित होना चाहते हैं या उससे नाता तोड़ लेना चाहते हैं। परिणामस्वरूप, ब्लूम और उनकी रिसर्च टीम ने पाया कि इस चरण में सर्वश्रेष्ठ मार्गदर्शक गर्मजोश और मदद करने वाले थे : ''शायद इन शिक्षकों का प्रमुख गुण यही था कि उन्होंने सीखने के शुरुआती चरण को बहुत ही आनंददायी और फलदायी बना दिया था। मैदान पर अधिकांश परिचय देने वाली गतिविधियां खेल-खेल में बताई गईं और इस चरण की शुरुआत में सीखने की प्रक्रिया किसी खेल की ही तरह थी।''

शुरुआती वर्षों में कुछ हद तक स्वायत्तता भी महत्त्वपूर्ण है। सीखने वालों पर किए गए दीर्घावधि के सतत अध्ययन से इस बात की पुष्टि होती है कि बहुत ज़्यादा पिटाई करने वाले अभिभावक और शिक्षक आंतरिक प्रोत्साहन को ख़त्म कर देते हैं। जिन बच्चों को उनके अभिभावक, वे क्या बनना चाहते हैं यह चुनने का अधिकार देते हैं, उनके आगे चलकर अपनी दिलचस्पी को अपने जुनून में बदलने के अच्छे आसार होते हैं। इसलिए जबकि मेरे पिताजी ने 1950 में शंघाई में पिता द्वारा बताए गए करियर के रास्ते पर दोबारा विचार तक नहीं किया, आजकल के अधिकांश युवाओं के लिए ''अपनी'' ख़ुद की पसंद के बग़ैर थोपी गई दिलचस्पियों को स्वीकार पाना मुश्किल-सा है।

खेल मनोवैज्ञानिक जीन कोटे के मुताबिक़ इस सुकून से परिपूर्ण, चंचलता भरी दिलचस्पी, तलाश और विकास के चरण में काट-छांट के बुरे परिणाम होते

हैं। इस रिसर्च में, राउडी गेन्स जैसे पेशेवर खिलाड़ी, जिन्होंने बालपन में एक खेल से जुड़ने से पहले कई खेलों को आजमाया था, आमतौर पर लंबी अवधि में ज़्यादा अच्छा प्रदर्शन करते हैं। यह शुरुआती व्यापक अनुभव युवा खिलाड़ियों को यह पता लगाने में मदद करता है कि उनके लिए कौन-सा खेल दूसरे खेलों से बेहतर है। कई खेलों का जायज़ा लेना ''एक से ज़्यादा'' मांसपेशियों और कौशल को निखारने का अवसर देता है, जो अंतत: ज़्यादा एकाग्रचित्त प्रशिक्षण के लिए मददगार बनेगा। इस चरण को छोड़ देने वाले खिलाड़ी हालांकि कम विशेषज्ञता वाले साथियों के ख़िलाफ़ शुरुआती दौर में हावी होते हैं, लेकिन कोटे ने पाया कि उनके आगे चलकर शारीरिक चोट का शिकार होने और दिलोदिमाग़ से थककर निढाल होने की आशंका बढ़ जाती है।

अगले अध्याय में हम ब्लूम द्वारा ''बीच के वर्ष'' कहे जाने वाले कालखंड की बात करेंगे। और अंत में हम अध्याय 8 में ''बाद के वर्षों'' पर चर्चा करेंगे, जब हमारा संवाद उद्देश्य पर आधारित होगा।

फ़िलहाल तो मैं इतना ही समझाना चाहती हूं कि विशेषज्ञों और शुरुआती दौर के नौसिखियों की प्रोत्साहन की ज़रूरतें अलग-अलग होती हैं। किसी काम या अभियान की शुरुआत में, हमें प्रोत्साहन और इस बात की आज़ादी की दरकार होती है कि हमें क्या पसंद है। हमें छोटी-छोटी जीत की ज़रूरत होती है। हमें तालियों की ज़रूरत होती है। हां, हम आलोचना और ग़लतियों को सुधारने वाले सुझावों के मरहम का सामना कर सकते हैं। हां, हमें अभ्यास की ज़रूरत है। लेकिन बहुत ज़्यादा नहीं और बहुत जल्दी भी नहीं। किसी नौसिखिए को काम में झोंक दीजिए और आप उसकी पल्लवित हो रही दिलचस्पी को शैशव अवस्था में ही मार डालेंगे। एक बार ऐसा हो जाने के बाद उस दिलचस्पी को वापस पाना बहुत ही मुश्किल होता है।

चलिए हमारे उद्घाटन भाषण देने वालों की ओर लौटें। वे जुनून को लेकर अध्ययन करने लायक़ हैं, इसलिए इस बात से कुछ सीखा जा सकता है कि उन्होंने अपने शुरुआती वर्ष कैसे बिताए।

न्यू यॉर्क टाइम्स के पहेलियों के संपादक विल शॉर्ट्ज़ ने मुझे बताया कि उनकी मां ''लेखिका और शब्दों से प्रेम करने वाली'' थीं और यह भी कि उनकी मां शब्द पहेलियों की भी प्रशंसक थीं। शॉर्ट्ज़ का अनुमान है कि आनुवांशिकता उनके भाषा के प्रति लगाव का कारण हो सकती है।

लेकिन जो निराला रास्ता उन्होंने अपनाया उसकी वजह केवल आनुवांशिकता ही नहीं थी। पढ़ना और लिखना सीखने के कुछ ही दिनों बाद शॉर्ट्ज़ के हाथों में

पहेलियों की एक किताब लग गई। उस दौर को याद करते हुए वह कहते हैं, ''मैं इससे मोहित हो गया था। मैं बस अब अपनी पहेलियां बनाना चाहता था।''

संभाव्य तौर पर, वह पहली पहेलियों की किताब–उनकी उत्सुकता के लिए पहली उत्प्रेरक–के बाद कई और किताबें आती गईं। ''शब्द पहेली, गणित की पहेली, आप बस नाम बताइए'' जल्द ही शॉर्ट्ज़ पहेलियां बनाने वाले सभी बड़े लोगों को नाम से जानने लग गए थे। उन्होंने अपने हीरो सेम लॉयड का डोवर बुक्स द्वारा प्रकाशित पूरा संग्रह ही हासिल कर लिया था। साथ ही उनके पास अब आधा दर्जन से अधिक पहेली निर्माताओं की किताबें भी आ चुकी थीं, जिनके नाम शॉर्ट्ज़ को कंठस्थ हैं, जबकि मेरे लिए वे सभी अनजान से हैं।

ये सारी किताबें किसने ख़रीदीं?

उनकी मां ने।

उन्होंने और क्या किया?

''मुझे याद है कि जब मैं बहुत छोटा था तो मेरी मां एक ब्रिज क्लब से जुड़ी थीं और मुझे दोपहर में शांत रखने के लिए मां ने काग़ज़ का एक टुकड़ा लेकर उसमें चौखाने बना दिए। उसके बाद उन्होंने मुझे बताया कि उसमें ऊपर–नीचे और आड़े लिखकर कैसे लंबे शब्द भरे जा सकते हैं। और मैं पूरी दोपहर बड़े मज़े से उन खानों को भरता रहता था। जब ब्रिज का खेल समाप्त हो जाता था तो वह मेरे पास आकर चौकोनों को क्रम देकर मुझे सिखाती थीं कि संकेतक कैसे लिखे जाने चाहिए। तो वह मेरी पहली क्रॉसवर्ड थी।''

और फिर शॉर्ट्ज़ की मां ने वह किया जिसकी जानकारी शायद चंद ही माताओं को होगी, मेरे सहित : ''मेरे शब्द पहेलियां बनाना शुरू कर देने के बाद मेरी मां ने मुझे उन्हें बेचने के लिए प्रोत्साहित किया, क्योंकि एक लेखिका के तौर पर वह पत्रिकाओं और अख़बारों में अपने लेख प्रकाशन के लिए भेजा करती थीं। एक बार जब उन्होंने देख लिया कि मेरी इसमें दिलचस्पी है, उन्होंने मुझे सिखाया कि इसे प्रकाशन के लिए कैसे भेजा जाए।''

''मैंने 14 वर्ष की उम्र में अपनी पहली पहेली बेची और जब मैं 16 बरस का हुआ तो डेल पज़ल पत्रिकाओं में नियमित तौर पर योगदान देने लगा।''

शॉर्ट्ज़ की मां स्पष्ट तौर पर जानना चाहती थीं कि वह क्या बात है जो उनके बेटे में दिलचस्पी जगाएगी। शॉर्ट्ज़ ने मुझे बताया, ''मेरी मां ने कई उम्दा बातें कीं। उदाहरण के लिए बचपन में मुझे रेडियो, पॉप और रॉक संगीत अच्छा लगता था। उन्होंने जब यह दिलचस्पी देखी तो उन्होंने पड़ोसी से गिटार लेकर मेरे बिस्तर के सिरहाने पर इसे रख दिया। अगर मैं चाहता तो मेरे पास गिटार उठाकर बजाने का अवसर था।''

लेकिन गिटार बजाने की इच्छा मेरी पहेलियां बनाने की इच्छा की तुलना में कहीं टिक नहीं सकती थी। ''नौ माह बाद, जब मैंने एक बार भी गिटार को हाथ नहीं लगाया, मेरी मां ने उसे वहां से हटा दिया। मुझे लगता है कि मुझे संगीत सुनना अच्छा लगता था, उसे बजाने में मेरी कोई दिलचस्पी नहीं थी।''

जब शॉट्र्ज़ ने इंडियाना यूनिवर्सिटी में दाख़िला लिया तो उनकी मां ने ही एक व्यक्तिगत कार्यक्रम खोज निकाला, जिसने शॉट्र्ज़ को अपना पसंदीदा मुख्य विषय चुनने का अधिकार दिया : आज की तारीख़ तक, शॉट्र्ज़ दुनिया में इकलौते ऐसे व्यक्ति हैं, जिनके पास गूढ़ विद्या (एनिग्मेटॉलॉजी)-पहेलियों का अध्ययन-में कॉलेज की डिग्री है।

और जेफ़ बेज़ोस की क्या कहानी है?

जेफ़ के असामान्य तौर पर दिलचस्पियों से भरपूर बचपन का अधिकांश श्रेय उनकी असमान्य तौर पर जिज्ञासु मां जैकी को जाता है।

जैकी के 17 वर्ष की होने के दो सप्ताह बाद जेफ़ का जन्म हुआ। जैकी ने मुझे बताया, ''इसलिए, मेरे पास इस बाबत कोई पूर्व निर्धारित विचार नहीं थे कि मुझे क्या करना चाहिए।''

उन्हें याद है कि वह जेफ़, उनके छोटे भाई और बहन को लेकर बहुत ज़्यादा जिज्ञासा से भरी थीं, ''इन नन्हे-मुन्नों को लेकर मैं इतनी ज़्यादा जिज्ञासु थी, वे कौन हैं और वे क्या करेंगे। मैंने इस बात पर ध्यान दिया कि हर एक को किस बात में दिलचस्पी है-वे सभी अलग थे-और फिर उसी के आधार पर चलती थी। मुझे लगता था कि यह मेरी जवाबदारी है कि मैं उन्हें उनकी पसंद के क्षेत्र का पूरा मज़ा लेने का अवसर दूं।''

उदाहरण के लिए, तीन वर्ष की उम्र में, जेफ़ ने कई बार ''बड़े बिस्तर'' पर सोने की मांग की। जैकी ने उसे समझाया कि *अंततः* वह एक ''बड़े बिस्तर'' में ही सोएगा, लेकिन अभी नहीं। वह अगले दिन उनके कमरे में पहुंची तो देखा कि उनके हाथ में एक स्क्रूड्राइवर था और वह अपने पालने को खोल रहे थे। जैकी ने उन्हें डांटा नहीं। इसकी बजाय वह उनके साथ ज़मीन पर बैठ गईं और उन्होंने जेफ़ को मदद की। उस रात जेफ़ ''बड़े बिस्तर'' पर सोए।

मिडिल स्कूल तक आते-आते उन्होंने हर क़िस्म के यांत्रिक उपकरण बनाना शुरू कर दिए थे। इसमें उनके बेडरूम के दरवाज़े पर लगा एक अलार्म भी था, जो उनके किसी भी भाई-बहन के बिना बताए हद में आ जाने के बाद कर्कश आवाज़ के साथ बज उठता था। जैकी ने हँसते हुए कहा, ''हमने रेडियोशेक के ना जाने

कितने फेरे किए। कई बार तो हम दिन में चार बार वहां जाते थे, क्योंकि हमें किसी और पुर्ज़े की ज़रूरत होती थी।''

''एक बार उन्होंने एक रस्सी लेकर किचन कबर्ड्स के सारे हैंडलों को बांध दिया और उसके बाद जब आप उन्हें खोलते थे तो सारे एक साथ खुल जाते थे।''

मैंने ख़ुद को इन हालात में रखकर देखा। मैंने यह भी कल्पना की कि इन हालात में मैंने कोई प्रतिक्रिया नहीं दी। जैकी ने जो किया मैं वही करने की कल्पना करने लगी, यानी कि इस बात को जान लेना कि उनका बेटा समस्या हल करने वाला एक विश्वस्तरीय व्यक्ति बनने की ओर अग्रसर है और हँसी-ख़ुशी उसकी दिलचस्पी की परवरिश की।

जैकी ने बताया कि ''मेरा घर में नाम था, 'अराजकता की कप्तान।' ऐसा इसलिए कि आप जो कुछ भी करना चाहते थे, उसे किसी न किसी तरह से मान ही लिया जाएगा।''

जैकी का याद है कि जब जेफ़ ने एक *अनंत घन (इन्फ़िनिटी क्यूब)* बनाने का फ़ैसला किया, मूलत: शीशों का एक ऐसा मोटर से चलने वाला सेट जिसमें एक-दूसरे की छवि अनंत अवधि तक आगे-पीछे दिखती रहती है, वह एक फुटपाथ पर मित्र के साथ थीं। ''जेफ़ हमारे पास आया और उसने इसके पीछे का सारा विज्ञान हमें बता दिया और मैंने सुना, सिर हिलाया और बीच-बीच में सवाल भी पूछे। उसके चले जाने के बाद मेरी सहेली ने मुझसे पूछा कि क्या तुम उसकी हर बात को समझ गई। और मैंने कहा, 'यह महत्त्वपूर्ण नहीं है कि मैं हर बात को समझती हूँ, महत्त्वपूर्ण यह है कि मैं सुनती हूं।'''

हाईस्कूल में आते तक, जेफ़ ने परिवार के गैरेज़ को आविष्कार और प्रयोगों के लिए लैबोरेटरी में तब्दील कर दिया था। एक दिन जैकी को जेफ़ के हाईस्कूल से फ़ोन आया कि वह भोजन अवकाश के बाद स्कूल में नहीं आते। जब वह घर लौटे तो जैकी ने पूछा कि वह दोपहर में कहां जाते हैं। जेफ़ ने कहा कि उन्हें एक स्थानीय प्रोफ़ेसर मिल गए हैं जो उन्हें हवाई जहाज के पंखों, घर्षण और कर्षण पर प्रयोग करने देते हैं, और- ''ठीक है,'' जेफ़ ने कहा, ''मुझे समझ आ गया। अब देखते हैं कि हम यह करने का कोई सम्मत रास्ता खोज पाते हैं या नहीं।''

कॉलेज में जेफ़ का मुख्य विषय कम्प्यूटर साइंस और इलेक्ट्रिक इंजीनियरिंग था। स्नातक उपाधि के बाद उन्होंने अपने प्रोग्रामिंग के कौशल को निवेश फ़ंड्स के प्रबंधन में इस्तेमाल करना शुरू किया। कुछ साल बाद जेफ़ ने इंटरनेट पर बुकस्टोर तैयार किया और उसका नाम दुनिया की सबसे लंबी नदी पर रखा : एमेज़ॉन डॉट

कॉम। (उन्होंने एक यूआरएल www.relentless.com का भी पंजीयन कराया, इसे अपने ब्राउज़र में टाइप करके देखिए, यह आपको कहां ले जाता है...)

विल शाट्र्ज़ ने मुझे बताया, ''मैं हमेशा सीखता रहता हूं। मैं हमेशा नए तरीक़े से अपने दिमाग़ को विस्तारित करता रहता हूँ, किसी शब्द के लिए नया सुराग़ पाने की कोशिश में, किसी नई विषय वस्तु की तलाश। मैंने एक बार पढ़ा था-एक लेखक ने कहा था कि अगर आप अपने लेखन से ऊब चुके हैं तो उसका मतलब है कि आप ज़िंदगी से ऊब चुके हैं। मेरी राय में पहेलियों के लिए भी यही बात सही है। अगर आप पहेलियों से ऊब चुके हैं तो आप ज़िंदगी से ऊब चुके हैं, क्योंकि वे इतनी विविधतापूर्ण होती हैं।''

दृढ़ संकल्प का तक़रीबन का हर वह प्रतिमान जिससे मैंने बात की है, मेरे पिताजी सहित, यही बात कहता है। और बड़े पैमाने पर किए गए अध्ययनों के एक के बाद एक किए गए परीक्षणों से मुझे पता चला कि व्यक्ति जितना दृढ़ संकल्प वाला होगा, करियर के दौरान उसके द्वारा उतने ही कम बदलाव किए जाने की संभावना है।

इसके विपरीत हम ऐसे लोगों को भी जानते हैं जो ख़ुद को आदतन नई परियोजनाओं में झोंकते रहते हैं, किसी बात में बहुत ज़्यादा दिलचस्पी विकसित करने के बाद तीन या चार या साल बाद अंततः किसी बिलकुल ही भिन्न दिलचस्पी का रुख़ कर लेते हैं। विभिन्न शौक पालने में कोई नुक़सान नहीं दिखता, लेकिन नए काम-धंधे के साथ अंतहीन नाता और कभी भी किसी एक से संतुष्ट नहीं होना, एक ज़्यादा गंभीर मसला है।

जेन गोल्डन ने मुझे बताया, ''मैं ऐसे लोगों को अल्पावधि वाला कहती हूं।''

जेन, मेरे गृहनगर फ़िलाडेल्फ़िया में पिछले तीस से ज़्यादा वर्षों से प्रतिष्ठित म्यूरल आर्ट्स प्रोग्राम की निदेशिका के तौर पर सार्वजनिक कला को प्रोत्साहित करने में जुटी हुई हैं। पिछली गिनती तक, वह 3600 से ज़्यादा इमारतों की दीवारों को भित्तिचित्र से सजा चुकी हैं। उनका कार्यक्रम देश में सबसे बड़ा इकलौता सार्वजनिक कला कार्यक्रम है। उन्हें जानने वाले अधिकांश लोग उनकी भित्तिचित्र कला के प्रति प्रतिबद्धता को ''निर्मम'' करार देते हैं और जेन इससे सहमत होंगी।

''अल्पावधि वाले लोग यहां आकर कुछ वक़्त काम करते हैं और वह आगे निकल जाते हैं और फिर वह कहीं और चले जाते हैं और फिर किसी और के साथ यही सब दोहराया जाता है। मैं हमेशा उन्हें ऐसे देखती हूं मानो वह किसी और ग्रह

के वासी हैं, क्योंकि मैं तो कुछ ऐसी हूं, 'यह क्या बात है? आख़िर कैसे कोई किसी एक बात से चिपककर नहीं रह सकता?'''

निश्चित तौर पर, जेन की एक ही बात अविचलित एकाग्रता का ख़ुलासा किए जाने की ज़रूरत है, ना कि अल्पावधि की एकाग्रता रखने वाले लोगों की, जो आते-जाते रहते हैं। आधारभूत तौर पर, किसी काम को कुछ वक़्त करने के बाद बोरियत महसूस करना एक स्वाभाविक प्रतिक्रिया है। हर व्यक्ति, यहां तक कि शिशु, पहले देखी जा चुकी बातों पर से नज़रें हटा लेते हैं, इसकी बजाय उनका ध्यान नई और चौंकाने वाली बात की ओर हो जाता है। वास्तविकता में अंग्रेज़ी शब्द *इंटरेस्ट (दिलचस्पी)* मूलतः लातिनी शब्द *इंतरेसे* से आता है, जिसका मतलब होता ''अलग होना।'' यानी दिलचस्प होने का मतलब ही स्पष्ट तौर पर अलग होना है। हम स्वाभाविक तौर पर नई बातों के प्रति जिज्ञासु होते हैं।

हालांकि किसी बात को लेकर कुछ देर बाद बोरियत महसूस करना आम है, लेकिन यह अनिवार्य नहीं है। अगर आप दृढ़ संकल्प के पैमाने की तरफ़ लौटेंगे तो पाएंगे कि आधी बातों में तो यही पूछा जाता है कि आप दीर्घावधि में अपनी दिलचस्पियों के बारे में कितने स्थिर या स्थायी हैं। यह उस हक़ीक़त से दोबारा जुड़ जाता है कि दृढ़ संकल्प के मिसाल लोग ना केवल किसी दिलचस्पी को खोज निकालते हैं, बल्कि वह उस दिलचस्पी का आनंद लेते हैं और उसे विकसित भी करते हैं-वह इसे *गहराई* से आत्मसात करना भी सीखते हैं।

युवावस्था के दौरान, जेन सोचती थीं कि वह एक पेंटर बनेंगी। अब वह नौकरशाहों से पटी पड़ी लालफ़ीताशाही से लड़ती हैं और पूंजी जुटाती हैं और पड़ोसियों की राजनीति से निपटती हैं। मुझे कई बार लगता है कि उन्होंने किसी बहुत ज़्यादा महत्त्वपूर्ण लेकिन कम रोचक अभियान के लिए तो कहीं अपनी ज़िंदगी को तो न्यौछावर नहीं कर दिया, मैं सोचती हूं कि क्या उन्होंने नवीनता को त्याग दिया है।

जेन ने मुझे बताया, ''जब मैंने पेंटिंग करना बंद किया तो यह बहुत मुश्किल था। लेकिन फिर मुझे पता चला कि भित्तिचित्र कला कार्यक्रम को विकसित करना भी एक रचनात्मक काम हो सकता है। और यह एक बहुत अच्छी बात थी, क्योंकि मैं बहुत जिज्ञासु व्यक्ति हूं।''

''बाहर से आपको ज़िंदगी बहुत नीरस दिखाई दे सकती है, 'जेन तुम केवल भित्तिचित्र कला कार्यक्रम चला रही हो और तुम यह हमेशा के लिए कर रही हो।' मैं कहूँगी, 'नहीं, सुनिए आज में सर्वाधिक सुरक्षा वाली जेल में गई थी। मैं उत्तरी फ़िलाडेल्फ़िया में थी। मैं एक चर्च में गई थी। मैंने एक बोर्डरूम बैठक में भाग लिया था। मैंने उपायुक्त से मुलाक़ात की थी। मैंने नगर परिषद के एक व्यक्ति से मुलाक़ात

की थी। मैंने कलाकारों के निवास कार्यक्रम में काम किया। मैंने बच्चों को स्नातक होते देखा।'''

उसके बाद जेन ने एक पेंटर से समानता का ज़िक्र करते हुए कहा, ''मैं एक कलाकार की तरह हूं, जो हर सुबह आसमान की ओर देखता है तो उसे कई चमकीले, सुंदर रंग दिखाई देते हैं, आम लोगों की तरह बस नीला या धूसर नहीं। मैं एक दिन के गुज़रने के दौरान ही यह ज़बर्दस्त जटिलता और विविधता देखती हूं। मैं कुछ ऐसी बात देखती हूं जो हमेशा विकसित होती रहती है और बेहद समृद्ध है।''

विशेषज्ञों के हमेशा गहराती जाने वाली दिलचस्पियों को समझने के लिए मैंने मनोविज्ञानिक पॉल सिल्विया की मदद ली।

पॉल, दिलचस्पी की भावना की समझ रखने वाले अग्रणी जानकार हैं। उन्होंने मेरे साथ बात की शुरुआत इस बात की ओर ध्यान दिलाकर की कि शिशुओं का जब जन्म होता है तो वह कुछ भी नहीं जानते। अन्य पशुओं की तरह जिनमें एक विशेष तरह से काम करने की मज़बूत प्रवृत्ति होती है, शिशुओं को तक़रीबन हर बात अनुभव के ज़रिए ही सीखनी पड़ती है। अगर बच्चों में नवीनता को लेकर तीव्र ललक नहीं होगी तो वह उतना नहीं सीख पाएंगे और इससे उनका अस्तित्व ख़तरे में पड़ सकता है। ''इसलिए दिलचस्पी-नई बातों को सीखने की इच्छा, दुनिया को जानना, नएपन की तलाश, परिवर्तन और विविधता की तलाश में रहना-एक मूलभूत प्रेरणा है।''

फिर हम दृढ़ संकल्प की मिसाल लोगों की दीर्घकालिक दिलचस्पी का ख़ुलासा कैसे करेंगे?

मेरी तरह, पॉल ने भी पाया है कि जानकार अक्सर कहते हैं, ''मैं जितना जानता जाता हूँ, उतना ही कम समझ पाता हूं।'' उदाहरण के लिए, सर जॉन टेम्पलटन, जो विविधतापूर्ण म्युचुअल फ़ंड्स की सोच के अग्रदूत हैं, ने अपने धर्मादा संस्थान का आदर्श-वाक्य रखा, ''हम कितना कम जानते हैं, सीखने के लिए कितने उत्सुक हैं।''

पॉल के मुताबिक़ महत्त्वपूर्ण बात यह है कि शुरुआत करने वालों के लिए नवीनता एक रूप में आती है और जानकारों के लिए दूसरे। नई शुरुआत करने वालों के लिए हर वह बात नवीन होती है जिससे उनका इससे पहले सामना नहीं हुआ हो। विशेषज्ञों के लिए नवीनता एक बहुत सूक्ष्म अंतर है।

पॉल कहते हैं, ''मॉडर्न आर्ट को ही ले लीजिए। कई कलाकृतियां नौसिखिए को एक समान ही लग सकती हैं, जबकि विशेषज्ञों को कुछ अलग ही दिख सकता

है। दरअसल नौसिखियों के पास जानकारी की ज़रूरी पृष्ठभूमि नहीं होती। उन्हें केवल रंग और आकार दिखाई देते हैं। वह तय नहीं कर पाते कि यह सबकुछ आख़िर है क्या।'' लेकिन कला के विशेषज्ञ के पास तुलनात्मक रूप से भरपूर समझ है। उन्होंने बारीकियों को लेकर वह संवेदनशीलता विकसित कर ली है, जो हममें से अधिकांश नहीं देख पाते।

एक और उदाहरण पेश है। क्या कभी ओलिंपिक्स देखे हैं? क्या कभी उद्घोषकों को यह कहते हुए सुना है, वास्तविक समय में, जैसे, ''उफ़्फ़! वह ट्रिपल लुट्ज़ कुछ छोटी पड़ गई!'' ''क्या उस पुशऑफ़ का समय बिलकुल दुरुस्त था।'' आप टीवी के सामने बैठकर हैरानी जता सकते हैं कि आख़िर यह उद्घोषक दो खिलाड़ियों के प्रदर्शन के बीच की बारीकियों का ख़ुलासा कैसे कर लेते हैं, वह भी बिना वीडियो का स्लो मोशन देखे। मुझे तो उस वीडियो प्लेबैक की ज़रूरत पड़ती है। मैं इन बारीकियों के प्रति असंवेदनशील हूं। लेकिन एक विशेषज्ञ के पास वह एकत्रित ज्ञान और कौशल है कि वह उस बात को देख लेता है जो एक नौसिखिया होने के नाते मुझे दिखाई नहीं पड़ती।

अगर आप अपने जुनून का पीछा करना चाहते हैं और आपने अब तक किसी जुनून को पाला नहीं, तो आपको बिलकुल शुरुआत से ही शुरुआत करनी चाहिए : खोज।

ख़ुद से कुछ आसान से सवाल पूछें : *मुझे किस बारे में सोचना अच्छा लगता है? मेरा दिमाग़ हर पल कहां घूमता रहता है? मुझे वास्तविकता में किस बात की परवाह होती है? मेरे लिए सबसे ज़्यादा मायने कौन-सी बात रखती है? मुझे किस तरह से वक़्त बिताना पसंद है? और इसके विपरीत वह क्या बात है जो मैं बिलकुल भी सहन नहीं कर सकता?* अगर आपको इन सवालों के जवाब देने में दिक़्क़त हो रही हो तो अपने किशोरावस्था के दिनों को याद कीजिए, ज़िंदगी का वह चरण जहां कामकाज संबंधी दिलचस्पियों की कोपलें सामान्यतया फूटती हैं।

जैसे ही आपका दिमाग़ एक किसी सामान्य दिशा में जाता है, आपको अपनी नवजात दिलचस्पियों को प्रोत्साहित करना चाहिए। ऐसा बाहरी दुनिया में जाकर कीजिए और कुछ करते हुए कीजिए। उन युवा स्नातकों को जो इस सवाल का उत्तर खोजने के लिए हाथ मलते रहते हैं, मैं कहती हूं, *प्रयोग करो, तुम दिलचस्पी को खोज नहीं सके तो भी कुछ न कुछ सीख तो जाओगे ही।*

खोजबीन के इस शुरुआती चरण में, यहां कुछ मूलभूत नियम पेश हैं, जिन्हें विल शॉर्ट्ज़ के निबंध ''*न्यू यॉर्क टाइम्स* की पहेलियों को कैसे सुलझाएं'' से लिया गया है :

> *शुरुआत उस उत्तर से कीजिए जिस पर आपको सबसे ज़्यादा भरोसा हो और वहीं से दिलचस्पी के निर्माण का काम शुरू कर दीजिए।* आपकी दिलचस्पी चाहे जितनी बुरी तरह से परिभाषित हो, कुछ बातें ऐसी हैं जिनके बारे में आप जानते हैं कि जीविका के तौर पर तो उससे आपको नफ़रत है और कुछ ऐसी बातें भी पता हैं जो अन्य की तुलना में संभावनाओं से ज़्यादा परिपूर्ण लगती हैं। बस यही शुरुआत है।
>
> *अनुमान लगाने से नहीं हिचकिचाएं।* आप चाहें या नहीं चाहें, लेकिन दिलचस्पी की खोज में आजमाओ, ग़लती करो, फिर आजमाओ की प्रक्रिया का कुछ हिस्सा तो है ही। शब्द पहेलियों के जवाबों की तरह, केवल एक ही बात नहीं है जो आपमें जुनून विकसित कर दे। ढेर सारी बातें हैं। आपको ''सही'' या यहां तक कि ''सर्वश्रेष्ठ'' भी नहीं तलाशना है-बस एक दिशा खोजना है जो अच्छी लगती हो। किसी बात को कुछ वक़्त तक आजमाने के बग़ैर यह बता पाना भी मुश्किल होगा कि यह आपके साथ अच्छा मेल खाएगी या नहीं।
>
> *उस जवाब को हटा देने में ज़रा भी नहीं हिचकिचाएं जो काम नहीं कर रहा हो।* एक वक़्त आएगा जब आप ख़ुद अपने शीर्ष लक्ष्य को अमिट स्याही से लिखने का विकल्प चुनेंगे, लेकिन जब तक आपको शर्तिया नहीं पता हो, पेंसिल से काम करना जारी रखिए।

अगर, दूसरी ओर, आपको यह बात अच्छी तरह से समझ में आ चुकी है कि आपको क्या काम करने में अच्छा लगता है तो वक़्त अब उस दिलचस्पी को विकसित करने का है। खोज के बाद आता है विकास।

याद रखिए दिलचस्पी को बार-बार, कई बार जाग्रत करना होता है। ऐसा करने के तरीक़े तलाशें। और धीरज रखिए। दिलचस्पी का विकास कुछ वक़्त लेता है। सवाल पूछना जारी रखिए और इन सवालों के जवाबों के ज़रिये और सवाल उठने दीजिए। खुदाई जारी रखिए। उन अन्य लोगों को खोज निकालिए जिनकी दिलचस्पी आपसे मिलती हो। प्रोत्साहन देने वाले एक मार्गदर्शक को सावधानीपूर्वक खोजिए। आपकी उम्र चाहे जो हो, वक़्त गुज़रने के साथ-साथ एक सीखने वाले के तौर पर आपकी भूमिका और अधिक सक्रिय और अधिक जानकार की हो जाएगी। कुछ वर्षों में आपकी जानकारी और विशेषज्ञता विकसित होगी और इसके साथ ही और अधिक जानने को लेकर आपके विश्वास और जिज्ञासा में भी इज़ाफ़ा होगा।

अंततः अगर आप अपनी पसंद का कोई काम कुछ वर्षों से कर रहे हैं और फिर भी इसे जुनून का नाम नहीं देना चाहते तो देखिए कि क्या आपको अपनी

दिलचस्पी को और मज़बूती देने की ज़रूरत है। चूंकि आपका दिमाग़ नवीनता की चाहत रखता है, आपमें किसी और नई बात की ओर जाने की इच्छा होगी और यह बात सबसे ज़्यादा समझदारी की भी लगती है। हालांकि अगर आप किसी काम से कुछ और वर्ष जुड़े रहना चाहते हैं तो आपको उसकी बारीकियों का आनंद लेने का वह तरीक़ा खोज निकालना होगा, जो केवल एक चाहने वाला ही समझ सकता है। विलियम जेम्स के मुताबिक़, ''नई बात में भी पुरानापन ध्यान भंग कर सकता है। ज़रूरत पुराने को भी नया मोड़ देने की है।''

कुल मिलाकर, *जुनून का पीछा करो* का निर्देश एक बुरी सलाह नहीं है। लेकिन इससे भी ज़्यादा उपयोगी होगा पहले यह समझना कि आख़िरकार जुनून कैसे प्रोत्साहित होता है।

→ 7

अभ्यास

मेरे शुरुआती रिसर्च अध्ययनों में से एक में मैंने पाया कि नैशनल स्पेलिंग बी प्रतियोगिता में भाग लेने वाले ज़्यादा दृढ़ संकल्प बच्चे, कम दृढ़ संकल्प बच्चों की तुलना में ज़्यादा अभ्यास करते हैं। अभ्यास के यह अतिरिक्त घंटे, अंतिम स्पर्धा में उनके बेहतर प्रदर्शन का ख़ुलासा कर देते हैं।

यह जानकारी बहुत व्यावहारिक है। एक गणित शिक्षिका होने के नाते मैंने देखा है कि मेरे विद्यार्थियों के प्रदर्शन में भारी अंतर होता है। कुछ बच्चे, सप्ताह भर में अपने होमवर्क को लगभग शून्य के बराबर वक़्त देते हैं, जबकि कई एक दिन में कई घंटे पढ़ाई करते हैं। सभी अध्ययनों को ध्यान में रखते हुए कि दृढ़ संकल्प लोग दूसरों की तुलना में अपनी प्रतिबद्धताओं से चिपके रहते हैं, ऐसा लगा कि दृढ़ संकल्प का सबसे बड़ा फ़ायदा था, सामान्य शब्दों में, *अपने काम पर ज़्यादा वक़्त।*

इसी दौरान मैं कई ऐसे लोगों के बारे में भी सोच सकती ती जिन्होंने अपनी नौकरियों में दशकों का अनुभव हासिल कर लिया था, लेकिन फिर भी लगता था कि मानो क्षमता के मझले स्तर पर ही उन्हें जंग-सा लग चुका है। इसके बारे में सोचिए। क्या आप किसी व्यक्ति को जानते हैं जो किसी काम को लंबे अरसे से कर रहा हो, काफ़ी लंबे अरसे से-शायद पूरे पेशेवर कार्यकाल के दौरान-और फिर भी उनके कौशल के बारे में सबसे अच्छी बात आप केवल इतनी ही कह सकते हों कि ठीक-ठीक है और नौकरी से निकाले जाने जितना ख़राब भी नहीं? जैसा कि मेरा एक साथी मज़ाक़ में कहता है : कुछ लोग 20 वर्ष का अनुभव हासिल करते हैं, जबकि कुछ लोग एक वर्ष का अनुभव लेते हैं लगातार 20 बार।

बाधित या पूरी तरह से थम चुके विकास के प्रतिकार को जापानी भाषा में *काइज़ेन* कहा जाता है। इसका शब्दश: अनुवाद होगा, ''लगातार सुधार।'' कुछ वक़्त पहले इस विचार को अमेरिकी कारोबारी संस्कृति में कुछ प्रतिकार का सामना

करना पड़ा, जब इसे जापान की दर्शनीय कुशल उत्पादन अर्थव्यवस्था के पीछे का मुख्य सिद्धांत करार दिया गया। दृढ़ संकल्प के दर्जनों और कई दर्जनों प्रतिमान लोगों का साक्षात्कार लेने के बाद मैं आपको यह बता सकती हूं कि इन सभी में *काइज़ेन* प्रतिबिंबित होता है।

इसी तरह से "बेहद सफल" लोगों से साक्षात्कार में पत्रकार हेस्टर लेसी ने पाया कि उन सभी के भीतर अपने वर्तमान विशेषज्ञता के स्तर से भी उत्कृष्ट प्रदर्शन करने की स्पष्ट महत्त्वाकांक्षा है : "एक अभिनेता शायद कह सकता है, 'मैं कभी भी किसी किरदार को पूरी तरह से सही नहीं कर पाऊंगा, लेकिन मैं उसे अच्छा करने का भरसक हरसंभव प्रयास करूंगा। और हर किरदार में मैं कुछ नया करना चाहता हूं। मैं विकसित होना चाहता हूं।' एक लेखक शायद कहे, 'मैं चाहता हूं कि मेरी हर किताब मेरी पिछली किताब से बेहतर हो।'"

हेस्टर ख़ुलासा करती हुईं बताती हैं, "यह बेहतर करते रहने की एक अनवरत जीवंत रहने वाली ख़्वाहिश है। यह उदासीन होने का ठीक विपरीत है। लेकिन यह दिमाग़ की एक *सकारात्मक* स्थिति है, नकारात्मक नहीं। यह असंतोष के साथ पीछे मुड़कर देखना नहीं है। यह *आगे* देखना है और विकसित होने की ख़्वाहिश है।"

रिसर्च के दौरान मेरे साक्षात्कार ने मुझे इस पसोपेश में डाल दिया कि क्या दृढ़ संकल्प का मतलब केवल दिलचस्पी को दिए गए समय की मात्रा ही नहीं है बल्कि साथ ही *समय की गुणवत्ता* भी है। ना केवल काम को ज़्यादा वक़्त बल्कि *काम को ज़्यादा बेहतर वक़्त।*

कौशल कैसे विकसित होता है, इस बारे में उपलब्ध हर सामग्री मैंने पढ़ना शुरू कर दी।

जल्द ही यह मुझे संज्ञानात्मक मनोवैज्ञानिक एंडर्स एरिकसन के संपर्क में ले आया। एरिकसन ने अपना पूरा करियर ही इस बात को पता करने के लिए समर्पित कर दिया है कि विशेषज्ञ किस तरह से विश्वस्तर का कौशल हासिल करते हैं। उन्होंने ओलिंपिक खिलाड़ियों, शतरंज के ग्रैंडमास्टर्स, सुविख्यात कंसर्ट पियानोवादकों, शीर्ष बैले डांसर्स, पीजीए गोल्फ़र्स, स्क्रेबल चैंपियनों और विशेषज्ञ रेडियोलॉजिस्ट्स का अध्ययन किया। और यह सूची काफ़ी लंबी है।

इसे इस तरह से कहा जा सकता है : एरिकसन दुनियाभर के विशेषज्ञों पर विश्वस्तरीय विशेषज्ञ हैं।

आगे मैंने एक ग्राफ़ दिया है जो एरिकसन द्वारा हासिल जानकारी का सार है। अगर आप अंतर्राष्ट्रीय स्तर पर सुविख्यात व्यक्तियों के विकास पर नज़र डालेंगे तो

अंततः आपको पता चल ही जाएगा कि उनके कौशल में वर्ष गुज़रने के साथ निखार आता चला गया। वह जैसे-जैसे बेहतर होते जाते हैं, उनमें सुधार की दर धीमी पड़ने लगती है। यह हम सभी के लिए सही है। आप अपने क्षेत्र के बारे में जितना ज़्यादा जानते हैं, आपका सुधार उतना ही एक दिन से अगले दिन तक धीरे-धीरे कम होता जाएगा :

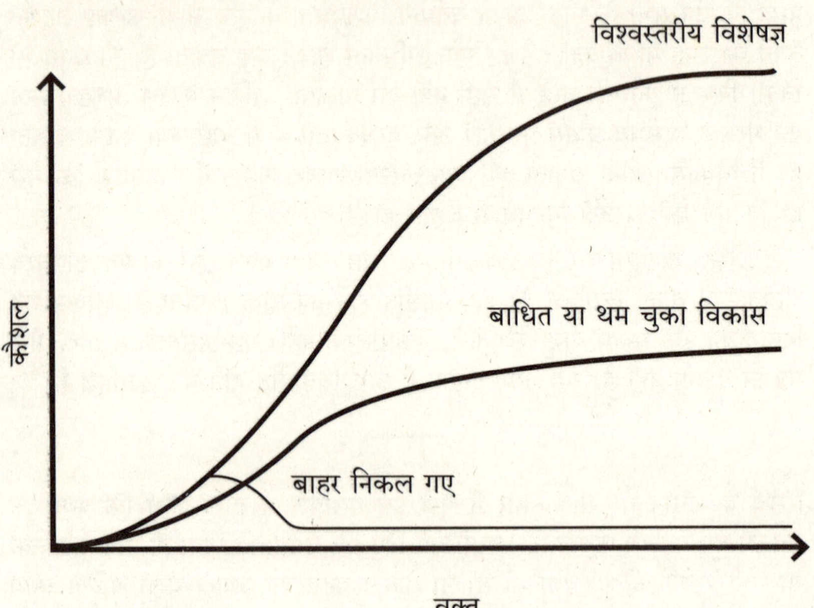

कौशल विकास के लिए एक सीखने वाला ग्राफ़ उपलब्ध होना तो नहीं, लेकिन जिस कालावधि में यह विकास होता है, वह चौंकाने वाला है। एरिकसन के एक अध्ययन के तहत, जर्मन संगीत अकादमी के सबसे बेहतरीन वायलिन वादकों ने 10 साल से ज़्यादा वक़्त तक 10 हज़ार से ज़्यादा घंटे के अभ्यास से कौशल का अतिविशिष्ट विशेषज्ञता स्तर हासिल किया था। तुलनात्मक रूप से, कम उपलब्धियां हासिल करने वाले विद्यार्थियों ने इसी कालावधि में इससे आधा अभ्यास किया।

शायद संयोगवश नहीं कहा जाएगा कि नृत्यांगना मार्था ग्राहम ने घोषणा की, ''एक परिपक्व नृत्यांगना बनने में 10 वर्ष का वक़्त लगता है।'' एक सदी से भी पहले मनोवैज्ञानिकों ने टेलीग्राफ़ ऑपरेटर्स के अध्ययन के दौरान पाया था कि मोर्स कोड में पूरी महारत हासिल करना मुश्किल था क्योंकि उसके लिए ''कई वर्ष का कड़ा प्रशिक्षण'' ज़रूरी है। कितने वर्ष? रिसर्चर्स का निष्कर्ष था : ''हमारे पास उपलब्ध

प्रमाण बताते हैं कि एक पूरी तरह से मंजा हुआ प्रेषक बनने के लिए 10 वर्ष की अवधि की ज़रूरत होती है।''

अगर आपने एरिकसन का मूल रिसर्च पढ़ा है, तो आप जान जाएंगे कि 10 वर्ष की अवधि में 10 हज़ार घंटे का अभ्यास एक मोटा अनुमान है। उनके द्वारा अध्ययन किए गए कुछ संगीतकारों ने तो वह मुक़ाम उससे पहले ही हासिल कर लिया था और कुछ ने इसके भी बाद। लेकिन ''10 घंटे का नियम'' और ''10 वर्ष का नियम'' इतना लोकप्रिय होने के पीछे एक अच्छी वजह है। उन्होंने आपको निवेश के लिहाज़ से एक कारगर पैमाना दे दिया है। ना कुछ घंटे, ना दर्जन, ना ढेर सारे, ना सैकड़ों। हज़ारों और हज़ारों घंटे का अभ्यास, कई-कई वर्षों तक।

एरिकसन के रिसर्च की वाक़ई महत्त्वपूर्ण अंतर्भूत जानकारी यह *नहीं* है कि विशेषज्ञ ज़्यादा घंटे अभ्यास करते हैं। इसकी बजाय, यह हमें बताती है कि विशेषज्ञ *अलग तरह से* अभ्यास करते हैं। हमसे अलग, विशेषज्ञ हज़ारों-हज़ार घंटे, एरिकसन के शब्दों में, अच्छी तरह से विचारपूर्वक अभ्यास करते हैं।

मुझे संदेह है कि एरिकसन के पास इस सवाल का जवाब होगा कि अगर अभ्यास इतना महत्त्वपूर्ण है तो क्यों अनुभव हमेशा सर्वोत्कृष्टता तक नहीं ले जाता। इसलिए मैंने उनसे इस बाबत पूछने का फ़ैसला किया, ख़ुद को ही प्रमुख उदाहरण बनाकर।

''देखिए प्रोफ़ेसर एरिकसन, मैं 18 वर्ष की उम्र से प्रतिदिन एक घंटे और सप्ताह में कुछ दिन जॉगिंग करती हूं। और मेरी गति में एक अदद सेकेंड का भी इज़ाफ़ा नहीं हुआ है। मैं कई घंटे दौड़ लगा चुकी हूं और लगता नहीं कि किसी भी लिहाज़ से मैं ओलिंपिक्स में जाने के लायक़ हूं।''

उन्होंने जवाब दिया, ''बड़ी दिलचस्प बात है। क्या मैं कुछ सवाल पूछ सकता हूँ?''

''निश्चित तौर पर।''

''क्या प्रशिक्षण के लिए आपका कोई विशिष्ट लक्ष्य था?''

''स्वस्थ रहना? अपनी जीन्स पहन पाना?''

''ओह अच्छा! लेकिन जब आप दौड़ने के लिए जाती हैं तो क्या आपके दिमाग़ में कोई लक्ष्य होता है कि आप कितनी गति से दौड़ेंगी? या दूरी को लेकर कोई लक्ष्य? दूसरे शब्दों में, क्या आपकी दौड़ का कोई विशेष पहलू है जिसमें आप सुधार की कोशिश कर रही हैं?''

''नहीं, मुझे लगता है नहीं।''

फिर उन्होंने मुझसे पूछा कि दौड़ लगाने के दौरान मैं क्या सोचती रहती हूं।

''ओह, देखिए मैं एनपीआर को सुनती हूं। कुछ मर्तबा मैं उन कामों के बारे में सोचती हूं जो मुझे दिन में करना हैं। कई बार मैं डिनर में बनाने वाले व्यंजन के बारे में भी सोचती हूं।''

फिर उन्होंने इस बात की पुष्टि की कि मैं अपने दौड़ने का कोई व्यवस्थित लेखा-जोखा नहीं रख रही थी। मेरी गति, तय दूरी या जिन रास्तों पर मैं दौड़ती थी, को लेकर कोई डायरी नहीं, दौड़ पूरी करने पर मेरे दिल की धड़कन की गति या मैं बीच में कितनी बार रुकी। मैंने जॉगिंग की जगह तेज़ दौड़ भी लगाई। मुझे ऐसा करने की ज़रूरत क्यों महसूस हुई? मेरे नियमित कार्यक्रम में कोई विविधता नहीं थी। हर दौड़ पिछली दौड़ की ही तरह थी।

''मुझे लगता है कि आपका कोई प्रशिक्षक नहीं है?''

मैं हँस पड़ी।

वह बुदबुदाए, ''ओह, मैं सोचता हूं कि मैं समझ गया। आप सुधार नहीं कर पा रही हैं क्योंकि आप अच्छी तरह से विचारपूर्वक अभ्यास नहीं कर रही हैं।''

विशेषज्ञ इस तरह से अभ्यास करते हैं :

अपने समग्र प्रदर्शन के किसी एक पहलू पर ध्यान केंद्रित करते हुए पहले वे एक दूर का लक्ष्य निर्धारित करते हैं। उन बातों पर ध्यान देने की बनिस्बत जो वे पहले से ही अच्छी तरह से करते आ रहे हैं, विशेषज्ञ कुछ विशेष कमज़ोरियों में सुधार के लिए प्रयास करते हैं। वे जान-बूझकर ऐसी चुनौतियां स्वीकारते हैं, जिनका सामना करने की स्थिति में वे फ़िलहाल नहीं हैं। ओलिंपिक स्वर्णपदक विजेता रोडी गेनिस उदाहरण के लिए बताते हैं, ''हर अभ्यास में ख़ुद को ही हराने का प्रयास करता था। अगर मेरे प्रशिक्षक ने मुझे एक दिन में 100 मी. की 10 बार तैराकी करने को कहते हुए मुझसे 1:15 के समय की मांग की तो मैं अगले दिन 100 मी. की 10 तैराकी देने पर 1:14 की मांग करता था।''* कुशल वायलिन वादक रॉबर्टो डियाज़ इसे इस तरह से बताते हैं, ''अपनी विशेष कमज़ोरी को तलाश करने का प्रयास-संगीत का वह विशेष पहलू जिसमें समस्या को हल की दरकार है।''

उसके बाद अविचलित एकाग्रता और भरपूर प्रयास के साथ, विशेषज्ञ अपने सुदूरस्थ लक्ष्य तक पहुंचने का भरसक प्रयास करते हैं। दिलचस्प बात यह है कि

---

*इसका मतलब है कि 100 मीटर की दूरी 1 मिनट 15 सेकेंड में तय करना और फिर इसी दूरी को अगले दिन 1 मिनट 14 सेकेंड में पूरा करना और यूं ही निरंतर सुधार का प्रयास।

अनेक यह काम करने के लिए ऐसा वक़्त चुनते हैं जब कोई उन्हें देख नहीं रहा हो। बास्केटबॉल के महान खिलाड़ी केविन ड्यूरांट कह चुके हैं, ''मैं शायद 70 प्रतिशत वक़्त ख़ुद के साथ अकेले बिताता हूं, अपने खेल में सुधार के प्रयास करते हुए, अपने खेल की हर एक बारीक़ी को निखारते हुए।'' इसी तरह से संगीतकारों द्वारा केवल अकेले अभ्यास के लिए दिया जाने वाला वक़्त ही इस बात का बेहतर भविष्यवक्ता है कि वह कैसे अन्य संगीतकारों के साथ अभ्यास में गुज़ारे वक़्त की तुलना में बेहतर तरीक़े से विकसित होते हैं।

अपने प्रदर्शन पर जल्द से जल्द प्रतिक्रिया पाने के लिए विशेषज्ञ तड़पते हैं। अनिवार्य तौर पर उस प्रतिक्रिया का अधिकांश हिस्सा नकारात्मक होता है। इसका मतलब है कि विशेषज्ञों की ज़्यादा दिलचस्पी, उन्होंने क्या सही किया की बज़ाय यह जानने में होती है कि उन्होंने क्या *ग़लत* किया-ताकि वे उसे दुरुस्त कर सकें। प्रतिक्रिया की तात्कालिकता जितना ही ज़रूरी है उस पर सक्रियता के साथ काम।

उलरिक क्रिस्टेनसन ने यह सबक़ कुछ इस तरह से सीखा। क्रिस्टेनसन एक चिकित्सक से उद्यमी बन चुके हैं, जिनका एडाप्टिव लर्निंग सॉफ़्टवेयर, विचारपूर्वक अभ्यास के सिद्धांत के आधार पर तैयार किया गया है। उनकी शुरुआती परियोजनाओं में से एक था वर्चुअल रियल्टी गेम जो डॉक्टरों को स्ट्रोक्स और हार्ट अटैक जैसी हृदय की तत्काल, जटिल परिस्थितियों से निपटने का प्रशिक्षण देता था। अभ्यास के एक सत्र के दौरान उनका सामना एक ऐसे चिकित्सक से हुआ जो गेम को पूरा करने में मुश्किलों का सामना कर रहा था।

क्रिस्टनसन ने मुझे बताया, ''मैं समझ नहीं पा रहा था। यह व्यक्ति मूर्ख भी नहीं था, लेकिन कई घंटे उसे यह बताने के बाद भी कि वह क्या ग़लती कर रहा है, उसे सही जवाब नहीं मिल रहा था। हर कोई घर जा चुका था और हम वहीं थे, अटके हुए।'' उत्तेजित क्रिस्टेनसन ने उसे प्रतिक्रिया के अगले दौर से पहले ही रोक दिया। क्रिस्टेनसन ने कहा, ''टाइम-आउट। इस मरीज का इलाज करते हुए आपने अभी जो किया, उस दौरान कहीं पर आपके मन में कोई शंका आई थी क्या? कोई ऐसी जगह जहां आपको लगा कि आपने नए दिशानिर्देशों का पालन नहीं किया है?''

चिकित्सक ने कुछ देर ठहकर उन फ़ैसलों की सूची बताई जिनके बारे में वह निश्चित थे : फिर उन्होंने कुछ विकल्प बताए जिनके बारे में वह असमंजस में थे। दूसरे शब्दों में, उन्होंने एक पल को *सोचा* कि वह क्या जानते हैं और क्या नहीं जानते।

क्रिस्टेनसन उनकी बात सुनते हुए सिर हिलाते रहे और जब चिकित्सक ने अपनी बात ख़त्म की तो उन्होंने उन्हें कम्प्यूटर स्क्रीन पर बताया कि यही प्रतिक्रिया इससे पहले दर्जनों बार बताई जा चुकी है। अगले प्रयास में चिकित्सक ने सटीक काम करके दिखाया।

और प्रतिक्रिया के बाद क्या?

फिर विशेषज्ञ इसे पूरी तरह से दोहराते हैं, दोबारा, फिर एक बार। जब तक कि उन्हें निर्धारित काम में महारत हासिल नहीं हो जाए। जिस बात के लिए पहले वह संघर्ष कर रहे थे, अब वह धाराप्रवाह और त्रुटिहीन हो चुकी है। सचेत अक्षमता जब तक कि अचेतन क्षमता नहीं बन जाती।

उस चिकित्सक की कहानी में, जिसने अंतत: यह सोचने के लिए कुछ पल लिए कि वह क्या कर रहा है, क्रिस्टेनसन ने तब तक अभ्यास को जारी रखा, जब तक कि चिकित्सक पूरी प्रक्रिया को बिना किसी ग़लती के नहीं कर लिया। लगातार चार पूरे सही दोहरावों के बाद क्रिस्टेनसन ने कहा, ''बहुत अच्छे। हमारा आज का काम हो गया।''

और... उसके बाद क्या? दूर स्थित लक्ष्य पर महारत के बाद क्या?

फिर विशेषज्ञ एक नए दूरस्थ लक्ष्य के साथ दोबारा शुरुआत करते हैं।

एक के बाद यह बारीक़ निखार उस्ताद की प्रस्तुतियों की चमक को बढ़ाते जाते हैं।

विचारपूर्वक अभ्यास का अध्ययन पहले शतरंज खिलाड़ियों और फिर संगीतकारों और खिलाड़ियों पर किया गया था। अगर आप एक शतरंज खिलाड़ी, संगीतकार या खिलाड़ी नहीं हैं, तो आप शायद सोच रहे होंगे कि क्या विचारपूर्वक अभ्यास के सिद्धांत आप पर भी लागू होते हैं।

बिना किसी हिचक के, मैं आपको जवाब दे सकती हूं : हां। यहां तक कि इंसान की सबसे जटिल और रचनात्मक योग्यता को उसके अवयव आधारित कौशल में बांटा जा सकता है। जिसमें से हर एक का अभ्यास, अभ्यास और अभ्यास किया जा सकता है।

उदाहरण के लिए, बेंजामिन फ्रैंकलिन अपने लेखन में सुधार का श्रेय विचारपूर्वक अभ्यास को ही देते हैं। अपनी जीवनी में फ्रैंकलिन अपनी पसंदीदा पत्रिका *स्पेक्टेटर* के सर्वश्रेष्ठ निबंधों के संकलन के बारे में बताते हैं। उन्होंने उन्हें पढ़ा, दोबारा पढ़ा, नोट्स बनाते हुए और फिर उन्होंने मूल प्रति को मेज़ की दराज़ में छिपाकर रख दिया। इसके बाद फ्रैंकलिन ने निबंधों को दोबारा लिखा, ''फिर मैंने अपने *स्पेक्टेटर* की तुलना मूल प्रति के साथ की, कुछ ग़लतियों को खोज निकाला और फिर उन्हें ठीक किया।'' एरिकसन द्वारा अध्ययन किए जाने वाले आधुनिक युग के विशेषज्ञों की ही तरह फ्रैंकलिन ने कुछ विशेष ग़लतियों तक पहुंच बनाई और उनमें सुधार का अनवरत प्रयास किया। उदाहरण के लिए

अपनी तार्किक दलीलों को बेहतर बनाने के लिए फ्रैंकलिन अपने निबंध के नोट्स को मिला दिया करते थे और फिर उन्हें एक समझदारी भरे क्रम में जमाने का प्रयास करते थे। ''इसने मुझे अपने विचारों को लयबद्ध करने का तरीक़ा सिखा दिया।'' इसी तरह से भाषा पर अपनी पकड़ को मज़बूत करने के लिए, फ्रैंकलिन ने गद्य के पद्य में अनुवाद और पद्य के गद्य में अनुवाद का बार-बार अभ्यास किया।

फ्रैंकलिन की मज़ेदार बातों को देखते हुए लगता ही नहीं कि वह शुरुआत से ही ''नैसर्गिक'' लेखक नहीं थे। लेकिन शायद हमें इस बाबत अंतिम बात कहने का हक़ फ्रैंकलिन को ही देना चाहिए। *बिना दर्द के कुछ हासिल नहीं होता।*

लेकिन क्या हो अगर आप लेखक भी नहीं हों तो?

अगर आप कारोबार में हैं तो ध्यान से सुनिए, ताउम्र मुख्य कार्यकारी अधिकारियों को सलाह देने वाले प्रबंधन गुरु पीटर ड्रकर क्या कहते हैं। प्रभावी प्रबंधन के लिए, ''कुछ बातें-पर्याप्त रूप से आसान-करनी पड़ती हैं। ये कुछ अभ्यासों से बनी हैं।''

अगर आप एक सर्जन हैं तो इस बात पर ध्यान दीजिए कि अतुल गावंडे ने क्या कहा है, ''लोग अक्सर यह मान लेते हैं कि एक अच्छा सर्जन बनने के लिए आपके पास अच्छे हाथ होना चाहिए, लेकिन यह सही नहीं है।'' गावंडे के मुताबिक़ जो बात सबसे ज़्यादा महत्त्वपूर्ण है, वह है, ''इस मुश्किल काम का दिन-रात कई बरसों तक निरंतर अभ्यास।''

अगर आप विश्व कीर्तिमान ध्वस्त करना चाहते हैं, ठीक जादूगर डेविड ब्लेन की तरह, जब उन्होंने पानी के नीचे सांस को 17 मिनट तक रोककर रखा था, तो उनका टेड (TED) टॉक देखिए। अपने शारीरिक संरचना की हर एक बात पर नियंत्रण रखने वाला व्यक्ति बिलकुल अंत में टूट जाता है। सुबकते हुए वह कहते हैं, ''एक जादूगर के तौर पर मैं लोगों को ऐसी बातें दिखाना चाहता हूं जो असंभव लगती हों। और मैं सोचता हूं जहां तक सांस रोकने या पत्तों को फेंटने की बात है तो यह जादू बेहद आसान है। यह अभ्यास है, यह प्रशिक्षण है।'' फिर से सुबकते हुए वह कहते हैं, ''और यह प्रयोग है, अपना सर्वश्रेष्ठ हासिल करने के लिए दर्द से गुज़रने के दौरान। और मेरे लिए यही जादू है...''

एक-दूसरे को कुछ ज़्यादा अच्छी तरह से जान लेने के बाद एरिकसन और मैंने मिलकर एक अध्ययन यह जानने के लिए तैयार किया कि आख़िरकार किस तरह से दृढ़ संकल्प बच्चे, नैशनल स्पेलिंग बी जीतते हैं।

मैं पहले से ही जानती थी कि दृढ़ संकल्प बच्चों ने ज़्यादा अभ्यास करके अपने से कम दृढ़ संकल्प प्रतिस्पर्धियों से बेहतर प्रदर्शन किया था। जो बात मैं नहीं जानती थी वह यह कि क्या विचारपूर्वक अभ्यास, कौशल में इस सुधार की वजह थी और क्या दृढ़ संकल्प की वजह से ही बच्चे यह ज़्यादा कर पा रहे थे।

एरिकसन के विद्यार्थियों की मदद से हमने स्पेलिंग बी के फ़ाइनल में पहुंचने वाले बच्चों के साक्षात्कार लेना शुरू किए। यह जानने के लिए कि स्पर्धा की तैयारी के लिए वह क्या-क्या करते हैं। समानांतर तौर पर, हमने इस विषय पर प्रकाशित किताबों को भी छान मारा, जिसमें नैशनल स्पेलिंग बी के निदेशक पेज़ किम्बल की *हाउ टू स्पेल लाइक ए चैम्प* भी शामिल थी।

हमने जाना कि स्पेलिंग के अनुभवी लोगों, उनके अभिभावकों, उनके प्रशिक्षकों द्वारा मूलतः तीन तरह की गतिविधियों की सिफ़ारिश की जाती है। पहली, आनंद उठाने के लिए पढ़ना और स्क्रेबल जैसे खेल खेलना। दूसरा, किसी दूसरे व्यक्ति या कम्प्यूटर प्रोग्राम की पहेली का सामना करना। तीसरा, बिना किसी सहायता के अकेले में स्पेलिंग का अभ्यास, जिसमें शब्दकोष से नए शब्दों को याद करना, स्पेलिंग नोटबुक में शब्दों की समीक्षा और याददाश्त में लातिनी, ग्रीक और अन्य शब्दों के मूल को समाहित करना। जहां तक विचारपूर्ण अभ्यास की बात है तो उसमें केवल तीसरी श्रेणी ही मापदंडों पर खरी उतरी।

अंतिम स्पर्धा से कुछ महीने पहले, प्रतिभागियों को एक प्रश्नावली भेजी गई। दृढ़ संकल्प के पैमाने के अलावा हमने उनसे यह जानकारी भी मांगी कि अनुमानित तौर पर विभिन्न स्पेलिंग गतिविधियों में उन्होंने प्रति सप्ताह कितने घंटे बिताए। हमने उनसे यह भी पूछा कि जिस वक़्त वे उनमें भाग ले रहे थे तो उन्हें ये गतिविधियां आनंद उठाने और प्रयास के लिहाज़ से क्रमानुसार कितनी पसंद आईं।

उस वर्ष मई में जब ईएसपीएन पर फ़ाइनल्स का प्रसारण हो रहा था तो मैं और एरिकसन दोनों उसे देख रहे थे।

किसने ट्रॉफ़ी जीती? कैरी क्लोज़ नाम की एक 13 साल की बच्ची ने। उनका इस स्पर्धा में भाग लेने का यह लगातार पांचवां साल था। हमारे अध्ययन के लिए उन्होंने अपने अभ्यास की जो जानकारी दी थी, उससे मैंने अनुमान लगाया कि उन्होंने कम से कम तीन हज़ार घंटे अभ्यास किया था। कैरी ने विजयी मुद्रा में माइक्रोफ़ोन में अंतिम शब्द की स्पेलिंग आत्मविश्वास के साथ मुस्कराते हुए बताई- ''Ursprache. U-R-S-P-R-C-H-E. Ursprache.''

कैरी ने अपनी तैयारियों पर नज़र रखने वाले एक पत्रकार को बताया, ''अपने अंतिम वर्ष में, इसे जीतने के लिए, मैं बहुत जमकर पढ़ रही थी। मैं नियमित सूची से अलग शब्दों को सीखने की कोशिश कर रही हूं। उन दुरूह शब्दों को सीखने की

कोशिश कर रही हूं जिनके पूछे जाने की संभावना हो।'' उससे एक वर्ष पहले इसी पत्रकार ने कहा था कि कैरी ''शब्दों का अधिकांश अध्ययन अपने दम पर ही करती हैं। वह ढेर सारी स्पेलिंग गाइड्स को पढ़ती हैं और पढ़े हुए शब्दों में से दिलचस्प शब्दों को छांटकर फिर शब्दकोशों को चाट डालती हैं।''

जब हमने अपने आंकड़ों और जानकारी का विश्लेषण किया तो हमने पहले उस बात की पुष्टि की जिसका पता मैंने पिछले साल ही लगा लिया था : ज़्यादा दृढ़ संकल्प वालों द्वारा कम दृढ़ संकल्प वालों से ज़्यादा अभ्यास किया जाता है। लेकिन सबसे अहम खोज यह रही कि अभ्यास का प्रकार भी बहुत ज़्यादा मायने रखता है। *विचारपूर्वक किया गया अभ्यास, किसी भी अन्य तरह के अभ्यास की तुलना में ख़िताबी मुक़ाबले की ओर बढ़ने की संभावना में बहुत ज़्यादा इज़ाफ़ा कर देता है।*

जब मैं यह जानकारी अभिभावकों और विद्यार्थियों के साथ साझा करती हूं तो यह तुरंत जोड़ना नहीं भूलती कि सीखने के लिहाज़ से आपसे सवाल पूछे जाने के बहुत सारे फ़ायदे हैं। यह इस बात पर रोशनी डाल देता है कि आप क्या सोचते हैं कि आप जानते हैं, लेकिन *वास्तविकता* में आपने उस पर महारत हासिल नहीं की है। वाक़ई विजेता कैरी क्लोज़ ने मुझे बाद में बताया कि वह सवाल पूछे जाने का इस्तेमाल अपनी कमज़ोरियों को तलाशने के लिए करती हैं-उन शब्दों या शब्दों के प्रकार को पहचानने के लिए जिनकी स्पेलिंग वह लगातार ग़लत बताती हैं-ताकि वह उनमें महारत हासिल करने के अपने प्रयास को और अधिक केंद्रित बना सकें। एक अर्थ से, पहेलियां और प्रश्नोत्तरियां तो ज़्यादा निश्चित, ज़्यादा कुशल, विचारपूर्वक अभ्यास की प्रस्तावना की तरह हैं।

मज़े के लिए पढ़ने का क्या? कुछ भी नहीं। नैशनल स्पेलिंग बी में भाग लेने वाले लगभग सभी बच्चों की भाषा में दिलचस्पी रहती है। वह सभी उसका आनंद लेते थे, लेकिन मजे के लिए पढ़ने और स्पेलिंग की क्षमता के बीच किसी संबंध की ज़रा-सी झलक भी नहीं मिली।

अगर आप अभ्यास का आकलन कौशल में सुधार के आधार पर करते हैं तो आपके लिए विचारपूर्वक अभ्यास से बेहतर कुछ भी नहीं है। प्रतिस्पर्धा में अधिक वक़्त गुज़ारने के साथ स्पेलिंग स्पर्धा की तैयारी करने वालों को यह बात साफ़ होती चली गई। अनुभव के हर वर्ष के साथ वह अब विचारपूर्वक अभ्यास को ज़्यादा वक़्त देने लगे। वास्तविक ख़िताबी मुक़ाबले के पहले के महीने में तो यह रुझान और भी स्पष्ट तौर पर दिखाई दिया। उस दौरान तो औसत प्रतिस्पर्धी भी विचारपूर्वक अभ्यास को प्रति सप्ताह 10 घंटे तक का वक़्त देने लगे।

फिर भी, अगर आप अभ्यास का आकलन *इसकी अनुभूति* के आधार पर करते हैं तो आपका निष्कर्ष अलग हो सकता है। औसतन स्पेलिंग बी के प्रतिस्पर्धियों ने स्पर्धा की तैयारियों के लिए किए गए अन्य प्रयासों की तुलना में, विचारपूर्वक अभ्यास को उल्लेखनीय तौर पर ज़्यादा मेहनत का काम और उल्लेखनीय तौर पर कम आनंद देने वाला करार दिया है। इसके विपरीत इन प्रतिस्पर्धियों ने मज़े के लिए किताब पढ़ने और स्क्रेबल जैसे शाब्दिक खेल खेलने को उतना ही आरामदायक और आनंददायक करार दिया है जितना कि ''अपनी पसंद का व्यंजन खाना।''

स्व-अनुभव पर आधारित विचारपूर्वक अभ्यास का एक चमकदार-कुछ हद तक अति नाटकीय-वर्णन नृत्यांगना मार्था ग्राहम से मिल सकता है। ''नृत्य करना चमक-दमक भरा लग सकता है, आसान, आनंददायक। लेकिन उस उपलब्धि के स्वर्ग तक का रास्ता किसी भी अन्य की तुलना में आसान नहीं है। इसमें इतनी ज़्यादा थकान छिपी हुई है कि शरीर नींद में भी दर्द से कराहता है। पूरी हताशा के पल भी आते हैं। हर रोज़ मौत का थोड़ा-थोड़ा अहसास भी होता है।''

कोई भी अपने सुकून के दायरे से बाहर जाकर काम करने का इतना अतिरेकपूर्ण वर्णन नहीं करेगा, लेकिन एरिकसन के मुताबिक़ विचारपूर्वक अभ्यास को बहुत ज़्यादा प्रयास आधारित पाया गया है। पूर्ण एकाग्रता के साथ अपने कौशल के चरम पर काम करना थका देने वाला अनुभव है, वह बताते हैं कि यहां तक कि विश्वस्तरीय कलाकारों को भी अपने करियर के शिखर पर अधिकतम एक घंटे के विचारपूर्वक अभ्यास के बाद विश्रांति की ज़रूरत होती है। कुल मिलाकर वे एक दिन में तीन से चार घंटे ही विचारपूर्वक अभ्यास कर पाते हैं।

यहां यह बताना भी प्रासंगिक होगा कि कई खिलाड़ी और संगीतकार अपने सबसे सघन प्रशिक्षण सत्र के बाद कुछ देर की झपकी लेते हैं। क्यों? आराम और फिर सामान्य स्थिति में लौट आना खिलाड़ियों के लिए स्वाभाविक अनिवार्यता है। लेकिन ग़ैर-खिलाड़ी भी अपने सबसे सघन परिश्रमपूर्ण प्रयास के बाद यही कहते हैं। इससे यह पता चलता है कि मानसिक के साथ-साथ शारीरिक क़वायद ही विचारपूर्वक अभ्यास को इतना थकाऊ बना देती है। उदाहरण के लिए, निदेशक जुड एपातो फ़िल्म बनाने की प्रक्रिया का कुछ इस तरह से वर्णन करते हैं : ''हर दिन एक प्रयोग है। हर सीन ज़रूरी नहीं कि कारगर ही हो और इसलिए आप ध्यान केंद्रित करते हैं-*क्या यह काम कर रहा है? क्या मुझे संपादन के लिए एक अतिरिक्त पंक्ति शामिल कर लेनी चाहिए? अगर करना ही होगा तो मैं क्या परिवर्तन करूंगा, अगर तीन माह बाद मुझे इससे नफ़रत हुई तो वह कौन-सी बात है जिससे मैं नफ़रत करूंगा?* और आप एकाग्रता का भरसक प्रयास करते हैं और आप थककर निढाल हो जाते हैं। यह बहुत ज़ालिम है।''

और अंत में, विश्वस्तरीय खिलाड़ियों में सेवानिवृत्ति के बाद उसी विचारपूर्वक अभ्यास के कार्यक्रम को जारी नहीं रखने की प्रवृत्ति देखी जाती है। अगर अभ्यास आंतरिक तौर पर इतना आनंददायी होता-केवल अभ्यास ही अपने आप में आनंददायी-तो आप उनसे इसे जारी रखने की उम्मीद रखते हैं।

एरिकसन और मेरे साथ में काम करने के अगले साल मिहली सीसिकज़ेंटमिहली* ने गर्मियों का अवकाश मेरे विश्वविद्यालय में रेसिडेंस स्कॉलर के तौर पर बिताया। सीसिकज़ेंटमिहली ठीक एरिकसन की ही तरह एक प्रतिष्ठित मनोवैज्ञानिक हैं और दोनों ने ही अपना करियर, विशेषज्ञों के अध्ययन को ही समर्पित कर दिया है। लेकिन विश्वस्तरीय विशेषज्ञता को लेकर उनके विचार पूरी तरह से अलग थे।

सीसिकज़ेंटमिहली के लिए अनुभवियों की प्रमुख पहचान उनकी काम से एकरूपता, पूरी एकाग्रता की स्थिति, जो एक ''स्वाभाविकता की प्रवृत्ति तक ले जाती है।''एकरूपता यानी चुनौतियों के ऊंचे स्तर पर तल्लीन होकर प्रदर्शन करना और फिर भी 'प्रयासहीन' महसूस करना,'' जैसे ''आपको उसके बारे में सोचना ही नहीं पड़ रहा है, आप स्वाभाविक तौर पर वह किए जा रहे हैं।''

उदाहरण के लिए, एक ऑर्केस्ट्रा संचालक ने सीसिकज़ेंटमिहली को बताया :

> आप चरम आनंद की एक ऐसी स्थिति में पहुंच जाते हैं कि आपको लगता है मानो आपका कोई अस्तित्व ही नहीं है। मेरा हाथ मानो मेरा अंग ही नहीं रहता और जो हो रहा है उससे मेरा कोई लेना-देना नहीं है। मैं बस वहां बैठकर विस्मय और आश्चर्य की स्थिति में देखता रहता हूं और (संगीत) धाराप्रवाह बस अपने-आप निकलता रहता है।

अपने काम में एकरूपता की इस स्थिति का एक प्रतिस्पर्धात्मक फ़िगर स्केटर ने कुछ यूं वर्णन किया :

> यह उन प्रदर्शनों में से एक था जो सफल रहा। मेरा मतलब है कि सबकुछ सही रहा, सबकुछ अच्छा लगा। यह इतना गतिमान था, जैसे आप महसूस कर सकते हैं कि यह जारी, जारी और जारी रह सकता है, मानो आप चाहते ही नहीं कि यह रुके, क्योंकि सबकुछ इतनी अच्छी तरह से हो रहा है। यह लगभग ऐसा था कि आपको कुछ भी सोचना नहीं पड़ रहा है और हर बात बिना सोचे ही अपने-आप स्वचलित तरीक़े से हो रही हो।

---

* कई वर्ष तक मीहाई ने ''माइक'' का ही इस्तेमाल किया है।

सीसिकज़ेंटमिहली ने सैकड़ों विशेषज्ञों से उनके ऐसे निजी अनुभव बटोरे हैं। अध्ययन किए गए तमाम क्षेत्रों में सर्वोत्कृष्ट अनुभव का इसी तरह से वर्णन किया जाता है।

एरिकसन के मन में इस बात को लेकर संदेह है कि विचारपूर्वक अभ्यास कभी उसमें एकरूपता जितना आनंददायक हो सकता है। उनके विचारों में, ''कुशल व्यक्ति कुछ मर्तबा परम आनंद की स्थिति का अहसास (जिसे मिहली सीसिकज़ेंटमिहली द्वारा 'एकरूपता' का तमग़ा दिया है) कर सकते हैं। ये स्थितियां हालांकि विचारपूर्वक अभ्यास के साथ बेमेल हैं। क्योंकि विचारपूर्वक अभ्यास उन परिस्थितियों में किया जाता है, जहां चुनौती, कौशल पर हावी होती है और बह जाने का अहसास सामान्यतया उस वक़्त होता है, जब चुनौती और कौशल का संतुलन हो। और सबसे महत्त्वपूर्ण बात इसलिए भी कि विचारपूर्वक अभ्यास असाधारण तौर पर प्रयास आधारित है, जबकि एकरूपता की स्थिति परिभाषा से ही आसान है।''

सीसिकज़ेंटमिहली ने एक विपरीत राय दी है : ''प्रतिभावानों के विकास का अध्ययन करने वाले रिसर्चर्स ने निष्कर्ष निकाला है कि किसी भी जटिल कौशल को सीखने के लिए लगभग 10,000 घंटे के अभ्यास की ज़रूरत पड़ती है और यह अभ्यास बेहद ऊबाऊ और अप्रिय हो सकता है। यह स्थिति जहां काफ़ी हद तक अक्सर सही होती है, परिणाम किसी भी तरह से केवल अपने-आप में स्पष्ट नहीं हैं।'' सीसिकज़ेंटमिहली अपने नज़रिए को समझाने के लिए एक निजी कहानी साझा करते हैं। हंगरी में, जहां वह पले-बढ़े, स्थानीय प्राथमिक विद्यालय के बड़े लकड़ी के प्रवेश द्वार पर एक पट्टिका लगी थी, जिस पर लिखा था, *ज्ञान की जड़ें कड़वी हैं, लेकिन इसके फल मीठे हैं।* यह बात उनके दिलोदिमाग़ में असत्य के तौर पर चस्पां हो गई थी : वह लिखते हैं, ''शिक्षा हासिल करना कठिन हो तो भी कठिन नहीं लगता जब आप महसूस करते हैं कि यह हासिल करने योग्य है, आप इसमें महारत हासिल कर सकते हैं, सीखी हुई बात का अभ्यास अभिव्यक्त कर देगा कि आप कौन हैं और वह आपको आपकी ख्वाहिश को हासिल करने में मदद करेगी।''

तो सही कौन है?

जैसा कि क़िस्मत में बदा था, सीसिकज़ेंटमिहली जिन गर्मियों में आए थे, उस दौरान एरिकसन भी शहर में मौज़ूद थे। मैंने तक़रीबन 80 शिक्षाविदों के सामने उनके बीच ''जुनून और विश्वस्तरीय प्रदर्शन'' के विषय पर बहस का इंतज़ाम कर दिया।

जब वह लेक्चर हॉल में टेबल के सामने बैठे तो मुझे अहसास हुआ कि दोनों व्यक्ति तक़रीबन एक जैसे ही हैं। दोनों का क़द अच्छा है और दोनों ही गठीले हैं।

दोनों का जन्म यूरोप में हुआ था। उनका बोलने का लहजा कुछ ऐसा था कि वह दोनों को कुछ और अधिक प्रतिष्ठित और विद्वान बना देता है। दोनों की ही हल्की दाढ़ी थी और हालांकि केवल सीसिकज़ेंटमिहली ने पूरे सफ़ेद कपड़े पहने थे, दोनों ही सांता क्लॉज़ की भूमिका का बख़ूबी निर्वाह कर सकते थे।

चर्चा के दिन मैं कुछ बैचेन थी। मुझे टकराव क़तई पसंद नहीं था-ख़ासतौर पर जबकि मेरी उसमें भागीदारी नहीं हो।

शुक्र था कि मुझे कोई चिंता ही नहीं करनी पड़ी। विचारपूर्वक अभ्यास और काम के साथ एकरूपता के तरफ़दारों ने पूरी सज्जनता का परिचय दिया। एक-दूसरे के साथ किसी भी तरह का अपमानजनक बर्ताव नहीं किया गया। एक-दूसरे के लिए असम्मान की एक झलक तक नहीं दिखी।

इसकी बजाय, एरिकसन और सीसिकज़ेंटमिहली ने तो कंधे से कंधा मिला लिया। बारी आने पर ही माइक थामा और अपने विरोधी नज़रियों को स्थापित करने के लिए दशकों के रिसर्च का निचोड़ पेश कर डाला। यह सिलसिला 90 मिनट तक चला।

क्या विशेषज्ञों को कष्ट उठाना पड़ता है, मैं जानना चाहती थी। या वह उल्लासित होते हैं?

मुझे लग रहा था कि यह संवाद किसी तरह से इस असमंजस का हल-विचारपूर्वक अभ्यास और एकरूपता पर-दो विरोधाभासी पृथक प्रस्तुतियों के एक साथ आ जाने से हो जाएगा।

जब यह समाप्त हुआ तो मैंने ख़ुद को कुछ हद तक निराश पाया। इसकी वजह किसी भी तरह की नाटकीयता से वंचित रह जाना नहीं थी, बल्कि विश्लेषण था। मेरे पास अब भी अपने सवाल का जवाब नहीं था : क्या विशेषज्ञता भरे प्रदर्शन की वज़ह कठिन और उस दौरान कुछ ख़ास आनंददायी प्रतीत नहीं होने वाला परिश्रम है या यह आसान और आनंददायी भी हो सकता है?

उस निराशाजनक मुलाक़ात के कई साल बाद तक मैंने इस विषय के बारे में पढ़ा और सोचा। अंत में, चूंकि मैं किसी स्पष्ट निष्कर्ष तक नहीं पहुंची थी, जो मुझे एक पक्ष को ख़ारिज करके दूसरे को स्वीकारने के लिए मज़बूर करता, मैंने आंकड़े और जानकारी एकत्रित करने का फ़ैसला किया। दृढ़ संकल्प के पैमाने की ऑनलाइन प्रक्रिया में भाग ले चुके हज़ारों वयस्कों को मैंने काम के साथ एकरूपता की प्रक्रिया के आकलन के लिए एक और प्रश्नावली में भाग लेने को कहा। इस अध्ययन में सभी आयु वर्ग के महिलाओं और पुरुषों ने भाग लिया, जो सभी तरह के पेशों के

प्रतिनिधि थे : अभिनेता, बेकर्स, बैंक गणक, नाई, दंत चिकित्सक, चिकित्सक, पुलिस अधिकारी, सचिव, शिक्षक, वेटर्स और वेल्डर्स उनमें से कुछ थे।

विविधतापूर्ण पेशों में ज़्यादा दृढ़ संकल्प वाले वयस्कों ने काम के साथ एकरूपता के ज़्यादा अनुभव का ही ज़िक्र किया, कम का नहीं। दूसरे शब्दों में कहा जाए तो दृढ़ संकल्प और बह जाने की स्थिति (एकरूपता) साथ-साथ ही चलती है।

इस सर्वेक्षण से सीखी बातों, नैशनल स्पेलिंग बी के ख़िताबी मुक़ाबले के प्रतिस्पर्धियों के बारे में जानकारी और दशकों तक रिसर्च साहित्य के अभ्यास को एकत्रित करते हुए मैं इस निष्कर्ष पर पहुंची हूं : *दृढ़ संकल्प लोग ज़्यादा विचारपूर्वक अभ्यास करते हैं और काम के साथ एकरूपता महसूस करते हैं।* यहां दो वज़हों से कोई भी विरोधाभास नहीं है। पहला विचारपूर्वक अभ्यास एक क़िस्म का व्यवहार है और एकरूपता एक अहसास। एंडर्स एरिकसन उस बारे में बात कर रहे हैं जो विशेषज्ञ *करते* हैं; मिहाली सीसिकज़ेंटमिहली बात कर रहे हैं कि विशेषज्ञ कैसा महसूस करते हैं। दूसरा ज़रूरी नहीं है कि आप विचारपूर्वक अभ्यास करने के दौरान उसी वक़्त एकरूपता महसूस करें। और वास्तविकता में, मैं सोचती हूं कि अधिकांश विशेषज्ञों के लिए, दोनों एक साथ कभी-कभार ही होते हैं।

इस सवाल का जवाब हासिल करने के लिए और अधिक रिसर्च की ज़रूरत है और मुझे उम्मीद है कि अगले कुछ सालों में ही एरिकसन, सीसिकज़ेंटमिहली और मैं ठीक यही करने के लिए एकत्र होंगे।

वर्तमान में, मेरी राय में प्रयासपूर्ण विचारपूर्वक अभ्यास के लिए मूलभूत प्रेरणा, अपने कौशल को निखारना ही है। आप सौ फ़ीसदी ध्यान केंद्रित कर रहे हैं और आपने अपने वर्तमान कौशल के स्तर को सुधारने की चुनौती के स्तर को विचारपूर्वक तय किया है। आप ''समस्या हल'' करने को तैयार हैं, इसे आदर्श स्थिति के क़रीब तक लाने के लिए हर बात का विश्लेषण कर रहे हैं- लक्ष्य जो आपने अभ्यास सत्र के पहले तय किया था। आपको लोगों से प्रतिक्रियाएं मिल रही हैं और इस बाबत भी ढेर सारी प्रतिक्रियाएं कि आप क्या ग़लत कर रहे हैं और आप इस जानकारी का इस्तेमाल सुधार करने और दोबारा प्रयास के लिए कर रहे हैं।

एकरूपता के दौरान हावी होने वाली प्रेरणा, विरोधाभासी तौर पर पूरी तरह से अलग है। एकरूपता की स्थिति आंतरिक तौर पर आनंददायी है। आप इस बात की चिंता नहीं करते कि आप अपने कौशल की किसी बारीक़ी को बेहतर कर रहे हैं, और हालांकि आपकी एकाग्रता शत-प्रतिशत है, आप ''समस्या हल'' करने वाले तौर-तरीक़े में नहीं हैं। आप जो कर रहे हैं उसका विश्लेषण नहीं कर रहे हैं; आप बस वह किए जा रहे हैं। आपको प्रतिक्रियाएं मिल रही हैं, लेकिन चूंकि चुनौती

का स्तर, आपके कौशल के वर्तमान स्तर से बेहद क़रीब है, इसलिए यह प्रतिक्रिया आपको यही बता रही है कि आप काफ़ी हद तक ठीक कर रहे हैं। आपको महसूस होता है कि स्थिति पर आपका पूर्ण नियंत्रण है, क्योंकि ऐसा ही है। आप तैर रहे हैं। आप वक़्त से बेख़बर हो चुके हैं। फिर भले ही आप कितनी भी गति से दौड़ रहे हों या कितनी ही गहराई के साथ सोच रहे हों, जब आप एकरूपता की स्थिति में होते हैं तो सबकुछ सहज लगता है।

दूसरे शब्दों में विचारपूर्ण अभ्यास तैयारी के लिए होता है और एकरूपता प्रदर्शन के लिए होती है।

तो अब तैराक रोडी गेनिस के पास लौटें।

गेनिस ने मुझे बताया कि उन्होंने एक बार इस बात को तालिकाबद्ध किया कि ओलिंपिक स्वर्णपदक जीतने के लिए दमख़म, तकनीक, विश्वास और समझ विकसित करने के लिए उन्हें कितना अभ्यास करना पड़ा। 1984 के ओलिंपिक खेलों से पहले के 8 वर्ष में उन्होंने 50 यार्ड के बढ़ते क्रम में कम से कम 20 हज़ार मील तैराकी की। निश्चित तौर पर अगर आप इसमें उससे पहले या उसके बाद के वर्षों को जोड़ लें तो ओडोमीटर पर आंकड़ा और भी ऊपर चला जाता है।

उन्होंने धीमी हँसी के साथ कहा, ''मैंने तो पूरी दुनिया का ही तैरकर चक्कर लगा दिया। उस एक रेस के लिए जिसे पूरा करने में केवल 49 सेकेंड लगे।''

मैंने पूछा, ''क्या आपको इतने मील पार करने में मज़ा आया? कहने का मतलब क्या आपको अभ्यास करने में मज़ा आया?''

उन्होंने कहा, ''मैं झूठ नहीं बोलूंगा। मुझे अभ्यास के लिए जाना कभी भी अच्छा नहीं लगता था और जब मैं वहां था तो निश्चित तौर पर मुझे उसमें आनंद नहीं आया। वास्तविकता में बस कुछ ऐसे भी छोटे पल थे, जब सुबह चार या साढ़े चार बजे स्वीमिंग पूल की ओर जाते हुए, जब दर्द हद पार कर जाता था तो मैं सोचता था, 'भगवान क्या यह इतना मूल्यवान है?'''

''तो आपने इसे छोड़ क्यों नहीं दिया?''

रोडी ने कहा, ''जवाब बहुत आसान है। ऐसा इसलिए कि मैं तैराकी से प्यार करता था। मेरे भीतर स्पर्धा को लेकर, अभ्यास के *परिणाम* को लेकर, शारीरिक रूप से सुडौल होने का जुनून था। जीत, यात्रा, दोस्तों से मिलने के लिए भी। मुझे अभ्यास करने से नफ़रत थी, लेकिन तैराकी के लिए कुल मिलाकर जुनून था।''

ओलिंपिक स्वर्णपदक विजेता मेड्स रासमुसैन ने भी प्रेरणा को लेकर कुछ इसी तरह के विचार व्यक्त किए : ''बात कड़ी मेहनत की है। जब यह मज़ेदार नहीं होता तो भी आप इसे करते हैं क्योंकि यह करना ज़रूरी है। क्योंकि जब आप परिणाम हासिल करते हैं तो वह अविश्वसनीय तौर पर आनंददायी होता है। आपको अंत के

'अहा' का मज़ा उठाने का मौक़ा मिलता है और एक यही बात आपको रास्ते का बड़ा हिस्सा तय करने में मदद करती है।''

बरसों तक कौशल से ज़्यादा चुनौती भरा अभ्यास और आगे चलकर चुनौती के कौशल से मेल के पल ही इस बात का ख़ुलासा कर देते हैं कि शीर्ष खिलाड़ी इतने सहज क्यों *दिखते* हैं : एक मायने में, ऐसा ही है। एक उदाहरण पेश है। 18 वर्षीया तैराक केटी लेडेकी ने हाल ही में 1500 मी. फ्रीस्टाइल में अपना ही विश्व कीर्तिमान ध्वस्त किया। कजान, रूस में एक स्पर्धा के शुरुआती दौर में अविश्वसनीय रूप से इतिहास रचा गया। बाद में उन्होंने कहा, ''ईमानदारी की बात तो यही है कि यह बहुत आसान लगा। मैं इतनी आरामदायक स्थिति में थी।'' लेकिन लेडेकी अपनी गति का श्रेय एकरूपता को नहीं देतीं, ''रिकॉर्ड को तोड़ना मेरे द्वारा की जा रही मेहनत और इस वक़्त के मेरी शारीरिक स्थिति का प्रमाण है।''

सच है, लेडेकी छह वर्ष की उम्र से तैराकी कर रही हैं। हर अभ्यास सत्र में बहुत उत्साह के साथ भाग लेने के लिए वह ख्याति हासिल कर चुकी हैं। कई बार तो चुनौती को बढ़ाने के लिए वह पुरुष तैराकों के साथ भी अभ्यास कर लेती थीं। तीन साल पहले, लेडेकी ने 800 मीटर फ्रीस्टाइल रेस में स्वर्णपदक जीत के बारे में कहा कि कुछ पल के लिए वह खो-सी चुकी थीं। उन्होंने बाद में कहा, ''एक बात जो लोगों को तैराकी के बारे में पता नहीं है, वह यह कि आपके द्वारा अभ्यास के दौरान किया गया प्रयास स्पर्धा के दौरान दिखता है।''

अब पेश है मेरी अपनी कहानी। घंटों के सहज विचारपूर्वक अभ्यास के चलते सहज एकरूपता के पल। कुछ वर्ष पहले एक प्रोड्यूसर जूलियट ब्लैक ने फ़ोन करके जानना चाहा कि क्या मैं छह मिनट की टेड टॉक करने में दिलचस्पी रखती हूं। मैंने कहा, ''निश्चित तौर पर, लगता है बहुत मज़ा आएगा।''

''बहुत ख़ूब। जब तुम संबोधन के लिए तैयार हो जाओ तो हम एक वीडियो कॉन्फ्रेंस करेंगे जिसमें हम तुम्हें यह संबोधन देते हुए देखेंगे और हम तुम्हें कुछ प्रतिक्रिया देंगे। ठीक है, किसी रिहर्सल की तरह।''

क्या कहा ''प्रतिक्रिया?'' तालियों के अतिरिक्त भी कुछ और? बहुत धीमे से मैंने कहा, ''निश्चित ही। यह ठीक लगता है।''

मैंने एक संबोधन तैयार किया और तय दिन पर जूलियट और उसके बॉस टेड के प्रमुख क्रिस एंडरसन से संपर्क साधा। वेबकैम में देखते हुए मैंने तय वक़्त में अपनी बात कह दी। उसके बाद मैं भारी प्रशंसा पाने का इंतज़ार करने लगी।

अगर कोई थी, तो शायद मैं जान नहीं सकी।

इसकी बजाय मैंने क्रिस को यह बताते हुए सुना कि वह मेरे वैज्ञानिक शब्दजाल में बस उलझकर रह गए। ढेर सारे शब्द। बहुत सारी स्लाइड्स। और पर्याप्त स्पष्ट, समझ सकने योग्य उदाहरणों का अभाव। और यह भी कि मैं रिसर्च के इस रास्ते पर कैसे पहुंची–मेरा शिक्षक से मनोवैज्ञानिक बनने का सफ़र–अस्पष्ट था और अपर्याप्त भी। जूलियट उनसे सहमत थी। उन्होंने साथ ही यह भी कहा कि मैंने एक कहानी सुनाई जिसमें रहस्य का पुट तक नहीं था। जिस तरह से मैंने संबोधन तैयार किया था, वह कुछ-कुछ ऐसा था मानो किसी चुटकुले को सुनाने से पहले ही उसका सबसे मज़ाक़िया भाग बता दिया जाए।

उफ़्फ़। इतना बुरा, उंह? जूलियट और क्रिस व्यस्त लोग थे और मैं जानती थी कि मुझे प्रशिक्षण पाने का दूसरा मौक़ा नहीं मिलेगा। इसलिए मैंने ख़ुद को सुनने के लिए तैयार किया। उसके बाद मैंने सोचा कि दृढ़ संकल्प पर अपनी बात कैसे कहना है कौन बेहतर जानता था : वे लोग या मैं?

मुझे यह बात महसूस होने में ज़्यादा वक़्त नहीं लगा था कि वह अनुभवी कहानीकार थे और मैं एक वैज्ञानिक, जिसे अपने संबोधन को बेहतर बनाने के लिए और प्रतिक्रिया की दरकार थी।

इसलिए मैंने अपने संबोधन को दोबारा लिखा, अपने परिवार के सामने अभ्यास किया और कुछ और नकारात्मक प्रतिक्रिया हासिल की। मेरी सबसे बड़ी बेटी अमांडा ने कहा, ''आप पूरे वक़्त उम् क्यों कहती रहती हो?'' मेरी छोटी बेटी लूसी ने कहा, ''हां मां, तुम ऐसा क्यों करती हो? और आप जब कुछ घबरा जाती हैं तो अपने होंठ चबाने लगती हैं। ऐसा मत करो। यह ध्यान बंटाता है।''

और अभ्यास। और निखार।

उसके बाद वह निर्णायक दिन आ गया। मैंने एक ऐसा संबोधन दिया जो मेरे पिछले प्रस्तावित संबोधन से बहुत ही कम साम्य रखता था। यह बेहतर था। काफ़ी हद तक बेहतर। आप उस संबोधन को देखिए और मैं प्रवाह के साथ बोलती हुई दिखूंगी। इससे पहले के कई पूर्वाभ्यासों को देखने के लिए यूट्यूब पर जाइए–या फिर उसके लिए किसी के भी फुटेज देख लीजिए जो पूरा ज़ोर लगाकर, ग़लतियों से भरपूर, लगातार विचारपूर्वक अभ्यास कर रहा हो–और मुझे विश्वास है कि आप ख़ाली हाथ ही रहेंगे।

कोई भी आपको कुछ बनने के लिए बिताए घंटे-दर-घंटे का वक़्त बताना नहीं चाहता। उनकी दिलचस्पी तो आपको केवल वह रुतबा दिखाने में है, जो उन्होंने हासिल कर लिया है।

यह सब पूरा हो जाने के तुरंत बाद मैं अपने पति और मां से मिली, जो उस दिन मेरी हौसला अफ़ज़ाई के लिए श्रोताओं के बीच मौजूद थे। मेरे क़रीब आते ही

मैंने पहले ही कह डाला, ''कृपया केवल प्रभावशाली तारीफ़!'' और उन्होंने वैसा ही किया।

इन दिनों मैं विविधतापूर्ण क्षेत्रों के दृढ़ संकल्प कलाकारों और उनके प्रशिक्षकों से इस बात को विस्तार से बताने के लिए कहती हूं कि विचारपूर्वक अभ्यास कैसा लगता है। कई नृत्यांगना मार्था ग्राहम से सहमत हैं कि अब तक आप जो नहीं कर पाए हैं, वह करना निराशाजनक, असुविधाजनक और बहुत दर्दभरा होता है।

हालांकि कुछ की राय में वास्तविकता में विचारपूर्वक अभ्यास का अनुभव बहुत सकारात्मक हो सकता है-ना केवल लंबी अवधि में बल्कि उस पल में भी। वह विचारपूर्वक अभ्यास का ज़िक्र करने के लिए *मज़ा* शब्द का इस्तेमाल तो नहीं करते लेकिन *पीड़ादायक* का भी नहीं करते। और साथ ही सर्वश्रेष्ठ प्रदर्शन करने वाले इस बात की ओर भी ध्यान दिलाते हैं कि विचारपूर्वक अभ्यास का विकल्प-बिना सोचे-समझे बिना किसी सुधार के ''बस कुछ तो भी करते रहना''-अपने आप में कष्ट का अपना रूप हो सकता है।

मैंने इन निरीक्षणों पर कुछ वक़्त विचार किया और फिर मैंने तय किया कि नैशनल स्पेलिंग बी के ख़िताबी मुक़ाबले के प्रतिस्पर्धियों को लेकर एरिकसन और मेरे द्वारा जुटाए गए आंकड़ों पर ग़ौर किया जाए। मैं जबकि जानती थी कि स्पेलिंग स्पर्धा में भाग लेने वाले विचारपूर्वक अभ्यास को ख़ासतौर पर मेहनत से भरा और आनंदहीन करार देते थे, मुझे यह भी याद है कि इन औसतों में काफ़ी विविधता थी। दूसरे शब्दों में सभी के अनुभव एक तरह के नहीं थे।

मैंने देखा कि ज़्यादा दृढ़ संकल्प प्रतिस्पर्धियों ने विचारपूर्वक अभ्यास का कैसे अनुभव किया। उनसे कम जुनून वाले और कम ज़िद वाले प्रतिस्पर्धियों की तुलना में, दृढ़ संकल्प प्रतिस्पर्धियों ने ना केवल विचारपूर्वक अभ्यास को ज़्यादा घंटे का समय दिया बल्कि उन्होंने इसे आसान और आनंददायक भी करार दिया। बिलकुल सही ज़्यादा दृढ़ संकल्प बच्चों ने अन्य बच्चों से विचारपूर्वक अभ्यास के दौरान ज़्यादा कड़ी मेहनत की, लेकिन साथ ही उन्होंने यह भी कहा कि उन्हें इसमें अन्य बच्चों से मज़ा भी ज़्यादा आया।

इस जानकारी का क्या किया जाए, समझना मुश्किल है। एक संभावना है कि ज़्यादा दृढ़ संकल्प बच्चे विचारपूर्वक अभ्यास को ज़्यादा वक़्त देते हैं और यह कि कुछ वर्षों में इस मेहनत के पुरस्कारों का अनुभव मिलने पर उनके भीतर कड़ी मेहनत के लिए एक पसंद भी जाग जाती है। यह ''मेहनत से मोहब्बत सीखने'' की कहानी है। वैकल्पिक तौर पर यह भी हो सकता है कि ज़्यादा दृढ़ संकल्प बच्चे को

कड़ी मेहनत ज़्यादा पसंद आती है और इसी वजह से वह इसे ज़्यादा करते हैं। यह ''कुछ लोगों को चुनौतियां पसंद आती है'' वाली कहानी है।

मैं आपको नहीं बता सकती कि इनमें से कौन-सी बात सटीक है और अगर मुझे अनुमान लगाने को कहा जाता है तो मैं कहूंगी दोनों में ही कुछ हद तक सच्चाई है। जैसा कि हम अध्याय 11 में सीखेंगे, इस बात का वैज्ञानिक प्रमाण है कि प्रयास का व्यक्तिपरक अनुभव-कड़ी मेहनत करने में कैसा *महसूस* होता है-बदल सकता है और बदलता है, जब उदाहरण के लिए, प्रयास पर किसी तरह का पुरस्कार मिले। मैंने ख़ुद अपनी बेटियों को कड़ी मेहनत का आनंद उठाना सीखते हुए देखा है और मैं ख़ुद के लिए भी यही कह सकती हूं।

दूसरी ओर, केटी लेडेकी के कोच ब्रूस जेमेल कहते हैं कि केटी को कड़ी चुनौतियां *रास* आती हैं।

ब्रूस ने मुझे बताया, ''उनकी पहली तैराकी स्पर्धा की एक छोटी-सी वीडियो क्लिपिंग केटी के अभिभावकों के पास है। यह केवल एक चक्कर की स्पर्धा है। वह इसमें छह वर्ष की हैं। वह कुछ स्ट्रोक्स लगाने के बाद लेन की लाइन को थाम लेती हैं। कुछ और स्ट्रोक्स लगाने के बाद वह फिर से लेन की लाइन को थाम लेती हैं। अंततः वह पूल के अंत तक पहुंचने के बाद बाहर निकल आती हैं। इस पर फ़िल्म तैयार कर रहे पिताजी ने पूछा, 'अपनी पहली रेस के बारे में बताओ। यह कैसी रही?' वह कहती हैं, 'ज़बर्दस्त!' कुछ सेकेंड बाद वह कहती हैं, 'यह मुश्किल था!' और मुस्कान से उनका पूरा चेहरा दमक उठा। यही सबकुछ कह जाता है। हम जो भी करते हैं, उसके पास उसका अपना नज़रिया है।''

इसी बातचीत के दौरान ब्रूस ने मुझे बताया कि केटी उन्हें ज्ञात किसी भी व्यक्ति की तुलना में विचारपूर्वक अभ्यास ज़्यादा ही करती हैं। ''हम वह ड्रिल करते हैं जिसमें उनका प्रदर्शन बहुत बेकार है-ऐसी जिसमें वह अपने ही ग्रुप में तीसरे क्रम पर रहेंगी। उसके बाद मैं उन्हें इसमें सुधार के लिए छिपकर अभ्यास करते हुए देखता हूं और कुछ ही वक़्त में वह उस समूह की सबसे अच्छी तैराकों में से एक हो जाती हैं। कुछ अन्य तैराक, वह कोशिश करते हैं और असफल हो जाते हैं और मुझे उन्हें दोबारा प्रयास करने के लिए उनको फुसलाना पड़ता है, उनके आगे गिड़गिड़ाना पड़ता है।''

अगर विचारपूर्वक अभ्यास ''अद्भुत'' है तो क्या यह कभी प्रयासहीन एकरूपता जैसा लग सकता है?

जब मैंने स्पेलिंग चैंपियन केरी क्लोज़ से पूछा कि क्या उन्होंने विचारपूर्वक अभ्यास के दौरान एकरूपता की स्थिति का सामना किया है, तो उन्होंने कहा, ''नहीं, मैं केवल उसी समय एकरूपता की स्थिति में होने का दावा कर सकती

हूं, जब मुझे कोई चुनौती नहीं थी।'' इसी दौरान उन्होंने विचारपूर्वक अभ्यास को अपने आप में संतुष्टिदायक भी करार दिया : उन्होंने बताया, ''मेरा सबसे ज़्यादा *लाभदायक* अध्ययन मुझ पर ही केंद्रित था। मैंने ख़ुद को एक बड़े काम को कई छोटे-छोटे काम में विभाजित करके फिर पूरा करने के लिए मज़बूर किया।''

आज की स्थिति में यह कहने के लिए पर्याप्त रिसर्च नहीं किया गया है कि विचारपूर्वक अभ्यास का प्रयासहीन एकरूपता के तौर पर आनंद उठाया जा सकता है। मेरा अनुमान है कि विचारपूर्वक अभ्यास बहुत ज़्यादा संतुष्टिदायक हो सकता है, लेकिन एकरूपता से अलग तरीक़े से। दूसरे शब्दों में सकारात्मक अनुभव के *विभिन्न प्रकार* हैं : बेहतर होने का रोमांच एक है, अपना सर्वश्रेष्ठ प्रदर्शन करने का चरम आनंद दूसरा।

अपने लिए एक बेहतरीन प्रशिक्षक, मार्गदर्शक या शिक्षक पाने के अलावा आप विचारपूर्वक अभ्यास का ज़्यादा से ज़्यादा फ़ायदा कैसे उठा सकते हैं और-चूंकि आपने इसे हासिल किया है-और ज़्यादा एकरूपता हासिल कर सकते हैं?

पहले विज्ञान को जान लीजिए।

विचारपूर्वक अभ्यास की आधारभूत ज़रूरतों में से प्रत्येक मामूली है :

- एक पूरी तरह से परिभाषित स्पष्ट दूरस्थ लक्ष्य
- पूरी एकाग्रता और प्रयास
- तत्काल और सूचनाप्रद प्रतिक्रिया
- आत्मअवलोकन और सुधार व निखार के साथ दोहराव

ऊपर दी गई चारों ज़रूरतों को पूरा करने के लिए अधिकांश लोग कितने घंटे अभ्यास करते हैं? मेरा अनुमान है कि अधिकांश लोग विचारपूर्वक अभ्यास को प्रतिदिन कोई भी वक़्त दिए बग़ैर ज़िंदगी की धारा में बस बहे जा रहे हैं।

यहां तक कि बेहद प्रेरित व्यक्ति, जो थककर चूर होने तक काम कर रहे हैं, शायद विचारपूर्वक अभ्यास नहीं कर रहे हों। उदाहरण के लिए, जब एक जापानी नौकायन टीम ने ओलिंपिक स्वर्णपदक विजेता मेड्स रासमुसेन को बुलाया तो वे खिलाड़ियों द्वारा अभ्यास के लिए दिए जा रहे घंटों के बारे में जानकर हक्के-बक्के रह गए। रासमुसेन ने उन्हें बताया कि यह बात मायने नहीं रखती कि आपने थका देने वाली पूरी ताक़त झोंककर कितने घंटे अभ्यास किया, मायने रखता है कि आपने उच्च स्तर का कितना विचारपूर्वक अभ्यास लक्ष्य हासिल किया, जैसा कि एरिकसन के रिसर्च ने बताया है, बस कुछ घंटे प्रतिदिन अभ्यास करने वाले शीर्ष पर रहते हैं।

जूलियार्ड स्कूल ऑफ़ म्यूज़िक के प्रदर्शन मनोवैज्ञानिक नोआ कागेयामा, कहते हैं कि वह दो वर्ष की उम्र से वायलिन बजाते रहे हैं, लेकिन उन्होंने विचारपूर्वक अभ्यास, 22 वर्ष की उम्र तक शुरू नहीं किया था। क्यों? प्रेरणा की कोई कमी नहीं थी-एक बिंदु पर, युवा नोआ एक ही वक़्त में चार भिन्न शिक्षकों से सीख रहे थे और उन सबके साथ काम करने के लिए तीन-तीन शहरों के फेरे लगा रहे थे। असलियत में समस्या यह थी कि नोआ को अच्छी तरह से पता नहीं था। एक बार उन्हें पता चला कि अभ्यास का भी एक वास्तविक विज्ञान होता है-एक ऐसा तरीक़ा जो उनके कौशलों को ज़्यादा बेहतर तरीक़े से बढ़ाएगा-तो उसके बाद तो अभ्यास की गुणवत्ता और प्रगति से ख़ुद की संतुष्टि दोनों को ही मानो पर लग गए। अब वह अपना वक़्त इस ज्ञान को अन्य संगीतकारों के साथ साझा करने में बिताते हैं।

कुछ वर्ष पहले एक स्नातक विद्यार्थी लॉरेन एस्क्रेस-विंकलर और मैंने बच्चों को विचारपूर्वक अभ्यास के बारे में सिखाने का संकल्प किया। हमने स्व-मार्गदर्शन पाठ तैयार किए, कार्टून और कहानियां पूरी कीं जिनसे विचारपूर्वक अभ्यास और कम प्रभावी अभ्यास का अंतर स्पष्ट किया गया था। हमने उन्हें समझाया कि उनकी शुरुआती प्रतिभा कैसी भी हो, हर क्षेत्र का महान कलाकार विचारपूर्वक अभ्यास के ज़रिए ही सुधार करता है। हमने विद्यार्थियों को यह पता लगने दिया कि यूट्यूब पर हर सहज दिखने वाली प्रस्तुति के पीछे कई-कई घंटों का बिना रिकॉर्ड वाला, बाहरी लोगों को ना दिखने वाला चुनौतीपूर्ण, प्रयासपूर्ण, ग़लतियों से भरपूर अभ्यास होता है। हमने उन्हें बताया कि उस काम की कोशिश जो अब तक वह नहीं कर पाते, असफल होना, अलग तरह से प्रस्तुति के लिए ज़रूरी बातों को सीखना ही विशेषज्ञों के अभ्यास का वास्तविक तरीक़ा है। हमने उन्हें यह समझने में मदद की कि निराशा की भावना ज़रूरी नहीं कि इस बात का संकेत हो कि वे ग़लत रास्ते पर चल रहे हैं। इसके विपरीत, हमने उन्हें बताया कि बेहतर प्रदर्शन की कामना, सीखने की प्रक्रिया के दौरान एक बहुत ही आम बात है। हमने फिर अपने हस्तक्षेप के परिणामों को विभिन्न समूहों की नियंत्रित गतिविधियों से जाना।

हमने पाया कि विद्यार्थी अभ्यास और उपलब्धि के बारे में सोचने का तरीक़ा बदल सकते हैं। उदाहरण के लिए, जब पूछा गया कि स्कूल में सफलता के लिए वह दूसरे विद्यार्थी को क्या सलाह देंगे, विचारपूर्वक अभ्यास के बारे में जानने वाले विद्यार्थियों के यह कहने की संभावना ज़्यादा रही, ''अपनी कमज़ोरियों पर ध्यान केंद्रित करो'' और ''100 प्रतिशत ध्यान केंद्रित करो।'' जब उन्हें गणित में विचारपूर्वक अभ्यास और ख़ुद को सोशल मीडिया व गेमिंग वेबसाइट्स के ज़रिए मनोरंजन में से एक को चुनने के लिए कहा गया तो उन्होंने ज़्यादा विचारपूर्वक अभ्यास का चयन किया। और अंत में, कक्षा में जो अब तक औसत स्तर से भी

नीचे का प्रदर्शन कर रहे थे, विचारपूर्वक अभ्यास को सीख लेने से उनके रिपोर्ट कार्ड के ग्रेड में भी सुधार देखने को मिला।

जो कि विचारपूर्वक अभ्यास से ज़्यादा से ज़्यादा हासिल करने को लेकर मेरे दूसरे सुझाव तक ले जाता है : *इसे आदत बना लीजिए।*

इससे मेरा मतलब यह है कि यह पता कीजिए कि विचारपूर्वक अभ्यास के दौरान कब और कहां आप ज़्यादा सुकून महसूस करते हैं। एक बार आपने इसका चयन कर लिया तो फिर हर दिन वहीं और उसी वक़्त विचारपूर्वक अभ्यास कीजिए। क्यों? क्योंकि जब कुछ मुश्किल काम करना हो तो दिनचर्या देवप्रदत्त-सी होती है। रिसर्च आधारित अध्ययनों का पहाड़, जिसमें मेरा भी हिस्सा है, बताता है कि जब आपको दिन के एक ही वक़्त और एक ही जगह पर अभ्यास की आदत पड़ जाती है तो आपको शुरुआत के लिए सोचना ही नहीं पड़ता है। आप बस इसे करते हैं।

मेसन करी की किताब *डेली रिचुअल्स* में 161 कलाकारों, वैज्ञानिकों और अन्य रचनाकारों की ज़िंदगी के एक समूचे दिन का वर्णन किया गया है। अगर आप किसी नियम विशेष को देखना चाहते हैं, जैसे *हमेशा कॉफ़ी पियो* या *कभी कॉफ़ी मत पियो* या *केवल बेडरूम में काम करो*, या *बेडरूम में कभी काम मत करो*, तो आपको यह कभी नहीं मिलेगा। लेकिन इसकी जगह अगर आप पूछते हैं, ''इन रचनाकारों में क्या समानता है?'' आपको जवाब किताब के शीर्षक में ही मिल जाएगा : *डेली रिचुअल्स* (कामकाज के दैनिक तौरतरीक़े)। अपने-अपने अलहदा अंदाज़ में इस किताब में उल्लेखित सभी विशेषज्ञ नियमित तौर पर अकेले ही कई-कई घंटे विचारपूर्वक अभ्यास करते हैं। वे नियमित दिनचर्या को अपनाते हैं। वे आदतों से तैयार व्यक्ति हैं।

उदाहरण के लिए, अपने करियर के दौरान लगभग 18,000 पीनट्स कॉमिक स्ट्रिप बनाने वाले कार्टूनिस्ट चार्ल्स शुल्ट्ज़, हर रोज सुबह-सबेरे उठ जाते थे, नहाने और दाढ़ी बनाने के बाद अपने बच्चों के साथ नाश्ता किया करते थे। उसके बाद वह बच्चों को स्कूल में छोड़कर स्टूडियो पहुंच जाते थे, जहां वह दोपहर के भोजन (एक हैम सैंडविच और एक गिलास दूध) के बाद भी तब तक काम करते रहते थे, जब तक कि उनके बच्चे स्कूल से लौट नहीं आते थे। लेखिका माया एंजेलू की दिनचर्या अलसुबह उठने के बाद पति के साथ कॉफ़ी लेने से शुरू होती थी। और उसके बाद वह किसी भी तरह से ध्यान भंग नहीं हो जाए इसलिए सुबह सात बजे एक ''छोटे सस्ते'' होटल के कमरे में ख़ुद को दोपहर दो बजे तक के लिए क़ैद कर लेती थीं।

वस्तुत: अगर आप उसी वक़्त और उसी जगह पर अभ्यास जारी रखते हैं, तो एक वक़्त जो आपके लिए चेतन विचार था वह अब स्वचलित-सा हो जाता है। विलियम जेम्स की राय में, ''उस इंसान से निकम्मा कोई भी नहीं,'' जिसके लिए

हर दिन की शुरुआत में नए सिरे से "हर काम की शुरुआत" का फ़ैसला करना पड़ता हो।

मैंने ख़ुद यह सबक़ बहुत जल्द सीख लिया था। मैं अब जानती हूं कि किताब के पहले लेखन की तुलना "एक मूंगफली का दाना गंदे से किचन में नाक से उठाने" से करने से जॉयस केरोल का क्या मतलब था। तो मुझे क्या करना चाहिए? यहां प्रस्तुत है वह आसान-सी दिनचर्या जिसने मेरी ज़िंदगी को गति दी : *जब सुबह के आठ बजेंगे और मैं अपने घर के दफ़्तर में रहूंगी, तो मैं पिछले दिन के लेखन को दोबारा पढ़ूंगी।* इस आदत ने लेखन को वास्तव में आसान तो नहीं किया, लेकिन इसने निश्चित ही शुरुआत को आसान बना दिया।

विचारपूर्वक अभ्यास से अधिक से अधिक लाभ लेने के लिए मेरा तीसरा सुझाव है *इसे महसूस करने का अपना तरीक़ा बदलना।*

जिन दिनों मैं नैशनल स्पेलिंग बी के अपने आंकड़ों और जानकारियों पर दोबारा ग़ौर कर रही थी और यह पता कर रही थी कि ज़्यादा दृढ़ संकल्प प्रतिस्पर्धियों के लिए विचारपूर्वक अभ्यास कितना आनंददायी होता है, मैंने एक तैराकी प्रशिक्षक टेरी लॉफ़लिन से संपर्क साधा। टेरी हर स्तर के तैराक को प्रशिक्षण दे चुके हैं। नौसिखिए से लेकर ओलिंपिक चैंपियन तक। वह ख़ुद भी ओपन वॉटर मास्टर्स तैराकी चैंपियनशिप में रिकॉर्ड तोड़ चुके हैं। मेरी दिलचस्पी ख़ास तौर पर उनके नज़रिए में थी, क्योंकि वह काफ़ी अरसे से तैराकी के लिए "पूरी तरह तल्लीन होने" की वक़ालत करते रहे हैं-मूलत: पानी में तैरने के दौरान एक तनावमुक्त और दिमाग़ी दृष्टिकोण।

टेरी ने मुझे बताया, "विचारपूर्वक अभ्यास अद्भुत महसूस हो सकता है। अगर आप प्रयास करते हैं तो आप चुनौती से घबराने की बजाय उसे अंगीकार कर सकते हैं। विचारपूर्वक अभ्यास के दौरान आप वह सभी बातें कर सकते हैं जो आपके द्वारा की जानी चाहिए-एक स्पष्ट लक्ष्य, प्रतिक्रिया, सबकुछ-और फिर भी यह सबकुछ करने के दौरान अच्छा महसूस कर सकते हैं।"

वह बताते हैं, "यह सब उस लम्हे की आत्म जागरूकता की बात है, *बिना किसी निर्णय के।* यह दरअसल आपको उस निर्णय से मुक्ति दिलाने की बात है, जो आपके चुनौती का आनंद लेने की राह की बाधा बन जाता है।"

टेरी के साथ वक़्त बिताने के बाद मैं इस बारे में सोचने लगी कि शिशु और छोटे बच्चे अपना अधिकांश वक़्त उन बातों को बार-बार करने के लिए इस्तेमाल करते हैं जो वह कर नहीं सकते-और फिर भी उन्हें ख़ास तौर पर किसी भी तरह की शर्म का अहसास नहीं होता। *बिना दर्द कुछ हासिल नहीं होता* एक ऐसा नियम है, जो स्कूल के पहले के दिनों में बच्चों पर लागू होता नहीं दिखता।

अपने करियर का पूरा वक़्त बच्चों की सीखने की प्रक्रिया को जानने के लिए समर्पित कर चुकी मनोवैज्ञानिक एलेना बोद्रोवा और डेबोरा लियोंग इस बात को लेकर सहमत हैं कि ग़लतियों से सीखने को शिशु और बच्चे बुरा नहीं मानते। किसी शिशु को बैठने की कोशिश करते हुए देख लीजिए या एक बच्चे को चलने की कोशिश करते हुए देख लीजिए : आपको एक के बाद एक ग़लतियां दिखाई देंगी, असफलता के बाद फिर असफलता, कौशल से परे की ढेर सारी चुनौतियां, बहुत ज़्यादा एकाग्रता, बहुत सारी प्रतिक्रिया, बहुत सारा सीखना। भावनात्मक तौर पर? ख़ैर, वो पूछने के लिहाज़ से बहुत छोटे हैं, लेकिन बहुत छोटे बच्चे अपने द्वारा नहीं किए गए काम को करने के प्रयास के दौरान प्रताड़ित नहीं लगते।

और फिर... कुछ बदल जाता है। एलेना और डेबोरा के मुताबिक़ जब बच्चे किंडरगार्टन में पहुंचते हैं, वह यह बात जानने लगते हैं कि उनकी कुछ ग़लतियां बड़ों की कुछ तय प्रतिक्रियाओं की वज़ह बनती हैं। हम क्या करते हैं? हम त्यौरियां चढ़ाते हैं। हमारे गाल कुछ लाल हो जाते हैं। हम दौड़कर नन्हे-मुन्नों को समझाने जाते हैं कि उन्होंने कुछ ग़लत किया है। और हम उन्हें क्या सबक़ सिखा रहे हैं? शर्मिंदगी। डर। शर्म। प्रशिक्षक ब्रूस गेमेल बताते हैं कि उनके कई तैराकों के साथ ठीक यही होता है। वह कहते हैं, ''प्रशिक्षकों, अभिभावकों, दोस्तों और मीडिया के बीच रहकर उन्होंने जान लिया है कि असफलता *बुरी* बात है। इसलिए वह ख़ुद को बचाने का प्रयास करते हैं और इसलिए हदों को लांघते हुए अपने सर्वश्रेष्ठ प्रदर्शन का प्रयास ही नहीं करते।''

डेबोरा ने मुझे बताया, ''शर्म आपको कुछ भी दुरुस्त करने में मदद नहीं करती।''

तो क्या किया जाना चाहिए?

एलेना और डेबोरा ने शिक्षकों से भावनामुक्त ग़लतियों का एक प्रारूप बनाने को कहा। उन्होंने वास्तविकता में शिक्षकों से कहा कि वह जानबूझकर ग़लती करें और फिर विद्यार्थियों को उन्हें मुस्कराहट के साथ यह कहता देखें, ''ओह नहीं। मैंने सोचा कि इसमें *पांच* ब्लॉक थे! मुझे दोबारा गिनने दीजिए! एक...दो...तीन... चार...पांच...छह! शानदार। मैंने सीखा कि ब्लॉकों की गिनती करते वक़्त मुझे उनमें से प्रत्येक को छूना चाहिए।''

आप विचारपूर्वक अभ्यास को एकरूपता के स्तर तक चरम आनंददायी बना सकते हैं या नहीं, मैं नहीं जानती, लेकिन मुझे लगता है कि आपको ख़ुद से और अन्य लोगों से भी यह कहने का प्रयास करना चाहिए, ''यह मुश्किल था! यह शानदार था!''

→ 8

उद्देश्य

जुनून का एक स्रोत है दिलचस्पी। उद्देश्य–दूसरों के भले में योगदान देने का इरादा–एक अन्य है। दृढ़ संकल्प लोगों के परिपक्व जुनून दोनों पर ही निर्भर होते हैं।

कुछ के लिए उद्देश्य ज़्यादा महत्त्वपूर्ण होता है। दृढ़ संकल्प की मिसाल अलेक्स स्कॉट को मैं इसी तरह से समझ सकती हूं। अलेक्स को जब से बातें याद हैं, वह बीमार ही रही हैं। जब वह एक वर्ष की थीं तो वह कैन्सर के एक प्रकार न्यूरोब्लास्टोमा से पीड़ित पाई गई थीं। अपने चौथे ही जन्मदिन के बाद अलेक्स ने अपनी मां से कहा, "जब मैं अस्पताल से बाहर आऊंगी तो नींबू पानी की दुकान खोलना चाहूंगी।" और उन्होंने ऐसा ही किया। पांच वर्ष की होने से पहले ही उन्होंने अपनी नींबू पानी की पहली दुकान खोल दी थी। उन्होंने अपने चिकित्सकों के लिए दो हज़ार डॉलर एकत्रित किए ताकि "दूसरे बच्चों को भी वैसे ही मदद मिल सके, जैसी कि उन्होंने उन्हें की थी।" चार वर्ष बाद जब अलेक्स की मौत हुई तो उसने इतने ढेर सारे लोगों को नींबू पानी की दुकानें खोलने के लिए प्रेरित कर दिया था कि उन्होंने 10 लाख डॉलर से ज़्यादा की मदद राशि एकत्रित कर ली थी। अलेक्सी के परिवार ने उनकी विरासत को आज तक जारी रखा है। अलेक्स के लेमोनेड स्टैंड फ़ाउंडेशन द्वारा कैन्सर रिसर्च के लिए 100 मिलियन डॉलर से ज़्यादा की राशि जुटा ली गई है।

अलेक्स बेहद असाधारण थीं। लेकिन अधिकांश लोग किसी बात की ओर आनंद लेने के लिए आकर्षित होते हैं और उन्हें बाद में ही इस बात का अहसास होता है कि उनकी निजी दिलचस्पियां भी दूसरे लोगों को लाभ पहुंचा सकती हैं। दूसरे शब्दों में, सबसे सामान्य सिलसिला है तुलनात्मक तौर पर निजी दिलचस्पी वाला काम शुरू किया जाए, फिर आत्म–अनुशासित विचारपूर्वक

अभ्यास सीखा जाए और अंत में उस काम को दूसरों के फ़ायदे के काम के साथ जोड़ दीजिए।

मनोवैज्ञानिक बेंज़ामिन ब्लूम इस तीन चरण की प्रगति को पहचानने वाले पहले व्यक्ति थे।

30 वर्ष पहले जब ब्लूम विश्वस्तरीय खिलाड़ियों, कलाकारों, गणितज्ञों और वैज्ञानिकों के साक्षात्कार लेने के लिए निकले तो वह जानते थे कि वह इस बारे में कुछ जान जाएंगे कि लोग अपने क्षेत्र में शीर्ष पर कैसे पहुंचते हैं। उन्हें इस बात का क़तई आभास नहीं था कि वह सीखने का आम आदर्श प्रारूप खोज निकालेंगे, जो उनके द्वारा अध्ययन किए गए हर क्षेत्र पर लागू होता है। परवरिश और प्रशिक्षण में सतही अंतरों के बावजदू ब्लूम के अध्ययन में शामिल तमाम असाधारण लोग, विकास के तीन बिलकुल भिन्न चरणों से गुज़रे। हमने दिलचस्पी पर छठे अध्याय में चर्चा की थी कि ब्लूम किसे ''शुरुआती वर्ष'' कहते हैं और अभ्यास पर सातवें अध्याय में कि किसे ''मध्य वर्ष'' कहते हैं। अब हम ब्लूम के प्रारूप के तीसरे, अंतिम और सबसे लंबे चरण पर आते हैं- ''बाद के वर्ष''-जब उनके ही शब्दों में, काम का ''बड़ा उद्देश्य और मायने'' अंततः ज़ाहिर से हो जाते हैं।

जब मैं दृढ़ संकल्प के प्रतिमान लोगों के साथ बात करती हूं तो वह सब मुझे बताते हैं कि वह जिस बात का पीछा कर रहे हैं, उसका एक उद्देश्य है, उनके मुताबिक़ केवल इरादे से भी गहरी कोई बात। उनका रुख़ केवल लक्ष्य की ओर ही नहीं है बल्कि लक्ष्य भी विशेष है।

जब मैंने समझने की कोशिश में पूछा, ''क्या मुझे ज़्यादा जानकारी दे सकते हैं? आपका क्या मतलब है?'' तो शुरू होता है सिलसिला, उसे शब्दों में बांधने का एक गंभीर और लड़खड़ाता संघर्ष। लेकिन हमेशा-हमेशा ही-उन अगले वाक्यों में अन्य लोगों का ज़िक्र होता है। कई मर्तबा यह बहुत ही विशिष्ट (''मेरे बच्चे,'' ''मेरे ग्राहक,'' ''मेरे विद्यार्थी'') होता है और कई मर्तबा अमूर्त (''यह देश,'' ''यह खेल,'' ''विज्ञान,'' ''समाज'')। वह किसी भी तरह से कहें, संदेश एक ही होता है : संघर्ष के वह लंबे दिन, शामें, असफलताएं और निराशाएं और संघर्ष और त्याग-यह सब मूल्यवान है क्योंकि अंततः उनके प्रयास *अन्य* लोगों के लिए लाभदायक साबित हुए।

उद्देश्य की सोच के मूल में यह सोच है कि जो हम करते हैं उसके हमारे अलावा दूसरे लोगों के लिए भी मायने होते हैं।

कम उम्र में ही परोपकारी बन चुके अलेक्स स्कॉट इतर-केंद्रित लक्ष्य को समझने के लिहाज़ से आसान व्यक्ति हैं।

दृढ़ संकल्प की ऐसी ही मिसाल जेन गोल्डन भी हैं, जिनसे हमारी मुलाक़ात अध्याय 6 में हुई थी। कला में दिलचस्पी के चलते जेन कॉलेज से स्नातक होने के बाद लॉस एंजिलिस में भित्ति चित्रकार बन गई थीं। उम्र के 20वें दशक के उत्तरार्द्ध में जेन को त्वचा की बीमारी (लूपस) का पता चला था और उन्हें बताया गया था कि उनकी अब ज़्यादा उम्र नहीं बची है। ''यह ख़बर मेरे लिए बेहद धक्कादायक थी। इसने मुझे ज़िंदगी का एक नया ही नज़रिया दे डाला।'' जब जेन इस गंभीर बीमारी से उबरीं तो उन्हें अहसास हुआ कि वह चिकित्सकों की भविष्यवाणी की तुलना में ज़्यादा जिएंगी, हालांकि दीर्घकालिक दर्द के साथ।

अपने गृहनगर फ़िलाडेल्फ़िया लौटते हुए उन्होंने मेयर के कार्यालय में छोटा-सा भित्ति चित्र निरोधक कार्यक्रम शुरू किया और अगले तीन दशक में उसे दुनिया के सबसे बड़े सार्वजनिक कला कार्यक्रमों में से एक बना दिया।

अब 50 वर्ष की हो चुकी जेन आज भी अलसुबह से देर शाम तक काम करती हैं, सप्ताह में छह से सातों दिन तक। उनकी एक साथी तो उनके साथ काम करने के अनुभव को मतदान की रात प्रचार कार्यालय में काम करने की तरह बताती हैं-अंतर बस इतना है कि यहां मतदान का दिन कभी नहीं आता। जेन के लिए उन घंटों का मतलब होता है और अधिक भित्तिचित्र और कार्यक्रम, और उसका मतलब समुदाय के लोगों के लिए कला को और रचने का उसका आनंद उठाने का अवसर।

जब मैंने जेन से उनके लूपस के बारे में पूछा तो उन्होंने माना कि सच्चाई यही है कि दर्द अब उनका स्थायी साथी बन चुका है। उन्होंने एक मर्तबा एक पत्रकार को बताया, ''ऐसे अवसर भी आते हैं जब मैं रोती हूं। मुझे लगता है कि बस अब मैं और नहीं कर सकती। अब इस बोझ को और सहन नहीं कर सकती। लेकिन ख़ुद के लिए शर्मिंदा महसूस करना बेमानी है और इसलिए मैं फिर दोबारा ऊर्जावान होने के रास्ते तलाशती हूं।'' क्यों? क्योंकि उनका काम दिलचस्प है? यह जेन की प्रेरणा का केवल शुरुआती बिंदु है, ''मैं जो कुछ भी करती हूं सेवाभाव से करती हूं। मुझे इसी से ऊर्जा मिलती है। यह एक नैतिक आदेश की तरह है।'' इसे और सारगर्भित तरीक़े से बताते हुए वह कहती हैं, ''कला ज़िंदगियां बचाती है।''

दृढ़ संकल्प के मिसाल अन्य लोगों के शीर्ष लक्ष्य भी कम स्पष्ट तरीक़े से उद्देश्यपूर्ण होते हैं।

उदाहरण के लिए, विख्यात वाइन आलोचक एंटोनियो गेलोनी ने मुझे बताया, ''वाइन का मूल्यांकन एक ऐसी बात है जो मैं दूसरों के साथ साझा करना चाहता हूं।

जब मैं किसी रेस्तरां में प्रवेश करता हूं, तो मैं हर टेबल पर वाइन की एक ख़ूबसूरत बोतल देखना चाहता हूं।''

एंटोनियो कहते हैं कि उनका उद्देश्य ''लोगों को ख़ुद का स्वाद समझने में मदद करना है।'' जब ऐसा होता है तो वह कहते हैं, ''ऐसा लगता है मानो दिमाग़ की सारी बत्तियां जल उठी हों'' और अब वह चाहते हैं, ''लाखों-करोड़ों बत्तियां जल उठें।''

तो हालांकि एंटोनियो के लिए अपनी दिलचस्पी शीर्ष प्राथमिकता है-जब वह बड़े हो रहे थे तो उनके अभिभावकों के पास एक फूड और वाइन शॉप थी और वह ''हमेशा उस कच्ची उम्र में भी वाइन को लेकर अभिभूत रहा करते थे''-उनका जुनून दूसरे लोगों को मदद करने की सोच से और अधिक बढ़ गया है। ''मैं दिमाग़ का सर्जन नहीं हूं। मैं कैन्सर को ठीक नहीं कर रहा हूँ, लेकिन इस छोटे से योगदान से, मैं सोचता हूं कि मैं दुनिया को बेहतर बना दूंगा। मैं हर सुबह किसी उद्देश्य की भावना के साथ जागता हूं।''

मेरे ''दृढ़ संकल्प शब्दकोष'' में इसीलिए, *उद्देश्य* का मतलब होता है, ''दूसरों की भलाई के लिए योगदान का इरादा।''

दृढ़ संकल्प के प्रतिमानों से बार-बार यह जानकर कि दूसरे लोगों से अपने काम के जुड़ाव का उन्हें कितनी गहराई से अहसास होता है, मैंने इस संबंध को और नज़दीक से पड़तालने का फ़ैसला किया। निश्चित तौर पर उद्देश्य मायने रख सकता है, लेकिन यह कितने मायने रखता है, अन्य प्राथमिकताओं की तुलना में? यह संभव लगा कि एक शीर्ष लक्ष्य पर पूरा ध्यान केंद्रित करना, वास्तविकता में विशेष तौर पर निस्वार्थ की तुलना में ज़्यादा स्वार्थी है।

अरस्तू उन शुरुआती लोगों में से थे, जिन्होंने यह जान लिया था कि ख़ुशी की तलाश के कम से कम दो तरीक़े हैं। वह एक को ''आंतरिक ख़ुशी'' कहते थे-वह जिसमें यह किसी की अच्छी आंतरिक भावना के अनुरूप हो-और दूसरा ''सुख आधारित ख़ुशी''-जो सकारात्मक, उस लम्हे में सहज रूप से आत्मकेंद्रित अनुभव हो। अरस्तू ने इस विषय पर स्पष्ट तौर पर पक्ष लेते हुए सुख आधारित जीवन को आदिम और असंस्कृत और आंतरिक ख़ुशी वाली ख़ुशी को कुलीन और शुद्ध करार दिया।

लेकिन वास्तविकता में, ख़ुशी हासिल करने के दोनों ही तरीक़ों की गहरी विकासपरक जड़ें हैं।

एक ओर, इंसान सुख को तलाशता है, क्योंकि वे बातें जो हमें ख़ुशी देती हैं, हमारे अस्तित्व की संभावना को भी बढ़ा देती हैं। उदाहरण के लिए अगर हमारे पूर्वजों ने खान-पान और यौन संबंधों की ललक नहीं दिखाई होती, तो वे ज़्यादा दिन तक ज़िंदा नहीं रहते और उनके कई बच्चे भी नहीं होते। कुछ हद तक, हममें से सभी, फ्रायड के मुताबिक़, ''सुख के सिद्धांत'' पर ही चलते हैं।

दूसरी ओर मानव का विकास अर्थ और उद्देश्य तलाशने के लिए हुआ है। सर्वाधिक गंभीर तरीक़े से हम सामाजिक प्राणी हैं। क्यों? क्योंकि दूसरों के साथ जुड़ना और उनकी सेवा करना भी अस्तित्व की संभावना को प्रोत्साहित करता है। कैसे? क्योंकि दूसरों के साथ सहयोग करने वाले लोगों के अकेले रहने वालों से ज़्यादा जीने की संभावना होती है। समाज स्थिर पारस्परिक संबंधों पर निर्भर होता है और समाज की तरीक़े से हमारा पोषण करता है, हमें प्राकृतिक ताक़तों से बचाता है और दुश्मनों से हमारी रक्षा करता है। किसी के साथ जुड़ने की इच्छा, सुख के लिए भोजन जितनी ही मूलभूत इंसानी ज़रूरत है।

कुछ हद तक, हम *सभी* आंतरिक और सुख आधारित ख़ुशी, दोनों को ही पाने के लिहाज़ से ही बने हैं। लेकिन हम इन दो तरीक़ों में किसे *तुलनात्मक* तौर पर ज़्यादा अहमियत देते हैं, अलग-अलग हो सकता है। हममें से कुछ लोगों के लिए सुख से ज़्यादा उद्देश्य अहमियत रखता है और कुछ के लिए उद्देश्य की तुलना में सुख ज़्यादा अहमियत रखता है।

दृढ़ संकल्प के लिए अंतर्निहित प्रेरणा को परख़ने के लिए मैंने 16 हज़ार वयस्क अमेरिकियों की सेवाएं लीं और उनसे दृढ़ संकल्प के पैमाने को पूरा करने के लिए कहा। एक लंबी पूरक प्रश्नोत्तरी के ज़रिए अध्ययन में भाग लेने वालों ने उद्देश्य के बारे में वक्तव्य पढ़े-उदाहरण के लिए, ''मैं जो करता हूं समाज के लिए मायने रखता है''-और संकेत दिया कि इनमें से हर एक उन पर किस हद तक लागू होता है। उन्होंने यही *सुख* के लिए छह वक्तव्यों को लेकर किया-उदाहरण के लिए, ''मेरे लिए अच्छा जीवन ही सुखदायक जीवन है।'' इन जवाबों के आधार पर हमने 1 से लेकर 5 के अंक तक के आधार पर उनके क्रमश: उद्देश्य और सुख को लेकर झुकाव को अंक दिए।

नीचे मैंने इस बड़े पैमाने पर किए गए अध्ययन के आंकड़ों को योजनाबद्ध तरीक़े से पेश किया है। जैसा कि आप देख ही सकते हैं, दृढ़ संकल्प लोग वैरागी नहीं हैं, ना ही वे सुख आधारित ख़ुशी को ज़्यादा अहमियत देते हैं। जहां तक सुख हासिल करने की बात है तो वह किसी भी अन्य व्यक्ति की तरह हैं; आप चाहें जितने भी दृढ़ संकल्प हों सुख कुछ हद तक महत्त्वपूर्ण होता है। इसके विपरीत आप देख सकते हैं कि ज़्यादा दृढ़ संकल्प लोग *नाटकीय तौर पर* दूसरों की तुलना

में एक अर्थपूर्ण और अन्य लोगों पर केंद्रित ज़िंदगी के प्रति ज़्यादा प्रेरित होते हैं। उद्देश्य पर ज़्यादा अंक दृढ़ संकल्प के पैमाने पर *ज़्यादा* प्राप्तांकों से परस्पर संबंधित होता है।

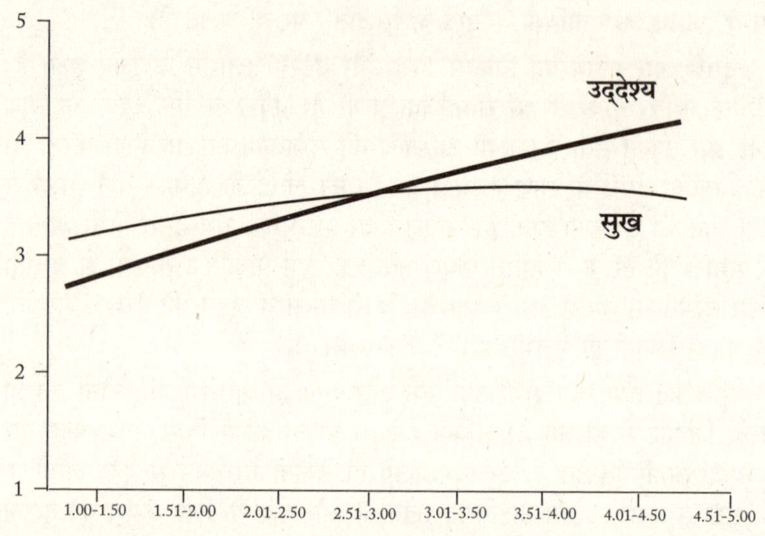

कहने का तात्पर्य यह नहीं है कि दृढ़ संकल्प के सभी प्रतिमान संत हैं, लेकिन कहना यह है कि ज़्यादा दृढ़ संकल्प वाले लोग की नज़र में उनका अंतिम लक्ष्य, उनकी निजता से ऊपर उठकर बाहरी दुनिया से भी गहराई के जुड़ा होता है।

मेरा यहां दावा यह है कि, अधिकांश लोगों के लिए, उद्देश्य ही प्रेरणा का एक बेहद शक्तिशाली स्रोत है। इसमें कुछ अपवाद हो सकते हैं, लेकिन अपवादों की दुर्लभता ही इस नियम को साबित कर देती है।

मैं किस बात की अनदेखी कर रही हूं?

वैसे इस बात की संभावना नगण्य है कि मेरे नमूने में कई आतंकी या सिलसिलेवार हत्या करने वाले शामिल होंगे। और यह भी सच है कि मैंने आततायी राजनीतिज्ञों या माफ़िया बॉस के साक्षात्कार नहीं लिए हैं। मेरा अनुमान है कि आप यह तर्क दे सकते हैं कि मैं दृढ़ संकल्प के आदर्श लोगों के उस बड़े समूह की

अनदेखी कर रही हूँ, जिनका उद्देश्य पूरी तरह से स्वार्थी या और भी बुरा है, दूसरों को नुक़सान पहुंचाने वाला।

इस बिंदु पर मैं हार स्वीकार करती हूं। सैद्धांतिक तौर पर कुछ हद तक आप दृढ़ संकल्प के मानवद्वेषी और पथभ्रष्ट हो सकते हैं। उदाहरण के लिए, जोसेफ़ स्टालिन और एडोल्फ़ हिटलर, निश्चित तौर पर बेहद दृढ़ संकल्प वाले थे। वह इस बात को भी साबित करते हैं कि उद्देश्य का विचार पथभ्रष्ट किया जा सकता है। ना जाने कितने लाखों-करोड़ों मासूम इंसान इन दोनों के हाथों मारे गए, जिनका प्रचारित इरादा तो दूसरों की भलाई में योगदान देने का था?

दूसरे शब्दों में, वास्तविकता में सकारात्मक परोपकारी उद्देश्य, दृढ़ संकल्प के लिए एक परम आवश्यकता नहीं है। और मुझे यह स्वीकारना होगा, हां, एक दृढ़ संकल्प से भरे व्यक्ति का खलनायक बनना संभव है।

लेकिन कुल मिलाकर, मैं अपने सर्वेक्षण से हासिल आंकड़े व जानकारी के साथ-साथ दृढ़ संकल्प के प्रतिमान लोगों द्वारा मुझे व्यक्तिगत तौर पर दी गई जानकारी को ही जस का तस स्वीकारती हूं। इसलिए जैसे लंबी अवधि में जुनून को क़ायम रखने के लिए दिलचस्पी महत्त्वपूर्ण है, ठीक उसी तरह से अन्य लोगों से जुड़ने और उन्हें मदद करने की इच्छा भी महत्त्वपूर्ण है।

मेरा अनुमान है कि अगर आप अपनी ज़िंदगी के उन लमहों को याद करने के लिए कुछ वक़्त निकालते हैं, जिनमें आप अपनी श्रेष्ठता के चरम पर थे-जब आपने सामने मौज़ूद चुनौतियों का डटकर मुक़ाबला किया, असंभव से दिखने वाले काम के लिए ताक़त जुटाई होगी-आपको महसूस होगा कि जिन लक्ष्यों को आपने हासिल किया वह किसी तरीक़े, आकार या शक्ल में *दूसरे लोगों के हितों के लिए होंगे।*

कुल मिलाकर, दुनिया में दृढ़ संकल्प से भरे खलनायक हो सकते हैं, लेकिन मेरा रिसर्च बताता है कि दृढ़ संकल्प नायकों की संख्या उनसे कहीं ज़्यादा है।

वे लोग वाक़ई भाग्यशाली हैं जिनके शीर्षस्तरीय लक्ष्य दुनिया के लिए इतने अधिक परिमाणकारक होते हैं कि यह उनके हर काम को, चाहे वह कितना भी छोटा या उबाऊ क्यों नहीं हो, महत्त्व दे देता है। ईंट लगाने वालों का दृष्टांत याद कीजिए।

ईंट लगाने वाले तीन लोगों से पूछा गया, ''आप क्या कर रहे हैं?''

पहले ने कहा, ''मैं ईंट लगा रहा हूं।''

दूसरे ने कहा, ''मैं एक चर्च बना रहा हूं।''

तीसरे ने कहा, ''मैं भगवान का घर बना रहा हूं।''

ईंट बिछाने वाले पहले व्यक्ति के पास एक नौकरी है। दूसरे के पास एक करियर और तीसरे में दिल की आवाज़ है।

हममें से अधिकांश ईंट बिछाने वाला तीसरा व्यक्ति बनना चाहते हैं, लेकिन ख़ुद का पहले या दूसरे ईंट बिछाने वाले से साम्य पाते हैं।

येल की प्रबंधन की प्रोफ़ेसर एमी रज़ेनिवस्की ने पाया कि लोगों को उन्हें यह बताने में कोई भी दिक़्क़त नहीं हुई कि ईंट बिछाने वाले तीनों लोगों में से वह किसको अपना जैसा पाते हैं। समान संख्या में कामगारों ने ख़ुद को ऐसे पहचाना :

> एक नौकरी ("मैं अपनी नौकरी को ज़िंदगी की अनिवार्यता के तौर पर देखता हूँ, सांस लेने और सोने की ही तरह"),
>
> एक करियर ("मैं अपनी नौकरी को दूसरी नौकरियों के लिए एक नींव के पत्थर की तरह देखता हूँ"), या
>
> दिल की आवाज़ ("मेरा काम मेरी ज़िंदगी के सबसे महत्त्वपूर्ण कामों में से एक है")।

एमी के पैमाने को इस्तेमाल करते हुए मैंने भी पाया है कि कामगारों का एक बहुत ही छोटा-सा धड़ा अपने काम को दिल की आवाज़ मानता है। हैरत की बात नहीं कि जो ऐसा मानते हैं वे इसे "नौकरी" या "करियर " मानने वाले अन्य की तुलना में ज़्यादा दृढ़ संकल्प वाले होते हैं।

वे सौभाग्यशाली लोग जो अपने काम को दिल की आवाज़ समझते हैं-नौकरी या करियर की बनिस्बत-पूरे भरोसे के साथ कहते हैं, "मेरा काम दुनिया को एक बेहतर जगह बनाता है।" और यही लोग अपने काम से पूरी तरह से संतुष्ट दिखाई देते हैं और ज़िंदगी से भी। एक अध्ययन में पाया गया कि काम को दिल की आवाज़ करार देने वाले लोगों ने काम को नौकरी या करियर मानने वाले लोगों की तुलना में काम के एक तिहाई कम दिन गंवाए।

इसी तरह से, चिड़ियाघर में देखभाल का काम करने वाले 982 लोगों के बीच किए गए एक ताज़ा अध्ययन में पाया गया कि-इस पेशे से जुड़े लोगों में 80 प्रतिशत के पास कॉलेज की डिग्री थी और फिर भी उनका औसत वेतन 25,000 डॉलर था-जो लोग अपने काम को दिल की आवाज़ ("जानवरों के साथ काम करना मानो ज़िंदगी के लिए दिल की आवाज़ है") मानते हैं, उन्होंने उद्देश्य की गहन भावना को अभिव्यक्त किया ("मैं जो काम करता हू वह दुनिया को एक बेहतर जगह बनाता है")। अपने काम को दिल की आवाज़ मानने वाले चिड़ियाघर के देखभाल कर्मी काम के घंटों के बाद बिना वेतन का वक़्त देने के लिए तैयार दिखे, ताकि बीमार जानवरों की देखभाल की जा सके। और काम को दिल की आवाज़

मानने वाले चिड़ियाघर कर्मियों ने ही इसे अपना नैतिक कर्तव्य माना (''अपने अधीनस्थ जानवरों की सर्वश्रेष्ठ संभव देखभाल मेरा नैतिक कर्तव्य है'')।

मैं एक ज़ाहिर-सी बात बताऊंगा : ईमानदार जीवन जीने के अलावा कोई पेशेवर महत्त्वाकांक्षा नहीं होना ''ग़लत'' नहीं है। लेकिन हममें से अधिकतर कुछ और हासिल करने के लिए तड़पते हैं। यह निष्कर्ष था पत्रकार स्टड्स टर्केल का, जिन्होंने 1970 के दशक में सभी तरह के पेशों से जुड़े 100 से ज़्यादा वयस्क लोगों के साक्षात्कार लिए थे।

हैरत की बात नहीं कि टर्केल ने पाया कि केवल कामगारों का एक छोटा-सा धड़ा ही काम को दिल की आवाज़ मानता था। लेकिन ऐसा चाहत की कमी की वज़ह से नहीं था। टर्केल ने निष्कर्ष निकाला कि हम सभी को दरअसल तलाश है ''एक दैनिक मायने के साथ-साथ दैनिक रोटी की एक ख़ास तरह की ज़िंदगी के लिए, जो सोमवार से शुक्रवार तक काम करते हुए ही मर जाने से अलग हो।''

अपने कामकाजी घंटों का अधिकांश वक़्त उद्देश्यहीन तरीक़े से बिताने की हताशा नोरा वॉटसन की कहानी में साफ़ तौर पर झलकती है। नोरा स्वास्थ्य-देखभाल संबंधी जानकारी प्रकाशित करने वाली एक संस्थान में काम करने वाली 28 वर्षीय लेखिका हैं : ''हममें से अधिकांश दिल की आवाज़ तलाश रहे हैं, ना कि एक नौकरी,'' नोरा ने टर्केल को बताया। ''उस काम से आनंददायी कुछ और नहीं होगा जो इतना अर्थपूर्ण हो कि मैं उसे घर भी ला सकूं।'' और फिर भी, वह स्वीकारती हैं कि दिन में वह केवल दो घंटे वास्तविक काम करती हैं और बाक़ी का वक़्त केवल काम करने का दिखावा करते हुए बिता देती हैं। ''पूरी इमारत में मैं इकलौती ऐसी व्यक्ति हूं जिसके सामने दरवाज़े की बजाय एक खिड़की है। मैं बस केवल ख़ुद को आस-पास के माहौल से काट लेना चाहती हूं।''

''मुझे नहीं लगता कि यह मेरे लिए कोई दिल की आवाज़ है-इस लम्हे में-केवल ख़ुद होने के अलावा।'' नोरा ने साक्षात्कार की समाप्ति के क़रीब पहुंचकर कहा, ''लेकिन कोई भी आपको ख़ुद होने के लिए भुगतान नहीं करता। इसलिए मैं फ़िलहाल संस्थान में हूं-इस लम्हे के लिए।''

अपने रिसर्च के दौरान टर्केल ''चंद ख़ुश लोग भी मिले जिनको उनकी दैनिक नौकरी में मज़ा आ रहा था।'' एक बाहरी व्यक्ति के नज़रिए के लिहाज़ से दिल की आवाज़ वाले लोग, हमेशा ही उद्देश्य से जुड़े पेशों के लिए नोरा से ज़्यादा कड़ी मेहनत नहीं करते। एक संगतराश था तो दूसरा किताबों की बाइंडिंग करने वाला।

58 वर्ष का एक कूड़ा बटोरने वाले रॉय श्मिथ ने टर्केल को बताया कि उनका काम थका देने वाला, गंदा और ख़तरनाक था। वे जानते थे कि कई अन्य कामों, अपने पिछले कार्यालय के काम सहित, को लोग ज़्यादा आकर्षक समझेंगे। और फिर भी उन्होंने कहा : ''मैं अपने काम को कमतर नहीं आंकता। यह समाज के लिए मायने रखता है।''

नोरा के अंतिम शब्दों के साथ रॉय के साक्षात्कार के अंतिम शब्दों के अंतर की तुलना कीजिए : ''मुझे काफ़ी वर्ष पहले फ़्रांस में एक चिकित्सक ने एक कहानी बताई थी। अगर आप राजा के समर्थन में नहीं खड़े हैं तो वह आपको सबसे निचले दर्ज़े का काम देंगे, पेरिस की गलियों की सफ़ाई का काम-जो उन दिनों निश्चित तौर पर बहुत मुश्किलों से भरा रहा होगा। एक सामंत ने कहीं कुछ गड़बड़ कर दिया था तो उसे इस काम का प्रभारी बना दिया गया। और उन्होंने यहां इतना बेहतरीन काम किया कि उन्हें प्रशंसा मिली। यह फ़्रांस में सबसे घटिया काम था और उन्होंने उसमें भी अपने काम के लिए शाबाशी हासिल कर ली। मैंने कूड़े के बारे में यह पहली कहानी सुनी थी, जिसका वाक़ई में कोई *अर्थ* था।''

ईंट लगाने वालों के दृष्टांत में हर किसी के पास एक ही काम है, लेकिन उनका व्यक्तिपरक अनुभव-वह ख़ुद अपने काम को कैसे *देखते* हैं-इससे ज़्यादा अलग नहीं हो सकता था।

इसी तरह से एमी का रिसर्च बताता है कि दिल की आवाज़ का काम के औपचारिक वर्णन से बहुत कम लेना-देना होता है। वास्तविकता में तो वह मानती हैं कि कोई-सा भी काम नौकरी, करियर या दिल की आवाज़ वाला काम हो सकता है। उदाहरण के लिए, जब उन्होंने सचिवों का अध्ययन किया तो शुरुआत में उन्हें लगा था कि बहुत कम व्यक्ति इसे दिल की आवाज़ वाला काम करार देंगे। जब आंकड़े और जानकारी उनके पास लौटकर आए तो अपने काम को नौकरी, करियर या दिल की आवाज़ करार देने वाले सचिवों की संख्या समान थी-ठीक वही अनुपात जो उन्हें अन्य नमूनों में मिला था।

एमी का निष्कर्ष है कि ऐसा क़तई नहीं है कि कुछ ख़ास क़िस्म के काम अनिवार्य तौर पर नौकरी और अन्य करियर और कुछ अन्य दिल की आवाज़ वाले होते हैं। जो बात मायने रखती है वो यह कि काम करने वाला व्यक्ति क्या यह *मानता* है कि अगली ईंट लगाना एक ऐसा काम है जो किया ही जाना है या एक ऐसा काम है जो उसकी पेशे में व्यक्तिगत प्रगति के लिए ज़रूरी है या फिर अंततः यह एक ऐसा काम है जो उसे एक किसी ऐसी बात से जोड़ता है जो उसके निजी हित से भी बहुत बड़ी है।

मैं सहमत हूं। किसी भी नौकरी के नाम की बनिस्बत ज़्यादा महत्त्वपूर्ण है कि आप अपने काम को किस तरह से देखते हैं।

और इसका मतलब है कि आप अपना काम बदले बग़ैर ही नौकरी से करियर और दिल की आवाज़ तक पहुंच सकते हैं।

मैंने हाल ही में एमी से पूछा, ''जब लोग आपकी सलाह मांगते हैं तो आप लोगों को क्या बताती हैं? ''

उन्होंने कहा, ''बहुत लोग यह मान लेते हैं कि उन्हें तो बस अपनी दिल की आवाज़ वाले काम को *खोज* निकालना है। मेरे विचार में यह सोच ही ढेर सारी बैचेनी की वजह है कि आपकी दिल की आवाज़ एक ऐसी जादुई वस्तु की तरह है जो इस दुनिया में मौज़ूद है, जो खोजे जाने का इंतज़ार कर रही है।''

मैंने ध्यान दिलाया कि लोगों की दिलचस्पी को लेकर भी ऐसी ही ग़लत सोच है। वह इस बात को महसूस ही नहीं कर पाते कि उन्हें *दिलचस्पी को विकसित करने* और उससे *प्रगाढ़ संबंधों* के लिए सक्रिय भूमिका निभानी होगी।

वह सलाह मांगने आने वालों से कहती हैं, ''दिल की आवाज़ एक ऐसी वस्तु नहीं है जिसे आप खोजते हैं। यह बेहद गतिशील है। आप जो भी कर रहे हैं-चाहे आप एक द्वारपाल हों या मुख्य कार्यकारी अधिकारी-आप निरंतर अपने काम की ओर देखते हुए सवाल पूछ सकते हैं कि यह दूसरे लोगों से कैसे जुड़ा हुआ है, यह व्यापक परिदृश्य से किस तरह से जुड़ा हुआ है, किस तरह से यह हमारे सबसे गहरे नैतिक मूल्यों की अभिव्यक्ति बन सकता है।''

दूसरे शब्दों में ईंटें बिछाने वाला जो एक दिन यह कहता है कि, ''मैं ईंटें बिछा रहा हूं,'' आगे चलकर किसी बिंदु पर ऐसा ईंट बिछाने वाला बन सकता है जो अपने काम को ''मैं भगवान का घर बना रहा हूं,'' के तौर पर पहचानने लगता है।

एमी का यह निरीक्षण कि एक ही व्यक्ति एक ही काम में विभिन्न समयों पर नौकरी, करियर या दिल की आवाज़ वाले चरण से गुज़र सकता है, मुझे जो लीडर की याद दिला गया।

जो, न्यू यॉर्क सिटी ट्रांज़िट में वरिष्ठ उपाध्यक्ष थे। मूलत: वह न्यू यॉर्क शहर की सबवे के प्रमुख इंजीनियर थे। यह कल्पना से परे व्यापकता वाला काम है। हर वर्ष महानगर की सबवे की 1.7 अरब से ज़्यादा फेरियां लगती हैं। यह अमेरिका में सबसे व्यस्त सबवे प्रणाली है। इसमें 469 स्टेशन हैं। अगर सबवे की पटरियों को कतारबद्ध कर दिया जाए तो ये न्यू यॉर्क से शिकागो तक की दूरी तय कर सकती हैं।

एक युवा व्यक्ति होने के नाते जो लीडर किसी दिल की आवाज़ की तलाश में नहीं थे। वे अपने शैक्षणिक क़र्ज़ को चुकाना चाहते थे।

उन्होंने मुझे बताया, ''जब मैं कॉलेज से बाहर निकल रहा था, मेरी सबसे बड़ी चिंता बस काम हासिल करना था। कोई भी काम। ट्रांज़िट के लोग हमारे परिसर में इंजीनियरों की भर्ती के लिए आए और मुझे नौकरी मिल गई।''

एक प्रशिक्षु के तौर पर, लीडर को पटरियों पर काम करने का अवसर मिला। ''मैं पटरियां फेंकता था, मैं जोड़ों को खींच रहा था, मैं तीसरी पटरी के लिए केबल का काम कर रहा था।''

हर कोई इस काम को पसंद नहीं कर सकता, लेकिन जो को यह काम पसंद आया। ''यह मज़ेदार था। जब मैं पहली नौकरी में था और मेरे सारे साथी कारोबार या कम्प्यूटर से जुड़े व्यक्ति थे, तो हम सब बाहर जाते थे और शाम को बार से घर लौटने के दौरान वह प्लेटफ़ॉर्म पर इधर से उधर दौड़ते हुए मुझसे पूछते थे, 'जो यह क्या है? यह क्या है?' और मैं उन्हें बताया करता था : यह तीसरी पटरी का इंसुलेटर है, यह इंसुलेटेड जोड़ है। मेरे लिए यह मज़ेदार था।''

तो दिलचस्पी जुनून का बीज थी।

जो ने जल्द ही योजना से जुड़ा एक काम पूरा किया और उसे इसमें भी मज़ा आया। उनकी दिलचस्पी और विशेषज्ञता बढ़ने के साथ-साथ वह ख़ुद को पहचानने लगे थे, वह ट्रांज़िट इंजीनियरिंग को दीर्घावधि के करियर के तौर पर देखने लगे थे। ''अवकाश के दिन मैं कपड़े धोने के लिए लांड्रोमेट जाने लगा। आपको कपड़े तह करने के लिए इस्तेमाल वे बड़े टेबल याद हैं? सभी महिलाएं मुझ पर हँसा करती थीं, क्योंकि मैं अपनी इंजीनियरिंग ड्राइंग्स लाकर उन्हें वहां खोलकर उन पर काम किया करता था। मैं वाक़ई अपने काम के इस हिस्से के प्यार में पड़ चुका था।''

एक वर्ष के भीतर, जो के मुताबिक़ उनका अपने काम को देखने का नज़रिया बदल गया। कई मर्तबा वह किसी बोल्ट या रिवेट को देखते थे और उन्हें समझ आता था कि उनके किसी पुराने साथी ने इसे दशकों पहले लगाया था और वह आज भी वहीं के वहीं है, आज भी ट्रेनों को दौड़ने में मदद कर रहा है, आज भी लोगों को उनकी इच्छा के अनुरूप जगह पर ले जाने में मदद कर रहा है।

उन्होंने मुझे बताया, ''मुझे लगने लगा कि मैं समाज को योगदान दे रहा हूं। मैं समझ गया था कि लोगों के परिवहन की हर दिन की ज़िम्मेदारी मेरी ही थी। और जब मैं प्रोजेक्ट मैनेजर बना, तो मैं बड़े इंस्टालेशन के कामों से दूर रहने लगा-आप जानते हैं, 100 पैनल्स या ढेर सारी इंटरलॉकिंग (सिग्नलों की)-और मैं जानता था कि जो काम हमने किया है वह अगले तीस साल तक काम करता रहेगा। यही वह

वक़्त था जब मैंने महसूस किया कि मेरे पास एक आजीविका है या मैं कहूंगा दिल की आवाज़।''

जो लीडर को अपने काम के बारे में बताते हुए सुनना आपको हैरत में डाल सकता है, अगर अपने काम को एक वर्ष बाद भी दिल की आवाज़ से नहीं जोड़ पाते हैं तो आपको उम्मीद छोड़ देना चाहिए। एमी रज़ेनिवस्की ने पाया कि उनके एमबीए विद्यार्थियों में से कई ने कुछ ही वर्षों में नौकरियां छोड़ दीं और अंत में इस निष्कर्ष पर पहुंचे कि यह संभवतया उनकी ज़िंदगी का जुनून नहीं हो सकता।

आपको यह जानकर राहत महसूस हो सकती है कि माइकल बेम को तो इससे भी अधिक वक़्त लगा।

बेम, यूनिवर्सिटी ऑफ़ पेनसिल्वेनिया में इंटर्नल मेडिसिन के प्रोफ़ेसर हैं। आपको लग सकता है कि उनकी दिल की आवाज़ लोगों को ठीक करना और सिखाना है। यह आंशिक तौर पर ही सही है। माइकल का जुनून था ज़िम्मेदारी के अहसास के साथ भलाई। उन्हें ज़िम्मेदारी के अहसास की निजी दिलचस्पी को लोगों को बेहतर स्वास्थ्य, ख़ुशहाल ज़िंदगी देने के काम के साथ एकीकृत करने में कई वर्ष लग गए। जब दिलचस्पी और उद्देश्य एकरूप होने के बाद ही उन्हें महसूस हुआ कि वह अब वह काम कर रहे हैं जिसके लिए उन्होंने जन्म लिया है।

मैंने माइकल से पूछा कि ज़िम्मेदारी के अहसास में उनकी दिलचस्पी कैसे हुई और वह मुझे अपने बचपन के दिनों में ले गए। उन्होंने मुझे बताया, ''मैं आसमान की तरफ़ देख रहा था और बेहद आश्चर्यजनक बात हुई। मुझे ऐसा महसूस हुआ मानो मैं आकाश में गुम हो रहा हूं। मुझे महसूस हुआ मानो कोई प्रवेश द्वार जैसा हो और मैं जैसे बहुत बड़ा हो रहा हूं। यह मेरी ज़िंदगी का सबसे अद्भुत अनुभव था।''

बाद में माइकल ने पाया कि वह इस बात को अपने विचारों पर ध्यान केंद्रित करके दोहरा सकते हैं। उन्होंने मुझे बताया, ''मैं आसक्त हो गया। मैं नहीं जानता था कि इसे क्या कहा जाए, लेकिन मैं हरदम यही करता रहता था।''

कुछ वर्ष बाद माइकल किताब की एक दुकान में अपनी मां के साथ किताबें छान रहे थे कि उनके हाथ एक किताब लग गई जिसमें उनके अनुभव का हूबहू वर्णन था। यह किताब एक ब्रिटिश दार्शनिक एलन वाट्स द्वारा लिखी गई थी, जिन्होंने पश्चिम के लोगों को चलन में आने से पहले ही चिंतन के बारे में बताया था।

अपने अभिभावकों के प्रोत्साहन के साथ, माइकल ने हाईस्कूल और कॉलेज में पूरे वक़्त चिंतन की कक्षाओं में भी भाग लिया। स्नातक उपाधि का वक़्त आने

वाला था और उन्हें फ़ैसला करना था कि इसके बाद क्या करना है। *पेशेवर चिंतक* एक पूर्णकालिक पेशा नहीं था। उन्होंने चिकित्सक बनने का फ़ैसला किया।

मेडिकल स्कूल में कुछ वर्ष बिताने के बाद माइकल ने अपने चिंतन विषय के शिक्षकों में से एक के समक्ष स्वीकारा, ''यही वह बात नहीं है जो मैं वाक़ई करना चाहता हूं। यह मेरे लिए ठीक नहीं है।'' चिकित्सा शास्त्र महत्त्वपूर्ण था, लेकिन यह उनके गहरी निजी दिलचस्पी से मेल नहीं खाता था। शिक्षक ने कहा, ''यहीं बने रहो। तुम एक चिकित्सक के तौर पर लोगों की ज़्यादा मदद कर सकोगे।''

माइकल बने रहे।

माइकल कहते हैं कि अपना पाठ्यक्रम समाप्त करने के बाद, ''मुझे वाक़ई नहीं पता था कि मैं क्या करना चाहता हूं। केवल आज़माइश के लिए मैंने प्रशिक्षण के पहले वर्ष के लिए पंजीयन करा लिया।''

उन्हें यह जानकर हैरानी हुई कि मुझे इलाज करने में मज़ा आता था। ''यह लोगों की मदद करने का एक अच्छा तरीक़ा था। यह मेडिकल स्कूल की तरह नहीं था, जो लोगों की मदद की जगह नहीं है। वहां केवल मुर्दों की चीरफाड़ की जाती है और क्रेब्स चक्र का रट्टा लगाया जाता है।'' बहुत तेज़ी से वह प्रशिक्षु से फ़ेलो बनने के बाद मेडिकल क्लीनिक चलाने लगे। रेसिडेंसी के उपनिदेशक बनने के बाद वह अंततः जनरल इंटरनल मेडिसिन के प्रमुख बन गए।

फिर भी चिकित्सा के पेशे को माइकल दिल की आवाज़ नहीं मानते थे।

''प्रैक्टिस के दौरान मैंने पाया कि मेरे कई मरीजों को वास्तविकता में किसी दवा की नहीं बल्कि वास्तविकता में उसी बात की दरकार थी, जिसे मैं बचपन से करता आ रहा था। कई मरीजों को बस कुछ ठहरने, सांस लेने और अपने जीवंत अनुभवों से सीधे जुड़ने की ज़रूरत थी।''

वास्तविकता के इस अहसास ने माइकल को गंभीर बीमारियों से पीड़ित मरीजों के लिए एक विशेष चिंतन कक्षा खोलने के लिए तैयार किया। यह 1992 की बात है। तभी से, उन्होंने कार्यक्रम को और अधिक विस्तारित कर लिया है और इसी साल उन्होंने इसे अपना पूर्णकालिक पेशा बना लिया है। इसके तहत आज तक लगभग पंद्रह हज़ार मरीजों, नर्सों और चिकित्सकों को प्रशिक्षण दिया जा चुका है।

हाल ही में मैंने माइकल से स्थानीय स्कूलों के शिक्षकों के लिए ज़िम्मेदारी के अहसास पर संबोधन के लिए पूछा। संबोधन के दिन वह मंच पर पहुंचे और उन्होंने अपने श्रोताओं पर एक नज़र डाली। उन्होंने एक-एक करके वहां मौज़ूद सभी 70 शिक्षाविदों से आंखों के ज़रिए संपर्क साधा, जिन्होंने अपना रविवार उन्हें सुनने के लिए समर्पित कर दिया था। उसके बाद एक लंबी चुप्पी।

और फिर, दमकती हुई मुस्कराहट के साथ उन्होंने कहा, ''मुझे दिल की आवाज़ सुनाई दी।''

मैं 21 वर्ष की थी, जब मैंने पहली बार *उद्देश्यपूर्ण* शीर्ष लक्ष्य की ताक़त को अनुभव किया।

कॉलेज के जूनियर वर्ष की वसंत ऋतु की बात है, मैं उन गर्मियों के दौरान कुछ काम तलाशने के लिए करियर सर्विसेस सेंटर गई थी। एक विशाल तीन छल्ले वाले बाइंडर, जिसका शीर्षक था *ग्रीष्मकालीन सार्वजनिक सेवा*, के पन्ने पलटाते हुए मुझे एक कार्यक्रम मिला, जिसका नाम था समरब्रिज। यह कार्यक्रम कॉलेज के ऐसे विद्यार्थियों की तलाश में था जो गर्मियों के दिनों के लिए वंचित परिवारों के मिडिल स्कूल के विद्यार्थियों की संवर्धन कक्षाएं डिज़ाइन कर सकें और उनमें पढ़ा भी सकें।

मैंने सोचा, *बच्चों को गर्मियों की छुट्टियों में पढ़ाना एक अच्छा विचार लगता है। मैं जीव विज्ञान और परिस्थिति विज्ञान पढ़ा सकती थी। मैं उन्हें बताऊंगी कि टिन की पन्नी और कार्डबोर्ड से सोलर कुकर कैसे बनाया जाता है। हम हॉट डॉग भूनेंगे। मज़ा आएगा।*

मैंने नहीं सोचा, *यह अनुभव सबकुछ बदल डालेगा।*

मैंने नहीं सोचा, *निश्चित तौर पर तुम अभी ख़ुद विद्यार्थी हो, लेकिन ज़्यादा वक़्त तक नहीं रहोगी।*

मैंने नहीं सोचा, *ठहरो-तुम उद्देश्य की ताक़त को बस जानने ही वाली हो।*

ईमानदारी से कहूं तो मैं आपको उन गर्मियों के बारे में ज़्यादा नहीं बता सकती। मुझे विस्तार से याद नहीं। मुझे इतना याद है कि मैं हर रोज़ अलसुबह उठ जाती थी, सप्ताहांतों सहित, ताकि कक्षाओं के लिए तैयारी कर सकूं। मुझे याद है कि मैं देर रात तक काम करती रहती थी। मुझे कुछ विशेष बच्चे और कुछ ख़ास लमहे याद हैं। लेकिन घर लौटने के बाद कुछ लमहे सोचने के बाद मुझे अहसास हुआ कि क्या हुआ है। मैंने इस संभावना की एक झलक देखी है कि एक बच्चे का शिक्षक के साथ संबंध, दोनों के लिए ही जीवन बदल देने वाला साबित हो सकता है।

उस शरद ऋतु में जब मैं कैम्पस में लौटी मैंने समरब्रिज कार्यक्रम में पढ़ाने वाले दूसरे विद्यार्थियों को खोजने का प्रयास किया। इन विद्यार्थियों में से एक, फ़िलिप किंग तो मेरे ही छात्रावास में रहता था। मेरी ही तरह उसे भी एक और समरब्रिज कार्यक्रम शुरू करने की स्पष्ट अति आवश्यकता महसूस हो रही थी। विचार बहुत ज़्यादा आकर्षक था। हम प्रयास नहीं करें, ऐसा संभव ही नहीं था।

हमारे पास एक ग़ैर-लाभकारी संगठन शुरू करने के लिए ना तो पैसे थे, ना विचार, ना संबंध और मेरे मामले में तो कुछ और नहीं बस थे, बेहद संदेह से भरे और चिंता करने वाले अभिभावक जिनकी राय में हार्वर्ड की पढ़ाई के इस्तेमाल का यह भयावह रूप से मूर्खतापूर्ण तरीक़ा था।

फ़िलिप और मेरे पास कुछ नहीं था, लेकिन फिर भी, हमारे पास वह था जो जिसकी ज़रूरत थी। हमारे पास उद्देश्य था।

शून्य से किसी भी संस्थान को खड़ा करने वाला कोई भी व्यक्ति आपको बता देगा, इसमें लाखों काम होते हैं, छोटे और बड़े और इनमें से किसी भी काम के लिए कोई निर्देश पुस्तिका नहीं होती। अगर फ़िलिप और मैं कुछ ऐसा काम कर रहे होते जो महज़ दिलचस्प था तो यह संभव ही नहीं था, लेकिन चूंकि इस कार्यक्रम को तैयार करना हमारे दिमाग़ में था-और हमारे *दिलों* में भी-बच्चों के लिए इतना अधिक महत्त्वपूर्ण, इसने हमें वह हौसला और ऊर्जा दे दी, जो हमें इससे पहले पता ही नहीं थी।

चूंकि हम ख़ुद के लिए कुछ भी नहीं मांग रहे थे, फ़िलिप और मुझमें दान के लिए कैम्ब्रिज के हर छोटे कारोबार और रेस्तरां का दरवाज़ा खटखटाने का साहस था। हमें दानकर्ताओं के प्रतीक्षा कक्षों में घंटों बैठे रहने का धैर्य मिल गया था। हम इंतज़ार करते रहे और इंतज़ार करते रहे, जब तक कि उस व्यक्ति के पास हमसे मुलाक़ात का वक़्त नहीं होता। उसके साथ ही हमारे भीतर अपनी ज़रूरत की वस्तु मिलने तक मांगते रहने का ढीठपन भी आ गया था।

और फिर यह हमारे द्वारा की जा रही सभी बातों पर लागू हो गया-क्योंकि हम ख़ुद के लिए कुछ नहीं कर रहे थे, हम तो एक महान उद्देश्य के लिए यह सबकुछ कर रहे थे।

फ़िलिप और मेरे स्नातक होने के दो सप्ताह बाद, हमने कार्यक्रम शुरू कर दिया। उन गर्मियों में सात हाईस्कूलों और कॉलेज के विद्यार्थियों ने जाना कि शिक्षक होने के क्या मायने हैं। पांचवीं कक्षा के 30 लड़के-लड़कियों ने जाना गर्मियों की छुट्टियां पढ़ने, सीखने और कड़ी मेहनत करते हुए बिताने के क्या मायने हैं-भले ही पहले यह असंभव लगता हो, लेकिन उन्होंने वास्तविकता में इसे कर दिया था-साथ ही मज़ा भी आया।

यह 20 वर्ष से भी ज़्यादा पहले की बात है। अब ब्रेकथ्रू ग्रेटर बोस्टन के नाम से पहचाना जाने वाला कार्यक्रम मेरे और फ़िलिप्स की सोच से कहीं बड़ा हो चुका था। इसके तहत हर वर्ष सैकड़ों विद्यार्थियों को बिना किसी शिक्षण शुल्क के वर्ष भर शैक्षणिक समृद्धि हासिल करने का मौक़ा दिया जाता है। आज तक हज़ारों युवक और युवतियां इस कार्यक्रम में पढ़ा चुकी हैं और उनमें से कई ने तो आगे चलकर शिक्षा के क्षेत्र में ही करियर बना लिया है।

समरब्रिज की वजह से ही मेरा ध्यान अध्यापन की ओर मुड़ा। अध्यापन की वज़ह से मेरी बच्चों को अपनी ज़िंदगी से वह सबकुछ हासिल करने में मदद का अवसर मिला, जो शायद वह सपने में भी हासिल करने की बात नहीं सोच सकते थे।

और हां।

मेरे लिए अध्यापन ही पर्याप्त नहीं था। मेरे भीतर वह अपूर्ण छोटी बच्ची अभी भी मौज़दू थी जो विज्ञान से प्यार करती थी, जो इंसान के स्वभाव की ओर आकर्षित होती थी, जिसने 16 वर्ष की उम्र में गर्मियों में संवर्धन कक्षा में शिरकत का मौक़ा मिलने पर-तमाम विषयों के बीच से-मनोविज्ञान को चुना था।

इस किताब को लिखने से मुझे अहसास हुआ कि मैं उन लोगों में से हूं जिन्हें किशोरवय में ही अपनी दिलचस्पियों का आभास हो गया था, 20 वर्ष की उम्र आने तक उसमें और अधिक स्पष्टता आ गई। उम्र का 30वां पड़ाव पार करने के दौरान मुझे वह अनुभव और विशेषज्ञता मिल गई कि मैं कह सकती थी कि मेरा शीर्ष जीवन बदल देने वाला लक्ष्य क्या है जो आख़िरी सांस तक क़ायम रहेगा : *मनोवैज्ञानिक विज्ञान का इस्तेमाल बच्चों की प्रगति में मदद देने के लिए करो।*

मेरे पिताजी के समरब्रिज को लेकर बिफरने की एक वजह यह थी कि वह मुझसे प्यार करते थे। उन्हें लगा कि मैं अपने कल्याण पर दूसरे लोगों की भलाई को प्राथमिकता दे दूंगी। ऐसे लोगों की भलाई जिन्हें वह अपनी बेटी जितना प्यार नहीं करते थे।

वाक़ई, दृढ़ संकल्प और उद्देश्य सैद्धांतिक तौर पर विरोधाभासी लगते हैं। कैसे संभव है कि आप अपने शीर्षस्थ लक्ष्य पर पूरा ध्यान केंद्रित करें, जबकि आपके नज़रिए का बाहरी आवरण दूसरों की चिंता पर लगा रहे? अगर दृढ़ संकल्प लक्ष्यों के पिरामिड की तरह है जिसमें सभी एक अदद लक्ष्य के लिए काम करते हैं तो इस परिदृश्य में अन्य दूसरे लोग भला कैसे समाहित हो सकते हैं?

मेरे साथी और वार्टन के प्रोफ़ेसर एडम ग्रांट कहते हैं, ''अधिकांश लोग सोचते हैं कि आत्मकेंद्रित और इतर-केंद्रित प्रेरणा एक ही अनवरत श्रंखला के दो विपरीत सिरे हैं। फिर भी, मैंने नियमित तौर पर पाया है कि वह पूरी तरह से स्वतंत्र हैं। आपके पास इनमें से कुछ भी नहीं हो सकता है और दोनों ही हो सकते हैं।'' दूसरे शब्दों में, आप शीर्ष व्यक्ति हो सकते हैं, लेकिन उसी दौरान आपमें दूसरों की मदद करने का जज़्बा भी हो सकता है।

एडम का रिसर्च बताता है कि निजी और समाज के हित, दोनों ही रखने वाले नेतृत्वकर्ता और कर्मचारी लंबी अवधि में उन लोगों से बेहतर प्रदर्शन करते हैं, जो 100 प्रतिशत स्वार्थ से ही प्रेरित होते हैं।

उदाहरण के लिए, एडम्स ने एक बार म्युनिसिपल्टी के अग्निशमन कर्मचारियों से पूछा, ''आप अपना काम करने के लिए क्यों प्रेरित हैं?'' उसके बाद उन्होंने अगले दो महीने में उनके ओवरटाइम के वक़्त पर नज़र रखी, इस उम्मीद के साथ कि ज़्यादा प्रेरित अग्निशमन कर्मी ज़्यादा दृढ़ संकल्प का प्रदर्शन करेंगे। लेकिन दूसरों की मदद के लिए प्रेरित लोगों में से कई ने कम ओवरटाइम किया। क्यों?

दूसरी प्रेरणा का अभाव था, किए जाने वाले काम में दिलचस्पी। जब वह अपने काम का आनंद उठाते हैं तभी दूसरे लोगों की मदद में और अधिक प्रयास देखने को मिलते हैं। वास्तविकता में तो समाज हित के इरादों वाले (''क्योंकि मैं अपने काम के ज़रिए दूसरों को मदद करना चाहता हूं'') और अपने काम में आंतरिक दिलचस्पी रखने वाले (''क्योंकि मुझे काम में मज़ा आता है'') अग्निशमन कर्मियों का ओवरटाइम का औसत अन्य की तुलना में 50 प्रतिशत अधिक था।

जब एडम्स ने एक सार्वजनिक यूनिवर्सिटी के कॉल सेंटर पर चंदा एकत्रित करने वाले 140 लोगों से यही सवाल पूछा- ''आप अपना काम करने के लिए क्यों प्रेरित हैं?'' सामाजिक हित का इरादा जताने वाले और काम को आंतरिक तौर पर आकर्षक मानने वालों ने ही ज़्यादा कॉल्स किए और परिणामस्वरूप यूनिवर्सिटी के लिए ज़्यादा चंदा एकत्रित किया।

विकास मनोवैज्ञानिक डेविड यीगर और मैट बंडिक ने किशोरों में भी यही रुझान पाया। उदाहरण के लिए, ऐसे ही एक अध्ययन में डेविड ने तक़रीबन 100 वयस्कों का साक्षात्कार लिया। उन्होंने उनसे उनके ही शब्दों में यह बताने को कहा कि वह बड़े होकर क्या बनना चाहते हैं।

कुछ ने भविष्य की बातें पूरी तरह आत्मकेंद्रित होकर कीं (''मैं फ़ैशन डिज़ाइनर बनना चाहता हूं क्योंकि यह एक मज़ेदार काम है... यह महत्त्वपूर्ण है कि ...आप अपने आनंद अपने करियर का उठा सकें''))।

अन्य ने केवल इतर-केंद्रित इरादों (''मैं चिकित्सक बनना चाहता हूं। मैं दूसरों की मदद करना चाहता हूँ...'') का इज़हार किया।

और अंत में, कुछ किशोरों ने आत्मकेंद्रित और इतर-केंद्रित इरादों का इज़हार किया, ''अगर मैं समुद्री जैव वैज्ञानिक हूं तो मैं सबकुछ स्वच्छ रखने के लिए ज़ोर लगाऊंगा... मैं किसी एक जगह का चयन करूंगा और फिर उस जगह की मदद करूंगा, जैसे मछली और सबकुछ... मुझे घर में मछलियों से भरी टंकी और मछलियां हमेशा से पसंद हैं, क्योंकि मछलियों को तैरने का मौक़ा मिल जाता

है और वे एक तरह से आज़ाद रहती हैं। यह पानी के भीतर उड़ने या उसके जैसा ही है।''

दो साल बाद, आत्म और इतर-केंद्रित इरादों की बात करने वाले युवाओं ने स्कूल के काम को केवल दोनों में से एक इरादा ज़ाहिर करने वाले विद्यार्थियों की तुलना में स्कूल के काम को निजी तौर पर ज़्यादा अर्थपूर्ण करार दिया था।

दृढ़ संकल्प के प्रतिमान कई लोगों, जिनका मैंने साक्षात्कार लिया था, की राय में उद्देश्यपूर्ण, दिलचस्प जुनून का रास्ता अप्रत्याशित है।

ऑरोरा और फ्रेंको फ़ोंट, ऑस्ट्रेलियाई उद्यमी हैं जिनकी सुविधा सेवा कंपनी में 2,500 कर्मचारी कार्यरत हैं और कंपनी की सालाना आय 130 मिलियन डॉलर से ज़्यादा है।

27 वर्ष पहले ऑरोरा और फ्रेंको की जब नई-नई शादी हुई थी तो वह कंगाली की स्थिति में थे। उनके मन में एक रेस्तरां शुरू करने का विचार आया, लेकिन इसे शुरू करने के लिए उनके पास पर्याप्त पूंजी नहीं थी। इसलिए उन्होंने इसकी जगह शॉपिंग मॉल्स और छोटी कार्यालयीन इमारतों की सफ़ाई का काम हाथ में लिया-किसी दिल की आवाज़ के कारण नहीं बल्कि इसलिए क्योंकि यह उनके बिलों के भुगतान में मददग़ार था।

जल्द ही उनकी करियर की आकांक्षा ने मोड़ लिया। उन्हें अतिथि सेवा की तुलना में इमारतों की देखरेख में बेहतर भविष्य दिखा। दोनों ने ख़ुद को काम में पूरी तरह से झोंक दिया, सप्ताह में 80 घंटे तक, कई बार तो अपने शिशुओं को सीने पर बांधकर, अपने ग्राहकों की इमारतों में बाथरूम टाइल्स को इस तरह से घिसकर साफ़ करते हुए मानो वे उनके अपने बाथरूम थे।

कई उतार-चढ़ावों से गुज़रते हुए-और ऐसे अनेकानेक थे-फ्रेंको ने मुझे बताया, ''हमने ज़िद नहीं छोड़ी। हमने बाधाओं के सामने घुटने नहीं टेके। हम किसी भी हालत में ख़ुद को हारने नहीं देना चाहते थे।''

मैंने ऑरोरा और फ्रेंको के सामने स्वीकारा कि मेरे लिए यह सोच पाना ही मुश्किल था कि बाथरूम की सफ़ाई-या बाथरूम साफ़ करने वाली करोड़ों की कंपनी खड़ी करना तक-कैसे दिल की आवाज़ जैसा महसूस हो सकता है।

ऑरोरा ने ख़ुलासा किया, ''यह केवल सफ़ाई तक ही सीमित नहीं है,'' उनकी आवाज़ भावनाएं उमड़ आने के कारण भर्रा गई थी, ''यह कुछ बनाने की बात है। यह हमारे ग्राहकों और उनकी समस्याओं को सुलझाने से जुड़ी बात है। सबसे ज़्यादा तो यह हमारे द्वारा रखे जाने वाले भरोसेमंद लोगों के बारे में है-उनके

पास बहुत बड़े दिल हैं और हम उनके प्रति अपनी ज़िम्मेदारी को महसूस करते हैं।''

स्टेनफ़ोर्ड के विकासात्मक मनोवैज्ञानिक बिल डेमन के मुताबिक़ इस तरह के आत्म-केंद्रित होने से बचने वाले भाव को विचारपूर्वक विकसित किया जा सकता है और किया जाना चाहिए। अपने उल्लेखनीय करियर के पांचवें दशक में प्रवेश कर चुके बिल इस बात का अध्ययन करते हैं कि किशोर कैसे इस तरह की ज़िंदगी जीना सीखते हैं, जो ना केवल व्यक्तिगत संतुष्टि देती है बल्कि उसी दौरान बड़े समुदाय के लिए भी फ़ायदेमंद होती है। वह कहते हैं कि इस अध्ययन की वजह उनकी दिल की आवाज़ है।

बिल के ही शब्दों में, उद्देश्य इस सवाल का अंतिम जवाब है, ''क्यों? तुम यह क्यों कर रहे हो?''

तो बिल ने उद्देश्य के मूल के बारे में क्या जाना?

उन्होंने मुझे बताया, ''आंकड़ों के पुलिंदों के बाद पुलिंदों में एक क़िस्म का रुझान देखने को मिलता है। हर किसी के भीतर एक चिंगारी होती है। और उद्देश्य की शुरुआत यही होती है। उस चिंगारी में ही आपकी रुचि होती है।''

इसके बाद ज़रूरत है कि आप किसी उद्देश्यपूर्ण व्यक्ति को खोजें। यह उद्देश्यपूर्ण आदर्श परिवार का सदस्य, कोई ऐतिहासिक हस्ती, कोई राजनीतिक हस्ती हो सकती है। इस बात से कोई फ़र्क़ नहीं पड़ता कि वह कौन है और यह भी ज़रूरी नहीं है कि क्या वह उद्देश्य उस काम से जुड़ा है जो वह बच्चा अंततः करेगा। बिल बताते हैं, ''अगर कुछ मायने रखता है तो वह यह कि *कोई* यह करके बता रहा है कि दूसरों के लिए भी कुछ हासिल करना संभव है।''

वास्तविकता में तो उन्हें एक अदद ऐसा मामला याद नहीं, जहां उद्देश्य का विकास किसी उद्देश्यपूर्ण आदर्श के पूर्ववर्ती अवलोकन के बग़ैर, संभव हुआ हो। उन्होंने कहा, ''आदर्श स्थिति तो यह है कि बच्चा ना केवल यह देखता है कि उद्देश्यपूर्ण जीवन कितना मुश्किल है-तमाम क़िस्म की हताशा और बाधाएं-बल्कि वह यह भी देखता है कि अंततः यह कितना संतोषप्रद होता है।''

इसके बाद जो होता है, बिल के शब्दों में वह किसी आकाशवाणी की तरह दिव्य अनुभव होता है। व्यक्ति दुनिया में एक ऐसी समस्या को जान जाता है जिसके हल की ज़रूरत है। यह खोज कई तरीक़े से हो सकती है। कई बार निजी क्षति से या दुर्दिनों के कारण। कई बार दूसरों को हुई क्षति या उनके दुर्दिनों के बारे में जानकर।

बिल ने तत्काल जोड़ा, लेकिन केवल इतना देख पाना कि किसी को हमारी मदद की ज़रूरत है, पर्याप्त नहीं है। पूरे भरोसे के लिए एक और दिव्य अनुभूति की

दरकार होती है : *''मैं निजी तौर पर बदलाव ला सकता हूं।''* बिल की राय में यह भरोसा, क़दम उठाने का यह इरादा ही वह वजह है कि किसी आदर्श को ज़िंदगी में उद्देश्य को साकार करते देखना क्यों महत्त्वपूर्ण है। ''आपमें यह यक़ीन जागना चाहिए कि आपके प्रयास व्यर्थ नहीं जाएंगे।''

केट कोल उन लोगों में से हैं जिनके पास उद्देश्यपूर्ण दृढ़ संकल्प के लिए एक आदर्श है।

मैं जब केट से मिली थीं तो वह उस समय 35 वर्ष की उम्र में सिनाबोन बेकरी चेन की अध्यक्ष थीं। अगर आप उनकी कहानी को बिना ज़्यादा ध्यान दिए सुनें तो आप उसे ''रंक से राजा'' की कहानी करार देंगे, लेकिन अगर आप कुछ ठहरकर बारीक़ी से देखें तो पाएंगे कि यह है, ''ग़रीबी से उद्देश्य तक।''

केट का बचपन फ़्लोरिडा के जैकसनविले में बीता। केट जब केवल 9 वर्ष की थीं, उनकी मां जो ने केट के शराबी पिता को छोड़ने का हौसला जुटाया। केट और उनकी दो बहनों की परवरिश के लिए पर्याप्त पूंजी जुटाने की ख़ातिर जो ने तीन-तीन नौकरियां कीं और इसके बावज़ूद वह दूसरों की मदद के लिए वक़्त निकाल लेती थीं। ''वह किसी के लिए कुछ पका रही होती थीं, किसी के दैनंदिन काम में हाथ बंटा रही होती थीं-उन्हें दूसरों के लिए कुछ करने के छोटे-मोटे मौक़ों का भी आसानी से आभास हो जाता था। उनकी पहचान का हर एक व्यक्ति, चाहे वह उनका सहकर्मी हो या केवल समुदाय का कोई व्यक्ति, उनके लिए परिवार का व्यक्ति बन जाता था।''

केट ने अपनी मां के कामकाज के तौर-तरीक़ों के साथ-साथ दूसरों की मदद करने का गहरी इच्छा को स्वीकार लिया।

केट की प्रेरणा की ओर मुड़ने से पहले हम उनकी कार्पोरेट जगत में असंभव प्रगति पर नज़र डाल लें। केट के संक्षिप्त विवरण की शुरुआत 15 वर्ष की उम्र में एक स्थानीय मॉल में कपड़े बेचने से होती है। 18 वर्ष की उम्र में वह वेट्रेस बनने की उम्र हासिल कर चुकी थीं। उन्हें ''हूटर्स गर्ल'' में नौकरी मिल गई और एक वर्ष बाद उन्हें ऑस्ट्रेलिया में पहले हूटर्स रेस्तरां में मदद करने का काम सौंपा गया। मैक्सिको सिटी, द बहामा और फिर अर्जेंटीना में भी यही दोहराया गया। 22 वर्ष की उम्र तक वह 10 लोगों का एक विभाग चला रही थीं। 26 वर्ष की उम्र में वह उपाध्यक्ष बन चुकी थीं। कार्यकारी दल की सदस्य के सदस्य के तौर पर केट ने हूटर्स की फ़्रेंचाइज़ी को 28 देशों के 400 से अधिक स्थानों तक विस्तारित करने में मदद की। जब कंपनी को एक निजी इक्विटी फ़र्म ने ख़रीदा तो केट 32 वर्ष की

हो चुकी थीं और उनका करियर का ग्राफ़ इतना बेहतरीन था कि सिनाबोन ने उन्हें अपनी कंपनी का अध्यक्ष बनने का अवसर दे डाला। केट के नेतृत्व में सिनाबोन की बिक्री पिछले एक दशक की तुलना में बहुत ज़्यादा बढ़ गई और चार वर्ष के भीतर यह एक अरब डॉलर के पार चली गई।

आइए अब इस बात पर ध्यान दें कि केट की सफलता का राज़ क्या है।

हूटर्स में वेट्रेस होने के शुरुआती दिनों में एक कुक ने बीच शिफ़्ट में नौकरी छोड़ दी थी। उन्होंने मुझे बताया, ''तो, मैं मैनेजर के साथ पीछे गई और खाना बनाने में मदद की ताकि सभी टेबलों पर उसे परोसा जा सके।''

क्यों?

''पहली बात मेरा गुज़ारा टिप्स के दम पर ही हो रहा था। उन्हीं के ज़रिए मैं अपने बिलों का भुगतान करती थी। अगर लोगों को उनका खाना नहीं मिला, तो वे भुगतान नहीं करेंगे और निश्चित ही वह मुझे टिप भी नहीं देंगे। दूसरा मैं यह जानने के लिए बेहद उत्सुक थी कि क्या मैं यह काम कर सकती हूं। और तीसरा मैं मदद करना चाहती थी।''

टिप्स और उत्सुकता जहां आत्मकेंद्रित प्रेरणाएं हैं, लेकिन मदद करने की चाहत, निश्चित तौर पर इतर-केंद्रित हैं। यह एक उदाहरण था कि कैसे केवल एक क़दम-स्टोव के पास पहुंचकर सभी ग्राहकों के लिए खाना बनाना-से व्यक्ति को और उसके इर्द-गिर्द मौज़ूद लोगों को भी फ़ायदा मिला।

इसके बाद केट किचन के कर्मचारियों को प्रशिक्षण देने के साथ-साथ कार्यालय के संचालन में भी मदद करने लगीं। ''फिर एक दिन, बारटेंडर को किसी काम से जल्दी जाना था और फिर वही हुआ। किसी और दिन मैनेजर ने नौकरी छोड़ दी और मैंने सीखा कि शिफ़्ट का संचालन कैसे किया जाता है। छह महीने के भीतर मैंने उस इमारत में मौज़ूद सारे काम कर लिए थे। मैंने ना केवल उन कामों को किया बल्कि दूसरों को वह काम सिखाने के लिए मैं प्रशिक्षक तक बन गई।''

मुश्किल घड़ी में आगे आकर ख़ासतौर पर मदद करना कंपनी में तरक्की के लिए उठाया गया सोचा-समझा क़दम नहीं था। हालांकि अपने काम से ऊपर उठकर कर्तव्य प्रदर्शन के कारण ही उन्हें एक अंतर्राष्ट्रीय जगह पर नई शाखा खोलने का न्यौता मिला। जो आगे चलकर उन्हें कंपनी में अधिकारी का पद दिला गया और सिलसिला यूं ही बढ़ता चला गया।

महज संयोग नहीं है कि उन्होंने जो किया उनकी मां जो ने भी किया होता। जो ने मुझे बताया, ''लोगों की मदद मेरा जुनून है। फिर वह कहीं भी हो चाहे कारोबार में या कारोबार से परे, अगर आपको किसी ऐसे व्यक्ति की ज़रूरत है जो आकर कुछ निर्माण करे या किसी तरह से आपकी मदद करे, तो मैं वह व्यक्ति हूं

जो आपके लिए वहां उपस्थित रहना चाहती हूं। मेरे लिए, जो कुछ भी सफलता मैंने हासिल की है, इसकी वजह है कि मैं साझा करना पसंद करती हूं। मेरे भीतर कुछ भी अलग से नहीं है -मेरे पास जो कुछ भी है, मैं वह आपको या किसी भी अन्य को देने के लिए तैयार हूं।''

केट अपने फ़लसफ़े का श्रेय अपनी मां को देती हैं, जिन्होंने उन्हें ''मेहनत करने और लोगों को लौटाने'' के लिहाज़ से ही परवरिश दी। और वही नैतिक गुण आज भी उनका मार्गदर्शन करता है।

''धीरे-धीरे मैं इस बात को लेकर और अधिक जागरूक होती चली गई कि मैं नए माहौल से मेल बैठाने और लोगों को उनकी क्षमताएं उनकी सोच से ज़्यादा होने का अहसास दिलाने में बहुत अच्छी हूं। मैं समझती जा रही थी कि यही काम मेरे लिए बना है। और फिर मैंने यह महसूस करना शुरू किया कि अगर मैं लोगों को मदद कर सकती हूँ-एक व्यक्ति की-तो मैं पूरी टीम की भी मदद कर सकती हूं। अगर मैं टीम की मदद कर सकती हू तो मैं कंपनियों की भी मदद कर सकती हूं। अगर मैं कंपनियों को मदद कर सकती हूं तो मैं ब्रांड को भी मदद कर सकती हूं। अगर मैं ब्रांड को मदद कर सकती हूं तो मैं समुदाय और देशों की भी मदद कर सकती हूं।''

कुछ अरसा पहले केट ने अपने ब्लॉग पर एक निबंध साझा किया जिसका शीर्षक था, ''देखिए क्या संभव है और दूसरों को भी ऐसा ही करने में मदद कीजिए।'' केट लिखती हैं, ''जब मैं लोगों से घिरी होती हूं तो मेरा दिल और दिमाग़ इस जागरूकता से दमकने लगता है कि मैं महानता की मौज़ूदगी में हूं। शायद महानता जो मिली नहीं या महानता जो अविकसित है, लेकिन फिर भी महानता की संभावना या मौज़ूदगी। आप नहीं जानते कि कौन अच्छा काम करेगा या महान काम करेगा या फिर दुनिया को प्रभावित करने वाला अगला व्यक्ति होगा-इसलिए हर किसी के साथ ऐसा ही व्यवहार कीजिए मानो वह वही व्यक्ति है।''

आपकी उम्र चाहे जो हो, एक उद्देश्य का भाव विकसित करने के लिए कोई भी वक्त जल्दी का या देरी का नहीं होता। मैं तीन सिफ़ारिशें करना चाहूंगी, जो मैंने इसी अध्याय में उल्लेखित उद्देश्य के रिसर्चर्स में से एक से उधार ली है।

डेविड यीगर सिफ़ारिश करते हैं कि *अपने पहले से किए जा रहे काम की समीक्षा समाज में सकारात्मक योगदान की वजह बन सकती है।*

कुछ विस्तारित समय में किए गए अध्ययनों में डेविड यीगर और उनके साथी डेव पॉनेस्कु ने हाईस्कूल के विद्यार्थियों से पूछा, ''दुनिया किस तरह से एक बेहतर

जगह बन सकती है?'' और फिर उनसे इसका संबंध उनके द्वारा स्कूल में सीखी जा रही बातों से जोड़ने को कहा गया। जवाब में नौवीं कक्षा के एक बच्चे ने लिखा, ''मैं एक आनुवांशिकता पर रिसर्चर की नौकरी करना चाहूंगा। मैं इस नौकरी का इस्तेमाल फ़सलों में सुधार कर ज़्यादा खाद्यान्न उत्पन्न कर दुनिया को बेहतर बनाने के लिए करूंगा...'' एक अन्य ने कहा, ''मैं सोचता हूं कि शिक्षा आपको दुनिया को समझने की क्षमता देती है। मैं पहले स्कूल गए बग़ैर किसी भी व्यक्ति की मदद नहीं कर सकूंगा।''

इस आसान-सी क़वायद, जिसे पूरा होने के लिए कक्षा के एक पीरियड तक का भी वक़्त नहीं लगा, ने नाटकीय तौर पर विद्यार्थियों की भागीदारी को ऊर्जावान बना दिया। प्लेसेबो नियंत्रित क़वायद की तुलना में उद्देश्य पर विचार व्यक्त करने से विद्यार्थियों को अपनी आगामी परीक्षा की तैयारी का समय दोगुना करने की ओर ले गया। गणित के सवालों पर ज़्यादा कड़ी मेहनत, जबकि मनोरंजक वीडियोज़ देखने का विकल्प भी मौज़ूद था। और घर लौटते वक़्त हाथ में गणित और विज्ञान के बेहतर रिपोर्ट कार्ड्स।

एमी रज़ेनिवस्की सिफ़ारिश करती हैं, *इस बात पर चिंतन कि किस तरह से छोटे-छोटे अर्थपूर्ण तरीक़ों से आप अपने वर्तमान काम में परिवर्तन लाकर, इसके आपके मौलिक मूल्यों के साथ संबंध को, और अधिक पुख़्ता कर सकते हैं।*

एमी इस विचार को ''रोज़गार कौशल'' का नाम देती हैं और यह एक प्रक्रिया है जिसमें वह साथी मनोवैज्ञानिकों जेन डटन, जस्टिन बर्ग़ और एडम ग्रांट के साथ काम कर रही हैं। यह बहुत ज़्यादा आशावादी नहीं है जिसमें हर नौकरी आपको परम आनंद की स्थिति तक ले जाए। यह सामान्य शब्दों में एक भावना है कि आप चाहे जो भी काम कर रहे हों, आप अपने काम के दायरे में रहकर भी-कुछ जोड़कर, कुछ घटाकर और कुछ हल्के बदलावों के साथ उस काम का अपनी दिलचस्पी और मूल्यों से मेल बैठा सकते हैं।

एमी और उनके साथियों ने हाल ही में इस विचार का इस्तेमाल गूगल में किया। कर्मचारी जो ऐसी जगहों पर काम कर रहे थे, जहां शब्द उद्देश्य दिमाग़ में नहीं आता-बिक्री, विपणन, वित्त, संचालन और लेखा, उदाहरण के लिए-उन्हें बिना किसी क्रम के रोज़गार कौशल की कक्षाओं में भेजा गया। अपनी दिनचर्या को बदलने के लिए उन्होंने अपने-अपने विचार रखे। हर कर्मचारी ने एक क़िस्म का निजी ''नक़्शा'' बनाया कि किन बातों से उनका काम ज़्यादा अर्थपूर्ण और आनंददायी होगा। छह माह बाद इस कार्यशाला में भाग लेने वाले कर्मचारियों को प्रबंधकों और सहकर्मियों ने उल्लेखनीय तौर पर ज़्यादा ख़ुश और ज़्यादा प्रभावी करार दिया।

अंत में, बिल डेमन कहते हैं कि *एक उद्देश्यपूर्ण आदर्श में प्रेरणा तलाशना चाहिए।* अपने साक्षात्कार के रिसर्च के दौरान पूछे गए सवालों में से कुछ सवालों के जवाब वह आपसे लिखित में चाहते हैं, इसके सहित, ''ख़ुद को आज से 15 वर्ष बाद की स्थिति में देखिए। आपको क्या लगता है कि उस वक़्त आपके लिए क्या सबसे महत्त्वपूर्ण होगा?'' और ''क्या आप किसी ऐसे व्यक्ति के बारे में सोच सकते हैं जिसकी ज़िंदगी आपको बेहतर व्यक्ति बनने के लिए प्रेरित करती है? कौन? क्यों?''

जब मैंने बिल की एक्सरसाइज़ में भाग लिया, मैंने महसूस किया कि वह एक व्यक्ति जिसने मुझे दूसरों पर केंद्रित उद्देश्य की ख़ूबसूरती से रूबरू कराया, मेरी मां है। वह बिना किसी अतिशयोक्ति के, मेरे संपर्क में आई सबसे दयालु व्यक्ति हैं।

बड़े होने के दौरान मैं हमेशा मां के उदारवादी रवैये को पसंद नहीं करती थी। मैं थैंक्सगिविंग के दौरान मेरी मेज़ को दूसरे लोगों द्वारा–ना केवल दूर के रिश्तेदार जो हाल ही में चीन से आए थे, बल्कि उनके कमरे के साथीगण और उनके कमरे के साथीगणों के भी दोस्त– साझा किए जाने से कुढ़ती थी। तक़रीबन हर उस व्यक्ति का, जिसके पास अपना घर नहीं हो और जो नवंबर के महीने में मेरी मां के संपर्क में आया हो, हमारे घर में खुले दिल से स्वागत किया जाता था।

एक वर्ष मेरी मां ने मेरे जन्मदिन के एक तोहफ़े को खोलने के एक माह बाद किसी को दे डाला और एक अन्य वर्ष उसने मेरी बहन के तमाम मुलायम खिलौने दे डाले। हमने रो-रोकर घर सिर पर उठा लिया और कहा कि वह हमसे प्यार नहीं करतीं। हमारी हरकतों से हैरान होकर उन्होंने कहा, ''लेकिन ऐसे बच्चे भी हैं जिन्हें उनकी ज़रूरत है। तुम्हारे पास इतना सबकुछ है। उनके पास कितना कम है।''

जब मैंने अपने पिताजी से कहा कि मैं मेडिकल स्कूल की एमसीएटी परीक्षा की बजाय अपना वक़्त समरब्रिज कार्यक्रम तैयार करने के लिए दूंगी तो वह आगबबूला हो गए। ''तुम्हें ग़रीब बच्चों की इतनी चिंता क्यों है? वे परिवार के सदस्य नहीं हैं। तुम तो उन्हें जानती तक नहीं।'' मुझे अब इस बात का अहसास होता है कि ऐसा क्यों था। पूरी ज़िंदगी मैंने एक व्यक्ति को–मेरी मां को–कई अन्य लोगों की मदद करते हुए देखा था। मैंने उद्देश्य की ताक़त को देखा था।

9

उम्मीद

एक पुरानी जापानी कहावत है : *सात गिरते हैं तो आठ खड़े हो जाते हैं।* अगर मैंने कभी टैटू गुदवाया तो मैं इन नौ साधारण से शब्दों को कभी नहीं मिटने वाली स्याही से गुदवा लूंगी।

उम्मीद क्या है?

यह अपेक्षा कि आज का दिन कल से बेहतर होगा भी एक तरह की उम्मीद ही है। यह इस तरह की उम्मीद है जो हमसे धूप भरे मौसम या आगे एक अच्छे रास्ते की ललक जगाती है। इस पर ज़िम्मेदारी का कोई भी बोझ नहीं होता। यह ज़िम्मेदारी ब्रह्मांड की होती है कि वह बातों को बेहतर बनाए।

जहां तक दृढ़ संकल्प की बात है तो यह एक अलग ही क़िस्म की उम्मीद पर टिका होता है। यह इस अपेक्षा पर टिका होता है कि हमारे अपने प्रयास हमारे भविष्य को बेहतर बनाएंगे। *मुझे महसूस हो रहा है कि कल बेहतर होगा उस कल से अलग होगा जिसे बेहतर बनाने का मैं संकल्प कर चुका हूं।* दृढ़ संकल्प वाले लोगों की उम्मीद का कोई क़िस्मत कनेक्शन नहीं होता, ना ही दोबारा उठ खड़े होने के साथ।

मेरे कॉलेज के पहले ही वर्ष के बसंत ऋतु के सेमिस्टर में मैंने तंत्रिका प्रणाली (नर्वस सिस्टम) के जीवविज्ञान (न्यूरोबायोलॉजी) के लिए पंजीयन किया।

मैं हर दिन क्लास में जल्दी आकर अगली पंक्ति में बैठ जाती थी, जहां मैं हर समीकरण और रेखाचित्र को अपनी कॉपी में उतार लिया करती थी। लेक्चर समाप्त होने के बाद मैं दी गई सारी सामग्री पढ़ती थी और ज़रूरी सवालों के सेट को भी। पहली प्रश्नोत्तरी के वक़्त मैं कुछ क्षेत्रों में कुछ डगमगा रही थी–यह एक

कठिन पाठ्यक्रम था और मेरी हाईस्कूल की जीव विज्ञान की कक्षा में भी काफ़ी-कुछ किया जाना था-लेकिन कुल मिलाकर मैं पर्याप्त रूप से विश्वास महसूस कर रही थी।

प्रश्नोत्तरी की शुरुआत अच्छी तरह से हुई, लेकिन यह मुश्किल होती चली गई। मैं घबराहट महसूस करने लगी, बार-बार यही सोचने लगी : *मैं इसे पूरा नहीं कर पाऊंगी! मुझे कुछ पता नहीं कि मैं क्या कर रही हूं! मैं अनुत्तीर्ण होने वाली हूं!* यह निश्चित तौर पर ख़ुद की ही तैयार की हुई भविष्यवाणी थी। मेरे दिमाग़ में दिल धड़का देने वाले विचारों की जितनी ज़्यादा भीड़ होने लगी, मेरे लिए एकाग्र होना उतना ही मुश्किल होता चला गया। मेरे अंतिम सवाल पढ़ने से पहले ही वक़्त ख़त्म हो गया।

कुछ दिन बाद प्रोफ़ेसर ने प्रश्नोत्तरी हमें थमाई। मैंने बड़े अनमने भाव से अपने कमज़ोर ग्रेड की तरफ़ देखा और उसके तत्काल बाद अपने लिए नियुक्त शिक्षण सहायक के कार्यालय में पहुंच गई। उन्होंने सलाह दी, ''तुमको यह पाठ्यक्रम छोड़ देने पर विचार करना चाहिए। तुम तो फ्रेशमैन हो तुम्हारे पास तीन वर्ष का वक़्त है। तुम बाद में कभी भी इस कक्षा में प्रवेश ले सकती हो।''

मैंने जवाब दिया, ''मैंने हाईस्कूल में एपी बायो लिया था।''

''तुम्हारा प्रदर्शन कैसा रहा था?''

''मुझे ए मिला था, लेकिन हमारी शिक्षक ने हमें ज़्यादा कुछ नहीं पढ़ाया था, शायद यही वजह है कि मैं वास्तविक एपी परीक्षा नहीं दे पाई।'' इस बात ने इस सहज बोध को जगा दिया कि मुझको यह पाठ्यक्रम छोड़ देना चाहिए।

तक़रीबन यही दृश्य बीच के सत्र में भी दोहराया गया, जिसके लिए मैंने पागलों की तरह जमकर पढ़ाई की थी और जिसके बाद मैंने ख़ुद को दोबारा शिक्षण सहायक के कमरे में पाया। इस मर्तबा उनका लहजा ताक़ीद देने जैसा था। ''तुम अपनी अंक तालिका पर अनुत्तीर्ण का ग्रेड *नहीं* चाहती हो। अभी भी पाठ्यक्रम से हट जाने के लिहाज़ से देरी नहीं हुई है। इसका तुम्हारे जीपीए में कोई असर नहीं पड़ेगा।''

मैंने इस मर्तबा उन्हें धन्यवाद दिया और बाहर निकलते वक़्त पीछे का दरवाज़ा बंद कर दिया। जब मैं हॉल में पहुंची तो मुझे हैरानी हो रही थी कि मैं रोई नहीं। इसकी बजाय मैंने वस्तुस्थिति की समीक्षा की : दो असफलताएं और सेमिस्टर की समाप्ति से पहले केवल एक और परीक्षा-अंतिम। मुझे अहसास हुआ कि मुझे निचले स्तर के पाठ्यक्रम से शुरुआत करनी चाहिए थी और अब जबकि आधा सेमिस्टर बीत चुका है, यह ज़ाहिर-सा था कि मेरी उत्साह भरी पढ़ाई पर्याप्त साबित नहीं हो रही थी। अगर मैं इसमें बनी रही तो तय है कि मैं अंतिम वर्ष में घुटकर

रह जाऊंगी और मेरी अंक तालिका पर लिखा होगा ग्रेड एफ़। अगर मैंने पाठ्यक्रम छोड़ दिया तो मैं अपने नुक़सान को टाल सकूंगी।

मैंने अपने हाथों को मुट्ठी में बदला, जबड़ों को भींचा और सीधे रजिस्ट्रार के कार्यालय में जा पहुंची। उस वक़्त मैंने न्यूरोबायोलॉजी में ही पंजीकृत रहने और उसे ही मुख्य विषय बनाने का संकल्प कर लिया था।

उस निर्णायक दिन, मैं देख सकती हूं कि मैं गिरा दी गई हूं–या ज़्यादा सटीक शब्दों में कहा जाए अपने ही दोनों पैरों पर लड़खड़ाकर मुंह के बल गिर गई हूं। यह एक ऐसा लम्हा था जहां मैं नीचे पड़ी रह सकती थी। मैं ख़ुद से कह सकती थी : *मैं एक बेवकूफ़ हूं! मैं जो भी करती हूं पर्याप्त तौर पर अच्छा नहीं है!* और मैंने कक्षा छोड़ दी होती।

इसके विपरीत मेरी ख़ुद से बातचीत दिलेरीपूर्ण तरीक़े से उम्मीद से भरी थी : मैं मैदान नहीं छोड़ूंगी! मैं इससे निपट सकती हूं!

बचे हुए सेमिस्टर में मैंने ना केवल कड़ी मेहनत की बल्कि मैंने वह बातें भी कीं जिन्हें मैंने पहले आजमाया नहीं था। मैं कार्यालयीन समय में तमाम शिक्षण सहायकों के पास गई। मैंने उनसे अतिरिक्त काम मांगा। मैंने वक़्त की तय कड़ी सीमा के भीतर सबसे मुश्किल सवालों को हल करने का अभ्यास किया–उन परिस्थितियों की नक़ल करते हुए जिनमें मुझे अपना निष्कलंक प्रदर्शन करना था। मैं जानती थी कि परीक्षा के वक़्त मेरा हौसला मेरे आड़े आएगा, इसलिए मैंने उस स्तर की महारत हासिल करने का संकल्प लिया था, जहां मुझे कुछ भी हैरान नहीं कर सके। जब तक अंतिम परीक्षा का वक़्त आया, मुझे लगा मानो मैं ख़ुद इसका जवाब दे सकती हूं।

मैंने अंतिम परीक्षा पर जीत हासिल की। पाठ्यक्रम में कुल मिलाकर ग्रेड बी था–चार वर्ष में मेरा निम्नतम ग्रेड, लेकिन अंततः वह ग्रेड जिसने मुझे सबसे ज़्यादा गर्व महसूस करने का अवसर दिया।

मुझे इस बात का रत्ती भर भी अहसास नहीं था कि जब मैं अपनी न्यूरोबायोलॉजी की कक्षाओं में असफल हो रही थी, मैं एक बेहद मशहूर मनोवैज्ञानिक प्रयोग की परिस्थितियों का पुनर्निर्माण कर रही थी।

चलिए वक़्त को मैं पीछे 1964 में लिए चलती हूं। मनोविज्ञान में डॉक्टरेट के दो विद्यार्थियों मार्टी सेलिगमैन और स्टीव मेयर एक बिना खिड़की वाली प्रयोगशाला में बैठे हैं। वह पिंजरे में बंद एक कुत्ते को देख रहे हैं, जिसे पिछले पंजे में बिजली के झटके दिए जा रहे हैं। यह झटके बिना किसी क्रम के और अचानक लग रहे थे। अगर कुत्ते ने कुछ नहीं किया तो यह झटके पांच सेकेंड तक क़ायम रहते थे और

अगर कुत्ते ने पिंजरे के सामने मौज़ूद पैनल पर अपनी नाक रगड़ी तो बिजली का यह झटका तुरंत बंद हो जाता था। एक दूसरे पिंजरे में एक कुत्ते को ऐसे ही बिजली के झटके ठीक उसी अंतराल से दिए जा रहे थे, लेकिन उसके सामने धकेलने के लिए कोई पैनल नहीं था। दूसरे शब्दों में, दोनों ही कुत्तों को बिजली का समान मात्रा का झटका ठीक एक ही समय पर दिया जा रहा था, लेकिन केवल पहले कुत्ते के पास इस बात का नियंत्रण था कि बिजली का झटका कितनी देर रहे। बिजली के 64 झटकों के बाद दोनों कुत्तों को उनके आवासीय पिंजरों में भेज दिया जाता था और यही प्रक्रिया नए कुत्तों के साथ दोहराई जाती थी।

अगले दिन एक-एक करके सभी कुत्तों को एक अलग ही तरह के पिंजरे में रखा गया, जिसे शटल बॉक्स कहते हैं। इसके बीच में एक नीची दीवार थी, बस इतनी ऊंची कि कुत्ता कोशिश करने पर कूदकर दूसरी ओर जा सके। उसके बाद एक ऊंची तीखी आवाज़ आती है जो आने वाले बिजली के झटके का पूर्व संकेत थी। यह शटल बॉक्स के उस हिस्से की ज़मीन से आती है जिसमें कुत्ते मौज़ूद हैं। पिछले दिन बिजली के झटके पर नियंत्रण रखने वाले तक़रीबन सभी कुत्तों ने दीवार को लांघकर ख़ुद को सुरक्षित कर लिया। इसके विपरीत पिछले दिन बिजली के झटकों पर किसी भी तरह का नियंत्रण नहीं पाने वाले कुत्तों में से दो-तिहाई बस रिरियाते हुए लेट गए और बिजली के झटके का इंतज़ार करने लगे।

इस मौलिक अध्ययन ने पहली बार साबित किया कि पीड़ा हमें नाउम्मीदी की ओर नहीं ले जाती बल्कि नाउम्मीदी की वजह वह पीड़ा होती है जिसे आप अपनी राय में नियंत्रित नहीं कर सकते।

अनुत्तीर्ण होने वाले विषय को प्रमुख विषय बनाने के फ़ैसले के कई वर्षों बाद, मैं मार्टी के कार्यालय के कुछ दरवाज़े बाद मैं स्नातक विद्यार्थियों के लिए बने एक क्यूबिकल में बैठकर असफलता से उपजी हताशा पर किए गए इस प्रयोग को पढ़ रही थी। मुझे इसमें अचानक अपने अनुभव से समानताएं दिखने लगीं। पहली न्यूरोबायोलॉजी प्रश्नोत्तरी ने अनपेक्षित दर्द दिया था। मैंने अपनी परिस्थिति को सुधारने की कोशिश की, लेकिन जब बीच का सेमिस्टर आया तो मुझे फिर झटका लगा। बचा हुआ सेमिस्टर प्रयोग में इस्तेमाल शटल बॉक्स की तरह था। तो क्या मुझे अपने पूर्वानुभवों से यह निष्कर्ष निकालना चाहिए कि मैं परिस्थितियों को बदलने के लिहाज़ से असहाय थी? आख़िरकार मेरे तत्काल प्रयोग का तो यही निष्कर्ष था कि दो भीषण असफलताओं के बाद तीसरी तो आना ही है।

या मैं उन चंद कुत्तों की तरह होना चाहूंगी, जिन्होंने अनियंत्रित दर्द की ताज़ा यादों के बावज़ूद उम्मीद का दामन नहीं छोड़ा? क्या मैं अपनी पहले की पीड़ा की वजह उन विशिष्ट ग़लतियों को मानूं जिन्हें मैं भविष्य में टाल सकती हूं? क्या मुझे

अपना ध्यान हालिया गुज़रे वक़्त से हटाकर, उन कई अवसरों की याद पर केंद्रित करना चाहिए, जब मैंने असफलता को झटकते हुए अंततः सफलता पाई थी?

जैसा कि देखने में आया मैंने मार्टी और स्टीव के अध्ययन में शामिल उन एक तिहाई कुत्तों की तरह व्यवहार किया जो ज़िद के साथ मैदान में डटे रहे। मैं दोबारा उठ खड़ी हुई और मैंने डटकर मुक़ाबला जारी रखा।

1964 के प्रयोग के एक दशक बाद, अतिरिक्त प्रयोगों ने ख़ुलासा किया कि बिना नियंत्रण वाली पीड़ा निश्चित तौर पर नैदानिक अवसाद की वज़ह बनती है, भूख और शारीरिक गतिविधियों में बदलाव, नींद की समस्या और कमज़ोर एकाग्रता सहित।

जब मार्टी और स्टीव ने पहली बार यह निष्कर्ष निकाला था कि जानवर और इंसान यह *जान* सकते हैं कि वे असहाय हैं, तो साथी रिसर्चरों ने उनके सिद्धांत को पूरी तरह से बेहूदा करार दिया था। उस वक़्त किसी ने भी इस संभावना को गंभीरता से नहीं लिया कि कुत्तों के दिमाग़ में ऐसे विचार हो सकते हैं, जिन्होंने फिर उनके व्यवहार को प्रभावित किया। वास्तविकता में चंद मनोवैज्ञानिकों ने ही इस संभावना पर ग़ौर किया कि इंसानों के ऐसे विचार हो सकते हैं जो उसके व्यवहार को प्रभावित करें। इसकी बजाय उस वक़्त की सोच यह थी कि सभी जीवंत जानवर सज़ा और पुरस्कार पर यांत्रिक तरीक़े से प्रतिक्रिया देते हैं।

जब हर कल्पनीय वैकल्पिक व्याख्या को खारिज़ कर देने वाले आंकड़ों और जानकारियों का पहाड़ ही तैयार हो गया, अंततः एक लंबे अरसे बाद वैज्ञानिकों को इस पर यक़ीन हुआ।

प्रयोगशाला में अनियंत्रित तनाव के विनाशकारी परिणाम समझ में आ जाने के बाद मार्टी की दिलचस्पी बढ़ती ही चली गई कि इस बाबत और क्या किया जा सकता है। उन्होंने नैदानिक मनोवैज्ञानिक के तौर पर दोबारा प्रशिक्षण लेने का फ़ैसला किया। बहुत समझदारी दिखाते हुए उन्होंने आरोन बैक के अधीन काम करने का फ़ैसला किया। मनोवैज्ञानिक बैक को अवसाद के मूल कारणों और व्यावहारिक मारक को समझने के क्षेत्र में अग्रदूत माना जाता है।

इसके बाद असहायता की समझ की दूसरी बाजू को खोजने का ज़ोरदार काम शुरू हुआ, जिसे बाद में मार्टी ने *आशावाद* की समझ करार दिया। मार्टी को नए काम के लिए तैयार करने वाली महत्त्वपूर्ण अंतर्दृष्टि पहले से ही उपलब्ध थी : अनियंत्रित झटकों का सामना करने वाले दो-तिहाई कुत्तों ने तो बाद में घुटने टेक दिए थे, लेकिन एक तिहाई ने लचीलापन बनाए रखा। पहले की त्रासदी के बावज़ूद उन्होंने वह प्रयत्न जारी रखे जो उन्हें दर्द से राहत दिला रहे थे।

लचीलापन दर्शाने वाले कुत्तों ने ही फिर मार्टी को इस अनुरूपता के अध्ययन की राह दिखाई, लोगों की बुरी परिस्थितियों में भी यह प्रतिक्रिया *मैं मैदान नहीं छोड़ूंगा।* मार्टी को जल्द ही पता चल गया कि आशावादियों की बुरी घटनाओं से सामना होने की संभावना निराशावादियों जितनी ही है। फ़र्क़ उनके द्वारा इसके वर्णन में दिखाई देता है : आशावादी आदतन अपनी पीड़ा की अस्थायी और विशिष्ट वज़हों को खोजते हैं, जबकि निराशावादी इसका ठीकरा स्थायी और व्यापक वज़हों के सिर फोड़ देते हैं।

आशावादियों और निराशावादियों के बीच का अंतर पता लगाने के लिए मार्टी और उनके विद्यार्थियों द्वारा तैयार परीक्षण का एक उदाहरण पेश है : कल्पना कीजिए : *आप वह तमाम काम नहीं कर पा रहे जिसकी सबको आपसे अपेक्षा है। अब इसकी एक बड़ी वज़ह की कल्पना कीजिए। दिमाग़ में क्या आता है?* इस काल्पनिक परिदृश्य के बाद आप अपनी प्रतिक्रिया लिखते हैं और फिर आपको जब और परिदृश्य बताए जाते हैं तो आपकी प्रतिक्रियाओं को अस्थायी (बनाम स्थायी) और विशिष्ट (बनाम व्यापक) के आधार पर रेटिंग दी जाती है।

अगर आप निराशावादी हैं तो आप संभवतया कह सकते हैं, मैंने हर काम बिगाड़ डाला। या : मैं एक नाकाम इंसान हूं। यह सभी ख़ुलासे स्थायी हैं; इसमें आपके बदलने के लिहाज़ से कुछ ज़्यादा नहीं है। ये व्यापक भी हैं; इनके केवल आपके नौकरी में प्रदर्शन बल्कि ज़िंदगी की कई परिस्थितियों को प्रभावित करने की भी आशंका है। आपदा को स्थायी और व्यापक मान लेना छोटी-मोटी मुश्किलों को भी बड़ी तबाही में तब्दील कर सकता है। वह हार मार लेने को तार्किक बनाने का प्रयास करते दिखते हैं। अगर दूसरी ओर, आप आशावादी हैं तो आप कह सकते हैं, *मैंने वक़्त का सही प्रबंधन नहीं किया या मैंने ध्यान बंटने के कारण दक्षता के साथ काम नहीं किया।* यह ख़ुलासे अस्थायी और विशिष्ट हैं; उनका ''लचीलापन'' आपको समस्या के तौर पर निपटाने के लिए प्रेरित करता है।

इस परीक्षण का इस्तेमाल करते हुए मार्टी ने पुष्टि की कि आशावादियों की तुलना में निराशावादियों के अवसाद और बैचेनी से प्रभावित होने की संभावना ज़्यादा है। साथ ही, आशावादियों का प्रदर्शन उन क्षेत्रों में भी अच्छा होता है, जिनका मानसिक स्वास्थ्य के साथ कोई सीधा संबंध नहीं होता। उदाहरण के लिए, आशावादी ग़ैर-स्नातकों के ऊंचे ग्रेड्स हासिल करने की संभावना होती है और उनके स्कूल छोड़ने की संभावना कम होती है। आशावादी वयस्क पूरी मध्यम उम्र के दौरान स्वस्थ बने रहते हैं और अंततः निराशावादियों से ज़्यादा वर्ष जीवित रहते हैं। आशावादी अपने विवाह से ज़्यादा संतुष्ट होते हैं। मेटलाइफ़ इंश्योरेंस के एजेंट्स पर एक वर्ष तक किए गए अध्ययन में पाया गया कि आशावादियों के नौकरियों में बने रहने की संभावना दोगुनी होती है और उन्होंने अपने निराशावादी साथियों की तुलना

में 25 प्रतिशत ज़्यादा बीमा बेचे। इसी तरह से दूरसंचार, ज़ायदाद, कार्यालयीन उत्पादों, कार बिक्री, बैंकिंग और अन्य उद्योगों में बिक्री से जुड़े लोगों पर किए गए अध्ययनों में पाया गया कि आशावादियों द्वारा निराशावादियों से 20 से 40 प्रतिशत ज़्यादा बिक्री की जाती है।

अमेरिकी ओलिंपिक टीम के लिए प्रशिक्षण ले रहे तैराकों में से अनेक शीर्ष तैराकों ने मार्टी के एक सकारात्मक परीक्षण में भाग लिया। इसके बाद प्रशिक्षकों ने हर तैराक से अपनी सर्वश्रेष्ठ इवेंट में तैरने के लिए कहा। उसके बाद उन्होंने जानबूझकर हर तैराक को बताया कि वह अपने नियमित प्रदर्शन की तुलना में थोड़ा धीरे तैरे। जब उन्हें इसी इवेंट को दोबारा तैरने का मौक़ा दिया गया तो सकारात्मक तैराकों का प्रदर्शन कम से कम पहले प्रदर्शन जितना ही अच्छा रहा, जबकि निराशावादी तैराकों ने पर्याप्त रूप से घटिया प्रदर्शन किया।

दृढ़ संकल्प के आदर्श व्यक्ति असफलताओं के बारे में कैसे सोचते हैं? अत्यधिक प्रभावशाली रूप से मैंने पाया कि वह घटना का वर्णन आशावादी तरीक़े से करते हैं। पत्रकार हेस्टर सेली भी उल्लेखनीय तौर पर रचनात्मक लोगों के साक्षात्कार में यही स्पष्ट रुझान देखती हैं। वह उनमें से हर एक से पूछती हैं, ''आपके लिए सबसे ज़्यादा निराशाजनक बात क्या रही है?'' वह चाहें कलाकार हों या उद्यमी या सामुदायिक कार्यकर्ता, उनके जवाब लगभग एक जैसे ही होते हैं। ''सच कहूं तो मैं कभी किसी बात के बारे में निराशाजनक होने के लिहाज़ से नहीं सोचती। मैं तो सोचती हूं कि जो कुछ भी होता है मैं उससे सीख सकती हूं। मैं सोचती हूं, 'ख़ैर ठीक है, यह ठीक नहीं रहा, लेकिन मुझे लगता है कि मैं यह जारी रखूंगी।'''

मेरी सेलिगमैन द्वारा प्रयोगशाला के रिसर्च से दो वर्ष का अवकाश लिए जाने के वक़्त ही उनके नए मार्गदर्शक आरोन बैक द्वारा फ्रायड के मनोविश्लेषण में ख़ुद अपने द्वारा लिए गए प्रशिक्षण पर सवालिया निशान लगाए जा रहे थे। उस वक़्त के अधिकांश मनोचिकित्सकों की तरह बैक को भी यही सिखाया गया था कि हर तरह की मानसिक बीमारी की जड़ें बचपन के अचेतन संघर्ष में जमी हुई हैं।

बैक इससे असहमत थे। उनके पास इतना साहस था कि वह कह सकें कि एक मनोचिकित्सक अपने मरीज से सीधा संवाद साध सकता है कि उसे क्या परेशान कर रहा है और यह कि मरीज के विचार-उसका ख़ुद के साथ संवाद-उपचार का लक्ष्य हो सकता है। बैक के नए तरीक़े की आधारभूत सोच यह थी कि *समान वस्तुपरक घटना*-नौकरी गंवाना, सहकर्मी के साथ बहस, दोस्त को फ़ोन लगाना भूल जाना-बेहद *भिन्न तरह की व्यक्तिपरक विवेचना* की ओर ले जा सकता है। और

ये विवेचनाएं-ख़ुद उन वस्तुपरक घटनाओं की बनिस्बत-हमारी भावना और हमारे व्यवहार की वज़ह बन सकती हैं।

संज्ञानात्मक व्यवहार उपचार-जिसका लक्ष्य अवसाद और अन्य मनोवैज्ञानिक परेशानियों को दूर करने के लिए मरीजों को ज़्यादा वस्तुपरक सोच और स्वस्थ तरीक़े से व्यवहार के लिए प्रेरित करता है-ने बताया है कि हमारा बचपन कितना भी परेशानियों से भरा रहा हो, हम आमतौर पर ख़ुद ही नकारात्मक बातों को पहचानकर अपने दुर्भावनापूर्ण व्यवहार को सुधार सकते हैं। किसी भी अन्य कौशल की तरह हम अपने साथ होने वाली हर बात की विवेचना का अभ्यास कर सकते हैं और इसका जवाब एक आशावादी के तौर पर दे सकते हैं। संज्ञानात्मक व्यवहार उपचार अब अवसाद के लिए व्यापक तौर पर स्वीकृत मनोचिकित्सा उपचार है और यह साबित कर चुका है कि यह अवसाद रोधी दवाओं की तुलना में ज़्यादा प्रभावशाली है।

दृढ़ संकल्प के रिसर्च पर पकड़ बनाने के कुछ वर्षों बाद, टीच फ़ॉर अमेरिका (टीएफ़ए) की संस्थापक और तत्कालीन मुख्य कार्यकारी अधिकारी वेंडी कोप, मार्टी से मुलाक़ात करने पहुंची।

उस वक़्त उनकी स्नातक विद्यार्थी होने के कारण मैं उस मुलाक़ात में मौज़ूदगी के लिए दो वज़हों से बेहद उत्सुक थी। पहली, टीच फ़ॉर अमेरिका पूरे देश में पिछले स्कूली जिलों में कॉलेज के हज़ारों स्नातक विद्यार्थियों को भेज रहा था। निजी अनुभव से मुझे पता था कि अध्यापन दृढ़ संकल्प की दरकार वाला पेशा है, ख़ास तौर पर उन शहरी व ग्रामीण कक्षाओं में जहां टीएफ़ए के शिक्षकों को भेजा जाता था। दूसरा, वेंडी ख़ुद दृढ़ संकल्प की आदर्श व्यक्ति थीं। उल्लेखनीय तौर पर उन्होंने टीएफ़ए का विचार प्रिंसटन में अपने सीनियर वर्ष में ही कर लिया था और ढेर सारे आदर्शवादियों के विपरीत, जो बीच में ही मैदान छोड़ देते हैं, वह अपने विचार पर डटी रहीं। शून्य से शुरुआत करते हुए उन्होंने देश का सबसे बड़ा और सबसे प्रभावशाली ग़ैर-लाभकारी शैक्षणिक अभियान साकार कर दिया। ''अथक प्रयास'' टीएफ़ए का आधारभूत मूल्य था और वेंडी के नेतृत्व की शैली का वर्णन करने के लिए दोस्त और सहकर्मी अक्सर इसी वाक्यांश का प्रयोग करते थे।

बैठक के दौरान हम तीनों ने एक परिकल्पना को विकसित किया : विपरीत परिस्थितियों का सकारात्मक तरीक़े से विवेचन करने वाले शिक्षकों में निराशावादी साथियों की तुलना में ज़्यादा दृढ़ संकल्प होता है, जो बेहतर अध्यापन की वजह बनता है। उदाहरण के लिए, एक आशावादी शिक्षक एक असहयोगी विद्यार्थी को मदद करने का रास्ता तलाशने में जुटा रह सकता है, जबकि एक निराशावादी

शिक्षक संभवतया यह मान सकता है कि अब और कुछ नहीं किया जा सकता। इसकी सच्चाई को परख़ने के लिए हमने शिक्षकों के कक्षा में क़दम रखने से पहले ही आशावाद और दृढ़ संकल्प को मापने का संकल्प किया। एक साल बाद यह देखा कि शिक्षकों का विद्यार्थियों की शैक्षणिक प्रगति में कितना प्रभावी योगदान रहा।

उस अगस्त में, टीएफ़ए के 400 शिक्षकों ने दृढ़ संकल्प के पैमाने को पूरा किया और साथ ही उनके आशावाद का आकलन करने वाली मार्टी की प्रश्नोत्तरी भी। बुरी घटनाओं के लिए उनके अस्थायी और विशेष कारणों के उल्लेख से लेकर अच्छी घटनाओं के लिए स्थायी और व्यापक कारणों तक के विचारों के उल्लेख के आधार पर हमने उनके जवाबों को आशावादी माना। जिस हद तक उन्होंने इसका उल्टा किया हमने उनके जवाबों को निराशावादी के तौर पर दर्ज़ किया।

इसी सर्वे के दौरान हमने एक और बात का आकलन किया : ख़ुशी। क्यों? केवल एक बात की वज़ह से, इस बात को लेकर बढ़ता वैज्ञानिक प्रमाण कि ख़ुशी केवल काम की जगह पर *अच्छे प्रदर्शन का परिणाम* ही नहीं बल्कि इसकी वज़ह एक महत्त्वपूर्ण ध्येय भी हो सकता है। साथ ही हम यह जानने के लिए भी उत्सुक थे कि दृढ़ संकल्पी शिक्षक कितने ख़ुश थे। क्या एकतरफ़ा जुनून और ज़िद की कोई क़ीमत चुकानी पड़ी? या क्या आप एक ही वक़्त में दृढ़ संकल्पी और ख़ुश दोनों हो सकते हैं?

एक वर्ष बाद जब टीच फ़ॉर अमेरिका ने हर शिक्षक की प्रभावशीलता को उनके विद्यार्थियों के शैक्षणिक प्रदर्शन में सुधार के आधार पर तालिकाबद्ध किया तो हमने अपने आंकड़े और जानकारी का विश्लेषण किया। जैसी कि हमें उम्मीद थी, सकारात्मक शिक्षक ज़्यादा दृढ़ संकल्पी और ख़ुश थे और दृढ़ संकल्प और ख़ुशी ने ही यह भी स्पष्ट कर दिया कि क्यों आशावादी शिक्षकों ने अपने विद्यार्थियों को एक स्कूली वर्ष में ज़्यादा हासिल करने के लिए प्रेरित किया।

इन परिणामों की ओर कुछ देर देखने के बाद, मैं कक्षा में अध्यापन के अपने अनुभवों को याद करने लगी। मुझे याद आया कि कई बार दोपहर को मैं गुस्से में थककर निढाल होकर घर लौटती थी। मुझे याद है कि मैं कई-कई बार अपनी क्षमताओं के बारे में ख़ुद से ही बेहद विनाशकारी अंदाज़ में संवाद साधती थी-हे *भगवान, मैं वाक़ई एक बेवकूफ़ हूं!*- और अपने युवा विद्यार्थियों के लिए-*उसने फिर इसे ग़लत किया? वह यह कभी नहीं सीख पाएगी।* मुझे वे सुबहें भी याद हैं जब मैं उठकर फ़ैसला करती थी कि आख़िरकार अब आज़माने लायक़ कोई भी रणनीति नहीं बची है : *शायद मुझे एक हशी बार लाकर उसके टुकड़े करने पड़ेंगे, तभी उनकी समझ में भिन्न की धारणा आएगी। शायद अगर मैं सोमवार को हर किसी को अपना लॉकर साफ़ करने को कहूंगी तो उन्हें अपना लॉकर साफ़ रखने की आदत हो जाएगी।*

युवा शिक्षकों के इन आंकड़ों के साथ वेंडी कॉप के सहज-बोध, दृढ़ संकल्प के आदर्शों के साथ साक्षात्कारों और आधी सदी का मनोवैज्ञानिक रिसर्च, सभी उसी सहज ज्ञान से परिपूर्ण निष्कर्ष की ओर इशारा कर रहे हैं : जब आप अपनी परिस्थितियों को बेहतरीन के लिए बदलने की ख़ातिर तरीक़ों की तलाश करते हैं तो आपके पास उन्हें खोजने का मौक़ा है। जब आप यह मानकर तलाश रोक देते हैं कि इसे खोजना नामुमकिन है तो यह निश्चित हो सकता है कि वे नहीं मिलेंगे।

या जैसा कि हैनरी फ़ोर्ड का हवाला देकर हमेशा कहा जाता है, ''चाहे आप यह सोचें कि आप कर सकते हैं या यह सोचें कि आप नहीं कर सकते-आप सही होते हैं।''

जिस दौरान, मार्टी सेलिगमैन और स्टीव मेयर नाउम्मीदी को कथित नियंत्रण की कमी से जोड़कर देख रहे थे, मनोविज्ञान को ही प्रमुख विषय बनाने वाली एक युवा केरोल ड्वेक कॉलेज में पढ़ रही थीं। केरोल को इस बात ने परेशान कर रखा था कि एक जैसी ही परिस्थितियों में कुछ लोग ज़िद के साथ डटे रहते हैं जबकि कुछ हिम्मत हार जाते हैं। स्नातक होने के तत्काल बाद उन्होंने मनोविज्ञान की डॉक्टरेट के लिए पंजीयन कराया और इस सवाल का जवाब तलाशने में जुट गईं।

मार्टी और स्टीव के काम का युवा केरोल पर भारी प्रभाव था। उसे उनके निष्कर्षों पर विश्वास तो था, लेकिन वह असंतुष्ट थीं। निश्चित तौर पर अपनी परेशानी का ठीकरा नियंत्रण से बाहर की बातों के सिर फोड़ना कमज़ोरी की निशानी थी, लेकिन आख़िर मूलत: यह आरोप आए कहां से? उन्होंने पूछा, क्यों एक व्यक्ति बड़ा होकर आशावादी बनता है और दूसरा निराशावादी?

केरोल के पहले अध्ययनों में से एक में उन्होंने मिडिल स्कूल के ऐसे छात्र और छात्राओं की पहचान का प्रयास किया जो असफलता का सामना करने पर ''असहाय'' हो जाते थे। इसके लिए केरोल ने उनके शिक्षकों, स्कूल की प्रिंसिपल और स्कूल के मनोवैज्ञानिक की सहमति हासिल कर ली थी। उन्हें लगता था कि ये बच्चे प्रयासों की कमी की बज़ाय अपनी ग़लतियों के लिए बौद्धिक क्षमता की कमी को ज़िम्मेदार मानते हैं। दूसरे शब्दों में, उन्हें आशंका थी कि केवल असफलताओं की लंबी श्रंखला ने इन बच्चों को निराशावादी नहीं बनाया था, बल्कि इसकी वज़ह सफलता और सीखने को लेकर उनकी मूल सोच थी।

अपने विचार का परीक्षण करने के लिए केरोल ने बच्चों को दो समूहों में विभाजित कर दिया। आधे बच्चों को केवल सफलता वाले कार्यक्रम में ही रखा गया। कुछ सप्ताह तक उन्होंने गणित के सवाल हल किए और हर सत्र की समाप्ति पर, उनका प्रदर्शन चाहे जैसा रहा हो, उन्हें अच्छा काम करने के लिए तारीफ़

मिली। केरोल के अध्ययन के तहत विद्यार्थियों के दूसरे समूह को आरोपित करने वाले कार्यक्रम में रखा गया। इन बच्चों ने भी गणित के सवाल हल किए, लेकिन उन्हें बीच-बीच में बताया जाता रहा कि उन्होंने एक सत्र विशेष में पर्याप्त सवाल हल नहीं किए हैं और महत्त्वपूर्ण तरीक़े से उन्हें "और अधिक कड़ी मेहनत करनी चाहिए थी।"

बाद में सभी बच्चों को आसान और बहुत मुश्किल सवालों को मिश्रित करके हल करने के लिए दिया गया।

केरोल का तर्क था कि अगर केवल पुरानी असफलताएं ही असहायता की मूल वजह थीं तो केवल सफलता वाला कार्यक्रम उनके उत्साह को बढ़ाएगा। अगर, असली समस्या यह थी कि बच्चों द्वारा असफलता का विवेचन कैसे किया जाता है तो आरोपित करने वाला कार्यक्रम ज़्यादा मददग़ार साबित होगा।

केरोल ने पाया कि केवल सफलता वाले कार्यक्रम से जुड़े बच्चों ने भी मुश्किल सवालों से सामना होने पर उसी तरह जल्द घुटने टेक दिए जैसा कि वह प्रशिक्षण से पहले किया करते थे। इसके बिलकुल विपरीत, आरोपित करने वाले कार्यक्रम से जुड़े बच्चों ने मुश्किलों का सामना होने पर ज़्यादा कड़े प्रयास किए। ऐसा लगता है कि उन्होंने असफलता को ज़्यादा कड़े प्रयासों से जोड़ना सीख लिया है, बज़ाय इस बात की पुष्टि के कि उनमें सफलता हासिल करने की क़ाबिलियत नहीं है।

अगले चार दशक, केरोल ने और अधिक गहराई से पड़ताल की।

उन्हें जल्द ही पता चल गया कि हर उम्र के व्यक्ति के दिलोदिमाग़ में दुनिया के कामकाज के तौर-तरीक़ों को लेकर अपना एक निजी सिद्धांत होता है। इस दृष्टिकोण की चेतन में मौज़ूदगी का सबूत तब मिलता है, जब केरोल द्वारा आपसे सवाल पूछे जाते ही, आपके पास जवाब तैयार रहता है। लेकिन उन विचारों के बाबत आपको तब तक पता नहीं चलता जब तक कि संज्ञानात्मक व्यवहार उपचार विशेषज्ञ द्वारा आपसे सवाल किया जाता है।

किसी व्यक्ति के बुद्धिमानी के सिद्धांत के आकलन के लिए केरोल इन चार कथनों का इस्तेमाल करती हैं। इन्हें पढ़िए और विचार कीजिए कि इनमें से हर एक के साथ आप कितने सहमत या असहमत हैं :

> आपकी बुद्धिमानी आपके बारे में एक ऐसी मूलभूत बात है जिसमें आप बहुत ज़्यादा परिवर्तन नहीं कर सकते।

> आप नई बातें सीख सकते हैं, लेकिन आप वास्तविकता में अपने बौद्धिक स्तर में परिवर्तन नहीं कर सकते।
>
> चाहे आप कितने भी बुद्धिमान हों, आप इसमें हमेशा कुछ परिवर्तन कर सकते हैं।
>
> आप हमेशा ही अपनी बुद्धिमानी में काफ़ी हद तक परिवर्तन कर सकते हैं।

अगर आप पहले दो कथनों में हामी में सिर हिला रहे हैं और अंतिम दो को नकार रहे हैं तो केरोल कहेंगी कि आपकी मानसिकता तय है। अगर आपकी प्रतिक्रिया इसके विपरीत है तो केरोल कहेंगी कि आपकी मानसिकता विकास की है।

मैं विकास की मानसिकता के बारे में इस तरह सोचना चाहूंगी : हममें से कुछ लोगों के भीतर बहुत गहरे यह धारणा होती है कि लोग वास्तविकता में बदल सकते हैं। विकास की मानसिकता वाले यह लोग मानते हैं कि यह संभव है कि, उदाहरण के लिए अगर सही अवसर और सही समर्थन मिले तो आप और अधिक होशियार हो सकते हैं और अगर आप प्रयास कड़े प्रयास करें और अगर आपमें यह करने का विश्वास हो। इसके विपरीत कुछ लोगों की सोच होती है कि आप कौशल तो सीख सकते हैं, जैसे बाइक कैसे चलाना या बिक्री तेज़ कैसे करना, लेकिन कौशल सीखने की आपकी क्षमता–आपकी प्रतिभा–को प्रशिक्षित नहीं किया जा सकता। दूसरी तरह की तय मानसिकता के साथ–और ख़ुद को प्रतिभावान समझने वाले लोगों– के साथ समस्या यह है कि कोई भी रास्ता बिना गड्ढों का नहीं हो सकता। कभी न कभी तो आपका किसी न किसी से तो सामना होगा ही। ऐसे वक़्त में तय मानसिकता एक बहुत भारी बोझ बन जाती है। ऐसे में एक सी ग्रेड, अस्वीकृति का पत्र, काम पर निराशाजनक प्रदर्शन की रिपोर्ट या कोई अन्य असफलता आपको बेपटरी कर सकती है। तय मानसिकता के चलते आप इन असफलताओं की विवेचना इस बात के सबूत के तौर पर कर सकते हैं कि अंतत: आपमें वह ‘‘सही बात’’ नहीं है–आप पर्याप्त रूप से अच्छे नहीं हैं। विकास की मानसिकता के साथ आप यह विश्वास करने लगते हैं कि आप बेहतर काम करना सीख सकते हैं।

देखा गया है कि जीवन के तमाम क्षेत्रों में आशावाद की ही तरह मानसिकता का भी अपना असर होता है। उदाहरण के लिए अगर आपकी मानसिकता विकसित होने की है तो आप स्कूल में बेहतर प्रदर्शन करेंगे, भावनात्मक तौर पर बेहतर होंगे और अच्छे स्वास्थ्य का भी आनंद उठाएंगे। ऐसे लोगों के अन्य लोगों के साथ ज़्यादा सकारात्मक सामाजिक रिश्ते होंगे।

कुछ वर्ष पहले केरोल और मैंने दो हज़ार से ज़्यादा हाईस्कूल सीनियर्स से विकास की मानसिकता वाली एक प्रश्नोत्तरी पूरी करने के लिए कहा। हमने पाया कि विकास की मानसिकता रखने वाले उल्लेखनीय तौर पर तय मानसिकता वाले विद्यार्थियों से ज़्यादा दृढ़ संकल्पी पाए गए। साथ ही दृढ़ संकल्पी विद्यार्थियों के रिपोर्ट काड्र्स में ग्रेड भी बेहतर थे और स्नातक होने का बाद उनके कॉलेज की आगे की पढ़ाई जारी रखने की ज़्यादा संभावना है। उसके बाद से मैंने विकास की मानसिकता और दृढ़ संकल्प का छोटे बच्चों और उम्रदराज वयस्कों में भी आकलन किया है और हर नमूने में मैंने पाया कि विकास की मानसिकता और दृढ़ संकल्प साथ-साथ पाए जाते हैं।

जब आप केरोल से पूछते हैं कि यह मानसिकता आती कहां से है, तो वह लोगों के सफलता और असफलता के निजी इतिहास के अलावा उनके इर्द-गिर्द मौज़ूद लोगों की, ख़ासतौर पर अधिकार की जगह पर बैठे लोगों की इन परिणामों पर प्रतिक्रिया की ओर इशारा करती हैं।

उदाहरण के लिए, याद कीजिए कि जब आप छोटे थे अच्छे प्रदर्शन पर लोगों ने आपसे क्या कहा। क्या आपको आपकी प्रतिभा के लिए सराहा गया? या आपको आपके प्रयास के लिए सराहा गया? चाहे जो भी हुआ हो, संभावना यही है कि आज आप जीत और हार के आकलन के लिए इसी भाषा का इस्तेमाल करते हैं।

''नैसर्गिक प्रतिभा'' की बजाय प्रयासों और सीखने की प्रशंसा करना केआईपीपी स्कूलों में प्रशिक्षण देने वाले शिक्षकों का स्पष्ट लक्ष्य होता है। केआईआईपी का मतलब है नॉलेज इज़ पॉवर प्रोग्राम (ज्ञान ही शक्ति है कार्यक्रम) और यह टीच फ़ॉर अमेरिका की दो दृढ़ संकल्पी युवा शिक्षकों माइक फ़ेनबर्ग़ और डेव लेविन ने 1994 में शुरू किया था। आज पूरे अमेरिका में केआईपीपी स्कूलों से 70 हज़ार प्राथमिक, माध्यमिक और हाईस्कूलों के विद्यार्थियों को मदद मिल रही है। केआईपीपी में पढ़ने वाले अधिकांश विद्यार्थी कम आय वाले परिवारों से आते हैं। विषम परिस्थितियों के बावज़ूद तक़रीबन सभी हाई स्कूल से ग्रैजुएट होते हैं और उनमें से 80 प्रतिशत से अधिक कॉलेज भी जाते हैं।

केआईपीपी के शिक्षकों को प्रशिक्षण के दौरान एक छोटा-सा पर्यायी शब्दकोष (थिसॉरस) मिलता है। इसमें एक तरफ़ वे प्रोत्साहनपरक शब्द हैं, जो अच्छी भावना के साथ शिक्षकों द्वारा इस्तेमाल किए जाते हैं। दूसरी ओर एक भाषा है जो बारीक़ी के साथ यह संदेश प्रेषित करती है कि ज़िंदगी का मायने ख़ुद को चुनौती देना और वह काम सीखना है जो आप पहले नहीं कर पाते थे। नीचे हर उम्र के लिए उपयुक्त उदाहरण आप देख सकते हैं। फिर चाहे आप अभिभावक हों, प्रबंधक, प्रशिक्षक या

किसी भी अन्य तरह के मार्गदर्शक, मैं आपको सुझाव दूंगी कि अगले कुछ दिनों तक आप अपनी भाषा पर ग़ौर करें। उन शब्दों को सुनने के लिए जो शायद आप और अन्य लोगों की धारणाओं को मज़बूत कर रहे हों।

विकास की मानसिकता और दृढ़ संकल्प को दुर्बल करने वाले	**विकास की मानसिकता और दृढ़ संकल्प को प्रोत्साहित करने वाले**
''आप नैसर्गिक प्रतिभा हो और मुझे यह पसंद है।''	''तुम सीखने की ललक रखते हो और मुझे यह पसंद है।''
''चलो तुमने प्रयास तो किया।''	''यह कारगर नहीं रहा। चलो देखें तुम्हारा तरीक़ा क्या था और क्या बेहतर हो सकता है।''
''बेहतरीन काम! तुम कितने प्रतिभावान हो!''	''बेहतरीन काम! वह कौन-सी बात है जो और अधिक बेहतर हो सकती थी?''
''यह मुश्किल है। अगर तुम कर नहीं सके तो बुरा मानने की कोई बात नहीं है।''	''यह मुश्किल है। अगर तुम इसे अभी नहीं कर सके तो बुरा मानने की कोई बात नहीं है।''
''शायद यह तुम्हारा मज़बूत पक्ष नहीं है। चिंता मत करो-तुम्हारे पास योगदान देने के लिए अन्य बातें भी हैं।''*	''मेरे मानक बहुत ऊंचे हैं। मैं तुम्हें उन्हीं के हिसाब से परख़ रहा हूं क्योंकि मुझे पता है कि हम मिलकर उन्हें हासिल कर सकते हैं।''

उम्मीद को विकसित करने का एक तरीक़ा भाषा है। लेकिन एक विकास की मानसिकता को आदर्श बनाना-अपने क़दमों से यह दिखाना कि हम वाक़ई इस बात में यक़ीन रखते हैं कि लोग सीखना सीख सकते हैं-शायद और अधिक महत्त्वपूर्ण है।

* खेलों की दुनिया में एक बात कही जाती है, ''अपनी ताक़त को दौड़ाओ और अपनी कमज़ोरियों को प्रशिक्षण दो।'' मैं इस कहावत की सीख से सहमत हूं, लेकिन साथ ही मेरा सोचना है कि यह बात भी महत्त्वपूर्ण है कि लोग पहचानें कि अभ्यास के साथ कौशल में सुधार होता जाता है।

लेखक व कर्मठ कार्यकर्ता जेम्स बाल्डविन ने इसे कुछ इस तरह से बयां किया था, ''बच्चे कभी भी अपनों से बड़ों की बातों को सुनने के लिहाज़ से अच्छे श्रोता नहीं रहे हैं, लेकिन उनकी नक़ल करने से वह कभी भी नहीं चूके हैं।'' यह डेव लेविन के सबसे पसंदीदा उद्धरणों में से एक है और मैंने उन्हें केआईपीपी की अनेक कार्यशालाओं की शुरुआत इसी से करते हुए देखा है।

मेरी प्रयोगशाला की एक मनोवैज्ञानिक ड्यून पार्क ने इसे हाल ही में पूरी तरह से सही पाया। पहली और दूसरी ग्रेड की कक्षाओं में किए गए वर्ष भर लंबे अध्ययन में उन्होंने पाया कि शिक्षकों का कुछ ज़्यादा अच्छा प्रदर्शन करने वाले विद्यार्थियों से ख़ास व्यवहार और दूसरों के साथ उनकी तुलना पर ज़ोर, अनजाने में ही बाल विद्यार्थियों में एक तय मानसिकता स्थापित करने की वज़ह बना। कुछ वर्षों बाद इस तरह का व्यवहार करने वाले शिक्षकों के विद्यार्थियों में आसान खेलों और समस्याओं को ही प्राथमिकता देने की मानसिकता घर कर गई ''ताकि आप अधिकांश बातों को सही कर सकें।'' वर्ष के अंत तक उनके इस बात से सहमत होने की संभावना बढ़ गई कि ''एक व्यक्ति कुछ हद होशियार होता है और फिर तक़रीबन ऐसा ही बना रहता है।''

इसी तरह से केरोल और उनके सहकर्मियों ने पाया कि बच्चों में एक तय मानसिकता तभी विकसित होती है, जब उनके अभिभावकों की ग़लतियों पर प्रतिक्रिया कुछ ऐसी हो मानो वे नुक़सानदेह और समस्यापूर्ण हैं। यह उस वक़्त भी सही है जब अभिभावक कहते हैं कि उनकी विकास की मानसिकता है। हमारे बच्चे हमें देख रहे हैं और वे हमारी ही नक़ल कर रहे हैं।

ठीक यही गणित कार्पोरेट खाके पर भी लागू होता है। बर्कले की प्रोफ़ेसर जेनिफ़र चेटमैन और उनके सहयोगियों ने मानसिकता, प्रेरणा और उनकी हालत जानने के लिए फ़ॉर्च्यून 1000 कंपनियों के कर्मचारियों का हाल ही में सर्वेक्षण किया है। उन्होंने पाया कि हर कंपनी में मानसिकता को लेकर सर्वसम्मति थी। तय मानसिकता वाली कंपनियों में कर्मचारी इस तरह के वक्तव्यों से सहमत दिखे, ''जब बात सफलता की आती है तो लगता है कि यह कंपनी ऐसा मानती है कि लोगों में कुछ मात्रा में प्रतिभा होती है और वह इसे बदलने के लिए कुछ ज़्यादा नहीं कर सकते।'' वह महसूस करते हैं कि केवल कुछ बहुत ही ख़ास कर्मचारियों का मोल ज़्यादा है और यह भी कि कंपनी की अन्य कर्मचारियों के विकास में कुछ ख़ास दिलचस्पी नहीं है। इन जवाब देने वालों ने राज़ छिपाने, ग़लत रास्ता चुनने और आगे निकलने के लिए धोखाधड़ी की बात भी स्वीकारी। इसके विपरीत विकास की मानसिकता वाली संस्कृतियों में, कर्मचारियों के यह कहने की संभावना 47 प्रतिशत ज़्यादा है कि उनके साथी भरोसे लायक़ हैं। यह कहने की संभावना 49 प्रतिशत ज़्यादा है कि कंपनी नई सोच को बढ़ावा देती है और यह कहने की

संभावना 65 प्रतिशत ज़्यादा है कि उनकी कंपनी जोख़िम उठाने को प्रोत्साहित करती है।

आप अधिक सफलता हासिल करने वालों के साथ कैसा व्यवहार करते हैं? आपका व्यवहार कैसा होता है जब दूसरे लोग आपको निराश करते हैं?

मेरा अनुमान है कि आप विकास की मानसिकता को चाहे जितना गले लगा लें, लेकिन आप अक्सर तय मानसिकता की ओर लुढ़क जाते हैं। कम से कम केरोल, मार्टी और मेरे बारे में तो यह सच है। हम सभी जानते हैं कि जब हमारा अधीनस्थ कोई व्यक्ति सौंपे गए काम को उम्मीदों के मुताबिक़ कर पाने में असफल हो जाता है तो हम किस तरह से प्रतिक्रिया देना चाहते हैं। हम चाहते हैं कि किसी बात पर हमारी तुरत-फुरत प्रतिक्रिया शांत और प्रोत्साहन देने वाली हो। हमारी ख़्वाहिश यही व्यवहार रखने की होती है, *कोई बात नहीं, यहां हम क्या सीख सकते हैं?*

लेकिन हम भी इंसान हैं। तो हम नहीं चाहते हुए भी अक्सर हताश हो जाते हैं। हम अपनी बेसब्री का प्रदर्शन करते हैं। किसी व्यक्ति की क़ाबिलियत पर फ़ैसले से पहले हम वह आगे क्या करके सुधार कर सकते हैं, जैसी महत्त्वपूर्ण बात को छोड़कर, ख़ुद को संदेह की हल्की-सी आहट के साथ चंद पलों के लिए विचलित होने देते हैं।

वास्तविकता यह है कि अधिकांश लोगों में आंतरिक तय मानसिकता वाले निराशावादी के बिलकुल बग़ल में आंतरिक विकास की मानसिकता वाला आशावादी भी होता है। इसे पहचानना महत्त्वपूर्ण है क्योंकि अपने शारीरिक, चेहरे के हाव-भाव और व्यवहार में बदलाव किए *बग़ैर* अपनी बात में बदलाव की ग़लती करना आसान होता है।

तो हमें क्या करना चाहिए? पहला अच्छा क़दम तो यह देखना है कि हमारे शब्दों और हावभाव में कितना बेमेल है। जब हम ग़लती करेंगे-और जो हम करेंगे-तो हम आसानी से यह स्वीकार सकते हैं कि दुनिया के तय, निराशावादी नज़रिए से परे जाना मुश्किल है। केरोल की सहकर्मियों में से एक सूज़न मैकी, मुख्य कार्यकारी अधिकारियों के साथ काम करती हैं और उन्हें अपने आंतरिक तय मानसिकता के क़िरदार को कोई नाम देने के लिए प्रोत्साहित करती हैं। फिर वह कह सकते हैं, ''उफ़्फ़! मुझे लगता है कि मैं आज बैठक में नियंत्रक क्लेयर को ले आया। कृपया मुझे दोबारा कोशिश करने दीजिए।'' या ''पूरी तरह से पराजित ओलिविया सभी चुनौतीपूर्ण मांगों से निपट पाने में संघर्ष कर रही हैं, क्या आप मुझे इससे उबरने के लिए सोचने में मदद कर सकते हैं?''

अंततः एक दृढ़ संकल्पी नज़रिया अपनाने में यह पहचानना शामिल है कि लोग कामकाज में बेहतर होते जाते हैं-वे *विकसित* होते हैं। ठीक उसी तरह जैसे

हम ज़िंदगी द्वारा पछाड़ दिए जाने के बाद दोबारा उठ खड़े होने की क़ाबिलियत को निखारने का प्रयास करते हैं, हम अपने इर्द-गिर्द मौज़ूद लोगों को भी संदेह का लाभ देते हैं, जब उनका किया प्रयास शानदार सफलता वाला नहीं हो। कल हमेशा होता है।

मैंने हाल ही में उनका नज़रिया जानने के लिए बिल मैकनेब से संपर्क साधा था। बिल 2008 से दुनिया में म्युचुअल फ़ंड्स उपलब्ध कराने वाली सबसे बड़ी कंपनी वेनगार्ड के मुख्य कार्यकारी अधिकारी हैं।

''हमने वास्तविकता में वेनगार्ड में वरिष्ठ अधिकारियों के प्रदर्शन पर नज़र रखी और पूछा कि क्या वज़ह है कि उनमें से कुछ का प्रदर्शन दीर्घावधि में दूसरों की तुलना में बेहतर रहा। जो लोग काम नहीं कर पाते थे, उनके लिए मैं 'आत्मसंतुष्टि' शब्द का इस्तेमाल करता था, लेकिन मैं इस पर जितना ज़्यादा ग़ौर करता हूँ, मुझे महसूस होता है कि यह केवल इतना नहीं है। यह महज एक धारणा है कि मैं कुछ और नहीं सीख सकता। मैं जो हूं वो हूं। मैं इसी तरह से काम किया करता था।''

और उन अधिकारियों का क्या जो अंततः सफल हुए?

''वे लोग जो लगातार सफल होते रहे, वे पदोन्नति के पथ पर अग्रसर रहे। वे आपको हैरान करते रहते हैं कि वह किस तरह से विकसित हो रहे हैं। हमारे पास ऐसे लोग भी हैं जिनके संक्षिप्त विवरण को देखकर ही आप कह सकते हैं, 'वाह, यह व्यक्ति अंततः इतना सफल कैसे हो गया?' और हमारे साथ ऐसे लोग भी थे, जो आए तो अविश्वसनीय साख के साथ थे और आप हैरान हैं, 'ये लोग ज़्यादा तरक्की क्यों नहीं कर सके?'''

जब बिल को विकास की मानसिकता और दृढ़ संकल्प पर रिसर्च के बारे में पता चला तो इसने उनके सहज बोध की पुष्टि कर दी-ना केवल एक कार्पोरेट लीडर के तौर पर बल्कि एक पिता, हाईस्कूल के पूर्व लेटिन शिक्षक, नौकायन प्रशिक्षक और खिलाड़ी के तौर पर भी। ''मैं वाक़ई सोचता हूं कि लोग ख़ुद के और दुनिया के बारे में अपने सिद्धांत तैयार कर लेते हैं और यही तय करता है कि वह क्या करते हैं।''

जब हम इस सवाल तक पहुंचे कि ठीक कहां पर हमने इन सिद्धांतों को आकार देना शुरू किया, बिल ने कहा, ''मानो या ना मानो, मैंने वास्तविकता में शुरुआत अधिक तय मानसिकता के साथ की थी।'' उन्होंने इस मानसिकता की एक आंशिक वजह अपने अभिभावकों द्वारा उन्हें एलिमेंटरी स्कूल में रहते हुए ही एक नज़दीकी यूनिवर्सिटी के एक रिसर्च अध्ययन के लिए पंजीयन को बताया।

उन्हें याद है कि उन्हें कई ढेर सारे बौद्धिक परीक्षणों से गुज़रना पड़ा और अंत में उन्हें बताया गया, ''तुम्हारा प्रदर्शन अच्छा था और तुम स्कूल में भी अच्छा प्रदर्शन करोगे।''

कुछ वक़्त तक, बौद्धिकता के आधिकारिक निदान के साथ शुरुआती सफलता ने उनके विश्वास को बढ़ाया : ''मुझे किसी भी अन्य की तुलना में टेस्ट को पहले पूरा करने में काफ़ी गर्व महसूस होता था। मुझे हमेशा 100 प्रतिशत अंक नहीं मिलते थे, लेकिन मैं काफ़ी क़रीब होता था और मुझे इस बात की भी ख़ुशी होती थी कि मैंने जो हासिल किया, उसके लिए मुझे ख़ास मेहनत नहीं करनी पड़ी।''

बिल विकास की मानसिकता को अपनाने का श्रेय कॉलेज में नौकायन टीम से जुड़ने को देते हैं। ''मैंने इससे पहले कभी नौकायन नहीं किया था, लेकिन मुझे पता चल चुका था कि मुझे पानी पर रहना पसंद है। मुझे बाहर रहना पसंद था। मुझे वर्जिश करना पसंद था। मैं एक तरह से इस खेल के प्यार में पड़ गया।''

नौकायन वह पहली बात थी जो बिल बहुत अच्छी तरह से करना चाहते थे, लेकिन यह इतना आसान नहीं रहा। वह कहते हैं, ''मैं कुदरती तौर पर प्रतिभावान नहीं था। शुरुआत में मेरे हाथ काफ़ी असफलताएं लगीं। लेकिन मैंने प्रयास जारी रखा और अंततः मैं बेहतर होने लगा। अचानक यह अर्थपूर्ण लगने लगा : 'अपना सिर नीचे करके पूरा ज़ोर लगाओ। कड़ी मेहनत वाक़ई, वास्तव में मतलब रखती है।''' फ्रेशमैन सत्र की समाप्ति तक बिल यूनिवर्सिटी की जूनियर टीम में आ चुके थे। यह मुझे इतना बुरा प्रदर्शन भी नहीं लगा, लेकिन बिल ने ख़ुलासा किया कि आंकड़ों के लिहाज़ से इसका ज़ाहिर-सा मतलब था कि वह कभी यूनिवर्सिटी टीम में जगह नहीं बना पाएंगे। उन गर्मियों में वह कैम्पस में बने रहे और पूरी गर्मियों में नौकायन किया।

उनके प्रयास रंग लाए। बिल को जूनियर टीम में ''स्ट्रोक सीट'' पर पदोन्नत कर दिया गया। इसका मतलब था कि नौकायन रेस में बाक़ी के सात नौकाचालकों के लिए गति के निर्धारण की कमान उन्हीं के हाथों में थी। सत्र के दौरान यूनिवर्सिटी का एक नौकाचालक घायल हो गया और बिल को अपनी क़ाबिलियत साबित करने का मौक़ा मिल गया। उनके और टीम के कप्तान के मुताबिक़ उन्होंने बहुत शानदार प्रदर्शन किया। फिर भी जब चोटग्रस्त नौकाचालक ठीक हो गया तो प्रशिक्षक ने बिल को दोबारा अवनत कर दिया।

''उस प्रशिक्षक की मानसिकता तय थी-वह इस बात पर यक़ीन ही नहीं कर पाया कि मैंने अपने प्रदर्शन जितना सुधार कर लिया है।''

उसके बाद कुछ और उतार-चढ़ाव आए, लेकिन बिल की विकास की मानसिकता पर पुष्टि की मुहर लगती रही। ''चूंकि मैं छोड़ने की क़गार पर आ चुका

था और फिर भी वहां डटा हुआ था और चूंकि बातें अंतत: सफल रहीं, मैंने एक ऐसा सबक़ सीखा जो मैं कभी भी भूल नहीं सकता। सबक़ था कि, जब आपको झटके लगते हैं या आप असफल होते हैं तो आप उस पर अतिरेक भरी प्रतिक्रिया नहीं दे सकते। आपको एक क़दम पीछे हटकर उन परिस्थितियों का विश्लेषण करना चाहिए और फिर उनसे सीखना चाहिए। लेकिन इस दौरान आपको आशावादी भी बने रहना चाहिए।''

इस पाठ ने बिल को ज़िंदगी में कैसे मदद की? ''मेरे करियर के दौरान भी ऐसे मौक़े आते रहे हैं, जब मैं हतोत्साहित महसूस करने लगा। मैं किसी और को अपने से पहले पदोन्नत होते देखता था। मैं चाहता था कि सबकुछ एक ख़ास तरीक़े से हो और होता ठीक उल्टा था। ऐसे मौक़ों पर मैं ख़ुद से कहता था, 'कड़ी मेहनत करना और सीखना जारी रखो और सबकुछ ठीक हो जाएगा।'''

नीत्शे ने एक बार कहा था, ''जो मुझे मार नहीं सकता, मुझे मज़बूत बनाता है।'' केन वेस्ट और केली क्लार्कसन इसी भावना को प्रतिध्वनित करते हैं और हमारे इसे दोहराते रहने की एक वज़ह है। हममें से कई को वह वक़्त याद है जब बिल मैकनेब की तरह हमारे सामने चुनौतियां आ खड़ी हुईं और फिर भी उनसे पार पाते हुए हम पहले की तुलना में ज़्यादा विश्वास से लकदक होकर निकले।

उदाहरण के लिए आउटवर्ड बाउंड कार्यक्रम पर ही नज़र डाल लें, जो किशोरों और वयस्कों को अनुभवी लीडर्स के साथ आमतौर पर कुछ सप्ताह के लिए जंगलों में भेज देता है। आधी सदी पहले इसकी शुरुआत के वक़्त से ही आउटवर्ड बाउंड का यह वादा था-इसका नामकरण खुले समुद्र में जाने वाले जहाज को दिए जाने वाले संबोधन से लिया गया है-बाहरी परिस्थितियों को चुनौतियां देने से ''पीछा करने में दृढ़ता'' और ''अपराजित हौसला'' विकसित होता है। वास्तविकता में दर्जनों अध्ययनों में इस कार्यक्रम को स्वतंत्रता, विश्वास, दृढ़ता बढ़ाने वाला बताया गया है। साथ ही इस धारणा को भी बढ़ाने वाला बताया गया है कि ज़िंदगी में जो कुछ भी होता है वह अधिकांशतया आपके नियंत्रण में होता है। साथ ही इस कार्यक्रम में भाग लेने के छह महीनों में यह फ़ायदे कम होने की बज़ाय बढ़ते ही जाते हैं।

लेकिन साथ ही इस बात से इनकार नहीं किया जा सकता कि जो हमें मार नहीं सकता, वह कुछ मर्तबा हमें *कमज़ोर* कर देता है। उन कुत्तों को याद कीजिए जिन्हें बिना किसी नियंत्रण के बार-बार बिजली के झटकों का सामना करना पड़ा था। एक तिहाई कुत्ते तो इस विपरीत परिस्थिति से मेल बिठाने वाले हो गए थे,

लेकिन इस बात का कोई प्रमाण नहीं था कि अनियंत्रित तनाव की परिस्थितियों में मौज़ूद किसी भी कुत्ते को इस अनुभव से किसी भी तरह से लाभ हुआ। इसके विपरीत वह तो उसके बाद के परिणामों को लेकर और अधिक कमज़ोर हो गए थे।

इसलिए ऐसा लगता है कि कुछ मर्तबा जो आपको मारता नहीं है, वह आपको और अधिक मज़बूत कर देता है और कुछ मर्तबा इसके विपरीत बना देता है। इसलिए अत्यावश्यक प्रश्न बन जाता है : कब? कब संघर्ष उम्मीद को जन्म देता है और कब संघर्ष नाउम्मीदी को जन्म देता है?

कुछ वर्ष पहले, स्टीव मेयर और उनके विद्यार्थियों ने उनके मार्टी सेलिगमैन के साथ 40 वर्ष पूर्व किए गए प्रयोग जैसा प्रयोग तैयार किया : चूहों के एक समूह को बिजली के झटके दिए गए, लेकिन अगर उन्होंने अपने अगले पंजों से एक छोटे से पहिए को घुमा दिया तो वे अगले परीक्षण तक झटके को बंद कर सकते थे। चूहों के दूसरे समूह को भी बिजली के इतने ही असरदार झटके दिए गए, लेकिन उनका उनकी अवधि पर कोई नियंत्रण नहीं था।

नए प्रयोग में एक महत्त्वपूर्ण अंतर यह था कि चूहे केवल पांच सप्ताह की उम्र के थे, यानी चूहों के जीवनचक्र के मुताबिक़ किशोरावस्था में। दूसरा अंतर यह था कि चूहों के इस अनुभव का आकलन पांच सप्ताह बाद किया गया, जब चूहे पूरी तरह से परिपक्व वयस्क बन चुके थे। उस वक़्त चूहों के दोनों ही समूहों को बिजली के अनियंत्रित झटके दिए गए। अगले दिन एक सामाजिक अन्वेषण परीक्षण के तहत उनका निरीक्षण किया गया।

स्टीव ने यह जाना कि नियंत्रण से परे तनाव का सामना करने वाले किशोर चूहों को जब वयस्क बनने पर दोबारा अनियंत्रित झटके दिए गए तो वह बुज़दिल बन गए। यह असाधारण नहीं था–उन्होंने असहाय होना उसी तरह से सीखा जैसा कि कोई भी अन्य चूहा सीखता है। इसके विपरीत तनाव पर नियंत्रण कर सकने वाले किशोरवय के चूहे जब बड़े हुए तो ज़्यादा साहसी और विस्मयकारी बन गए। वयस्क होने पर उनमें असहायता के प्रति प्रतिरोध क्षमता भी देखी गई। यह सही है–जब यह ''परिस्थिति से मेल बिठा लेने वाले चूहे'' बड़े हुए तो आम अनियंत्रित झटकों की प्रक्रिया पर वे असहाय महसूस नहीं करते थे।

दूसरे शब्दों में, किस बात ने चूहों को नहीं मारा, जब वे अपने प्रयासों से बातों पर नियंत्रण साध सके, इसने उन्हें ताउम्र के लिए मज़बूत बना दिया।

जब मुझे स्टीव मेयर के नए प्रयोग के बारे में पता चला तो मुझे उनसे व्यक्तिगत तौर पर बात करनी थी। मैंने कोलोरेडो की फ़्लाइट पकड़ी।

स्टीव ने मुझे उनकी पूरी प्रयोगशाला दिखाई और मुझे छोटे पहियों से सुसज्ज वे विशेष पिंजरे भी बताए, जो घुमाने पर बिजली का प्रवाह रोक देते थे। उसके बाद किशोरवय चूहों पर प्रयोग करने वाले स्नातक विद्यार्थियों ने इसमें शामिल दिमाग़ के संचार तंत्र और न्यूरोट्रांसमिटर्स के बारे में संबोधन दिया। अंत में जब मैं और स्टीव साथ बैठे तो मैंने उनसे इस बात का ख़ुलासा करने को कहा कि इस प्रयोग और अपने लंबे और उल्लेखनीय करियर के दौरान किए गए अन्य प्रयोगों से बताएं कि उम्मीद की न्यूरोबायोलॉजी क्या है?

स्टीव ने कुछ पल के लिए सोचा और बोले ''चंद वाक्यों में मामला यह है। आपके दिमाग़ में ऐसी अनेक जगहें हैं जो प्रतिकूल परिस्थितियों में प्रतिक्रिया देती हैं। जैसे कि एमिग्डला। वास्तविकता में दिमाग़ के भीतर लिम्बिक क्षेत्रों का एक पूरा समूह है जो तनाव पर प्रतिक्रिया देता है।''

मैंने सिर हिलाया।

''अब होता यह है कि यह लिम्बिक संरचनाओं का नियंत्रण प्रीफ्रंटल कोर्टेक्स जैसे दिमाग़ के ऊंचे दर्जे के क्षेत्रों द्वारा किया जाता है। और इसलिए अगर आपके दिमाग़ में समीक्षा, विचार या धारणा है - आप चाहे इसे जो नाम दे लें-जो कहती हो, 'एक मिनट ठहरो, मैं इस बाबत कुछ कर सकता हूँ!' या 'यह इतना बुरा भी नहीं है' या और कुछ, कोर्टेक्स में मौज़ूद यह निरोधात्मक संरचनाएं सक्रिय हो जाती हैं। वे एक संदेश भेजती हैं : 'शांत हो जाइए! इतने विचलित मत होइए। कुछ है जो हम कर सकते हैं।'''

मुझे बात समझ आ चुकी थी। लेकिन मैं यह अब भी समझ नहीं सकी थी कि स्टीव ने किशोरवय चूहों पर प्रयोग करने की ज़हमत क्यों उठाई।

वह आगे बताते हैं, ''लंबी अवधि की कहानी के लिए कुछ ख़ुलासों की दरकार है। हमें लगता है कि दिमाग़ के उस ताने-बाने में अलग-अलग तरह से ढलने की कोई क्षमता है। अगर आप विपत्ति का सामना करते हैं-कुछ बेहद प्रबल-जिससे आप अपनी युवावस्था में ही अपने ही बूते निपटने में सफल रहे हैं तो आपके भीतर बाद में भी विपत्तियों का सामना करने का एक अलग तरीक़ा विकसित हो जाता है। यह ज़रूरी है कि यह विपत्ति पर्याप्त रूप से प्रबल हो। क्योंकि दिमाग़ के इन हिस्सों का तानाबाना किसी ख़ास तरह से विकसित होना पड़ता है, जो कि छोटी-मोटी असुविधाओं की स्थिति में संभव नहीं है।''

इसलिए आप केवल बातचीत के ज़रिए किसी को यह यक़ीन नहीं दिला सकते कि वह चुनौतियों पर जीत हासिल कर सकता है?

''यह सही है। किसी को केवल इतना बताना कि वह विपत्तियों का सामना कर सकते हैं, पर्याप्त नहीं है। दिमाग़ में एक सही ताना-बाना तैयार होने के लिए

आपको उन निचले इलाक़ों के साथ उसी वक़्त नियंत्रण की प्रणाली को भी सक्रिय करना होगा। यह तभी होता है जब आपको विपत्ति के ही दौरान महारत हासिल हो जाती है।''

और उस ज़िंदगी का क्या जिसमें *बिना* नियंत्रण के चुनौतियां हों?

स्टीव बताते हैं, ''मैं ग़रीब बच्चों के बारे में बहुत सोचता हूं। उन्हें असहायता के अनेक अनुभवों से गुज़रना पड़ रहा है। उन्हें महारत का पर्याप्त अनुभव नहीं मिल पा रहा है। वे सीख नहीं रहे हैं। 'मैं यह कर सकता हूं। मैं इसमें सफल हो सकता हूं।' मेरा अनुमान यह है कि इन शुरुआती अनुभवों का पर्याप्त रूप से स्थायी असर हो सकता है। आपको यह बात सीखने की ज़रूरत है कि आपके प्रयासों और आपके साथ होने वाली बातों के बीच एक संभावनापूर्ण संबंध है : 'अगर आप कुछ करते हैं, तो कुछ होगा।'''

वैज्ञानिक रिसर्च बिलकुल स्पष्ट है कि बिना नियंत्रण के सदमे का सामना दुर्बलता की वज़ह बन सकता है। लेकिन मुझे उन लोगों की भी चिंता है जो जीवन में लंबी अवधि तक बिना किसी मुश्किलात के रहने के बाद पहली बार वास्तविक पराजय का सामना करते हैं। उन्हें असफलता का अभ्यास ही नहीं है और दोबारा उठ खड़े होने का भी। उनके पास तय मानसिकता से जुड़े रहने के ढेर सारे कारण होते हैं।

मैंने बड़ी उपलब्धि हासिल करने वाले अनेक लोगों को युवावस्था में अप्रत्यक्ष रूप से कमज़ोर पाया है। मैं उन्हें ''भंगुरता भरे परिपूर्ण'' व्यक्ति करार देता हूं। कई बार मिडटर्म या अंतिम टर्म के बाद मेरी मुलाक़ात अक्सर ऐसे भंगुरता से भरे परिपूर्ण व्यक्तियों से मेरे कार्यालय में हो जाती है। बहुत जल्दी यह स्पष्ट हो जाता है कि यह बेहद प्रतिभावान और शानदार व्यक्ति सफल होना तो जानते हैं, लेकिन असफल होना नहीं।

पिछले वर्ष मैंने पेन के एक फ्रेशमैन केवॉन असमानी से संपर्क बनाए रखा। केवॉन का संक्षिप्त परिचय कुछ इस क़िस्म का था जो आपको चिंता में डाल देगा कि शायद यह भंगुरता से परिपूर्ण व्यक्ति है : सबसे ज़्यादा अंकों के कारण हाईस्कूल में संबोधन का सम्मान पाने वाला, छात्रसंघ का अध्यक्ष, सितारा खिलाड़ी... और सूची लंबी होती जाती है।

लेकिन मैं आपको भरोसा दिला सकती हूं कि केवोन विकास की मानसिकता और आशावाद के अवतार की तरह है। हमारी मुलाक़ात हुई तब वह अनाथ बच्चों के लिए चॉकलेट निर्माता मिल्टन हशी द्वारा स्थापित ट्यूशन मुक्त बोर्डिंग स्कूल

मिल्टन हर्शे स्कूल में सीनियर था। यह स्कूल आज तक बेहद पिछड़े और वंचित पृष्ठभूमि के बच्चों के लिए किसी स्वर्ग से कम नहीं है। केवॉन के पांचवीं कक्षा में उत्तीर्ण होने के बाद से ही वह और उसका भाई हशी स्कूल में पहुंचे। इससे ठीक एक वर्ष पहले उनके पिता ने उनकी मां का गला कुछ इस बेदर्दी से घोंटा था कि वह स्थायी तौर पर कोमा में चली गई।

हशी में केवॉन ने उल्लेखनीय प्रगति की। उनमें संगीत के लिए जुनून जागा और वह दो स्कूल के बैंड्स के लिए तुरही बजाने लगे। उन्होंने अपने भीतर छिपी नेतृत्व कला को भी पहचान लिया, सरकारी राजनीतिज्ञों के सामने भाषण दिए, बच्चों द्वारा ही चलाई जाने वाली स्कूल की वेबसाइट तैयार की, दान में हज़ारों डॉलर्स एकत्रित करने वाली समितियों की अध्यक्षता की और अपने सीनियर वर्ष में छात्रसंघ के अध्यक्ष बने।

जनवरी में केवॉन ने मुझे ईमेल करके बताया कि उनका पहले सेमिस्टर का प्रदर्शन कैसा रहा। उन्होंने लिखा, ''मेरा पहले सेमिस्टर का स्कोर 3.5 रहा। तीन ए और एक सी। मैं इससे पूरी तरह से संतुष्ट नहीं हूं। मैं जानता हूं कि ए हासिल करने के लिए मैंने क्या सही किया और सी मुझे किन ग़लतियों के कारण मिला है।''

और सबसे कम ग्रेड के बारे में? ''अर्थशास्त्र में वह सी मिला क्योंकि मैं इस जगह को लेकर अपने विचारों के द्वंद्व में उलझकर रह गया था कि क्या मैं यहां के लायक़ हूं... मैं निश्चित तौर पर 3.5 से बेहतर कर सकता हूं और 4.0 पहुंच से बाहर नहीं है। मेरी पहले सेमिस्टर की मानसिकता यह थी कि मुझे इन बच्चों से काफ़ी-कुछ सीखना है। मेरी नई मानसिकता यह है कि मुझे उन्हें काफ़ी-कुछ पढ़ाना है।''

वसंत ऋतु का सत्र भी आसान नहीं रहा। केवॉन ने कुछ ए तो हासिल किए, लेकिन दो मात्रात्मक पाठ्यक्रम में उनका प्रदर्शन उनकी उम्मीद पर खरा नहीं उतर सका। हमने पेन की बेहद प्रतिस्पर्धात्मक बिज़नेस स्कूल वार्टन से बाहर जाने के विकल्पों पर चर्चा की। मैंने उसका ध्यान इस बात की ओर भी दिलाया कि मुख्य विषय बदलने में शर्मिंदा होने जैसी कोई बात नहीं है। केवॉन यह कुछ नहीं करने जा रहा था।

उसने जून में मुझे जो ईमेल भेजा उसके अंश यहां प्रस्तुत हैं : ''आंकड़े और मात्रात्मक विचारों को क्रियान्वित करना मेरे लिए हमेशा से ही मुश्किल रहा है। लेकिन मैं चुनौती को स्वीकार करता हूं और ख़ुद में सुधार करके ख़ुद को बेहतर बनाने के लिए मैं दृढ़ संकल्प की पूरी ताक़त झोंक दूंगा। भले ही इसका मतलब यह हो कि मैं स्नातक परीक्षा में उस परीक्षा को, जिसमें आंकड़ों के साथ खेलना नहीं हो, कम जीपीए से उत्तीर्ण करूं।''

मुझे कोई भी संदेह नहीं है कि केवॉन बार-बार और हर बार गिरकर उठता रहेगा। हमेशा सीखते हुए विकसित होते हुए।

कुल मिलाकर मेरे द्वारा प्रस्तुत प्रमाण यह कहानी कहते हैं : क़ाबिलियत को लेकर तय मानसिकता विपत्तियों में निराशावाद का ख़ुलासा करती है और यह आगे चलकर चुनौतियों के आगे घुटने टेक देने और उनसे बचने की प्रवृत्ति की वज़ह बनती है। इसके ठीक विपरीत, विकास की मानसिकता विपत्तियों को आशावादी तरीक़े से बयां करने की ओर ले जाती है और इसकी वज़ह से ज़िद जन्म लेती है और साथ ही नई चुनौतियों की तलाश का सिलसिला शुरू हो जाता है जो अंततः आपको और अधिक मज़बूत बनाता है।

विकास की मानसिकता → **स्वयं से आशावादी बातचीत** → **विपत्तियों से जूझने की ज़िद**

मेरी सलाह है कि ख़ुद को उम्मीद करना सिखाने के लिए आपको उपरोक्त क़दम इसी क्रम में उठाने चाहिए और फिर पूछना चाहिए *मैं इसे प्रोत्साहन देने के लिए क्या कर सकता हूँ?*

मेरा इस संबंध में पहला सुझाव होगा *बुद्धिमानी और प्रतिभा के बारे में अपनी धारणाओं में सुधार करें।*

जब केरोल और उनके साथी लोगों को यह समझाने का प्रयास करते हैं कि बुद्धिमानी या किसी भी अन्य तरह की प्रतिभा को प्रयासों द्वारा सुधारा जाता है तो वह शुरुआत दिमाग़ को समझाने के साथ करती हैं। उदाहरण के लिए, वह एक अध्ययन का हवाला देती हैं जो एक शीर्ष वैज्ञानिक पत्रिका *नेचर* में प्रकाशित हुआ था। इस अध्ययन के दौरान किशोरों के दिमाग़ की निगरानी की गई थी। इस अध्ययन में शामिल अनेक किशोरों की बौद्धिक स्तर (आईक्यू) में 14 वर्ष की उम्र से इज़ाफ़ा शुरू हुआ, जब अध्ययन शुरू हुआ था। यह सिलसिला 18 वर्ष की उम्र तक जारी रहा, जब यह अध्ययन समाप्त हुआ। यह वास्तविकता कि-आईक्यू स्कोर किसी भी इंसान की ज़िंदगी में कभी भी स्थायी नहीं होते-आमतौर पर लोगों को चौंकाता है। केरोल बताती हैं कि इन किशोरों के दिमाग़ की संरचना में इस दौरान पर्याप्त बदलाव देखने को मिला : ''जिन बच्चों में गणित के कौशल में बढ़ोत्तरी देखने को मिली उनके दिमाग़ का गणित से संबंधित हिस्सा विकसित हुआ और यही बात अंग्रेज़ी के कौशल के लिए भी सही साबित हुई।''

केरोल यह भी बताती हैं कि दिमाग़ बहुत ज़्यादा अनुकूलक होता है। ठीक किसी मांसपेशी की तरह जो इस्तेमाल के साथ मज़बूत होती जाती है, दिमाग़ भी ख़ुद में बदलाव लाता है, जब आप किसी नई चुनौती पर महारत की कोशिश करते हैं। वास्तविकता में ज़िंदगी में कभी भी कोई एक वक़्त नहीं आता जब आपका दिमाग़ पूरी तरह से ''स्थिर'' हो। इसकी बज़ाय हमारी पूरी ज़िंदगी के दौरान दिमाग़ की तंत्रिका कोशिकाएं (न्यूरोन्स) एक–दूसरे के साथ नए संबंध बनाने और पहले से मौज़ूद न्यूरोन्स को और अधिक मज़बूत बनाने की क्षमता को जीवित रखती हैं। साथ ही, पूरी वयस्कता के दौरान, हम मायेलिन को तैयार करने की क्षमता को क़ायम रखते हैं। यह एक तरह का सुरक्षा आवरण होता है जो न्यूरोन्स और उनके बीच तीव्र गति के संदेशों के आदान–प्रदान की भी रक्षा करता है।

मेरा अगला सुझाव है *अपने–आप से आशावादी वार्तालाप का अभ्यास कीजिए।*

संज्ञानात्मक व्यवहार थैरेपी और अनुभव आधारित लाचारी के बीच की कड़ी ने ही ''लचीलेपन के प्रशिक्षण'' को विकसित किया। सार यह कि यह संवादात्मक पाठ्यक्रम दरअसल संज्ञानात्मक व्यवहार थैरेपी की निवारक ख़ुराक है। इस प्रशिक्षण को पूरा कर चुके बच्चों में किए गए एक अध्ययन में पाया गया कि निराशावाद का स्तर कम हुआ और अगले दो वर्षों में उनमें अवसाद के लक्षण भी कम ही देखे गए। इसी तरह के एक अन्य अध्ययन में कॉलेज के निराशावादी विद्यार्थियों में अगले दो वर्षों में बैचेनी के कम लक्षण देखने को मिले। और अगले तीन वर्षों में अवसाद के भी कम लक्षण देखने को मिले।

अगर यह अध्याय पढ़ते हुए आपको अहसास हो रहा है कि आप बेहद निराशावादी हैं तो मेरी सलाह है कि आप एक संज्ञानात्मक व्यवहार का उपचार करने वाले व्यक्ति से संपर्क साधें। मैं जानता हूं कि यह सिफ़ारिश कितनी असंतोषजनक है। कई वर्ष पहले मैंने एक किशोर के तौर पर डियर एबी को एक समस्या के बारे में लिखा था। उन्होंने लिखित जवाब दिया था, ''कृपया किसी थैरेपिस्ट से संपर्क करें।'' मुझे याद है कि मैंने उनका पत्र फाड़कर फेंक दिया था। मैं इस बात से नाराज़ थी कि उन्होंने कोई साफ़, तेज़ और सीधा हल नहीं बताया था। वैसे यह मान लेना कि उम्मीद के विज्ञान के बारे में 20 पन्ने पढ़ लेना मात्र एक निराशावाद में डूबे हुए व्यक्ति के लिए पर्याप्त है, बचकाना ही कहा जाएगा। मैं संक्षेप में जितनी जानकारी दे सकती हूँ, उससे कहीं अधिक बातें, संज्ञानात्मक व्यवहार उपचार और लचीलेपन के प्रशिक्षण के बारे में कहने के लिए हैं।

मुद्दा यह है कि आप वास्तविकता में ख़ुद ही ख़ुद के साथ संवाद को बेहतर बना सकते हैं और आप इसे आपके लक्ष्य की ओर बढ़ने की राह की बाधा बनने से भी रोक सकते हैं। अभ्यास और मार्गदर्शन के सहारे आप, हालात मुश्किल होने

पर, अपने सोचने, महसूस करने और सबसे महत्त्वपूर्ण अपने काम के तौर-तरीक़ों में परिवर्तन सीख सकते हैं।

इस पुस्तक के अंतिम सत्र ''बाहर से भीतर की ओर दृढ़ संकल्प बढ़ाना'' की ओर बढ़ने से पहले मैं आपको एक अंतिम सुझाव देना चाहूंगी, जो आपको ख़ुद को उम्मीद सिखाने में मदद करेगा : *किसी की मदद मांग लो।*

कुछ वर्ष पहले मेरी मुलाक़ात एक सेवानिवृत्त गणितज्ञ रोंडा ह्यूज से हुई। रोंडा के परिवार में उनसे पहले कोई भी कॉलेज तक नहीं पहुंचा था, लेकिन उन्हें बचपन से ही स्टेनोग्राफ़ी की तुलना में गणित बहुत ज़्यादा अच्छा लगता था। रोंडा ने अंततः गणित में पीएचडी हासिल की और कॉलेज में नौकरी के लिए उनके 80 में से 79 आवेदन ख़ारिज हो जाने के बाद उन्होंने इकलौते विश्वविद्यालय से मिले प्रस्ताव को स्वीकार लिया था।

रोंडा की मेरे से मुलाक़ात की वज़ह थी। उन्होंने मुझे बताया कि उन्हें दृढ़ संकल्प के पैमाने पर मौज़ूद एक बात पर आपत्ति है। ''मुझे यह बात पसंद नहीं है, 'असफलताएं मुझे हतोत्साहित नहीं करतीं,' इसका कोई अर्थ नहीं है। मेरे कहने का मतलब है कि कौन है जो असफलता से हतोत्साहित नहीं होता? मेरा निश्चित तौर पर यह मानना है कि इसकी जगह होना चाहिए, *'असफलता मुझे ज़्यादा वक़्त तक हतोत्साहित नहीं कर सकती। मैं दोबारा अपने पैरों पर खड़ी हो जाती हूं।'''*

निश्चित तौर पर रोंडा की बात सही थी और कई शब्दों के साथ मैंने उस सवाल को बदल डाला।

लेकिन रोंडा की कहानी के बारे में सबसे महत्त्वपूर्ण बात यह है कि वह कभी भी केवल अपने बूते पर खड़ी नहीं हुईं। इसकी बज़ाय उन्होंने यह जान लिया था कि उम्मीद से चिपके रहने के लिए दूसरों से मदद लेना एक अच्छा तरीक़ा है।

यहां उनके द्वारा बताया गया एक वाक़या पेश है : ''मेरा एक मार्गदर्शक है जिसे मुझसे पहले पता चल चुका था कि मैं एक गणितज्ञ ही बनूंगी। इसकी शुरुआत मेरे द्वारा उनके एक टेस्ट में बेहद कमज़ोर प्रदर्शन के साथ हुई थी, जब मैं रोती हुई उनके कार्यालय में पहुंची थी। अचानक वह अपनी कुर्सी से उठ खड़े हुए और बिना कुछ बोले कमरे से बाहर की ओर भागे। जब वह कुछ देर बाद लौटे तो उन्होंने कहा, 'देखो बेटा, तुम्हें तो गणित में ग्रैजुएट स्कूल में जाना चाहिए, लेकिन तुम सभी ग़लत पाठ्यक्रम ले रही हो।' और उनके पास वह तमाम क़िस्म के पाठ्यक्रम स्पष्ट तौर पर तैयार थे, जो उनकी राय में मुझे *अपनाना* चाहिए थे। साथ था अन्य शिक्षकों का यह वादा कि वह मेरी मदद करेंगे।''

20 वर्ष पहले रोंडा ने साथी गणितज्ञ सिल्विया बोज़मैन के साथ मिलकर एज (EDGE) कार्यक्रम की स्थापना की थी। एज का मतलब था स्नातक शिक्षा

में विविधता बढ़ाना (Enhancing Diversity in Graduate Education)। इसका उद्देश्य महिलाओं और अल्पसंख्यक विद्यार्थियों को गणित में डॉक्टरल प्रशिक्षण के लिए तैयार करना। सिल्विया बताती हैं, ''लोग मान लेते हैं कि गणित करने के लिए आपके पास एक विशेष तरह की प्रतिभा होनी चाहिए। वह सोचते हैं कि या तो आप जन्मजात गणितज्ञ होते हैं या नहीं होते। लेकिन मैं और रोंडा कहना जारी रखते हैं, 'आप वास्तविकता में गणित करने की योग्यता विकसित करते हैं। *कभी हार मत मानो!*''

रोंडा ने मुझे बताया, ''मेरे करियर में कई मर्तबा ऐसे अवसर आए जब मैं बोरिया-बिस्तर समेटना चाहती थी, जब मैं हार स्वीकारना चाहती थी और कुछ और आसान बात करना चाहती थी। लेकिन हमेशा कोई न कोई ऐसा था जो किसी न किसी तरीक़े से मुझे डटे रहने के लिए कहता था। मुझे लगता है कि हर किसी के पास ऐसे व्यक्ति होना चाहिए। आप नहीं चाहते?''

भाग-3

बाहर से भीतर की ओर दृढ़ संकल्प बढ़ाना

➡ 10

दृढ़ संकल्प के लिए परवरिश

अपने अज़ीज़ों में दृढ़ संकल्प को प्रोत्साहित करने के लिए मैं क्या कर सकता हूं?

मुझे यह सवाल दिन में कम से कम एक बार तो पूछा ही जाता है।

कुछ मर्तबा किसी प्रशिक्षक द्वारा यह सवाल पूछा जाता है और कुछ मर्तबा किसी उद्यमी या मुख्य कार्यकारी अधिकारी द्वारा। पिछले सप्ताह यह सवाल चौथी कक्षा के एक शिक्षक ने पूछा था और उससे एक सप्ताह पहले सामुदायिक कॉलेज के एक गणित के प्रोफ़ेसर ने। सेना के जनरल और नौसेना के एडमिरल तक मुझसे यह सवाल पूछ चुके हैं, लेकिन अक्सर यह सवाल किसी पिता या मां द्वारा पूछा जाता है जो इस बात को लेकर चिंतित हैं कि उनका बच्चा अपनी क्षमता को साकार करने के क़रीब नहीं है।

मुझसे सवाल पूछने वाले अधिकांश लोग अभिभावकों की तरह सोचते हैं, निश्चित तौर पर–फिर भले ही वह अभिभावक नहीं हों। *पेरेंटिंग (परवरिश)* शब्द लातिनी भाषा से लिया गया है, जिसका मतलब होता है "प्रोत्साहित करना।" अगर आप अपने अज़ीज़ लोगों में दिलचस्पी, अभ्यास, उद्देश्य और उम्मीद को प्रोत्साहित करने के लिए मार्गदर्शन मांगते हैं तो आप अभिभावकों की तरह व्यवहार कर रहे हैं।

जब स्थिति को उलटते हुए लोगों से पूछता हूं कि उनका सहज बोध "दृढ़ संकल्प के लिए परवरिश" को लेकर क्या कहता है। तो मुझे बहुत अलग क़िस्म के जवाब मिलते हैं।

कुछ का मानना है कि दृढ़ संकल्प विपत्ति के दौरान ही तैयार होता है। अन्य लोग तुरंत नीत्शे का उद्धरण दे डालते हैं : "जो आपको मारता नहीं है, वह आपको

और अधिक मज़बूत कर देता है।''* इस तरह के विचार फटकार लगाते मां-पिता की तसवीर आंखों के सामने ला देते हैं, जिनमें उन्हें खेल में जीत के लिए या बच्चों को पियानो बेंच या वायलिन स्टैंड से बांधते हुए या फिर उन्हें ए मायनस लाने के लिए कोसते हुए देखा जा सकता है।

यह नज़रिया मान लेता है कि प्यार भरा समर्थन और आला दर्ज़े की उम्मीद एक ही अनवरत कड़ी के दो सिरे हैं, जिनमें दृढ़ संकल्पी लोगों के अधिकार जताने वाले अभिभावक परंपरागत धड़े में आते हैं।

अगर मुझे एक सदी पहले मत जानने का मौक़ा मिलता तो शायद जॉन्स हॉपकिंस यूनिवर्सिटी के मनोविज्ञान विभाग के प्रमुख जॉन वॉटसन का नज़रिया भी कुछ ऐसा ही होता।

1928 में परवरिश पर अपनी सर्वाधिक बिक्री वाली मार्गदर्शिका *साइकोलॉजिकल केयर ऑफ़ इन्फ़ेंट ऐंड चाइल्ड (शिशुओं और बच्चों की मनोवैज्ञानिक देखभाल)* में वॉटसन ऐसे बच्चे की परवरिश को लेकर अपने विचार व्यक्त करते हैं, ''जो काम और खेल में डूब जाता हो, जो अपने माहौल में परेशानियों से उबरना जल्दी सीख जाता हो...और जो ऐसे स्थायी कार्य और भावनात्मक आदतों के साथ पौरुषता में प्रवेश करता हो कि कोई भी विपत्ति उस पर हावी नहीं हो सके।''

वॉटसन की सलाह कुछ यूं है, ''उन्हें कभी गले मत लगाइए और ना ही चूमिए। उन्हें कभी अपनी गोद में बैठने मत दीजिए। अगर ज़रूरी ही हो तो उन्हें बस माथे पर चूमिए, जब वह शुभरात्रि कह रहे हों। सुबह उनसे हाथ मिलाइए। अगर वह किसी मुश्किल काम को बहुत ही अच्छी तरीक़े से करते हैं तो उन्हें सिर पर हल्की-सी थप्पी दे दीजिए।'' वॉटसन आगे चलकर बच्चों को अपनी समस्याओं से निपटने की सलाह देते हैं, ''बिलकुल जन्म लेने के पल से।'' किसी भी एक वयस्क के साथ अस्वस्थ लगाव को टालने के लिए उनकी देखभाल करने वालों को बदलते रहें। या अन्यथा उस लाड़-प्यार वाले स्नेह से बचाएं जो बच्चों को ''दुनिया जीत लेने से'' रोकता है।

निश्चित ही गाहे-बगाहे लोग अलग तरह का रवैया रखते हैं।

उन्हें पक्का यक़ीन है कि ज़िद और ख़ासतौर पर जुनून उस वक़्त पूरी तरह से साकार हो जाते हैं जब बच्चों को बिना शर्त स्नेह और समर्थन मिलता है। इस दयालुता और शालीनता से भरी परवरिश के उस्ताद जादू की झप्पियों और भरपूर आज़ादी का समर्थन करते हैं और इस बात की ओर ध्यान दिलाते हैं कि बच्चे

---

* जब मैं यह सुनती हूं तो मैं कुछ मर्तबा स्टीव मेयर के रिसर्च के एक खुलासे से जवाब देती हूं जिसके मुताबिक़, वास्तविकता में, विपत्ति से बाहर का रास्ता तलाशना ही इंसान को मज़बूत बनाता है।

पैदाइशी तौर पर ही चुनौतियों का सामना करने वाले लोग हैं, जिनकी क्षमता को पूरी तरह से बाहर आने के लिए केवल हमारे बिना शर्त के प्यार और स्नेह की दरकार होती है। एक बार डंडा चलाने वाले अभिभावकों से आज़ादी मिल जाने के बाद बच्चे अपनी आंतरिक दिलचस्पियों का ही पीछा करेंगे। इसके बाद असफलता मिलने पर अनुशासित अभ्यास और लचीलेपन की वापसी होगी।

समर्थक और मांग करने वाले अभिभावकों के बीच की कड़ी में ''बच्चों पर केंद्रित'' रियायती रास्ता अपनाने की सलाह देने वाले उदारवादी धड़े के माने जाएंगे।

तो फिर इनमें से वह क्या है? क्या दृढ़ संकल्प अनवरत आला दर्ज़े की भट्टी में तपकर निखरता है या फिर यह प्यार भरे समर्थन के गर्म आग़ोश में फलता-फूलता है?

एक वैज्ञानिक होने के नाते मैं यह कहने के लिए मज़बूर हूं कि इस विषय पर हमें और अधिक रिसर्च की दरकार है। परवरिश पर काफ़ी रिसर्च किया जा चुका है और कुछ रिसर्च दृढ़ संकल्प पर भी, लेकिन कोई भी रिसर्च परवरिश और दृढ़ संकल्प पर नहीं किया गया है।

दो किशोरों की मां होने के नाते, मेरे पास सारे आंकड़ों का इंतज़ार करने का वक़्त नहीं है। मुझे यह सवाल पूछने वाले अभिभावकों की ही तरह, मुझे भी आज ही फ़ैसला करना होगा। मेरी बेटियां बड़ी हो रही हैं और उनकी ज़िंदगी में प्रतिदिन मैं और मेरे पति उनकी परवरिश कर रहे हैं, बेहतरी के लिए या बुरे के लिए। एक प्रोफ़ेसर और प्रयोगशाला निदेशक होने के नाते मेरा दर्जनों युवाओं से संपर्क होता है-और मैं उनके दृढ़ संकल्प को भी प्रोत्साहित करना चाहती हूं।

इसलिए विवाद को हल करने की दिशा में एक क़दम उठाते हुए मैंने प्रत्येक पक्ष के लिए उपलब्ध प्रमाण की पड़ताल की। कड़ाई के साथ परवरिश के पुरातन अंदाज़ के समर्थकों ने सुझाव दिया कि मैं दृढ़ संकल्प के एक आदर्श स्टीव यंग से संपर्क करूं। यंग एक रिकॉर्ड तोड़ क्वार्टर बैक थे जिनकी मिली-जुली परवरिश में अख़बारों के हॉकर का काम, स्कूल से पहले बाइबल की कक्षा शामिल थे। उनके लिए गाली देना और शराब पीना पूरी तरह से प्रतिबंधित था। जबकि कुछ ज़्यादा उदारवादी परवरिश के समर्थकों ने मेरा ध्यान फ्रांसेस्का मार्टिनेज़ की ओर दिलाया। फ्रांसेस्का एक बड़बोली ब्रिटिश स्टैंडअप कॉमेडियन हैं, जिनके लेखक पिता और पर्यावरणविद मां ने उन्हें स्कूल छोड़ने की इज़ाज़त दे दी थी और केवल 16 वर्ष की उम्र में जब उन्होंने अपनी जीवनी का नाम *वाट द इज़ नॉर्मल?* रखा तो उन्हें एक पल के लिए भी हिचकिचाहट महसूस नहीं हुई।

चलिए शुरुआत स्टीव यंग से करते हैं।

सेन फ्रांसिस्को 49र्स के महान क्वार्टर बैक यंग को राष्ट्रीय फुटबॉल लीग (एनएफ़एल) में दो बार सबसे मूल्यवान खिलाड़ी (एमवीपी) घोषित किया गया था। उन्हें सुपर बॉल XXIX का भी एमवीपी चुना गया था जहां पर उन्होंने छह टचडाउन पास का रिकॉर्ड तोड़ प्रदर्शन किया था। सेवानिवृत्ति के वक़्त वह एनएफ़एल के इतिहास के सबसे ज़्यादा रेटिंग वाले क्वार्टर बैक थे।

स्टीव ने बताया, ''मेरे अभिभावक मेरा आधार थे। मेरी इच्छा है कि हर किसी को अच्छी परवरिश मिले।''

उनके बिंदु को स्पष्ट करने के लिए एक कहानी पेश है।

स्टीव हालांकि अपनी हाईस्कूल फुटबॉल टीम के स्टार थे और देशभर के कॉलेजों से उन्हें खेलने का भरपूर मौक़ा मिलता रहता था। इसके बावज़ूद उन्हें ब्रिघम यंग यूनिवर्सिटी (बीवाईयू) में प्रवेश के बाद आठवीं पंक्ति में क्वार्टर बैक रखा गया था। चूंकि स्टीव और खेलने के वक़्त के बीच सात क्वार्टर बैक हुआ करते थे, उनके प्रशिक्षक ने उन्हें एक निचले दल ''हैम्बर्गर स्क्वैड'' में धकेल दिया-सबसे कम मूल्यवान खिलाड़ियों की एक ऐसी टीम जिनका इस्तेमाल बीवाईयू की रक्षापंक्ति को अभ्यास करने में मदद करना मात्र था।

स्टीव उन दिनों को याद करते हुए कहते हैं, ''मैं घर लौटना चाहता था। अपने स्कूल के अपने पहले पूरे सेमिस्टर के दौरान मैंने अपना बैग भरकर तैयार रखा था... मुझे याद है कि मैंने (अपने पिता को) फ़ोन किया और बस इतना कहा, 'प्रशिक्षकों को मेरा नाम तक पता नहीं। मैं बस रक्षापंक्ति के लिए प्रतिद्वंद्वी खिलाड़ी को रोकने वाला एक भीमकाय खिलाड़ी था। पिताजी, यह बहुत ही भयानक है। और मैंने इस बात की इच्छा नहीं की थी... और मुझे लगता है कि मैं घर लौट आना पसंद करूंगा।'''

स्टीव के पिताजी, जिन्हें स्टीव ''सबसे दमदार व्यक्ति'' करार देते हैं, ने उन्हें कहा, ''तुम पलायन कर सकते हो... लेकिन तुम घर नहीं आ सकते क्योंकि मुझे हारने वाले बिलकुल पसंद नहीं है। तुम यह बात बचपन से जानते हो। तुम वापस नहीं आ रहे हो।'' और स्टीव वहां बने रहे।

पूरे सीज़न के दौरान स्टीव अभ्यास पर सबसे पहले पहुंचते थे और सबसे बाद में जाते थे। टीम के अंतिम मुक़ाबले के बाद, उन्होंने अपने निजी अभ्यास में भी इज़ाफ़ा कर दिया, ''फ़ील्ड हाउस के अंत में एक बड़ा नेट लटका हुआ था। मैं एक काल्पनिक सेंटर के पीछे बैठ गया और गेंद को पीछे पास किया, तीन चरण का ड्रॉप किया और गेंद नेट में फेंक दी। जनवरी की शुरुआत से फ़रवरी के अंत तक मैंने तकरीबन 10,000 स्पाइरल्स फेंके होंगे। मेरी बांह दुखने लगी। लेकिन मैं एक क्वार्टर बैक बनना चाहता था।''

दूसरे वर्ष तक स्टीव आठवें क्रम के क्वार्टर बैक से दूसरे क्रम के क्वार्टर बैक तक तरक्की कर चुके थे। जूनियर वर्ष तक तो वह बीवाईयू के शुरुआती क्वार्टर बैक बनने के बाद सीनियर वर्ष में उन्हें देश के सबसे बेहतरीन क्वार्टर बैक के तौर पर डेवी ओ' ब्रायन पुरस्कार मिला।

उनके खेल करियर के दौरान कई ऐसे मौक़े आए जब उनका विश्वास डगमगा गया। हर बार वह खेल को छोड़ने के लिए बेताब थे। हर बार वह अपने पिताजी का दरवाज़ा खटखटाते थे-और वह उन्हें खेल छोड़ने नहीं देते थे।

एक शुरुआती चुनौती मिडिल स्कूल में बेसबॉल खेलने के दौरान ही आ गई। स्टीव कहते हैं, ''मैं उस वक़्त 13 वर्ष का था। मुझे पूरे साल में एक भी हिट मारने का मौक़ा नहीं मिला था और यह अधिक से अधिक शर्मिंदगी भरा होने लगा। मैच दर मैच मैं हिट ही नहीं मार पा रहा था।'' जब सीज़न समाप्त हुआ तो स्टीव ने पिताजी से कहा कि बहुत हो चुका। ''मेरे पिताजी ने सीधे मेरी आंखों में देखते हुए कहा, 'तुम भाग नहीं सकते। तुम्हारे भीतर क़ाबिलियत है तो तुम्हें वापस जाकर अभ्यास करना होगा।''' इसलिए स्टीव और उनके पिताजी दोबारा मैदान पर लौटे। ''मुझे याद है कि बहुत ठंड थी और हालात बुरे थे और बारिश भी हो रही थी, बर्फ़ भी थी। वह गेंद को पिच कर रहे थे और मैं गेंद को मार रहा था।'' हाईस्कूल के सीनियर वर्ष तक विश्वविद्यालय की बेसबॉल टीम के कप्तान के तौर पर स्टीव का बल्लेबाजी औसत .384 था।

सेन फ्रांसिस्को 49र्स के लिए चार साल बेंच पर बिताने के दौरान स्टीव एक ही सबक़ पर भरोसा करते रहे कि ज़िद अंततः रंग लाती है। अदला-बदली की बज़ाय स्टीव ने जो मोंटाना के अधीन प्रशिक्षण हासिल करना स्वीकारा। मोंटाना एक स्टार्टिंग क्वार्टर बैक थे, जिन्होंने टीम को चार सुपरबॉल जीत दिलाई थी। ''अगर मैं मैदान पर जाकर यह जानना चाहता हूं कि मैं कितना अच्छा खिलाड़ी हूं तो इसके लिए मुझे सेन फ्रांसिस्को में रहकर सीखना होगा, फिर भले ही वह बेहद बेरहम कठिनाइयों भरा हो... मैंने कई बार मैदान छोड़ देने का सोचा... मैं अपनी नींदों से वंचित रातों में लोगों की हूटिंग सुनी, लेकिन मैं अपने पिताजी को फ़ोन करने से घबराता था। मैं जानता था वह क्या कहेंगे, 'अंत तक डटे रहो, स्टीव।'''

स्टीव की असंभव लगने वाली प्रगति के बारे में मेरे वर्णन से आप यह निष्कर्ष निकाल सकते हैं कि दृढ़ संकल्प बच्चों के अभिभावक अधिकार चलाने वाले होते हैं। आप इस निष्कर्ष तक भी पहुंच सकते हैं कि वह पूरी तरह से अपने मानकों पर ही केंद्रित होते हैं और बच्चे की विशिष्ट ज़रूरतों के प्रति असंवेदनशील।

आपके द्वारा अंतिम फ़ैसला सुनाए जाने से पहले, स्टीव के अभिभावकों शेरी और लीग्रैंड यंग के साथ कुछ पल बिताइए। ऐसा करने से पहले यह जान लें कि लीग्रैंड अपने बचपन के एक उपनाम ''ग्रिट'' को ज़्यादा पसंद करते हैं, जो ज़िंदगी के प्रति उनके रवैए को उजागर करता है। ग्रिट यानी कि ''दृढ़ संकल्प।'' स्टीव के भाई माइक ने एक बार अपने पिताजी के बारे में कहा था, ''वह तो बस कड़ी मेहनत, मज़बूत बनने और कभी शिकायत नहीं करने वाले व्यक्ति हैं। यह नाम वाक़ई उन पर पूरी तरह से सटीक बैठता है।''

एक कार्पोरेट वकील के तौर पर ग्रिट यंग शायद ही किसी दिन काम पर नहीं गए हों। 25 वर्ष पहले ग्रिट स्थानीय वायएमसीए में काम करते थे, जहां पर उन्हें जिम में साथ जाने वाले एक व्यक्ति ने उठक-बैठक की एक जारी प्रतिस्पर्धा में शिरकत की चुनौती दे डाली। एक वर्ष बाद प्रत्येक व्यक्ति एक हज़ार उठक-बैठक लगा सकता था, इस वक़्त उन्हें चुनौती देने वाले व्यक्ति ने हार मान ली। लेकिन तब तक तो ग्रिट की प्रतिस्पर्धा अब ख़ुद से हो चुकी थी। उन्होंने कई वर्षों तक यह जारी रखा, जब तक कि वह लगातार 10,000 उठक-बैठक नहीं लगाने लगे थे।

जब मैंने स्टीव के अभिभावकों से उनके मशहूर बेटे और उसकी परवरिश के बारे में जानने के लिए संपर्क किया तो मुझे कठोरता और औपचारिकता की उम्मीद थी। जो पहली बात शेरी ने कही वह थी, ''हमें आपसे बातचीत करके ख़ुशी हो रही है! हमारा स्टीव एक महान बच्चा है।'' ग्रिट ने फिर मज़ाक़ किया कि मेरे द्वारा चयनित क्षेत्र को देखते हुए, उन्हें इस बात पर हैरानी है कि मुझे उन तक पहुंचने में इतनी देर लग गई।

मैं सहज हो गई और आराम से बैठकर सुनने लगी कि कैसे उन दोनों ने ज़िंदगी के शुरुआती दिनों में ही मेहनत करना सीख लिया था। शेरी ने ख़ुलासा किया, ''हमारी पीढ़ी कृषकों की मेहनत के बाद के काम करने वाली थी। हमसे उम्मीदें थीं।'' शेरी तो 10 वर्ष की उम्र से ही चेरी तोड़ने का काम करने लगी थीं। ग्रिट ने भी यही किया और बेसबॉल के ग्लव्ज़ और कपड़ों के लिए उन्होंने बगीचों की कटाई की। साइकल पर कई मीलों दूर घरों में अख़बार बांटे और खेत पर मिलने वाले हर काम को किया।

जब बच्चों की परवरिश का वक़्त आया तो शेरी और ग्रिट ने जानबूझकर बच्चों को भी वही चुनौतियां दीं। ग्रिट ने कहा, ''मेरा लक्ष्य उन्हें अनुशासन सिखाना था। और ठीक मेरी तरह किसी भी काम को पूरी मेहनत के साथ करना। आपको ये बातें सीखना पड़ती हैं। यह अचानक नहीं होती। मेरे लिए बच्चों को यह सबक़ देना ज़रूरी था कि जो काम आप शुरू करते हैं उसे ख़त्म भी करना है।''

पूरी कड़ाई के साथ स्टीव और उनके भाइयों को यह बात समझा दी गई कि जिस काम को उन्होंने अपनाया है, उसे अंत तक पूरा करना ही है। ''हमने उन्हें

बताया कि तुम्हें सभी अभ्यासों में जाना है। तुम यह नहीं कह सकते, 'ओह, मैं इससे थक चुका हूं।' एक बार आपने किसी बात के लिए प्रतिबद्धता जता दी तो ख़ुद को उसे पूरा करने के लिए अनुशासित करो। कई मौक़े ऐसे आएंगे, जब आप आगे नहीं बढ़ना चाहेंगे, लेकिन आपको बढ़ना ही होगा।''

सुनने में कठोर लगता है, है ना? लेकिन अगर आप ध्यान से सुनें, तो आपको पता चलेगा कि यंग बहुत ज़्यादा मददग़ार थे।

स्टीव बताते हैं कि नौ वर्ष की उम्र में पॉप वार्नर फ़ुटबॉल खेलते हुए एक बच्चे ने उन्हें टैकल किया। जब उन्होंने अपनी मां की तरफ़ देखा तो वह अपने हाथ में पर्स लेकर उनके बग़ल से गुज़रते हुए विपक्षी टीम के खेमे में पहुंची और उस बच्चे के कंधे के पैड्स पकड़कर उससे कहा कि वह दोबारा अवैध तरीक़े से स्टीव की गर्दन नहीं पकड़ेगा। स्टीव और उनके भाई जब बड़े हुए तो सभी को घर में ही मज़ा आता था। शेरी बताती हैं, ''हमारा तहख़ाना हमेशा बच्चों से भरा रहता था।''

एक कार्पोरेट वकील होने के नाते ग्रिट को काफ़ी यात्राएं करना पड़ती थीं। ''मेरे साथ के अधिकांश लोग सप्ताहांत पर भी वहीं रुक जाया करते थे, जहां कहीं भी हम होते थे, क्योंकि शुक्रवार तक काम पूरा नहीं हो सकता था और आपको सोमवार को नए सिरे से शुरुआत करनी पड़ती थी। मैं नहीं, मैंने सप्ताहांत पर घर लौटने के लिए हमेशा हरसंभव प्रयास किया।'' गाहे-बगाहे सप्ताहांत पर घर लौटने के कारण भी उन गुणों को बयां करता था, जिनके लिए उन्हें ग्रिट उपनाम मिला हुआ था : ''एक बार मैं मोंटाना में एक एल्यूमिनियम प्लांट के लिए बातचीत कर रहा था। शुक्रवार की रात मैं टैक्सी पकड़कर एयरपोर्ट पहुंचा। हर तरफ़ कोहरा ही कोहरा था। सभी उड़ानें रद्द कर दी गई थीं।''

मैंने इस बात पर विचार किया कि ऐसी परिस्थिति में मैं क्या करती और फिर जब बाक़ी की कहानी सुनी तो शर्म से लाल हो गई। ग्रिट ने एक कार किराए पर ली, स्पोकेन तक कार चलाकर गए, सीएटल की उड़ान पकड़ी, फिर एक दूसरी उड़ान पकड़कर सेन फ्रांसिस्को पहुंचे। वहां से तीसरी उड़ान पकड़कर अंततः अगले दिन तड़के जेएफ़के एयरपोर्ट पहुंचे। उसके बाद उन्होंने किराए की एक और कार ली और ग्रीनवीच, कनेक्टिकट तक ख़ुद ही कार चलाकर चले गए। ग्रिट ने कहा, ''मैं अपनी पीठ नहीं थपथपा रहा हूं। बात केवल इतनी सी है कि मुझे लगा कि मेरा बच्चों को समर्थन देने के लिए उनके साथ होना महत्त्वपूर्ण है। फिर चाहे वह कोई खेल गतिविधि हो या कुछ और।''

शेरी और ग्रिट अपने बच्चों की भावनात्मक ज़रूरतों से भी जुड़े थे। उदाहरण के लिए स्टीव विशेष तौर पर बैचेन रहा करते थे। ग्रिट ने बताया, ''हमने देखा कि कुछ बातें थीं जो वह नहीं करता था। जब वह दूसरी कक्षा में था तो उसने स्कूल जाने से ही इनकार कर दिया। जब वह 12 वर्ष का था तो वह लड़कों के स्काउट

शिविर में जाने को तैयार नहीं था। वह कभी किसी दूसरे बच्चे के घर जाकर नहीं सोता था। वह कुछ भी हो जाए, यह करता ही नहीं था।''

जब शेरी और ग्रिट द्वारा एक शर्मीले बच्चे का वर्णन किया जा रहा था तो मेरे लिए एक निडर क्वार्टरबैक स्टीव यंग की कल्पना कर पाना तक मुश्किल था। इसी तरह से ना तो शेरी और ना ही ग्रिट को पता था कि बड़े बेटे के डर से कैसे निपटा जाए। ग्रिट ने बताया कि एक बार वह स्टीव को दिनभर के लिए उसके चाचा-चाची के घर ले जाने के लिए स्कूल लेने पहुंचे और स्टीव कुछ भी किए रोना रोक ही नहीं रहा था। वह अपने घर से दूर जाने के नाम से ही उसके हाथ-पैर फूल गए थे। स्टीव भौंचक्का था। मैं सुनने के लिए बेक़रार था कि उन्होंने और शेरी ने कैसे प्रतिक्रिया दी। क्या उन्होंने अपने बच्चे को थोड़ा मर्द बनने की सलाह दी? क्या उन्होंने उनसे कुछ विशेषाधिकार छीन लिए?

नहीं बिलकुल नहीं। ग्रिट ने स्कूल जाने से इनकार के बाद स्टीव के साथ बातचीत का जो ब्यौरा दिया, उससे साफ़ हो जाता है कि ग्रिट ने उन्हें खरी-खोटी सुनाने या उनकी आलोचना करने की बजाय उनसे ज़्यादा सवाल पूछे और जवाबों को पूरी गंभीरता से सुना। ''मैंने कहा, 'क्या तुम्हें कोई परेशान कर रहा है?' उसने कहा, 'नहीं।' 'क्या तुम्हें तुम्हारा शिक्षक पसंद है?' 'हां, मुझे अपना शिक्षक पसंद है।' तो फिर तुम स्कूल क्यों नहीं जाना चाहते? 'मुझे नहीं पता। मैं बस स्कूल नहीं जाना चाहता।'''

शेरी इसके बाद कई हफ़्तों तक स्टीव की दूसरी कक्षा में बैठती रहीं, जब तक कि अंततः स्टीव को ख़ुद स्कूल जाना सुखद नहीं लगने लगा।

शेरी ने मुझे बताया, ''यह बैचेनी के ख़िलाफ़ जंग थी। उस वक़्त हमें पता नहीं कि इसे क्या नाम दें। लेकिन हम बता सकते थे कि भीतर से वह पूरी तरह से दुरुस्त था और हमें यह भी पता था कि उसे इस सबसे पार पाना होगा।''

बाद में जब मैंने स्टीव से बीवाईयू के उनके परेशानी भरे पहले सेमिस्टर के बारे में विस्तार से ख़ुलासा करने को कहा तो मैंने उनका ध्यान इस बात की ओर दिलाया कि अगर किसी ने केवल वह कहानी सुनी होती तो शायद वह यह निष्कर्ष निकाल लेते कि उनके पिता, ग्रिट, एक तानाशाह क़िस्म के व्यक्ति थे। आख़िर वह कैसा इंसान होगा जो अपने ही बच्चे की घर लौटने की गुहार को नकार दे?

स्टीव ने कहा, ''ठीक है। हर बात का संदर्भ होता है, है ना?''

मैं सुनने लगी।

''संदर्भ यह था कि मेरे पिताजी मुझे जानते थे। वह जानते थे कि मैं दौड़कर घर लौटना चाहता हूं और यह भी कि अगर उन्होंने मुझे ऐसा करने दिया तो यह मुझे अपने डर के आगे घुटने टेकने का मौक़ा देने जैसा था।''

स्टीव ने बात को ख़त्म करते हुए, ''यह प्यार में उठाया गया क़दम था। यह थोड़ा कठोर था, लेकिन यह प्यार भरा था।''

लेकिन कठोर प्यार और डराने-धमकाने के बीच बहुत बारीक़-सा अंतर है, है ना? अंतर क्या है?

स्टीव कहते हैं, ''मैं जानता था कि फ़ैसला मुझे लेना है। और मैं जानता था कि पिताजी नहीं चाहते थे कि मैं उनकी नक़ल करूं। पहली बात अभिभावकों को एक ऐसा मंच तैयार करना चाहिए जो बच्चे के सामने इस बात को साबित करे, 'मैं तुम्हें केवल वह करने के लिए नहीं कह रहा हूं जो मैं कहूं, मेरे द्वारा नियंत्रित हो, तुम्हें मेरी तरह बनाए, तुम्हें वह करने पर मज़बूर करे जो मैंने किया, जो मैं नहीं कर पाया वो हासिल करने के लिए कहूं।' मेरे पिताजी ने कम उम्र में ही मुझे बता दिया था कि सारा मामला उनके बारे में या उनकी चाहत को लेकर नहीं है बल्कि वास्तविकता में इस बारे में है कि 'मेरे पास जो कुछ है वह मैं तुम्हें दे रहा हूं।'''

स्टीव ने बोलना जारी रखा, ''यह कठोर प्यार के भीतर छिपा निस्वार्थ भाव था। मैं सोचता हूं कि यह बेहद महत्त्वपूर्ण है। अगर कठोर प्यार में कुछ भी अभिभावकों द्वारा आप पर नियंत्रण साधने का प्रयास है तो ख़ैर, बच्चों को यह पता चल ही जाता है। मैं जान गया था कि मेरे अभिभावक हरसंभव तरीक़े से कह रहे हैं, 'हम तुम्हें सफल होता देखना चाहते हैं। हमने ख़ुद को पीछे छोड़ दिया है।'''

अगर यंग परिवार के बारे में जानने से आपको यह समझने में मदद मिली है कि ''कठोर प्यार'' वास्तविकता में विरोधाभासी नहीं है, तो कुछ देर के लिए उस विचार को रोक दीजिए-चलिए मिलते हैं फ्रांसेस्का मार्तिनेज़ और उनके अभिभावकों टीना और अलेक्स से।

ऑब्ज़र्वर द्वारा ब्रिटेन के सबसे ज़्यादा मज़ाक़िया शख़्सियतों में से एक क़रार फ्रांसेस्का पूरी दुनिया में अकेले प्रस्तुति देती हैं, ऐसे कार्यक्रमों में जिनके टिकट काफ़ी पहले ही बिक चुके होते हैं। एक सामान्य दिनचर्या में वह यंग परिवार के गाली नहीं देने के नियम को तोड़ देती हैं और शो के बाद उनके द्वारा शराब सेवन पर लगे प्रतिबंध के भी उल्लंघन की पूरी संभावना है। अपने अभिभावकों की ही तरह, फ्रांसेस्का आजीवन शाकाहारी हैं, धार्मिक नहीं और राजनीतिक तौर पर थोड़ी कम प्रगतिशील हैं।

दो वर्ष की उम्र में ही फ्रांसेस्का मानसिक पक्षाघात से पीड़ित पाई गई थीं। वह इसकी बज़ाय ''डांवाडोल'' शब्द ज़्यादा पसंद करती हैं। टीना और अलेक्स को जब बताया गया, क्षतिग्रस्त दिमाग़ वाली उनकी बेटी अब ''कभी भी सामान्य ज़िंदगी

नहीं जी पाएंगी,'' तो उन्होंने तय कर लिया कि कोई भी डॉक्टर यह भविष्यवाणी नहीं कर सकता कि उनकी बेटी क्या बन सकती है। कॉमेडी की दुनिया में सितारा बनने के लिए दृढ़ संकल्प की दरकार होती है, फिर चाहे आप कोई भी हों, लेकिन उस वक़्त तो इसकी और भी ज़्यादा ज़रूरत पड़ती है, जब आपके लिए शब्दों के उच्चारण या स्टेज तक चलकर पहुंचना ही अपने-आपमें चुनौती हो। तो अन्य उभरते हुए कॉमेडियन्स की तरह फ्रांसेस्का भी दस मिनट की मुफ़्त की प्रस्तुति के लिए चार घंटे (प्रत्येक ओर से) तक की दूरी तय कर चुकी हैं। साथ ही उन्होंने भावनाशून्य और व्यस्त टेलीविज़न प्रोड्यूसर्स के साथ टेलीफ़ोन कॉल्स पर निराशाजनक बातचीत भी झेली है। लेकिन अपने अधिकांश समकक्ष साथियों के विपरीत उन्हें हर प्रस्तुति से पहले सांस और आवाज़ की एक्सरसाइज़ करना पड़ती है।

उन्होंने मुझे बताया, ''मैं अपनी कड़ी मेहनत और जुनून का श्रेय नहीं लेती। मेरी राय में ये गुण मेरे परिवार से मिले हैं, जो कि बहुत ही प्यार करने वाला और मज़बूत था। उनके भारी समर्थन और सकारात्मकता की ही वज़ह से मेरी महत्त्वाकांक्षाओं की कोई सीमा नहीं है।''

हैरत की बात नहीं कि फ्रांसेस्का की स्कूल के सलाहकारों के मन में कॉमेडी को करियर बनाने का विचार संदेहों भरा था, ख़ासतौर पर ऐसी लड़की के लिए जिसे सामान्य तौर पर तक चलने और बोलने तक में परेशानी होती थी। वह फ्रांसेस्का द्वारा कॉमेडी में करियर के लिए हाईस्कूल छोड़ देने के फ़ैसले से तो और अधिक चिंतित हो गए थे। वह आह भरके कहते थे, ''ओह, फ्रांसेस्का। किसी और व्यावहारिक बात के बारे में सोचो। जैसे कम्प्यूटर्स।'' किसी कार्यालय में काम करने का विचार ही फ्रांसेस्का की सोच से भी परे बुरा भविष्य था। उन्होंने अपने अभिभावकों से पूछा कि वह क्या करें।

अलेक्स ने अपनी बेटी से कहा, ''जाओ और अपने सपने का पीछा करो। और अगर वह कोशिश असफल रही तो तुम दोबारा आकलन कर सकती हो।''

फ्रांसेस्का ने बताया, ''मेरी मां भी उतना ही प्रोत्साहन देने वाली थीं।'' फिर एक मुस्कान के साथ बोलीं, ''मूल तौर पर वह मेरे द्वारा औपचारिक शिक्षा छोड़कर टेलीविज़न पर काम के फ़ैसले से ख़ुश थे। वह मुझे अपना सप्ताहांत दोस्तों के साथ बिताने देते थे। कपटी लोगों और स्पष्ट तौर पर यौन नामों वाले कॉकटेल्स के बीच।''

मैंने अलेक्स से ''सपने का पीछा करो'' वाली सलाह के बारे में पूछा। कुछ भी ख़ुलासा करने से पहले अलेक्स ने मुझे बताया कि फ्रांसेस्का के भाई राउल को भी एक मशहूर पोर्ट्रेट पेंटर के यहां प्रशिक्षु बनने के लिए हाईस्कूल की पढ़ाई छोड़ देने की इज़ाज़त दे दी गई थी। उन्होंने कहा, ''हमने उन दोनों पर कभी भी डॉक्टर या वकील या कुछ भी बनने के लिए दबाव नहीं बनाया। मेरा वाक़ई मानना है

कि जब आप अपनी पसंद का काम करना चाहते हैं तो यह आपकी आजीविका बन जाती है। फ्रांसेस्का और उसका भाई कठोर परिश्रम करने वाले हैं, लेकिन वह अपने पसंदीदा विषय को लेकर जुनूनी हैं, इसलिए उनके लिए यह सब बहुत कठोर नहीं है।''

पूरी तरह से सहमत टीना ने बताया, ''मेरे भीतर हमेशा से यह अनुभूति रही है कि जीवन और कुदरत और क्रमिक विकास ने बच्चों में उनकी मूलभूत क्षमताएं डालकर ही उन्हें भेजा है-उनका अपना मुक़द्दर। ठीक किसी पौधे की तरह, जिसे अगर पर्याप्त पानी देकर उसकी देखभाल की जाए तो वह बहुत फल-फूलकर बहुत ख़ूबसूरत और मज़बूत बन जाता है। सवाल केवल एक सही वातावरण तैयार करने का है-मिट्टी जो उर्वरक हो, उनकी ज़रूरतों को समझकर उस हिसाब से प्रतिक्रिया देती हो। बच्चों के भीतर उनके अपने भविष्य के बीज होते हैं। अगर हम उन पर विश्वास करें तो उनकी अपनी दिलचस्पियों के बीज अंकुरित होकर रहेंगे।''

फ्रांसेस्का बेहद हताशा भरी परिस्थितियों में भी आशान्वित बने रहने का श्रेय अपने ''असाधारण तौर पर शांत'' रहने वाले अभिभावकों को देती हैं : ''किसी बात से इस क़दर चिपके रहने का मतलब है, आपका विश्वास कि आप इसे कर सकते हैं। यह विश्वास आत्म-मूल्य से आता है। और यह इस बात से कि दूसरों ने हमें अपनी ज़िंदगी में कैसा महसूस होने का मौक़ा दिया है।''

जहां तक अलेक्स और टीना की बात है तो वह रियायती परवरिश का प्रतीक हैं। मैंने उनसे पूछा कि क्या वह ख़ुद को इस तरह से देखते हैं।

अलेक्सा ने कहा, ''हक़ीक़त में, मैं सोचती हूं कि मुझे बिगड़ैल बच्चों से नफ़रत है। बच्चों को प्यार किया जाना चाहिए और स्वीकारा जाना चाहिए, लेकिन बिना किसी जटिलता के उन्हें यह भी सिखाने की ज़रूरत है : 'नहीं आप अपनी बहन को छड़ी से सिर पर नहीं मार सकते। हां, आपको अपनी वस्तुएं साझा करना चाहिए। नहीं, तुम्हें हर वह बात जो तुम मांगते हो, नहीं मिलेगी।' यह बिना किसी बक़वास की परवरिश है।''

उदाहरण के लिए, अलेक्स द्वारा डॉक्टर द्वारा सिफ़ारिश की गई शारीरिक उपचार एक्सरसाइज़ करने के लिए फ्रांसेस्का पर दबाव डाला जाता है। फ्रांसेस्का को इससे नफ़रत है। कई वर्ष से फ्रांसेस्का और उनके पिताजी का यह संघर्ष जारी है। फ्रांसेस्का यह समझ नहीं पाती कि भला वह अपनी सीमाओं में रहकर काम क्यों नहीं कर सकतीं और अलेक्स का मानना है कि दृढ़ बने रहना उनकी ज़िम्मेदारी है। वह अपनी किताब में लिखती हैं, ''हालांकि कई लिहाज़ से आनंदपूर्ण, लेकिन अगले कुछ वर्ष कुछ मनुहारों के पूरा होने, दरवाज़ों को पीटने, आंसुओं और वस्तुओं को फेंकने में ही बीते।''

इन झड़पों को ज़्यादा बेहतर तरीक़े से सुलझाया जा सकता था या नहीं यह एक खुला सवाल है-अलेक्स का मानना है कि अपनी बेटी को अपने हठ का ख़ुलासा करके वह बेहतर काम कर सकते थे। हो सकता है ऐसा होता, लेकिन मेरे लिए फ्रांसेस्का के बचपन का सबसे आकर्षित करने वाला पहलू यह अभिप्राय था कि प्यार देने वाले, सपनों का पीछा करने के लिए प्रोत्साहित करने वाले अभिभावक भी अनुशासन के मामले में कुछ नियम तय करने पर मज़बूर होते हैं। अचानक अलेक्स और टीना की एक आयामी लीक से हटकर उन्मुक्त अभिभावकों की छवि अधूरी लगने लगी।

यह राज़ उजागर करने वाला था, उदाहरण के लिए, मूलत: एक लेखक अलेक्स को अपने बच्चों के लिए तैयार कामकाज के तौर-तरीक़ों का निर्धारण सुनना : ''काम को पूरा करने के लिए आपको काम करना होगा। जब मैं युवा था तो मैं कई ऐसे लोगों से मिला जो लिखते थे। वह मुझसे कहा करते थे, 'ओह हां, मैं एक लेखक हूं, लेकिन मैंने कभी कुछ पूरा नहीं किया।' तो उस लिहाज़ से तो आप लेखक नहीं हैं। आप एक ऐसे व्यक्ति हैं जो मेज़ पर बैठते हैं और काग़ज़ के टुकड़े पर कुछ लिख डालते हैं। अगर आपके पास कहने के लिए कुछ है तो आगे बढ़िए और उसे पूरा कीजिए।''

टीना सहमत हैं कि बच्चों को जितनी ज़रूरत आज़ादी की है, उतनी ही सीमाओं की भी। वह एक शिक्षिका और पर्यावरण कार्यकर्ता भी हैं। उन्होंने अनेकानेक अभिभावकों को बच्चों के साथ गिड़गिड़ाते हुए, भीख मांगने की तरह बातों को मनवाते हुए देखा है। उन्होंने कहा, ''हमने अपने बच्चों को स्पष्ट सिद्धांतों और नैतिक दिशानिर्देशों के साथ जीना सिखाया है। हमने उन्हें इसके पीछे के तर्क भी समझाए, लेकिन उन्हें अपनी सीमाएं पता थीं।''

उन्होंने आगे कहा, ''और कोई टेलीविज़न नहीं था। मेरा मानना था कि यह सम्मोहित कर देने वाला माध्यम था और मैं नहीं चाहती थी कि यह लोगों के साथ संवाद की जगह ले ले। इसलिए हमने घर में टेलीविज़न रखा ही नहीं था। अगर बच्चों को कुछ बहुत ही ख़ास देखना होता था तो वह अपने दादा-दादी के यहां चले जाते थे।''

स्टीव यंग और फ्रांसेस्का मार्तिनेज़ की कहानियों से हम क्या सीख सकते हैं? और हम दृढ़ संकल्प के अन्य प्रतीकों द्वारा अपने अभिभावकों के वर्णन से क्या हासिल कर सकते हैं?

वास्तविकता में तो मैंने एक रुझान देखा है। हममें से उन लोगों के लिए जो दृढ़ संकल्प के लिए परवरिश करना चाहते हैं, यह रुझान एक मददग़ार मूल दस्तावेज़

की तरह है। अपने बच्चों को बड़ा करने के दौरान जिन फ़ैसलों के लिए हमें संघर्ष करना पड़ता है, उनके लिए एक तरह की मार्गदर्शिका।

कुछ और कहने से पहले मैं एक चेतावनी देना चाहूंगी, कि एक वैज्ञानिक होने के नाते मैं किसी दृढ़ निष्कर्ष पर पहुंचने से पहले और अधिक जानकारी और आंकड़े एकत्रित करना चाहूंगी। एक दशक में मैं दृढ़ संकल्प के लिए परवरिश को लेकर और अधिक जानकार बन जाऊंगी। लेकिन चूंकि अपने प्रियजनों की परवरिश को कुछ देर रोके रखने का कोई तरीक़ा उपलब्ध नहीं है, इसलिए मैं आगे बढ़ते हुए आपको अपना आकलन बताऊंगी। मुझे ऐसा करने के लिए प्रेरित करने की एक बड़ी वज़ह है वह रुझान जो मैंने देखा है, परवरिश (लेकिन दृढ़ संकल्प नहीं) पर किए गए बेहद सावधानी के साथ किए गए दर्जनों रिसर्च के साथ मेल खाता है। जॉन वॉटसन के यह बताने के बाद से कि *उन्हें लाड़-दुलार नहीं करें, सलाह* दें हमने जो सीखा है उसके आइने में यह रुझान अर्थपूर्ण लगता है। और अंत में, मैं जो रुझान देख रही हूं। वह विश्वस्तरीय खिलाड़ियों, कलाकारों और विद्वानों के मनोवैज्ञानिक बेंजामिन ब्लूम और उनकी टीम द्वारा 30 वर्ष पूर्व लिए गए साक्षात्कारों से हासिल जानकारी के साथ भी मेल खाते हैं। हालांकि ब्लूम के अध्ययन का स्पष्ट विषय कठोर परवरिश नहीं था-अभिभावकों को मूलत: जीवनी की विस्तृत जानकारी के ''महज निरीक्षक'' के तौर पर शामिल किया गया था-बड़े निष्कर्षों में से एक था परवरिश का महत्त्व।

मुझे तो यह लगता है।

पहला और सबसे अहम, समर्थक अभिभावकों और अपेक्षा रखने वाले अभिभावकों में किंतु-परंतु जैसी कोई सौदेबाज़ी नहीं है। एक तरफ़ स्नेह और सम्मान तो दूसरी ओर दूसरों पर दमदार तरीक़े से उम्मीदें लादने को ''कठोर प्यार'' मान लेना एक आम ग़लतफ़हमी है। वास्तविकता में इसकी कोई भी वज़ह नहीं है कि आप दोनों एक ही साथ क्यों नहीं कर सकते। बिलकुल स्पष्ट तौर पर स्टीव यंग और फ्रांसेस्का मार्तिनेज़ के अभिभावकों ने ठीक यही किया। यंग दंपत्ति तुलनात्मक तौर पर कुछ ज़्यादा सख़्त थे, लेकिन वे प्यार करने वाले भी थे। मार्तिनेज़ दंपत्ति प्यार करने वाले थे, लेकिन वह भी सख़्त था। दोनों ही परिवार इस लिहाज़ से ''बच्चों पर केंद्रित'' थे कि उन्होंने बच्चों की दिलचस्पियों को शीर्ष प्राथमिकता दी, लेकिन दोनों ही परिवारों ने यह महसूस नहीं किया कि बच्चे हमेशा अपने काम, मेहनत के स्तर और राह बदल लेने का फ़ैसला ख़ुद अपने बूते लेने में सक्षम हैं।

आगे दिया गया चित्र बताता है कि कितने मनोवैज्ञानिक अब परवरिश के अंदाज़ों को वर्गीकृत करते हैं। किसी एक अनवरत श्रृंखला की बज़ाय यहां दो हैं। ऊपर के दाईं तरफ़ के चतुर्थांश में वे अभिभावक हैं जो एक ही वक़्त में समर्थक भी हैं और अपेक्षा भी रखते हैं। तकनीकी शब्द है ''अधिकारपूर्ण परवरिश।'' इस

तरह की किसी भी भ्रांति को टालने के लिए मैं अधिकारपूर्ण परवरिश को *बुद्धिमानी भरी परवरिश* कहूंगी, क्योंकि इस चतुर्थांश में मौज़ूद अभिभावक अपने बच्चों की मनोवैज्ञानिक ज़रूरतों के सटीक पारखी हैं। वे इस बात को समझते हैं कि बच्चों को अपनी पूरी क्षमताओं को हासिल करने के लिए प्यार, सीमा और थोड़ी स्वतंत्रता की दरकार होती है। उनका बच्चों पर अधिकार जताना उनकी ताक़त नहीं उनके ज्ञान और बुद्धिमानी पर आधारित होता है :

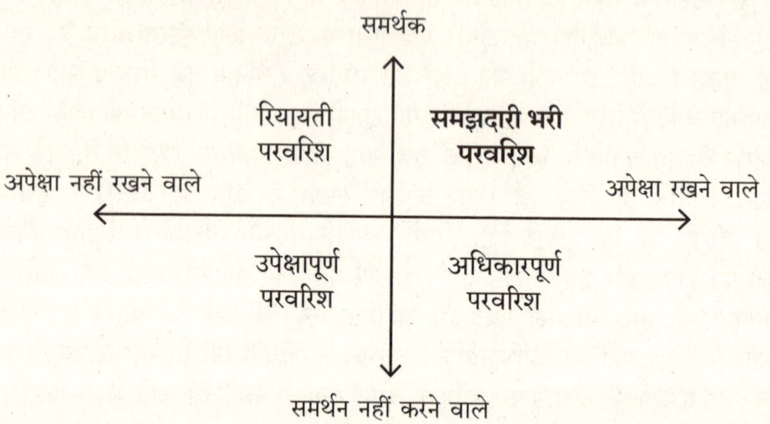

अन्य चतुर्थांशों में परवरिश के तीन आम अंदाज़ हैं। इनमें बच्चों के लालन-पालन में कोई अपेक्षा नहीं रखने वाला, असमर्थक रवैया भी शामिल है, जो बच्चों की उपेक्षा करने वाले अभिभावक भी उजागर कर देते हैं। उपेक्षापूर्ण परवरिश एक बेहद घातक भावनात्मक माहौल तैयार कर देती है, लेकिन मैं इसके बारे में यहां कुछ ज़्यादा नहीं कहूंगी, क्योंकि बच्चों को दृढ़ संकल्प बनाने के पालकों के तरीक़ों से इसका दूर-दूर का कोई नाता नहीं है।

अधिकारपूर्ण परवरिश करने वाले अभिभावक अपेक्षा तो रखते हैं, लेकिन असमर्थक होते हैं। ठीक जॉन वॉटसन द्वारा समर्थित तरीक़ा जो उन्होंने बच्चों को मज़बूत बनाने के लिए बताया था। रियायती अभिभावक इसके ठीक विपरीत समर्थक तो होते हैं, लेकिन उनकी अपने बच्चों से कोई अपेक्षाएं नहीं होतीं।

लैरी स्टेनबर्ग ने जब 2001 में किशोरावस्था पर रिसर्च करने वाले संस्थान (सोसायटी फ़ॉर रिसर्च ऑन एडोलेसेंस) में अध्यक्षीय भाषण दिया था तो उन्होंने परवरिश के अंदाज़ पर और रिसर्च किए जाने पर पाबंदी की मांग की थी, क्योंकि उनके मुताबिक़ कोई ऐसे प्रमाण उपलब्ध नहीं थे जो समर्थक और अपेक्षा रखने वाले अभिभावकों के लिए फ़ायदेमंद हो। वैज्ञानिकों का ज़्यादा मुश्किल सवालों के

रिसर्च की ओर मुड़ना बेहतर होगा। वाक़ई पिछले चार दशकों में बहुत सावधानी से तैयार अध्ययन के बाद यही पाया गया है कि मनोवैज्ञानिक तौर पर समझदार अभिभावकों के बच्चे किसी भी अन्य तरह के परिवारों के बच्चों से ज़्यादा बेहतर प्रदर्शन करते हैं।

उदाहरण के लिए लैरी के एक अध्ययन में 10 हज़ार अमेरिकी किशोरों ने अपने अभिभावकों के व्यवहार पर प्रश्नावलियों को पूरा किया था। लिंग, जाति, सामाजिक वर्ग या अभिभावकों की वैवाहिक स्थिति की परवाह किए बग़ैर स्नेहपूर्ण, सम्मानजनक और अपेक्षा रखने वाले अभिभावकों के बच्चों ने स्कूल में बेहतर ग्रेड हासिल किए थे, वह ज़्यादा आत्म-निर्भर थे, कम बैचेन थे और कम अवसाद ग्रस्त थे। साथ ही उनके आपराधिक गतिविधियों में लिप्त होने की भी कम ही आशंका थी। लगभग यही रुझान लगभग हर देश में दोहराया जाता है, जिसका बाल विकास के हर चरण में अध्ययन किया गया हो। दीर्घावधि का रिसर्च बताता है कि फ़ायदों को एक दशक या ज़्यादा के काल में देखा जा सकता है।

परवरिश पर रिसर्च की बड़ी खोजों में से एक है, अभिभावकों द्वारा बच्चों को दिए जाने वाले संदेशों से भी ज़्यादा महत्त्वपूर्ण यह है कि बच्चों ने क्या संदेश ग्रहण किए।

एक अधिकारपूर्ण जैसी लगने वाली परवरिश-उदाहरण के लिए, कोई टीवी नहीं की नीति या बदज़बानी पर रोक-पीड़ादायक हो भी सकती है और नहीं भी। वैकल्पिक तौर पर जो रियायती लग सकती है-जैसे किसी बच्चे को हाईस्कूल से पढ़ाई छोड़ देने की अनुमति-हो सकता है केवल अभिभावकों द्वारा तय महत्त्वपूर्ण माने जाने वाले नियमों में अंतर को दर्शाए। दूसरे शब्दों में, इसलिए अब किसी सुपरमार्केट में किसी अभिभावक द्वारा बच्चे को सीरियल्स ख़रीदने को लेकर दिए जाने वाले लेक्चर पर अपना मत तैयार मत कीजिए। अधिकांश मामलों में, आपके पास इस बात को लेकर पर्याप्त संदर्भ उपलब्ध नहीं होता कि बच्चा इस संवाद को किस तरह से ले रहा है और अंततः बच्चे का अनुभव ही सबसे ज़्यादा महत्त्वपूर्ण है।

क्या आप मनोवैज्ञानिक तौर पर समझदार अभिभावक हैं? अगले पन्ने पर दिया गया परवरिश आकलन टेस्ट लेकर ख़ुद जान लीजिए, जिसे मनोवैज्ञानिक और परवरिश की विशेषज्ञ नैंसी डार्लिंग द्वारा तैयार किया गया है। इन वक्तव्यों में से कितने पर आपका बच्चा बिना हिचक हामी भरेगा?

आप पाएंगे कि कुछ हिस्सों को इटेलिक कर दिया गया है। दरअसल उनको इस तरह से उल्टा पूछा गया है कि अगर आपका बच्चा उनसे सहमत होता है तो आप अपनी सोच से कम समझदार अभिभावक होंगे।

समर्थक : स्नेहपूर्ण

अगर मुझे कुछ समस्या हुई तो मैं अपने अभिभावकों पर भरोसा कर सकता हूं।

मेरे अभिभावक केवल मुझसे बात करने के लिए वक़्त निकाल लेते हैं।

मैं और मेरे अभिभावक मिलकर आनंद देने वाली बातें करते हैं।

मेरे अभिभावक मेरे द्वारा अपनी परेशानियां उनसे साझा करना पसंद नहीं करते।

मेरे अभिभावक अच्छे काम पर मेरी बमुश्किल तारीफ़ करते हैं।

समर्थक : सम्मानजनक

मेरे अभिभावकों का मानना है कि मुझे अपना नज़रिया रखने का हक़ है।

मेरे अभिभावक मुझे बताते हैं कि उनके विचार सही हैं और मुझे उन पर सवाल नहीं उठाने चाहिए।

मेरे अभिभावक मेरी निजता का सम्मान करते हैं।

मेरे अभिभावक मुझे बहुत आज़ादी देते हैं।

मेरे अभिभावक मेरे द्वारा किए जाने वाले अधिकांश कामों का फ़ैसला करते हैं।

अपेक्षा रखने वाले

मेरे अभिभावक वाक़ई मुझसे परिवार के नियमों के पालन की अपेक्षा रखते हैं।

मेरे अभिभावक मुझे अपने तरीक़े से काम करने देते हैं।

मेरे अभिभावक बताते हैं कि मैं कैसे बेहतर कर सकता हूं।

जब मैं कुछ ग़लत करता हूं, मेरे अभिभावक मुझे दंड नहीं देते।

मेरे अभिभावक चाहते हैं कि मुश्किल परिस्थितियों में भी मैं अपना सर्वश्रेष्ठ प्रयास करूं।

समर्थन, सम्मान और ऊंचे मानकों के साथ बड़े होने के कई लाभ हैं। उनमें से एक दृढ़ संकल्प के लिहाज़ से प्रासंगिक है–दूसरे शब्दों में समझदारी भरी परवरिश बच्चों को अपने अभिभावकों के *अनुसरण* के लिए प्रोत्साहित करती है।

बच्चे, निश्चित तौर पर कुछ हद तक अपनी मां और पिताजी की *नक़ल* करते हैं। जब हमारे पास कोई और विकल्प उपलब्ध ही नहीं हो, तो सिवाय अपने इर्द-गिर्द मौज़ूद लोगों के लहज़े, आदतों की नक़ल करने के हम और कर भी क्या सकते हैं? हम उनके ही अंदाज़ में बातें करते हैं। हम वही खाते हैं जो वे खाते हैं। हम उनकी पसंद और नापसंद को अपना लेते हैं।

एक बच्चे में वयस्कों की नक़ल करने की सहज प्रवृत्ति बहुत तीव्र होती है। लगभग 50 वर्ष पूर्व स्टेनफ़ोर्ड यूनिवर्सिटी में किए गए एक शास्त्रसंगत मनोवैज्ञानिक प्रयोग के तहत, उदाहरण के लिए, स्कूल से पहले की उम्र के बच्चों ने वयस्कों को विविध प्रकार के खिलौनों के साथ खेलते देखा और उसके बाद उन्हें उन्हीं खिलौनों के साथ खेलने का मौक़ा दिया गया। आधे लड़के-लड़कियों ने उसी कमरे में मौज़ूद बच्चे के आकार की फुलाई जा सकने वाली गुड़िया की अनदेखी कर पूरा ध्यान एक वयस्क द्वारा खिलौने को जोड़े जाने की ओर दिया। शेष बच्चों ने एक वयस्क को चुपचाप एक खिलौने को जोड़ते हुए देखा और फिर एक मिनट बाद उसे गुड़िया पर हमला करते देखा। वयस्क ने गुड़िया को पहले मुक्के से पीटा फिर लकड़ी की हथौड़ी से उसकी पिटाई की। गुड़िया को हवा में उछाला और अंत में चीख़ते-चिल्लाते हुए गुड़िया को लात मारकर कमरे में इधर से उधर किया।

उन्हीं खिलौनों के साथ खेलने का मौक़ा मिलने पर जिन बच्चों ने वयस्कों को खिलौनों के साथ चुपचाप खेलते देखा था, वह वैसा ही खेले। इसके विपरीत जिन बच्चों ने वयस्कों को गुड़िया को मारते-पीटते देखा उन्होंने वैसा ही आक्रामक प्रदर्शन किया। कई बार तो उनका व्यवहार वयस्कों से इतना मिलता-जुलता रहा कि रिसर्चर्स ने उन्हें ''कार्बन कॉपी'' करार दिया।

और फिर भी, *नक़ल* और *अनुसरण* में ज़मीन-आसमान का अंतर है।

जैसे-जैसे हम बड़े होते जाते हैं, हमारे भीतर अपने काम के आकलन या पुनर्निरीक्षण की क्षमता के साथ-साथ दूसरों में क्या पसंद और क्या नापसंद है, इस बाबत फ़ैसला सुनाने की क्षमता भी विकसित हो जाती है। जब हमारे अभिभावक स्नेहपूर्ण, सम्मानजनक और अपेक्षा रखने वाले हों तो हम ना केवल उनके उदाहरण का पालन करते हैं, बल्कि उनका आदर भी करते हैं। हम ना केवल उनकी गुज़ारिशों का पालन करते हैं, बल्कि यह भी समझते हैं कि वे ऐसा क्यों कर रहे हैं। हम विशेष तौर पर उन्हीं दिलचस्पियों को अपनाने के लिए उत्सुक होते हैं-उदाहरण के लिए, यह महज संयोग नहीं है कि स्टीव यंग के पिताजी ख़ुद बीवाईयू में एक उल्लेखनीय फुटबॉल खिलाड़ी थे या फ्रांसेस्का मार्तिनेज़ को ठीक अपने पिता की तरह बहुत जल्दी लेखन से प्यार हो गया था।

विश्वस्तरीय प्रदर्शन करने वालों पर किए गए अध्ययन में बेंजामिन ब्लूम और उनकी टीम ने यही रुझान देखा। लगभग बिना किसी भी क़िस्म के अपवाद के,

ब्लूम के अध्ययन में शामिल समर्थन देने वाले और अपेक्षा रखने वाले अभिभावक, ''कामकाज के तौर-तरीक़ों के मामले में आदर्श थे, क्योंकि उन्हें कड़ा परिश्रम करने वाले के तौर पर देखा जाता था, उन्होंने जो भी प्रयास किया उसमें अपना सर्वश्रेष्ठ प्रदर्शन किया, उनके भीतर यह यक़ीन था कि काम को खेल पर तरज़ीह दी जानी चाहिए और यह कि हर किसी को एक दूरस्थ लक्ष्य को ध्यान में रखते हुए काम करना चाहिए।'' साथ ही, ''अधिकांश अभिभावकों के लिए यह सामान्य बात थी कि बच्चों को उनकी पसंदीदा गतिविधियों में भाग लेने के लिए प्रोत्साहित किया जाए।'' निश्चित तौर पर ब्लूम के एक अध्ययन का निष्कर्ष था, ''अभिभावकों की निजी दिलचस्पियां किसी तरह से बच्चों तक प्रेषित हो जाती हैं... हमने बार-बार यह पाया कि पियानोवादक के अभिभावक उन्हें बार-बार टेनिस की कक्षाओं में भेजेंगे, लेकिन पियानो की कक्षाओं में ख़ुद लेकर जाएंगे। और हमने टेनिस वाले घरों में इसका ठीक उल्टा पाया।''

यह वाक़ई उल्लेखनीय है कि दृढ़ संकल्प के कितने ही प्रतिमानों ने मुझे गर्व और विस्मय के साथ बताया है कि उनके अभिभावक ही उनके लिए सबसे ज़्यादा पसंदीदा और प्रभावी आदर्श हैं। यह भी बेहद उल्लेखनीय है कि इतने सारे प्रतिमानों ने किसी न किसी तरह से अपने अभिभावकों की मूल दिलचस्पियों को ही अपना लिया। ज़ाहिर तौर पर दृढ़ संकल्प के यह उदाहरण ना केवल अपने अभिभावकों की नक़ल करके बल्कि उनका अनुसरण करके भी विकसित हुए हैं।

यह तर्क हमें इस काल्पनिक निष्कर्ष तक ले जाता है कि मनोवैज्ञानिक तौर पर समझदार अभिभावकों वाले सभी बच्चे दृढ़ संकल्पी नहीं बनेंगे, क्योंकि तमाम मनोवैज्ञानिक तौर पर समझदार अभिभावक दृढ़ संकल्प को आदर्श नहीं मानते। हालांकि वे समर्थक और अपेक्षा रखने वाले हैं, लेकिन ऊपर के दाएं चतुर्थांश वाले माता-पिता शायद दीर्घावधि के लक्ष्यों के लिए जुनून और ज़िद का प्रदर्शन नहीं करें।

अगर आप अपने बच्चे में दृढ़ संकल्प जगाना चाहते हैं तो पहले ख़ुद से सवाल पूछें कि अपनी ज़िंदगी के लक्ष्यों को लेकर आपमें कितना जुनून और ज़िद है। फिर ख़ुद से यह सवाल पूछिए कि परवरिश को लेकर आपका रवैया आपके बच्चे को आपके अनुसरण के लिए कितना प्रोत्साहित करता है। अगर पहले सवाल का जवाब, ''बहुत हद तक'' है तो दूसरे सवाल का आपका जवाब, ''काफ़ी संभावना'' होगा। आप तो पहले से ही बच्चे को दृढ़ संकल्प के लिहाज़ से परवरिश दे रहे हैं।

केवल मां या पिता ही दृढ़ संकल्प की आधारशिला नहीं रखते।

वयस्कों का एक बड़ा पारिस्थितिकी तंत्र है जो परिवार की सीमाओं से भी परे होता है। हम सभी अपने बच्चों के अलावा अन्य युवाओं के लिए भी ''अभिभावक'' की ही तरह हैं, इस लिहाज़ से कि हम अगली पीढ़ी को ''आगे लाने'' के लिए ज़िम्मेदार हैं। अन्य लोगों के बच्चों के लिए इस समर्थक लेकिन अपेक्षा रखने वाले मार्गदर्शक की भूमिका में हम भारी प्रभाव डाल सकते हैं।

प्रौद्योगिकी से जुड़े उद्यमी टोबी लुटके भी दृढ़ संकल्प के एक प्रतिमान हैं, जिनकी ज़िंदगी में इसी तरह का एक मार्गदर्शक था। सीखने के बिना किसी सकारात्मक अनुभव के टोबी ने 16 वर्ष की उम्र में जर्मन हाईस्कूल छोड़ दिया था। अपने गृहनगर की एक इंजीनियरिंग कंपनी में प्रशिक्षु के तौर पर काम करने के दौरान उनकी मुलाक़ात तलघर में एक छोटे-से कमरे में काम करने वाले प्रोग्रामर योगन से हुई। टोबी बड़े प्यार के साथ योगन का वर्णन, ''लंबे बालों वाला तक़रीबन 50 वर्ष की उम्र का एक सफ़ेद बालों वाला रॉकर जो हेल्स एंजेल्स गैंग में पूरी तरह से फ़िट बैठता,'' के तौर पर करते थे। उनकी देख-रेख में टोबी ने जाना कि एक असफल विद्यार्थी के तौर पर उनकी सीखने की जिन कुछ कमियों का पता चला है, वह किसी भी तरह से उनके एक कम्प्यूटर प्रोग्रामर के रूप में प्रगति की राह की बाधा नहीं बन सकती थीं।

टोबी बताते हैं, ''योगन एक मंजे हुए शिक्षक थे। उन्होंने एक ऐसा माहौल बना रखा था, जहां पर बड़ी आसानी से करियर में 10 वर्ष में मिलने वाली प्रगति को प्रति वर्ष हासिल किया जा सकता था।''

हर सुबह, टोबी जब काम पर लौटते थे तो उन्हें एक दिन पहले ख़ुद के द्वारा लिखे गए कोड का प्रिंटआउट मिलता था, जिस पर लाल मार्कर से टिप्पणियां, सुझाव और सुधार लिखे रहते थे। योगन इस बात को बताने में ज़रा भी कोताही नहीं बरतते थे कि किन विशिष्ट तरीक़ों से टोबी और बेहतर हो सकते हैं। टोबी कहते हैं, ''इसने मुझे सिखाया कि मुझे अपने लिखे कोड के साथ अपना अहंकार नहीं जोड़ना चाहिए। हमेशा किसी बात को बेहतर करने के तरीक़े होते हैं और यह प्रतिक्रिया व सुझाव मिलना एक तोहफ़े की तरह था।''

एक दिन योगन ने टोबी को जनरल मोटर्स के एक सॉफ़्टवेयर संबंधी काम का नेतृत्व करने को कहा। कंपनी ने टोबी को प्रस्तुति और इंस्टालेशन के लिए पहला सूट ख़रीदने के लिए अतिरिक्त पैसे दिए। टोबी को लगा था कि पूरी बात योगन ही करेंगे, लेकिन इंस्टालेशन से एक दिन पहले योगन ने टोबी की ओर मुड़ते हुए उन्हें बताया कि उन्हें कहीं और जाना है। टोबी अकेले ही जनरल मोटर्स जाएंगे। पूरी तरह से घबराए हुए टोबी वहां गए। इंस्टालेशन पूरी तरह से सफल रहा।

टोबी ने बताया कि, ''यही सिलसिला दोहराया जाता रहा। जर्गन किसी तरह से मेरे आरामदायक दायरे को जान चुके थे और ऐसी परिस्थितियां पैदा करने

लगें जहां मुझे इससे बाहर निकलना पड़े। मैं ग़लतियां और सुधार करते हुए उन परिस्थितियों से उबरा, काम करके मैं सफल रहा।''

टोबी ने आगे चलकर शॉपिफ़ाई की स्थापना की। यह एक ऐसी सॉफ़्टवेयर कंपनी है जो दसियों हज़ार ऑनलाइन स्टोर्स को चलाने में मदद करती है। हाल ही में इसकी कमाई 100 मिलियन डॉलर के पार चली गई है।

हक़ीक़त तो यह है कि अध्यापन पर नया रिसर्च बताता है कि इसमें और परवरिश में विलक्षण समानता है। ऐसा लगता है कि मनोवैज्ञानिक तौर पर समझदार शिक्षक अपने विद्यार्थियों के जीवन में भारी परिवर्तन ला सकते हैं।

रॉन फ़र्ग्युसन, हार्वर्ड के अर्थशास्त्री हैं, जिनके पास मेरी जानकारी में प्रभावी और निष्प्रभावी शिक्षकों की तुलना के सबसे ज़्यादा आंकड़े और जानकारी है। रॉन ने गेट्स फ़ाउंडेशन के साथ मिलकर 1892 विभिन्न कक्षाओं में विद्यार्थियों और शिक्षकों पर एक ताज़ा अध्ययन किया है। उन्होंने पाया कि जो शिक्षक अपेक्षा रखते थे-उनके बारे में उनके विद्यार्थियों का कहना था- ''मेरा शिक्षक हमारे सर्वश्रेष्ठ प्रयास से कम में राज़ी ही नहीं होता'' और ''इस कक्षा के विद्यार्थी उसी तरह का व्यवहार करते हैं, जैसा कि शिक्षक चाहते हैं,'' - साल दर साल अपने विद्यार्थियों की शैक्षणिक योग्यता में उल्लेखनीय प्रगति हासिल करते हैं। समर्थक और सम्मानजनक शिक्षक-जिनके विद्यार्थी कहते हैं, ''मेरे शिक्षक जान लेते हैं कि मुझे कोई बात परेशान कर रही है,'' और ''मेरे शिक्षक चाहते हैं कि हम अपने विचार साझा करें,''- कक्षा में विद्यार्थियों की ख़ुशी, स्वैच्छिक प्रयासों के अलावा कॉलेज को लेकर आकांक्षाओं में इज़ाफ़ा करते हैं।

रॉन ने पाया कि मनोवैज्ञानिक तौर पर समझदार शिक्षक होना संभव है। ठीक उसी तरह जैसे रियायती, अधिकारपूर्ण या उपेक्षापूर्ण होना। और यह समझदार शिक्षक ही होता है जो भविष्य के लिए भलाई, सक्रियता, ऊंची उम्मीदों के साथ-साथ क़ाबिलियत को भी प्रोत्साहित करता है।

हाल ही में मनोवैज्ञानिकों डेविड यीगर और ज्यॉफ़ कोहेन ने यह जानने के लिए एक प्रयोग किया कि विद्यार्थियों पर भारी उम्मीदों के साथ-साथ निरंतर समर्थन का क्या असर होता है। उन्होंने सातवीं कक्षा के शिक्षकों से विद्यार्थियों के निबंध पर लिखित प्रतिक्रिया मांगी, जिसमें बेहतरी के लिए सुझाव और सामान्यतया उनके द्वारा दिए जाने वाले प्रोत्साहन के दो शब्द भी शामिल किए जाएं। शिक्षकों ने इसी आधार पर विद्यार्थियों के निबंध पर टिप्पणियां लिखीं।

इसके बाद शिक्षकों ने निशान लगाए हुए तमाम निबंध रिसर्चर्स के हवाले कर दिए। रिसर्चर्स ने इन्हें बिना किसी क्रम के दो ढेरों में बांट दिया। आधे निबंधों पर

रिसर्चर्स ने नोट लगा दिया : *मैं टिप्पणी कर रहा हूं ताकि तुम्हें अपने पेपर के बारे में पता चल सके।* यह अस्पष्ट उद्देश्य वाली परिस्थिति थी।

बाक़ी के निबंधों पर रिसर्चर्स ने नोट लगाया : *मैं यह टिप्पणियां लिख रहा हूं क्योंकि मुझे तुमसे काफ़ी उम्मीदें हैं और मुझे मालूम है कि तुम उन्हें पूरा कर सकोगे।* यह समझदारी भरी प्रतिक्रिया वाली परिस्थिति थी।

ताकि शिक्षक यह नहीं देख सके कि किस विद्यार्थी को क्या नोट मिला और ताकि विद्यार्थियों का ध्यान इस बात पर जाए कि उनकी कक्षा के कुछ विद्यार्थियों को अलग क़िस्म का नोट मिला है। रिसर्चरों ने प्रत्येक निबंध को फ़ोल्डर में रखकर शिक्षक को कक्षा के दौरान विद्यार्थियों में बांटने के लिए दे दिया।

विद्यार्थियों को अगले सप्ताह अपने निबंध को दोबारा लिखने का विकल्प दिया गया।

जब निबंध एकत्रित किए गए तो डेविड ने पाया कि अस्पष्ट उद्देश्य वाला नोट पाने वाले 40 प्रतिशत विद्यार्थियों ने निबंध को दोबारा लिखने का विकल्प चुना, जबकि समझदारी भरी प्रतिक्रिया पाने वाले दोगुने यानी कि 80 प्रतिशत विद्यार्थियों ने निबंध दोबारा लिखने का फ़ैसला किया।

निश्चित ही ऐसे नोट्स दैनिक व्यवहार, टिप्पणियों या पहल का विकल्प नहीं हो सकते, जो रिश्तों में गर्माहट, सम्मान और ऊंची उम्मीदों को संप्रेषित करते हैं। लेकिन इस तरह के प्रयोग एक बात को साफ़ उजागर कर देते हैं और वह है कि एक साधारण से संदेश का शक्तिशाली प्रेरणा वाला प्रभाव।

दृढ़ संकल्प के हर प्रतिमान को समझदार माता-पिता का लाभ नहीं मिला, लेकिन साक्षात्कार से गुज़रे हर एक व्यक्ति ने कहा कि ज़िंदगी में किसी मोड़ पर सही वक़्त और सही तरीक़े से *कोई न कोई* ऐसा मिला, जिसने उन्हें ऊंचा लक्ष्य रखने के लिए प्रोत्साहित किया और इसके लिए ज़रूरी विश्वास और समर्थन उपलब्ध कराया।

कोडी कोलमैन को ही ले लीजिए।

कुछ वर्ष पहले कोडी ने मुझे एक ईमेल भेजा था। उन्होंने दृढ़ संकल्प पर मेरी टेड (TED) टॉक देखी थी और ज़ानना चाहते थे कि क्या हम कभी बात कर सकते हैं। वह सोचते थे कि शायद उनकी निजी कहानी मददग़ार होगी। वह एमआईटी में इलेक्ट्रिकल इंजीनियरिंग और कम्प्यूटर साइंस की पढ़ाई कर रहे थे। वह पूरी तरह से सटीक जीपीए के साथ पासआउट होने के क़रीब थे। उनके नज़रिए से प्रतिभा और अवसर का उपलब्धियों से कुछ ख़ास लेना-देना नहीं होता। इसकी बज़ाय सफलता बरसों-बरस तक जुनून और ज़िद को क़ायम रखने से ही हासिल होती है।

''निश्चित तौर पर, मैंने कहा, 'चलो बात करते हैं।''' मैंने जो जाना वह यह है।

कोडी का जन्म ट्रेंटन, न्यूजर्सी से 30 मील पूर्व में मोनमाउथ काउंटी करेक्शनल इंस्टीट्यूशन में हुआ था। कोडी की मां को एफ़बीआई ने विक्षिप्त घोषित कर दिया था। जब कोडी का जन्म हुआ तो उनकी मां एक सीनेटर के बेटे को मारने की धमकी देने के कारण जेल में बंद थीं। कोडी अपने पिता से कभी नहीं मिले। कोडी की दादी ने उनकी और उनके भाइयों की विधिक अभिरक्षा हासिल की थी। ऐसा करके उन्होंने कोडी की ज़िंदगी बचा ली। लेकिन वह एक आदर्श समझदार अभिभावक नहीं थीं। वह स्नेहपूर्ण और सख़्त होना चाहती थीं, लेकिन उनके शरीर और दिमाग़ साथ नहीं देता था। कोडी के मुताबिक़ जल्द ही परवरिश, खाना बनाने और सफ़ाई का काम वह दादी की तुलना में ज़्यादा करने लग गए थे।

कोडी बताते हैं, ''हम ग़रीब थे। जब मेरा स्कूल भोजन एकत्रित करने का अभियान चलाता था, तभी मेरे परिवार को भोजन नसीब होता था क्योंकि हम अपने इलाके में सबसे ग़रीब थे। और हमारा इलाक़ा ही कुछ ख़ास अच्छी हालत में नहीं था। मेरे स्कूल डिस्ट्रिक्ट ने हर संभव श्रेणी में औसत से कमतर ही प्रदर्शन किया।''

कोडी ने बताया, ''परिस्थिति और बिगड़ गई क्योंकि मैं ना खिलाड़ी था ना एक होशियार व्यक्ति। मैंने शुरुआत सुधारात्मक अंग्रेज़ी कक्षा से की। मेरे गणित के प्राप्तांक सर्वश्रेष्ठ स्थिति में भी औसत ही थे।''

और फिर क्या हुआ?

''एक दिन, मेरा सबसे बड़ा भाई-वह मुझसे 18 वर्ष बड़ा था-घर आया। हाईस्कूल में मेरे फ्रेशमैन वर्ष के बाद की यह पहली गर्मियां थीं। वह वर्ज़ीनिया से वाहन चलाकर मेरे साथ दो माह बिताने आया था। वापस जाने के वक़्त उसने मेरा रुख़ करके पूछा, 'तुम कहां कॉलेज जाना चाहते हो?'''

कोडी ने उसे बताया, ''मुझे पता नहीं... मैं एक अच्छे स्कूल में जाना चाहता हूं। शायद कहीं जैसे प्रिंसटन।'' और तत्काल कोडी ने अपने शब्द वापस लेते हुए कहा, ''प्रिंसटन द्वारा मेरे जैसे बच्चे को लेने का कोई सवाल ही पैदा नहीं होता।''

कोडी के भाई ने उससे पूछा, ''प्रिंसटन तुम्हें क्यों नहीं लेगा? तुम स्कूल में अच्छा प्रदर्शन कर रहे हो। अगर तुम कड़ी मेहनत करो और ख़ुद को और अधिक प्रोत्साहित करो, तो तुम उस स्तर तक पहुंच सकते हो। प्रयास करने में तुम्हारा कोई नुक़सान नहीं है।''

कोडी बताते हैं, ''वह ऐसा वक़्त था जब मेरे दिमाग़ में मानो अचानक बत्ती-सी जल गई। मेरा रवैया, 'क्यों भाई?' से 'क्यों नहीं?' में तब्दील हो गया। मैं जानता था कि शायद मुझे बहुत अच्छे कॉलेज में प्रवेश नहीं मिले, लेकिन मैंने आकलन

किया कि अगर मैंने कोशिश की तो संभावना है। अगर मैंने कभी कोशिश ही नहीं कि तो कोई भी संभावना नहीं है।''

अगले वर्ष कोडी ने ख़ुद को स्कूल की पढ़ाई में झोंक दिया। जूनियर वर्ष तक तो वह सीधे ए ही हासिल करने लग गए थे। सीनियर वर्ष में कोडी ने कम्प्यूटर साइंस और इंजीनियरिंग में देश के सर्वश्रेष्ठ कॉलेज की तलाश आरंभ कर दी। उन्होंने अपने सपनों का कॉलेज प्रिंसटन की जगह अब एमआईटी को कर लिया था। बदलाव के इस दौर में उनकी मुलाक़ात चेंटल स्मिथ से हुई। वह एक असाधारण गणित शिक्षक थीं, जिन्होंने कोडी को लगभग गोद-सा ले लिया था।

चेंटल ने ही कोडी के ड्राइविंग के पाठों के लिए भुगतान किया था। चेंटल ने ही ''कॉलेज डॉर्म फ़ंड'' एकत्रित किया था ताकि जब वह (कोडी) कहीं और चले जाएं तो भी ज़रूरी वस्तुओं की अबाधित आपूर्ति जारी रहे। बोस्टन की सर्दियों के लिए स्वेटर्स, हैट्स, ग्लव्स और गर्म मोज़े भी चेंटल ने ही भेजे थे। वह हर दिन कोडी के बारे में फ़िक्र करती रहती थीं और छुट्टियों के दौरान उनका घर पर स्वागत करती थीं। कोडी की दादी मां के अंतिम संस्कार में वह उनके साथ खड़ी थीं। चेंटल के घर पर ही कोडी ने क्रिसमस के अगले दिन अपने नाम लिखे ढेर सारे तोहफ़ों का अनुभव पहली बार लिया, पहली बार ईस्टर के अंडों को सजाया और जहां 24 वर्ष की उम्र में उन्होंने परिवार के साथ पहला जन्मदिन मनाया।

एमआईटी में पढ़ाई का दौर पूरी तरह से आसान नहीं था, लेकिन कोडी के ही शब्दों में नई चुनौतियों के साथ ही आया ''समर्थन से परिपूर्ण एक पारिस्थितकी तंत्र।'' डीन्स, प्रोफ़ेसर्स, पुराने विद्यार्थी, कमरे के जोड़ीदार और दोस्त-जिन हालात में वह बड़े हुए थे, उसकी तुलना में तो तवज्जो मिलने के लिहाज़ से एमआईटी स्वर्ग था।

सर्वश्रेष्ठ प्राप्तांकों के साथ स्नातक होने के बाद कोडी इलेक्ट्रिकल इंजीनियरिंग और कम्प्यूटर साइंस में स्नातकोत्तर उपाधि के लिए वहीं रुक गए। इस दौरान सर्वश्रेष्ठ जीपीए हासिल करने के साथ-साथ उन्हें डॉक्टरेट के अलावा सिलिकॉन वेली से भी प्रस्ताव आने लगे।

तत्काल आकर्षक करियर और ग्रैजुएट स्कूल के बीच तय करने के लिए कोडी ने इस बाबत गहराई से सोचा कि वह आज जहां हैं वहां तक कैसे पहुंचे। अगली शरद ऋतु में उन्होंने स्टेनफ़ोर्ड में कम्प्यूटर साइंस में पीएचडी की पढ़ाई शुरू की। उनके आवेदन के निबंध का पहला ही वाक्य था : ''मेरा उद्देश्य कम्प्यूटर साइंस और मशीन लर्निंग में अपने जुनून का इस्तेमाल समाज के व्यापक लाभ के लिए करना है। साथ ही मैं सफलता के उस उदाहरण के तौर पर काम करना चाहता हूं जो समाज के भविष्य का निर्धारण करे।''

तो, कोडी कोलमैन के पास मनोवैज्ञानिक तौर पर समझदार मां, पिता और दादा-दादी नहीं थे। मैं चाहती थी कि ऐसा होना था। उनके पास जो था वह था एक भाई, जिसने सही वक़्त पर सही बात कही, एक असाधारण तौर पर समझदार और उम्दा हाईस्कूल शिक्षक और अन्य शिक्षकों, मार्गदर्शकों व साथी विद्यार्थियों का एक ऐसा पारिस्थितिकी तंत्र जिसने उन्हें बताया कि क्या संभव है और फिर वहां पहुंचने में उनकी मदद भी की।

कोडी की सफलता का श्रेय लेने से इनकार करते हुए चेंटल कहती हैं, ''सच्चाई तो यह है कि कोडी ने मेरी ज़िंदगी को ज़्यादा प्रभावित किया है बनिस्बत मेरे द्वारा उसकी ज़िंदगी को प्रभावित किए जाने के। उसने मुझे सिखाया कि कुछ भी असंभव नहीं है और कोई भी लक्ष्य पहुंच से बाहर नहीं है। वह मुझे आज तक मिले सबसे दयालु लोगों में से एक है, मैं सबसे ज़्यादा गर्व तब महसूस करती हूं जब वह मुझे 'मां' कहकर बुलाता है।''

एक स्थानीय रेडियो स्टेशन ने हाल ही में कोडी का साक्षात्कार लिया था। बातचीत के अंत के क़रीब कोडी से पूछा गया जीवन में इसी तरह की परिस्थितियों से जूझ रहे लोगों को वह क्या संदेश देना चाहेंगे। कोडी ने कहा, ''सकारात्मक बने रहो। क्या संभव है और क्या असंभव है को लेकर नकारात्मक धारणाओं को पीछे छोड़ दो और बस कोशिश करो।''

कोडी का अंत में यह कहना था,''किसी की ज़िंदगी में बदलाव लाने के लिए आपको उसका अभिभावक होना ज़रूरी नहीं है। अगर आपको उनकी परवाह है और आप जानते हैं कि क्या चल रहा है तो आप प्रभाव डाल सकते हैं। यह समझने की कोशिश कीजिए कि उनकी ज़िंदगी में क्या चल रहा है और फिर उन्हें उससे उबरने में मदद कीजिए। यह बात मैंने ख़ुद महसूस की है। इसने सबकुछ बदल दिया।''

➡ 11

दृढ़ संकल्प का मैदान

एक दिन की बात है, मेरी चार वर्ष की बेटी लूसी किचन के टेबल पर बैठकर किशमिश का एक छोटा-सा डिब्बा खोलने के लिए जूझ रही थी। उसे बहुत भूख लगी थी। उसे वे किशमिश चाहिए थीं। लेकिन उस बक्से का ढक्कन उससे खुल नहीं रहा था। एकाध मिनट के बाद उसने वह बिना खुला डिब्बा रखा, आह भरी और वहां से चली गई। मैं दूसरे कमरे से यह सब देख रही थी और लगभग चकित हो गई। हे *भगवान, मेरी बिटिया को किशमिश के एक डिब्बे ने हरा दिया! उसमें बड़ी होकर दृढ़ संकल्पी होने की कितनी संभावना है?*

मैं तुरंत वहां पहुंची और बेटी को दोबारा कोशिश करने के लिए प्रोत्साहित किया। मैंने समर्थक के साथ-साथ अपेक्षा रखने वाले अभिभावक होने की श्रेष्ठ कोशिश की। लेकिन उसने मना कर दिया।

कुछ दिनों के बाद मुझे घर के पास ही एक बैले स्टूडियो दिखा और मैंने उसे उसमें भर्ती करा दिया।

कई अभिभावकों की तरह मुझे यह मज़बूत यक़ीन था कि दृढ़ संकल्प में इज़ाफ़ा कुछ इसी तरह की गतिविधियां करने से होता है, जैसे बैले... या पियानो... या फुटबॉल... या वास्तविकता में पाठ्यक्रम के अतिरिक्त कोई भी संरचित गतिविधि। इन गतिविधियों में दो महत्त्वपूर्ण विशेषताएं होती हैं जिन्हें अन्य परिवेश में साकार कर पाना मुश्किल होता है। पहला, इसका प्रभार किसी वयस्क के पास होता है-आदर्श तौर पर एक समर्थक और अपेक्षा रखने वाला-जो अभिभावक *नहीं* होता। दूसरा, यह गतिविधियां दिलचस्पी, अभ्यास, उद्देश्य और उम्मीद को विकसित करने के लिए ही *तैयार* की गई हैं। बैले स्टूडियो, वादन हॉल, बास्केटबॉल कोर्ट, फुटबॉल का मैदान-ये दृढ़ संकल्प के मैदान हैं।

पाठ्यक्रम के अतिरिक्त गतिविधियों पर उपलब्ध प्रमाण अपर्याप्त हैं। मैं किसी एक अध्ययन का ज़िक्र नहीं कर सकती जिसमें बच्चों को बिना किसी क्रम के किसी खेल या संगीत वाद्य से जोड़ा गया हो या फिर किसी वाद-विवाद टीम में रखा गया हो, स्कूल के बाद किसी काम में रखा गया हो, या स्कूल के अख़बार में काम कराया गया हो। अगर आप इसके बारे में कुछ पल के लिए सोचेंगे तो आपको अहसास होगा कि ऐसा क्यों है। कोई भी अभिभावक स्वेच्छा से नहीं चाहता कि बच्चों को बस कोई काम देने (या नहीं देने) के लिए भाग्य के भरोसे छोड़ दिया जाए। और नैतिक वज़हों से कोई भी वैज्ञानिक किसी बच्चे को किसी गतिविधि से जुड़ने (या नहीं जुड़ने) के लिए ज़ोर-ज़बर्दस्ती नहीं कर सकता।

फिर भी एक अभिभावक और समाज विज्ञानी होने के नाते, मैं इसकी सिफ़ारिश करूंगी। आपका बच्चा जैसे ही पर्याप्त बड़ा हो जाता है आपको ऐसी कोई गतिविधि खोज निकालना चाहिए जिसे करना उसे *कक्षा से बाहर* भी पसंद आए और फिर उसे उससे जोड़ दीजिए। वास्तविकता में अगर मेरे पास जादू की कोई छड़ी होती तो मैं दुनियाभर के बच्चों को पाठ्यक्रम से इतर उनकी पसंद की किसी न किसी गतिविधि से जोड़ देती। और जो बच्चे हाईस्कूल में हैं उनके लिए मैं एक गतिविधि से कम से कम एक वर्ष जुड़ा रहना अनिवार्य कर देती।

क्या मैं ऐसा सोचती हूं कि बच्चे के दिन का हर लमहा पूर्व निर्धारित होना चाहिए? बिलकुल भी नहीं। लेकिन मेरा निश्चित तौर पर यह सोचना है कि बच्चे तभी विकसित होते हैं, जब वे सप्ताह का कुछ वक़्त अपनी पसंद की गतिविधि में बिताते हैं।

जैसा कि मैंने कहा, इस तरह की साहसिक सिफ़ारिश के लिए उपलब्ध प्रमाण अपर्याप्त हैं। लेकिन मेरे विचार से अब तक *किया गया* रिसर्च बेहद सांकेतिक है। इन सबको मिला दीजिए और बच्चों को दृढ़ संकल्प सीखने के लिए बैले इंस्ट्रक्टर, फ़ुटबॉल कोच या वायलिन शिक्षक को सौंप देने के लिए आपके पास एक दिलचस्प मामला है।

शुरुआत के लिए, कुछ रिसर्चर्स ने बच्चों को बीप्स दे दिए ताकि दिनभर उन्हें उनके द्वारा किए जा रहे काम की जानकारी और उस वक़्त उन्हें कैसा महसूस हो रहा है, बताने में आसानी हो। जब बच्चे कक्षा में होते हैं, तो वे चुनौती का सामना करने की बात करते हैं-लेकिन ख़ासतौर पर प्रेरित नहीं। दोस्तों के साथ बाहर रहना, इसके ठीक विपरीत, चुनौतीपूर्ण नहीं है, लेकिन बहुत आनंद देने वाला होता है। और पाठ्यक्रम से इतर गतिविधियों पर क्या? जब बच्चे खेल रहे हों, संगीत में लीन

हों या स्कूल के किसी नाटक की रिहर्सल कर रहे हों तो उन्हें चुनौती का तो सामना करना पड़ता है, लेकिन वे इसका आनंद उठाते हैं। युवाओं की ज़िंदगी में कोई भी अनुभव, भरोसेमंद तरीक़े से, चुनौती और आंतरिक प्रेरणा का इतना अच्छा संयोजन उपलब्ध नहीं करा सकता।

इस रिसर्च का निचोड़ यह है : स्कूल कठोर है, लेकिन अनेक बच्चों के लिए यह अंदर से दिलचस्पी जगाने वाला नहीं है। अपने दोस्त को टेक्स्ट संदेश भेजना दिलचस्प है, लेकिन मुश्किल नहीं। और बैले? बैले दोनों ही हो सकता है।

तात्कालिक प्रयोग एक बात है, लेकिन दीर्घावधि के लाभों का क्या? क्या पाठ्यक्रम से इतर गतिविधियों से मिलने वाला लाभ नापने योग्य है?

यह बताने वाले अनगिनत रिसर्च अध्ययन हैं कि पाठ्यक्रम से इतर गतिविधियों में ज़्यादा भाग लेने वाले बच्चे हर पैमाने पर ज़्यादा बेहतर होते हैं–वे बेहतर ग्रेड्स ला सकते हैं, उनमें ज़्यादा आत्मसम्मान हो सकता है और उनके परेशानी में पड़ने की संभावना भी कम ही होती है और इसी तरह और भी। इनमें से कुछ अध्ययन लंबी अवधि तक किए गए हैं, जिसका मतलब है कि रिसर्चरों ने इस बात का इंतज़ार किया कि इन बच्चों का बड़े होने पर क्या हुआ। ये लंबी अवधि के अध्ययन भी इसी निष्कर्ष पर पहुंचते हैं : गतिविधियों में ज़्यादा भाग लेने के परिणाम ज़्यादा बेहतर होने की संभावना होती है।

यही रिसर्च स्पष्ट तौर पर संकेत देता है कि पाठ्यक्रम से इतर गतिविधि की अधिक मात्रा बहुत ही कम देखने को मिलती है। इन दिनों एक औसत अमेरिकी किशोर दिन में तीन घंटे से ज़्यादा वक़्त टीवी देखने और वीडियो गेम्स खेलने में बिताता है। अतिरिक्त वक़्त सोशल मीडिया पर आए संदेशों को जांचने, दोस्तों को वीडियो लिंक्स भेजने और कादर्शियान बहनों द्वारा पहने जाने वाले परिधान की चर्चा में व्यर्थ गंवा दिया जाता है। यह इस तर्क को ख़ारिज कर देता है कि शतरंज क्लब या स्कूल के नाटक या किसी भी अन्य संरचित, कौशल केंद्रित, वयस्क द्वारा मार्गदर्शन वाली गतिविधि के लिए वक़्त नहीं निकाला जा सकता।

लेकिन दृढ़ संकल्प का क्या? उस उपलब्धि का क्या जिसे हासिल करने में बरसों लगते हैं, कुछ माह के काम की तुलना में? अगर दृढ़ संकल्प का मतलब लंबी अवधि के लक्ष्य से चिपके रहना है और अगर पाठ्यक्रम से इतर गतिविधियां दृढ़ संकल्पी बनने का एक रास्ता है, तो इस बात को बल मिलता है कि यह तभी फ़ायदेमंद होता है जब इस गतिविधि से वह *एक वर्ष से ज़्यादा* वक़्त तक जुड़े रहते हैं।

वास्तव में, दृढ़ संकल्प के प्रतीकों के साथ किए गए मेरे साक्षात्कारों में एक सीज़न से अगले सीज़न में सुधार के प्रयासों के बीच सीखे गए सबक़ों का ज़िक्र आकर ही रहता है।

एक उदाहरण पेश है : हाईस्कूल फ़ुटबॉल के जूनियर वर्ष में पासिंग करने के मामले में बेहद कमज़ोर साबित सीज़न के बाद, भविष्य के एनएफ़एल हॉल ऑफ़ फ़ेमर खिलाड़ी स्टीव यंग सीधे हाईस्कूल की वर्कशॉप गए और उन्होंने लेस लगाने के लिए टेप वाली एक लकड़ी की फ़ुटबॉल तैयार कराई। एक सिरे पर उन्होंने एक आई हुक लगवाया और उसका इस्तेमाल फ़ुटबॉल को हाईस्कूल जिम में मौज़ूद एक वज़न की मशीन से अटकाने के लिए किया। अब वह गेंद को पकड़कर पास करने के अंदाज़ में आगे-पीछे करने का अभ्यास करने लगे। उनकी बांहों और कंधों पर अतिरिक्त दबाव बनने लगा। अगले वर्ष उनके पास की दूरी दोगुनी हो गई।

पाठ्यक्रम से इतर लंबी अवधि की गतिविधियों के फ़ायदे के और अधिक भरोसा दिलाने वाले उदाहरण, मनोवैज्ञानिक मार्गो गार्डनर के अध्ययन से मिलते हैं। मार्गो ने कोलंबिया यूनिवर्सिटी के अपने साथियों के साथ मिलकर 11 हज़ार अमेरिकी किशोरों की तब तक निगरानी की जब तक कि वे 26 वर्ष के नहीं हो गए। दरअसल मार्गो यह देखना चाहती थीं कि हाईस्कूल के दौरान पाठ्यक्रम से इतर गतिविधियों में एक की तुलना में दो वर्ष तक भाग लेने से वयस्क उम्र में सफलता पर क्या फ़र्क़ पड़ता है।

मार्गो के अध्ययन का यह निष्कर्ष रहा : जिन बच्चों ने पाठ्यक्रम से इतर गतिविधियों में एक वर्ष से ज़्यादा वक़्त बिताया, उनके कॉलेज से स्नातक होकर निकलने की संभावना में उल्लेखनीय इज़ाफ़ा हुआ और युवा वयस्कों के तौर पर उनके समुदाय के लिए स्वैच्छिक सेवा करने की भी संभावना अधिक पाई गई। पाठ्यक्रम से इतर गतिविधियों के लिए बच्चों द्वारा प्रति सप्ताह दिए जाने वाले घंटे भी रोज़गार की संभावना (एक युवा वयस्क के तौर पर बेरोज़गार रहने के ठीक विपरीत) और संभावित कमाई के संकेत दे देते हैं। लेकिन यह बात केवल उन्हीं बच्चों पर लागू होती है जिन्होंने पाठ्यक्रम से इतर गतिविधियों के लिए एक नहीं दो वर्ष का समय दिया।

पाठ्यक्रम से इतर गतिविधियों के अध्ययन में सतही तौर पर दिलचस्पी की बजाय लंबी अवधि की दिलचस्पी का महत्त्व समझाने वाले पहले वैज्ञानिकों में से एक थे, वॉरेन विलिंघम।

1978 में विलिंघम, निजी गुणवत्ता परियोजना (पर्सनल क्वालिटी प्रोजेक्ट) के निदेशक थे। यहां तक कि यह अध्ययन युवा वयस्कों में सफलता के निर्धारकों का पता लगाने का आज तक का सबसे ज़्यादा महत्त्वाकांक्षी प्रयास था।

इस परियोजना को पूंजी की आपूर्ति एजुकेशनल टेस्टिंग सर्विस (ईटीएस) द्वारा की गई थी। ईटीएस का प्रिंसटन, न्यू जर्सी में बड़ा-सा परिसर है, जिसमें हज़ारों सांख्यिकीविद, मनोवैज्ञानिक और अन्य वैज्ञानिक हैं, जो सभी स्कूलों और कार्यस्थलों में सफलता का अनुमान लगाने वाले परीक्षणों को विकसित करने के लिए पूरी तरह से समर्पित हैं। अगर आपने एसएटी की परीक्षा दी है तो आपने ईटीएस टेस्ट भी लिया है। जीआरई, टॉफ़ेल, प्रेक्सिस और तीन दर्जन उन्नत रोज़गार परीक्षाओं पर भी ठीक यही बात लागू है। मूलतः ईटीएस ठीक उसी तरह का मानकीकृत टेस्ट है जैसे कि टिश्यू पेपर के लिए क्लीनेक्स है। निश्चित तौर पर ऐसे अन्य संस्थान भी हैं जो मानकीकृत टेस्ट तैयार करते है, लेकिन हममें से अधिकांश को उनका नाम तक याद करने के लिए दिमाग़ पर ज़ोर देना पड़ता है।

तो किस बात ने ईटीएस को मानकीकृत परीक्षणों से परे देखने के लिए प्रेरित किया?

इस बात को ईटीएस में कार्यरत विलिंघम और अन्य वैज्ञानिकों से बेहतर कोई नहीं जानता। हाईस्कूल ग्रेड्स और टेस्ट स्कोर्स ने तो बाद में जीवन में सफलता की संभावना का काम आधा ही किया था। अक्सर देखने को मिलता है कि बिलकुल एक समान ग्रेड्स और टेस्ट स्कोर वाले बच्चे ज़िंदगी में बाद में बहुत ही अलग तरह का प्रदर्शन करते हैं। विलिंघम जिस आसान से सवाल का जवाब तलाशने के लिए निकले वह था, और *कौन-से निजी गुण मायने रखते हैं?*

पता लगाने के लिए विलिंघम की टीम ने हज़ारों विद्यार्थियों पर पांच वर्ष तक नज़र रखी। शुरुआत हाईस्कूल के उनके सीनियर वर्ष से की गई।

अध्ययन की शुरुआत में प्रत्येक विद्यार्थी से कॉलेज के आवेदन की सामग्री, प्रश्नावलियां, लिखित नमूने, साक्षात्कार और स्कूल का रिकॉर्ड एकत्रित किए गए। इस सूचना का इस्तेमाल 100 से ज़्यादा विभिन्न निजी गुणों को संख्यात्मक रेटिंग देने के लिए इस्तेमाल किया गया। इसमें पारिवारिक पृष्ठभूमि के परिवर्तनशील कारक, जैसे अभिभावकों का काम और सामाजिक-आर्थिक स्थिति के साथ-साथ करियर को लेकर स्वतः घोषित दिलचस्पियां, कॉलेज डिग्री के लिए प्रेरणा, शैक्षणिक लक्ष्य और कई अन्य बातों का समावेश था।

उसके बाद विद्यार्थियों के कॉलेज में आगे बढ़ने के दौरान सफलता को वस्तुनिष्ठ मापों के तहत तीन श्रेणियों में एकत्रित किया गया : पहला क्या विद्यार्थी ख़ुद को शैक्षणिक तौर पर अलग समझता है? इसके बाद एक युवा वयस्क के तौर पर क्या वह नेतृत्व गुण दर्शाता है? और अंत में, ये युवक-युवतियां, विज्ञान-प्रौद्योगिकी, कला, खेल, लेखन और भाषण, उद्यमिता या सामुदायिक सेवा में किस हद तक उल्लेखनीय उपलब्धि को दर्शाते हैं?

निजी गुणवत्ता परियोजना (पर्सनल क्वालिटी प्रोजेक्ट) एक तरह से घुड़दौड़ थी। अध्ययन के शुरुआत के सभी 100 से ज़्यादा उपाय बाद की सफलता के सबसे दमदार भविष्यवक्ता साबित हो सकते थे। अंतिम आंकड़े एकत्रित किए जाने से कुछ वर्ष पहले ही पूरी कर ली गई पहली रिपोर्ट को पढ़ने से ही साफ़ हो जाता है कि विलिंघम इस मसले पर पूरी तरह से निष्पक्ष थे। प्रत्येक परिवर्तनशील कारक, उसे शामिल करने के पीछे के तर्क, उसे कैसे मापा गया और इस तरह की कई बातों का विधिवत ख़ुलासा किया।

लेकिन जब पूरे आंकड़े और जानकारी एकत्रित कर ली गई, विलिंघम इस बात को लेकर पूरी तरह से स्पष्ट और दृढ़ थे कि उन्होंने क्या सीखा। एक घोड़ा निश्चित तौर पर जीता और लंबे अंतर से : *फ़ॉलो-थ्रू (अंत तक अनुसरण)।*

विलिंघम और उनकी टीम ने इस पर कुछ इस तरह से अंक चस्पां किए : ''फ़ॉलो-थ्रू रेटिंग में विभिन्न छिटपुट गतिविधियों की तुलना में कुछ विशेष गतिविधियों में (हाईस्कूल में) उद्देश्यपूर्ण और अनवरत प्रतिबद्धता के प्रमाण पाए गए।''

शीर्ष फ़ॉलो-थ्रू रेटिंग पाने वाले विद्यार्थियों ने हाईस्कूल के दौरान पाठ्यक्रम से इतर दो अलग गतिविधियों में से प्रत्येक में कुछ वर्ष तक हिस्सा लिया। दोनों ही गतिविधियों में उन्होंने किसी न किसी लिहाज़ (उदाहरण के लिए अख़बार का संपादक बनना, वॉलीबॉल टीम का सबसे मूल्यवान खिलाड़ी बनना, कलाकृति के लिए पुरस्कार जीतना) से प्रगति की। उदाहरण के तौर पर विलिंघम ने एक विद्यार्थी का उल्लेख किया, जो ''तीन साल तक अपने स्कूल के अख़बार के स्टाफ़ में था और प्रबंध संपादक बना और ट्रेक टीम में तीन साल रहने के बाद उसने एक महत्त्वपूर्ण स्पर्धा जीती।''

इसके विपरीत किसी भी बहुस्तरीय गतिविधि में भाग नहीं लेने वाले बच्चों की फ़ॉलो-थ्रू रेटिंग न्यूनतम रही। इस श्रेणी के कुछ बच्चों ने तो पूरी हाईस्कूल की पढ़ाई के दौरान किसी भी गतिविधि में भाग नहीं लिया। लेकिन कई, कई अन्य तो यायावर की तरह रहे। एक वर्ष किसी क्लब या टीम से जुड़े और अगले ही वर्ष किसी बिलकुल ही अलग बात से जुड़ गए।

फ़ॉलो-थ्रू की भविष्यवाणी की ताक़त उल्लेखनीय थी : हाईस्कूल ग्रेड्स और एसएटी स्कोर्स में सफलता के बाद, हाईस्कूल की पाठ्यक्रम से इतर गतिविधियों के आधार पर फ़ॉलो-थ्रू ने कॉलेज से बेहतर शैक्षणिक गुणवत्ता के उत्तीर्ण होने की किसी भी अन्य की तुलना में बेहतर भविष्यवाणी की। इसी तरह से फ़ॉलो-थ्रू ही युवा वयस्कों में मनोनीत या निर्वाचित नेतृत्व का अकेला सर्वश्रेष्ठ भविष्यवक्ता साबित हुआ। और अंत में, विलिंघम द्वारा आकलन किए गए 100 से ज़्यादा व्यक्तिगत गुणों, सभी क्षेत्रों में युवा वयस्कों के लिए उल्लेखनीय उपलब्धि की

संभावना जताने वाला सर्वश्रेष्ठ भविष्यवक्ता भी फ़ॉलो-थ्रू ही रहा। कला, लेखन से लेकर उद्यमिता और सामुदायिक सेवा तक।

उल्लेखनीय तौर पर विद्यार्थियों द्वारा हाईस्कूल में जिन विशेष बातों का अनुसरण किया, वह महत्त्वपूर्ण नहीं थीं-फिर वह टेनिस हो, विद्यार्थियों की सरकार या वाद-विवाद टीम। महत्त्वपूर्ण यह था कि विद्यार्थियों ने *किसी बात से,* अगले साल *दोबारा* जुड़े और इस दौरान उन्होंने कुछ *प्रगति* भी की।

मेरे द्वारा दृढ़ संकल्प का अध्ययन शुरू किए जाने के कुछ वर्ष बाद मुझे निजी गुणवत्ता परियोजना (पर्सनल क्वालिटी प्रोजेक्ट) के बारे में पता चला। जब मूल अध्ययन रिपोर्ट मेरे हाथ लगी, तो मैंने उसे आरंभ से अंत तक पूरा पढ़ डाला, कुछ वक़्त के लिए इसे रखा और दोबारा पहले पन्ने से पढ़ना शुरू कर दिया।

उस रात मैं सो नहीं पाई। इसकी बजाय मैं यह सोचते हुए जागती रही : हे *भगवान! जिसे विलिंघम ''फ़ॉलो-थ्रू'' कह रहे हैं वह काफ़ी हद तक दृढ़ संकल्प जैसा लग रहा है!*

तत्काल-हताशा की हद तक-मैं देखना चाहती थी कि क्या मैं उनकी खोज की प्रतिकृति तैयार कर सकती हूं।

एक इरादा व्यावहारिक था।

किसी भी स्व-विचार वाली प्रश्नावलियां की ही तरह दृढ़ संकल्प के पैमाना की भी हास्यास्पद तौर पर नक़ल संभव है। रिसर्च आधारित अध्ययनों में प्रतिभागियों को झूठ बोलने के लिए कोई वास्तविक लालच नहीं होता, लेकिन दृढ़ संकल्प के पैमाने को बहुत महत्त्वपूर्ण और उल्लेखनीय जगह पर दांव पर लगाने की सोचना भी असंभव है। वास्तविकता में जहां यह दर्शाकर कुछ हासिल किया जा सकता है, ''मैं जो भी काम शुरू करता हूं, उसे पूरा करता हूं।'' विलिंघम की तरह दृढ़ संकल्प की मात्रा निर्धारित करना, माप की एक रणनीति है जिससे छेड़छाड़ नहीं की जा सकती। कम से कम पूरी तरह से झूठ बोले बग़ैर तो नहीं। विलिंघम के अपने शब्दों में : ''उत्पादक फ़ॉलो-थ्रू के स्पष्ट संकेतों की तलाश बच्चों के ट्रेक रिकॉर्ड का गहराई से पता लगाने के लिहाज़ से उतनी ही महत्त्वपूर्ण है।''

लेकिन ज़्यादा महत्त्वपूर्ण लक्ष्य था यह देखना कि क्या फ़ॉलो-थ्रू द्वारा ठीक दृढ़ संकल्प के छोड़ देने की बनिस्बत दिखने वाले विशेषता की भी भविष्यवाणी की जा सकेगी।

किसी नए दीर्घावधि के अध्ययन का सहारा लेने के लिए मैंने शिक्षा के क्षेत्र के सबसे बड़े दानवीर का रुख़ किया : बिल ऐंड मेलिंडा गेट्स फ़ाउंडेशन।

मुझे जल्द ही पता चल गया कि फ़ाउंडेशन की यह जानने में विशेष रुचि थी कि कॉलेज के विद्यार्थी बड़ी संख्या में पढ़ाई क्यों छोड़ देते हैं। इस वक़्त अमेरिका में दो और चार वर्ष के पाठ्यक्रम वाले कॉलेजों में विद्यार्थियों के पलायन का प्रतिशत दुनिया में सबसे ज़्यादा में से एक है। ट्यूशन्स में उछाल और इस देश में मौज़ूद वित्तीय मदद का जटिल गोरखधंधा इसके लिए ज़िम्मेदार हैं। बुरी तरह से अपर्याप्त शैक्षणिक तैयारी एक अन्य वज़ह है। फिर भी, समान वित्तीय परिस्थितियों और समान एसएटी स्कोर वाले विद्यार्थियों के पलायन की दर भिन्न थी। सामाजिक विज्ञान के तमाम मुश्किल सवालों में इस बात की भविष्यवाणी सबसे मुश्किल थी कि कौन कॉलेज जाकर डिग्री हासिल करेगा और कौन ऐसा नहीं करेगा। किसी के भी पास इसका संतोषजनक जवाब नहीं था।

बिल और मेलिंडा गेट्स के साथ एक बैठक में मुझे निजी तौर पर अपने नज़रिए का ख़ुलासा करने का मौक़ा मिला। मैंने कहा, हाईस्कूल में किसी बात का कड़ाई से अनुसरण ही ज़िंदगी में बाद में यही करने की सबसे संभावित सर्वश्रेष्ठ तैयारी है।

उस बातचीत के दौरान मैंने जाना कि बिल ख़ुद काफ़ी अरसे से प्रतिभा के अलावा क्षमता के महत्त्व के समर्थक रहे हैं। माइक्रोसॉफ़्ट में सॉफ़्टवेयर इंजीनियरों की भर्ती में ज़्यादा भूमिका वाले दौर में, उदाहरण के लिए, वह बताते हैं कि वह आवेदकों को एक प्रोग्रामिंग का काम दिया करते थे, जिसके बारे में उन्हें पता था कि यह बेहद मुश्किल और घंटों तक चलने वाला काम है। यह ना तो आईक्यू टेस्ट था और ना ही प्रोग्रामिंग का टेस्ट। यह तो उस व्यक्ति का इस बाबत परीक्षण था कि उसमें किसी स्थिति से उबरने, डटे रहने की और अंतिम रेखा तक पहुंचने की कितनी क्षमता है। बिल केवल उन्हीं लोगों को नौकरी पर रखते थे जो शुरुआत करने के बाद काम को पूरा भी करते थे।

गेट्स फ़ाउंडेशन के उदार समर्थन के साथ मैंने ठीक विलिंघम की तरह 1200 सीनियर्स को नौकरी पर रखा और उनसे अपनी पाठ्यक्रम से इतर गतिविधि (अगर कोई है तो) बताने को कहा, उन्होंने उनमें कब भाग लिया था और यह करने के दौरान उन्होंने ख़ुद को अलग से कैसे पहचाना, अगर ऐसा हुआ था तो। जब हम यह अध्ययन कर रहे थे तो हमने लैब में इस माप की मदद ली, जो दृढ़ संकल्प के ग्रिड की तरह दिखाई देता है।

> *निर्देश : कृपया उन गतिविधियों को दर्ज़ करें जिनमें आपने कक्षा के अलावा पर्याप्त वक़्त निवेश किया हो। यह किसी भी तरह का हो सकता*

है, खेल, पाठ्यक्रम से इतर गतिविधियां, स्वयंसेवी गतिविधियां, रिसर्च/ शैक्षणिक गतिविधियां, भुगतान वाला काम या शौक। अगर आपकी कोई दूसरी या तीसरी गतिविधि नहीं हो तो कृपया उन पंक्तियों को रिक्त ही रखें।

गतिविधि	भागीदारी के स्तर की श्रेणी 9-10-11-12	उपलब्धियां, अवार्ड्स, नेतृत्व की स्थिति, अगर कोई हो तो
	☐-☐-☐-☐	
	☐-☐-☐-☐	
	☐-☐-☐-☐	

विलिंघम से मिली दिशा का अनुसरण करते हुए, कई वर्षों की प्रतिबद्धता और दो गतिविधियों तक में प्रगति की मात्रा निर्धारित करके मेरी टीम ने दृढ़ संकल्प के ग्रिड की गणना की।

विशेष तौर पर हर उस गतिविधि के लिए विद्यार्थियों को एक दृढ़ संकल्प अंक मिला, जिसमें उसने दो या उससे ज़्यादा वर्ष तक भाग लिया; उन गतिविधियों के लिए कोई भी अंक नहीं दिया गया, जिनमें विद्यार्थी ने एक ही वर्ष भाग लिया और फिर उन्हें बाहर कर दिया गया। वे गतिविधियां जिनका विद्यार्थियों ने *कई वर्षों तक* अनुसरण किया, और जिनमें वह किसी तरह की प्रगति की ओर इशारा (उदाहरण के लिए, एक वर्ष विद्यार्थियों की सरकार का सदस्य और अगले वर्ष कोषाध्यक्ष) करने में सफल रहे, उन्हें दूसरा अंक दिला गया। अंत में, जब प्रगति को उपयुक्त तौर पर ''ऊंचा'' बनाम केवल ''सामान्य'' (छात्रसंघ अध्यक्ष, बास्केटबॉल टीम का सबसे मूल्यवान खिलाड़ी, माह का सर्वश्रेष्ठ कर्मचारी) कहे जाने लायक़ पाया गया तो हमने तीसरा दृढ़ संकल्प अंक दिया।

कुल मिलाकर, विद्यार्थी दृढ़ संकल्प के ग्रिड पर शून्य (अगर उन्होंने किसी भी बहुस्तरीय गतिविधि में भाग नहीं लिया है तो) से लेकर छह अंक (अगर उन्होंने दो अलग बहुस्तरीय गतिविधियों में भाग लिया हो और दोनों में ही ऊंचे दर्ज़े का प्रदर्शन किया हो) तक हासिल कर सकते थे।

जैसी कि उम्मीद थी हमने पाया कि ज़्यादा ग्रिट स्कोर वाले बच्चों ने ख़ुद को दृढ़ संकल्प में ज़्यादा रेटिंग दी और उनके शिक्षकों ने भी।

फिर हमने इंतज़ार किया।

हाईस्कूल से ग्रैजुएट होने के बाद हमारे नमूनों में मौज़ूद विद्यार्थी देश के दर्जनों कॉलेजों में पहुंच गए। दो साल बाद हमारे द्वारा अध्ययन किए गए 1200 विद्यार्थियों में से केवल 34 प्रतिशत ही दो या चार वर्ष के पाठ्यक्रम वाले कॉलेज में पंजीबद्ध हुए। जैसा कि हमें उम्मीद थी, स्कूल में टिके रहने की संभावना काफ़ी हद तक दृढ़ संकल्प के ग्रिड स्कोर पर निर्भर रहती है : दृढ़ संकल्प के ग्रिड में 6 में से 6 अंक हासिल करने वाले विद्यार्थी अभी भी कॉलेज में बने हुए थे, जबकि इसके ठीक विपरीत, 6 में 0 पाने वाले 16 प्रतिशत विद्यार्थी अभी भी कॉलेज की डिग्री हासिल करने के लिए संघर्षरत थे।

एक अन्य अलग अध्ययन में हमने दृढ़ संकल्प के ग्रिड स्कोर की यही प्रणाली नौसिखिए शिक्षकों की कॉलेज की इतर गतिविधियों पर लागू की। परिणाम बिलकुल एक समान थे। जिन शिक्षकों ने कॉलेज में पाठ्यक्रम से इतर गतिविधियों में कुछ फ़ॉलो-थ्रू दर्शाया था, उनके अध्यापन में ही बने रहने की संभावना अधिक पाई गई। साथ ही अपने विद्यार्थियों को शैक्षणिक लाभ पहुंचाने में भी वे ज़्यादा प्रभावी रहे। इसके विपरीत अध्यापन में ज़िद और असरदार होने का, शिक्षकों के एसएटी स्कोर्स, कॉलेज के जीपीए या साक्षात्कार लेने वाले द्वारा उन्हें नेतृत्व गुण के लिए दी गई रेटिंग, के साथ कोई भी मापने योग्य संबंध नहीं पाया गया।

अगर एक साथ देखा जाए तो मेरे द्वारा अब तक प्रस्तुत प्रमाण की विवेचना दो तरह से की जा सकती है। मैं यह दलील देती रही हूं कि पाठ्यक्रम से इतर गतिविधियां विद्यार्थियों के लिए अभ्यास करने का एक ज़रिया है और इसलिए यह लंबी अवधि के लक्ष्य के लिए जुनून और ज़िद को विकसित करता है। लेकिन यह भी संभव है कि अपनी पाठ्यक्रम से इतर गतिविधियों का अनुसरण जारी रखना एक ऐसी बात है जो केवल दृढ़ संकल्पी लोगों के ही बूते की बात है। ये स्पष्टीकरण परस्पर असंबद्ध नहीं हैं : यह पूरी तरह से संभावना है कि दोनों घटक-उनका पोषण और चयन-भूमिका निभाते होंगे।

मेरा सबसे अच्छा अनुमान यह है कि अपनी प्रतिबद्धताओं के अनुसरण के साथ ही हम बड़े होते जाते हैं, दोनों के लिए ही दृढ़ संकल्प की ज़रूरत होती है और उसी दौरान यह *तैयार* भी होता है।

मेरे ऐसा सोचने की एक वजह है कि आमतौर पर जिन परिस्थितियों की ओर लोग आकर्षित होते हैं, उसी गुण में इज़ाफ़ा करती हुई दिखती है जिसके कारण मूलतः वह उत्पन्न हुई है। व्यक्तित्व विकास के इस सिद्धांत को ब्रेंट रॉबर्ट्स द्वारा *अनुरूपी सिद्धांत* कहा जाता है। विभिन्न परिस्थितियों में लोगों के सोचने, समझने

और काम करने में आने वाले स्थायी परिवर्तनों की वजहों के रॉबर्ट्स अग्रणी जानकार हैं।

ब्रेंट जब बर्कले में मनोविज्ञान के स्नातक विद्यार्थी थे, तो उस वक़्त प्रचलित नज़रिया यह था कि बचपन के बाद व्यक्तित्व लगभग ''प्लास्टर की तरह'' पक्का और सख़्त हो जाता है। ब्रेंट और व्यक्तित्व पर रिसर्च करने वाले अन्य लोगों ने लंबी अवधि के अध्ययन के बाद पर्याप्त जानकारी हासिल कर ली है–कई बरसों, दशकों तक कई लोगों की निगरानी करके–जिससे पता चलता है कि व्यक्तित्व बदलते हैं। वास्तविकता में बचपन के बाद।

ब्रेंट और व्यक्तित्व पर रिसर्च करने वाले अन्य लोगों ने एक व्यक्तित्व विकास प्रक्रिया में एक महत्त्वपूर्ण कुंजी पता कर ली है। इसमें परिस्थितियां और व्यक्तित्वों की विशेषताएं पारस्परिक तौर पर एक–दूसरे से संवाद करती हैं। अनुरूपी सिद्धांत कहता है कि वह विशेषताएं जो हमें ज़िंदगी की कुछ ख़ास परिस्थितियों की ओर ले जाती हैं, ही वह विशेषताएं हैं जिन्हें यह परिस्थितियां ही प्रोत्साहित, मज़बूत करते हुए बढ़ावा देती हैं। इस नाते में नेक और धूर्ततापूर्ण चक्र शुरू होने की आशंका है।

उदाहरण के लिए, एक अध्ययन में, ब्रेंट और उनके साथियों ने न्यूज़ीलैंड में वयस्क उम्र में प्रवेश करके नौकरी पाने वाले हज़ारों किशोरों की निगरानी की। कुछ वर्षों में आक्रामक किशोरों का सामना कम प्रतिष्ठा वाली नौकरियों और बिलों के भुगतान कर पाने में मुश्किलों के साथ हुआ। इन परिस्थितियों की वजह से संघर्ष के स्तर में *इज़ाफ़ा* देखने को मिला जिसने रोज़गार की संभावना को और कमज़ोर कर दिया। इसके विपरीत ज़्यादा सहमत किशोरों ने मनोवैज्ञानिक विकास के एक नेक चक्र में प्रवेश किया। इन ''अच्छे बच्चों'' ने ज़्यादा रुतबे वाली नौकरियां पाईं जिनमें ज़्यादा आर्थिक सुरक्षा थी–ऐसे परिणाम जिन्होंने उनकी मिलनसारी की प्रवृत्ति में और अधिक इज़ाफ़ा किया।

अब तक दृढ़ संकल्प को लेकर किसी अनुरूपी सिद्धांत का अध्ययन नहीं किया गया है।

फिर भी मुझे अनुमान लगाने दीजिए। केवल अपने उपकरणों तक सीमित कर दी गई एक लड़की, जिसने किशमिश का एक डिब्बा खोल पाने में नाकामी के बाद ख़ुद से कहा था, ''यह बहुत मुश्किल है। मैं इसे छोड़ रही हूँ,'' संभवतया किसी धूर्ततापूर्ण चक्र में प्रवेश करे, जो उसकी हार मान लेने की प्रवृत्ति को बढ़ावा दे। हो सकता है कि वह एक के बाद एक वस्तुओं के मामले में हार मानना सीख जाए। हर बार संघर्ष के उस नेक चक्र में प्रवेश का मौक़ा गंवाते हुए, जिसके बाद प्रगति होती है, किसी और मुश्किल काम को करने का विश्वास मिलता है।

लेकिन उस छोटी-सी लड़की का क्या जिसे उसकी मां बैले ले जाती है, भले ही वह मुश्किल है? भले ही उस छोटी बच्चे को उस वक़्त वह तंग कपड़े पहनना अच्छा नहीं लगता हो, क्योंकि वह थकान से निढाल है। भले ही पिछले अभ्यास में बैले शिक्षक ने उसे बांहें ग़लत तरीक़े से रखने के लिए फटकार लगाई हो, जो उसे कुछ बुरा लगा। क्या हो अगर उस छोटी लड़की को बार-बार प्रयास करने के लिए टोका जाए और फिर एक अभ्यास में उसे सफलता का स्वाद चखने को मिले? संभव है कि वह जीत उस बच्ची को अन्य मुश्किल बातें आज़माने के लिए प्रोत्साहित करे? संभव है कि वह चुनौतियों का स्वागत करना सीख जाए?

वॉरेन विलिंघम द्वारा निजी गुणवत्ता परियोजना प्रकाशित किए जाने के एक वर्ष बाद बिल फ़िट्ज़सिमंस, हार्वर्ड में प्रवेश विभाग के प्रमुख बने।

दो वर्ष बाद जब मैंने हार्वर्ड में प्रवेश के लिए आवेदन किया तो बिल ने ही मेरे आवेदन का निरीक्षण किया था। मुझे पता है क्योंकि पूर्व स्नातक दौर में मुझे एक सामुदायिक सेवा परियोजना में बिल के साथ काम करने का मौक़ा मिला था। जब हमारी पहचान कराई गई तो उन्होंने कहा, ''ओह, मिस स्कूल स्पिरिट!'' और उसके बाद उन्होंने उन गतिविधियों पर उल्लेखनीय सटीकता के साथ निशान लगा दिए जिनमें मैंने हाईस्कूल में भाग लिया था।

मैंने हाल ही में बिल को फ़ोन लगाकर जानना चाहा कि पाठ्यक्रम से इतर गतिविधियों के अनुसरण को जारी रखने के बारे में उनके क्या विचार हैं। हैरानी की बात नहीं कि वह विलिंघम के रिसर्च से अच्छी तरह से वाक़िफ़ थे।

अपने बुक शेल्फ़ पर नज़र डालते हुए उन्होंने कहा, ''मेरे पास वह यहीं कहीं है। यह मेरी पहुंच से कभी दूर नहीं होता।''

चलो ठीक है, तो क्या वह विलिंघम के निष्कर्षों से सहमत हैं? क्या हार्वर्ड की प्रवेश प्रक्रिया में सेट स्कोर और हाईस्कूल के ग्रेड्स के अलावा भी वाक़ई किसी अन्य बात की फ़िक्र की जाती है?

मैं जानना चाहती थी क्योंकि उस वक़्त विलिंघम का अपनी खोज के प्रकाशन के वक़्त का मत था कि कॉलेज के प्रवेश प्रक्रिया प्रभारी पाठ्यक्रम से इतर गतिविधियों के अनुसरण को उतना वज़न नहीं दे रहे थे, जितना कि उनकी रिसर्च के मुताबिक़ दिया जाना चाहिए।

बिल फ़िट्ज़सिमंस बताते हैं कि हर वर्ष कुछ सैकड़ा विद्यार्थियों को उनके बेहद उल्लेखनीय शैक्षणिक उपलब्धियों के आधार पर प्रवेश दिया जाता है। उनकी

शुरुआती शैक्षणिक उपलब्धियों से संकेत मिलता है कि वह जीवन में किसी बिंदु पर विश्वस्तरीय शिक्षाविद बनेंगे।

लेकिन हार्वर्ड स्वीकारता है कि कम से कुछ विद्यार्थियों ने, बिल के शब्दों में, ''अपनी पसंद, मूल्य और जिसमें उनका विश्वास है, ऐसी बात का अनुसरण करने की प्रतिबद्धता व्यक्त की है–और (ऐसा किया है) विलक्षण ऊर्जा, अनुशासन और स्पष्ट कड़ी मेहनत के साथ।''

प्रवेश कार्यालय में कोई भी व्यक्ति इन विद्यार्थियों से परिसर में पहुंचने के बाद उन्हीं गतिविधियों के अनुसरण की अपेक्षा नहीं करता ना ज़रूरत महसूस करता है। बिल कहते हैं, ''चलिए खेल का ही उदाहरण ले लें। मान लीजिए कि वह व्यक्ति घायल हो गया है या उसने नहीं खेलने का फ़ैसला किया है या वह टीम में स्थान नहीं बना पाया। हमारी यह खोज निकालने की प्रवृत्ति है कि वह तमाम ऊर्जा, उत्साह और प्रतिबद्धता–वह समूचा दृढ़ संकल्प–जो खेल के ज़रिए विकसित हुआ था, को हमेशा ही किसी न किसी अन्य गतिविधि की ओर मोड़ा जा सकता है।''

बिल ने मुझे विश्वास दिलाया कि हक़ीक़त में हार्वर्ड अनुसरण की गतिविधि पर अत्यधिक ध्यान दे रहा था। हमारे ताज़ा रिसर्च में कनिंघम की खोज की पुष्टि का ज़िक्र करते हुए बिल ने मुझे बताया कि वह भी ठीक उसी तरह के पैमाने का इस्तेमाल कर रहे हैं, ''हम अपने प्रवेश विभाग के कर्मचारियों से ठीक वही करने को कहते हैं जो कि आप अपने दृढ़ संकल्प के ग्रिड के साथ कर रहे हैं।''

इससे यह बात समझने में मदद मिली कि क्यों मेरा आवेदन पढ़ने के एक साल बाद भी उनकी याददाश्त इतनी तेज़ है, कि मैंने हाईस्कूल की क्लास के बाहर का वक़्त कैसे बिताया। यह मेरी *गतिविधियों* में शामिल था, किसी भी अन्य बात की ही तरह, इससे ही उन्हें प्रमाण मिले थे कि मैंने ख़ुद को कॉलेज कड़ी मेहनत और अवसरों के लिए तैयार किया है।

बिल ने कहा, ''40 से अधिक वर्ष तक प्रवेश विभाग में रहने के कारण मेरी समझ यह है कि अधिकांश लोग ज़बर्दस्त क्षमताओं के साथ जन्म लेते हैं। असली सवाल यह है कि क्या उन्हें कड़ी मेहनत के पुराने आजमाए तरीक़े और उनके दृढ़ संकल्प को पूरी हद तक आजमाने के लिए प्रोत्साहित किया जाता है। अगर आप ऐसा करेंगे तो यही वे लोग हैं जो अंततः सबसे सफल होते दिखते हैं।''

मैंने इस बात की ओर ध्यान दिलाया कि पाठ्यक्रम से इतर गतिविधियों का सतत अनुसरण, दृढ़ संकल्प को विकसित करने वाली बात होने की बजाय केवल एक संकेत हो सकता है। बिल ने सहमति जताई, लेकिन अपने मत पर अटल रहे कि गतिविधियां महज एक संकेत नहीं हैं। उनका सहज बोध कहता था कि कड़ी परिस्थितियां और काम युवाओं को शक्तिशाली और हस्तांतरणीय सबक़ सिखाते हैं।

''आप दूसरों से सीख रहे हैं, आप अनुभव के ज़रिए ज़्यादा से ज़्यादा जान रहे हैं कि आपकी प्राथमिकता क्या है। आप गुण विकसित कर रहे हैं।''

बिल ने बोलना जारी रखा, ''कुछ मामलों में, विद्यार्थी किसी गतिविधि से जुड़ते हैं क्योंकि किसी और ने, संभवतया अभिभावक या शायद सलाहकार, ने इसका सुझाव दिया होता है। लेकिन अक्सर होता यह है कि ये अनुभव वास्तविकता में *हस्तांतरणीय* होते हैं और विद्यार्थी कुछ बेहद महत्त्वपूर्ण बात सीखते हैं और फिर वे पूरे उत्साह के साथ इन गतिविधियों में इस तरीक़े से योगदान देते हैं कि जिसकी उन्होंने,उनके अभिभावकों और उनके सलाहकारों ने कभी कल्पना तक नहीं की होगी।''

मुझे बिल के साथ बातचीत में सबसे ज़्यादा हैरान इस बात ने किया कि वह पाठ्यक्रम से इतर गतिविधियों में दृढ़ संकल्प के अभ्यास के अवसरों से वंचित बच्चों को लेकर कितने चिंतित हैं।

बिल ने मुझे बताया, ''ज़्यादा से ज़्यादा हाईस्कूल्स ने कला और संगीत और अन्य गतिविधियों को समाप्त कर दिया या हटा दिया है।'' फिर उन्होंने इस बात का ख़ुलासा किया कि मूलत: ग़रीब बच्चों के स्कूलों में ही ऐसा किया जा रहा था। ''यह बराबरी का न्यूनतम मौक़ा है जिसकी कल्पना संभव है।''

हार्वर्ड के राजनीतिक वैज्ञानिक रॉबर्ट पुटनैम और उनके साथियों के रिसर्च में ख़ुलासा किया गया है कि प्रभावशाली अमेरिकी हाईस्कूल के विद्यार्थियों द्वारा बड़ी मात्रा में पाठ्यक्रम से इतर गतिविधियों में नियमित तौर पर भाग लिया जा रहा है। इसके विपरीत ग़रीब बच्चों के बीच इस क़िस्म की भागीदारी में सीधी गिरावट देखने को मिल रही है।

पुटनैम के मुताबिक़ अमीर और ग़रीब विद्यार्थियों के बीच पाठ्यक्रम से इतर गतिविधियों में बढ़ते अंतर के कुछ योगदान करने वाले कारक हैं। बाहर खेलने जाने वाली फुटबॉल टीमों जैसी खेलने के लिए भुगतान वाली गतिविधियां समान भागीदारी में एक बाधा हैं। जब भाग लेना ''मुफ़्त'' हो तब भी सभी अभिभावक यूनिफ़ॉर्म का ख़र्च उठा सकने की स्थिति में नहीं होते। सभी अभिभावक अपने बच्चों को अभ्यास और मुक़ाबलों के लिए लाने-ले जाने के लायक़ या इच्छुक भी नहीं होते। संगीत के लिए निजी कक्षाओं की फ़ीस और वाद्य बड़ी रुकावट साबित हो सकते हैं।

जैसा कि पुटनैम ने अनुमान लगाया होता, पारिवारिक आय और दृढ़ संकल्प के ग्रिड स्कोर के बीच चिंताजनक रिश्ता है। औसतन, हमारे नमूने में मौज़ूद

हाईस्कूल सीनियर्स का ग्रिड स्कोर, जिन्होंने संघ की ओर से अनुदानित भोजन पाने की पात्रता हासिल कर ली थी, ज़्यादा विशिष्ट वर्ग की तुलना में पूरा एक अंक कम था।

रॉबर्ट पुटनैम की ही तरह, ज्यॉफ़्रे कैनेडा भी हार्वर्ड से ही प्रशिक्षित समाज विज्ञानी हैं।

ज्यॉफ़ भी हद दर्ज़े के दृढ़ संकल्पी हैं। उन्हें जुनून है ग़रीबी में पलते-बढ़ते बच्चों को उनकी क्षमता का अहसास कराना। हाल ही में, ज्यॉफ़ कुछ हद तक नामचीन हस्ती बन चुके हैं। लेकिन कई दशकों तक उन्होंने गुमनामी के अंधेरों में काम किया। उस दौरान वह न्यू यॉर्क शहर में मौलिक गहन शिक्षा अभियान के निदेशक के तौर पर काम करते थे। कार्यक्रम को हार्लेम चिल्ड्रन्स ज़ोन कहा जाता था। इससे शिक्षा पाने वाले बच्चे अब कॉलेजों में हैं और कार्यक्रम के असामान्य तौर पर व्यापक दृष्टिकोण के साथ असाधारण सफल परिणामों ने पूरे देश का ध्यान इसकी ओर खींचा है।

कुछ वर्ष पहले ज्यॉफ़ ने पेन में हमारे समक्ष उद्घाटन भाषण दिया था। उनके व्यस्त कार्यक्रम के बावज़ूद मैंने किसी तरह से उनसे मिलने का जुगाड़ जमा लिया था। मैंने सीधे मुद्दे पर ही हाथ डाला।

मैंने शुरुआत की, ''मैं जानती हूं कि आप एक समाज विज्ञानी के तौर पर प्रशिक्षित हैं। और मैं यह भी जानती हूं कि शिक्षा के क्षेत्र में ऐसे ढेर सारे प्रमाण हमारे पास हैं जो कारगर नहीं हैं, और हमारे पास प्रमाण नहीं हैं, लेकिन वे बातें कारगर साबित हो रही हैं। लेकिन मैं यह जानना चाहती हूं कि आपने अब तक जो देखा और किया, उससे आपकी राय में *वास्तविकता* में बच्चों को ग़रीबी से बाहर निकालने का रास्ता क्या है।''

ज्यॉफ़ ने आगे खिसककर हाथों को इस तरह से जोड़ा मानो वह प्रार्थना करने जा रहे हैं। उन्होंने कहा, ''मैं तुम्हें स्पष्ट तौर पर ही बताता हूं। मैं चार बच्चों का पिता हूं। मैंने कई-कई ऐसे बच्चों को देखा है जिन्हें मैंने बड़ा नहीं किया है। मेरे पास हो सकता है कि बिना क्रम का कोई काम या रिसर्चर और प्रतिभागी दोनों को ही एक-दूसरे से अनजान रखने वाला अध्ययन (डबल ब्लाइंड स्टडी) हो, जो इसे साबित कर सके, लेकिन मैं आपको बता सकता हूं कि ग़रीब बच्चों को किस बात की ज़रूरत होती है। उन्हें उन तमाम बातों की ज़रूरत होती है जो हम अपने बच्चों को देते हैं। ग़रीब बच्चे बहुत कुछ चाहते हैं। लेकिन आप कुल मिलाकर इतना कह सकते हैं कि वे एक सम्माननीय बचपन चाहते हैं।''

एक वर्ष बाद ज्यॉफ़ ने टेड (TED) टॉक में हिस्सा लिया और मैं ख़ुशक़िस्मत थी, जो श्रोता वर्ग में उपस्थित थी। कैनेडा ने बताया कि हार्लेम चिल्ड्रन्स ज़ोन जो करता है वह पुख़्ता वैज्ञानिक प्रमाण पर आधारित है-उदाहरण के लिए, स्कूल पूर्व शिक्षा और गर्मियों की समृद्ध बनाने वाली गतिविधियां। लेकिन इस कार्यक्रम ने एक बात, बिना ज़्यादा वैज्ञानिक प्रमाण के लागत को सही साबित करने के लिए उपलब्ध कराई थी : पाठ्यक्रम से इतर गतिविधियां।

उन्होंने पूछा, ''आप जानते हैं क्यों? क्योंकि मुझे दरअसल बच्चे बहुत पसंद हैं।''

श्रोतागण हँसने लगे और उन्होंने दोबारा कहा, *''मुझे वाक़ई में बच्चे बहुत पसंद हैं।''*

उन्होंने स्वीकारा, ''आपने एमआईटी के एक अध्ययन को शायद कभी नहीं पढ़ा, जो कहता है कि अगर आप अपने बच्चों को नृत्य को लेकर निर्देश देते हैं तो उससे उनकी बीजगणित बेहतर होती है। लेकिन आप उस बच्चे को नाचने के लिए निर्देश देंगे और आप यह जानकर रोमांचित हो उठेंगे कि वह बच्चा निर्देशों के मुताबिक़ नाचना चाहता है और इससे आपका दिन अच्छा हो जाएगा।''

ज्यॉफ़्रे कैनेडा बिलकुल दुरुस्त फ़रमाते हैं। मैंने इस अध्याय में जितनी भी रिसर्च की बात की है वह अप्रायोगिक है। मुझे पता नहीं कि क्या कोई ऐसा दिन भी आएगा जब वैज्ञानिक, बच्चों को बिना किसी क्रम के कई वर्षों के लिए बैले कक्षा में भेजने और फिर यह देखने के लिए इंतज़ार करने की तुक का पता लगा लेंगे कि क्या इसका लाभ उन्हें बीजगणित पर महारत में हो रहा है।

लेकिन वास्तविकता में, वैज्ञानिकों ने कम अवधि के प्रयोग करके यह परख़ने का प्रयास किया है कि क्या मुश्किल बातें सीखना व्यक्ति को दूसरी मुश्किल बातें करना भी सिखा देता है।

यूनिवर्सिटी ऑफ़ ह्यूस्टन के मनोवैज्ञानिक रॉबर्ट आइज़नबर्गर इस विषय पर सबसे ज़्यादा पकड़ रखने वाले व्यक्ति हैं। वह ऐसे दर्जनों अध्ययन कर रहे हैं जिनमें चूहों को कुछ मुश्किल काम करने का मौक़ा बिना किसी क्रम के दिया जाता है-जैसे खाने की केवल एक गोली के लिए लीवर को बीस बार दबाना-या कुछ ज़्यादा आसान जैसे यही गोली केवल दो बार लीवर को दबाकर हासिल करना। बाद में बॉब सभी चूहों को एक अलग मुश्किल काम देते हैं। प्रयोग दर प्रयोग, उन्हें समान परिणाम ही हासिल हुए : ''आसान परिस्थितियों'' वाले चूहों की तुलना में वह चूहे जिन्हें इनाम के लिए पिछले काम में ज़्यादा मेहनत करनी पड़ी थी, दूसरे काम में भी ज़्यादा उत्साह और धैर्य दिखाते हैं।

बॉब का जो प्रयोग मुझे सबसे पसंद है, वह उनका सबसे चतुराई भरा प्रयोग है। उन्होंने देखा कि प्रयोगशाला के चूहों को आमतौर पर एक या दूसरे तरीक़े से भोजन दिया जाता है। कुछ रिसर्चर्स वायर की जाली के भीतर चूहे की खाद्य सामग्री रखते हैं तो कुछ अन्य सीधे उनके पिंजरे की सतह पर ही उसे बिखेर देते हैं। बॉब ने देखा कि अपने भोजन के लिए मेहनत चूहों को ज़्यादा मेहनत वाले काम सिखा सकती है। वास्तविकता में उन्होंने यही बात खोज निकाली। उन्होंने युवा चूहों को इनाम के लिए एक संकरी पटरी पर से दौड़ने का प्रशिक्षण दिया। उसके बाद उन्होंने चूहों को दो समूहों में बांट दिया। एक समूह के पिंजरों में जालियों वाली थैलियां थीं तो दूसरे समूह के पिंजरों में खाद्य सामग्री सीधे सतह पर ही बिखेर दी गई थी। एक महीने तक भोजन के लिए जालियों के साथ संघर्ष करने वाले चूहों ने दौड़ने के काम में उन चूहों की तुलना में बेहतर प्रदर्शन किया जो केवल तभी भोजन तक गए, जब उन्हें भूख लगी।

पत्नी भी शिक्षिका होने के कारण बॉब को यही प्रयोग छोटे बच्चों पर अल्पावधि के लिए आजमाने का मौक़ा मिल गया। उदाहरण के लिए, एक अध्ययन में उन्होंने दूसरी और तीसरी कक्षा के बच्चों को वस्तुएं गिनने, चित्रों को याद रखने और आकारों के मिलान के लिए पेनीज़ में भुगतान किया। कुछ बच्चों के लिए बॉब ने उनके बेहतर प्रदर्शन के बाद काम के स्तर को कुछ बढ़ा दिया। दूसरे बच्चों को इसी काम का आसान संस्करण दिया जाता रहा।

सभी बच्चों को पेनीज़ और प्रशंसा मिलती रही।

बाद में दोनों ही परिस्थितियों वाले बच्चों को एक बहुत ही उबाऊ काम दिया गया जो पहले के कामों से अलग था : शब्दों की एक सूची को एक कॉपी में लिखना। बॉब के निष्कर्ष ठीक वैसे ही थे, जैसे कि उन्होंने चूहों के अध्ययन में पाए थे : जिन बच्चों ने मुश्किल (आसान की बज़ाय) काम का प्रशिक्षण पाया था, उन्होंने नक़ल करने के इस काम को ज़्यादा मेहनत से किया।

बॉब का निष्कर्ष? अभ्यास के साथ कर्मठता सीखी जा सकती है।

सेलिगमैन मेयर के ज्ञात असहायता पर पहले किए गए काम के सम्मान में, जहां सज़ा से बचने की असमर्थता के चलते जानवरों ने दूसरे चुनौतीपूर्ण काम को छोड़ दिया था, बॉब ने अपनी खोज को नाम दिया ज्ञात कर्मठता। उनका प्रमुख निष्कर्ष स्पष्टतया यह था कि कड़ी मेहनत और उसके फ़ायदे के बीच के संबंध को सीखा जा सकता है। बॉब और आगे जाकर कहते हैं कि प्रयास और पुरस्कार के बीच संबंध का प्रत्यक्ष अनुभव किए बग़ैर, फिर चाहे चूहे हों या इंसान, आलस्य में डूब जाते हैं। कैलोरी जलाने वाला प्रयास आख़िरकार एक ऐसा काम है जिसे विकास के साथ मनुष्य ने जहां संभव हो टालना सीख लिया है।

———

जब मैंने बॉब के ज्ञात कर्मठता पर किए गए काम को पढ़ा था तो मेरी बेटी लूसी शिशु अवस्था में ही थी जबकि उसकी बहन अमांडा बाल्य अवस्था में थी। दोनों बेटियों के मौज़ूदगी में मैंने जान लिया कि मैं बॉब द्वारा प्रयोग में इस्तेमाल भूमिका के लिए पूरी तरह से अनुपयुक्त हूं। मेरे लिए सीखने के लिए ज़रूरी हालात तैयार करना नामुमकिन था-दूसरे शब्दों में एक ऐसा माहौल जिसमें मान्य नियम था, अगर आप कड़ी मेहनत करेंगे, आपको इनाम मिलेगा। *अगर नहीं करेंगे तो आपको इनाम नहीं मिलेगा।*

वाक़ई मुझे अपने बच्चों को ज़रूरी जानकारी देने के लिए पर्याप्त संघर्ष करना पड़ा। वे चाहे जो करें, मैं ख़ुद को हरदम उनकी तारीफ़ करते ही पाती थी। यही एक प्रमुख वज़ह है कि पाठ्यक्रम से इतर गतिविधियां, दृढ़ संकल्प के लिए बेहतर आधार तैयार करती हैं-प्रशिक्षक और शिक्षकों को दूसरों के बच्चों में दृढ़ संकल्प को प्रोत्साहित करने की ज़िम्मेदारी सौंपी जाती है।

बैले क्लास में जहां मैं हर सप्ताह अपनी बच्चियों को छोड़ा करती थी, एक बहुत ही अद्भुत शिक्षक उनका इंतज़ार कर रही होती थी। इस शिक्षक का बैले के प्रति जुनून अनुसरण योग्य था। वह मेरी तरह ही पूरी तरह से मददग़ार थी और स्पष्ट तौर पर कहूं तो बहुत ज़्यादा अपेक्षाएं रखने वाली थी। जब एक विद्यार्थी कक्षा में देरी से आया तो उसे दूसरों के वक़्त के महत्त्व पर अच्छा-ख़ासा लेक्चर सुनना पड़ा। अगर कोई बच्चा बैले के लिए ज़रूरी तंग परिधान पहनकर नहीं आता या बैले जूते घर पर भी भूल आता तो उन्हें क्लास में भाग नहीं लेने दिया जाता। उन्हें बस बैठकर दूसरे बच्चों को अभ्यास करते देखना पड़ता था। जब कोई प्रयास ग़लत हो जाता तो फिर उसके अंतहीन दोहराव और सुधार किए जाते थे, जब तक कि इस शिक्षिका के ऊंचे मानकों पर वह खरा उतरे। कुछ मर्तबा इन सबक़ों के बाद बैले के इतिहास पर छोटा-सा लेक्चर होता था और यह भी कि कैसे हर नर्तक पर इस परंपरा को आगे ले जाने की ज़िम्मेदारी है।

निष्ठुर? मुझे ऐसा नहीं लगता। ऊंचे मानक? बिलकुल।

और इसलिए लूसी और अमांडा ने घर से ज़्यादा बैले क्लास की वजह से उन बातों में दिलचस्पी और गहन अभ्यास की आदत विकसित कर ली, जो उन्हें नहीं आते थे। ख़ुद से ऊपर उठकर प्रयासों का महत्त्व जाना और बुरे दिन अंतत: अच्छे दिनों में तब्दील हो गए। बार-बार प्रयास करने की उम्मीद भी जाग गई।

हमारे परिवार का फ़लसफ़ा है, मुश्किल काम का नियम। इसके तीन हिस्से हैं। पहला हर किसी को-मां व पिताजी समेत-एक मुश्किल काम करना होगा। मुश्किल काम

यानी ऐसा काम जिसमें प्रतिदिन प्रयासपूर्वक अभ्यास किया जाए। मैंने अपने बच्चों को बता रखा है कि मनोवैज्ञानिक रिसर्च मेरे लिए मुश्किल काम है, लेकिन मैं योग का भी अभ्यास करती हूं। पिताजी दिन-प्रतिदिन बेहतर रियल इस्टेट डेवलपर बनने की कोशिश करते हैं, लेकिन वह दौड़ के साथ भी यही करते हैं। मेरी बड़ी बेटी अमांडा ने पियानो बजाने को मुश्किल काम के तौर पर चुना है। उसने चार वर्ष तक बैले का अभ्यास किया, लेकिन फिर उसे छोड़ दिया। ऐसा ही लूसी ने भी किया।

अब बारी मुश्किल काम के नियम के दूसरे हिस्से की। आप हट सकते हो, लेकिन सत्र की समाप्ति तक नहीं, ट्यूशन फ़ीस बढ़ गई हो तो या कोई और ''प्राकृतिक'' रुकावट आ गई हो तो। आपको हर हालत में, अपने द्वारा तय मध्यांतर तक पहुंचना चाहिए, जो शुरू किया है उसे ख़त्म कीजिए। कहने का मतलब ऐसे दिन जब शिक्षक आप पर चिल्लाया हो या आप दौड़ में हार गए हों, या आपको अगली सुबह की प्रस्तुति के लिए रात की नींद ख़राब करना हो, आप मैदान नहीं छोड़ सकते। आप अपने बुरे दिन पर पलायन नहीं कर सकते।

और अंत में मुश्किल काम का नियम कहता है कि *आप* अपना मुश्किल काम चुन सकते हैं। कोई यह काम आपके लिए नहीं करेगा क्योंकि अंततः ऐसे मुश्किल काम को करने का कोई मायने ही नहीं है जिसमें आपकी दूर-दूर तक कोई दिलचस्पी नहीं हो। बैले को आजमाने का फ़ैसला भी मेरी बेटियों के साथ कई अन्य वैकल्पिक क्लासेस पर चर्चा के बाद ही लिया गया था।

हक़ीक़त में लूसी ने आधा दर्जन बातों पर ग़ौर किया। उसने हर बात की शुरुआत पूरे उत्साह के साथ की, लेकिन अंततः यह जान लिया कि वह बैले, जिमनास्टिक्स, ट्रैक, हस्तकला या पियानो के साथ जारी नहीं रखना चाहती। अंततः वह वाद्य वायोला पर जाकर रुकी। वह पिछले तीन साल से इससे जुड़ी हुई है और उसकी दिलचस्पी कम होने की बज़ाय बढ़ती जा रही है। पिछले वर्ष वह स्कूल और शहर के ऑर्केस्ट्रा से जुड़ी और जब मैंने हाल ही में उससे पूछा कि क्या वह अपने मुश्किल काम को किसी और काम से बदलना चाहती हैं, उसने मेरी तरफ़ ऐसे देखा मानो मैं पगला गई हूं।

अगले वर्ष अमांडा हाईस्कूल में होगी। उसकी छोटी बहन एक साल बाद वहां पहुंचेगी। उस बिंदु पर मुश्किल काम का नियम बदल जाएगा। एक चौथा मुद्दा उसमें जोड़ा जाएगा : प्रत्येक बेटी को कम से कम एक गतिविधि के लिए प्रतिबद्धता दिखानी होगी, या कुछ नया या पियानो और वायोला, जो उन्होंने हाल ही में अपनाया है, कम से कम दो वर्ष के लिए।

दमनकारी? मैं ऐसा नहीं मानती। अगर लूसी और अमांडा के इस विषय पर ताज़ा विचारों को लीपा-पोती नहीं माना जाए तो मेरी बेटियां भी ऐसा नहीं सोचतीं।

वे बड़ी होने के साथ ज़्यादा दृढ़ संकल्पी बनना चाहती हैं और जानती हैं कि किसी भी अन्य कौशल की तरह दृढ़ संकल्प के लिए अभी अभ्यास लगता है। वे जानती हैं कि वह भाग्यशाली हैं कि उन्हें ऐसा करने का मौक़ा मिला।

बच्चों की अपना रास्ता चुनने की क्षमताओं को प्रभावित किए बग़ैर उनके भीतर दृढ़ संकल्प को प्रोत्साहन देने के इच्छुक अभिभावकों को मैं मुश्किल का नियम लागू करने की सिफ़ारिश करूंगी।

➡ 12

दृढ़ संकल्प की संस्कृति

सुपरबॉल XLVII, मेरे द्वारा शुरुआत से लेकर अंत तक देखा गया पहला फुटबॉल मैच था। यह मैच 2 फ़रवरी, 2014 को खेला गया था और इसमें सिएटल सीहॉक्स का मुक़ाबला डेनेवर ब्रोंकोस के साथ था। सीहॉक्स ने मैच 43-8 से जीता था।

जीत के दूसरे दिन सेनफ्रांसिस्को 49र्स के एक पूर्व सदस्य ने सीहॉक्स के प्रमुख प्रशिक्षक पीट केरोल का साक्षात्कार लिया।

साक्षात्कार लेने वाले ने शुरुआत करते हुए कहा, ''मुझे पता है जब मैं 49र्स के साथ था तो आप भी वहां थे... एक फुटबॉलर नहीं (फ़ोर्टी) नाइनर होने का मायने था। जब आप और जॉन श्नाइडर किसी खिलाड़ी की तलाश में होते हैं तो बताइए : इसके पीछे क्या सोच होती है। एक सीहॉक होने का क्या मायने है?''

पीटर ने धीमे से कहा, ''मैं तुम्हें सबकुछ नहीं बताने वाला, लेकिन...''

''अरे पीट, कृपया मुझे बता ही डालो।''

''मैं तुम्हें बता सकता हूं कि हम एक महान प्रतिस्पर्धी की तलाश में होते हैं। इसकी शुरुआत यहीं से होती है। और यह कि उस व्यक्ति में वाक़ई दृढ़ संकल्प हो। बस इसी क़िस्म की सोच कि वह हमेशा सफल होने वाले हैं, उन्हें कुछ साबित करना है। वह लचीले हैं, वह पराजय को ख़ुद पर हावी नहीं होने देंगे। चुनौतियां, बाधाएं और ऐसी अन्य बातें उन्हें विचलित नहीं कर सकतीं... यही वह रवैया है-हम इसे वाक़ई दृढ़ *संकल्प* नाम देते हैं।''

मैं कह नहीं सकती कि मैं हैरान थी, पीट की टिप्पणी से या फिर एक दिन पहले उनकी टीम के विजयी प्रदर्शन से।

क्यों नहीं? क्योंकि नौ माह पहले मुझे पीट का फ़ोन आया था। ज़ाहिर तौर पर उसने टेड (TED) टॉक में दृढ़ संकल्प पर मेरा संबोधन सुना था। उनके मुझे फ़ोन करने के दो भावनात्मक कारण थे।

पहला : वह उत्सुक थे–मेरे द्वारा टेड टॉक में मुझे मिले छह मिनट में दृढ़ संकल्प को लेकर दी गई जानकारी से भी ज़्यादा कुछ सीखने को इच्छुक।

दूसरा : वह नाराज़ थे। मेरे द्वारा कही गई अधिकांश बातों से नहीं। दरअसल मेरे संबोधन का अंत का हिस्सा उन्हें रास नहीं आया। मैंने वहां स्वीकारा था कि विज्ञान के पास निराशाजनक तौर पर उस वक़्त दृढ़ संकल्प को विकसित करने के बारे में बताने के लिए कुछ ज़्यादा नहीं था। पीट ने कहा कि इस पर उन्होंने मेरी स्क्रीन पर मौज़ूद छवि पर सचमुच चिल्लाते हुए कुर्सी से लगभग छलांग लगा दी थी और कहा था कि दृढ़ संकल्प का विकास ही तो सीहॉक्स की संस्कृति का आधार है।

हमारे बीच बातचीत तक़रीबन एक घंटे चली : मैं फ़ोन के एक सिरे पर फ़िलाडेल्फ़िया में अपनी डेस्क पर बैठी हुई और पीट और उनका स्टाफ़ सिटएल में दूसरे सिरे पर स्पीकर फ़ोन के इर्द–गिर्द घेरा बनाकर बैठे थे। मैंने उन्हें बताया कि अपने रिसर्च से मैं क्या सीख रही हूं और जवाब में पीट ने बताया कि सीहॉक्स में वह क्या हासिल करने का प्रयास कर रहे हैं।

''यहां आकर हमें देखो। हमारा पूरा प्रयास लोगों को महान प्रतिस्पर्धी बनाना ही है। हम उन्हें बताते हैं कि कैसे ज़िद के साथ मैदान में डटे रहना है। हम उनके जुनून को प्रोत्साहन देते हैं। हम यही सब करते हैं।''

हमें इस बात का अहसास हो या नहीं हो, जिस संस्कृति में हम रह रहे हैं और जिसके साथ हम अपनी पहचान रखते हैं, बेहद शक्तिशाली तरीक़े से हमारे अस्तित्व के तमाम पहलुओं को आकार देती है।

संस्कृति से मेरा मतलब भौगोलिक या राजनीतिक सीमाओं से क़तई नहीं है, जो लोगों को एक–दूसरे से उतना ही विभाजित करती हैं, जितना कि अदृश्य मनोवैज्ञानिक सीमाएं *हमें उनसे* अलग रखती हैं। संस्कृति का मायने मूलतः एक समूह के लोगों द्वारा साझा मानक और मूल्य होता है। दूसरे शब्दों में जब कभी भी लोगों के एक समूह के बीच कामकाज के तौर–तरीक़ों और उनके कारणों को लेकर सहमति होती है तो यह एक विशिष्ट संस्कृति की वजह बनती है। जहां तक दुनिया का संचालन कैसे हो रहा है, इसमें जितना ज़्यादा अंतर होगा, इस समूह के लोगों के बीच नाता उतना ही अधिक मज़बूत होगा, जिसे ''आंतरिक समूह'' कहा जाता है।

इसलिए सिएटल सीहॉक्स और केआईपीपी चार्टर स्कूल्स–किसी भी देश की तरह–वास्तविक संस्कृतियां हैं। अगर आप सीहॉक हैं तो आप महज़ एक फुटबॉलर नहीं हैं, अगर आप केआईपीपी से हैं तो आप महज़ एक विद्यार्थी नहीं हैं। सीहॉक्स

और केआईपीपी के लोगों का कामकाज का एक अपना तरीक़ा और अंदाज़ है और उनके ऐसा करने के कुछ कारण हैं। इसी तरह से वेस्ट पॉइंट की भी एक अलहदा संस्कृति है–ऐसी संस्कृति जो दो सदी पुरानी है और फिर भी, जैसा कि हमें जल्द ही पता चलेगा, लगातार विकसित हो रही है।

हममें से अधिकांश के लिए हम जिस कंपनी में काम करते हैं, वह हमारी ज़िंदगी में एक महत्त्वपूर्ण सांस्कृतिक शक्ति होती है। उदाहरण के लिए, बड़े होने के दौरान, मेरे पिताजी ख़ुद को ड्यूपोंटर कहलाना पसंद करते थे। हमारे घर में मौज़ूद सारी पेंसिलें कंपनी द्वारा ही जारी थी, जिन पर कुछ इस तरह के वाक्यांश लिखे होते थे, *सुरक्षा सबसे पहले।* जब टीवी पर ड्यूपोंट का कोई विज्ञापन आता था तो हर बार मेरे पिताजी का चेहरा खिल उठता था। यहां तक कि पृष्ठभूमि की इस आवाज़ से "बेहतर जीवन के लिए बेहतर चीज़ें।" मेरे विचार में मेरे पिताजी की ड्यूपोंट के मुख्य कार्यकारी अधिकारी से कुछ मर्तबा ही मुलाक़ात हुई होगी, लेकिन वह उनकी कहानियां और उनके अच्छे फ़ैसलों को इस तरह से बताते थे, मानो वह परिवार के कोई युद्ध नायक हों।

आपको कैसे पता चलेगा कि वास्तविकता में आप किसी संस्कृति का हिस्सा हैं? जब आप कोई संस्कृति अपनाते हैं तो आप उस आंतरिक समूह के प्रति स्पष्ट निष्ठा रखते हैं। आप "लगभग" सीहॉक या "लगभग" वेस्ट पॉइंटर नहीं होते। या तो आप वह हैं या नहीं हैं। या तो आप समूह के *भीतर* हैं या उससे *बाहर।* आप अपनी प्रतिबद्धता का प्रदर्शन करने के लिए केवल संज्ञा का इस्तेमाल कर सकते हैं, विशेषण या क्रिया का नहीं। आप किस आंतरिक समूह के प्रति प्रतिबद्ध हैं, उस पर काफ़ी–कुछ निर्भर होता है।

तो संस्कृति और दृढ़ संकल्प की आधार रेखा है : *अगर आप ज़्यादा दृढ़ संकल्पी बनना चाहते हैं, तो दृढ़ संकल्पी संस्कृति को तलाशिए और उससे जुड़ जाइए। अगर आप नेता हैं और आप चाहते हैं कि दृढ़ संकल्पी लोग आपके समूह से जुड़ें तो एक दृढ़ संकल्पी संस्कृति का निर्माण कीजिए।*

मैंने हाल ही में समाजशास्त्री डेन चेम्बलिस से मुलाक़ात की, जिनसे हम तीसरे अध्याय में मिले थे, जिन्होंने अपनी पेशेवर ज़िंदगी के पहले छह वर्ष तैराकों के अध्ययन को दिए थे।

डेन के लिए मेरा सवाल था कि अपनी विशेषज्ञता के उस ऐतिहासिक अध्ययन के तीन दशक बाद क्या उन्होंने उसके विवादित निष्कर्षों को लेकर अपने विचार बदले हैं।

क्या ऐसा था, उदाहरण के लिए कि वह अब भी मानते हैं कि विश्वस्तरीय उत्कृष्टता के मूल को समझने के लिए प्रतिभा एक बड़ा छलावा थी? क्या अब भी वह उस निष्कर्ष पर क़ायम हैं कि स्थानीय क्लब की टीम से राज्य व राष्ट्रीय स्तर पर प्रतिस्पर्धात्मक बनने से लेकर अंत में विश्वस्तरीय, ओलिंपिक स्तर की विशेषज्ञता ने कौशल में गुणात्मक सुधार को ज़रूरी बनाया, केवल पूल में ''ज़्यादा घंटे'' बिताने ने नहीं? और क्या रहस्यमय उत्कृष्टता, अंततः, वाक़ई अनगिनत, पूरी तरह से दुरुस्त मगर नीरस, दोहराव की प्रक्रिया थी?

हां, हां और हां।

डेन ने कहा, ''लेकिन मैंने सबसे महत्त्वपूर्ण बात को अनदेखा कर दिया। एक महान तैराक बनने का वास्तविक रास्ता है एक महान टीम से जुड़ना।''

यह तर्क आपको अजीब लग सकता है। आप धारणा बना सकते हैं कि कोई व्यक्ति पहले एक महान तैराक बनता है और फिर एक महान टीम से जुड़ता है। और वास्तविकता में यह भी सच है कि महान टीमें ऐसे ही किसी को भी साथ नहीं लेतीं। सीमित स्थान उपलब्ध होते हैं। स्तर के ऊंचे मानक होते हैं। टीम जितनी ख़ास हो, टीम में पहले से मौज़ूद लोगों के बीच स्तर को ऊंचा ही रखने की आकांक्षा भी उतनी ही तीव्र होती है।

डेन जो बात कर रहे हैं, वह टीम की विशेष संस्कृति का उससे जुड़ने वाले व्यक्ति पर पड़ने वाला पारस्परिक प्रभाव है। पूल के अंदर और बाहर कई वर्ष बिताने के दौरान उन्होंने एक महान टीम और एक महान व्यक्तिगत तैराक के बीच कारण और प्रभाव की दोनों ही दिशाएं देखी हैं : उन्होंने देखा है कि कुछ विशिष्ट परिस्थितियों के लिए चुने गए विशिष्ट लक्षण ही, बदले में, उनके द्वारा बढ़ाए जाते हैं।

''देखिए, जब मैंने ओलिंपियंस का अध्ययन शुरू किया था, तो मैंने सोचा, 'यह किस तरह के सिरफिरे हैं जो सुबह चार बजे उठकर तैराकी के अभ्यास के लिए जाते हैं?' मैंने सोचा, 'इस तरह के काम करने वाले यह लोग निश्चित तौर पर विशिष्ट होंगे।' लेकिन बात यह है कि जब आप एक ऐसी जगह जाते हैं, जहां पहचान का हर व्यक्ति सुबह चार बजे उठकर अभ्यास के लिए जा रहा है, तो आप भी वही करते हैं। यह कोई बड़ी बात नहीं है। यह आदत बन जाती है।''

बार-बार डेन ने निरीक्षण किया है कि जब नए तैराक किसी टीम से जुड़ते हैं तो वह पहले की तुलना में एक-दो स्तर बेहतर प्रदर्शन करते हैं। बहुत जल्द नए तैराक टीम के तौर-तरीक़ों, मानकों और स्तर के साथ तालमेल बिठा लेते हैं।

डेन कहते हैं, ''अपनी बात कहूं तो मेरे भीतर उतना आत्म-अनुशासन नहीं है। लेकिन अगर मैं ऐसे लोगों से घिर जाऊं जो लेख लिख रहे हों या लेक्चर दे

रहे हों, कड़ी मेहनत कर रहे हों तो मैं भी वैसा ही करता हूं। अगर मैं किसी बात को किसी अंदाज़ में कर रही भीड़ का हिस्सा हूं तो मैं भी वैसा ही व्यवहार करने लगता हूं।''

सबके साथ मेल बिठाने की ललक-समूह के साथ तालमेल-वाक़ई ताक़तवर होता है। इतिहास के कुछ बेहद महत्त्वपूर्ण मनोवैज्ञानिक प्रयोगों ने बताया है कि कितनी जल्दी और आमतौर पर बिना किसी चेतन अहसास के व्यक्ति किसी समूह की रौ में बह जाता है। उनकी ही तरह अलग तरीक़े से काम करने लगता है, सोचने लगता है।

डेन ने बात को समाप्त करते हुए कहा, ''तो मुझे ऐसा लगता है कि दृढ़ संकल्प को हासिल करने के लिए एक कठिन रास्ता है और एक आसान। कठिन रास्ता है अपने बूते ही सबकुछ करना। आसान रास्ता है अनुपालन-इंसान की संग चलने की पैदाइशी प्रवृत्ति-क्योंकि अगर आपके आस-पास कई दृढ़ संकल्पी व्यक्ति हैं तो आप निश्चित तौर पर दृढ़ संकल्पी की ही तरह व्यवहार करेंगे।''

दृढ़ संकल्प को प्रभावित करने की संस्कृति की ताक़त के मामले में अल्पावधि के अनुपालन प्रभाव मुझे उत्साहित नहीं करते। बिलकुल भी नहीं।

जो बात मुझे उत्साहित करती है वह यह सोच कि लंबी अवधि में संस्कृति हमारी पहचान को आकार दे सकती है। वक़्त गुज़रने के साथ और सही परिस्थितियों में जिस समूह से हम जुड़े हैं उसके मानक और मूल्य हमारे अपने बन जाते हैं। हम उन्हें आत्मसात कर लेते हैं। हम उन्हें अपने साथ रखते हैं। *हमारा यहां काम करने का तरीक़ा और कारण अब मेरा काम करने का तरीक़ा और कारण* बन जाता है।

पहचान हमारे व्यक्तित्व के हर पहलू को प्रभावित करती है, लेकिन दृढ़ संकल्प के लिहाज़ से इसकी एक विशेष प्रासंगिकता है। अक्सर हम जो महत्त्वपूर्ण दृढ़ संकल्पी-या-नहीं फ़ैसले करते हैं-फिर एक बार उठ खड़े होने के लिए, इन मुश्किल, थका देने वाली गर्मियों में डटे रहने के लिए, अपने साथियों के लिए पांच मील की दौड़ जबकि अपने बूते हम तीन ही दौड़ पाते-वह किसी और बात की बनिस्बत पहचान का मामला है। अक्सर हमारे जुनून और ज़िद की वज़ह विकल्पों के लागत-लाभ का नीरस गणनात्मक विश्लेषण नहीं होता। बल्कि हमारी शक्ति का स्रोत होता है, वह व्यक्ति जो हम ख़ुद को मानते हैं।

स्टेनफ़ोर्ड यूनिवर्सिटी में निर्णय क्षमता विशेषज्ञ जेम्स मार्च इस अंतर को इस तरह से बताते हैं : कुछ मर्तबा हम विकल्प चुनने के लिए लागत-लाभ विश्लेषण की ओर लौट जाते हैं। मार्च के कहने का यह मतलब नहीं है कि भोजन में क्या

मंगाना है या सोने जाने के लिए कब जाना है, जानने के लिए हम काग़ज़ और कैल्कुलेटर बाहर निकाल लेते हैं। उनके कहने का मतलब है कि कई बार फ़ैसला लेते वक़्त, हम यह भी सोचते हैं कि इससे हमें कैसे लाभ हो सकता है और हमें कितना भुगतान करना पड़ेगा और कितनी संभावना है कि लागत और लाभ हमारी कल्पना के ही मुताबिक़ होगा। हम यह सबकुछ अपने दिमाग़ के भीतर करते हैं और वाक़ई जब मैं खाना मंगाने या सोने जाने को लेकर फ़ैसला करती हूं तो पहले हमेशा नफ़ा-नुक़सान के बारे में सोचती हूं। यह बहुत तार्किक है।

लेकिन कुछ अन्य मर्तबा, मार्च कहते हैं, हम अपने क़दम के परिणाम के बारे में नहीं सोचते। हम ख़ुद से नहीं पूछते : लाभ क्या हैं? लागत क्या है? जोख़िम क्या है? इसकी बज़ाय हम ख़ुद से सवाल पूछते हैं : *मैं कौन हूं? यह परिस्थिति क्या है? इस तरह की परिस्थिति में मेरे जैसा व्यक्ति क्या करता है?*

एक उदाहरण पेश है :

टॉम डियरलेन ने मुझे अपना परिचय कुछ इस तरह से दिया : ''मैं एक वेस्ट पॉइंटर, एयरबोर्न रेंजर और दो बार का मुख्य कार्यकारी अधिकारी हूं। मैं एक ग़ैर-लाभकारी संस्थान का संस्थापक और संचालक हूं। मैं किसी भी तरह से विशेष या असाधारण नहीं हूं। केवल एक बात को छोड़कर : दृढ़ संकल्प।''

2006 की गर्मियों की बात है बग़दाद में सक्रिय ड्यूटी के दौरान टॉम को एक स्नाइपर ने गोली मार दी थी। गोली ने उनके कूल्हे और कमर की हड्डी को टुकड़े-टुकड़े कर दिया था। यह जानने का कोई भी तरीक़ा नहीं था कि आख़िर इन हड्डियों को दोबारा कैसे जोड़ा जाएगा और यह कामकाज के लिहाज़ से कितना प्रभावी होगा। डॉक्टरों ने उन्हें बताया कि वह शायद अब कभी नहीं चल पाएंगे।

टॉम ने तुरंत जवाब दिया, ''आप मुझे जानते नहीं हैं।'' और फिर उन्होंने ख़ुद के साथ वादा किया कि वह सेना की 10 मील की दौड़ में भाग लेंगे, एक ऐसी दौड़ जिसका वह गोली लगने से पहले अभ्यास कर रहे थे।

सात माह बाद वह बिस्तर से बाहर निकलने लायक़ हुए और उनका शारीरिक उपचार शुरू हुआ। टॉम ने दी गई सभी एक्सरसाइज़ को लेकर अनवरत कड़ी मेहनत की और फिर और मेहनत की। कई बार वह कराह उठते थे और कई बार ख़ुद का हौसला बढ़ाने के लिए चिल्लाते भी थे। टॉम ने कहा, ''दूसरे मरीज मुझे देखकर हैरान थे। लेकिन धीरे-धीरे उन्हें इसकी आदत पड़ गई और फिर-केवल मज़े की ख़ातिर-वह नक़ली चीख़ के साथ मेरी नक़ल किया करते थे।''

विशेष तौर पर बेहद कठिन वर्ज़िश के बाद टॉम को ''ज़िंगर्स'' से गुज़रना पड़ता था, यानी पूरे पैर से गुज़रने वाला दर्द का तीव्र बिजली-सा झटका। टॉम ने बताया, ''ऐसा केवल एक या दो सेकेंड के लिए ही होता था, लेकिन वह दिन

भर बिना किसी पूर्व चेतावनी के आते थे। कई बार तो इतनी ज़ोर से कि मैं छलांग लगा देता था।'' बिना किसी आलस्य के हर दिन टॉम एक लक्ष्य निर्धारित करते थे और कुछ ही महीनों में उनके दर्द-पसीने का परिणाम मिलने लगा। अंतत: वह वॉकर के साथ बमुश्किल चलने लगे, फिर एक छड़ी के सहारे और फिर बिना किसी सहारे के अपने बूते। वह ज़्यादा तेज़ और ज़्यादा दूर तक चलने लगे फिर वह ट्रेडमिल पर रेलिंग्स को थामकर कुछ सेकेंड की दौड़ लगाने लगे। फिर पूरे एक मिनट। यह सिलसिला तब तक चला जब तक कि चार माह के सुधार के बाद वह चरम पर पहुंच गए।

''मेरे फ़िजिकल थैरेपिस्ट ने कहा, 'तुम्हारा काम हो गया। बहुत ख़ूब।' और मैंने कहा, 'मैं अभी भी आ रहा हूँ' और वह बोली 'तुमको जो करना था तुमने किया। तुम अब अच्छे हो।' और मैंने कहा, 'मैं अभी भी आऊंगा।'''

और फिर इसके बाद टॉम ने पूरे आठ माह अभ्यास जारी रखा, उस बिंदु तक जब किसी और उल्लेखनीय सुधार की गुंजाइश नहीं बची। तकनीकी तौर पर उनकी फ़िजिकल थैरेपिस्ट को अब उन्हें और उपचार देने की अनुमति नहीं थी, लेकिन टॉम उपकरणों के इस्तेमाल के लिए ख़ुद ही वहां पहुंच जाते थे।

क्या उन अतिरिक्त महीनों का कोई लाभ हुआ? शायद। शायद नहीं। टॉम निश्चित तौर पर नहीं कह सकते कि उस अतिरिक्त एक्सरसाइज़ का उन्हें लाभ हुआ। वह यह निश्चित ही जानते हैं कि अगली गर्मियों में वह सेना की 10 मील की दौड़ के लिए तैयारी शुरू कर सके। गोली लगने से पहले उनका इरादा इस दौड़ में सात मिनट प्रति मील की रफ़्तार रखने का था, जिससे उनकी दौड़ 70 मिनट या उससे कुछ कम समय में पूरी हो जाती। गोली लगने के बाद उन्होंने लक्ष्य का पुनर्निर्धारण किया : उन्हें उम्मीद थी कि 12 मिनट प्रति मील की रफ़्तार से दौड़ सकेंगे और दौड़ को लगभग दो घंटे में पूरा कर लेंगे। उनका दौड़ पूरा करने का समय? एक घंटे 56 मिनट।

टॉम नहीं कह सकते कि सेना की 10 मील की दौड़-और उसके बाद दो ट्रायथलॉन-में भाग लेने का फ़ैसला का मूल लागत और लाभ में था या इनमें से किसी एक में था। ''मैं इसलिए असफल नहीं होने वाला नहीं था, क्योंकि मुझे कोई फ़िक्र नहीं थी या मैंने कोशिश नहीं की। मैं ऐसा क़तई नहीं हूं।''

वाक़ई जुनून और ज़िद का लागत-लाभ का हिसाब हमेशा लाभदायक नहीं होता, कम से कम अल्पावधि के प्रयास में। अक्सर छोड़कर आगे बढ़ जाने का फ़ैसला ''समझदारी'' भरा होता है। दृढ़ पैमाने का लाभ मिलने से पहले कई बरस गुज़र सकते हैं।

और ठीक इसी वज़ह से संस्कृति और पहचान यह समझने के लिहाज़ से महत्त्वपूर्ण है कि दृढ़ संकल्प लोग अपनी ज़िंदगी कैसे जीते हैं। पूर्व अनुमानित लागत व लाभ का तर्क उनके विकल्पों का अच्छी तरह से ख़ुलासा नहीं कर पाता। पहचान का तर्क कर देता है।

———

फ़िनलैंड की आबादी 50 लाख से कुछ ज़्यादा है। फ़िनलैंड वासियों की संख्या न्यू यॉर्क शहर के वासियों से भी कम है। यह छोटा-सा बेहद ठंडा नॉर्डिक देश-इतने उत्तर में स्थित है कि ठंड के चरम दिनों में उसे बमुश्किल छह घंटे ही धूप मिल पाती है। यह देश अनगिनत बार बड़े और ताक़तवर पड़ोसियों के हमले का शिकार हुआ है। यह एक अच्छा सवाल है कि क्या फ़िनलैंड के लोगों के ख़ुद के प्रति नज़रिए में उन मौसमी और ऐतिहासिक चुनौतियों का कोई हिस्सा है। इसके बग़ैर भी फ़िनलैंड के लोग ख़ुद को बेशक दुनिया में सबसे ज़्यादा दृढ़ संकल्पी मानते हैं।

फ़िनलैंड की भाषा में दृढ़ संकल्प का सबसे क़रीबी शब्द है *सी-स्यू।* अनुवाद पूरी तरह से स्पष्ट नहीं है। दृढ़ संकल्प का मतलब होता है एक विशेष उच्चस्तरीय लक्ष्य को हासिल करने का जुनून और उसका पीछा करने की ज़िद। विशेष तौर पर *सीस्यू* का अर्थ होता है आंतरिक शक्ति का स्रोत-एक क़िस्म की मनौवैज्ञानिक पूंजी-जो फ़िनलैंड के लोगों की राय में उनके भीतर फ़िनलैंड की विरासत के चलते जन्मजात होती है। *सीस्यू* का शब्दश: अर्थ होता है, एक व्यक्ति का अंतरंग, उसका हौसला।

1939 में शीतकालीन युद्ध में एक तीन गुना सैनिकों, 30 गुना अधिक युद्धक विमानों और 100 गुना से भी ज़्यादा टैंकों वाले सोवियत संघ के सामने फ़िनलैंड बेहद कमज़ोर देश था। फ़िनलैंड की सेनाओं ने कई महीनों तक डटकर मुक़ाबला किया-सोवियत संघ या किसी भी अन्य की सोच से भी ज़्यादा। 1940 में *टाइम* पत्रिका ने *सीस्यू* पर एक लेख प्रकाशित किया :

> फ़िनलैंड के लोगों में एक बात होती है जिसे वे *सीस्यू* कहते हैं। यह साहस, उग्रता, दमखम, हठ का एक अनूठा मिश्रण है जो अधिकांश लोगों के हार मान लेने के बाद भी जूझने और जीत की इच्छाशक्ति से लड़ने की ताक़त देता है। फ़िनलैंड के लोग *सीस्यू* का अनुवाद "फ़िनलैंड के लोगों का मिज़ाज" करते हैं, लेकिन यह उससे भी ज़्यादा हौसले से परिपूर्ण शब्द है।

उसी वर्ष *न्यू यॉर्क टाइम्स* ने भी एक लेख प्रकाशित किया जिसका शीर्षक था, "सीस्यू : एक शब्द जो फ़िनलैंड का ख़ुलासा करता है।" फ़िनलैंड के एक व्यक्ति

ने पत्रकार से बातचीत में अपने देश के लोगों का वर्णन कुछ इस तरह से किया : ''फ़िनलैंड का एक आम नागरिक ज़िद्दी क़िस्म का इंसान होता है, जो बुरी क़िस्मत पर भी यह साबित करते हुए मात देने में यक़ीन रखता है कि वह इससे भी बुरी परिस्थिति में डटा रह सकता है।''

जब मैं अपनी पूर्व स्नातक विद्यार्थियों की कक्षा को दृढ़ संकल्प के बारे में समझाती हूं तो मैं *सीस्यू* का भी थोड़ा ज़िक्र करना पसंद करती हूं। मैं अपने विद्यार्थियों से सैद्धांतिक सवाल पूछती हूं : क्या हम एक संस्कृति को विकसित कर सकते हैं–सीहॉक्स के प्रशिक्षक पीट केरोल की स्पष्ट राय में हम कर सकते हैं–जो *सीस्यू* और दृढ़ संकल्प जैसे गुणों को प्रशंसा और प्रोत्साहन दे?

कुछ वर्ष पहले, पूरी तरह से संयोगवश, जब मैंने *सीस्यू* का ज़िक्र किया तो एमिलिया लाहती नाम की फ़िनलैंड की एक युवती श्रोताओं में मौज़ूद थी। लेक्चर के बाद वह तत्काल मेरे पास आई और अभिवादन करने के बाद बोली कि बाहरी होने के बावज़ूद *सीस्यू* को लेकर मेरे विचार सही थे। हमारे बीच इस बात को लेकर सहमति बनी कि *सीस्यू* को लेकर व्यवस्थित पड़ताल की ज़रूरत है। साथ ही इस बात की भी कि फ़िनलैंड के लोग इसके बारे में कैसे सोचते हैं, यह कैसे प्रसारित होती है।

अगले वर्ष एमिलिया मेरी ग्रैजुएट विद्यार्थी बनीं। उसने अपनी मास्टर्स थीसिस ठीक इन्हीं सवालों पर पूरी की। उसने फ़िनलैंड के एक हज़ार लोगों से सीस्यू के बारे में पूछा और उसे पता चला कि अधिकांश लोगों में इसे लेकर विकास की मानसिकता है। जब पूछा गया, ''क्या आपको लगता है कि *सीस्यू* को विचारपूर्ण तरीक़े से सीखा या विकसित किया जा सकता है?'' 83 प्रतिशत ने कहा, ''हां।'' जवाब देने वाले एक व्यक्ति ने आगे कहा, ''उदाहरण के लिए फ़िनलैंड के स्काउट एसोसिशएन की यात्राओं में भाग लेकर, जहां 13 वर्षीय प्रतिभागी को जंगलों में 10 वर्षीय प्रतिभागियों का प्रभार सौंपा जा सकता है, तो लगता है कि इसका *सीस्यू* से कोई पारस्परिक संबंध है।''

एक वैज्ञानिक होने के कारण मैं इस विचार को गंभीरता से नहीं लेती कि फ़िनलैंड या किसी भी अन्य राष्ट्रीयता के लोगों के भीतर आंतों में कहीं ऊर्जा का कोई वास्तविक स्रोत होता है जो निर्णायक या महत्त्वपूर्ण मौक़ों पर बाहर आने के लिए बेक़रार रहता है। फिर भी *सीस्यू* से हम दो महत्त्वपूर्ण और दमदार सबक़ सीख सकते हैं।

पहला : ख़ुद के बारे में यह सोचना कि आप भीषण विषम परिस्थितियों से भी उबर सकते हैं, अधिकांशतया ऐसे व्यवहार की वज़ह बनता है जो उस आत्म अवधारणा की पुष्टि करता है। अगर आप *''सीस्यू मिज़ाज''* वाले फ़िनलैंड के नागरिक हैं, चाहे जो हो जाए आप दोबारा उठ खड़े होते हैं। इसी तरह से अगर

आप सिएटल सीहॉक्स से ताल्लुक रखते हैं तो आप एक प्रतिस्पर्धी व्यक्ति हैं। आपमें वह बात है जो सफलता के लिए ज़रूरी है। आप असफलताओं को ख़ुद पर हावी नहीं होने देते। आप दृढ़ संकल्पी हैं।

दूसरा : भले ही एक वास्तविक आंतरिक ऊर्जा स्रोत की कल्पना महज़ बेतुकी लगती हो, इससे बेहतर उपमा नहीं हो सकती। कई बार लगता है कि हमारे पास गंवाने के लिए कुछ भी नहीं है और फिर भी उन अंधेरे, हताशा भरे लमहों में हम बस क़दम-दर-क़दम आगे रखते चले जाते हैं। तमाम तर्कों द्वारा ख़ारिज की जाने वाली बात को भी हासिल करने का एक तरीक़ा है।

सदियों से *सीस्यू* फ़िनलैंड की संस्कृति का हिस्सा रहा है। लेकिन संस्कृतियां तुलनात्मक तौर पर ज़्यादा अल्पावधि में तैयार की जा सकती हैं। दृढ़ संकल्प को बढ़ावा देने की प्रक्रिया को समझने के मेरे अभियान में मेरा सामना कुछ ऐसे संस्थानों के साथ हुआ है, जिनकी कमान दृढ़ संकल्पी व्यक्ति के हाथों में थी, जिन्होंने मेरी राय में दृढ़ संकल्प की संस्कृति विकसित की है।

उदाहरण के लिए जेपीमोर्गन चेज़ के मुख्य कार्यकारी अधिकारी जेमी डिमोन को ही ले लीजिए। बैंक के ढाई लाख से ज़्यादा कर्मचारियों में ऐसा कहने वाले जेमी अकेले नहीं हैं, ''मैं यह जर्सी पहनता हूं और मेरे शरीर में यही ख़ून दौड़ता है।'' रैंक में कुछ नीचे के कर्मचारी कुछ इस तरह कहते हैं, ''अपने ग्राहकों के लिए मैं जो हर रोज़ करता हूं, वह वास्तविकता में मायने रखता है। उनमें से कोई भी महत्त्वहीन नहीं है। और हर बारीक़ी, हर कर्मचारी महत्त्व रखता है... मुझे इस महान कंपनी का हिस्सा बनने पर गर्व है।''

जेमी, अमेरिका के सबसे बड़े बैंक के एक दशक से ज़्यादा अरसे से मुख्य कार्यकारी अधिकारी हैं। 2008 के आर्थिक संकट के वक़्त जेमी ने अपने बैंक की नैया पार लगाई थी और जबकि अन्य बैंक पूरी तरह से धराशायी हो गए थे, जेपीमोर्गन चेज़ ने किसी तरह से 5 अरब डॉलर का मुनाफ़ा कमाया था।

संयोगवश जेमी की बचपन की स्कूल ब्राउनिंग स्कूल का घोषवाक्य है, ''ग्राइट'' जो कि *ग्रिट (दृढ़ संकल्प)* का पुराना संस्करण है जिसे 1897 की वार्षिक पुस्तिका में ''दृढ़ता, हौसला, संकल्प... जो अकेले सभी काम में वास्तविक जीत दिलाता है,'' के तौर पर परिभाषित किया गया था। ब्राउनिंग में सीनियर वर्ष में जेमी के कैलकुलस के शिक्षक को दिल का दौरा पड़ा था और जो वैकल्पिक शिक्षक था उसे कैलकुलस नहीं आता था। आधे बच्चों ने कक्षा छोड़ दी, जेमी सहित बाक़ी के विद्यार्थियों ने डटे रहने का फ़ैसला किया। उन्होंने पूरा वर्ष एक अलग कक्षा में गुज़ारा, अकेले, ख़ुद को पढ़ाते हुए।

मैंने जब उनसे मुलाक़ात में जेपीमोर्गन चेज़ में विकसित संस्कृति का विषय छेड़ा तो वह बोले, ''आपको राह के गड्ढों, ग़लतियों, असफलताओं से निपटना आना चाहिए। असफलताएं तो मिलकर रहेंगी और सफलता के लिए सबसे अहम बात यह है कि आप उनका सामना किस तरह से करते हैं। आपके भीतर उग्र संकल्प होना चाहिए। आपको ज़िम्मेदारी लेना होगी। आप इसे दृढ़ संकल्प कहती हैं मैं इसे हौसला कहता हूं। ''

जेमी डिमोन के लिए हौसला वही है जो फ़िनलैंड के लोगों के लिए *सीस्यू* है। जेमी पुराने दिनों का ज़िक्र करते हुए कहते हैं कि जब उन्हें 42 वर्ष की उम्र में सिटीबैंक से निकाल दिया गया था तो उनके पास इस घटना से सबक़ लेकर बेहतर नेता बनने के लिए पूरे एक वर्ष का वक़्त था। उनका मानना है कि अकेला हौसला समूचे जेपीमोर्गन चेज़ समूह के लिए मौलिक मूल्य के तौर पर पर्याप्त है। ''अंततः मुख्य बात तो यही है कि हम सभी को वक़्त के साथ विकसित होना चाहिए।''

मैंने पूछा कि क्या यह एक नेतृत्वकर्ता के लिए संभव है कि वह इस तरह के भीमकाय कार्पोरेशन की संस्कृति को प्रभावित करे? सच यही है कि जेपीमोर्गन चेज़ की संस्कृति को कुछ स्नेहपूर्वक ''जेमी का पंथ'' कहा जाता है। लेकिन जेपीमोर्गन चेज़ में ऐसे हज़ारों कर्मचारी हैं जिनसे जेमी कभी प्रत्यक्ष तौर पर नहीं मिले हैं।

जेमी ने कहा, ''निश्चित तौर पर। इसके लिए अनवरत, वाक़ई में अनवरत संवाद की दरकार होती है। बात इस पर निर्भर है कि आप क्या कहते हैं और कैसे कहते हैं।''

शायद इस बात पर भी यह निर्भर है कि आप इसे कितनी बार कहते हैं। हर लिहाज़ से जेमी एक अथक प्रचारक है, देश के आर-पार प्रवास करके बैठकों में शामिल होते हैं, जिन्हें वह टाउन हॉल मीटिंग कहते हैं। एक बैठक में उनसे पूछा गया, ''आप अपनी नेतृत्व की टीम में किस बात को तलाशते हैं?'' उनका जवाब? ''क्षमता, गुण और लोगों के साथ उनका व्यवहार कैसा है।'' बाद में उन्होंने मुझे बताया कि वह ख़ुद से वरिष्ठ प्रबंधन को लेकर दो सवाल पूछते हैं। पहला : ''क्या मैं उन्हें मेरी ग़ैरमौज़ूदगी में कारोबार चलाने दूंगा?'' दूसरा : ''क्या मैं अपने बच्चों को उनके लिए काम करने दूंगा?''

जेमी का एक पसंदीदा उद्धरण है। टेडी रूज़वेल्ट के इस उद्धरण को दोहराना उन्हें पसंद है :

> आलोचक का कोई मायने नहीं होता और ना ही उस व्यक्ति का जो यह बताता है कि यह व्यक्ति कैसे लड़खड़ाया या कहां पर वह बेहतर तरीक़े से काम कर सकता था। सारा श्रेय उस व्यक्ति का है जो मैदान में है, जिसका चेहरा धूल और पसीने और ख़ून से लथपथ है और जो बहादुरी से डटा

> हुआ है, जो ग़लती करता है, जो फिर थोड़ा पीछे रह गया है क्योंकि बिना ग़लती और कमी के कोई प्रयास नहीं होता; लेकिन जो वास्तविकता में काम करने के लिए प्रयासरत है, जो भारी उत्साह से भरा है, जो सबसे अच्छी तरह से जानता है कि अंत में भारी-भरकम जीत के क्या मायने होते हैं और जो सबसे बुरी स्थिति में, अगर वह नाकाम होता है, कम से कम ज़ोरदार प्रयास के बाद नाकाम होता है, ताकि उसके इर्द-गिर्द कभी भी उन ठंडी और दब्बू आत्माओं का जमावड़ा नहीं होगा, जो ना तो जीत जानते हैं ना हार।

और देखिए जेमी किस तरह से रूज़वेल्ट की कविता को जेपीमोर्गन चेज़ मैन्युअल में एक पद्य के तौर पर अनूदित करते हैं, जिसका शीर्षक है, हम कारोबार कैसे करते हैं : ''आप जो भी करें शिद्दत के साथ करें।'' ''दृढ़ इच्छाशक्ति, लचीलेपन और हठ का प्रदर्शन करें।'' ''अस्थायी असफलताओं को स्थायी बहाना नहीं बनने दें।'' और अंत में, ''ग़लतियों और समस्याओं का बेहतर बनने के अवसरों के तौर पर इस्तेमाल करें-पलायन करने के बहाने की तरह नहीं।''

एनसन डोरेंस को पर्याप्त रूप से कम लोगों में दृढ़ संकल्प स्थापित करने की चुनौती मिली है। सही आंकड़ा है 31 महिलाएं, जो कि यूनिवर्सिटी ऑफ़ नॉर्थ केरोलीना (चैपल हिल) की पूरी महिला सॉकर टीम की सूची है। महिला सॉकर इतिहास में एनसन सबसे ज़्यादा जीत हासिल करने वाले प्रशिक्षक हैं। उनके खाते में 31 वर्ष से आयोजित राष्ट्रीय प्रतियोगिता के 22 ख़िताब दर्ज़ हैं। 1991 में उनके ही प्रशिक्षण में अमेरिकी महिला सॉकर टीम पहली बार विश्व चैंपियन बनी थी।

बतौर खिलाड़ी अपने युवावस्था के दिनों में एनसन यूएनसी पुरुष सॉकर टीम के कप्तान थे। वह बहुत विशेष प्रतिभा के धनी नहीं थे, लेकिन अभ्यास और प्रतियोगिताओं के दौरान हर पल पूरे दमखम से आक्रामक खेलने की प्रवृत्ति ने उन्हें हैक ऐंड हसल का उपनाम दिला दिया था। उनके पिताजी ने एक बार कहा था, ''एनसन बिना किसी प्रतिभा के इतने विश्वास से भरे मुझे मिलने वाले तुम पहले व्यक्ति हो।'' जिस पर एनसन ने तत्काल जवाब दिया था, ''पिताजी मैं इसे तारीफ़ के तौर पर स्वीकारता हूं।'' कई वर्ष बाद, एक प्रशिक्षक के तौर पर, एनसन ने पाया, ''प्रतिभा आम है, उस प्रतिभा को विकसित करने के लिए आप क्या निवेश करते हैं, यही अंततः महानता निर्धारित करने में अहम साबित होता है।''

एनसन के कई प्रशंसक उनकी अभूतपूर्व सफलता का श्रेय खिलाड़ियों के चयन को देते हैं। उन्होंने मुझे बताया, ''यह पूरी तरह से ग़लत है। पांच या छह

स्कूल हर वर्ष हमसे ज़्यादा खिलाड़ियों का चयन करते हैं। हमारी अभूतपूर्व सफलता दरअसल इस बात की वजह से है कि खिलाड़ियों के चयन के बाद हम क्या करते हैं। यह हमारी संस्कृति है।''

एनसन की राय में संस्कृति का निर्माण एक सतत प्रयोग है। ''मूल तौर पर हम कुछ भी आजमाएंगे और अगर यह काम कर गया तो हम उसे जारी रखेंगे।''

उदाहरण के लिए दृढ़ संकल्प पर मेरी रिसर्च के बारे में पता चलने के बाद एनसन ने हर खिलाड़ी से दृढ़ संकल्प के पैमाने को भरने के लिए कहा और यह सुनिश्चित किया कि हर किसी को उसका स्कोर पता चले। ''ईमानदारी की बात यही है कि मैं पूरी तरह से चौंक गया था। केवल एक या दो अपवाद छोड़ दें तो आपके टेस्ट में जो ग्रिट रैंकिंग है, यह वही तरीक़ा है जिससे मैं दृढ़ संकल्प का आकलन करता।'' एनसन अब यह सुनिश्चित करते हैं कि हर बसंत ऋतु में पूरी टीम ख़ुद को दृढ़ संकल्प पर अंक दे ताकि उनके भीतर ''सफल लोगों में मौज़ूद महत्त्वपूर्ण गुणों को लेकर समझ विकसित हो।'' प्रत्येक खिलाड़ी को उसका स्कोर देखने को मिलता है, क्योंकि एनसन के शब्दों में ''कुछ मामलों में पैमाना उनका उम्मीद के मुताबिक़ आकलन करता है और कई मर्तबा यह उनकी कलई खोल देता है।'' नए भर्ती होने वाले खिलाड़ी पैमाने को बार-बार हर साल भरते हैं ताकि वह अपने वर्तमान दृढ़ संकल्प की तुलना पहले की स्थिति से कर सकें।

एक और प्रयोग जो क़ायम है, वह है बीप टेस्ट, जो हर बार टार हील सत्र में शुरू होता है। सभी खिलाड़ी कंधे से कंधा लगाकर पंक्तिबद्ध हो जाते हैं और एक इलेक्ट्रॉनिक बीप के बजते ही दौड़कर 20 मीटर दूर हो जाते हैं, दूसरी बीप के लिए तैयार, जो उन्हें संकेत देता है कि उन्हें घूमकर दौड़ते हुए अपनी मूल जगह पर लौट आना है। वे आगे-पीछे दौड़ते हैं, बीप्स के बीच के समय के अंतर के लिहाज़ से, जो कम से कम होता जाता है। कुछ ही मिनटों में खिलाड़ी सीधे फ़र्राटा दौड़ की स्थिति में आ जाते हैं-इस बिंदु पर, बीप्स और अधिक तेज़ हो जाती है। एक-एक करके खिलाड़ी बाहर होते जाते हैं, थकान से निढाल होकर चारों खाने चित्त। वे कितनी दूर जाते हैं, जैसा कि प्रशिक्षण और स्पर्धा के दौरान खिलाड़ी करते हैं, को सावधानीपूर्वक रिकॉर्ड किया जाता है और बिना किसी देरी के लॉकर रूम में लगा दिया जाता है ताकि हर कोई उसे देख सके।

बीप टेस्ट, मूलत: कैनेडा के एक्सरसाइज़ से जुड़े विशेषज्ञों ने फेफड़ों की अधिकतम क्षमता के परीक्षण के लिए डिज़ाइन किया था। फ़िटनेस जानना ही एनसन द्वारा इसे पसंद किए जाने की इकलौती वजह नहीं है। हार्वर्ड फ़ैटिग लैब द्वारा 1940 में शारीरिक दर्द में भी ज़िद के साथ डटे रहने की क्षमता का पता लगाने के लिए तैयार ट्रेडमिल टेस्ट की तरह एनसन बीप टेस्ट को संबद्ध खिलाड़ी के दोहरे टेस्ट की तरह देखते हैं। उन्होंने मुझे बताया, ''मैंने पहले ही एक छोटे-से संबोधन

में बताया कि यह मुझे क्या साबित करेगा। अगर आप अच्छा प्रदर्शन करते हैं, तो आपमें या तो आत्म-अनुशासन है कि आपने पूरी गर्मियों में प्रशिक्षण लिया है या फिर आपके भीतर दर्द को सहने की मानसिक क्षमता है जो अधिकांश लोगों में नहीं होती। आदर्श स्थिति में निश्चित ही आपके पास दोनों ही होना चाहिए।'' पहली बीप से पहले एनसन ने घोषणा की, ''महिलाओं, यह आपकी मानसिकता का टेस्ट है। *चलो!*''

एनसन और किस तरह से दृढ़ संकल्प की संस्कृति विकसित करते? जेमी डिमन की तरह उनका भी सतत संवाद में बहुत ज़्यादा यक़ीन है। निश्चित ही यह इकलौती बात नहीं है जो वह करते हैं, लेकिन एक सोच और अंग्रेज़ी के प्रमुख विषय रहने के कारण उनमें शब्दों की ताक़त के प्रति एक अतिरिक्त रुझान है : ''मेरे लिए भाषा ही सबकुछ है।''

कुछ वर्ष गुज़रने के दौरान एनसन ने 12 बेहद सावधानीपूर्वक तैयार आधारभूत मूल्यों की सूची तैयार क़र ली है, जो बताती है कि यूएनसी टार हील होने का क्या मायने है, किसी भी अन्य सामान्य फुटबॉलर की बनिस्बत। उन्होंने मुझे बताया, ''अगर आप एक महान संस्कृति बनाना चाहते हैं तो आपके पास ऐसे आधारभूत मूल्यों का भंडार होना चाहिए जो हर किसी का मार्गदर्शन कर सकें।'' टीम के आधे आधारभूत मूल्य टीम वर्क के बारे में होते हैं। आधे दृढ़ संकल्प के बारे में। ''वह मिलकर एक संस्कृति को परिभाषित करते हैं, जिसे एनसन और उनके खिलाड़ी 'प्रतिस्पर्धात्मक देग़' कहकर बुलाते हैं।''

मैंने उनका ध्यान दिलाते हुए कहा कि कई ऐसे संगठन और संस्थान हैं जिनके आधारभूत मूल्य होते हैं जिनकी हर रोज धज्जियां उड़ाई जाती हैं। सहमति जताते हुए एनसन ने कहा, ''निश्चित तौर पर, आपकी संस्कृति के भीतर मौज़ूद वक्तव्य में ऐसा कुछ भी प्रेरणादायी नहीं है जो कहे कड़ी मेहनत करो। कहने का मतलब है कि यह *घिसे-पिटे* जुमले की तरह है।''

आधारभूत मूल्यों को घिसा-पिटा होने से बचाने के लिए उनका समाधान एक तरह से पूरी तरह से अप्रत्याशित और दूसरी तरह से ठीक वही था जिसकी अपेक्षा आप एनसन जैसे मानवीय संपर्क की पृष्ठभूमि वाले इंसान से कर सकते हैं।

रूस के निर्वासित और नोबेल पुरस्कार प्राप्त कवि जोसेफ़ ब्रॉडस्की पर एक लेख पढ़ने के दौरान एनसन को अचानक प्रेरणा मिली। एनसन को पता चला कि ब्रॉडस्की द्वारा कोलंबिया यूनिवर्सिटी में अपने हर ग्रैजुएट विद्यार्थी से हर सेमिस्टर में ढेर सारी रूसी कविताएं याद करने की अपेक्षा की जाती थी। स्वाभाविक तौर पर अधिकांश विद्यार्थियों द्वारा इस अपेक्षा को अनुचित और दकियानूसी माना जाता था और उन्होंने उनके कार्यालय तक मोर्चा निकालकर अपना विरोध दर्ज़ कराया।

ब्रॉडस्की ने दो टूक कहा कि वे जो चाहे कर सकते हैं, लेकिन अगर उन्होंने ज़रूरी कविताओं को याद नहीं किया तो उन्हें उनकी पीएचडी नहीं मिलेगी। एनसन बताते हैं, ''विद्यार्थी उनके कार्यालय से बाहर आ गए। दुम दबाकर वे सब अपने काम में जुट गए।'' एनसन के मुताबिक़ उसके बाद जो हुआ वह ''बस परिवर्तनकारी'' था। कुछ कविताएं याद करने के बाद ब्रॉडस्की के विद्यार्थियों की ''सांसों, ज़िंदगियों में रूस रच-बस गया।'' पन्नों पर जो चीज़ मृत थी अचानक जीवंत हो उठी।

इस किस्से को जानकर जल्द भुला देने की बजाय, एनसन ने उस शीर्षस्तरीय लक्ष्य के लिहाज़ से इसकी प्रासंगिकता को पहचाना, जिसे वह हासिल करना चाहते थे। अपने द्वारा हर पढ़ी, देखी और काम की बात की तरह उन्होंने ख़ुद से सवाल पूछा, *अपनी मर्ज़ी की संस्कृति को विकसित करने में यह मुझे किस तरह से मदद कर सकता है?*

एनसन डोरेंस के लिए फुटबॉल खेलने के दौरान हर वर्ष आपको तीन अलग साहित्यिक उद्धरण याद करना होंगे, जिसमें से हर एक का चयन किसी न किसी आधारभूत मूल्य को बताने के लिए किया गया था। टीम को भेजा गया उनका मेमो कुछ इस तरह था, ''सीज़न से पहले आपका टीम के सामने परीक्षण होगा और फिर खिलाड़ियों के हर सम्मेलन में परीक्षण होगा। आपको ना केवल उनको याद करना है बल्कि आपको उन्हें समझना भी है। इसलिए उन पर मंथन भी करें...''

सीनियर वर्ष आने तक एनसन के खिलाड़ियों को सभी 12 आधारभूत मूल्य दिल से याद हो चुके होते थे। पहले आधारभूत मूल्य-*हम कराहते नहीं*-से लेकर तमाम संबद्ध उद्धरण, नाटककार जॉर्ज बर्नार्ड शॉ के हवाले से : ''असली आनंद, क़िस्मत की ताक़त बनना है, ना कि बीमारियों का एक डांवाडोल, स्वार्थी पिंड और शिकायतों का पुलिंदा कि दुनिया के पास आपको ख़ुश रखने के लिए समय ही नहीं है।''

शब्दश: याद कर लेना वेस्ट पॉइंट में एक गौरवशाली और सदियों पुरानी परंपरा है। आपको गानों, कविताओं, कोड्स, पंथ और विविधता भरी बातों की लंबी, बहुत लंबी सूची मिल जाएगी, जो पहले वर्ष के कैडेट्स-वेस्ट पॉइंट की भाषा में ''जनसामान्य''-को याद करना होते हैं। ये सभी एक दस्तावेज़ में शामिल होते हैं जिन्हें वेस्ट पॉइंट में बगल नोट्स कहा जाता है।

लेकिन वेस्ट पॉइंट के वर्तमान अधीक्षक लेफ़्टिनेंट जनरल रॉबर्ट कासलेन इस बात की ओर ध्यान दिलाने वाले पहले व्यक्ति हैं कि याददाश्त में शामिल हो चुके शब्द भी संस्कृति को अक्षत नहीं रख सकते, यदि उनका पालन नहीं किया जाता।

उदाहरण के लिए, शोफ़ील्ड की अनुशासन की परिभाषा। ये शब्द 1897 में पहली बार कैडेट्स को संबोधन में तत्कालीन अधीक्षक जॉन शोफ़ील्ड ने कहे थे। माना जाता है कि वेस्ट पॉइंट के हर विद्यार्थी को यह दिल से याद होना चाहिए। वह टुकड़ा जो कैडेट्स को हर हाल में याद करना है, कुछ इस तरह से शुरू होता है : ''युद्ध क्षेत्र में किसी स्वतंत्र देश के सैनिकों को भरोसेमंद बनाने वाले अनुशासन को कठोर या त्रासदीपूर्ण व्यवहार से हासिल नहीं किया जाना चाहिए। इसके विपरीत इस तरह का व्यवहार तो उन्हें सेना में तब्दील करने की बज़ाय उन्हें नष्ट कर सकता है।''

शोफ़ील्ड आगे कहते हैं-और कैडेट्स को यह भी याद रखना होता है-एक ही आदेश विभिन्न तरीक़े से दिया जा सकता है जो स्वामीभक्ति के लिए प्रेरित कर सकता है या आक्रोश को जन्म दे सकता है। यह अंतर एक महत्त्वपूर्ण बिंदु पर आकर ठहर जाता है : सम्मान। अधीनस्थों के मन में अपने कमांडर के लिए सम्मान? शोफ़ील्ड के मुताबिक़ नहीं। महान नेतृत्व की शुरुआत कमांडर द्वारा अधीनस्थों को सम्मान दिए जाने के साथ होती है।

अपरक्लासमैन द्वारा चिल्लाए जाने के दौरान, शोफ़ील्ड के उत्साहवर्धक शब्दों के उच्चारण की विडंबना कासलेन की तभी समझ में आ गई थी, जब वह 1971 में एक 18 वर्षीय प्लेबे के तौर पर याद कर रहे थे। उस युग में यातना ना केवल सहन की जाती थी बल्कि प्रोत्साहित भी की जाती थी। कासलेन कहते हैं, ''परिस्थिति पर मात करने वाले ही सफल होते थे। शारीरिक चुनौती उतनी महत्त्वपूर्ण नहीं थी, जितनी कि इस डांट-फटकार से निपटने की मानसिक मज़बूती।''

वाक़ई 40 वर्ष पहले बीस्ट बैरक्स के 170 कैडेट्स ने इसकी शुरुआत से पहले ही इसे छोड़ देने का फ़ैसला किया था। यानी कि 12 प्रतिशत, एक दशक बाद दृढ़ संकल्प का अध्ययन करने के लिए मेरे आने के वक़्त बीस्ट बैरक्स छोड़ने वाले कैडेट्स की तुलना में दोगुना। पिछले वर्ष पलायन घटकर 2 प्रतिशत से भी कम रह गया था।

इसकी एक वज़ह थी यातना या यूं कहें कि इसकी कमी। काफ़ी अरसे से माना जाता था कि भविष्य के दमदार अफ़सर तैयार करने के लिए पहले वर्ष के कैडेट्स पर शारीरिक और मानसिक दबाव अनिवार्य है। दूसरा लाभ था, तर्क के मुताबिक़, इससे कमज़ोरों को छांटने में मदद मिलती थी। यानी कि जो इसका सामना नहीं कर सकते थे, ऐसे कमज़ोरों की कोर से छंटनी। दशक गुज़रने के साथ मान्य यातना प्रक्रियाओं में लगातार कटौती की गई और 1990 में यातना पर आधिकारिक तौर पर प्रतिबंध लगा दिया गया।

तो बीसवीं सदी के उत्तरार्ध में बीस्ट से पलायन में कमी का श्रेय यातना पर प्रतिबंध को दिया जा सकता है, लेकिन पिछले दशक के त्वरित गिरावट की क्या

वज़ह हो सकती है? क्या वेस्ट पॉइंट की प्रवेश प्रक्रिया दृढ़ संकल्प के चयन में बेहतर काम कर रही है? दृढ़ संकल्प पर मेरे द्वारा देखे गए वर्ष-दर-वर्ष के आंकड़ों के मुताबिक़ ऐसा क़तई नहीं है। वेस्ट पॉइंट ने जबसे आने वाले कैडेट्स का दृढ़ संकल्प का स्कोर एकत्रित करना शुरू किया गया है, औसत स्कोर नहीं बदला है।

जनरल कासलेन के मुताबिक़ अकादमी में जो हुआ वह था संस्कृति में विचारपूर्वक परिवर्तन। उन्होंने ख़ुलासा करते हुए बताया, ''जब केवल परिस्थिति पर मात देने वाले सफल होते हैं तो वह एक *गिरावट वाला मॉडल* है। एक अन्य तरह का नेतृत्व भी होता है, जिसे मैं *विकासपूर्ण मॉडल* करार देता हूं। मानक ठीक वैसे ही हैं- ऊंचे- लेकिन एक मामले में आप अपने अधीनस्थों से तय मानक हासिल करने के लिए भय का इस्तेमाल करते हैं। दूसरे मामले में आप ख़ुद आगे बढ़कर कमान थाम लेते हैं।''

युद्ध के मैदान पर ख़ुद आगे बढ़कर कमान थामने का शब्दश: मतलब होता है कि वास्तविकता में दुश्मन के ख़िलाफ़ अपने सैनिकों से भी आगे रहकर वही कड़ी मेहनत करना, उन्हीं प्राणघातक जोख़िमों के साथ। वेस्ट पॉइंट में इसका मायने कैडेट्स को बिना शर्त सम्मान देना और जब वह अकादमी के अति उच्च मानकों पर खरे नहीं उतर सकें तो उस समर्थन को तलाशना जो उन्हें विकसित करना है।

कासलेन कहते हैं, ''उदाहरण के लिए, शारीरिक फ़िटनेस के टेस्ट में अगर कुछ कैडेट्स को दो मील की दौड़ में दिक़्क़तें पेश आ रही हैं और मैं उनका लीडर हूं तो मैं यह करूंगा कि उनके साथ बैठक करके उनके लिए एक प्रशिक्षण कार्यक्रम तैयार करूंगा। मैं सुनिश्चित करूंगा कि योजना व्यावहारिक है। किसी दोपहर मैं कहूंगा, 'चलो दौड़ लगाते हैं' या 'चलो वर्ज़िश करते हैं,' या 'चलो कुछ आराम करते हैं।' मैं आगे रहकर कैडेट्स को मानकों तक पहुंचाने के प्रयास करूंगा। अधिकांशतया जो कैडेट्स अब तक अपने अकेले के दम पर यह नहीं कर पा रहे थे, अचानक प्रेरित हो जाते हैं। एक बार उनमें सुधार आने लगा कि उनके उत्साह में और इज़ाफ़ा होने लगता है। जब वह इन लक्ष्यों को साध लेते हैं तो उनका विश्वास और अधिक बढ़ता है। एक वक़्त ऐसा आता है जब वे जान लेते हैं कि अपने दम पर काम कैसे किया जाता है।''

कासलेन के उदाहरण ने एक कहानी याद दिला दी जो वेस्ट पॉइंटर टॉम डियरलेन ने मुझे बीस्ट से भी मुश्किल ट्रेनिंग के बारे में बताई थी, जो उन्हें एयरबोर्न रेंजर बनने के लिए लेनी पड़ी थी। ट्रेनिंग के दौरान एक वक़्त ऐसा आया था जब वह एक चट्टान के सिरे से लटक रहे थे-एक चढ़ाई जिसमें वह पहले ही एक बार असफल हो चुके थे-उनके शरीर की हर एक मांसपेशी बग़ावत पर आमादा हो चुकी थी। टॉम ने ऊपर पठार पर खड़े रेंजर इंस्ट्रक्टर से चिल्लाकर कहा, ''मैं नहीं कर सकता। मुझे उम्मीद थी कि वह वापस चिल्लाकर कहेगा ठीक है। छोड़ दो। तुम एक

पराजित हो।'' उस व्यक्ति ने, वज़ह चाहे जो भी रही हो, इसकी बज़ाय यह कहा, ''हां, तुम कर सकते हो। यहां आओ।'' और मैंने कर दिया। मैं ऊपर चढ़ा और मैंने ख़ुद से यह शपथ खाई कि अब मैं दोबारा कभी नहीं कहूंगा, ''मैं नहीं कर सकता।''

और जहां तक बात वेस्ट पॉइंट की नई विकासात्मक संस्कृति के आलोचकों की है तो कासलेन बताते हैं कि वेस्ट पॉइंट से स्नातक होने के लिए शैक्षणिक, शारीरिक और सैन्य मानक, वक़्त गुज़रने के साथ और अधिक कड़े हो गए हैं। उन्हें इस बात का यक़ीन है कि अकादमी से पहले की तुलना में बेहतर, मज़बूत और ज़्यादा सक्षम लीडर्स निकल रहे हैं। ''अगर आप वेस्ट पॉइंट को यहां चल रही डांट-फटकार के आधार पर आंकना चाहते हैं तो मैं आपको यह शिकायत करने का मौक़ा दूंगा कि आजकल यहां युवक-युवतियां डांट-फटकार पर कोई प्रतिक्रिया ही नहीं देते।''

तामील के वस्तुनिष्ठ मानकों के अलावा वेस्ट पॉइंट पर पिछले 10 वर्ष में और क्या *नहीं बदला* है? विनम्रता और शिष्टाचार के मानक इतने मज़बूत हैं कि मेरे दौरे के दौरान मैं हर बार घड़ी देखती थी कि हर मुलाक़ात के लिए मैं वक़्त से कुछ मिनट पहले पहुंची या नहीं। साथ ही मुझे मिले हर व्यक्ति को मैंने ''सर'' या ''मैडम'' कहकर ही संबोधित किया। साथ ही औपचारिक मौक़ों पर कैडेट्स द्वारा पहना जाने वाला सलेटी रंग का पूरा यूनिफ़ॉर्म जस का तस है। यह आज के कैडेट्स को भी 200 साल पुरानी ''लंबी सलेटी परंपरा'' का हिस्सा बनाता है। और अंत में वेस्ट पॉइंट में कैडेट्स द्वारा आज भी पुरानी ही बोली का इस्तेमाल किया जाता है। इसमें कई अनुचित तौर पर परिभाषित शब्द शामिल हैं। जैसे ''चौथे वर्ष के कैडेट्स'' के लिए *फ़र्स्टिज़,* ''साफ़-सुथरी शारीरिक दिखावट'' के लिए *स्पूनी* और ''मैं तुम्हें समझता हूं,'' से लेकर ''अति-उत्साह,'' ''सहमत'' से लेकर ''अच्छा काम'' के लिए एक ही शब्द इस्तेमाल होता है *हुआह।*

कासलेन इतने नौसिखिए भी नहीं हैं कि यह सोचें कि वेस्ट पॉइंट में विकासात्मक संस्कृति के चार वर्ष दृढ़ संकल्प के पैमाने पर मौज़ूद 2 और 3 को 5 में बदल देंगे। लेकिन यह भी है कि यूनिवर्सिटी के खिलाड़ी, कक्षाओं के अध्यक्ष और वहां से उत्तीर्ण होकर निकलने वाले, जिन्होंने वेस्ट पॉइंट की दो वर्ष की प्रवेश प्रक्रिया पर मात देकर यह उपलब्धि हासिल की है, दृढ़ संकल्प की तलहटी में भी नहीं हैं। उल्लेखनीय तौर पर उन्होंने लोगों को बदलते हुए देखा है। उन्होंने कैडेट्स को विकसित होते हुए देखा है। उनकी मानसिकता विकास की है। ''आप वाक़ई नहीं जानते कि इनमें से कौन श्वार्जकॉफ़ बनेगा या मैकआर्थर।''

पीट केरोल द्वारा दृढ़ संकल्प पर बातचीत के लिए फ़ोन किए जाने के दो वर्ष बाद, मैं विमान से सिएटल जा रही थी। मैं ख़ुद जाकर देखना चाहती थी कि पीट के कहने

का क्या मायने था, जब उन्होंने कहा था कि सीहॉक्स द्वारा एनएफ़एल में सबसे ज़्यादा दृढ़ संकल्प भरी संस्कृति का विकास किया जा रहा है।

तब तक मैं उनकी जीवनी *विन फ़ॉरएवर* पढ़ चुकी थी, जिसमें उन्होंने अपनी ज़िंदगी में जुनून और ज़िद की ताक़त को पहचान लेने का ज़िक्र किया था :

> निजी तौर पर मैंने सीखा है कि अगर आप ख़ुद के लिए एक भविष्य की कल्पना तैयार करते हैं और फिर उससे जुड़े रहते हैं तो आप अपनी ज़िंदगी में कई अद्भुत बातों को साकार कर सकते हैं। मेरा अनुभव यह है कि एक बार आपने सुस्पष्ट सोच तैयार कर ली तो फिर *अनुशासन* और *प्रयास* बरकरार रखकर आप उसे साकार कर सकते हैं। ये दोनों एक-दूसरे के हमजोली हैं। जिस पल आप भविष्य की कल्पना कर लेते हैं, उसी वक़्त आप चल चुके होते हैं, लेकिन इस सोच के प्रति आपकी लगन ही आपको वहां तक पहुंचने में मदद करती है।
>
> खिलाड़ियों तक इस बात को पहुंचाना एक स्थायी काम है।

मैंने उनके कई साक्षात्कारों में पीट को दृढ़ संकल्प और संस्कृति के बारे में बोलते हुए देखा है। एक में यूनिवर्सिटी ऑफ़ सदर्न कैलिफ़ोर्निया में पीट मंच पर थे। एक सम्मानित अतिथि के तौर पर उनकी उसी स्कूल में वापसी हुई थी जहां उन्होंने यूएससी ट्रोजन्स की टीम को नौ वर्ष में सात प्रतियोगिताओं में छह ख़िताब दिलाए थे। पीट का साक्षात्कार लेने वाले ने पूछा, ''नया क्या है? आप क्या सीख रहे हैं?'' पीट ने दृढ़ संकल्प पर मेरे रिसर्च के साथ-साथ संस्कृति तैयार करने के अपने दशकों के अनुभव को साझा किया। पीट ने कहा, ''हमारे कार्यक्रम में प्रतिस्पर्धात्मक अवसर और लमहे और मिसाल... वास्तविकता में हम क्या कर रहे हैं, हम उन्हें और अधिक दृढ़ संकल्पी बनाने का प्रयास कर रहे हैं। हम उन्हें सिखा रहे हैं कि ज़िद के साथ कैसे डटे रहना है। हम उन्हें मिसाल देकर बता रहे हैं कि वे कैसे ज़्यादा जुनून दिखा सकते हैं।''

उसके बाद उन्होंने एक उदाहरण दिया। अभ्यास के दौरान, सीहॉक्स जीतने के लिए खेलते हैं। आक्रामक और रक्षात्मक खिलाड़ी एक-दूसरे के साथ उसी शिद्दत के साथ प्रतिस्पर्धा करते हुए प्रतिस्पर्धी को पछाड़ने के लिए पूरी ताक़त झोंक देते हैं जैसा कि किसी मैच के दौरान किया जाता है। इस साप्ताहिक प्रतिस्पर्धा के स्तर के अभ्यास को नाम दिया गया है प्रतिस्पर्धात्मक बुधवार। यह एनसन डोरेंस के जमाने से चला आ रहा है, जिनकी प्रशिक्षण पर किताब को अपनी शैली विकसित करने के दौरान पीट पूरी तरह से चाट गए थे। ''अगर आपने इसे इस तरीक़े से सोचा कि कौन जीत रहा है और कौन हार रहा है, तो आप इसका मर्म नहीं जान पाए हैं...

वास्तविकता में तो सामने मौज़ूद व्यक्ति ही हमें वह बनाता है जो हम हैं।'' पीट ख़ुलासा करते हुए बताते हैं कि हमारे विरोधी चुनौतियां खड़ी करते हैं जो हमें अपना सर्वश्रेष्ठ प्रदर्शन करने के लिए तैयार करते हैं।

सीहॉक संस्कृति के बाहर के लोग इस बिंदु को अनदेखा कर जाते हैं। पीट ने कहा, ''लोग इसे सीधे समझ नहीं पाते। समझ ही नहीं पाते, लेकिन वक़्त गुज़रने के साथ हम उन्हें इसका अहसास दिला देते हैं।'' पीट के लिए इसका मतलब है साझा करना-सर्वाधिक पारदर्शी तरीक़े से-अपने दिमाग़ में चल रही हर बात, उनका उद्देश्य, उनके तौर-तरीक़ों के पीछे की वजह। ''अगर मैं इसके बारे में बात नहीं करता, वे इसे नहीं जान पाएंगे। वे सोचेंगे, 'मैं जीतने जा रहा हू या हारने जा रहा हूँ?' लेकिन जब हम इस बाबत पर्याप्त बातें करते हैं तो वे इस बात को समझने लगते हैं कि वे क्यों *मुक़ाबला* कर रहे हैं।''

पीट ने स्वीकारा कि कुछ खिलाड़ियों को उनके सीखने की सीमा से ज़्यादा सिखाना पड़ता है। उदाहरण के लिए सीहॉक के फ्री सेफ़्टी अर्ल थॉमस जब उनके पास आए थे तो वह ''सोच से भी परे सबसे प्रतिस्पर्धात्मक, दृढ़ संकल्पी व्यक्ति थे वह बेहतरीन गति के साथ धक्का देते हैं और अभ्यास करते हैं। वह एकाग्रचित्त हैं, अध्ययन करते हैं, हर बात करते हैं।'' लेकिन संस्कृति का जादू ही कुछ ऐसा है कि एक व्यक्ति का दृढ़ संकल्प अन्य लोगों के लिए आदर्श बन सकता है। दैनिक आधार पर, ''अर्ल इस बात का प्रमाण कई तरीक़े से देते रहते हैं कि वह क्या बला हैं।'' अगर प्रत्येक व्यक्ति का दृढ़ संकल्प अन्य लोगों के दृढ़ संकल्प में इज़ाफ़ा करता है तो वक़्त गुज़रने के साथ जिम फ़्लिन के शब्दों में आप ''सामाजिक गुणक'' की उम्मीद कर सकते हैं। एक तरह से यह जेफ़ बेजोस द्वारा एक बालक के तौर पर ख़ुद की छवि को दर्शाने वाले आईनों के अनंत घन (क्यूब) की तरह प्रेरक है-एक व्यक्ति का दृढ़ संकल्प अन्य लोगों के दृढ़ संकल्प में इज़ाफ़ा करता है, जो बदले में उस व्यक्ति के भीतर और अधिक दृढ़ संकल्प को प्रेरित करता है और यह चक्र अनंत काल तक चलता रहता है।

सीहॉक होने के बारे में अर्ल थॉमस का क्या कहना है? ''मेरे टीम के साथी मुझे पहले ही दिन से प्रोत्साहित करते रहे हैं। वे मुझे बेहतर बनने में मदद कर रहे हैं और मैं भी उनके लिए ऐसा ही कर रहा हूं। आपके मन में अपने उन साथियों के लिए सच्ची प्रशंसा होनी चाहिए जो कड़ी मेहनत के लिए तैयार हैं, जो मौज़ूदा प्रणाली से मेल बिठाने के लिए तैयार हैं और जो कभी भी किसी बात से संतुष्ट नहीं होते और लगातार विकसित होते रहते हैं। यह अद्भुत ही है कि इस विनम्र रवैये की बदौलत हम कितनी ऊंचाइयों को छू रहे हैं।''

———

सीहॉक्स के प्रशिक्षण केंद्र तक पहुंचने तक मेरी उत्सुकता दोगुनी हो चुकी थी। लगातार कई वर्षों तक ख़िताबी मुक़ाबले तक पहुंचना एक दुष्कर कार्य था, लेकिन सीहॉक्स ने तमाम बाधाओं को पार करते हुए, उस वर्ष दोबारा सुपर बॉल में प्रवेश कर लिया था। पिछले वर्ष की जीत के विपरीत, जिसे सिएटल के इतिहास में सबसे बड़े सार्वजनिक जमावड़े के बीच सीहॉक्स के प्रशंसकों ने नीले और हरे रंगों से सजी टिकर-टेप परेड के साथ मनाया था, इस वर्ष की पराजय आहों, रोने और दांत पीसने के बीच गुज़री थी-उस हार पर जिसे खेल उद्घोषकों ने ''एनएफ़एल इतिहास का निकृष्टतम फ़ैसला'' करार दिया था।

एक नज़र उस मुक़ाबले पर। घड़ी में 26 सेकेंड का समय बाक़ी था और गेंद सीहॉक्स के क़ब्ज़े में थी। जीत का निर्धारण करने वाले टचडाउन से केवल एक यार्ड दूर। हर किसी को पीट से खिलाड़ी को गेंद अकेले ही आगे ले जाने की रियायत देने की थी। केवल इसलिए नहीं कि लक्ष्य सामने है बल्कि इसलिए भी सीहॉक्स के पास मरशॉन लिंच था जिसे भीमकाय और आक्रामक व्यक्तित्व के कारण बीस्ट मोड के उपनाम से जाना जाता था। उन्हें पूरे एनएफ़एल में सबसे बेहतरीन रनिंग बैक के तौर पर माना जाता है।

इसकी बज़ाय सीहॉक्स के क्वार्टर बैक रसेल विल्सन ने एक पास फेंका, गेंद बीच में ही विपक्ष द्वारा दबोच ली गई और ट्रॉफ़ी न्यू इंग्लैंड पेट्रियाट्स की झोली में चली गई।

चूंकि सुपर बॉल XLIX मेरी पूरी ज़िंदगी में ऐसा केवल तीसरा फ़ुटबॉल मुक़ाबला था, जो मैंने बिना किसी रुकावट के पूरा देखा था-दूसरा था एनएफ़सी का ख़िताबी मुक़ाबला जो पिछले सप्ताह ही सीहॉक्स ने जीता था-मैं इस बात पर बतौर विशेषज्ञ कोई राय नहीं दे सकती कि रनिंग की बज़ाय पासिंग को स्वीकारना प्रशिक्षक की सबसे बड़ी ग़लती थी। जो बात मुझे ज़्यादा दिलचस्प लगी वह थी मेरे सिएटल पहुंचने पर पीट की प्रतिक्रिया और पूरी टीम की भी।

पीट के आदर्श बास्केटबॉल कोच जॉन वूडन को कहना पसंद था, ''सफलता कभी अंतिम नहीं होती; पराजय कभी घातक नहीं होती। हौसला ही मायने रखता है।'' मैं बस यह जानना चाहती थी कि ना केवल जीत के आलोक में बल्कि पराजय के बाद भी दृढ़ संकल्प की संस्कृति कैसे जारी रहती है। मैं जानना चाहती थी कि पीट और उनके सीहॉक्स ने अभियान जारी रखने का हौसला कैसे जुटाया।

अब जब मैं पीछे मुड़कर इसकी ओर देखती हूं तो मेरी यात्रा में ''उस पल में मौज़ूदगी'' का अहसास था :

मेरी मुलाक़ात का सिलसिला पीट के कार्यालय में बैठक के साथ शुरू हुआ था-हां, कोने वाला कार्यालय, लेकिन नहीं यह बड़ा या चमक-दमक भरा नहीं था और दरवाज़ा संभवतया हमेशा ही खुला रहता था, जिससे रॉक संगीत की तीखी आवाज़ हॉल तक बिना किसी रुकावट प्रवाहित होती रहती थी। पीट मुझसे पूछते हैं, ''एंजेला, आज का दिन तुम्हारे लिए कैसे मददगार हो सकता है?''

मैं उन्हें अपना इरादा बताती हूं। आज मैं एक मानव विज्ञानी हूं जो यहां सीहॉक्स की संस्कृति के बारे में जानकारी जुटाने आई हूं। अगर आज मुझे पिथ हेलमेट पहनना पड़ा तो मैं उसके लिए भी तैयार हूं।

इसने निश्चित तौर पर पीट के उत्साह को बढ़ा दिया। वह मुझे बताते हैं कि यह महज़ एक बात तक सीमित नहीं है। ये लाखों बातें हैं। ये लाखों विवरण हैं। यह एक वस्तु भी है और एक शैली भी।

सीहॉक्स के साथ एक दिन गुज़ारने के बाद मुझे सहमत होना पड़ा। ये अनगनित छोटी-छोटी बातें हैं जो करना संभव है-लेकिन हर एक ग़लती करने, भूलने या अनदेखा करने के लिहाज़ से इतनी आसान। हालांकि विवरण अनगिनत हैं, कुछ मूल मुद्दे भी हैं।

सबसे स्पष्ट है भाषा। पीट के प्रशिक्षकों में से एक ने एक बार कहा था, ''मैं धाराप्रवाह कैरोल बोलता हूं।'' और कैरोल बोलने का मतलब था धाराप्रवाह सीहॉक बोलना : *हमेशा प्रतिस्पर्धा करो। आप या तो प्रतिस्पर्धा कर रहे हैं या नहीं। जो कुछ भी करो उसमें प्रतिस्पर्धा करो। आप सातों दिन 24 घंटे (24X7) एक सीहॉक हैं। अंत तक मज़बूत रहो। ख़ुद से सकारात्मक बातचीत करो। टीम सबसे ऊपर है।*

पूरा दिन टीम के साथ गुज़ारने के दौरान, मैं नहीं बता सकती कि कितनी बार-किसी खिलाड़ी, किसी कोच या स्काउट ने-पूरे उत्साह के साथ मुझे इनमें से एक टुकड़ा थमाने का प्रयास किया, लेकिन मैं आपको बता सकती हूं कि एक बार भी कुछ अलग सुनने को नहीं मिला। पीट की पसंदीदा कहावतों में से एक है, ''कोई पर्यायवाची नहीं।'' क्यों नहीं? ''अगर आप प्रभावशाली तरीक़े से संवाद साधना चाहते हैं तो आपको इस्तेमाल किए जा रहे शब्दों को लेकर स्पष्ट रहना होगा।''

मैं जिस किसी से भी मिलती थी वह अपने वाक्यों में कैरोल का तड़का लगा ही देता था। और जबकि किसी में भी 63 वर्ष के मुख्य कोच जैसी न्यूट्रॉन की शक्ति और किशोरों जैसी ऊर्जा नहीं थी, सीहॉक्स परिवार के बाक़ी के लोग, जैसा कि वे ख़ुद को कहना पसंद करते हैं, भी मुझे इन घोष वाक्यों को समझाने में उतनी ही तत्परता दिखा रहे थे।

मुझे बताया गया, ''प्रतिस्पर्धा करो'' का मतलब वह नहीं है जो मैं सोचती हूं। इसका मतलब दूसरों के ऊपर जीत नहीं है, एक विचार जो मुझे हमेशा परेशान करता था। प्रतिस्पर्धा का मतलब होता है उत्कृष्टता। संस्कृति निर्माण में पीट के साथी और प्रतिस्पर्धी सर्फ़र के बाद खेल मनोवैज्ञानिक रह चुके माइक जार्वेस ने मुझे बताया, ''*कम्पीट (प्रतिस्पर्धा करो)* मूलत: एक लेटिन शब्द है जिसका शब्दश: अर्थ होता है *एक साथ प्रयास करो।* इसके मूल में कहीं भी दूसरे व्यक्ति की पराजय का उल्लेख नहीं है।''

माइक ने मुझे बताया कि किसी व्यक्ति और टीमों में दो प्रमुख कारक उत्कृष्टता को बढ़ावा देते हैं : ''गहन और समृद्ध समर्थन और बेहतरी के लिए अनवरत चुनौती।'' जब उन्होंने यह कहा तो मेरे दिमाग़ की बत्ती अचानक जल उठी। समर्थक और अपेक्षा करने वाली परवरिश मनोवैज्ञानिक तौर पर समझदारी भरी है और यह बच्चों को अभिभावकों के अनुसरण के लिए प्रोत्साहित करती है। ऐसे में तर्कपूर्ण ही है कि समर्थक और अपेक्षा रखने वाला नेतृत्व भी यही करेगा।

मुझे अब बात समझ में आने लगी थी। इस पेशेवर फुटबॉल टीम के लिए अन्य टीमों को हराना ही सबकुछ नहीं है, बल्कि आज अपनी सीमाओं को और विस्तारित करना है ताकि कल का प्रदर्शन आज से और अधिक बेहतर हो सके। यह उत्कृष्टता वाला मामला है। इसलिए सीहॉक्स के लिए, *हमेशा प्रतिस्पर्धा करो का मतलब है आप जो संभव हो करें, आपके लिए जो भी है। अपने सर्वश्रेष्ठ तक पहुंचने का प्रयास करें।*

एक बैठक के बाद एक असिस्टेंट कोच मुझे हॉल में मिला और बोला, ''मुझे नहीं पता किसी ने आपको समापन के बारे में बताया या नहीं।''

समापन?

''एक बात जिसमें हमारा वाक़ई विश्वास है, वह है दमदार समापन।'' उन्होंने मुझे एक उदाहरण भी बताया : सीहॉक्स मुक़ाबले का अंत दमदार तरीक़े से करती है। मुक़ाबले के अंतिम पल तक पूरा ज़ोर लगाती है। सीहॉक्स सीजन का समापन दमदार तरीक़े से करती है, सीहॉक्स हर क़वायद का अंत दमदार तरीक़े से करती है। और मैंने पूछा, ''लेकिन दमदार तरीक़े से ही समापन क्यों? क्या शुरुआत भी दमदार तरीक़े से करना मायने नहीं रखता?''

कोच ने कहा, ''हां। लेकिन शुरुआत में दम दिखाना आसान होता है और सीहॉक्स के लिए 'समापन' का मतलब शब्दश: 'समापन' ही होता है।''

निश्चित ही नहीं। दमदार तरीक़े से समापन का मतलब है निरंतर एकाग्रता के साथ हर पल पर सर्वश्रेष्ठ प्रदर्शन करना, आरंभ से अंत तक।

जल्द ही मुझे इस बात का अहसास हो गया कि उपदेश देने का काम केवल पीट ही नहीं करते। एक मौक़े पर 20 से ज़्यादा असिस्टेंट कोचेस की बैठक में पूरा कमरा अचानक एक गाने में डूब गया, बिलकुल तालबद्ध : *कोई रोना-कलपना नहीं। कोई शिकायत नहीं। कोई बहाना नहीं।* यह सभी तरह की आवाज़ों से सजी संगीत मंडली की तरह लग रहा था। इससे पहले वे गा रहे थे : *टीम की हमेशा रक्षा करो। और उसके बाद पहले पहुंचो।*

पहले पहुंचो? मैंने उन्हें बताया कि पीट की किताब पढ़ने के बाद मैंने "पहले पहुंचो" को अपना संकल्प बना लिया है। अब तक मुझे किसी भी बात के लिए पहले पहुंचना बाक़ी है। इस पर कुछ ने दबी हुई हँसी बिखेरी। ज़ाहिर तौर पर मैं अकेली ऐसी व्यक्ति नहीं हूं जो इस समस्या से जूझ रही हो। लेकिन उतने ही महत्त्वपूर्ण तरीक़े से मेरी इस स्वीकारोक्ति पर एक व्यक्ति बोलने लगा कि पहले पहुंचना क्यों महत्त्वपूर्ण है। "यह मामला सम्मान का है। यह विवरण का है। यह मामला उत्कृष्टता का है।" ठीक है, ठीक है। मुझे समझ आ रहा है।

दोपहर में मैंने टीम को दृढ़ संकल्प पर एक लेक्चर दिया। यह प्रशिक्षकों और स्काउट्स को इसी तरह की प्रस्तुति के बाद और पूरे फ्रंट ऑफ़िस स्टाफ़ को देने से पहले की बात है।

अधिकांश टीम के दोपहर के भोजन के लिए चले जाने के बाद सीहॉक्स में से एक ने मुझसे पूछा कि उसे अपने छोटे भाई के बारे में क्या करना चाहिए। उसने बताया कि उसका भाई बहुत होशियार है, लेकिन एक वक़्त ऐसा आया कि उसके अंक कम होने लगे। प्रोत्साहन के तौर पर उसने एक बिलकुल नया एक्सबॉक्स वीडियो गेम कंसोल ख़रीदा और पैकिंग में ही उसे भाई के बेडरूम में रख दिया। शर्त यह थी कि जब घर में "ए" वाला रिपोर्ट कार्ड आने पर ही छोटा भाई उस तोहफ़े को खोल सकेगा। शुरुआत में लगा कि यह योजना काम कर रही है, लेकिन उसके भाई के प्रदर्शन में अचानक गिरावट आ गई। उसने मुझसे पूछा, "क्या मुझे भाई को एक्सबॉक्स देना चाहिए?"

मेरे कुछ कहने से पहले दूसरे खिलाड़ी ने जवाब दिया, "देखो भाई संभव है कि उसमें 'ए' लाने की क्षमता ही नहीं हो।"

मैंने सिर हिलाते हुए कहा, "जहां तक मुझे बताया गया है तुम्हारा भाई इतना होशियार है कि 'ए' के साथ घर लौट सके। वह पहले ऐसा कर ही रहा था।"

खिलाड़ी ने सहमति जताई, "वह एक होशियार बच्चा है। मुझ पर यक़ीन कीजिए वह एक होशियार बच्चा है।"

मैं सोच ही रही थी कि उत्साह के साथ पीट इस वार्तालाप में कूद गए, "सबसे पहले, किसी भी हालत में तुम वह गेम अपने छोटे भाई को नहीं दे रहे

हो। तुमने उसे प्रेरित किया। ठीक है, वह एक शुरुआत थी। अब क्या? उसे कुछ *प्रशिक्षण* की ज़रूरत है। उसे किसी ऐसे व्यक्ति की ज़रूरत है जो उसे समझा सके, विशेष तौर पर पुराने अच्छे ग्रेड्स हासिल करने के लिहाज़ से। उसे एक योजना की ज़रूरत है। उसे अगले क़दम पहचानने के लिए तुम्हारी मदद की ज़रूरत है।''

इसने मुझे वह बात याद दिला दी जो मेरे इस दौरे की शुरुआत में ही पीट ने कही थी : ''हर बार जब मैं कोई फ़ैसला लेता हूं या किसी खिलाड़ी से कुछ कहता हूँ, मैं सोचता हूँ, 'मैं अपने बच्चे के साथ कैसा व्यवहार करूंगा?' आप जानते हैं मैं क्या सबसे अच्छे से करता हूं? मैं सर्वश्रेष्ठ पिता हूं और एक तरीक़े से मैं ऐसे ही प्रशिक्षण देता हूं।''

दिन के अंत में मैं लॉबी में अपनी टैक्सी का इंतज़ार कर रही थी। पीट मेरे साथ थे, यह सुनिश्चित करने के लिए कि मुझे जाने में कोई दिक़्क़त नहीं हो। मुझे अहसास हुआ कि मैंने उनसे यह तो पूछा ही नहीं कि वह और सीहॉक्स ''उनके सबसे बुरे फ़ैसले'' से उबरने का हौसला कैसे लाए? पीट ने बाद में *स्पोर्ट्र्स इलस्ट्रेटेड* को बताया कि यह उनका सबसे बुरा फ़ैसला नहीं था, यह ''सबसे बुरा संभावित नतीजा'' था। उन्होंने बताया कि हर नकारात्मक अनुभव और हर सकारात्मक अनुभव की तरह, ''यह आपका हिस्सा बन जाता है। मैं इसकी अनदेखी नहीं करने वाला। मैं इसका सामना करूंगा। जब भी यह सामने आएगा मैं इस पर मंथन करूंगा और इसके साथ चलूंगा। इसका इस्तेमाल करूंगा। *इस्तेमाल करूंगा।*''

रवानगी से ठीक पहले मैंने मुड़कर देखा। वहां हमसे 25 फ़ीट ऊपर एक फुट के क्रोम शब्दों में अंकित था- कैरेक्टर। मेरे हाथ में सीहॉक का एक नीला और हरा बैग था, जिसमें कुछ नीले रबर ब्रेसलेट्स थे, जिन पर हरे रंग में अंकित था एलओबी : लव अवर ब्रदर्स।

13

उपसंहार

यह किताब दृढ़ संकल्प की शक्ति पर आधारित है ताकि आपको अपनी क्षमता को पूरी तरह से हासिल करने में मदद मिल सके। मैंने यह किताब लिखी क्योंकि ज़िंदगी की मैराथन में हम क्या हासिल करते हैं यह बहुत ज़्यादा दृढ़ संकल्प पर ही निर्भर करता है-दीर्घावधि के लक्ष्यों के लिए हमारा जुनून और ज़िद। प्रतिभा के प्रति सनक भरा लगाव हमें इस सामान्य-सी सच्चाई से भटका देता है।

यह किताब आपको कॉफ़ी शॉप में ले जाकर, मैं जो कुछ भी जानती हूं, वह आपको बताने की तरह है।

मेरी बात लगभग समाप्त हो चुकी है।

मैं अब अपने अंतिम विचारों के साथ बात को ख़त्म करना चाहती हूं। पहली बात यह है कि आप अपने दृढ़ संकल्प को बढ़ा सकते हैं।

मुझे ऐसा करने के दो तरीक़े दिखाई देते हैं। आप अपने बूते ''अंतरंग से बाहर'' के रास्ते दृढ़ संकल्प को बढ़ा सकते हैं। आप अपनी दिलचस्पियों को निखार सकते हैं। आप कौशल से अधिक चुनौती के अभ्यास को दैनिक आदत बना सकते हैं। आप अपने काम को ख़ुद तक केंद्रित उद्देश्य से भी परे जोड़ सकते हैं। जब लगे कि सबकुछ ख़त्म हो गया है या गंवा दिया है, तो ख़ुद के भीतर उम्मीद जगाना सीख सकते हैं।

आप दृढ़ संकल्प को ''बाहर से अंतरंग'' के रास्ते भी विकसित कर सकते हैं। अभिभावक, प्रशिक्षक, शिक्षक, बॉस, मार्गदर्शक, दोस्त-आपके निजी दृढ़ संकल्प में इज़ाफ़ा महत्त्वपूर्ण तरीक़े से अन्य लोगों पर निर्भर करता है।

समापन से पहले मेरा दूसरा विचार है ख़ुशी के बारे में। सफलता-चाहे इसकी गणना इस बात से हो कि नैशनल स्पेलिंग बी कौन जीतता है, वेस्ट पॉइंट के ज़रिए आती

है या वार्षिक बिक्री में विभाग में अग्रणी होना हो–ही बस वह बात नहीं है जिसकी आपको परवाह है। निश्चित तौर पर आप ख़ुशी भी चाहते हैं। जहां सफलता और ख़ुशी का एक–दूसरे से नाता है, वे एक समान नहीं हैं।

आप शायद सोच सकते हैं कि अगर मैं और अधिक दृढ़ संकल्प वाला और ज़्यादा सफल बना तो क्या मेरी ख़ुशी में गिरावट आएगी?

कुछ वर्ष पहले, मैंने दो हज़ार वयस्क अमेरिकियों के बीच सर्वेक्षण करके इस सवाल का जवाब खोजने का प्रयास किया था। नीचे दिया गया ग्राफ़ बताता है कि दृढ़ संकल्प का ज़िंदगी में संतुष्टि से नाता है। इसका पैमाना 7 से लेकर 35 तक था और इसमें ऐसी बातें भी शामिल थीं, ''अगर मुझे दोबारा ज़िंदगी जीने का मौक़ा मिला तो मैं कोई भी बदलाव नहीं करूंगा।'' इसी अध्ययन के दौरान मैंने उल्लास जैसी सकारात्मक भावनाओं और शर्म जैसी नकारात्मक भावनाओं को भी मापा। मैंने पाया कि व्यक्ति जितना ज़्यादा दृढ़ संकल्पी होगा, उसके एक स्वस्थ भावनात्मक जीवन जीने की संभावना उतनी ही ज़्यादा होगी। दृढ़ संकल्प के पैमाने के शीर्ष पर तक, दृढ़ संकल्प और सुख साथ–साथ होते हैं, चाहे मैं इसकी गणना किसी भी तरह से करूं।

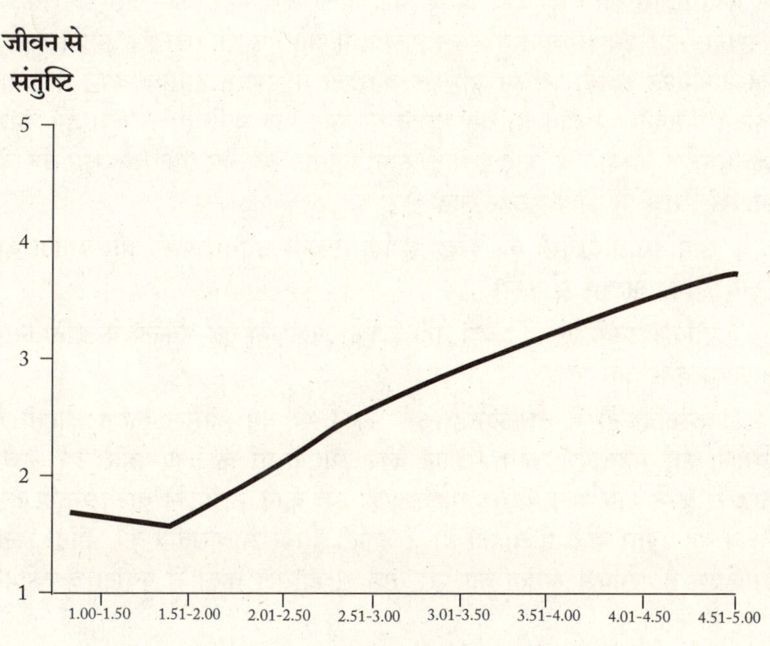

जब मेरे विद्यार्थियों और मैंने परिणाम प्रकाशित किए तो हमने रिपोर्ट का अंत इन शब्दों के साथ किया, ''क्या सबसे ज़्यादा दृढ़ संकल्प वाले लोगों की पत्नियां और बच्चे भी ज़्यादा ख़ुश थे? उनके सहकर्मियों और अधीनस्थ कर्मचारियों की क्या स्थिति थी? अतिरिक्त पड़ताल के साथ दृढ़ संकल्प के संभावित नकारात्मक पक्ष को भी जानना ज़रूरी है।''

मेरे पास अब तक उन सवालों के जवाब नहीं हैं, लेकिन मेरी राय में पूछे जाने के लिहाज़ से वे अच्छे हैं। जब मैं दृढ़ संकल्प के मानक लोगों के साथ बात करती हूं तो वे मुझे बताते हैं कि उनसे भी बड़े उद्देश्य के लिए जुनून के साथ काम करने में वे कितना उत्साहित महसूस करते हैं। मैं नहीं कह सकती कि क्या उनके परिवार भी वैसा ही महसूस करते हैं।

उदाहरण के लिए, मैं नहीं जानती कि क्या असाधारण महत्त्व के एक शीर्षस्तरीय लक्ष्य के लिए इतने सारे वर्षों की तपस्या की कोई ऐसी लागत भी है, जिसकी गणना मैंने अभी तक नहीं की है।

मैंने यह किया है कि अपनी बेटियों अमांडा और लूसी से पूछा है कि एक दृढ़ संकल्प वाली मां के सानिध्य में परवरिश का क्या मायने है। उन्होंने मुझे ऐसे कामों के लिए प्रयास करते हुए देखा है जो मैंने पहले कभी नहीं किए-जैसे एक किताब लिखना-और उन्होंने बहुत मुश्किल हालात में रोते हुए भी देखा है। उन्होंने देखा है कि अनगिनत संभव, लेकिन मुश्किल कौशलों में महारत हासिल करने के प्रयास कितने प्रताड़ना भरे होते हैं। वह भोजन के वक़्त पूछ चुकी हैं : ''क्या हमें हमेशा विचारपूर्वक अभ्यास के बारे में बात करना पड़ेगी? क्यों हर एक बात घूम-फिरकर आपके रिसर्च पर आकर ठहर जाती है?''

अमांडा और लूसी की इच्छा है कि मैं कुछ आराम करूं और ज़्यादा बात टेलर स्विफ़्ट के बारे में करूं।

लेकिन उनकी क़तई इच्छा नहीं है कि उनकी मां दृढ़ संकल्प के प्रतिमान के अलावा कुछ और हो।

वास्तविकता में तो अमांडा और लूसी भी यह हासिल करना चाहती हैं। उन्होंने कोई महत्त्वपूर्ण काम -अपने लिए और दूसरों के लिए-और उसे अच्छी तरह से करने और भले ही वह मुश्किल हो उसे करने से मिलने वाली संतुष्टि देखी है। वे यह पर्याप्त मात्रा में चाहती हैं। वे जानती हैं कि आत्मसंतोष का अपना अलग आकर्षण है, लेकिन क्षमता को पूरी तरह से हासिल करने से ज़्यादा बेशक़ीमती कुछ भी नहीं।

एक और सवाल जिसका जवाब मैंने अपने रिसर्च में नहीं दिया है : क्या आपके भीतर *बहुत ज़्यादा* दृढ़ संकल्प हो सकता है?

अरस्तू कहा करते थे कि अच्छी बात की अधिकता (या न्यूनता) बुरी होती है। उदाहरण के लिए वह अनुमान लगाते थे बहुत कम हिम्मत जहां कायरता है, वहीं बहुत ज़्यादा हिम्मत मूर्खता है। इसी तर्क के आधार पर आप बहुत अधिक दयालु, बहुत अधिक उदार, बहुत अधिक ईमानदार या बहुत अधिक आत्म-नियंत्रित हो सकते हैं। यह एक ऐसा तर्क है जिस पर मनोवैज्ञानिक एडम ग्रांट और बैरी श्वाट्र्ज़ काम कर चुके हैं। उनके अनुमान के मुताबिक़ प्रेरणा और प्रदर्शन के बीच एक संबंध (inverted-U function) है जो किसी भी ख़ासियत के लाभ बताता है, जिसमें चरम मात्रा दो सिरों (अधिकतम-न्यूनतम) के बीच कहीं होता है।

दृढ़ संकल्प के लिए मैं अब तक प्रेरणा-प्रदर्शन के बीच वह संबंध नहीं तलाश पाई हूं जिसका ज़िक्र अरस्तू ने किया था या जिसे बैरी और एडम ने बहिर्मुखता जैसी ख़ासियतों में देखा है। इसके बावजूद मेरा मानना है कि किसी भी विकल्प की अदला-बदली की जा सकती है और मैं महसूस कर सकती हूं कि वह दृढ़ संकल्प पर कैसे लागू होगा। ऐसी परिस्थितियों के बारे में सोचना मुश्किल नहीं है जब पीछे हट जाना ही सर्वश्रेष्ठ विकल्प हो। आपको ऐसे कई लमहे याद होंगे जब आप किसी विचार, खेल, नौकरी या रोमांटिक पार्टनर के साथ कुछ ज़्यादा ही वक़्त तक जुड़े रहे।

मेरे ही अनुभव की बात की जाए तो जब मैंने यह जानकर पियानो छोड़ा कि मेरी ना तो उसमें दिलचस्पी है और ना ही उसके लिए ज़रूरी स्वाभाविक प्रतिभा, तो वह फ़ैसला सही था। वास्तविकता में मुझे शायद इसे और पहले ही छोड़ देना था। शायद इससे मेरे द्वारा एक सप्ताह पहले अभ्यास नहीं करने के बाद मेरा गायन सुनने से मेरी शिक्षिका बच जाती। धाराप्रवाह फ्रेंच सीखने की कोशिश छोड़ देना भी एक अच्छा फ़ैसला था। हालांकि इसमें मुझे ज़्यादा मज़ा आ रहा था और इस पर मैंने पियानो की तुलना में जल्द पकड़ बना ली थी। पियानो और फ्रेंच को दिया जाने वाला वक़्त अब मुझे ज़्यादा संतोष देने वाली बातों के लिए इस्तेमाल होने लगा।

इसलिए किसी भी शुरू किए गए काम को ख़त्म करना *बिना अपवाद* कुछ अलग बेहतर करने का मौक़ा गंवाने का एक अच्छा तरीक़ा है। आदर्श स्थिति में अगर आप किसी गतिविधि को बंद करके किसी और कम दर्ज़े के लक्ष्य को चुन रहे हैं तो आप अभी भी अपनी चरम चिंता से अच्छी तरह से चिपके हुए हैं।

दृढ़ संकल्प की महामारी को लेकर मेरे अधिक चिंतित नहीं होने का एक कारण है कि यह संभावना वर्तमान वास्तविकता से कोसों दूर है। ऐसा कितने दिन होता है कि आप काम से लौटकर अपने साथी से कहते हैं, ''ओह, कार्यालय में

हर कोई दृढ़ संकल्प वाला है। वे अपने सबसे महत्त्वपूर्ण लक्ष्यों से बहुत ज़्यादा वक़्त तक चिपके रहते हैं। वे बहुत ज़्यादा मेहनत करते हैं। मेरी इच्छा है कि उनका जुनून कुछ कम हो।''

हाल ही में मैंने 300 वयस्क अमेरिकियों को दृढ़ संकल्प के पैमाने का परीक्षण लेने और परिणाम मिलने के बाद मुझे बताने को कहा कि उन्हें कैसा लगा। कई ने कहा कि वे अपने स्कोर से ख़ुश हैं और कुछ लोग कुछ और दृढ़ संकल्प वाला होना चाहते थे। हालांकि पूरे नमूने में एक भी ऐसा व्यक्ति नहीं था, जिसने आकलन के बाद कम दृढ़ संकल्प वाला होने की इच्छा जताई।

मुझे यक़ीन है कि हममें से अधिकांश का कम नहीं बल्कि कुछ ज़्यादा दृढ़ संकल्प से भला ही होगा। अपवाद हो सकते हैं-दृढ़ संकल्प से परे लोग जिन्हें और दृढ़ संकल्पी होने की ज़रूरत नहीं-लेकिन यह अपवाद बेहद बिरले हैं।

मुझसे कई बार पूछा गया है कि मुझे क्यों लगता है कि केवल दृढ़ संकल्प ही मायने रखता है। हक़ीक़त यह है कि मुझे ऐसा नहीं लगता।

उदाहरण के लिए मैं आपको बता सकती हूं कि मेरे बच्चे जबकि बचपन से परिपक्वता की ओर क़दम बढ़ा रहे हैं, मैं नहीं चाहती कि वे केवल दृढ़ संकल्प ही विकसित करें। क्या मैं चाहती हूं कि वे जो भी काम करें उसमें महान बनें? बिलकुल। लेकिन महानता और अच्छाई अलग हैं और अगर मुझे चुनने पर ही मज़बूर किया गया तो मैं अच्छाई को पहले रखूंगी।

एक मनोवैज्ञानिक के तौर पर मैं इस बात की पुष्टि कर सकती हूं कि दृढ़ संकल्प किसी व्यक्ति के व्यक्तित्व का इकलौता-और सबसे महत्त्वपूर्ण-पहलू होने से काफ़ी परे है। वास्तविकता में इस अध्ययन में कि लोग कैसे दूसरे लोगों का आकलन करते हैं, महत्त्वपूर्ण बातों में नैतिकता और भलमनसाहत, व्यक्तित्व के तमाम पहलुओं पर भारी पड़ती है। अगर हमारा पड़ोसी आलसी हो तो निश्चित ही हमारा इस बात की ओर ध्यान जाता है, लेकिन हम निश्चित तौर पर आहत होते हैं अगर उनमें ईमानदारी, सत्यनिष्ठा और विश्वसनीयता जैसे गुणों का अभाव हो।

तो दृढ़ संकल्प ही सबकुछ नहीं है। किसी भी व्यक्ति के विकसित होने और फलने-फूलने के लिए अन्य कई बातों की भी ज़रूरत होती है। व्यक्तित्व बहुवचन वाला शब्द है।

दृढ़ संकल्प की ओर देखने का एक तरीक़ा यह समझना है कि व्यक्तित्व के अन्य पहलुओं से यह कैसे संबंद्ध है। अन्य गुणों के साथ दृढ़ संकल्प का आकलन करने के दौरान मैंने तीन भरोसेमंद समूह पाए। मैं उन्हें व्यक्तित्व के पारस्परिक,

अंतर्भूत और बौद्धिक पहलू के नाम से पुकारती हूं। आप उन्हें संकल्प, दिल और दिमाग़ की ताक़त का भी नाम दे सकते हैं।

अंतर्भूत गुणों में दृढ़ संकल्प भी शामिल है। सद्गुणों के इस समूह में आत्म-नियंत्रण, विशेष तौर पर टेक्स्टिंग और वीडियो देखने से ख़ुद को रोकने जैसे गुण, भी शामिल हैं। इसका मतलब यह है कि दृढ़ संकल्पी व्यक्तियों का ख़ुद पर नियंत्रण होता है और आत्म-नियंत्रण वाले व्यक्ति दृढ़ संकल्पी होते हैं। कुल मिलाकर सद्गुण, जो निजी तौर पर मूल्यवान लक्ष्यों को हासिल करना संभव बनाते हैं, ''प्रदर्शन का गुण'' या ''आत्म-प्रबंधन कौशल'' के नाम से भी जाने जाते हैं। सामाजिक टिप्पणीकार और पत्रकार डेविड ब्रुक्स इन्हें ''नौकरी के आवेदन के सद्गुण'' करार देते हैं क्योंकि यही इस तरह के गुण हैं, जिनके बूते हमें नौकरी मिलती है और हम नौकरी में बने रहते हैं।

पारस्परिक संबंधों के गुणों में कृतज्ञता, सामाजिक व्यवहार की समझदारी और गुस्से की बनिस्बत आत्म-नियंत्रण का समावेश है। ये सद्गुण आपको आगे बढ़ने में और लोगों को सहायता देने में काम आते हैं। कई मर्तबा इन सद्गुणों को ''नैतिक गुण'' के नाम से जाना जाता है। डेविड ब्रुक्स को इसकी बज़ाय इसके लिए ''स्तुति गुण'' शब्द का इस्तेमाल पसंद है, क्योंकि अंततः यह इस मामले में किसी भी अन्य बात से महत्त्वपूर्ण साबित हो सकते हैं कि लोग आपको कैसे याद करते हैं। जब हम प्रशंसा के तौर पर किसी व्यक्ति को ''बहुत अच्छा'' इंसान कहते हैं तो मेरे विचार से हम सद्गुणों के इस समूह के बारे में ही सोचते होते हैं।

और अंत में बौद्धिक गुणों में शामिल होते हैं उत्सुकता और जोश जैसे सद्गुण। ये विचारों की दुनिया के साथ सक्रिय और सीधे संपर्क के लिए प्रोत्साहित करते हैं।

मेरी लंबी अवधि के अध्ययन बताते हैं कि सद्गुणों के यह तीन समूह विभिन्न परिणामों को सुनिश्चित करते हैं। शैक्षणिक उपलब्धि के साथ-साथ रिपोर्ट कार्ड में शानदार ग्रेड को सबसे ज़्यादा सुनिश्चित करता है दृढ़ संकल्प वाला समूह। लेकिन सकारात्मक सामाजिक जीवन, इस बात के सहित कि आपके कितने मित्र हैं, पारस्परिक संबंधों वाला गुण ज़्यादा महत्त्वपूर्ण है। और एक सकारात्मक व आज़ाद ख़याल रुख़ के लिए बौद्धिक सद्गुण दूसरों पर भारी पड़ते हैं।

अंत में गुणों की बहुतायत किसी भी एक गुण के ही सर्वोपरि तौर पर महत्त्वपूर्ण होने के ख़िलाफ़ काम करती है।

मुझसे अक्सर पूछा जाता है कि क्या बच्चों में दृढ़ संकल्प को प्रोत्साहित करना, उम्मीदों को बहुत ज़्यादा बढ़ाकर, उनको नुक़सान पहुंचाता है। ''संभलकर,

डॉ. डकवर्थ, वरना बच्चे भी यही सोचते हुए बड़े होंगे कि वे उसेन बोल्ट, वोल्फ़गैंग मोज़ार्ट या अल्बर्ट आइंस्टीन बन सकते हैं।''

अगर आप आइंस्टीन नहीं बन सकते तो भौतिक शास्त्र पढ़ने का कोई तुक है? अगर हम उसेन बोल्ट नहीं हो सकते तो हमारा आज सुबह दौड़ने जाने का कोई मायने है? कल की तुलना में ज़्यादा तेज़ या ज़्यादा दूरी तक दौड़ने का कोई मायने है क्या? मेरे विचार से ये बचकाने सवाल हैं। अगर मेरी बेटी मुझसे कहती है, ''मां मैं आज पियानो का अभ्यास नहीं करूंगी क्योंकि मैं कभी मोज़ार्ट नहीं बन सकती।'' मैं जवाब में कहूँगी, ''तुम मोज़ार्ट बनने के लिए पियानो का अभ्यास नहीं कर रही हो।''

हम सबकी सीमाएं होती हैं- ना केवल प्रतिभा के मामले में बल्कि अवसरों के मामले में भी। लेकिन हमारी सोच से भी परे अक्सर ये सीमाएं हमारी अपनी बनाई हुई होती हैं। हम प्रयास करते हैं, असफल होते हैं और यह निष्कर्ष निकाल लेते हैं कि हमने संभावनाओं के चरम को छू लिया है। या शायद कुछ ही क़दम चलने के बाद हम दिशा बदल देते हैं। दोनों ही मामलों में हम उतनी दूरी तय नहीं करते, जितनी करना चाहिए।

दृढ़ संकल्प वाला होने के लिए आपको एक क़दम दूसरे क़दम के आगे रखना होगा। दृढ़ संकल्प वाला होने के लिए आपको एक दिलचस्प और उद्देश्यपूर्ण लक्ष्य से चिपके रहना है। दृढ़ संकल्प वाला होने के लिए आपको चुनौतीपूर्ण अभ्यास में दिन, सप्ताह और वर्ष भर वक़्त देना होगा। दृढ़ संकल्प वाला होने के लिए आपको सात बार गिरने के बाद आठवीं बार फिर उठ खड़ा होना होगा।

हाल ही में एक पत्रकार ने मेरा साक्षात्कार लिया था। जब वह अपने नोट्स समेट रहे थे, उन्होंने कहा, ''तो यह ज़ाहिर-सी बात है कि आप दिन भर बातचीत कर सकती थीं। आपको वाक़ई यह विषय पसंद है।''

''ओह क्या उपलब्धि के मनोविज्ञान से भी ज़्यादा दिलचस्प *कोई* बात है? क्या *कोई* बात और अधिक दिलचस्प हो सकती है?''

उन्होंने हल्की-सी हँसी के साथ कहा, ''आप जानती हैं। मुझे भी मैं जो काम करता हूं पूरी तरह से पसंद है। यह जानना कितना अद्भुत है कि मेरी पहचान में ऐसे कई लोग हैं जो 40 वर्ष की उम्र तक पहुंच चुके हैं, लेकिन किसी भी काम के प्रति प्रतिबद्ध नहीं हैं। वे नहीं जानते कि वे क्या गंवा रहे हैं।''

———

एक अंतिम विचार।

इसी साल की बात है ताज़ातरीन मैकआर्थर जीनियस अवार्ड्स की घोषणा की गई। इनमें से एक विजेता एक पत्रकार थे, ता-नेहिसी कोट्स, जिनकी दूसरी किताब *बिटवीन द वर्ल्ड ऐंड मी* असाधारण तौर पर बहुत बिकी थी।

आठ वर्ष पहले कोट्स बेरोज़गार थे। उन्हें *टाइम* पत्रिका ने बाहर निकाल दिया था और वह फ्रीलांस काम की तलाश में थे। यह एक मुश्किल दौर था। उनका अनुमान है कि तनाव के कारण उनका वज़न 30 पाउंड बढ़ गया था। ''मैं जानता था कि मैं किस तरह का लेखक बनना चाहता हूं। मैं उस तरह का लेखक नहीं बन पा रहा था। मैं दीवार से सिर टिकाए बैठा था और कुछ भी हासिल नहीं हो रहा था।''

उन्होंने बताया कि उनकी पत्नी ''पूरी तरह से मददग़ार'' थी। फिर भी उनका एक बेटा था। कुछ व्यावहारिक वास्तविकताएं थीं। ''मैं टैक्सी चलाने पर विचार कर रहा था।''

वह अंततः दोबारा अपने पैरों पर खड़े हुए और अपनी किताब के ''असाधारण तनाव'' से गुजरने के बाद उन्हें अपनी पुरानी गति मिल चुकी थी। ''लेखन बहुत-बहुत अलग क़िस्म का था। वाक्यों में और अधिक ताक़त थी।''

मैकआर्थर वेबसाइट पर पोस्ट अपने तीन मिनट के वीडियो में पहली बात जो कोट्स कहते हैं : ''मेरे सभी कार्यों में शायद असफलता ही सबसे महत्त्वपूर्ण कारक है। लेखन असफलता है। बार-बार और फिर एक बार।'' फिर वह बताते हैं कि एक बच्चे के तौर पर वह कभी संतुष्ट नहीं होने वाली उत्सुकता से भरे हुए थे। बाल्टीमोर में बड़े होने के दौरान वह शारीरिक सुरक्षा की सोच और उसकी कमी के प्रति विशेष तौर पर आकर्षित थे। तब से वह ऐसे ही हैं। उनका कहना है कि पत्रकारिता उन्हें वह सवाल पूछने का मौक़ा देती है, जो उन्हें दिलचस्प लगते हैं।

वीडियो के अंत में, कोट्स द्वारा इस बात का मेरी जानकारी में सर्वश्रेष्ठ चित्रण किया है कि लिखने का अहसास क्या है। उनकी लय-ताल का अंदाज़ देने के लिए मैंने यहां शब्दों को ठीक वैसे ही पेश कर दिया है जैसा कि मैंने सुना था-एक कविता की तरह।

लेखन की चुनौती
देखना है अपनी भयावहता एक पन्ने पर।
देखना है अपनी भयानकता को
और फिर चले जाना सोने के लिए।

और जागना अगले दिन,
और उस भयावहता और उस भयानकता को लेना,
और उसे तराशना,
और उसे कम भयावह और कम भयानक बनाना,
और फिर चले जाना सोने के लिए।

और अगले दिन आना,
और इसे कुछ और तराशना,
और इसे कम बुरा बनाना,
और अगले दिन चले जाना सोने के लिए।

और यह दोबारा करना,
और इसे बनाना शायद औसत,
और फिर एक और बार,
अगर आप क़िस्मत वाले हों तो,
आप शायद अच्छे तक पहुंच जाएंगे।

और अगर आपने ऐसा कर लिया,
यह एक सफलता है।

आप शायद सोच सकते हैं कि कोट्स विशेष तौर पर विनम्र हैं। लेकिन वह विशेष तौर पर दृढ़ संकल्प वाले भी हैं। मेरा अभी तक ऐसे मैकआर्थर फ़ेलो, नोबेल विजेता या ओलिंपिक चैंपियन से मिलना बाक़ी है, जो यह कहे कि जो उसने हासिल किया है वह किसी और तरीक़े से आया है।

जब मैं छोटी-सी बच्ची थी तो मेरे पिताजी अक्सर कहा करते थे, ''तुम प्रतिभावान नहीं हो।'' मुझे अब अहसास होता है कि वह जितना मुझसे बात करते थे उतनी ही ख़ुद से भी करते थे।

अगर आप प्रतिभावान होने को बिना प्रयास ज़िंदगी में महान उपलब्धियां हासिल करने से परिभाषित करते हैं तो वह सही थे। मैं क़तई प्रतिभावान नहीं हूं और ना ही वह।

लेकिन अगर आप प्रतिभावान होने को उत्कृष्टता की ओर प्रयास के तौर पर परिभाषित करते हैं, बिना थमे अपनी पूरे दमखम के साथ-तब, वास्तविकता में मेरे पिताजी एक प्रतिभावान व्यक्ति थे और मैं भी और कोट्स भी और अगर आपमें इच्छा हो तो आप भी।

→ और अंत में

दृढ़ संकल्प पर मुझसे पूछे जाने वाले सात सवाल

इस पुस्तक के पहली बार प्रकाशन के बाद बातचीत, साक्षात्कार और अनुबंधों का तूफ़ानी सिलसिला-सा चल पड़ा। साथ-साथ चल रही थी किताब की समीक्षाओं की झड़ी और विभिन्न बुद्धिजीवियों के विचारपूर्ण आलेख-कुछ प्रशंसा करते हुए और कुछ आलोचना भरे। हालांकि अनेक टिप्पणीकारों ने दृढ़ संकल्प का समर्थन किया, तो कई अन्य इसे जला डालना चाहते थे। एक ही बात सर्वसम्मत थी और वह थी ''दृढ़ संकल्प'' का कारोबारी जगत और शिक्षा में प्रचलित शब्द बन जाना।

इन सार्वजनिक शाबाशी या आलोचना से मेरे लिए ज़्यादा मायने रखता था पाठकों से मिली सैकड़ों निजी कहानियां और सवाल। कुछ विषय बार-बार उठाए गए। यहां वे प्रस्तुत हैं, मेरे जवाबों के साथ :

ज़िंदगी और काम में संतुलन का क्या? क्या दृढ़ संकल्प की अपनी लागत नहीं?

किसी भी निवेश की तरह एक शीर्ष एकल लक्ष्य के लिए दृढ़ संकल्प के साथ समर्पण की अपनी लागत है। विशेष तौर पर जब आप अपने लक्ष्य की ओर बढ़ने पर विचार करने और उसके क्रियान्वयन पर ख़र्च करने के लिए वक़्त देते हैं तो आप वह अन्य बातें नहीं कर पाते, जिनकी भी आपको फ़िक्र होती है। उदाहरण के लिए, मैं जो वक़्त लैब, घर पर पढ़ने या लेखन में, बैठकों के लिए यात्रा में देती हूं उसका एक औसत साप्ताहिक जोड़ 70 घंटे बैठता है। बड़ी उपलब्धि हासिल करने वाले कई लोग जिनका मैंने अध्ययन किया है तक़रीबन इतना ही वक़्त देते हैं। कुछ तो और अधिक वक़्त देते हैं।

इन घंटों में, मेरा अपने पति, अपनी किशोरावस्था की बेटियों, मेरे सबसे अच्छे मित्र या मेरे बाक़ी के परिवार की ओर कोई भी ध्यान नहीं होता। उन घंटों के दौरान मैं ना तो आराम करती हूं, ना दुनिया में घट रही घटनाओं की जानकारी लेती हूं, ना एक्सरसाइज़ करती हूं, ना सोती हूं। अगर मैंने इतने घंटे काम नहीं किया होता तो शायद कल रात डकवर्थ परिवार के घर में दोबारा गर्म किए गए फ्रोजन मीटबॉल्स और स्पागेटी सॉस से बेहतर भोजन उपलब्ध होता। अगर मैं पीछे मुड़कर देखूं तो लगता है कि शायद मैं कॉलेज रियूनियन में ज़्यादा लोगों को जान पाती और छुट्टियों के दिनों में हमारे परिवार को शायद ज़्यादा बधाई संदेश और कार्ड मिलते।

इसलिए हां, दृढ़ संकल्प में समझौता करना पड़ता है। शब्द *पैशन (ज़िद)* का लेटिन भाषा में मूल है पेटी, जिसका मतलब होता है, ''भुगतना।'' यह क़ीमत केवल आप निजी तौर पर नहीं चुकाते, आपके परिवार और दोस्तों को भी इसकी क़ीमत चुकाना पड़ती है।

क्या दृढ़ संकल्पी बनने के लिए आपको सप्ताह में 70 घंटे काम करने की ज़रूरत है? नहीं। लेकिन जब आप वाक़ई अपने काम को पसंद करते हैं तो शायद आपको लग सकता है कि आप करना चाहेंगे। आप शायद मेरी तरह महसूस करेंगे कि जो कुछ भी आप देख, सुन, पढ़ या अनुभव कर रहे हैं, वह आपके काम के लिहाज़ से प्रासंगिक है। शायद आपको यह भी लग सकता है कि आपको अपने पसंदीदा काम से अवकाश नहीं लेना चाहिए।

अपने वक़्त, ऊर्जा और ध्यान के आवंटन का फ़ैसला केवल आप ही ले सकते हैं। आपका चयन चाहे जो हो आपके निजी और पेशेवर लक्ष्यों के बीच कुछ हद तक टकराव लाज़मी है।

एक सप्ताह में उपलब्ध 168 घंटों में से आप हो सकता है अपने काम को 7, 70 या 77 घंटे तक दे दें। आप चाहे जिसे चुनें, मेरा एक सुझाव है : मेरे द्वारा अध्ययन किए जाने वाले दृढ़ संकल्प के प्रतिमानों की तरह अपने निम्नस्तरीय पेशेवर लक्ष्यों को कुछ इस तरह से सवारें मानो वह आपके एकल शीर्षस्तरीय पेशेवर लक्ष्य से मेल खाते हों। अपने ''चरम सरोकार'' को एक काग़ज़ पर लिख लेना एक अच्छी शुरुआत होगा। इसे अधिकतम 10 शब्दों में बांधें। यह जितना छोटा होगा, उतना ही बेहतर है। अगर आपने यह किताब पढ़ी है तो आपके सामने कुछ उदाहरण मौज़ूद हैं। मेरा तो थोड़ा लंबा है, *''मनोवैज्ञानिक विज्ञान का इस्तेमाल बच्चों की प्रगति में मदद देने के लिए करो।''* पीट केरोल के लिए तो इसके लिए केवल ये शब्द थे, ''हमेशा मुक़ाबला करो।'' और विल स्मिथ की ज़िंदगी इन शब्दों के इर्द-गिर्द घूमती है, ''रचो और नाता जोड़ो।''

ऐसा क्यों करना है? क्योंकि यह प्रक्रिया आपको स्पष्टता हासिल करने में मदद करेगी : आपके पास इस बात का सुस्पष्ट अहसास होगा कि आप कौन हैं, आपको किन बातों की फ़िक्र है और अपने प्रयासों का अपनी पहचान के साथ मेल कैसे बिठाया जाए।

हाल ही में मुझे युवा वयस्कों पर एक अध्ययन के बारे में पता चला, जिन्होंने 40 दिन तक हर रोज़ डायरी लिखी गई। हर दिन उन्हें दृढ़ संकल्प के पैमाने का लघु अनुकूलन पूरा करने के लिए दिया जाता था। साथ ही जिसे रिसर्चर आत्म-अवधारणा की स्पष्टता कहते हैं, उसका ख़ुलासा करना, जिनका आकलन इस तरह के वाक्यों से किया जाता है, ''आज मेरे पास इस बात का स्पष्ट चित्र था कि मैं क्या हूं।'' जब इसका लंबी अवधि तक विश्लेषण किया गया तो आंकड़ों ने बताया कि आत्म अवधारणा को लेकर स्पष्टता में इज़ाफ़े के साथ ही दृढ़ संकल्प में इज़ाफ़ा देखने को मिला। इसका उलट भी सही पाया गया। रिसर्चरों ने निष्कर्ष निकाला कि ''ख़ुद के बारे में स्पष्ट समझ, लक्ष्य को लेकर सक्रिय होने की ज़िद को प्रेरित करती है।''

स्पष्टता आपको सप्ताह में ज़्यादा वक़्त तो उपलब्ध नहीं कराएगी, लेकिन यह आपके वक़्त से ज़्यादा हासिल करने में मदद करेगी। जैसा कि विल स्मिथ ने मुझे एक बार बताया था, ''समरसता प्रतिरोध कम कर देती है।''

क्या आप दृढ़ संकल्प को गंवा सकते हैं? मैं पहले किसी और बात के लिए जुनून रखता था, लेकिन किसी कारण से, मुझे लगता है कि मुझमें अब वह बात नहीं।

जब मुझे एक ईमेल में सवाल पूछा गया, ''मैं क्या करूं जब मेरे जुनून ने मेरी ऊर्जा ख़त्म कर दी हो?'' मुझे अपने भाई टॉम की याद आ गई।

टॉम ने ख़ुद को दृढ़ संकल्प को नहीं गंवाया, लेकिन कई लोगों को इसे गंवाते हुए ज़रूर देखा है। एक चिकित्सक और रिसर्चर टॉम मेरी जानकारी में इंसानी स्वभाव के सबसे बेहतरीन निरीक्षक हैं। वह मुझे बताते हैं-और आंकड़े भी उनका समर्थन करते हैं-स्वास्थ्य सेवा के क्षेत्र से अपने काम से आजिज़ आ जाना (बर्नआउट) महामारी की तरह फैल चुकी है। गुजरे वक़्त के डॉक्टरों और कई अन्य पेशों में मौज़ूद लोगों की तुलना में आज के डॉक्टरों और नर्सों में जल्द शारीरिक, मानसिक तौर पर थककर आजिज़ आ जाना चिंताजनक स्तर तक पहुंच चुका है।

निश्चित तौर पर किसी भी पेशे में-सबसे चमक-दमक भरे से लेकर सबसे नीरस-लोगों में आज़िज आ जाने की स्थिति को देखा जा सकता है। अगर यह सवाल आपको विशेष तौर पर आपका ध्यान खींचता है, इसकी एक वज़ह है कि आपने अपनी आंतरिक शक्ति गंवा दी है और हैरान हैं कि क्या ग़ज़ब हो गया है।

इस बाबत मेरा यह सोचना है। इस बात से कोई फ़र्क़ नहीं पड़ता कि आपको कौन-सा काम पसंद आता है, आपके इसे नापसंद करने की संभावना भी मौज़ूद होती है। किसी काम या बात से ऊब जाना, आजिज़ आ जाना ना तो कोई मोहिनी है ना कोई मिथक। यह एक मनोवैज्ञानिक हक़ीक़त है।

लोगों की किसी बात से आजिज़ आ जाने की प्रवृत्ति का अध्ययन करने वाले वैज्ञानिक इस बात पर सहमत हैं कि इसका प्रमुख लक्षण थकान का अहसास है। कामकाज के स्थल पर ऐसे लोगों पर किए गए सर्वेक्षणों में पाया गया कि थकान के साथ ख़ुद से आस-पास की दुनिया से कट जाने की प्रक्रिया भी संलग्न होती है-एक ऐसी भावना जिसके मुताबिक़ आप जिनके लिए या जिनके साथ काम करते हैं, ख़ुद को असंबद्ध महसूस करते हैं-और असहाय भी-एक ऐसी भावना कि आप चाहे जो कर लें या चाहे जैसे प्रयास करें, आप किसी भी तरह की प्रगति नहीं कर रहे हैं।

जैसा कि हमने अध्याय 9 में सीखा था, भावनाएं विचारों का ही परिणाम हैं। इसलिए थकान का अहसास, मेरे विचार में, होता है जब आप यह सोचते हैं, ''मैं उपयोगी बनने के लिए अपना सर्वश्रेष्ठ प्रयास कर रहा हूं, लेकिन मैं चाहे जो करूं, मैं कोई बदलाव नहीं ला पा रहा हूं।''

थकान या आजिज़ आ जाना हालांकि एक मनोवैज्ञानिक समस्या है, इसका हल हमेशा आपके दिमाग़ में नहीं होता। दूसरे शब्दों में कहा जाए तो अक्सर *वस्तुनिष्ठ परिस्थिति* को ही तुरंत बदले जाने की ज़रूरत होती है। शायद आपका बॉस ही धमकाने वाला या पक्षपाती है, जो कि मेरे द्वारा अध्याय 12 में उल्लेखित समर्थक-लेकिन-अपेक्षा रखने वाले नेतृत्व से ठीक विपरीत है। शायद आप एक ऐसी कंपनी के लिए काम कर रहे हैं जिसका आधारभूत अभियान आपके बेहद प्रिय मूल्यों से टकराता है। ऐसे मामलों में मेरी सलाह परिस्थिति को बदलने की है : किसी और बॉस, अन्य कंपनी या अन्य पद को तलाशिए।

लेकिन क्या हो अगर आपका पूरा उद्योग, जैसे स्वास्थ्य सेवाएं या पत्रकारिता, ही आमूलचूल परिवर्तन से गुज़र रहा हो? क्या हो अगर ये परिवर्तन आपके पहले की तरह आनंद और संतोष की क्षमता को ही समाप्त कर रहे हों?

अपने सहयोगी लॉरेन एस्क्रेस-विंकलर के साथ नए रिसर्च में हमें पता चल रहा है कि दूसरों को दृढ़ संकल्पी बने रहने की सलाह देना आपके अपने दृढ़ संकल्प को नया जीवन देने में सहायक होता है। क्यों? ईमानदारी से कहूं तो हमें ही अभी पूरा यक़ीन नहीं है। एक संभावना यह है कि ज़रूरतमंद को प्रोत्साहन देने से हम अपना ध्यान इस बात की ओर करते हैं कि किसी परिस्थिति के बारे में क्या बदला जा सकता है। जैसा कि कुछ प्रशिक्षक कहना पसंद करते हैं, दूसरों को सलाह देते वक़्त हम उन बातों पर कम ध्यान देते हैं जिन्हें हम ख़ुद ठीक नहीं कर पाते, बल्कि हमारा पूरा ध्यान ''नियंत्रण योग्य वस्तुओं के नियंत्रण'' पर केंद्रित हो जाता है।

मेरा पसंदीदा स्पष्टीकरण है कि सलाह देना शायद हमारे भीतर छिपे किसी के काम आने की इंसानी प्रेरणा को संतुष्टि देता है। दूसरे शब्दों में, अगर ''आजिज़ आ जाने'' की भावना ''मैं कितना भी कड़ा प्रयास करूं मैं किसी की मदद नहीं कर रहा हूं'' के विचार से आती है, तो शायद किसी को इसी तरह की मुश्किल परिस्थिति में सलाह देना बताता है कि वास्तविकता में हम जो करते हैं उससे फ़र्क़ पड़ता है।

क्या दृढ़ संकल्प और सामाजिक आर्थिक अवसर के बीच कोई संबंध है? दृढ़ संकल्प वाले के तौर पर बड़े होना ग़रीबी में आसान है या अमीरी में?

दृढ़ संकल्प के प्रतिमान केवॉन असेमानी और कोडी कोलमैन–जिनसे आप पहले के अध्यायों में मिल चुके हैं–ने मुझे सिखाया है कि जुनून और ज़िद विकसित करना किसी के भी लिए और हर एक के लिए संभव है।

फिर भी, कटु अनुभवों को दृढ़ संकल्प तक पहुंचाने वाला शाही रास्ता नहीं कहा जा सकता। इसके विपरीत, यह अच्छी तरह से दर्ज़ है कि ग़रीबी, भेदभाव और अनिश्चितता का शारीरिक स्वास्थ्य के साथ-साथ मनोवैज्ञानिक तंदुरुस्ती और व्यक्तित्व विकास पर भी बुरा असर होता है।

खिलाड़ियों पर हाल ही में प्रकाशित अध्ययन में तो सीधे इस विचार की परीक्षा ले ली गई कि ''प्रतिभा'' के विकसित होने के लिए ''आघात की ज़रूरत है।'' रिसर्चरों ने सुपर चैंपियंस, चैंपियंस और लगभग चैंपियन जैसी श्रेणियों में पेशेवर खिलाड़ियों के साक्षात्कार लिए। इस अध्ययन के मुताबिक़ सुपर चैंपियन वह खिलाड़ी है जो सबसे ऊंचे स्तर पर खेलता है और जिसने खेल की सर्वश्रेष्ठ लीग में राष्ट्रीय टीम का औसतन 73 बार प्रतिनिधित्व किया है। चैंपियंस भी उसी स्तर पर खेलते हैं, लेकिन उनके प्रतिनिधित्व का औसत केवल चार है। लगभग चैंपियन वे खिलाड़ी हैं, जिन्होंने युवावस्था में उन एथलीटों जैसी ही उपलब्धियां हासिल की थीं, लेकिन उन्हें अंततः खेल की दूसरी सबसे बड़ी लीग में खेलकर ही काम चलाना पड़ा।

हर खिलाड़ी की ज़िंदगी की गहराई से पड़ताल के लिए एक मानक कथानक तैयार हो जाने के बाद, ''विकास के मुख्य लक्षण के तौर पर बड़े कटु अनुभवों की अनिवार्यता का कोई प्रमाण नहीं मिला...अगर कुछ था तो यह कि कटु अनुभवों, आघात की ऐसी घटनाओं की अधिकता ज़्यादा की बनिस्बत कम उपलब्धि हासिल करने वालों में पाई गई।''

इस श्रंखला के दूसरे सिरे पर हैं सुख-सुविधाओं से संपन्न बच्चे। अमीर परिवारों के अभिभावकों को हमेशा चिंता रहती है, ''परवरिश में कुछ ज़्यादा हस्तक्षेप''की। खिलाड़ियों के इसी अध्ययन में पाया गया कि यह चिंता वाक़ई

खरी है। रिसर्चरों द्वारा अध्ययन किए गए सुपर चैंपियंस के अभिभावकों में न्यूनतम हस्तक्षेप के साथ समर्थन की प्रवृत्ति पाई गई। एक के मुताबिक़, ''वह समर्थक थे, लेकिन वह मेरा संचालन नहीं करते थे, वह मुझ पर किसी काम के लिए बिलकुल भी दबाव नहीं डालते थे...'' इसके विपरीत चैंपियंस के अभिभावक का हस्तक्षेप तुलनात्मक तौर पर ज़्यादा था, जबकि लगभग चैंपियन खिलाड़ियों के अभिभावक का लगाव खिलाड़ियों की बजाय उनकी उपलब्धियों से ज़्यादा था। ''एक बार वहां पहुंचने (यूनिवर्सिटी में बस अपने पर निर्भर) के बाद मैं मानो भटक-सा गया था। मुझे कोई नहीं बता रहा था कि मुझे क्या करना है... मैंने बस दिलचस्पी गंवा दी।''

अगर आपको इतिहास की भूली हुई किताब देने या प्रशिक्षक को बच्चे को नहीं खिलाने के लिए फटकार लगाने की ख़ातिर बच्चे के स्कूल में जाने की आदत है तो ख़ुद से यह सवाल पूछिए कि आप समझदारी भरी परवरिश कर रहे हैं या फिर केवल रियायती।

रियायती अभिभावक बहुत ही ज़्यादा समर्थक होते हैं, लेकिन दुर्भाग्यवश बच्चे के भीतर क्षमताओं के विकास को लेकर पर्याप्त अपेक्षाएं नहीं रखते। भले ही यह अल्पावधि में अभिभावकों और बच्चों, दोनों के लिए ही अच्छा महसूस होता है, लेकिन लंबी अवधि में यह बच्चे के लिए नुक़सानदेह है, जिसकी आज़ाद, विश्वास से भरा, सफल वयस्क बनने की संभावना कम हो जाती है।

कोच एनसन डोरेंस के शब्दों में, जिनसे हम 12वें अध्याय में मिले थे :

> कुछ मर्तबा हम अपने बच्चों पर घर में या जिन बच्चों को हम पढ़ा रहे होते हैं, भावनात्मक निवेश नहीं करना चाहते, क्योंकि ऐसा करने के लिए हमें अपेक्षा रखने वाला और आलोचक बनना होगा। यह टकराव के तनावपूर्ण लम्हों की वज़ह बनता है और यह इसकी लागत है। यहां तक कि मेरे अपने घर में, मैं देख सकता हूं कि जब मैं और मेरी पत्नी एक लंबे दिन के बाद बहुत ज़्यादा थके हुए घर लौटते हैं तो क्या होता है। हमारा साढ़े चार वर्ष का बेटा डोनोवान टेलीविज़न के सामने बैठकर खा रहा होता है और वह अपनी डिश वहीं छोड़कर अपने बेडरूम में खेलने चला जाता है। जबकि सही व्यवहार है... डोनोवान को खोजना और उसे बताना, ''डोनोवान, तुम्हारी डिश अभी भी बाहर के कमरे में पड़ी है और वह उसे छोड़ने की जगह नहीं है। जब तुम्हारा खाना ख़त्म हो जाए तो तुम्हें उसे किचन में ले जाकर डिशवॉशर में डालना चाहिए।'' उसके बाद डोनोवान के साथ टकराव का एक पल आता है जो भावनात्मक तौर पर- कुछ हद तक चिंताजनक होता है। वह आंखें घुमाकर, आपत्ति दर्ज कराएगा और कहेगा कि वह इसे बाद में करेगा। अब आप थोड़ा नाराज़ होने लगते हैं

> क्योंकि वह आपके आदेश की अवहेलना का प्रयास कर रहा है और यह एक बहुत आनंददायी अनुभूति नहीं है। मामला केवल डिश को डिशवॉशर में डालने तक सीमित नहीं है, लेकिन हम इस तरह के झगड़े के मूड में नहीं हैं। और अगर हम इस तरह के अभिभावक, शिक्षक या प्रशिक्षक हैं, जिसमें लगातार ऐसे विवादों में पड़ने की ताक़त नहीं है तो हम वह डिश उठाएंगे और उसे डिशवॉशर में जाकर डाल देंगे। ठीक है डिश तो डिशवॉशर में पहुंच गई, लेकिन डोनोवान के लिए अपेक्षाओं का मानक नीचे गिर चुका है।

अभिभावकों की शिक्षा या आय चाहे जो हो, सभी बच्चों को वास्तविकता में एक ही बात की ज़रूरत होती है : *उचित रूप से चुनौतियों की मांग* के साथ *नियमित तौर पर अपनेपन और सम्मान से भरा समर्थन।* मैं चिंता करती हूं कि कुछ बच्चे–ख़ासतौर पर जो ग़रीबी में बढ़ते हैं–को बहुत ज़्यादा चुनौतियों का सामना करना पड़ता है और उन्हें पर्याप्त समर्थन भी नहीं मिलता। दूसरी ओर मेरी चिंता उन बच्चों को लेकर है–ख़ासतौर पर वह जिनके अभिभावक रियायती हैं–जिनको ढेर सारे ''प्रिय मैं तुम्हें प्यार करता हूं'' और बेहद कम ''मैं जानता हूं कि तुम बेहतर कर सकते हो। चलो देखें तुम कल क्या करते हो,'' मिलते हों।

समाज में मौज़ूद वर्ग और अवसरों की वास्तविकताओं का निश्चित तौर पर दृढ़ संकल्प के विकास पर प्रभाव होता है। सवाल यह है कि हम एक समाज के तौर पर क्या करेंगे जिससे यह सुनिश्चित हो सके कि सभी बच्चे प्रयास करने, असफल होने, सीखने और विकसित होने के दैनिक अवसरों के साथ बड़े हों?

दृढ़ संकल्प और रूमानी संबंधों पर विचार?

मेरे पति से मुलाक़ात से पहले मैंने निश्चित ही एक दर्जन बॉयफ्रेंड्स से रिश्ता तोड़ा था। मैं निश्चित तौर पर ख़ुश हूं क्योंकि अंततः मैं जेसन के लिए दीवानी हूं और किसी और के साथ ज़िंदगी का विचार ही मेरे लिए बहुत मुश्किल है।

इसलिए अगर आप जानना चाहते हैं क्या मुझे लगता है कि वर्तमान रूमानी साथी के साथ कटु अंत तक साथ निभाना सही है, मेरा जवाब है, ''निश्चित तौर पर क़तई नहीं।'' वास्तविकता में जब आपके मूल्य, दिलचस्पियां और ज़िंदगी के लक्ष्य समान नहीं हों तो अपने रिश्तों को भी लेकर आपको नुक़सान में कटौती के लिहाज़ से ही सोचना चाहिए।

साथ ही, उसी दौरान यह भी सच है कि रूमानी रिश्ते कुछ अलग ही क़िस्म के होते हैं। कई दिन ऐसे भी आते हैं जब आप अपनी ज़िंदगी के इस प्यार को भी नहीं झेल पाते। एक जोड़े के तौर पर आपको अपनी निजी और संयुक्त कमज़ोरियों

पर निश्चित तौर पर काम करना चाहिए। प्रेम में, ठीक स्कूल और काम की तरह, लगता है कि सर्वश्रेष्ठ परिणामों के लिए ज़िद के साथ डटे रहने की तैयारी और बरसों-बरस तक जुनून को बनाए रखने की क्षमता होनी चाहिए।

सच में तो यह 1950 के दशक के जनगणना के विवरण का अध्ययन करने वाले वैज्ञानिक पॉल ग्लिक का विचार था। ग्लिक ने पाया कि हाईस्कूल या कॉलेज की पढ़ाई अधूरी छोड़ देने वालों में आम आबादी की तुलना में तलाक़ का प्रतिशत भी ज़्यादा था-एक घटना जिसे ''ग्लिक प्रभाव'' कहा जाता है। कई वर्ष बाद व्यक्तित्व और तलाक़ का अध्ययन कर रहे मनोवैज्ञानिकों ने पाया कि कर्तव्यनिष्ठा में ज़्यादा बेहतर प्रदर्शन करने वाले पुरुषों और महिलाओं के विवाह भी लंबी अवधि तक क़ायम रहते हैं।

मैंने दृढ़ संकल्प और रूमानी रिश्ते के लंबे होने को लेकर केवल एक अध्ययन किया है। किसी वक़्त विवाहित रह चुके छह हज़ार से ज़्यादा वयस्कों के नमूने में मैंने पाया कि कम दृढ़ संकल्पी लोगों के तलाक़ पाने या अलग हो जाने की संभावना ज़्यादा है। दिलचस्प तरीक़े से महिलाओं के बीच मैंने पाया कि दृढ़ संकल्प का उनकी वैवाहिक स्थिति पर कोई भी असर नहीं पड़ता। दूसरे शब्दों में कहा जाए तो मेरे पास केवल ''आधे'' लोगों के लिए ग्लिक प्रभाव के प्रमाण उपलब्ध हैं।

क्योंकर दृढ़ संकल्प का पुरुषों की वैवाहिक स्थिति से संबंध हैं लेकिन महिलाओं से नहीं? मैं इसे लेकर यक़ीन से कुछ नहीं कह सकती। उस नमूने में मौज़ूद महिलाएं पुरुषों से ज़्यादा दृढ़ संकल्प वाले नहीं थी, इसलिए इसे आम पुरुषों में दृढ़ संकल्प की कमी से नहीं जोड़ा जा सकता। शायद पुरुषों के लिए समर्पण भरे रिश्ते में टिके रहना ज़्यादा मुश्किल है? यह निश्चित तौर पर संभव है, लेकिन अन्य स्पष्टीकरण भी हैं। उदाहरण के लिए कहा जाता है कि महिलाओं द्वारा कम दृढ़ संकल्प वाले, कम सफल पति को छोड़े जाने की संभावना ज़्यादा है। अगर आपके पास इस जानकारी के स्पष्टीकरण को लेकर कोई सिद्धांत है तो कृपया मुझे बताइएगा!

इस बीच मेरा सहज बोध कहता है कि लंबी अवधि के लक्ष्यों के प्रति प्रतिबद्धता रिश्तों में उतनी ही ज़रूरी है जितनी कि पेशेवर सफलता में। जैसा कि लेखिका पामेला ड्रूकरमैन ने एक बार कहा था : ''हमसफ़र एक पूर्व से मौज़ूद स्थिति नहीं है। यह तो वक़्त गुज़रने के साथ बनते हैं।''

ऐसा लगता है कि सेलफ़ोन्स और सोशल मीडिया द्वारा इस तरह से तुरंत संतुष्टि प्रदान कर दी जाती है जैसी मैंने कभी बड़े होने के दौरान महसूस नहीं की। परिणामस्वरूप, क्या हम एक विशिष्ट ''दृढ़ संकल्पहीन'' युग में रह रहे हैं?

यह एक साधारण-सा तथ्य है कि आज के बच्चों को बड़े होने के दौरान इतिहास में किसी भी दौर की तुलना में ध्यान आकर्षित करने के लिए ज़्यादा प्रतिस्पर्धा का सामना करना पड़ता है।

निश्चित तौर पर अन्य बातों का आकर्षण शुरुआत से ही मानवता को ललचाता रहा है। यही वह वजह है कि जिसके कारण हर बड़ी धार्मिक परंपरा में ''हमें प्रलोभन से बचाएं'' को किसी न किसी तरीक़े से प्रस्तुत किया जाता है। लेकिन हमारे अभिभावकों, उनके माता-पिता और दूर के रिश्तेदारों को सातों दिन चौबीस घंटे बिना प्रयास उपलब्ध टेक्स्ट मैसेजेस, केट वीडियोज़, सेलेना गोमेज़ के ट्वीट्स और कैंडी क्रश से ही जुझते रहने की कोई ज़रूरत नहीं है। सिलिकॉन वैली में पहले भीमकाय मार्केटिंग टीम नहीं थी जो बस दिन-रात, और अधिक घातक स्वरूप में, तात्कालिक संतुष्टि को प्रचारित करे।

एक प्रतिष्ठित गणितज्ञ ने एक बार मुझे बताया था कि जब वह छोटे थे तो अपने बेडरूम की लकड़ी की बीम को देखकर सोचते हुए ही कई घंटे गुज़ार दिया करते थे। उन्होंने कहा कि जर्मनी के उनके गांव में तब करने के लिए कुछ ज़्यादा था भी नहीं। इसलिए उन्होंने किसी बात के बारे में सोचना सीखा और फिर सोचने की प्रक्रिया को कई घंटे और दिन तक जारी रखना भी। एकाग्रता की इस निरंतरता ने ही उन्हें गणित में योगदान देने के योग्य बनाया। उनकी अपनी बेटियां, वह चिंता जताते हुए कहते हैं, बिना एक पल की बोरियत के बड़ी हो रही थीं। बोरियत के हल्के से संकेत पर भी वह कोई बटन दबाकर या किसी अन्य तरीक़े से राहत पा लेती थीं।

जैसा कि मैंने अध्याय 5 में उल्लेख किया था, हमें यह नहीं भूलना चाहिए कि अगली पीढ़ी हमसे ना केवल उम्र और अनुभव में अलग है बल्कि संस्कृति में भी। मेरे पास टाइम मशीन तो नहीं है, इसलिए मैं निश्चित तौर पर नहीं जान सकती कि मेरी किशोरवयीन बेटियां क्या 1950 के दशक में जन्म लेने पर ज़्यादा जुनून और ज़िद के साथ बड़ी होतीं, जब किसी के भी पास हथेलियों से चिपके सेलफ़ोन्स नहीं थे।

अगर मेरे पास टाइम मशीन होती तो मैं कुछ दशक पीछे जाकर वही प्रयोग दोहराती जो टिम विल्सन और उनके साथियों ने हाल ही में नई पीढ़ी पर किया है। लोगों के आधुनिक प्रौद्योगिकी से चिपके रहने की प्रवृत्ति से उपजे कौतूहल के चलते टिम ने युवा वयस्कों को एक आसान-सा काम दिया : एक कमरे में चुपचाप कुछ देर बैठें, जहां करने को कुछ भी नहीं हो। प्रतिभागियों को यह प्रयोग मुश्किल लगा-इस हद तक कि उन्हें कुछ भी नहीं करने की बज़ाय नीरस काम तक ज़्यादा आनंददायी लगे। वास्तविकता में, चार युवतियों में से एक और तीन युवकों में से दो ने तो अपने विचारों में गुम रहते हुए अकेले बैठे रहने की बजाय बिजली के झटकों के विकल्प को चुन लिया।

डकवर्थ परिवार के अपने घर में हम यह करते हैं। हमारी बेटियों के लिए-और मेरे रिसर्च में अधिकांश किशोरों के लिए-सेलफ़ोन ही होमवर्क, कपड़े धोने, वायोला के अभ्यास, पढ़ने और यहां तक कि डिनर टेबल पर वार्तालाप की राह की सबसे बड़ी बाधा है। इसलिए हमारे नियम हैं : जब तक सारे ज़रूरी काम पूरे नहीं हो जाते, सेलफ़ोन किचन के एक कोने में रखे रहेंगे। खाना खाते समय सेलफ़ोन की अनुमति नहीं होती। किसी रिश्तेदार या पारिवारिक दोस्त के साथ रेस्तरां में मौज़ूदगी के दौरान सेलफ़ोन का इस्तेमाल नहीं करना है, भले ही आप बुरी तरह से बोरियत महसूस कर रहे हों।

क्या हम इन नियमों को शत-प्रतिशत स्थायित्व के साथ लागू कर पाते हैं? मेरी यही ख़्वाहिश है। लेकिन हम कोशिश कर रहे हैं और ज़्यादा महत्त्वपूर्ण यह भी है कि हमने एक परिवार के तौर पर इस पर चर्चा भी की है कि ये नियम क्यों ज़रूरी हैं। हम सभी सहमत हैं और हम इसे कभी-कभार ज़ोर से भी कहते हैं कि यह ध्यान बंटाने वाली बाधा हेरोइन की तरह है-व्यसनकारी। हम सभी इस बात को जानते हैं कि प्रयासहीन मनोरंजन दरअसल दीर्घावधि के जुनून और ज़िद का दुश्मन है।

अगर कुछ होता है तो भविष्य की घंटियां और सीटियां वर्तमान की तुलना में ज़्यादा तीव्र होंगी। इस कोलाहल के बीच कुछ लोग चौड़ाई की बनिस्बत गहराई का पीछा करना सीख लेंगे। कैसे? दूसरों के द्वारा लादे गए नियम *(वायोला के अभ्यास के दौरान कोई टेक्स्टिंग नहीं)* अंततः पसंदीदा निजी सिद्धांत *(मैं ध्यान भंग करने वाली बातों को अपने काम की राह का रोड़ा नहीं बनने देता)* बन जाते हैं। और दृढ़ संकल्प के वास्तविक प्रतिमान बनने वालों के पास अंततः इस बात की संतुष्टि होगी कि उन्हें अपने काम से प्यार है और वह इसमें बेहतर होने की दिशा में निरंतर काम कर रहे हैं।

मैं चाहती हूं मेरा बच्चा दृढ़ संकल्प विकसित करे। मुझे उसमें विश्वस्तरीय उपलब्धियां हासिल करने वाले लोगों जैसी एकाग्रचित्तता की उम्मीद कब करनी चाहिए?

मेरा पति जेसन और मैं अपने बच्चों को मुश्किल काम के नियम के आधार पर परवरिश दे रहे हैं। कुछ ऐसा करो जिसमें विचारपूर्वक अभ्यास की ज़रूरत हो, सीज़न या सेमिस्टर के बीच में पलायन मत करो और मुश्किल काम का चयन तुम ख़ुद करो। हमने सोचा कि यह तीसरी अपेक्षा-ख़ुद मुश्किल काम का चयन करो-हमारी बेटियों को आंतरिक दिलचस्पियों की पड़ताल में मदद करेगा, जो अंततः विकसित होकर ताउम्र के जुनून में तब्दील हो जाएगा।

जैसा कि मैंने अध्याय 10 में उल्लेख किया था, लूसी ने वायोला को चुनने से पहले तक़रीबन आधा दर्जन बातों को अपनाया था। यह रुझान-जिसे मनोवैज्ञानिक

नमूना लेने की प्रक्रिया करार देते हैं–जो विरोधाभासी तौर से युवाओं को एक बात के प्रति समर्पण के लिए अनुभव और आत्म–ज्ञान हासिल करने का मौक़ा देती है। लोकप्रिय समझ के विपरीत, पेशेवर और ओलिंपिक खिलाड़ियों द्वारा विशेषज्ञता शुरुआत में ही हासिल नहीं कर ली जाती। इसकी बज़ाय वह विविध खेलों की पड़ताल करने के बाद किसी एक खेल के प्रति प्रतिबद्ध हो जाते हैं।

जिस वक़्त इस पुस्तक का प्रकाशन हुआ था, मुझे इस बात का अहसास हुआ कि मेरी बेटी लूसी वायोला को अपनाने के लिए दृढ़ प्रतिज्ञ दिख रही थी, वास्तविकता में, उसका दिल बेकिंग की ओर आकर्षित था। वह सुबह के नाश्ते पर ऊंची आवाज़ में विचार प्रकट करते हुए कहती थी, ''शायद वनिला बटरक्रीम के साथ चॉकलेट कपकेक्स या शायद बिस्कोती। शायद चॉकलेट बिस्कोती के साथ पिश्ते और चॉकलेट चिप्स।''

''क्या?''

''अरे मैं योजना बना रही हूं कि शुक्रवार को स्कूल के बाद क्या बेक करना है।''

जब परिवार के आईपैड पर उसकी बारी आती थी, ब्राउज़र के सारे टैब्स यूट्यूब पर मौज़ूद डीवाईआई (डूइट योरसेल्फ़/ख़ुद करके देखो) कपकेक्स वीडियोज़ के ही होते थे। क्रिसमस के तोहफ़े के तौर पर उसने रसोई सिखाने वाली किताबों और बेकिंग तवे के एक नए सेट की मांग की। वह रसोई की किताबों को ठीक उसी तरह से पढ़ती थी, जैसे अन्य बच्चे हैरी पॉटर पढ़ते थे। हमारे रसोई भंडार में चार तरह के आटे और हर संभव खाने का रंग था।

और वायोला का क्या? विचारपूर्वक अभ्यास और महान शिक्षकों की मेहनत रंग लाई। लूसी इसमें बेहतर और बेहतर होती जा रही थी। हर सत्र में, जब हम उससे पूछते थे कि वह इसे छोड़ना चाहती है या जारी रखना चाहती है तो जवाब होता था जारी रखना चाहती है।

लेकिन किसी ऐसी दिलचस्पी की बात की जाए जो अचानक हमारा ध्यान खींच ले तो ज़ाहिर तौर पर लूसी की संगीत से ज़्यादा दिलचस्पी बेकिंग में थी। या मुझे कुछ यूं कहना चाहिए, अब यह लूसी को स्पष्ट हो चुका है। शुरुआत में जब मैंने इस स्पष्ट बात की ओर ध्यान दिलाया तो लूसी बोली, ''मुझे नहीं पता आप किस बारे में बात कर रही हैं।'' अंकुरित होती दिलचस्पियां, छठे अध्याय से याद कीजिए, कई मर्तबा संबंधित व्यक्ति से ज़्यादा निरीक्षकों के लिए स्पष्ट होती हैं।

जब मैंने लूसी को अपना मुश्किल काम बदलने का सुझाव दिया तो उसने विरोध करते हुए कहा, ''मां, कोई विचारपूर्वक बेकिंग नहीं कर सकता।''

मैंने पूछा, ''वाक़ई? रोज़ बेरनबॉम के बारे में तुम्हारे क्या विचार हैं?''

अगर दृढ़ संकल्प का वाक़ई कोई प्रतिमान कहा जा सकता है तो वह हैं, तीन बार जेम्स बियर्ड पुरस्कार जीत चुकी और रसोई पर दर्जनों किताबें, अख़बारों और पत्रिकाओं के लिए अनगिनत लेख लिख चुकी, रोज़ बेरनबॉम। *न्यू यॉर्क टाइम्स* ने उनका ज़िक्र करते हुए लिखा है, ''दुनिया की सर्वकालीन सर्वश्रेष्ठ कुशल रसोइया,'' शायद वह नींद में भी नए व्यंजनों के ही सपने देखती हैं।

ज़ाहिर तौर पर मैं लूसी को यह समझाने में सफल रही कि मुश्किल काम आनंद देने वाला भी हो सकता है। इन गर्मी की छुट्टियों में वह दो सप्ताह की कुकिंग क्लास में जा रही है और एक स्थानीय पेस्ट्री शेफ़ को स्वेच्छा से मदद भी कर रही है।

आपके बच्चे के लिए मज़ेदार-लेकिन-अभी-मुश्किल नहीं बातों का एक लंबा सिलसिला हो सकता है, हर एक कुछ और जानने के लिए एक अवसर और अंततः एक ऐसी बात में तब्दील जिसे पूरी गंभीरता से किया जाना है।

मैं प्रस्तावित करना चाहती हूं कि जो अभिभावक अपने बच्चों में दृढ़ संकल्प को पल्लवित करना चाहते हैं, उन्हें मुश्किल काम का नियम अपनाना चाहिए और साथ ही मज़ेदार काम का नियम भी। अपने बच्चे को कुछ ऐसी बात करने के लिए कहें जो उसे अनुभव, विचारपूर्वक अभ्यास और लचीलेपन के ज़रिए कुछ सिखाए। लेकिन साथ यह भी सुनिश्चित कीजिए कि वे ऐसी ही बातें कर रहे हैं जो उन्हें दिलचस्प और मज़ेदार लगती हैं, भले ही ऐसा लग रहा हो कि वे कभी और अधिक गंभीर बात को अपनाएंगे।

क्यों? क्योंकि अंतिम लक्ष्य है दिल की आवाज़ को विकसित करना है-एक मज़ेदार बात जो मुश्किल काम भी है।

क्या दृढ़ संकल्प सफलता का निर्धारण करने वाला इकलौता मनोवैज्ञानिक कारक है?

बिलकुल भी नहीं। सफलता का निर्धारण कई कारकों से होता है। भावनात्मक बुद्धिमत्ता। शारीरिक प्रतिभा। बुद्धिमानी। कर्तव्यनिष्ठा। आत्म-नियंत्रण। कल्पना। सूची यूं ही चलती रहती है।

प्रतिदिन के कामकाज के लिए मेरे रिसर्च के मुताबिक़ दृढ़ संकल्प उतना महत्त्वपूर्ण नहीं है जितना कि ध्यान भटकाने वाली बातों और आकर्षणों के बीच आत्म-नियंत्रण। मित्र बनाने के लिए भावनात्मक बुद्धिमत्ता शायद ज़्यादा उपयोगी है। जैसा कि मैंने अध्याय 13 में उल्लेख किया था, नैतिक तौर पर दृढ़ संकल्प से ज़्यादा परिणामकारक मज़बूत गुणों की एक लंबी सूची है। महानता अद्भुत है, लेकिन अच्छाई तो उससे कहीं ज़्यादा होती है।

और निश्चित तौर पर, क़िस्मत की अपनी भूमिका है। और अवसरों की। दृढ़ संकल्प ही सबकुछ नहीं है।

तो फिर पूरी किताब लिखने की क्या ज़रूरत थी–और रिसर्च के लिए एक पूरा करियर –दृढ़ संकल्प पर केंद्रित?

क्योंकि उत्कृष्टता हासिल करने के लिए दृढ़ संकल्प का अपना एक विशेष महत्त्व है। यह सच है चाहे फिर प्रयास का क्षेत्र शारीरिक हो, मानसिक, उद्यमिता का, नागरी या कला का। जब आप विभिन्न क्षेत्रों में श्रेष्ठ से श्रेष्ठतमों को देखते हैं तो लंबी अवधि तक जुनून और ज़िद का मिश्रण बरक़रार रखना एक आम बात है।

यह अक्सर कहा जाता है कि अंतिम मील सबसे लंबा होता है। दृढ़ संकल्प आपको राह पर बनाए रखता है।

आभार

जब मैं किसी किताब को पहली बार उठाती हूं तो सबसे पहले आभार के पन्ने पर जाती हूं। कई पाठकों की तरह मैं पर्दे के पीछे की हक़ीक़त जानने के लिए बेताब रहती हूं। मैं इस नाटक के कलाकारों और इसे साकार करने में मदद करने वाले कर्मियों से मिलना चाहती हूं। अपनी किताब लिखने के दौरान किसी भी काम के पीछे मौज़ूद टीम वर्क के प्रति सम्मान और अधिक बढ़ गया है। अगर आपको यह किताब पसंद आती है तो इसके निर्माण का श्रेय कई बेहतरीन इंसानों को जाता है, जिनका उल्लेख यहां किया जाएगा। वक़्त है इन ढेर सारे समर्थकों के एक पल के लिए सबके सामने आने का और प्रशंसा को स्वीकार करने का। अगर मैं किसी का उल्लेख करना भूल गई हूं, तो कृपया मुझे माफ़ कीजिएगा, यह ग़लती अनजाने में हुई है।

पहले और सबसे ज़्यादा मैं अपने सहयोगियों को धन्यवाद देना चाहूंगी। मैंने यह किताब ''मैं'' के उल्लेख के साथ एकवचन में लिखी है, जबकि वास्तविकता में जो कुछ भी मैंने बतौर रिसर्चर या लेखिका किया उसमें कई लोग शामिल थे। वे ''हम'' जिन्हें श्रेय मिलना चाहिए–ख़ासतौर पर प्रकाशित रिसर्च के सहलेखक–का नोट्स में व्यक्तिगत तौर पर उल्लेख किया गया है। उनकी ओर से मैं हमारी रिसर्च टीम का शुक्रिया अदा करती हूं, जिन्होंने सामूहिक तौर पर इस रिसर्च को संभव बनाया।

जहां तक किताब की बात है तो मैं तीन लोगों का ख़ास तौर पर शुक्रिया अदा करना चाहती हूं : पहले और सबसे ज़्यादा मैं संपादक रिक होर्गन की बेहद आभारी हूं, जिन्होंने मेरे लेखन और मेरे सोचने की शक्ति को मेरी सोच से भी ज़्यादा सुधारा। अगर मैं भाग्यशाली रही, वह मुझे दोबारा (और दोबारा) उनके साथ काम करने का मौक़ा देंगे। मैक्स नेस्तेराक मेरे दैनंदिन के संपादक, रिसर्च सहायक और विवेक थे। सादे शब्दों में कहूं तो मैक्स नहीं होते तो आज यह किताब आपके हाथों में नहीं होती। और अंत में मेरे गॉडफ़ादर और एजेंट रिचर्ड पाइन, वह व्यक्ति हैं जिन्होंने मूलत: और अंतत: इस किताब को हक़ीक़त बनाया। आठ वर्ष पहले रिचर्ड ने मुझे ईमेल भेजकर पूछा था ''क्या किसी ने तुम्हें बताया है कि तुम्हें एक

किताब लिखनी चाहिए?'' मैं डांवाडोल हो गई। दृढ़ संकल्प वाले और हौसले से भरे रिचर्ड ने पूछना जारी रखा, लेकिन कभी दबाव नहीं बनाया, जब तक कि मैं तैयार नहीं हो गई। हर बात के लिए रिचर्ड धन्यवाद।

निम्नलिखित विद्वानों ने किताब के ख़ाके को पढ़ने, अपने प्रासंगिक काम की चर्चा या दोनों ही की और निश्चित ही किसी भी ग़लती के लिए मैं ही ज़िम्मेदार हूं : एलेना बोद्रोवा, मिहाली चिक्ससेंतमीहाई, डेन चेम्बलिस, जीन कोट, सिडनी डि'मेलो, बिल डेमन, नेंसी डार्लिंग, केरोल ड्वेक, बॉब आइज़नबर्गर, एंडर्स एरिकसन, लॉरेन एस्क्रेस-विंकलर, रोनाल्ड फ़र्ग्युसन, जेम्स फ़्लिन, ब्रायन गाला, मार्गो गार्डनर, एडम ग्रांट, जेम्स ग्रॉस, टिम हेटन, जैरी केगन, स्कॉट बैरी कॉफ़मैन, डेनिस केली, एमिलिया लाहती, रीड लार्सन, लुक लेज़र, डेब्रोह लियोंग, सूज़न मैकी, स्टीव मेयर, माइक मैथ्यूज़, डेरिन मैकमोहन, बारबरा मेलर्स, केल न्यूपोर्ट, गैब्रियल ओटिंजेन, ड्यून पार्क, पैट क्विन, एन रेनिंजर, ब्रेंड रॉबर्ट्स, टॉड रॉजर्स, जेम्स राउंड्स, बैरी श्वार्ट्ज़, मार्टी सेलिगमैन, पॉल सिल्विया, लैरी स्टेनबर्ग, रोंग सू, फ़िल टेटलॉक, चिया-जुंग से, एलि सुकायामा, इलियट टकर-ड्रॉब, जॉर्ज वेलेंट, रशेल वाइट, डेन विलिंघम, वॉरेन विलिंघम, एमी रज़ेनिवस्की और डेविड यीगर।

मैं हतप्रभ और अभिभूत हूं कि निम्नलिखित लोगों ने इस किताब के लिए अपनी कहानियां साझा करने की तैयारी दर्शाई : तब भी जबकि मैं इसे विस्तार से किताब में शामिल नहीं कर सकती थी, उनके नज़रियों ने दृढ़ संकल्प और उसके विकास को लेकर मेरी समझ को और अधिक परिपक्व किया : हेमलता अन्नामलाई, केवॉन असेमानी, माइकल बेम, जो बार्श, मार्क बैनेट, जैकी बेज़ोस, जूलियट ब्लैक, ज्यॉफ़्रे कैनेडा, पीट केरोल, रॉबर्ट कासलेन, उलरिक क्रिस्टेनसन, कैरी क्लोज़, रोक्सेन कोडी, केट कोल, कोडी कोलमैन, डेरिल डेविस, जो डी सेना, टॉम डियरलेन, जैमी डिमोन, एनसन डोरेंस, ऑरोरा फ़ोंटे, फ़्रैंको फ़ोंटे, बिल फ़िट्ज़सिमंस, राउडी गेन्स, एंटोनिया गैलोनी, ब्रुस गेमेल, जेफ़्री जेंटलमैन, जेन गोल्डन, टेम्पल ग्रेंडिन, माइक हॉपकिंस, रोंडा ह्यूजेस, माइकल जॉयनर, नोआ कागेयामा, पेज किम्बल, साशा कोसेनिक, हेस्टर लेसी, एमिलिया लाहती, टैरी लॉलिन, जो लीडर, माइकल लोमैक्स, डेविड लुओंग, टोबी लुटके, वॉरेन मैकेंजी, विली मैकमुलन, बॉब मेंकॉफ़, अलेक्स मार्तिनेज़, फ़्रांसेस्का मार्तिनेज़, टीना मार्तिनेज़, डफ़ मैकडोनाल्ड, बिल मैकनेब, बर्नी नो, वेलेरी रेनफ़ोर्ड, मेड्स रासमुसेन, एंथनी सेल्डन, विल शॉर्ट्ज़, चेंटेल स्मिथ, आरे ट्रास्डाल, मार्क वेत्री, क्रिस विंक, ग्रिट यंग, शेरी यंग, स्टीव यंग, सेम ज़ेल और काइ ज़ांग।

कई दोस्तों और परिजनों ने शुरुआती लेखन को निखारने में मदद की। उनकी बेशक़ीमती टिप्पणियों के लिए मैं स्टीव अर्नोल्ड, बेन मैल्कमसन, एरिका दीवान, फ़िरोज दीवान, जो डकवर्थ, जॉर्डन एलनबर्ग़, इरा हेंडलर, डोनाल्ड कमेंट्ज़,

एनेट ली, सूज़न ली, डेव लेविन, फ़ेलिसिया लुईस, एलिसा मेट्यूसी, डेविड मेकेटन, इवान नेस्तेराक, रिक निकोल्स, रेबेका निक्विस्ट, तान्या श्लाम, रॉबर्ट सेफ़ार्थ, नाओमी शेविन, पॉल सोलमैन, डेनी साउथविक, शेरोन पार्कर, डोमिनिक रेंडोल्फ़, रिचर्ड शेल, पाओलो टेरनी, पॉल टफ़, एमी वैक्स और रिच विल्सन की शुक्रगुज़ार हूं।

इस किताब में मौज़ूद चित्रण स्टीफ़न फ़्यू के सौजन्य से संभव हो सका है। वह आंकड़ों के चित्रीकरण में विश्वस्तरीय विशेषज्ञ हैं। स्टीफ़न उदारता और धैर्य से भरपूर हैं।

मैं विशेष तौर पर, नेन ग्राहम का शुक्रिया अदा करना चाहूंगी, जिनके आशावाद, ऊर्जा और अपने लेखकों के प्रति वास्तविक स्नेह की कोई दूसरी मिसाल नहीं दी जा सकती। केटी मोनेघन और ब्रायन बेलफ़िग्लियो ने बेहद सफ़ाई के साथ विश्वस्तरीय प्रचार अभियान की कमान थामी और सुनिश्चित किया कि यह किताब आप तक पहुंचे। इस किताब के उत्पादन को पूरी महारत के साथ संभालने के लिए मैं कार्ला बेंटन और उनकी टीम को धन्यवाद देना चाहूंगी। डेविड लैम्ब आप एक पूर्ण पेशेवर हैं, संपादन प्रक्रिया के हर एक चरम पर श्रेष्ठता के लिए आपकी प्रतिबद्धता ने सबकुछ बदल डाला। और अंत में इस किताब के सुंदर मुखपृष्ठ के लिए मैं जया मिसेली की शुक्रगुज़ार हूं।

इंकवेल मैनेजमेंट की एलिजा रोथस्टेन, लिंडसे ब्लेसिंग और अलेक्सिस हर्ले सहित विश्वस्तरीय टीम का लाख-लाख शुक्रिया। आपने इतने सारे काम को बड़ी ही सफ़ाई और पेशेवर तरीक़े से अच्छी तरह से संभाला।

इस किताब में उल्लेखित दृढ़ संकल्प के प्रतिमानों की तरह मुझे समर्थन देने वाले और अपेक्षा रखने वाले शिक्षकों से लाभ मिला। मैथ्यू कार ने मुझे लिखना और शब्दों से प्यार करना सिखाया। के मर्सेथ ने मुझे अनेक महत्त्वपूर्ण मोड़ों पर चेताया कि हममें से हर एक अपनी ज़िंदगी की कहानी का रचनाकार है। मार्टी सेलिगमेन ने मुझे सिखाया सही सवाल उतना ही महत्त्वपूर्ण है जितना कि सही जवाब। स्वर्गीय क्रिस पीटरसन ने मुझे बताया कि असली शिक्षक वही है जो अपने विद्यार्थी को सर्वोच्च प्राथमिकता दे। सिगल बारसेड ने मुझे कई तरीक़ों से बताया कि एक प्रोफ़ेसर होने का क्या मतलब होता है और कैसे एक अच्छा प्रोफ़ेसर बना जा सकता है। वॉल्टर मिशेल ने मुझे बताया कि अपने चरम पर विज्ञान भी एक कला है। और जिम हैकमेन ने मुझे सिखाया कि वास्तविक उत्सुकता ही वास्तविक दृढ़ संकल्प की सर्वश्रेष्ठ साथी है।

मैं अपने रिसर्च में मदद करने वाले संस्थानों और लोगों की भी शुक्रगुज़ार हूं। इसमें नैशनल इंस्टीट्यूट ऑन एजिंग, द बिल ऐंड मेलिंडा गेट्स फ़ाउंडेशन, द

पिंकरटन फ़ाउंडेशन, द रॉबर्ट वुड जॉनसन फ़ाउंडेशन, द केआईपीपी फ़ाउंडेशन, द जॉन टेम्पलटन फ़ाउंडेशन, द स्पेंसर फ़ाउंडेशन, द लोन पाइन फ़ाउंडेशन, द वाल्टन फ़ैमिली फ़ाउंडेशन, द रिचर्ड किंग मेलन फ़ैमिली फ़ाउंडेशन, द यूनिवर्सिटी ऑफ़ पेनसिल्वेनिया रिसर्च फ़ाउंडेशन, एको ब्रांड्स, द मिशिगन रिटायरमेंट रिसर्च सेंटर, द यूनिवर्सिटी ऑफ़ पेनसिल्वेनिया, मेल्विन ऐंड केरोलिन मिलर, एरियल कोर और एमी एब्राम्स शामिल हैं।

कैरेक्टर लैब का बोर्ड और स्टाफ़ भी विशेष शुक्रिया का हक़दार है, क्योंकि वही जो कुछ भी मैं करती हूं उसका भूतकाल, वर्तमान और भविष्य है।

और अंत में धन्यवाद अपने परिवार का। अमांडा और लूसी, तुम्हारा धैर्य, तुम्हारी ख़ुशमिजाज़ी और तुम्हारी कहानियां जिसने इस किताब को संभव बनाया। मां और पिताजी, आपने अपने बच्चों के लिए सबकुछ न्यौछावर कर दिया और हम इसके लिए आपको प्यार करते हैं। जेसन, तुम मुझे हर दिन एक बेहतर इंसान बना देते हो–यह किताब तुम्हारे लिए है।

लेखक के बारे में

एंजेला डकवर्थ पीएचडी और 2013 की मैकआर्थर फ़ेलो व यूनिवर्सिटी ऑफ़ पेनसिल्वेनिया में मनोविज्ञान की प्रोफ़ेसर हैं। वह वर्ल्ड बैंक, एनबीए व एनएफ़एल टीमों और फ़ॉर्च्यून 500 कंपनियों के मुख्य कार्यकारी अधिकारियों की सलाहकार रही हैं। वह कैरेक्टर लैब की संस्थापक व मुख्य कार्यकारी अधिकारी भी हैं। यह एक गैर-लाभकारी संस्थान है जिसका उद्देश्य बच्चों को प्रगति करने में मदद करने वाली वैज्ञानिक जानकारियों को बढ़ावा देना है। हार्वर्ड से न्यूरोबायोलॉजी में बीए करने के बाद उन्होंने ऑक्सफ़ोर्ड से न्यूरोसाइंस में एमएससी किया और फिर यूनिवर्सिटी ऑफ़ पेनसिल्वेनिया से मनोविज्ञान में पीएचडी प्राप्त की। यह उनकी पहली किताब है जो तुरंत न्यू यॉर्क टाइम्स की सर्वाधिक बिक्री वाली किताबों की सूची में जगह बनाने में सफल रही।

अनुवादक के बारे में

किरण नारायण मोघे : हिंदी पत्रकारिता में तीन दशक से ज़्यादा का अनुभव। मूलत: खेल पत्रकार, लेकिन वन्यजीवन, पर्यटन, इतिहास, फ़ोटोग्राफ़ी से विशेष लगाव। हिंदी, अंग्रेज़ी और मराठी पर पकड़। मध्यप्रदेश सहित राजस्थान, चंडीगढ़, महाराष्ट्र में कामकाज का अनुभव।